George R. R. Martin

FUEGO y SANGRE

George R.R. Martin es el autor de *Canción de hielo y fuego*, la saga que inspiró la popular serie de HBO, *Juego de tronos*. Martin vendió su primer relato en 1971 y desde entonces se ha dedicado profesionalmente a la escritura. En las novelas *Muerte de la luz*, *Refugio del viento*, *Sueño del Fevre*, *The Armageddon Rag* y *Los viajes de Tuf* cultivó la fantasía, el terror y la ciencia ficción, géneros que también exploró en sus numerosos relatos, recogidos en los volúmenes *Una canción para Lya* y *Canciones que cantan los muertos*. En la década de los ochenta, trabajó como guionista y productor en Hollywood, pero a mediados de los noventa volvió a la narrativa e inició la aclamadísima saga de fantasía épica por la que es mundialmente conocido. Por el momento ha publicado cinco entregas: *Juego de tronos*, *Choque de reyes*, *Tormenta de espadas*, *Festín de cuervos* y *Danza de dragones*. Vive con la encantadora Parris en Santa Fe, Nuevo México.

georgerrmartin.com
Facebook.com/GeorgeRRMartinofficial
Twitter: @GRRMspeaking

DOUG WHEATLEY

Doug Wheatley es dibujante de cómics, diseñador e ilustrador. Ha trabajado en franquicias y personajes como *Stars Wars*, *Aliens*, *Superman*, *El increíble Hulk* y *Conan el Bárbaro*, entre otros. Wheatley se encargó de la adaptación al cómic de la película *Star Wars: Episodio III – La Venganza de los Sith*, y participó en la edición ilustrada de *El mundo de hielo y fuego*.

Facebook.com/doug.wheatley
Twitter: @wheatley_doug
Instagram: @doug_wheatley

FUEGO y
SANGRE

TAMBIÉN DE GEORGE R. R. MARTIN

Juego de tronos

Choque de reyes

Tormenta de espadas

Festín de cuervos

Danza de dragones

GEORGE R. R. MARTIN
MARTIN
FUEGO y SANGRE

Traducción de
Natalia Cervera, Adela Ibáñez, Virginia Pérez,
Antonio Rivas, Virginia Sáenz, Paco Vara
y Juan Zuriaga

VINTAGE ESPAÑOL
Una división de Penguin Random House LLC
Nueva York

PRIMERA EDICIÓN VINTAGE ESPAÑOL, MARZO 2019

*Copyright de la traducción © 2018 por Natalia Cervera,
Adela Ibáñez, Virginia Pérez, Antonio Rivas,
Virginia Sáenz, Paco Vara y Juan Zuriaga
Copyright de las ilustraciones © 2018 por
Penguin Random House LLC*

Todos los derechos reservados. Publicado en los Estados Unidos
de América por Vintage Español, una división de Penguin Random
House LLC, Nueva York, y distribuido en Canadá por Random
House of Canada, una división de Penguin Random House Limited,
Toronto. Esta edición también fue publicada en 2018 por Penguin
Random House Grupo Editorial, S.A., en México y en Barcelona,
España. Originalmente publicado en inglés en los Estados Unidos
como *Fire & Blood* por Penguin Random House LLC, Nueva York,
en 2018. Copyright © 2018 por George R. R. Martin.

Vintage es una marca registrada y Vintage Español y
su colofón son marcas de Penguin Random House LLC.

Información de catalogación de publicaciones disponible
en la Biblioteca del Congreso de los Estados Unidos.

**Vintage Español ISBN en tapa blanda: 978-1-9848-9807-4
eBook ISBN: 978-1-9848-9808-1**

Para venta exclusiva en EE.UU., Canadá, Puerto Rico y Filipinas.

www.vintageespanol.com

Impreso en los Estados Unidos de América
10 9 8 7 6 5 4 3 2 1

Para Lenore, Elias, Andrea y Sid,
los Mountain Minions

Índice

Fuego y Sangre

Historia de la dinastía Targaryen, de Poniente

❧

Primer volumen
desde Aegon I, el Conquistador,
hasta
la regencia de Aegon III, el Veneno de Dragón

Escrita por el archimaestre Gyldayn
de la Ciudadela de Antigua
Transcrita por George R. R. Martin

La Conquista de Aegon

Los maestres de la Ciudadela, encargados de preservar las historias de Poniente, han utilizado la Conquista de Aegon como punto de referencia cronológica durante los trescientos últimos años. Al datar nacimientos, defunciones, batallas y otros sucesos se indica d. C. (después de la Conquista) o a. C. (antes de la Conquista).

Los auténticos eruditos saben que esta datación no es en modo alguno precisa. Aegon Targaryen no conquistó los Siete Reinos de la noche a la mañana; transcurrieron más de dos años entre el desembarco de Aegon y su coronación en Antigua, que ni siguiera puso fin a la Conquista, ya que Dorne seguía sin dejarse someter. Los intentos esporádicos de anexionar Dorne al reino se sucedieron durante todo el reinado de Aegon y hasta bien entrados los de sus hijos, motivo por el que no es posible definir la fecha exacta del final de las guerras de la Conquista.

Incluso la fecha de su comienzo se presta a confusión. Muchos suponen, erróneamente, que el reinado del rey Aegon Targaryen, el primero de su nombre, empezó el día en que desembarcó en la desembocadura del río Aguasnegras, al pie de las tres colinas, donde más adelante se fundaría la ciudad de Desembarco del Rey.

Pero no fue así: el rey y sus descendientes celebraban el Día del Desembarco de Aegon, pero el Conquistador cifraba el principio de su reinado en el día en que el Septón Supremo de la Fe lo coronó y ungió en el Septo Estrellado de Antigua. Esta coronación se produjo dos años después del desembarco de Aegon, cuando las tres grandes batallas de las guerras de la Conquista ya llevaban mucho tiempo libradas y ganadas. Por tanto, se infiere que, en realidad, la mayor parte de la conquista de Aegon tuvo lugar del año 2 al 1 a.C. (antes de la Conquista).

Los Targaryen eran de pura sangre valyria, señores dragón de rancio abolengo. Doce años antes de la Maldición de Valyria (114 a.C.), Aenar Targaryen, tras vender sus propiedades del Feudo Franco y las Tierras del Largo Verano, se mudó con todas sus mujeres, riquezas, esclavos, dragones, hermanos, parientes e hijos a Rocadragón, una ciudadela lúgubre situada a los pies de una montaña humeante, en una isla del mar Angosto.

En su época de máximo esplendor, Valyria fue la mayor ciudad del mundo conocido, el culmen de la civilización. En el interior de su reluciente muralla, dos casas rivalizaban por el poder y la gloria en la corte y en el consejo: ora se alzaban, ora caían, en una interminable, sutil y frecuentemente encarnizada lucha por el poder. Los Targaryen no eran, ni con mucho, los señores dragón más poderosos, y sus rivales interpretaron su huida a Rocadragón como una rendición, un acto de cobardía. Pero Daenys, la hija doncella de lord Aenar, a la que siempre se conocería a partir de entonces como Daenys la Soñadora, había tenido una visión en la que Valyria era pasto de las llamas. Y doce años después, cuando llegó la Maldición, no sobrevivieron más señores dragón que los Targaryen.

Durante dos siglos, Rocadragón fue el puesto fronterizo más occidental del poder valyrio. Su situación, en pleno Gaznate, ofrecía a sus señores un control absoluto sobre la bahía del Aguasnegras y permitía que tanto los Targaryen como sus más estrechos aliados, los Velaryon de Marcaderiva, una casa menor de ascendencia valyria, se llenasen las arcas a costa de los mercantes que la atravesaban. Los barcos de los Velaryon, junto con los de los Celtigar de Isla Zarpa, otra casa aliada de Valyria, controlaban las aguas del mar Angosto; mientras tanto, los Targaryen dominaban el cielo con sus dragones.

Aun así, durante la mayor parte de la centuria que siguió a la Maldición de Valyria, el bien llamado Siglo Sangriento, la casa Targaryen tenía las miras más puestas en el este que en el oeste, y mostraba muy poco interés por los asuntos de Poniente. Gaemon Targaryen, el hermano y marido de Daenys la Soñadora, fue señor de Rocadragón tras Aenar el Exiliado y se lo llegó a conocer como Gaemon el Glorioso. Cuando murió, sus hijos Aegon y Elaena gobernaron juntos. Los sucedieron su hijo Maegon, su hermano Aerys y los hijos de este: Aelyx, Baelon y Daemion. El último de los tres hermanos era Daemion, cuyo hijo Aerion heredó el señorío de Rocadragón.

El Aegon que pasó a la historia como Aegon el Conquistador y Aegon el Dragón nació en Rocadragón en el 27 a. C. Era el único varón y segundo vástago de Aerion, señor de Rocadragón, y de lady Valaena de la casa Velaryon, esta última Targaryen por parte de madre. Aegon tenía dos hermanas de linaje auténtico: Visenya, mayor que él, y Rhaenys, de menor edad. Desde hacía mucho era costumbre entre los señores dragón de Valyria que se casaran un hermano y una hermana, con el fin de conservar la pureza de sangre, pero Aegon se casó con sus dos hermanas. Por tradición debería haberse casado tan solo con Visenya, la mayor; aunque inusitada, la inclusión de Rhaenys como segunda esposa tenía precedentes. Se dice que Aegon se casó con Visenya por obligación y con Rhaenys por devoción.

Los tres hermanos habían demostrado su condición de señores dragón antes de su matrimonio. De los cinco dragones que habían volado al exilio con Aenar desde Valyria, solo uno había sobrevivido hasta los días de Aegon: la gran bestia llamada Balerion, el Terror Negro. Las dragonas Vhagar y Meraxes eran más jóvenes, salidas del huevo en Rocadragón.

Según un mito muy común, de los que difunden los ignorantes, Aegon Targaryen no pisó Poniente hasta el día en que se dispuso a su conquista; pero esto no puede ser cierto. Años antes se había tallado y decorado por orden suya la Mesa Pintada, una enorme pieza de madera de casi veinte varas de largo, con un contorno que seguía la forma de Poniente y decorada con todos los bosques, ríos, poblaciones y castillos de los Siete Reinos. Claramente, el interés de Aegon por Poniente era muy anterior a los acontecimientos que lo instarían a emprender la guerra. Además, existen informes fiables de que Aegon y su hermana Visenya visitaron de jóvenes la Ciudadela de Antigua, y de que se les vio practicar la cetrería en el Rejo como invitados de lord Redwyne. Puede que Aegon también visitara Lannisport, aunque los registros son contradictorios.

El Poniente de la juventud de Aegon estaba dividido en siete reinos beligerantes; pocas épocas hubo en que no anduvieran batallando entre sí dos o tres de ellos. El extenso, frío y pedregoso Norte estaba gobernado por los Stark de Invernalia. En los desiertos de Dorne ejercían su influencia los príncipes Martell. Las Tierras del Oeste, ricas en oro, las gobernaban los Lannister de Roca Casterly, y los Gardener controlaban Altojardín, el fértil terreno del Dominio. El Valle, los Dedos y las Montañas de la Luna estaban en manos de la casa Arryn... Pero los reyes más beligerantes de la época de Aegon eran los de los reinos más cercanos a Rocadragón: Harren el Negro y Argilac el Arrogante.

Desde Bastión de Tormentas, su gran ciudadela, los reyes de la Tormenta de la casa Durrandon habían dominado la mitad oriental de Poniente, desde el cabo de la Ira hasta la bahía de los Cangrejos, pero su poder iba menguando a lo largo de los siglos. Los reyes del Dominio habían ido arrebatándoles terreno desde el oeste; los dornienses los acosaban desde el sur, y Harren el Negro y sus hombres del hierro los habían expulsado del Tridente y de las tierras del norte del río Aguasnegras. El rey Argilac, el último Durrandon, puso freno a este declive durante cierto tiempo: detuvo una invasión dorniense a muy corta edad; cruzó el mar Angosto para unirse a la gran alianza contra los «tigres» imperialistas de Volantis, y veinte años después mató a Garse VII Gardener, rey del Dominio, en la batalla de las Tierras del Verano. Pero Argilac había envejecido; peinaba canas en su célebre melena azabache, y su bravura y destreza en combate se habían apagado.

Al norte del Aguasnegras, Harren el Negro de la casa Hoare, rey de las Islas y los Ríos, regía las Tierras de los Ríos a sangre y fuego. El abuelo de Harren, el hijo del hierro Harwyn Manodura, había arrebatado el Tridente al abuelo de Argilac, llamado Arrec, cuyos ancestros habían derrocado centurias atrás al último rey de los Ríos. El padre de Harren había extendido sus dominios al este, hasta Rosby y el Valle Oscuro, y Harren había dedicado la mayor parte de su largo reinado, cerca de cuarenta años, a levantar un castillo gigantesco junto al Ojo de Dioses, pero con Harrenhal casi construido, el hijo del hierro pronto se vería libre para embarcarse en nuevas conquistas.

Ningún rey de Poniente fue más temido que Harren el Negro, cuya crueldad era legendaria en los Siete Reinos, y ningún rey de Poniente se sintió más amenazado por él que Argilac, el rey de la Tormenta, el último Durrandon, un guerrero envejecido que solo contaba con una heredera, su hija doncella. Así, el rey Argilac se puso en contacto con los Targaryen de Rocadragón para ofrecer a lord Aegon la mano de su hija, con todas las tierras que se extendían al este del Ojo de Dioses, desde el Tridente hasta el río Aguasnegras, como dote.

Aegon Targaryen desdeñó la propuesta del rey de la Tormenta, señalándole que tenía ya dos esposas y no necesitaba una tercera, y que las tierras que le ofrecía habían pertenecido a Harrenhal más de una generación, por lo que Argilac no era quién para cederlas. Claramente, el anciano rey de la Tormenta quería establecer a los Targaryen a orillas del Aguasnegras como escudo entre sus tierras y las de Harren el Negro.

El señor de Rocadragón le presentó una contraoferta: aceptaría las tierras que le brindaba Argilac si también le cedía el Garfio de Massey, así como los bosques y llanuras comprendidos entre el sur del Aguasnegras y el río Rodeo, incluido el nacimiento del Mander. El pacto se sellaría con el enlace de la hija de Argilac y Orys Baratheon, amigo de la infancia de lord Aegon y paladín suyo.

Argilac el Arrogante rechazó, airado, estas condiciones. Se rumoreaba que Orys Baratheon era de baja estofa, hermano ilegítimo por parte de padre de lord Aegon, y el rey de la Tormenta no pensaba deshonrar a su hija cediendo su mano a un bastardo; la mera proposición lo indignaba. Argilac ordenó que cortaran las manos al mensajero de Aegon y se las devolvieran en una caja. «Estas son las únicas manos que pienso conceder a vuestro bastardo», escribió.

Aegon no respondió. Se limitó a convocar a sus amigos, banderizos y aliados principales para que acudieran a Rocadragón. Eran pocos. Los Velaryon de Marcaderiva habían jurado fidelidad a la casa Targaryen, igual que los Celtigar de Isla Garra. Del Garfio de Massey acudieron lord Bar Emmon de Punta Aguda y lord Massey de Piedratormenta, ambos juramentados a Bastión de Tormentas, pero con lazos más estrechos con Rocadragón. Lord Aegon y sus hermanas conversaron con ellos y juntos acudieron al septo del castillo para rezar a los Siete de Poniente, aunque no existe constancia hasta entonces de que Aegon fuera un gran devoto.

El séptimo día, una bandada de cuervos partió de las torres de Rocadragón para llevar el mensaje de lord Aegon a los Siete Reinos de Poniente. Y a los siete reyes volaron, así como a la Ciudadela de Antigua, a los grandes señores y los menores, todos con idénticas palabras: a partir de ese día únicamente habría un rey en Poniente. Aquellos que se prosternaran ante Aegon de la casa

Targaryen conservarían sus tierras y títulos; los que se alzaran en armas contra él resultarían derrocados, humillados y aniquilados.

Existen distintas crónicas sobre el número de espadas que partieron de Rocadragón con Aegon y sus hermanas; algunos dicen que tres mil, y otros, que solo unos cientos. Esta humilde hueste de los Targaryen desembarcó en el delta del Aguasnegras, en la orilla norte, donde tres colinas boscosas se elevaban sobre una aldea de pescadores.

En tiempos de los Cien Reinos, muchos señores menores habían reclamado para sí la desembocadura del río, entre ellos, los reyes Darklyn del Valle Oscuro, los Massey de Piedratormenta y los antiguos reyes de los Ríos, fueran Mudd, Fisher, Bracken, Blackwood o Hook. En diversas ocasiones, torres y fuertes habían coronado las tres colinas y habían sido derribados en una guerra u otra. Por aquel entonces solo quedaban piedras y ruinas cubiertas de maleza para recibir a los Targaryen. Aunque tanto Bastión de Tormentas como Harrenhal la habían reclamado, la desembocadura no tenía defensas, y los castillos más próximos pertenecían a señores menores sin poder militar ni influencia; señores que, por añadidura, no tenían muchos motivos para apreciar a su supuesto señor feudal, Harren el Negro.

Aegon Targaryen se apresuró a levantar una empalizada de barro y troncos alrededor de la colina más alta, y envió a sus hermanas a asegurarse la sumisión de los castillos circundantes. Rosby se rindió a Rhaenys y a Meraxes, la de los ojos dorados, sin presentar batalla. En Stokeworth, unos cuantos ballesteros dispararon saetas a Visenya, hasta que las llamas de Vhagar prendieron los tejados del torreón del castillo. También se sometieron.

El primer escollo de consideración para los conquistadores lo plantearon lord Darklyn del Valle Oscuro y lord Mooton de Poza de la Doncella, que unieron fuerzas y marcharon hacia el sur con tres mil hombres, con intención de expulsar a los invasores de vuelta al mar. Aegon envió a Orys Baratheon para atacarlos mientras avanzaban, a la vez que él descendía sobre ellos desde el cielo con el Terror Negro. Ambos señores murieron en la desigual batalla que se desencadenó. Después, el hijo de Darklyn y el hermano de Mooton rindieron sus castillos y juraron lealtad a la casa Targaryen. En aquella época, el Valle Oscuro era el principal puerto ponientí del mar Angosto; había crecido en tamaño y riqueza gracias al comercio. Visenya Targaryen no permitió que asolaran la población, pero tampoco dudó en apropiarse de sus tesoros, que engrosaron en gran medida las arcas de los conquistadores.

Quizá sea este el momento adecuado para hablar de las muy diversas afinidades de Aegon Targaryen y de sus hermanas y reinas.

Visenya, la hermana la mayor, tenía tanto de guerrera como el mismísimo Aegon; tan cómoda con la cota de malla como ataviada con sedas. Empuñaba la espada larga valyria *Hermana Oscura* y la manejaba con destreza, ya que se había entrenado junto a su hermano desde la infancia. Aunque tenía el cabello de oro y plata, y los ojos violeta de Valyria, la suya era una belleza dura y austera. Incluso los que más la apreciaron la consideraban adusta, seria e implacable; algunos decían que jugaba con el veneno y se aventuraba en el terreno de la magia negra.

Rhaenys, la menor de los tres Targaryen, era opuesta a su hermana: alegre, curiosa, impulsiva y fantasiosa. No era guerrera; le encantaban la música, el baile y la poesía, y era mecenas de numerosos juglares, titiriteros y cómicos. Aun así, se decía que pasaba más tiempo a lomos de su dragón que sus dos hermanos juntos, porque por encima de todas las cosas, le encantaba volar. Se le oyó decir una vez que antes de morir quería sobrevolar con Meraxes el mar del Ocaso para ver qué había en su costa occidental. Nadie ponía en duda la fidelidad de Visenya a su hermano y esposo, pero Rhaenys se rodeaba de muchachos atractivos y se rumoreaba que incluso invitaba a algunos a sus estancias cuando Aegon pasaba la noche con su hermana mayor. A pesar de estos rumores, los cortesanos atentos se daban cuenta de que el rey pasaba diez noches con Rhaenys por cada una que pasaba con Visenya.

Resulta curioso que la figura de Aegon Targaryen fuera tan enigmática para sus coetáneos como para nosotros. Armado con el acero valyrio de *Fuegoscuro*, se contaba entre los más grandes guerreros de su época, pero no se complacía en las hazañas de las armas y nunca participó en justas o torneos. Su montura era Balerion, el Terror Negro, pero solo volaba para guerrear o para desplazarse velozmente por tierra y mar. Su imponente presencia atraía a los hombres hacia su estandarte, pero no tenía más amigos íntimos que Orys Baratheon, el compañero de su juventud. Atraía a las mujeres, pero siempre fue fiel a sus hermanas. Como rey, depositaba la confianza en su consejo privado y en sus esposas, en cuyas manos delegaba el gobierno cotidiano del reino, aunque no dudaba en asumir el mando cuando lo consideraba necesario. Aunque trataba con dureza a los rebeldes y traidores, era generoso con los antiguos enemigos que le rendían pleitesía.

Lo demostró por primera vez en el Fuerte de Aegon, la rudimentaria fortaleza de madera y adobe que había erigido en la cumbre de la que a partir de entonces se conocería como la Colina Alta de Aegon. Tras haber conquistado una docena de castillos y asegurado ambas riberas de la desembocadura del Aguasnegras, ordenó a los señores derrotados que acudieran a él. Cuando llegaron, se postraron y depositaron las espadas a los pies de Aegon, quien les pidió que se levantaran y los reafirmó en sus tierras y títulos. A los que lo habían apoyado durante más tiempo les concedió honores. Designó a Daemon Velaryon, Señor de las Mareas, consejero naval al mando de la flota real; a Triston Massey, señor de Piedratormenta, lo nombró consejero de los edictos; a Crispian Celtigar, consejero de la moneda. Además, proclamó: «Orys Baratheon es mi escudo, mi partidario incondicional y mi firme mano derecha», por lo que los maestres consideran a Baratheon la primera Mano del Rey.

Aunque hacía mucho que existía la tradición de los blasones entre los señores de Poniente, los señores dragón de Valyria no los habían utilizado nunca. Cuando los caballeros de Aegon desplegaron su enorme estandarte de batalla, un dragón tricéfalo de gules sobre campo de sable, los señores lo interpretaron como un signo inequívoco de que ya era verdaderamente uno de ellos, un gran rey digno de Poniente. Cuando la reina Visenya coronó a su hermano con una diadema de acero valyrio encastrada con rubíes, y la reina Rhaenys lo saludó como «Aegon, el primero de su nombre, rey de todo Poniente y escudo de su pueblo», los dragones rugieron y los señores y caballeros lo vitorearon, pero las ovaciones más fuertes fueron las del pueblo llano, las de los pescadores, los labriegos y las dueñas.

Sin embargo, los siete reyes que Aegon el Dragón pensaba derrocar no estaban para celebraciones. En Harrenhal y en Bastión de Tormentas, Harren el Negro y Argilac el Arrogante ya habían convocado a sus banderizos. Desde el oeste, el rey Mern del Dominio cabalgó al norte a lo largo del camino del Océano hasta Roca Casterly, para reunirse con el rey Loren de la casa Lannister. La princesa de Dorne mandó un cuervo a Rocadragón, con la oferta de unirse a Aegon contra Argilac, el rey de la Tormenta, pero como igual y aliada, no como súbdita. Llegó otra oferta de alianza de Ronnel Arryn, el niño rey del Nido de Águilas, en la que su madre pedía todas las tierras del este del Forca Verde del Tridente a cambio del apoyo del Valle contra Harren el Negro. Incluso en el Norte, el rey Torrhen Stark de Invernalia estuvo reunido con sus banderizos y consejeros hasta altas horas de la noche para decidir qué hacer con aquel aspirante a conquistador. Todo el reino contenía la respiración a la espera de la siguiente jugada de Aegon.

Unos días después de la coronación, las huestes de Aegon se pusieron en marcha de nuevo. La mayor parte cruzó el Aguasnegras y se dirigió al sur, a Bastión de Tormentas, bajo el mando de Orys Baratheon. Lo acompañaba la reina Rhaenys, a lomos de Meraxes, la de los ojos dorados y las escamas de plata. La flota de los

Targaryen, encabezada por Daemon Velaryon, partió de la bahía del Aguasnegras y enfiló al norte, hacia Puerto Gaviota y el Valle. Con ellos iban la reina Visenya y Vhagar. El rey se dirigió al noroeste, hacia el Ojo de Dioses y Harrenhal, la descomunal fortaleza que era el orgullo y la obsesión del rey Harren el Negro.

Los tres embates de los Targaryen se encontraron con una fuerte oposición. Lord Errol, lord Fell y lord Buckler, banderizos de Bastión de Tormentas, sorprendieron a la avanzadilla de las huestes de Orys Baratheon cuando cruzaba el Rodeo, y derribaron a más de mil hombres antes de retirarse al bosque. Una flota improvisada de los Arryn, con la añadidura de una docena de buques de guerra braavosíes, se enfrentó a la armada de los Targaryen en las aguas de Puerto Gaviota y la derrotó. Entre las bajas estaba Daemon Velaryon, el almirante de Aegon. Incluso atacaron a Aegon en la orilla sur del Ojo de Dioses, y no una vez, sino dos. La batalla de los Juncos brindó la victoria a los Targaryen, aunque sufrieron grandes pérdidas en los Sauces Llorones, donde dos hijos del rey Harren cruzaron el lago en barcoluengos con los remos amortiguados y cayeron sobre su retaguardia.

Sin embargo, en última instancia, los enemigos de Aegon no tenían respuesta para sus dragones. Los hombres del Valle hundieron una tercera parte de la flota de los Targaryen y capturaron otras tantas embarcaciones, pero cuando la reina Visenya descendió sobre ellos desde las alturas, los barcos estallaron en llamas. Lord Errol, lord Fell y lord Buckler encontraron refugio en los bosques que tan bien conocían, hasta que la reina Rhaenys dio rienda suelta a Meraxes y un muro de llamas barrió los bosques, convirtiendo los árboles en antorchas a su paso. En cuanto a los vencedores de los Sauces Llorones, al cruzar el lago para volver a Harrenhal se vieron indefensos cuando Balerion se abalanzó de repente sobre ellos desde el cielo matinal. Los barcoluengos de Harren ardieron, al igual que sus hijos.

Los enemigos de Aegon también se vieron acosados por otros

contendientes. Cuando Argilac el Arrogante reunía a sus espadas en Bastión de Tormentas, los piratas de los Peldaños de Piedra desembarcaron en el cabo de la Ira aprovechando su ausencia, y grupos de asalto dornienses salieron a borbotones de las Montañas Rojas para barrer las Marcas. En el Valle, el joven rey Ronnel tuvo que vérselas con una rebelión en Tres Hermanas, pues los hermaneños habían retirado su lealtad al Nido de Águilas y habían proclamado reina a lady Marla Sunderland.

A pesar de todo, se trataba de aflicciones insignificantes en comparación con lo que esperaba a Harren el Negro. Aunque la casa Hoare había gobernado las Tierras de los Ríos durante tres generaciones, en el Tridente no sentían ningún aprecio por sus señores hijos del hierro. Harren el Negro había provocado millares de muertes en la construcción de Harrenhal, su titánico castillo; había expoliado las tierras en busca de material de construcción y había exprimido por igual a señores y pueblo llano en su ansia por acumular oro. Por tanto, los ribereños, encabezados por lord Edmyn Tully de Aguasdulces, se alzaron contra él. Tully, al que habían convocado para la defensa de Harrenhal, se puso de parte de la casa Targaryen, enarboló el estandarte del dragón sobre su castillo y marchó con caballeros y arqueros para unir sus fuerzas a las de Aegon. Su desafío animó a los otros señores de los Ríos. Uno por uno, los señores del Tridente renegaron de Harren y prestaron su apoyo a Aegon el Dragón. Los Blackwood, Mallister, Vance, Bracken, Piper, Frey, Strong... reclutaron a sus hombres y descendieron sobre Harrenhal.

El rey Harren el Negro, al verse superado repentinamente, se refugió en su fortaleza supuestamente inexpugnable. Harrenhal, el mayor castillo jamás construido en Poniente, presumía de cinco torres colosales, una fuente inagotable de agua dulce, sótanos enormes bien aprovisionados y una robusta muralla de piedra negra, más alta que ninguna escala de asalto y tan gruesa que no podía romperse con arietes ni resquebrajarse con trabuquetes. Harren atrancó las puertas y se dispuso, con los hijos y partidarios que le quedaban, a resistir un asedio.

Aegon de Rocadragón tenía un plan distinto. Tras unirse a Edmyn Tully y los otros señores de los Ríos para rodear el castillo, mandó a un maestre a sus puertas bajo un estandarte de paz, para parlamentar. Salió a su encuentro Harren, un hombre mayor de pelo cano que, aun así, transmitía fiereza enfundado en su armadura negra. Cada rey iba acompañado de un maestre y un portaestandartes, por lo que ha quedado constancia de las palabras que cruzaron.

—Rendíos ahora —empezó Aegon— y podréis seguir siendo el señor de las Islas del Hierro. Rendíos ahora y vuestros hijos vivirán para sucederos. Tengo ocho mil hombres apostados alrededor de vuestra muralla.

—Lo que haya fuera de mi muralla no es de mi incumbencia —contestó Harren—. Estos muros son fuertes y gruesos.

—Pero no tienen altura suficiente para protegeros de los dragones. Los dragones vuelan.

—Los construí de piedra —dijo Harren—, y la piedra no arde.

—Cuando caiga el sol —respondió Aegon—, se extinguirá vuestro linaje.

Se dice que Harren escupió al oír esto último y se retiró al castillo; envió a los parapetos a todos los hombres, armados con lanzas, arcos y ballestas, y prometió tierras y riquezas para quien abatiera al dragón. «Si tuviera una hija, el matadragones obtendría también su mano —proclamó Harren el Negro—. En su lugar le daré a una hija de los Tully, o a las tres si quiere. O puede quedarse con una de las mocosas de los Blackwood, o de los Strong, o con cualquiera de las hijas de esos traidores cobardes del Tridente, señores del fango mierdoso.» Harren el Negro se retiró entonces a su torre, rodeado por su guardia personal, para cenar con los hijos que le quedaban.

Cuando se puso el sol, los hombres de Harren el Negro escudriñaban la oscuridad incipiente aferrados a sus lanzas y ballestas. Quizá, al ver que no aparecía ningún dragón, algunos pensaran que las amenazas de Aegon eran vanas. Pero Aegon Targaryen se había alzado con Balerion por encima de las nubes, muy por encima, tanto que el dragón parecía una mosca ante la luna. Fue entonces cuando emprendió el descenso hacia el interior de la muralla. Con alas negras como el carbón, Balerion se sumergió en la oscuridad de la noche, y cuando aparecieron bajo él las inmensas torres de Harrenhal, dio rienda suelta a su furia y, de un rugido, las bañó en fuego negro ribeteado de rojo.

La piedra no arde, se había mofado Harren, pero su castillo no era solo de piedra. Madera, lana, cáñamo, paja, pan, tasajo y trigo: todo ardió. Tampoco los hombres del hierro de Harren eran de piedra. Entre gritos, envueltos en humo y llamas, corrían por los patios y se precipitaban por las almenas para morir contra el suelo. Incluso la piedra se resquebraja y funde si el fuego alcanza la temperatura suficiente. Los señores de los Ríos que aguardaban fuera del castillo relataron después que las torres de Harrenhal resplandecían, rojas contra la noche, como cinco grandes cirios... y, al igual que los cirios, empezaron a retorcerse y menguar a medida que ríos de piedra derretida corrían por sus costados.

Aquella noche, Harren y sus últimos hijos fueron pasto de las llamas que consumieron la monstruosa fortaleza. La casa Hoare se extinguió con él, al igual que el poder de las Islas del Hierro en las Tierras de los Ríos. Al día siguiente, ante las ruinas humeantes de Harrenhal, el rey Aegon aceptó el juramento de lealtad de Edmyn Tully, señor de Aguasdulces, y lo nombró señor supremo del Tridente. Los otros señores de los Ríos también rindieron pleitesía a Aegon como rey, y a Edmund Tully como su señor. Cuando se enfriaron las cenizas y fue posible entrar en el castillo sin peligro, se recogieron las espadas de los caídos, muchas rotas, fundidas o retorcidas como cintas de acero por el fuegodragón, y se enviaron al Fuerte de Aegon en carromatos.

Los banderizos del rey de la Tormenta, al sur y al este, demostraron ser más leales que los del rey Harren. Argilac el Arrogante congregó una hueste muy numerosa en Bastión de Tormentas. La sede de los Durrandon era una fortaleza imponente; la gran muralla que la rodeaba era más gruesa aún que la de Harrenhal. También se consideraba inexpugnable, pero la noticia del final del rey Harren llegó pronto a los oídos de su viejo enemigo, el rey Argilac. Lord Fell y lord Buckler, pues lord Errol ya había muerto en combate, le enviaron informes sobre la reina Rhaenys y su dragón mientras retrocedían ante la hueste enemiga. El viejo rey guerrero bramó que no tenía intención de morir como Harren, horneado dentro de su alcázar como un cochinillo con una manzana en la boca. Así pues, Argilac el Arrogante, curtido en numerosas batallas, decidió enfrentarse a su suerte empuñando una espada y partió a caballo de Bastión de Tormentas por última vez, para ir al encuentro del enemigo en campo abierto.

El avance del rey de la Tormenta no sorprendió a Orys Baratheon ni a sus hombres; la reina Rhaenys, a lomos de Meraxes, había presenciado su partida de Bastión de Tormentas, y ofreció a la Mano del Rey información detallada en cuanto al número y la disposición de las fuerzas enemigas. Orys se hizo fuerte en las colinas, al sur de Puertabronce, y se estableció en el terreno alto a aguardar la llegada de los tormenteños.

A medida que se acercaban los ejércitos, los hombres de la Tormenta hicieron honor a su nombre. Esa mañana empezó a caer una lluvia persistente, que a mediodía se había convertido en borrasca. Los banderizos del rey Argilac lo instaron a retrasar el ataque hasta el día siguiente, pero las fuerzas del rey de la Tormenta casi duplicaban las de sus enemigos, y tenía casi cuatro veces más caballeros y caballería pesada. Lo indignaba la vista de los estandartes de los Targaryen, que ondeaban empapados en las colinas de su propiedad, y el viejo guerrero curtido en tantas batallas se dio perfecta cuenta de que la lluvia los azotaba desde el sur y daba de frente a los hombres de los Targaryen que defendían las colinas, por lo que dio la orden de atacar y comenzó la batalla que pasó a los anales de la historia como la Última Tormenta.

La batalla prosiguió hasta bien entrada la noche, muy sangrienta y mucho más igualada que la conquista de Harrenhal por parte de Aegon. Por tres veces, Argilac el Arrogante y sus hombres cargaron contra las posiciones de los Baratheon, pero las laderas eran empinadas y la lluvia había ablandado y embarrado el terreno, por lo que los caballos de guerra avanzaban a duras penas entre resbalones, y las cargas perdieron la cohesión y el impulso adecuados. A los tormenteños les fue mejor cuando mandaron a sus lanceros a pie colina arriba. Cegados por la lluvia, los invasores no los vieron escalar hasta que fue demasiado tarde, y las cuerdas empapadas de los arcos hicieron que los arqueros resultaran inútiles. Cayó una colina y luego otra, y la cuarta y última carga del rey de la Tormenta y sus caballeros se abrió paso hasta el centro de las tropas de los Baratheon... y se encontró con la reina Rhaenerys y Meraxes. Incluso en tierra, la dragona demostró ser temible. Dickon Morrigen y el Bastardo de Refugionegro, que estaban al mando de la vanguardia, quedaron envueltos en llamas, al igual que la guardia personal del rey Argilac. Los caballos de batalla se desbocaron y huyeron, aplastando a su paso a los jinetes que los seguían y convirtiendo la carga en un caos. Hasta el rey de la Tormenta cayó de su montura.

Aun así, Argilac siguió luchando. Cuando Orys Baratheon bajó la colina enfangada con los suyos, se encontró al viejo rey plantando cara a media docena de hombres, con otros tantos muertos a sus pies. «Apartad», ordenó Baratheon, y desmontó para enfrentarse al rey de la Tormenta a su altura, tras ofrecerle una última oportunidad de rendición a la que Argilac contestó con un exabrupto. Así que lucharon, el vetusto rey guerrero de pelo encanecido y la fiera Mano de Aegon con su barba negra. Se dice que ambos hirieron a su contendiente, pero al final, el último

Durrandon vio concedido su deseo de morir con una espada en la mano y una maldición en los labios. La muerte de su rey descorazonó por completo a los tormenteños, y a medida que se difundía la noticia, los señores y caballeros de Argilac tiraban la espada y huían.

Durante unos días se temió que Bastión de Tormentas sufriera la misma suerte que Harrenhal, pues Argella, la hija de Argilac, afianzó las puertas frente al avance de Orys Baratheon y la hueste de los Targaryen, y se declaró reina de la Tormenta. Cuando la reina Rhaenys entró en el castillo a lomos de Meraxes para parlamentar, Argella le prometió que, antes que arrodillarse ante el enemigo, moriría hasta el último defensor de Bastión de Tormentas. «Podéis tomar mi castillo —dijo—, pero solo encontraréis huesos, sangre y cenizas.» Sin embargo, los soldados de la guarnición no estaban tan dispuestos a morir. Esa noche enarbolaron una bandera de paz, abrieron las puertas del castillo y llevaron a lady Argella amordazada, encadenada y desnuda al campamento de Orys Baratheon.

Se dice que Baratheon le quitó las cadenas personalmente, la envolvió en su capa, le sirvió vino y le habló con amabilidad del valor de su padre y de cómo había muerto. Después, para honrar al rey caído, adoptó el blasón y el lema de los Durrandon. El venado coronado se convirtió en su emblema; Bastión de Tormentas, en su sede, y lady Argella, en su esposa.

Con las Tierras de los Ríos y las de la Tormenta bajo el control de Aegon el Dragón y sus aliados, el resto de los reyes de Poniente vio claramente que llegaba su turno. En Invernalia, el rey Torrhen convocó a sus banderizos, a sabiendas de que con las grandes distancias del norte le llevaría tiempo reunirlos. La reina Sharra del Valle, regente en nombre de su hijo Ronnel, se refugió en el Nido de Águilas, preparó su defensa y envió un ejército a la Puerta de la Sangre, el acceso del Valle de Arryn. A la reina Sharra la alababan de joven llamándola «Flor de la Montaña», la doncella más bella de los Siete Reinos. Quizá con la esperanza de persuadir a Aegon con su belleza, le envió un retrato y se ofreció a casarse con él, siempre que nombrara heredero a su hijo Ronnel. Aunque al final recibió el retrato, no se sabe si Aegon llegó a responder a la propuesta; ya tenía dos reinas, y Sharra Arryn era entonces una flor marchita, diez años mayor que él.

Mientras tanto, los dos grandes reyes de occidente hicieron causa común y reunieron sus ejércitos con intención de detener a Aegon de una vez por todas. Desde Altojardín partió Mern IX de la casa Gardener, rey del Dominio, con una poderosa hueste. Al pie de la muralla de Sotodeoro, sede de la casa Rowan, se reunió con Loren I Lannister, rey de la Roca, que avanzaba con su ejército desde las Tierras del Oeste. Juntos, los dos reyes estaban al frente de la hueste más numerosa que jamás se hubiera visto en Poniente: un ejército de cincuenta y cinco mil hombres, con unos seiscientos señores, grandes y menores, y más de cinco mil caballeros. «Nuestro puño de hierro», presumía el rey Mern. Sus cuatro hijos cabalgaban junto a él, y sus dos nietos lo atendían como escuderos.

Los dos reyes no se entretuvieron en Sotodeoro; un ejército de semejante tamaño debía mantenerse en marcha o esquilmaría la tierra en la que acampara. Los aliados partieron al instante hacia el nornornoreste, atravesando los altos pastos y los campos de trigo dorado.

Aegon recibió el aviso de su llegada en su campamento, junto al Ojo de Dioses, por lo que reunió a sus fuerzas y avanzó al encuentro de estos nuevos enemigos. Bajo su mando solo disponía de una quinta parte de los hombres que reunían los dos reyes, y muchos de sus soldados eran vasallos de los señores de los Ríos, cuya lealtad a la casa Targaryen era reciente y nunca se había puesto a prueba. Sin embargo, con un ejército menor, Aegon se desplazaba mucho más deprisa que sus enemigos. En la ciudad de Septo de Piedra se le unieron sus dos reinas, junto con sus dragones: Rhaenys desde Bastión de Tormentas y Visenya desde Punta

Zarpa Rota, donde había recabado numerosas promesas de pleitesía de los señores del lugar. Los tres Targaryen juntos vieron, desde el cielo, como el ejército de Aegon cruzaba las fuentes del Aguasnegras y continuaba apresuradamente hacia el sur.

Los dos ejércitos se vieron frente a frente en las amplias llanuras abiertas del sur del Aguasnegras, cerca del lugar por donde más adelante transcurriría el camino Dorado. Los dos reyes se regocijaron cuando sus exploradores volvieron con informes sobre el número y la disposición del ejército de los Targaryen. Al parecer tenían cinco hombres por cada uno de Aegon, y la desproporción entre señores y caballeros era todavía mayor. Además, el terreno era amplio y abierto, con hierba y trigo hasta donde alcanzaba la vista, idóneo para la caballería pesada. Aegon Targaryen no controlaría el terreno elevado, a diferencia de Orys en la Última Tormenta. La tierra era firme y sin rastro de barro. No los importunaría la lluvia; el cielo estaba despejado, aunque hacía viento, y no había llovido en más de quince días.

El rey Mern había llevado a la batalla casi el doble de hombres que el rey Loren, por lo que solicitó el honor de dirigir la columna central. A Edmund, su hijo y heredero, le otorgaron el mando de la vanguardia. El rey Loren y sus caballeros formarían a la derecha; lord Oakheart, a la izquierda. Sin barreras naturales a las que anclar la línea de defensa de los Targaryen, los dos reyes pensaban rodear a Aegon por los flancos para caer sobre su retaguardia, mientras el «puño de hierro», una gran cuña de caballeros con armadura y grandes señores, aplastaba el centro de la formación.

Aegon Targaryen desplegó a sus hombres en una media luna irregular, con los lanceros y piqueros cerrando filas en primera línea, los arqueros y ballesteros justo detrás, y la caballería ligera en ambos flancos. Dio el mando de las tropas a Jon Mooton de Poza de la Doncella, uno de los primeros enemigos que se había ganado para su causa. El rey pensaba luchar, junto a sus reinas, desde el cielo. También se había percatado de la ausencia de lluvia: los pastos y el trigo que rodeaban a los ejércitos estaban listos para la cosecha... y muy secos.

Los Targaryen esperaron a que los dos reyes hicieran sonar sus cornetas y empezaran a avanzar bajo un mar de estandartes. El rey Mern en persona lideraba la carga contra el centro de la formación enemiga a lomos de su semental bayo; junto a él cabalgaba su hijo Gawen con su estandarte, una mano de sinople sobre campo de plata. Entre gritos y rugidos, envalentonados por los cuernos y los tambores de guerra, los hombres de los Gardener y los Lannister cargaron a través de una lluvia de flechas hasta llegar a sus enemigos, barriendo a su paso a los lanceros de los Targaryen y rompiendo sus filas. Pero Aegon y sus hermanas ya surcaban el cielo.

Aegon sobrevoló las filas enemigas a lomos de Balerion, atravesando un alud de lanzas, piedras y flechas, y descendió repetidamente para envolver en llamas a sus enemigos. Rhaenys y Visenya prendieron los campos de la retaguardia de los soldados enemigos, así como los lugares donde el viento empujara el fuego hacia ellos. La hierba seca y las espigas prendieron al instante. El viento avivó las llamas y arrastró el humo de frente contra los hombres de los dos reyes. El olor del fuego asustó a las monturas y, a medida que el humo se hacía más denso, tanto hombres como animales avanzaban a ciegas. Empezaron a romper filas mientras se elevaban muros de fuego a sus lados. Los hombres de lord Mooton, al otro lado de las llamas empujadas por el viento, esperaron con arcos y lanzas, dispuestos para acabar fácilmente con los hombres quemados y en llamas que lograran escapar de aquel infierno.

La batalla se conocería como el Campo de Fuego.

Más de cuatro mil hombres perecieron bajo el fuegodragón, y otros mil, atravesados por espadas, lanzas o flechas. Decenas de miles sufrieron quemaduras que, en muchos casos, los marcaron de por vida. El rey Mern IX estaba entre los caídos, junto con sus hijos, nietos, hermanos, primos y otros parientes. Uno de sus sobrinos sobrevivió tres días; cuando murió a causa de las quemaduras, la casa Gardener murió con él. El rey Loren de la Roca, al ver perdida la batalla, consiguió ponerse a salvo tras atravesar a caballo un muro de fuego y humo.

Los Targaryen perdieron menos de cien hombres. La reina Visenya sufrió una herida de flecha en el hombro, pero se recuperó pronto. Mientras los dragones se atiborraban de muertos, Aegon ordenó que recogieran las espadas de los caídos y las mandaran río abajo.

Al día siguiente capturaron a Loren Lannister. El rey de la Roca puso su espada y corona a los pies de Aegon, se arrodilló ante él y le rindió pleitesía, y Aegon, fiel a su promesa, alzó a su enemigo derrotado, lo reafirmó en sus tierras y su señorío, y lo nombró señor de Roca Casterly y Guardián del Occidente. Siguieron su ejemplo los banderizos de lord Loren, así como muchos señores del Dominio, los que habían sobrevivido al fuegodragón.

Aun así, la conquista de occidente no había culminado, por lo que el rey Aegon se despidió de sus hermanas y partió de inmediato a Altojardín, con la esperanza de asegurarse su rendición antes de que otro aspirante lo reclamara para sí. Encontró el castillo en manos de su mayordomo, Harlan Tyrell, cuyos antepasados llevaban siglos al servicio de los Gardener. Tyrell rindió las llaves sin presentar batalla y juró lealtad al rey conquistador. Como recompensa, Aegon le concedió Altojardín y sus dominios; lo nombró Guardián del Sur y señor supremo del Mander, y lo convirtió en señor de los antiguos vasallos de la casa Gardener.

La intención del rey Aegon era seguir avanzando hacia el sur y forzar la sumisión de Antigua, el Rejo y Dorne, pero mientras estaba en Altojardín le llegó noticia de un nuevo desafío: Torrhen Stark, el Rey en el Norte, había cruzado el Cuello y entrado en las Tierras de los Ríos, al frente de un ejército de treinta mil norteños salvajes. Aegon se dirigió hacia el Norte de inmediato, adelantándose a su ejército a lomos de Balerion, el Terror Negro, para plantarle cara. Mandó aviso a sus dos reinas y a todos los señores y caballeros que le habían rendido pleitesía tras las batallas de Harrenhal y el Campo de Fuego.

Cuando Torrehn Stark llegó a orillas del Tridente, encontró aguardándolo al sur del río a un ejército que prácticamente duplicaba el suyo. Señores de los Ríos, occidentales, tormenteños, hombres del Dominio... Habían acudido todos. Sobre el campamento, Balerion, Meraxes y Vhagar surcaban el cielo en círculos cada vez más amplios.

Los exploradores de Torrhen habían visto las ruinas de Harrenhal, en las que aún ardían ascuas rojizas bajo los escombros. El Rey en el Norte también había oído muchas anécdotas sobre el Campo de Fuego, y sabía que le esperaría la misma suerte si intentaba cruzar el río. A pesar de todo, algunos de sus banderizos lo urgían a atacar, insistiendo en que el valor norteño les brindaría la victoria. Otros lo instaban a retroceder hasta Foso Cailin y presentar batalla en tierras del Norte. Brandon Nieve, el hermano bastardo del rey, se ofreció a cruzar a solas el Tridente, al amparo de la oscuridad, para matar a los dragones mientras dormían.

El rey Torrhen sí que mandó a Brandon Nieve al otro lado del Tridente, pero acompañado de tres maestres y no para matar, sino para negociar. Durante toda la noche se sucedieron los mensajes en uno y otro sentido. A la mañana siguiente, fue Torrhen Stark quien cruzó el Tridente. Allí, en la orilla sur, se arrodilló, dejó la antigua corona de los reyes del Invierno a los pies de Aegon y le juró lealtad, y se puso en pie como señor de Invernalia y Guardián del Norte, ya no como rey. Desde aquel día hasta la fecha, a Torrhen Stark se lo conoce como el Rey que se Arrodilló, pero no quedaron atrás los huesos calcinados de ningún norteño, y las espadas que Aegon recogió de lord Stark y sus vasallos no estaban retorcidas, dobladas ni fundidas.

Una vez más, Aegon Targaryen y sus reinas tomaron caminos distintos. Aegon se dirigió de nuevo al sur, a Antigua, mientras que Visenya y Rhaenys, a lomos de sus dragones, pusieron rumbo respectivamente al Valle de Arryn y a los desiertos de Dorne, pasando por Lanza del Sol.

Sharra Arryn había reforzado las defensas de Puerto Gaviota, había destinado una hueste a la Puerta de la Sangre y había triplicado la dotación de las guarniciones de Piedra, Nieve y Cielo, las atalayas que protegían el acceso al Nido de Águilas. Todas estas defensas resultaron inútiles frente a Visenya Targaryen, que las sobrevoló sobre las alas curtidas de Vhagar y aterrizó en el patio interior del Nido de Águilas. Cuando la regente del Valle se apresuró a enfrentársele con una docena de guardas a su espalda, se encontró a Visenya con Ronnel Arryn sentado en el regazo, mirando maravillado a la dragona. «Madre, ¿puedo ir a volar con esta señora?», preguntó el niño rey.

No se profirieron amenazas ni se cruzaron palabras airadas, sino que las dos reinas intercambiaron sonrisas y cortesías. Luego, lady Sharra pidió que le llevaran las tres coronas: su diadema de regente, la corona pequeña de su hijo y la Corona Halcón de la Montaña y el Valle, que los reyes Arryn habían llevado durante mil años. Las rindió ante la reina Visenya, junto con las espadas de su guarnición, y cuentan que el pequeño rey sobrevoló tres veces la cumbre de la Lanza del Gigante y aterrizó convertido en un pequeño señor. Así anexionó Visenya Targaryen el Valle de Arryn al reino de su hermano.

Rhaenys Targaryen no tuvo una conquista tan fácil. Una hueste de lanceros dornienses custodiaba el paso del Príncipe, el pasaje entre las Montañas Rojas, pero Rhaenys no entabló combate con ellos. Sobrevoló el paso, por encima de las arenas rojas y blancas, y descendió en Vaith para exigir su sumisión, pero se encontró el castillo vacío y abandonado. En la ciudad que había junto a su muralla solo quedaban ancianos, mujeres y niños. Cuando les preguntó por el paradero de sus señores, lo único que contestaron fue: «Se han ido». Rhaenys bajó, siguiendo el curso del río, hasta

Bondadivina, sede de la casa Allyrion, pero también estaba desierta. Siguió volando hasta el lugar donde el Sangreverde llega al mar y se encontró en Los Tablones, donde cientos de barcazas, esquifes de pesca, gabarras, casas flotantes y cascos de barcos se cocían al sol, unidos con cuerdas, cadenas y trozos de madera para crear una ciudad flotante; pero solo un puñado de ancianas y niños se asomó a ver volar en círculos a Meraxes.

Al final, el vuelo de la reina la llevó a Lanza del Sol, la antigua sede de la casa Martell, donde encontró a la princesa de Dorne esperando en su castillo abandonado. Cuentan los maestres que Meria Martell tenía entonces ochenta años y llevaba sesenta gobernando a los dornienses. Estaba muy gorda, ciega y casi calva, con la piel cetrina y fofa. Argilac el Arrogante la llamaba el Sapo Amarillo de Dorne, pero ni la edad ni la ceguera le habían nublado la mente.

—No lucharé contra vos —dijo la princesa Meria a Rhaenys—, ni me prosternaré. Dorne no tiene rey; decídselo a vuestro hermano.

—Eso haré —contestó Rhaenys—. Pero volveremos, princesa, y la próxima vez traeremos fuego y sangre.

—Ese es vuestro lema —dijo la princesa Meria—. El nuestro, «Nunca Doblegado, nunca Roto». Podéis quemarnos, mi señora, pero no nos doblegaréis ni nos quebrantaréis. Esto es Dorne y aquí no sois bien recibida. Volved si os atrevéis.

Y así se despidieron la reina y la princesa, y Dorne se quedó sin conquistar.

Aegon fue mejor recibido en occidente. Antigua, la mayor ciudad de todo Poniente, estaba rodeada de una gruesa muralla y gobernada por los Hightower, la casa nobiliaria de más rancio abolengo y la más rica y poderosa del Dominio. Antigua también era la sede de la Fe: allí residía el Septón Supremo, Padre de los Fieles, la voz de los nuevos dioses en la Tierra, al que debían obediencia millones de devotos de todos los reinos, menos del Norte, donde toda-

vía rezaban a los antiguos dioses. También estaban las espadas de los Militantes de la Fe y las órdenes de monjes guerreros a las que el vulgo conocía como Estrellas y Espadas.

Aun así, cuando Aegon Targaryen y su hueste llegaron a Antigua, encontraron las puertas de la ciudad abiertas y a lord Hightower esperándolos para rendirles pleitesía. Lo que había sucedido era que, cuando la noticia del desembarco de Aegon llegó a Antigua, el Septón Supremo se encerró siete días y siete noches en el Septo Estrellado para que los dioses lo guiaran. No tomó otra cosa que pan y agua, y no hizo nada más que rezar, pasando del altar de un dios al de otro. El séptimo día, la Vieja alzó su lámpara dorada para mostrarle el camino. Su altísima santidad vio que si Antigua se alzaba en armas contra Aegon el Dragón, sería pasto de las llamas, y Torrealta, la Ciudadela y el Septo Estrellado quedarían destruidos.

Manfred Hightower, señor de Antigua, era cauto y devoto. Uno de sus hijos menores servía en los Hijos del Guerrero, y otro acababa de profesar los votos como septón. Cuando el Septón Supremo le habló de la visión que le había mostrado la Vieja, lord Hightower decidió que no se enfrentaría con las armas al Conquistador. Por este motivo, ningún hombre de Antigua ardió en el Campo de Fuego, aunque los Hightower eran banderizos de los Gardener de Altojardín. Por el mismo motivo, lord Manfred cabalgó al encuentro de Aegon el Dragón y le ofreció su espada, su ciudad y su lealtad. Hay quien dice que también le ofreció la mano de su hija menor, que Aegon rechazó cortésmente para no ofender a sus reinas.

Tres días después, en el Septo Estrellado, su altísima santidad en persona ungió a Aegon con los siete óleos, lo coronó y lo proclamó Aegon de la casa Targaryen, el primero de su nombre, rey de los ándalos, los rhoynar y los primeros hombres, señor de los Siete Reinos y Protector del Reino. «Siete Reinos», dijo, aunque Dorne no se había rendido ni se rendiría durante más de un siglo.

A la primera coronación de Aegon, en la desembocadura del

Aguasnegras, solo habían asistido unos pocos señores, pero varios centenares se congregaron para presenciar esta, y decenas de miles de personas lo aclamaron por las calles de Antigua mientras las recorría a lomos de Balerion. Entre los que asistieron a la segunda coronación de Aegon estaban los maestres y archimaestres de la Ciudadela, y quizá sea ese el motivo por el que se emplea esta coronación para datar el principio del reinado de Aegon, y no la del Fuerte de Aegon, el día de su desembarco.

Y así fue como los Siete Reinos de Poniente se unieron en un gran reino por voluntad de Aegon el Conquistador y sus hermanas.

Muchos pensaban que el rey Aegon haría de Antigua su sede cuando terminaran las guerras; otros suponían que gobernaría desde Rocadragón, la antigua isla ciudadela de la casa Targaryen. Pero el rey sorprendió a todos al proclamar su intención de establecer la corte en la ciudad incipiente de las tres colinas, junto a la desembocadura del Aguasnegras, donde sus hermanas y él habían pisado Poniente por primera vez. La nueva ciudad se llamaría Desembarco del Rey, y desde allí reinaría Aegon el Dragón y celebraría audiencia sentado en un gran trono forjado con las espadas fundidas, retorcidas, machacadas y rotas de sus enemigos caídos, un peligroso asiento que pronto se conocería en el mundo como el Trono de Hierro de Poniente.

El reinado del Dragón

Las guerras del rey Aegon I

El largo reinado del rey Aegon I Targaryen, del 1 d.C. al 37 d.C., fue pacífico en términos generales, sobre todo en los últimos años. Pero antes de la Paz del Dragón, como más adelante denominaron los maestres de la Ciudadela a los dos últimos decenios de su reinado, tuvieron lugar las guerras del Dragón, la última de las cuales fue el conflicto más encarnizado y sangriento que había visto Poniente en toda su historia.

Pese a que se consideraba que las guerras de la Conquista finalizaron cuando el Septón Supremo coronó y ungió a Aegon en el Septo Estrellado de Antigua, no todo Poniente se había sometido a su gobierno.

En el Mordisco, los señores de las Tres Hermanas habían aprovechado el caos de la Conquista de Aegon para declarar su independencia y coronar a lady Marla de la casa Sunderland. Puesto que la flota de los Arryn había quedado prácticamente destruida durante la Conquista, el rey ordenó a Torrhen Stark de Invernalia, su Guardián del Norte, que sofocase la rebelión de los hombres de las Tres Hermanas, y un ejército norteño partió de Puerto Blanco en una flota de galeras braavosíes contratadas, a cuyo mando iba ser Warrick Manderly. A la vista de las velas y de la repentina aparición de la reina Visenya y Vhagar en el cielo, sobre Villahermana, los hombres de las Hermanas se desmoralizaron y depusieron a toda prisa a la reina Marla para coronar a su hermano menor. Steffon Sunderland renovó su voto de lealtad al Nido de Águilas, se prosternó ante Visenya y entregó a sus hijos como rehenes en garantía de su buen comportamiento: a uno lo acogieron los Manderly; al otro, la casa Arryn. Su hermana, la reina depuesta, fue exiliada y encarcelada. Cinco años después le cortaron la lengua, y pasó el resto de su vida entre las Hermanas Silenciosas atendiendo los cadáveres de los nobles fallecidos.

En el otro extremo de Poniente, las Islas del Hierro se hallaban sumidas en el caos. La casa Hoare, que había gobernado a los hombres del hierro durante muchos siglos, se extinguió en una sola noche cuando Aegon descargó el fuego de Balerion sobre Harrenhal. Pese a que Harren el Negro y sus hijos perecieron entre las llamas, se declaró a Qhorin Volmark de Harlaw, cuya abuela era hermana menor del abuelo de Harren, legítimo heredero de «la línea negra», y se hizo con el trono.

No obstante, no todos los hombres del hierro aceptaron su coronación. En Viejo Wyk, bajo los huesos de Nagga, el dragón marino, los sacerdotes del Dios Ahogado colocaron una corona de madera de deriva en la cabeza de uno de los suyos, el sacerdote descalzo Lodos, que se proclamaba hijo del Dios Ahogado y de quien se rumoreaba que podía realizar milagros. Otros aspirantes al trono se alzaron en Gran Wyk, Pyke y Monteorca, y durante más de un año, sus partidarios lucharon en tierra y mar. Se dice que las aguas que separaban las islas estaban tan saturadas de cadáveres que los krákens acudían a cientos atraídos por la sangre.

Aegon Targaryen puso fin a la contienda al descender sobre las islas en el año 2 d. C., montado sobre Balerion. Con él llegaron las flotas del Rejo, Altojardín y Lannisport, e incluso unos cuantos barcoluengos de la Isla del Oso enviados por Torrhen Stark. Los hombres del hierro, con las filas mermadas por un año de guerra fratricida, opusieron poca resistencia; de hecho, muchos de ellos recibieron de buen grado la llegada de los dragones. El rey Aegon mató a Qhorin Volmark con *Fuegoscuro*, pero permitió que su hijo, todavía un niño, heredase las tierras y el castillo de su padre. En Viejo Wyk, el rey y sacerdote Lodos, supuesto hijo del Dios Ahogado, invocó a los krákens de las profundidades para que se alzasen y hundieran los barcos del invasor. Puesto que no sucedió tal cosa, Lodos se rellenó la ropa de piedras y entró caminando en el mar «en busca del consejo de mi padre». Miles de hombres lo siguieron. Las aguas arrastraron sus cadáveres hinchados y carcomidos por los cangrejos a las costas de Viejo Wyk durante años.

Más adelante se planteó la cuestión de quién debería gobernar las Islas del Hierro en nombre del rey. Se sugirió que los hombres del hierro rindieran vasallaje a los Tully de Aguasdulces o a los Lannister de Roca Casterly, y algunos llegaron a proponer que se los entregase a Invernalia. Aegon escuchó todos los alegatos, pero al final decidió que permitiría a los hombres del hierro elegir a su propio señor supremo. Nadie se sorprendió de que escogieran a uno de los suyos: Vickon Greyjoy, Lord Segador de Pyke. Lord Vickon rindió pleitesía al rey Aegon, y el Dragón partió con su armada.

Sin embargo, el mandato de Greyjoy se limitaba a las Islas del Hierro; renunció a cualquier posible derecho sobre las tierras de las que se había apropiado la casa Hoare en el continente. Aegon entregó las ruinas del castillo de Harrenhal y sus dominios a ser Quenton Qoherys, el maestro de armas de Rocadragón, pero le exigió que aceptase a lord Edmyn Tully de Aguasdulces como señor. El recientemente nombrado lord Quenton tenía dos hijos fuertes y un nieto rollizo que garantizaban la sucesión, pero dado que a su primera esposa se la había llevado la fiebre manchada tres años antes, también accedió a desposarse con una de las hijas de lord Tully.

Con el sometimiento de las Tres Hermanas y las Islas del Hierro, todo Poniente, al sur del Muro, quedó bajo el mandato de Aegon Targaryen, con la única excepción de Dorne. De modo que fue a Dorne hacia donde el Dragón volvió la vista. Lo primero que intentó Aegon fue ganarse a los dornienses con palabras, para lo cual envió a Lanza del Sol una delegación de grandes señores, maestres y septones, con la misión de negociar con la princesa Meria Martell, motejada el Sapo Amarillo de Dorne, y convencerla de las ventajas de unir su reino al del Dragón. Las negociaciones se prolongaron durante cerca de un año, pero no consiguieron llegar a un acuerdo.

El principio de la Primera Guerra Dorniense suele fecharse en el año 4 d.C., cuando Rhaenys Targaryen regresó a Dorne. En esta ocasión volvió a fuego y sangre, como había amenazado. A lomos de Meraxes, la reina descendió del cielo despejado y prendió Los Tablones. Las llamas saltaron de barco en barco hasta que toda la desembocadura del Sangreverde se llenó de restos ardientes; la columna de humo se veía desde Lanza del Sol. Los habitantes de la ciudad flotante huyeron al río para refugiarse de las llamas, de modo que menos de un centenar murió en el ataque; en su mayoría perecieron ahogados, y no bajo las llamas del dragón. Pero ya se había derramado sangre.

Por otro lado, Orys Baratheon condujo a un millar de caballeros escogidos por el Sendahuesos, mientras el propio Aegon atravesaba el paso del Príncipe al mando de un ejército de treinta mil hombres, encabezados por cerca de dos mil caballeros montados y trescientos señores y banderizos. Se oyó decir a lord Harlan Tyrell, el Guardián del Sur, que tenían poder suficiente para aplastar a cualquier ejército dorniense que intentase oponérseles, incluso en ausencia de Aegon y Balerion.

Sin duda tenía razón, pero no le hizo falta demostrarlo, ya que los dornienses no llegaron a presentar batalla, sino que se retiraron ante las huestes del rey, incendiaron los cultivos y envenenaron

hasta el último pozo. Los invasores se toparon con las atalayas dornienses de las Montañas Rojas desabastecidas y abandonadas. En los pasos elevados, la vanguardia de Aegon se encontró con el camino obstruido por un muro de ovejas muertas, completamente esquiladas y demasiado podridas para servir de alimento. El ejército del rey ya empezaba a acusar la falta de comida y forraje cuando emergió del paso del Príncipe para encarar las arenas de Dorne. Allí, Aegon dividió sus fuerzas: envió a lord Tyrell al sur para enfrentarse con Uthor Uller, señor de Sotoinfierno, mientras él se dirigía hacia el este para sitiar a lord Fowler en Dominio del Cielo, su fortaleza de las montañas.

Corría el segundo año del otoño y se auguraba que el invierno no tardaría en llegar. Los invasores confiaban en que en la siguiente estación disminuyera el calor de los desiertos y hubiera más agua. Pero el sol de Dorne demostró ser implacable cuando lord Tyrell marchó hacia Sotoinfierno. En un clima tan caluroso, los hombres bebían más, y todos los pozos y oasis del camino del ejército estaban envenenados. Los caballos empezaron a morir, más y más con cada día que pasaba, seguidos por sus jinetes. Los altivos caballeros abandonaron los estandartes, los escudos, incluso las armaduras. Lord Tyrell perdió a una cuarta parte de sus hombres y casi todos sus caballos en las arenas de Dorne, y cuando al fin llegó a Sotoinfierno, lo encontró abandonado.

El ataque de Orys Baratheon obtuvo un resultado algo mejor. Sus caballos forcejearon por las pendientes pedregosas y los pasos serpenteantes, pero muchos se negaron a continuar cuando llegaron a las zonas más abruptas del camino, donde los dornienses habían tallado escalones en la montaña. Llovieron rocas sobre los caballeros de la Mano del Rey, obra de unos defensores que los tormenteños no llegaron a ver. En el lugar donde el Sendahuesos se unía al río Wyl, los arqueros dornienses aparecieron repentinamente cuando la columna cruzaba un puente, y las flechas cayeron a millares sobre ella. Cuando lord Orys ordenó retroceder a sus hombres, un gran desprendimiento de rocas les cortó la retirada. Sin posibilidad de avanzar ni de retroceder, los tormenteños cayeron como cerdos en la pocilga. Perdonaron la vida a Orys Baratheon, junto con una docena de señores a los que consideraron dignos de pedir un rescate por ellos, pero los hizo prisioneros Wyl de Wyl, el indómito señor montañés conocido como el Amante de las Viudas.

El rey Aegon salió mejor parado. Tras marchar hacia el este siguiendo las laderas, donde los arroyos que descendían de las cumbres proporcionaban agua y la caza abundaba en los valles, arrasó Dominio del Cielo y tomó Palosanto al cabo de un breve asedio. El señor de Tor había fallecido recientemente, y su mayordomo se rindió sin luchar. Más al este, lord Toland de Colina Fantasma envió a su paladín a desafiar al rey en combate singular. Aegon aceptó y le dio muerte, aunque posteriormente descubrió que no se trataba del paladín de Toland, sino de su bufón. Lord Toland había desaparecido.

Tampoco había rastro de Meria Martell, la princesa de Dorne, cuando el rey Aegon descendió sobre Lanza del Sol a lomos de Balerion y se encontró con que su hermana Rhaenys se le había adelantado y, tras incendiar Los Tablones, había tomado Limonar, Bosquepinto y Aguahedionda; la homenajearon ancianas y niños, pero no encontró un auténtico enemigo por ningún sitio. Incluso la ciudad invisible, situada extramuros de Lanza del Sol, estaba medio desierta, y ninguno de quienes quedaban en ella reconocía saber nada del paradero de los señores y las princesas de Dorne.

—El Sapo Amarillo se ha derretido en la arena —dijo la reina Rhaenys al rey Aegon.

La respuesta de Aegon fue una declaración de victoria. Reunió en el gran salón de Lanza del Sol a los dignatarios que quedaban y les dijo que Dorne había pasado a formar parte de su reino y a partir de entonces serían sus leales vasallos, pues sus antiguos señores eran rebeldes y proscritos. Ofreció recompensas por sus cabezas, en especial por la de la princesa Meria Martell, el Sapo Amarillo. Nombró a lord Jon Rosby castellano de Lanza del Sol y Guardián de las Arenas, para gobernar Dorne en nombre del rey. También se nombraron mayordomos y castellanos para las otras tierras y alcázares que había tomado el Conquistador. Después, el rey Aegon y sus huestes partieron por donde habían llegado, en dirección oeste a lo largo de las laderas y a través del paso del Príncipe.

Apenas habían llegado a Desembarco del Rey cuando Dorne estalló a sus espaldas. Los lanceros dornienses surgieron de la nada, como flores del desierto después de la lluvia. Recuperaron Dominio del Cielo, Palosanto, Tor y Colina Fantasma en una quincena, y pasaron por la espada a las guarniciones reales. Solo permitieron morir a los castellanos y mayordomos de Aegon después de haberlos sometido a un largo tormento. Se dijo que los señores dornienses cruzaron apuestas a ver quién era capaz de mantener con vida a su rehén durante más tiempo mientras lo desmembraba. Lord Rosby, castellano de Lanza del Sol y Guardián de las Arenas, tuvo un final menos aciago que la mayoría: después de que los dornienses salieran como un enjambre de la ciudad invisible para retomar el castillo, lo ataron de pies y manos y lo arrastraron a la Torre de la Lanza, donde la avejentada princesa Meria lo arrojó con sus propias manos por una ventana.

Pronto quedaron solo lord Tyrell y sus tropas; el rey Aegon había dejado atrás a Tyrell al partir de Dorne. Se consideraba que Sotoinferno, una fortaleza del río Azufre, estaba bien situada para sofocar cualquier levantamiento. Pero el río era de aguas sulfurosas, y los peces capturados en ellas enfermaron a los hombres de Altojardín. La casa Qorqyle de Asperón no había llegado a someterse, y sus lanceros acababan con los forrajeros y las patrullas que enviaba Tyrell cuando se aventuraban demasiado hacia el oeste. Lo mismo hacían los Vaith en el este. Cuando la noticia de la Defenestración de Lanza del Sol alcanzó Sotoinferno, lord Tyrell reunió las fuerzas que le quedaban y se aventuró a atravesar las arenas. Había anunciado su intención de capturar Vaith, marchar al este a lo largo del río, recuperar Lanza del Sol y la ciudad invisible, y castigar a los asesinos de lord Rosby, pero en algún lugar situado al este de Sotoinferno, entre las arenas rojas, desaparecieron Tyrell y todo su ejército. No se volvió a ver a uno solo de sus hombres.

Aegon Targaryen no era propenso a aceptar la derrota. La guerra se prolongaría durante otros siete años, pese a que después del 6 d.C. degeneró en una serie interminable de atrocidades sangrientas, incursiones y revanchas, interrumpida por largos períodos de inactividad, una docena de breves treguas, y numerosos asesinatos y magnicidios.

En el año 7 d.C. enviaron a Desembarco del Rey a Orys Baratheon y los demás señores capturados en el Sendahuesos, a cambio de su peso en oro, pero cuando llegaron se descubrió que el Amante de las Viudas les había amputado a todos la mano de la espada, de modo que nunca pudieran volver a alzarse en armas contra Dorne. Como represalia, el rey Aegon descendió en persona sobre la fortaleza montañesa de los Wyl con Balerion y redujo a montículos de piedra fundida media docena de sus atalayas y castillos. Sin embargo, los Wyl se refugiaron en las cuevas y túneles que horadaban sus montañas, y el Amante de las Viudas sobrevivió veinte años más.

En el 8 d.C., un año excepcionalmente seco, los saqueadores dornienses cruzaron el mar de Dorne en embarcaciones procuradas por un rey pirata de los Peldaños de Piedra y atacaron media docena de aldeas y pueblos a lo largo de la costa sur del cabo de la Ira, donde prendieron incendios que se extendieron por la mitad de la Selva. «Fuego por fuego», se dijo que declaró la princesa Meria.

Los Targaryen no podían permitir que algo así quedase sin respuesta. Más adelante, en ese mismo año, Visenya Targaryen apareció en el cielo de Dorne y desató los fuegos de Vhagar sobre Lanza del Sol, Limonar, Colina Fantasma y Tor.

En el año 9 d.C. regresó Visenya, esta vez con el mismísimo Aegon volando a su lado, y en esa ocasión ardieron Asperón, Vaith y Sotoinferno.

La respuesta de los dornienses llegó al año siguiente, cuando lord Fowler condujo un ejército a través del paso del Príncipe hasta alcanzar el Rejo, con tanta rapidez que logró incendiar una docena de aldeas y capturar el castillo fronterizo de Canto Nocturno antes de que los señores de las Marcas se dieran cuenta de que tenían encima al enemigo. Cuando la noticia del ataque llegó a Antigua, lord Hightower envió a su hijo Addam con una fuerza considerable para retomar Canto Nocturno, pero los dornienses lo habían previsto y un segundo ejército, bajo el mando de ser Joffrey Dayne, descendió desde Campoestrella y atacó la ciudad. Las murallas de Antigua demostraron ser demasiado fuertes para que los dornienses pudieran superarlas, pero Dayne incendió campos, granjas y pueblos en veinte leguas a la redonda y mató a Garmon, el hijo menor de lord Hightower, cuando este encabezó una partida contra él. Al llegar a Canto Nocturno, ser Addam Hightower se encontró con que lord Fowler había prendido fuego al castillo y pasado por la espada a la guarnición. A lord Caron, su esposa y sus hijos los habían conducido a Dorne como rehenes. En vez de ir en pos suya, ser Addam regresó a Antigua de inmediato con intención de liberarla, pero ser Joffrey y su ejército se habían desvanecido también entre las montañas.

El anciano lord Manfred Hightower falleció poco después. Ser Addam sucedió a su padre como señor de Torrealta, mientras Antigua clamaba venganza. El rey Aegon voló a lomos de Balerion hasta Altojardín para pedir consejo a su Guardián del Sur, pero Theo Tyrell, el joven señor, se mostró reticente a plantearse otra invasión de Dorne después del final que había sufrido su padre.

Una vez más, el rey desató sus dragones sobre Dorne. Aegon en persona cayó sobre Dominio del Cielo, jurando convertir la sede de los Fowler en «un segundo Harrenhal». Visenya y Vhagar derramaron fuego y sangre sobre Campoestrella, y Rhaenys y Meraxes regresaron una vez más a Sotoinferno..., donde las alcanzó la tragedia. Los dragones de los Targaryen, criados y entrenados para la batalla, habían volado entre tormentas de lanzas y flechas en multitud de ocasiones sin sufrir apenas daño. Las escamas de un dragón adulto eran más duras que el acero, y ni las flechas que daban en el blanco penetraban lo suficiente para conseguir más que enfurecer a las enormes bestias. Pero mientras Meraxes giraba sobre Sotoinferno, un defensor situado en la torre más alta del castillo disparó un escorpión y logró clavarle un dardo de hierro de dos codos en el ojo derecho. La dragona de la reina no murió al instante; se desplomó agonizante, y destruyó la torre y una gran sección de la muralla de Sotoinferno en sus últimos estertores.

Sigue siendo objeto de debate si Rhaenys Targaryen sobrevivió a su dragona. Algunos sostienen que cayó de la silla y murió; otros, que la aplastó Meraxes en el patio del castillo. Unos pocos aseguran que, aunque no la mató la caída, sufrió una muerte lenta bajo tortura en las mazmorras de los Uller. Es probable que nunca se conozcan las auténticas circunstancias de su final, pero Rhaenys Targaryen, hermana y esposa del rey Aegon I, pereció en Sotoinferno, en Dorne, en el año 10 después de la Conquista.

Los dos años siguientes fueron los de la Ira del Dragón. Hasta el último castillo de Dorne fue incendiado tres veces cuando Balerion y Vhagar cayeron sobre ellos repetidamente. Las arenas que rodeaban Sotoinferno se fundieron y cristalizaron en algunos lugares bajo el abrasador aliento de Balerion. Los señores dornienses se vieron obligados a esconderse, pero ni siquiera así lograron ponerse a salvo. Lord Fowler, lord Vaith, lady Toland y cuatro señores sucesivos de Sotoinferno fueron asesinados uno detrás de otro, ya que el Trono de Hierro había ofrecido el peso de un señor

en oro a cambio de la cabeza de cualquier señor dorniense. No obstante, solo dos de los asesinos vivieron para cobrar su recompensa, y los dornienses tomaron represalias pagando la sangre con sangre. Asesinaron a lord Connington del Nido del Grifo mientras cazaba; lord Mertyns de Bosquebruma murió envenenado junto con toda su casa por un tonel de vino dorniense, y a lord Fell lo estrangularon en un burdel de Desembarco del Rey.

Los Targaryen tampoco salieron indemnes. El rey sufrió tres ataques, y en dos de ellos habría caído de no ser por sus guardias. Una noche tendieron una emboscada a la reina Visenya en Desembarco del Rey; dos de sus escoltas murieron antes de que la propia Visenya acabase con el último atacante con el filo de *Hermana Oscura*.

El acto más infame de aquella época sangrienta se produjo en el año 12 d.C., cuando Wyl de Wyl, el Amante de las Viudas, se presentó sin invitación en la boda de ser Jon Cafferen, heredero de Fawnton, con Alys Oakheart, hija del señor de Roble Viejo. Después de que un criado traicionero los dejase entrar por una puerta trasera, los atacantes encomendados por Wyl asesinaron a lord Oakheart y a la mayoría de los invitados, y posteriormente obligaron a mirar a la novia mientras castraban a su esposo. A continuación se turnaron para violar a lady Alys y a sus criadas, y por último se las llevaron a rastras para venderlas a un esclavista myriense.

Para entonces, Dorne era un desierto humeante asolado por la hambruna, la enfermedad y la peste. «Una tierra condenada», según la denominaban los comerciantes de las Ciudades Libres. Pero la casa Martell permanecía «Nunca Doblegada, nunca Rota», como aseveraba su lema. Un caballero dorniense, entregado a la reina Visenya como cautivo, insistió en que Meria Martell prefería ver muerto a su pueblo antes de permitir que acabase esclavizado por la casa Targaryen. Visenya respondió que su hermano y ella estarían más que satisfechos de cumplir los deseos de la princesa.

La edad y la mala salud acabaron por conseguir lo que los dragones y ejércitos no habían logrado. En el año 13 d.C., Meria Martell, el Sapo Amarillo de Dorne, murió en su lecho; a decir de sus enemigos mientras mantenía relaciones íntimas con un semental. Su hijo Nymor la sucedió como señor de Lanza del Sol y príncipe de Dorne. Con sesenta años de edad y la salud quebrantada, el nuevo príncipe dorniense no tenía ánimos para continuar con la matanza. Comenzó su reinado enviando una delegación a Desembarco del Rey, a devolver la calavera de la dragona Meraxes y ofrecer sus condiciones de paz al rey Aegon. Su propia heredera, su hija Deria, encabezaba esa embajada.

La propuesta de paz del príncipe Nymor chocó con una fuerte oposición en Desembarco del Rey. La reina Visenya se declaró contraria en términos contundentes: «No habrá paz sin sometimiento», declaró, y los amigos que tenía en el consejo privado corearon sus palabras. Orys Baratheon, que se había dejado llevar por la amargura en los últimos años, abogó por devolver a la princesa Deria a su padre con una mano menos. Lord Oakheart envió un cuervo para sugerir que se vendiera a la joven dorniense «al burdel más infame de Desembarco del Rey, hasta que todos los mendigos de la ciudad hayan obtenido placer de ella». Aegon Targaryen descartó todas aquellas propuestas: la princesa Deria había acudido como enviada bajo un estandarte de paz, y juró que no sufriría daño alguno bajo su techo.

El rey estaba cansado de guerrear, según todas las versiones, pero otorgar la paz a los dornienses sin someterlos sería equivalente a aceptar que su amada hermana Rhaenys había muerto en vano, que tanta sangre y muerte no habían servido de nada. Los señores de su consejo privado señalaron además que una paz en esas condiciones se consideraría un signo de debilidad y podría alentar nuevas rebeliones que habría que sofocar. Aegon sabía que el Rejo, las Tierras de la Tormenta y las Marcas habían sufrido grandes calamidades durante la lucha, y no perdonarían ni olvidarían. Ni siquiera en Desembarco del Rey se atrevía Aegon a dejar que los dornienses se aventurasen a salir de la fortaleza sin una fuerte escolta, por temor a que la plebe los despedazara. Por todos esos motivos, según reseñó más adelante el gran maestre Lucan, el rey estaba a punto de rechazar la propuesta dorniense y continuar la guerra.

Fue entonces que la princesa Deria entregó al rey una carta lacrada de su padre. «Solo podéis leerla vos, alteza.»

El rey Aegon leyó las palabras del príncipe Nymor ante la corte, con rostro inexpresivo y en silencio, sentado en el Trono de Hierro. Cuando se levantó, al terminar, su mano goteaba sangre. Quemó la carta y no volvió a hablar de ella, pero aquella noche montó sobre Balerion y atravesó volando la bahía del Aguasnegras hasta llegar a la fortaleza de Rocadragón, apostada sobre su montaña humeante. Cuando regresó, a la mañana siguiente, Aegon Targaryen aceptó las condiciones propuestas por Nymor. Poco después firmó un tratado de paz eterna con Dorne.

Aún hoy nadie conoce con certeza el contenido de la carta de Deria. Algunos aseguran que era una simple súplica de un padre a otro, palabras cargadas de sentimiento que llegaron al corazón del rey Aegon. Otros insisten en que era una lista de los señores y nobles caballeros que habían perdido la vida durante la guerra. Incluso hubo septones que llegaron al extremo de insinuar que la carta estaba hechizada, que la había escrito el Sapo Amarillo antes de morir utilizando como tinta la sangre de la reina Rhaenys que guardaba en un tarro, de modo que el rey fuera incapaz de resistirse a su magia maligna.

El gran maestre Clegg, que se desplazó a Desembarco del Rey muchos años después, concluyó que Dorne ya no poseía la fuerza necesaria para luchar. Llevado por la desesperación, según apuntó Clegg, el príncipe Nymor podría haber amenazado con contratar a los Hombres sin Rostro de Braavos si seguía rechazando su oferta de paz, para que asesinasen a Aenys, el hijo y heredero del rey

Aegon y la reina Rhaenys, que por aquel entonces solo contaba seis años de edad. Podría ser cierto..., pero nadie lo sabrá nunca.

Así concluyó la Primera Guerra Dorniense (4-13 d.C.).

El Sapo Amarillo de Dorne había conseguido lo que Harren el Negro, los dos reyes y Torrhen Stark no lograron: derrotar a Aegon Targaryen y a sus dragones. Pero al norte de las Montañas Rojas, sus tácticas solo provocaron desdén. «Coraje dorniense» se convirtió en un sinónimo burlón de cobardía entre los señores y caballeros de los reinos de Aegon. «El sapo salta a su agujero cuando se siente amenazado», escribió un cronista. Otro dijo: «Meria luchó como una mujer, con mentiras, traición y brujería». La victoria de Dorne, si se puede llamar victoria, se consideró deshonrosa, y los supervivientes de la guerra, así como los hijos y hermanos de los caídos, se prometieron mutuamente que algún día llegaría el momento de obtener retribución.

Su venganza tendría que esperar a una generación futura, y al ascenso al trono de un rey más joven y sediento de sangre. Pese a que siguió en el Trono de Hierro veinticuatro años más, el conflicto dorniense fue la última guerra de Aegon el Conquistador.

Las tres cabezas del Dragón

El gobierno en tiempos del rey Aegon I

Aegon I Targaryen fue un guerrero célebre, el más grandioso conquistador de la historia de Poniente, si bien muchos consideran que sus mayores hazañas llegaron en tiempo de paz. El Trono de Hierro se forjó a base de fuego, acero y espanto; así se cuenta. Pero, una vez templado, se convirtió en la sede de la justicia de todo Poniente.

La reunificación de los Siete Reinos bajo el gobierno de los Targaryen fue la piedra angular de la estrategia de Aegon I como monarca. Con este fin, puso gran empeño en atraer a su séquito y su consejo a hombres, e incluso mujeres, de todas partes del reino. Alentó a sus antiguos enemigos a enviar a la corte a sus hijos (sobre todo a los más jóvenes, ya que la mayoría de los grandes señores se mostraban reacios a separarse de sus herederos), donde sirvieron de pajes, coperos y escuderos, y las muchachas, de doncellas y acompañantes de las reinas de Aegon. En Desembarco del Rey presenciaron la justicia real, y se los instó a pensar en sí mismos no como occidentales, tormenteños o norteños, sino como súbditos leales de un gran reino.

Los Targaryen también concertaron muchos matrimonios entre casas nobles de los rincones más remotos del reino, con la esperanza de que las alianzas contribuyesen a unir las tierras conquistadas y convertir los Siete Reinos en uno. Visenya y Rhaenys, las reinas de Aegon, se entregaron a la tarea con entusiasmo. En pago a sus esfuerzos, el joven Ronnel Arryn, señor del Nido de Águilas, tomó por esposa a una hija de Torrhen Stark, de Invernalia, mientras que el hijo mayor de Loren Lannister, heredero de Roca Casterly, se casó con una Redwyne del Rejo. Cuando el Lucero de la Tarde, señor de Tarth, tuvo trillizas, la reina Rhaenys las prometió con las casas Corbray, Hightower y Harlaw. La reina Visenya pactó una boda doble entre los Blackwood y los Bracken, rivales cuya enemistad se remontaba a varios siglos, emparejando a un vástago varón de cada familia con una hembra de la otra para sellar la paz entre ambas. Y cuando una doncella de Rhaenys, de la casa Rowan, se quedó embarazada de un ayudante de cocina, la reina consiguió casarla con un caballero de Puerto Blanco y que otro de Lannisport aceptase a su bastardo como pupilo.

Aunque nadie dudaba de que Aegon Targaryen tenía la última palabra en cualquier cuestión relacionada con el gobierno, sus hermanas Visenya y Rhaenys compartieron el poder durante todo su reinado. Ninguna otra reina de la historia de los Siete Reinos gozó jamás de tanta influencia política como las hermanas del Dragón, salvo quizá la Bondadosa Reina Alysanne, esposa de Jaehaerys I. Cuando el rey salía de viaje, tenía por costumbre llevarse a una, mientras que la otra se quedaba en Rocadragón o en Desembarco del Rey, a menudo para ocupar el Trono de Hierro y solventar los asuntos que se presentaran.

A pesar de que Aegon eligió Desembarco del Rey como sede real e instaló el Trono de Hierro en el salón cargado de humo de su fuerte, apenas pasó allí la cuarta parte de su reinado. Otros tantos días con sus noches los pasó en Rocadragón, la fortaleza insular de sus antepasados. El castillo que se alzaba a los pies de Montedragón era diez veces mayor que el Fuerte de Aegon y mucho más cómodo, seguro y venerable. El Conquistador afirmó en cierta ocasión que le gustaba incluso el olor de la isla, el aire salado que siempre transportaba humo y azufre. Aegon dividía el tiempo entre ambos asentamientos, que alternaba durante la mitad del año aproximadamente.

La otra mitad la consagraba a sus interminables visitas reales: arrastraba a la corte de castillo en castillo y se alojaba por turnos con todos los grandes señores. Su alteza honró numerosas veces con su presencia Puerto Gaviota y el Nido de Águilas; Harrenhal, Aguasdulces, Lannisport y Roca Casterly; Refugio Quebrado, Roble Viejo, Altojardín, Antigua, el Rejo, Colina Cuerno, Vado Ceniza, Bastión de Tormentas y hasta el Castillo del Atardecer; pero podía presentarse en cualquier otra parte, en ocasiones con un séquito de un millar de caballeros, señores y damas. Viajó tres veces a las Islas del Hierro, dos a Pyke y otra a Gran Wyk; se quedó quince lunas en Villahermana en el año 19 d. C. y visitó el Norte en seis ocasiones; en tres de ellas se alojó en Puerto Blanco; en dos, en Fuerte Túmulo, y en una, en Invernalia, en el que sería su último viaje real, en el 33 d. C.

Cuando le preguntaron el porqué de tantos viajes, respondió con su famosa máxima: «Prevenir la rebelión es mejor que reprimirla». Contemplar al rey en todo su poderío, montado en Balerion el Terror Negro, y acompañado de centenares de caballeros ataviados de resplandeciente seda y acero, contribuía mucho a infundir lealtad en los banderizos revoltosos. Añadió que el pueblo llano necesitaba ver de vez en cuando a sus monarcas, y saber que tenía la oportunidad de exponerles sus quejas y preocupaciones.

Y así era. Gran parte de cada viaje real transcurría entre banquetes, bailes, partidas de caza y jornadas de cetrería, puesto que los señores competían en hospitalidad y magnificencia, pero Aegon también se aseguraba de celebrar audiencia en todos los lugares que visitaba, ya fuese desde un estrado en el castillo de un gran señor o desde una piedra cubierta de musgo en las tierras de un labriego. Lo acompañaban seis maestres para resolver todas sus dudas sobre la historia, las leyes y las costumbres locales, y para consignar los decretos y dictámenes de su alteza. Un señor debe conocer la tierra que gobierna, como dijo más adelante el Conquistador a su hijo Aenys, y los viajes de Aegon le sirvieron para obtener muchos conocimientos sobre los Siete Reinos y sus habitantes.

Cada reino conquistado contaba con leyes y tradiciones propias, y el rey Aegon procuraba no interferir. Permitió que sus señores continuasen gobernando como hasta entonces, con los mismos poderes y privilegios. Las leyes de sucesión y herencia se mantuvieron; se consolidaron las estructuras feudales, y los señores, grandes y pequeños, conservaron el fuero de disponer sobre la vida y suerte de sus villanos, así como el derecho de pernada allí donde existiera esa costumbre.

Aegon buscaba la paz ante todo. Antes de la Conquista eran habituales las guerras entre los reinos de Poniente; lo inusitado era que transcurriese un año sin que nadie se peleara con nadie en ninguna parte. Incluso en los reinos en los que se decía que había paz, los señores vecinos solían resolver sus disputas a punta de espada. El ascenso de Aegon al trono remedió la situación en gran medida: los señores menores y los caballeros hacendados debían presentar sus querellas ante aquellos a quienes debieran vasallaje y acatar sus juicios. En cuanto a las diferencias entre las grandes casas del reino, correspondía a la Corona resolverlas. «La ley suprema del reino será la Paz del Rey —decretó Aegon—, y cualquier señor que vaya a la guerra sin mi permiso se considerará un rebelde y un enemigo del Trono de Hierro.»

El rey Aegon también promulgó decretos que regulaban los impuestos, las tasas y los aranceles de todo el reino; antes de su reinado, cualquier puerto o señor menor era libre de exigir cuanto quisiera a aparceros, campesinos y mercaderes. Además, dictaminó que los hombres y mujeres santos de la Fe, al igual que sus tierras y posesiones, estaban exentos de tributos, y secundó el

derecho de los tribunales de la Fe a juzgar y sentenciar a cualquier septón, hermano juramentado o hermana sagrada cuya conducta estuviera en entredicho. Pese a no ser devoto, el primer rey Targaryen siempre procuró granjearse el apoyo de la Fe y del Septón Supremo de Antigua.

Desembarco del Rey creció en torno a Aegon y su corte hasta abarcar las tres grandes colinas cercanas a la desembocadura del río Aguasnegras y expandirse a su alrededor. La mayor empezó a recibir el nombre de Colina Alta de Aegon, y pronto a las otras se las conoció como la Colina de Visenya y la Colina de Rhaenys; sus nombres anteriores cayeron en el olvido. La sencilla fortificación asentada en un montículo que Aegon había construido apresuradamente no era apropiada en tamaño ni en grandeza para alojar al rey y la corte, y empezó a ampliarse ya antes del fin de la Conquista. Se erigió un torreón de troncos de casi veinte varas de altura, con un salón inmenso en la parte inferior, y al otro lado de la muralla, una cocina, de piedra y con techo de pizarra por si se producía un incendio. Aparecieron establos, seguidos de un granero. Se levantó una nueva atalaya que doblaba en altura a la anterior. El Fuerte de Aegon no tardó en amenazar con reventar su propia muralla, de manera que se construyó otra empalizada que abarcaba una parte mayor de la cima de la colina y dejaba espacio para un barracón, una armería, un septo y una torre achatada.

Al pie de las colinas, a orillas del río, surgieron muelles y almacenes; donde antes no había sino un puñado de barcos de pesca empezaron a atracar naves mercantes de Antigua y las Ciudades Libres, junto con barcoluengos de los Velaryon y los Celtigar. Gran parte de la actividad comercial que se desarrollaba en Poza de la Doncella y el Valle Oscuro se trasladó a Desembarco del Rey. Surgieron un mercado de pescado en la ribera y otro de paños al pie de las colinas, así como un edificio de aduanas. Se instaló un modesto septo en el casco de una coca abandonada en el Aguasnegras, seguido de otro más sólido, de cañas y bajareque, en la costa. Más adelante se construyó un segundo septo en la Colina de Visenya, el doble de grande y el triple de imponente, con oro que envió el Septón Supremo. Las casas y tiendas brotaron como hongos. Los ricos construyeron mansiones amuralladas en la ladera de las colinas, mientras que los pobres se arracimaron en miserables casuchas de adobe en la parte baja.

Desembarco del Rey no se planificó: simplemente, creció; pero creció deprisa. En la primera coronación de Aegon no era más que una aldea agazapada a los pies de una sencilla fortaleza. En la segunda era ya una ciudad floreciente que albergaba millares de almas. En el 10 d.C. se había convertido en una auténtica urbe, casi tan grande como Puerto Gaviota o Puerto Blanco. En el 25 d.C. había superado a ambas en tamaño para convertirse en la tercera localidad más poblada de todo el reino, solo por detrás de Antigua y Lannisport.

Sin embargo, Desembarco del Rey se distinguía de sus rivales en que no tenía muralla. No le hacía falta, se oía decir a los residentes; ningún enemigo osaría atacarla mientras estuvieran los Targaryen y sus dragones para defenderla. Quizá hasta el rey compartiese esa opinión al principio, pero la muerte de su hermana Rhaenys y de Meraxes, la dragona de esta, en el año 10 d.C., así como los ataques a su real persona, sin duda lo hicieron recapacitar.

En el año 19 d.C., Poniente tuvo noticia de un osado ataque a las Islas del Verano, una flota pirata que saqueó Árboles Altos para llevarse a un millar de mujeres y niños como esclavos, junto con un botín inconmensurable. El relato de la incursión consternó al soberano, pues se dio cuenta de que Desembarco del Rey sería igualmente vulnerable a cualquier enemigo que tuviera la astucia suficiente para caer sobre la ciudad cuando Visenya y él se ausentaran. En consecuencia, encomendó al gran maestre Gawen y a ser Osmund Strong, la Mano del Rey, la tarea de construir una muralla alrededor de la ciudad, tan alta y fuerte como las que protegían Antigua y Lannisport. Para honrar a los Siete, Aegon decretó que tuviese siete puertas, todas ellas dotadas de enormes cuerpos de guardia y torres defensivas. Las obras se emprendieron al año siguiente y continuaron hasta el 26 d.C.

Ser Osmund fue la cuarta Mano del Rey. La primera había sido lord Orys Baratheon, su hermano bastardo y compañero de juventud, pero cayó prisionero durante la guerra Dorniense y le amputaron la mano de la espada. Cuando lo rescataron pidió al rey que lo relevase de sus funciones. «¿Cómo voy a ser Mano del Rey sin la mano? —dijo—. No puedo consentir que me llamen el Muñón del Rey.» Entonces Aegon convocó a Edmyn Tully, señor de Aguasdulces, para que asumiera el cargo. Lord Edmyn lo ocupó del 7 al 9 d.C., año en que su mujer murió de parto y él decidió que sus hijos lo necesitaban más que el reino, por lo que solicitó permiso al rey para retirarse a las Tierras de los Ríos. Lo sustituyó Alton Celtigar, señor de Isla Zarpa, quien desempeñó la función con destreza hasta que murió de manera natural en el 17 d.C., año en que el rey nombró a ser Osmund Strong.

El gran maestre Gawen había sido el tercero en el cargo. Aegon Targaryen siempre había tenido un maestre a su servicio en Rocadragón, igual que su padre y el padre de su padre antes que él. Todos los grandes señores de Poniente, así como numerosos señores menores y caballeros hacendados, contaban con maestres educados en la Ciudadela de Antigua, que ejercían de sanadores, escribas y consejeros; criaban y entrenaban a los cuervos mensajeros y escribían y leían los mensajes para aquellos señores que carecían de estas habilidades; ayudaban a los mayordomos con las cuentas domésticas e instruían a los niños. Durante las guerras de la Conquista, Aegon y sus hermanas contaban con un maestre cada uno, y más adelante, el rey llegó a tomar a su servicio hasta media docena para que lo ayudaran en sus asuntos.

Pero los más sabios e instruidos de los Siete Reinos eran los archimaestres de la Ciudadela: cada uno representaba la autoridad suprema en una de las grandes disciplinas. En el 5 d.C., el rey Aegon, consciente de lo beneficiosa que sería esa sabiduría para el reino, solicitó al Cónclave que enviara a uno de sus miembros para que lo asesorase en todas las cuestiones relativas al gobierno. Así se creó el cargo de gran maestre, por petición del rey Aegon.

El primer investido fue el archimaestre Ollidar, custodio de las crónicas, cuyo anillo, báculo y máscara eran de bronce. Su sabiduría era excepcional, pero también lo era su vejez, y dejó este mundo menos de un año después de vestir el manto de gran maestre. Para ocupar su lugar, el Cónclave eligió al archimaestre Lyonce, con anillo, báculo y máscara de oro amarillo. Resultó tener mejor salud que su antecesor y sirvió al reino hasta el 12 d.C., cuando resbaló en el barro, se rompió la cadera y murió poco después, momento en que ascendió al cargo el gran maestre Gawen.

La institución del consejo privado del rey no floreció en plenitud hasta el reinado de Jaehaerys el Conciliador, lo cual no significa que Aegon gobernase sin consejo alguno. Es sabido que solía consultar al gran maestre de turno, así como a los demás maestres que tenía a su servicio. En cuestión de tributos, deudas e ingresos recurría al consejero de la moneda. Pese a tener un septón en Desembarco del Rey y otro en Rocadragón, prefería escribir al Septón Supremo de Antigua para tratar los asuntos religiosos, y nunca dejaba de visitar el Septo Estrellado durante sus viajes anuales. Pero, más que en ningún otro, el rey confiaba en su Mano y, por supuesto, en sus hermanas, las reinas Rhaenys y Visenya.

La reina Rhaenys era una gran protectora de los bardos y trovadores de los Siete Reinos, y bañaba en oro y regalos a quienes la complacían. A pesar de que la reina Visenya la consideraba una costumbre frívola, mostraba una sabiduría que iba más allá de la afición a la música: los bardos del reino, en su afán por ganarse su favor, compusieron muchas canciones en alabanza de la casa Targaryen y el rey Aegon, que luego cantaron en todos los castillos, fortalezas y plazas con que se toparon entre las Marcas de Dorne y el Muro. Así glorificaron la Conquista a ojos de las gentes sencillas e hicieron un héroe del rey Aegon el Dragón.

La reina Rhaenys también se interesaba mucho por el pueblo llano, y mostraba especial cariño hacia las mujeres y los niños. En cierta ocasión, cuando celebraba audiencia en el Fuerte de Aegon, llevaron a su presencia a un hombre que había matado a golpes a su esposa. Los hermanos de la mujer pedían castigo, pero el hombre adujo que era su derecho legítimo, puesto que la había encontrado en la cama con otro. El derecho del marido de escarmentar a una esposa descarriada era bien conocido en los Siete Reinos, salvo en Dorne. Añadió que la vara con que había propinado los golpes no era más gruesa que su pulgar e incluso la mostró como prueba, pero no supo responder cuando la reina le preguntó cuántas veces la había usado. Los hermanos insistían en que había asestado un centenar de golpes.

La reina Rhaenys consultó a sus maestres y septones antes de pronunciar su veredicto. Una adúltera era una ofensa para los Siete, quienes crearon a la mujer para que guardase fidelidad y obediencia a su marido, y por tanto merecía castigo. Sin embargo, dado que siete eran los rostros divinos, el castigo debía constar solo de seis golpes, puesto que el séptimo sería para el Desconocido, y el Desconocido es la faz de la muerte. En consecuencia, los seis primeros golpes habían sido legítimos..., pero los noventa y cuatro restantes constituían una ofensa ante los dioses y los hombres, y debía resarcirse en especie. Desde ese día, la «regla del seis» pasó a formar parte, junto con la «regla del pulgar», de la ley del reino. Al marido lo llevaron al pie de la Colina de Rhaenys, donde los hermanos de la difunta le propinaron noventa y cuatro golpes con varas del grosor reglamentario.

Aunque la reina Visenya no compartía el amor de su hermana por la música y el canto, no carecía de humor, y tuvo su propio bufón durante muchos años, un jorobado hirsuto llamado Lord Caramono, cuyas payasadas la entretenían sobremanera. Cuando se asfixió con un hueso de melocotón, la reina se hizo con un mono y lo vistió con la ropa de Lord Caramono. A menudo se le oía decir que el nuevo era más listo.

Pero Visenya Targaryen tenía un lado oscuro. El rostro que presentaba ante la mayoría era el de una guerrera adusta e implacable. Hasta su hermosura estaba teñida de aspereza, afirmaban sus admiradores. Visenya, la mayor de las tres cabezas del dragón, sobrevivió a sus dos hermanos, y corrieron rumores de que en sus últimos años, cuando ya no podía esgrimir la espada, se dedicó a experimentar con las artes oscuras, preparar pócimas y practicar hechizos malignos. Hubo incluso quien dejó caer las palabras «matasangre» y «matarreyes», pero nunca se ofrecieron pruebas de tales maledicencias.

Amarga sería la ironía si fueran ciertas, porque nadie puso más empeño en proteger al rey que ella durante su juventud. En dos ocasiones, Visenya blandió a *Hermana Oscura* para salvar a Aegon de sendos ataques de asesinos dornienses. A veces recelosa, a veces belicosa, no confiaba en nadie más que en su hermano. Durante la guerra Dorniense adoptó el hábito de vestir cota de malla día y noche, incluso bajo la ropa cortesana, e insistió en que Aegon la imitara. Cuando Aegon se negó, se puso furiosa: «Por mucho que empuñes a *Fuegoscuro*, sigues sin ser más que un hombre, y yo no puedo estar siempre a tu lado para protegerte». Cuando el rey le recordó que estaba rodeado de guardias, Visenya desenvainó a *Hermana Oscura* y le hizo un corte en la mejilla antes de que nadie acertara a reaccionar. «Tus guardias son lentos y perezosos. Igual que te he cortado, podía haberte matado. Necesitas más protección.» El ensangrentado rey no tuvo más remedio que darle la razón.

Muchos reyes habían tenido adalides a cargo de su defensa; Aegon era el señor de los Siete Reinos, de modo que Visenya resolvió que necesitaba siete adalides. Así nació la Guardia Real, una hermandad de siete caballeros, la flor y nata del reino; con capas y armaduras del blanco más puro y la protección del rey como único propósito, a costa de sus propias vidas si fuera menester. Visenya formuló sus votos a semejanza del juramento de la Guardia de la Noche; al igual que los cuervos con sus vestiduras negras en el Muro, los espadas blancas servirían de por vida y renunciarían a sus tierras, títulos y bienes terrenales para llevar una vida de obediencia y castidad, sin otra recompensa que el honor.

Fueron tantos los caballeros que aspiraban a unirse a la Guardia Real que el rey Aegon se planteó organizar un gran torneo para decidir su valía, pero Visenya lo desechó, pues en su opinión, ser un caballero de la Guardia Real exigía mucho más que destreza con las armas. No estaba dispuesta a correr el riesgo de rodear al rey de hombres de lealtad dudosa, por muy bien que se desenvolvieran en las justas. Decidió que los elegiría personalmente.

Entre los seleccionados había jóvenes y viejos, altos y bajos, rubios y morenos. Procedían de todos los rincones del reino. Algunos eran segundones; otros, herederos de casas venerables que habían renunciado al derecho de sucesión para servir al rey. Uno era un caballero andante; otro, un bastardo. Pero todos eran rápidos, fuertes, despiertos, diestros con la espada y el escudo, y fieles al rey.

Los nombres de los Siete de Aegon quedaron inmortalizados en el Libro Blanco de la Guardia Real: ser Richard Roote; ser Addison Colina, el Bastardo del Trigal; los hermanos ser Gregor y ser Griffith Goode; ser Humfrey el Titiritero; ser Robin Darklyn, al que llamaban el Zorzal Negro, y el lord comandante, ser Corlys Velaryon. La historia da fe del buen criterio de Visenya Targaryen: todos sirvieron con valor hasta el final de sus días, y dos murieron defendiendo al rey. Muchos son los valientes que desde entonces han seguido sus pasos, escrito sus nombres en el Libro Blanco y vestido la capa blanca. La Guardia Real es sinónimo de honor hasta nuestros días.

Dieciséis Targaryen sucedieron a Aegon el Dragón en el Trono de Hierro, hasta que la rebelión de Robert acabó con la dinastía. Entre ellos hubo sabios y necios, gentiles y crueles, bondadosos y taimados. Sin embargo, si juzgamos a los reyes dragón solamente por su legado, por el progreso, las leyes y las instituciones que nos dejaron, el nombre del rey Aegon I debe destacar entre los primeros, así en la guerra como en la paz.

Los hijos del Dragón

El rey Aegon Targaryen, el primero de su nombre, tomó a sus dos hermanas por esposas. Rhaenys y Visenya eran ambas jinetes de dragón, de cabello de oro y plata, ojos violeta y la belleza de los auténticos Targaryen. Por lo demás, las dos reinas no se parecían más que cualquier mujer a otra, salvo en una cosa: las dos dieron un hijo al rey.

El primero fue Aenys: nacido en el 7 d. C. de Rhaenys, la esposa más joven de Aegon, salió raquítico y enfermizo. Se pasaba el rato llorando, y se decía que era de miembros larguiruchos y ojos pequeños y lacrimosos; que los maestres del rey temían por su supervivencia. Escupía los pezones de su ama de cría, y solo tragaba la leche de su madre; cuentan que estuvo berreando quince días cuando lo destetaron. Tan escaso era el parecido con Aegon que algunos osaron insinuar que no era hijo de su alteza, sino el bastardo de cualquiera de los apuestos favoritos de la reina Rhaenys, de algún bardo, titiritero o mimo. Por si fuera poco, el príncipe tardaba en desarrollarse. Aenys Targaryen no comenzó a cobrar fuerza hasta que le entregaron la joven dragona Azogue, que había salido del huevo en Rocadragón ese mismo año.

El príncipe Aenys tenía tres años cuando su madre, la reina

Rhaenys, y su dragona, Meraxes, perdieron la vida en Dorne. Su muerte sumió al joven príncipe en un estado inconsolable: dejó de comer e incluso volvió a andar a gatas como cuando tenía un año, como si hubiese olvidado caminar. Su padre perdió las esperanzas, y por la corte corrieron rumores de que volvería a casarse, dado que Rhaenys había muerto y Visenya no le daba hijos; quizá incluso fuera estéril. El rey Aegon se reservaba esas cuestiones para sí, de modo que quién sabe qué pensamientos albergaba, pero muchos grandes señores y nobles caballeros se presentaron en la corte con sus hijas doncellas, cada una más hermosa que la anterior.

Las conjeturas se acabaron en el 11 d.C., cuando la reina Visenya anunció de improviso que esperaba un hijo del rey. Un varón, aseguró llena de confianza, y así fue. El príncipe llegó al mundo berreando a pleno pulmón en el año 12 d.C. No había niño de teta más robusto que Maegor Targaryen, en palabras de los maestres y comadronas; pesaba casi el doble que su hermano mayor al nacer.

Los hermanos nunca se sintieron unidos. Se daba por supuesto que el príncipe Aenys era el heredero, y el rey Aegon procuraba tenerlo en su compañía; lo llevaba cuando se trasladaba de un castillo a otro en sus viajes por el reino. El príncipe Maegor se quedaba con su madre y ocupaba un asiento junto a ella cuando se reunía la corte. Por aquel entonces, la reina Visenya y el rey Aegon pasaban mucho tiempo separados; cuando no estaba de viaje, Aegon volvía a su fuerte de Desembarco del Rey, mientras que Visenya y su hijo se quedaban en Rocadragón. Fue por eso que señores y vasallos por igual dieron en llamar a Maegor el príncipe de Rocadragón.

La reina Visenya le puso una espada en la mano cuando contaba tres años. Se rumorea que lo primero que hizo con ella fue matar a un gato que vivía en el castillo, pero es probable que la anécdota fuera una calumnia difundida por sus enemigos muchos años más tarde. Lo innegable es que el príncipe se sintió siempre atraído por las espadas. Su madre eligió a ser Gawen Corbray como primer maestro de armas: un caballero de los más letales que pudieran encontrarse en ninguna parte de los Siete Reinos.

El príncipe Aenys pasaba tanto tiempo con su padre que fueron los caballeros de la Guardia Real quienes lo instruyeron en las artes caballerescas, y a veces el propio rey. Era un niño diligente, a decir de sus instructores, y no le faltaba coraje, pero carecía de la talla y la fuerza de su padre, y nunca pasó de ser un luchador aceptable; ni siquiera cuando el rey le dejaba esgrimir a *Fuegoscuro*, cosa que ocurría de tanto en tanto. Aenys no se cubriría de vergüenza en la batalla, comentaban sus instructores entre sí, pero tampoco se cantarían sus proezas.

El príncipe Aenys tenía otros dones. Cantaba muy bien, hay que reconocerlo; tenía una voz potente y melodiosa. Era cortés y encantador, y cultivado sin ser un ratón de biblioteca. Tenía facilidad para hacer amigos y las muchachas lo adoraban, ya fueran de alta o de baja cuna. A Aenys le encantaba montar, y su padre le regaló corceles, palafrenes y destreros, pero su montura favorita era su dragona, Azogue.

Al príncipe Maegor se le daba bien la equitación, pero no era aficionado a los caballos, a los perros ni a ningún animal. Cuando tenía ocho años recibió una coz de un palafrén en los establos; lo mató a cuchilladas y rajó media cara al mozo que acudió a la carrera al oír los alaridos de la bestia. El príncipe de Rocadragón tuvo muchos compañeros a lo largo de los años, pero ningún amigo de verdad. Era un joven pendenciero que se ofendía enseguida; no perdonaba fácilmente y resultaba temible cuando se encolerizaba. Sin embargo, con las armas no tenía rival. Se convirtió en escudero a la edad de ocho años; cuando cumplió los doce ya desensillaba a muchachos cuatro o cinco años mayores en las lizas, y sometía a golpes a soldados curtidos cuando practicaba en el patio del castillo. En su decimotercer día del nombre, en el 25 d. C., su madre, la reina Visenya, le entregó su espada de acero valyrio, *Hermana Oscura*. Faltaba medio año para que se casara.

La tradición ancestral de la casa Targaryen era el matrimonio entre parientes. Entre hermanos se consideraba idóneo, pero si no había ocasión, ellas podían casarse con sus tíos, primos o sobrinos, y ellos, con sus primas, tías o sobrinas. La costumbre se remontaba a la antigua Valyria, donde era habitual entre muchas familias de rancio abolengo, sobre todo las que criaban y cabalgaban dragones; según la creencia, la sangre del dragón debía conservarse pura. Algunos príncipes hechiceros también tomaban más de una esposa cuando les placía, aunque era una práctica menos frecuente que el matrimonio incestuoso. Los eruditos consignaron por escrito que en Valyria, antes de la Maldición, se rendía culto a muchos dioses pero no se temía a ninguno, de modo que pocos se atrevían a alzar la voz contra esas costumbres.

No así en Poniente, donde el poder de la Fe era incuestionable. En el Norte se conservaba el culto a los antiguos dioses y en las Islas del Hierro se adoraba al Dios Ahogado, pero el resto del reino tenía un solo dios de siete rostros, cuya voz terrenal era la del Septón Supremo de Antigua; las doctrinas de la Fe, heredadas de los ándalos y transmitidas a lo largo de los siglos, condenaban las costumbres matrimoniales valyrias que practicaban los Targaryen: el incesto se consideraba un vil pecado, ya fuese entre padre e hija, madre e hijo o hermano y hermana, y el fruto de esas uniones se consideraba una abominación ante los ojos de los dioses y los hombres. Desde nuestra perspectiva resulta obvio que la cuestión acabaría por enfrentar a la Fe con la casa Targaryen. Entre los Máximos Devotos, muchos eran los que esperaban que el Septón Supremo manifestase su oposición contra Aegon y sus hermanas durante la Conquista, y grande fue su decepción cuando el Padre de los Fieles disuadió a lord Hightower de hacerles frente, e incluso bendijo y ungió al Dragón en su segunda coronación.

Se dice que la costumbre es la madre de la resignación. Tras coronar a Aegon el Conquistador, el Septón Supremo siguió siendo el Padre de los Fieles hasta su muerte, que aconteció en el 11 d.C., cuando el reino ya se había hecho a la idea de que el rey tenía dos reinas que eran a la vez esposas y hermanas. El rey Aegon siempre se preocupó de respetar la Fe: sancionó sus derechos y privilegios tradicionales, decretó que sus bienes estarían exentos de tributos y afirmó que los septones, septas y otros siervos de los Siete solo estarían sometidos a los tribunales de la Fe para dar cuenta de sus actos.

La avenencia entre la Fe y el Trono de Hierro persistió durante todo el reinado de Aegon I. Del 11 d. C. al 37 d. C., seis septones supremos llevaron la Corona de Cristal; su alteza se llevó bien con todos ellos, y acudía al Septo Estrellado siempre que visitaba Antigua. Sin embargo, la cuestión del matrimonio incestuoso se cocía a fuego lento bajo las cortesías. Aunque los septones supremos que ocuparon el cargo durante el reinado de Aegon nunca se pronunciaron en contra del matrimonio del rey y sus hermanas, tampoco lo declararon legítimo. Para los miembros más modestos de la Fe, como los septones rurales, las Hermanas Sagradas, los Hermanos Mendicantes y los Clérigos Humildes, seguía siendo pecaminoso que el hermano yaciera con la hermana y que un hombre se casara con dos mujeres.

Sin embargo, dado que Aegon el Conquistador no tuvo hijas, el problema no devino en crisis. Los hijos del Dragón no tenían hermanas con las que casarse, de modo que se vieron forzados a buscar a otras esposas.

El primero en contraer matrimonio fue el príncipe Aenys. Se casó con lady Alyssa, la hija doncella de Aethan Velaryon, Señor de las Mareas, lord almirante y consejero naval del rey Aegon, en el 22 d. C. La joven tenía quince años, igual que el príncipe; también tenía el mismo cabello plateado y los mismos ojos violeta, puesto que los Velaryon eran una familia de antiguo linaje valyrio. Aegon también era hijo de una Velaryon, de modo que fue un enlace entre primos.

El matrimonio resultó feliz y fructífero, y Alyssa dio a luz a una niña al año siguiente. El príncipe Aenys la llamó Rhaena, en recuerdo de su madre. Si bien fue pequeña al nacer, igual que su padre, se distinguía de él en que era alegre y saludable. Tenía los ojos de un vívido color lila y el cabello como plata batida. Está escrito que el rey Aegon sollozó la primera vez que tuvo en brazos a su nieta y siempre la colmó de mimos, quizá en parte porque le recordaba a Rhaenys, la reina que había perdido y a la que debía su nombre.

La feliz noticia del nacimiento se propagó por todo el reino y fue acogida con alegría... excepto, quizá, por parte de la reina Visenya. El príncipe Aenys era el heredero del Trono de Hierro, nadie lo cuestionaba, pero surgía la duda de si el príncipe Maegor seguía ocupando el segundo lugar en la línea de sucesión o quedaba desplazado por la princesa recién nacida. La reina Visenya propuso resolverla mediante un enlace entre la pequeña Rhaena y Maegor, que acababa de cumplir los once años, pero Aenys y Alyssa se opusieron y, cuando la noticia llegó al Septo Estrellado, el Septón Supremo envió un cuervo con una advertencia: la Fe no vería con buenos ojos esas nupcias. Su altísima santidad propuso otra esposa para Maegor: su sobrina Ceryse Hightower, hija doncella de Manfred Hightower, señor de Antigua y nieto de otro anterior del mismo nombre. El rey Aegon, consciente de las ventajas de estrechar los lazos con Antigua y la casa que la gobernaba, lo juzgó acertado y dio su consentimiento.

Y así fue que, en el 25 d.C., Maegor Targaryen, príncipe de Rocadragón, contrajo matrimonio con lady Ceryse Hightower en el Septo Estrellado de Antigua, en una ceremonia que ofició el Septón Supremo en persona. Maegor tenía trece años; la novia, diez más, pero todos los testigos del encamamiento declararon que el príncipe resultó un marido lujurioso, y el propio Maegor se jactó de haber consumado el matrimonio una docena de veces. «Anoche engendré un hijo para la casa Targaryen», pregonó durante el desayuno.

El hijo llegó al año siguiente y le pusieron de nombre Aegon en honor de su abuelo..., pero los padres fueron lady Alyssa y el príncipe Aenys. Una vez más, hubo celebraciones a lo largo y ancho de los Siete Reinos. El principito era fuerte y fiero, y tenía «aire de guerrero», según declaró su abuelo, nada menos que Aegon el Dragón. Aunque continuaba el debate sobre quién prevalecía en el orden de sucesión, si el príncipe Maegor o su sobrina Rhaena, nadie dudaba que el joven Aegon sucedería a Aenys, su padre, igual que este sucedería a Aegon el Dragón.

En los años que siguieron fueron llegando más y más vástagos a la casa Targaryen, para regocijo del rey Aegon, aunque no necesariamente de la reina Visenya. En el 29 d.C., Alyssa y el príncipe Aenys dieron a Aegon un hermanito, al que llamaron Viserys. En el 34 d.C. nació Jaehaerys, su cuarto hijo y tercer varón. En el 36 d.C. llegó otra hija, Alysanne.

La princesa Rhaena tenía trece años cuando nació su hermana, pero, en palabras del gran maestre Gawen, «disfrutaba tanto con el bebé que se diría que era suyo». La hija mayor de Aenys y Alyssa era tímida y soñadora, y parecía más a gusto en compañía de los animales que con otros niños. De pequeña solía esconderse tras las faldas de su madre y aferrarse a la pierna de su padre en presencia de desconocidos, pero le encantaba dar de comer a los gatos que vivían en el castillo y siempre se llevaba un gatito o dos a la cama. Aunque su madre le buscaba una compañera tras otra, hijas de señores grandes y menores, Rhaena nunca se mostraba entusiasmada con ninguna de ellas y prefería refugiarse en los libros.

Sin embargo, cuando tenía nueve años le regalaron una dragona recién nacida en las dragoneras de Rocadragón, a la que llamó Fuegoensueño. Congenió con ella al instante, y en su compañía comenzó a superar la timidez. Cuando cumplió los doce años remontó el vuelo por primera vez, y a partir de entonces, si bien seguía siendo callada, a nadie se le habría ocurrido llamarla tímida. No mucho después, Rhaena tuvo su primera amiga de verdad, su prima Larissa Velaryon, y se hicieron inseparables... hasta que

Larissa tuvo que volver a Marcaderiva para casarse con el segundo hijo del Lucero de la Tarde, señor de Tarth. Pero la juventud todo lo supera, y la princesa encontró pronto otra amiga: Samantha Stokeworth, hija de la Mano del Rey.

Cuenta la leyenda que fue la princesa Rhaena quien metió un huevo de dragón en la cuna de la princesa Alysanne, como había hecho con el príncipe Jaehaerys dos años atrás. De ser cierto, de esos huevos nacieron los dragones Ala de Plata y Vermithor, cuyos nombres harían correr tanta tinta en los anales de los años subsiguientes.

El príncipe Maegor y su madre, la reina Visenya, no compartían el entusiasmo de la princesa Rhaena ni el regocijo del reino por los infantes, ya que cada nuevo hijo de Aenys hacía retroceder un paso a Maegor en la línea de sucesión, e incluso había quienes decían que hasta las princesas estaban por encima de él. Mientras tanto, Maegor seguía sin descendencia, puesto que lady Ceryse no concibió durante los años que siguieron al matrimonio.

Sin embargo, en los torneos y el campo de batalla, las hazañas del príncipe Maegor dejaban en mantillas a su hermano. En el gran torneo de Aguasdulces del 28 d.C., Maegor desensilló a tres caballeros de la Guardia Real en sucesivas lizas antes de caer ante el campeón. En el combate de todos contra todos no hubo rival para él. Cuando terminó, su padre lo nombró caballero en el campo del torneo, con la legendaria *Fuegoscuro*. Así, a los dieciséis años, Maegor se convirtió en el caballero más joven de los Siete Reinos.

Sus proezas se sucedían. En el 29 d.C., y de nuevo en el 30 d.C., Maegor acompañó a Osmund Strong y Aethan Velaryon a los Peldaños de Piedra para acabar con el rey pirata lyseno Sargoso Saan, y participó en varias reyertas donde demostró ser valiente y letal. En el 31 d.C. persiguió y aniquiló al infame caballero ladrón de las Tierras de los Ríos al que llamaban el Gigante del Tridente.

Pese a todo, Maegor seguía sin convertirse en jinete de dragón. Durante los años postreros del reino de Aegon nació una docena en los fuegos de Rocadragón, pero, aunque se los ofrecían al príncipe, los rechazó todos. Cuando su sobrina Rhaena, con solo doce años, remontó el vuelo a lomos de Fuegoensueño, Maegor se convirtió en la comidilla de Desembarco del Rey. Cierto día, lady Alyssa se burló de él en plena corte al preguntarse en voz alta si su cuñado tendría miedo de los dragones. El príncipe Maegor enrojeció de cólera y respondió con voz gélida que no existía sino dragón digno de él.

Los siete últimos años del reinado de Aegon el Conquistador transcurrieron en paz. Tras el fracaso de la guerra Dorniense, el rey aceptó su independencia y, con ocasión del décimo aniversario del tratado de paz, voló a Lanza del Sol a lomos de Balerion para celebrar un «banquete de amistad» con Deria Martell, la princesa regente. El príncipe Aenys lo acompañó montado en Azogue, mientras que Maegor se quedó en Rocadragón. Aegon había unido los Siete Reinos a fuego y sangre, pero después de celebrar su sexagésimo día del nombre, en el 33 d. C., parecía más inclinado hacia el fuego del hogar. El séquito real seguía dedicando la mitad del año a los viajes, pero a partir de entonces lo encabezaron el príncipe Aenys y lady Alyssa, su esposa, quienes viajaban de castillo en castillo mientras el viejo rey repartía el tiempo entre Rocadragón y Desembarco del Rey.

La aldea de pescadores donde desembarcó Aegon en su día se había convertido en una ciudad dispersa y maloliente, hogar de un centenar de miles de personas; solo la superaban Antigua y Lannisport. Sin embargo, en muchos sentidos, Desembarco del Rey seguía siendo poco más que un campamento militar de proporciones grotescas: sucio, apestoso, espontáneo, provisional. Y el Fuerte de Aegon, que se había extendido en sentido descendente por la Colina Alta de Aegon, era el castillo más feo de los Siete Reinos, un batiburrillo de madera, adobe y ladrillo que había desbordado tiempo atrás las viejas empalizadas que tenía por muralla.

Sin duda, un lugar así era indigno de un gran rey. En el 35 d.C., Aegon se trasladó a Rocadragón con toda su corte y ordenó que demolieran el castillo para construir otro. Era su deseo que el nuevo fuera todo de piedra. Encomendó la supervisión de los planos y la construcción a lord Alyn Stokeworth, Mano del Rey, ya que ser Osmund Strong había muerto el año anterior, así como a la reina Visenya. En la corte se bromeaba con que Aegon había dejado a Visenya a cargo de la construcción de la Fortaleza Roja para no tener que soportar su presencia en Rocadragón.

Aegon el Conquistador murió de apoplejía en Rocadragón en el año 37 después de la Conquista. Sus nietos Aegon y Viserys se encontraban con él en aquel momento, en la Cámara de la Mesa Pintada, escuchando la narración de sus conquistas. Su hijo Maegor, que vivía en Rocadragón por aquel entonces, pronunció el panegírico mientras colocaban el cadáver en una pira funeraria en el patio del castillo. Le habían puesto la armadura y le habían colocado la empuñadura de *Fuegoscuro* entre los guanteletes. La costumbre de la casa Targaryen imponía que se incinerase a los difuntos en lugar de entregar sus restos a la tierra, y así había sido desde los tiempos de la antigua Valyria. Las llamas de Vhagar encendieron la pira. *Fuegoscuro* quedó rodeada de llamas junto con el rey, pero Maegor la recuperó cuando se consumió la hoguera. Aparte de la hoja oscurecida, no mostraba daño alguno: no hay fuego normal capaz de hacer mella en el acero valyrio.

Sobrevivieron al Dragón su hermana Visenya, sus hijos Aenys y Maegor, y cinco nietos. El príncipe Aenys tenía treinta años cuando murió su padre; el príncipe Maegor, veinticinco.

Aenys estaba en Altojardín de visita oficial cuando falleció Aegon, pero voló a Rocadragón a lomos de Azogue para asistir a la incineración. Cuando terminó, se puso la corona de hierro y rubíes de su padre, y el gran maestre Gawen lo proclamó Aenys de la casa Targaryen, el primero de su nombre, rey de los ándalos, los rhoynar y los primeros hombres del señor de los Siete Reinos, y Protector del Reino. Los señores que habían acudido a Rocadragón para despedirse de su rey se prosternaron e inclinaron ante él. Cuando llegó el turno del príncipe Maegor, Aenys lo ayudó a ponerse en pie, lo besó en la mejilla y dijo: «Hermano, no tienes que volver a arrodillarte nunca ante mí. Vamos a gobernar este reino juntos, tú y yo. —Tras estas palabras le entregó a *Fuegoscuro*, la espada de su padre—. Eres más digno de esgrimir esta espada que yo. Empúñala en mi nombre y me daré por satisfecho.»

Los sucesos posteriores demostraron cuán erróneo fue ese legado. El príncipe Maegor ya había recibido a *Hermana Oscura* de manos de su madre, la reina Visenya, de modo que las dos espadas ancestrales de acero valyrio de la casa Targaryen quedaron en su poder. Sin embargo, a partir de esa fecha solo empuñaría a *Fuegoscuro*; *Hermana Oscura* quedó colgada en la pared de sus aposentos, en Rocadragón.

Cuando concluyeron las exequias, el nuevo rey y su séquito pusieron rumbo a Desembarco del Rey, donde esperaba el Trono de Hierro entre montones de barro y escombros. Habían derribado el viejo Fuerte de Aegon, y la colina estaba salpicada de fosos y túneles destinados a albergar los sótanos y los cimientos de la Fortaleza Roja, pero la construcción no había comenzado aún. No obstante, millares de personas acudieron a aclamar al rey Aenys cuando ascendió al trono de su padre.

De allí se trasladaron a Antigua para recibir la bendición del Septón Supremo. Aenys podría haber llegado en pocos días a lomos de Azogue, pero prefirió viajar por tierra, acompañado de trescientos caballeros con sus caballos y sus séquitos. La reina Alyssa iba a su lado, junto con sus tres hijos mayores. La princesa Rhaena tenía catorce años y era una joven hermosa que cautivaba el corazón de los caballeros en cuanto la veían; el príncipe Aegon tenía once años, y Viserys, ocho. A sus hermanos Jaehaerys y Aly-

sanne los consideraron muy pequeños para un viaje tan arduo y se quedaron en Rocadragón. Desde Desembarco del Rey, la partida real se encaminó a Bastión de Tormentas y luego continuó hacia el oeste a través de las Marcas de Dorne, con destino a Antigua, alojándose en todos los castillos que quedaban a su paso. El camino de regreso se planificó para pasar por Altojardín, Lannisport y Aguasdulces.

A lo largo de toda la ruta acudieron centenares, millares de campesinos para vitorear a los nuevos reyes y saludar a los jóvenes príncipes. Pero, si bien Aegon y Viserys disfrutaban con las ovaciones de la multitud, y con los banquetes y fiestas que se organizaban en todos los castillos para entretenimiento del nuevo monarca y su familia, la princesa Rhaena retomó su antigua timidez. En Bastión de Tormentas, el maestre de Orys Baratheon llegó a escribir: «La princesa parecía no querer estar donde estaba ni aprobar nada de lo que veía u oía. Apenas comía; no participaba en las jornadas de caza y cetrería, y cuando le pedían que cantara, pues se dice que posee una voz preciosa, se negaba con brusquedad y se retiraba a sus aposentos». La princesa detestaba haber tenido que separarse de su dragona, Fuegoensueño, y de su favorita de entonces, Melony Piper, una pelirroja de las Tierras de los Ríos. Su reticencia a unirse a las celebraciones no terminó hasta que la reina Alyssa mandó ir a buscar a lady Melony para que los acompañara.

En el Septo Estrellado, el Septón Supremo ungió a Aenys Targaryen, igual que su predecesor al padre de este, y lo obsequió con una corona de oro amarillo con los rostros de los Siete engastados en jade y perlas. Sin embargo, mientras Aenys recibía la bendición del Padre de los Fieles, otros ponían en duda sus aptitudes para ocupar el Trono de Hierro. Poniente necesitaba un guerrero, se murmuraba, y el más fuerte de los dos hijos del Dragón era, sin duda, Maegor. Los chismorreos procedían ante todo de Visenya Targaryen, la reina viuda, de quien se cuenta que afirmó: «La verdad es tan evidente que hasta Aenys la ve. ¿Por qué, si no, iba a entregar *Fuegoscuro* a mi hijo Maegor? Sabe que es el único que posee la fuerza necesaria para gobernar».

El temple del nuevo rey se pondría a prueba antes de lo que nadie imaginaba. Las guerras de la Conquista habían dejado cicatrices por todo el reino: hijos que al cumplir la mayoría de edad soñaban con vengar a sus padres, fríos en la tumba; caballeros que añoraban los días en que un jinete con espada y armadura podía conquistar gloria y riqueza a golpe de espada; señores que recordaban los tiempos en que no necesitaban permiso del rey para cobrar tributos o matar a sus enemigos. «Las cadenas que forjó el Dragón aún pueden romperse —se decían los descontentos—. Podemos recuperar la libertad, pero hay que atacar ahora, porque el nuevo rey es débil.»

Las primeras incitaciones a la sublevación acontecieron en las Tierras de los Ríos, entre las colosales ruinas de Harrenhal. Aegon había entregado el castillo a ser Quenton Qoherys, su antiguo maestro de armas. Cuando este murió, al caerse del caballo en el 9 d.C., el título pasó a su nieto Gargon, un imbécil obeso con un indecoroso apetito por las jovencitas. Lord Gargon pronto adquirió la fama de presentarse en todas las bodas que se celebraban en sus dominios para reclamar su derecho de pernada, con lo que dieron en apodarlo Gargon el Invitado, aunque cuesta imaginar que nadie pudiera mandarle invitación. También se tomaba libertades con las esposas e hijas de sus criados.

El rey Aenys continuaba de viaje y estaba alojado en el castillo de lord Tully de Aguasdulces, en su camino de regreso a Desembarco del Rey, cuando el padre de una doncella que había recibido el «favor» de lord Qoherys dejó entrar en Harrenhal por una puerta trasera a un bandido que aseguraba ser nieto de Harren el Negro y se hacía llamar Harren el Rojo. Los forajidos sacaron al Invitado de la cama y lo llevaron a rastras al bosque de dioses, donde Harren le cortó los genitales y se los dio de comer a un perro. Mataron a unos cuantos soldados leales, y el resto aceptó a Harren, quien se declaró señor de Harrenhal y rey de los Ríos. No de las Islas, puesto que no era hijo del hierro.

Cuando la noticia llegó a Aguasdulces, lord Tully apremió al rey para que montase en Azogue y cayese sobre Harrenhal como había hecho su padre. Sin embargo, quizá recordando la muerte de su madre en Dorne, lo que hizo fue ordenar a lord Tully que convocase a sus banderizos, y esperar en Aguasdulces a que acudiesen. No se puso en marcha hasta que fueron un millar, y cuando llegaron a Harrenhal lo encontraron vacío, salvo por los cadáveres. Harren el Rojo había pasado por la espada a los criados de lord Gargon y se había refugiado en los bosques con su banda.

Cuando regresó a Desembarco del Rey, Aenys recibió noticias aún peores. En el Valle, Jonos Arryn, hermano del leal lord Ronnel, lo había derrocado y encarcelado, tras lo cual se había proclamado rey de la Montaña y el Valle. En las Islas del Hierro había emergido del mar un nuevo rey sacerdote que afirmaba ser Lodos el Dos Veces Ahogado, hijo del Dios Ahogado, que regresaba tras visitar a su padre. Para colmo, en lo alto de las Montañas Rojas de Dorne había surgido un aspirante a quien llamaban el Rey Buitre, el cual se dedicaba a incitar a los auténticos dornienses a vengarse de los agravios que los Targaryen habían infligido a su tierra. La princesa Deria renegó de él y juró que los dornienses leales y ella no querían sino la paz, pero miles de hombres bajaron de las colinas y subieron de las arenas para arracimarse en torno a sus estandartes y cruzar las montañas por caminos de cabras en dirección al Dominio.

«Este Rey Buitre está medio loco, y sus seguidores son una chusma indisciplinada que ni siquiera se lava —escribió lord Harmon Dondarrion al rey—. Se los huele a cincuenta leguas.» Poco después, esa chusma atacó y ocupó el castillo de Refugionegro, y el Rey Buitre se encargó personalmente de cortar la nariz a Dondarrion, antes de prender fuego al castillo y seguir su camino.

El rey Aenys sabía que debía acabar con los rebeldes, pero era incapaz de decidir por dónde empezar. El gran maestre Gawen escribió que el soberano no asumía lo que estaba ocurriendo. ¿Acaso no lo adoraba el pueblo llano? Jonos Arryn, ese nuevo Lodos, el Rey Buitre... ¿Qué mal les había hecho? Si habían sufrido agravios, ¿por qué no acudían a él? «Los habría escuchado.» Su alteza hablaba de enviar mensajeros a los rebeldes, de informarse de los motivos de sus actos. Mandó a la reina Alyssa y a sus hijos pequeños a Rocadragón por miedo a que no estuvieran a salvo en Desembarco del Rey, con Harren el Rojo vivo y no muy lejos. Ordenó a lord Alyn Stokeworth, su Mano, que comandase una flota y un ejército para ir al Valle a derrocar a Jonos Arryn y devolver el título a su hermano Ronnel; pero, cuando los barcos estaban a punto de zarpar, revocó la orden por temor a que la partida de Stokeworth dejase Desembarco del Rey indefenso. Envió únicamente a su Mano con unos cientos de hombres a dar caza a Harren el Rojo, y decidió convocar un gran consejo a fin de determinar la mejor manera de acabar con el resto de los rebeldes.

Mientras el rey se perdía en rodeos, sus señores pasaron a la acción, unos por propia iniciativa y otros en concierto con la reina viuda. En el Valle, lord Allard Royce de Piedra de las Runas se presentó en el Nido de Águilas con una cuarentena de banderizos leales y venció sin dificultad a los seguidores del autoproclamado rey de la Montaña y el Valle; pero, cuando exigieron la liberación de su señor legítimo, Jonos Arryn se lo envió a través de la Puerta de la Luna; ese fue el triste final de Ronnel Arryn, quien había volado tres veces alrededor de la Lanza del Gigante a lomos de un dragón.

Puesto que el Nido de Águilas era inexpugnable ante cualquier ataque convencional, el «rey» Jonos y sus obstinados seguidores escupieron su desafío a la cara de los leales al reino y se prepararon para el asedio..., hasta que en el cielo apareció el príncipe Maegor a lomos de Balerion. Por fin, el hijo menor del Conquis-

tador había escogido un dragón: nada menos que el Terror Negro, el más grande de todos.

Antes que hacer frente al fuego de Balerion, la guarnición del Nido de Águilas prefirió hacer entrega a lord Royce de Jonos el Matasangre, tal como este había entregado a su hermano: a través de la Puerta de la Luna. La rendición salvó a los seguidores del usurpador de las llamas, pero no de la muerte: tras tomar posesión del Nido de Águilas, el príncipe Maegor los ejecutó uno por uno. Ninguno obtuvo el honor de morir por la espada, por muy alta que fuera su cuna: Maegor decretó que los traidores no merecían sino la soga, así que a los apresados los ahorcaron desnudos en la muralla del Nido de Águilas, donde murieron estrangulados lentamente sin dejar de patalear. Se nombró señor del Valle a Hubert Arryn, primo de los difuntos hermanos; dado que su esposa, una Royce de Piedra de las Runas, ya le había dado seis hijos, la descendencia de los Arryn se consideraba asegurada.

Con igual celeridad, en las Islas del Hierro, Goren Greyjoy, el Lord Segador de Pyke, acabó con el «rey» Lodos, el segundo de su nombre, al frente de un centenar de barcoluengos que cayeron sobre Viejo Wyk y Gran Wyk, donde los seguidores del farsante eran más numerosos. Los pasaron por la espada por millares, tras lo cual ser Goren puso en salmuera la cabeza del rey sacerdote y la envió a Desembarco del Rey. Al rey Aenys le agradó tanto el regalo que ofreció a Greyjoy cualquier gracia que pidiese. Mala decisión: lord Goren, en su deseo de demostrar que era un verdadero hijo del Dios Ahogado, solicitó el derecho de expulsar de las Islas del Hierro a todos los septones y septas que habían llegado tras la Conquista para convertir a los hijos del hierro al culto de los Siete. El rey Aenys no tuvo más remedio que aceptar.

Aún quedaba la mayor y más amenazadora de las rebeliones, la del Rey Buitre de las Marcas de Dorne. A pesar de que la princesa Deria seguía reprobándola desde Lanza del Sol, muchos sospechaban que jugaba a un doble juego, puesto que no marchaba contra los rebeldes; además se rumoreaba que les enviaba hombres, dinero y suministros. Cierto o no, centenares de caballeros dornienses y varios millares de lanceros curtidos en el campo de batalla se habían unido a la chusma del Rey Buitre, que había alcanzado proporciones inmensas, más de treinta mil hombres. Pero su tamaño provocó que el Rey Buitre tomara la mala decisión de dividir su ejército: mientras marchaba hacia Canto Nocturno y Colina Cuerno con la mitad de las fuerzas de Dorne, la otra mitad se dirigió a Yelmo de Piedra, hogar de la casa Swann, para levantar un asedio; al mando iba lord Walter Wyl, hijo del Amante de las Viudas.

Las dos huestes se encaminaban al desastre. Orys Baratheon, por aquel entonces conocido como Orys el Manco, partió de Bastión de Tormentas por última vez y aplastó a los dornienses al pie de la muralla de Yelmo de Piedra. Cuando llevaron a su presencia a Walter Wyl, herido pero con vida, lord Orys dijo: «Tu padre me cortó la mano; exijo la tuya en pago», y acto seguido le cortó la mano de la espada. A continuación, le cortó también la otra mano y los pies. «Y esto son los intereses», declaró. Lord Baratheon falleció en el camino de regreso a Bastión de Tormentas a causa de las heridas sufridas en combate, pero, por extraño que parezca, su hijo Davos siempre aseguró que murió contento, y que sonreía al contemplar las manos y los pies putrefactos que pendían de su tienda como una ristra de cebollas.

El Rey Buitre no salió mucho mejor parado. Tras fracasar en el intento de apoderarse de Canto Nocturno, abandonó el asedio y se dirigió al oeste, hasta que llegó lady Caron pisándole los talones, y a ella se unió Harmon Dondarrion, el mutilado señor de Refugionegro, al frente de una gran fuerza de infantería. Al mismo tiempo apareció lord Samwell Tarly de Colina Cuerno, quien atravesó la línea de avance de los dornienses con varios miles de caballeros y arqueros. Sam el Salvaje, lo llamaban, y en aquella batalla demostró ser digno del nombre al atravesar a docenas de dornienses con su gran espada de acero valyrio, *Veneno de Corazón*. Las fuerzas del Rey Buitre doblaban en número a las de sus tres enemigos juntos, pero carecían de entrenamiento y disciplina, y las filas se hicieron añicos al encontrarse con caballeros de armadura al frente y a la espalda. Soltaron lanzas y escudos, se dispersaron y corrieron hacia las lejanas montañas; pero los señores marqueños fueron en su pos y los masacraron en lo que se conoce como la Cacería del Buitre.

En cuanto al rey rebelde propiamente dicho, el que se hacía llamar Rey Buitre, Sam el Salvaje lo capturó con vida y lo ató desnudo entre dos postes. A los bardos les gusta decir que murió desgarrado por esos buitres que lo inspiraban, pero lo cierto es que pereció a causa de la sed y las inclemencias, y las aves no se cebaron en él hasta mucho después. En años posteriores, otros asumieron el título de Rey Buitre, pero nadie sabe si eran descendientes del primero. Aunque su muerte suele considerarse el final de la Segunda Guerra Dorniense, no resulta muy apropiado, ya que no participó ningún señor dorniense, y la princesa Deria continuó vilipendiando al Rey Buitre hasta el final y se abstuvo de participar en sus campañas.

El primer rebelde fue el último en caer, pero al fin lograron acorralar a Harren el Rojo en una aldea, al oeste del Ojo de Dioses. El rey bandido no murió con resignación: en su última batalla acabó con lord Alyn Stokeworth, Mano del Rey, antes de caer ante Bernarr Brune, su escudero. El rey Aenys mostró su agradecimiento nombrando caballero a Brune, y recompensó a Davos Baratheon, Samwell Tarly, Dondarrion el Desnarigado, Ellyn Caron, Allard Royce y Goren Greyjoy con oro, cargos y honores. El que cosechó más elogios fue su hermano: a su regreso a Desembarco del Rey, al príncipe Maegor lo aclamaron como a un héroe. El rey Aenys lo abrazó, en medio del coro de ovaciones de la multitud, y lo nombró Mano del Rey. Al final de ese año salieron del huevo dos dragones en las madrigueras de Rocadragón, y todos lo interpretaron como una señal.

Pero la concordia entre los hijos del Dragón no duró mucho.

Quizá fuera inevitable el conflicto, puesto que eran de muy distinta naturaleza. El rey Aenys amaba a su mujer, a sus hijos y a su gente, y a cambio solo esperaba que lo amaran. Cualquier inclinación que pudiera haber sentido por la espada y la lanza era cosa del pasado; prefería experimentar con la alquimia, la astronomía y la astrología; era aficionado a la música y al baile; se vestía con los más finos tejidos de seda, terciopelo y brocado, y disfrutaba en compañía de maestres, septones y eruditos. Su hermano Maegor, más alto y corpulento, y tremendamente fuerte, no tenía paciencia para nada de eso: vivía para la guerra, el combate y los torneos. Se había ganado la reputación de ser uno de los mejores caballeros de Poniente, aunque también eran famosos su salvajismo y su crueldad con los enemigos vencidos. El rey Aenys siempre trataba de complacer; cuando se enfrentaba a alguna dificultad, respondía con palabras tibias, mientras que la respuesta de Maegor era siempre acero y fuego. El gran maestre Gawen dejó escrito que Aenys confiaba en todos, y Maegor, en nadie; que el rey era tan voluble que se inclinaba a un lado o a otro como un junco a merced del viento, según el último consejo que hubiera oído; el príncipe Maegor, por el contrario, era rígido como una barra de hierro, intransigente, inflexible.

Pese a sus diferencias, los hijos del Dragón siguieron gobernando juntos en armonía durante casi dos años, pero en el 39 d. C., la reina Alyssa dio al rey Aenys otra heredera, una niña a la que llamó Vaella, quien por desgracia murió en la cuna poco después. Puede que fuesen las pruebas constantes de la fertilidad de la reina lo que incitó al príncipe Maegor. En cualquier caso, sorprendió tanto al reino como al rey cuando anunció de improviso que lady Ceryse era estéril, por lo que había tomado una segunda esposa: Alys Harroway, hija del nuevo señor de Harrenhal.

La boda se ofició en Rocadragón bajo los auspicios de Visenya, la reina viuda. El septón del castillo se negó a solemnizarla, de modo que Maegor y su nueva esposa se casaron por un rito valyrio, «la boda de sangre y fuego». El matrimonio se celebró sin el beneplácito ni la presencia del rey Aenys, que ni siquiera estaba enterado. Cuando se supo, los dos hermanos tuvieron una agria discusión, y su alteza no fue el único agraviado: Manfred Hightower, el padre de lady Ceryse, protestó ante el rey y exigió que Maegor repudiase a lady Alys; en el Septo Estrellado de Antigua, el Septón Supremo llegó más lejos y condenó el matrimonio de Maegor como pecado y fornicio; se refirió a la nueva esposa del príncipe como «la Ramera de Harroway» y bramó que ningún fruto de ese matrimonio sería un verdadero hijo de los Siete.

El príncipe Maegor persistió en su desafío. Señaló que su padre se había casado con sus dos hermanas; que los hombres de menor valía podían estar sujetos a los preceptos de la Fe, pero no así la sangre del dragón. Nada que dijera el rey Aenys podía sanar las heridas que había abierto su hermano. Muchos señores devotos censuraron el matrimonio a lo largo y ancho de los Siete Reinos, y empezaron a hablar abiertamente de la Ramera de Maegor.

Vejado y airado, el rey Aenys ordenó a su hermano que eligiese entre repudiar a Alys Harroway y volver con lady Ceryse, o pasar cinco años en el exilio. El príncipe Maegor optó por esto último y partió a Pentos en el 40 d. C. con lady Alys, su dragón Balerion y la espada *Fuegoscuro*. Se dice que Aenys pidió que le devolviera la espada, a lo que Maegor respondió: «Que vuestra alteza me la quite si puede». Lady Ceryse quedó abandonada en Desembarco del Rey.

Para reemplazar a Maegor como Mano, el rey Aenys eligió al septón Murmison, un clérigo devoto al que se creía capaz de sanar mediante la imposición de manos. Noche tras noche se las ponía a lady Ceryse en el vientre por orden del rey, con la esperanza de que su hermano se arrepintiera de su locura si su esposa legítima resultaba ser fértil, pero la dama pronto se cansó del rito nocturno y volvió a casa de su padre, Torrealta, en Antigua. Sin duda, su alteza confiaba en que esa decisión contribuyera a aplacar a la Fe, pero se equivocaba. Al septón Murmison no se le dio mejor sanar al reino que lograr que la reina Ceryse fuese fértil. El Septón Supremo continuó bramando improperios, y en los salones de todos los señores del reino se hablaba de la debilidad del rey. «¿Cómo va a gobernar los Siete Reinos cuando ni siquiera es capaz de controlar a su hermano?», se decía.

El rey seguía ajeno al descontento que se apoderaba del reino. La paz había vuelto; su conflictivo hermano estaba en la otra orilla del mar Angosto, y en la cima de la Colina Alta de Aegon se había empezado a construir un imponente castillo. La nueva residencia real, toda de piedra de un color bermejo claro, iba a ser más grande y fastuosa que Rocadragón, con gigantescos muros y barbacanas, y torres capaces de resistir ante cualquier enemigo. Los habitantes de Desembarco del Rey la llamaban la Fortaleza Roja, y tenía obsesionado al rey. «Mis descendientes gobernarán desde aquí durante un millar de años», declaró. Seguramente pensaba en esos descendientes cuando, en el 41 d.C., cometió el funesto error de anunciar que pretendía conceder la mano de su hija Rhaena a su hijo Aegon, el heredero del Trono de Hierro.

La princesa tenía dieciocho años, y el príncipe, quince. Siempre habían estado muy unidos, desde que jugaban juntos de pequeños. Aegon nunca había tenido dragón propio, pero había surcado los cielos en varias ocasiones con su hermana, a lomos de Fuegoensueño. Esbelto, atractivo y más alto año tras año, Aegon era la viva imagen de su abuelo a la misma edad, según se decía. Tres años de servicio como escudero habían agudizado su destreza con la espada y el hacha, y tenía fama de ser el mejor lancero de todos los jóvenes del reino. Por aquel entonces eran muchas las doncellas que le ponían ojos tiernos, y Aegon no era insensible a sus encantos. El gran maestre Gawen escribió a la Ciudadela: «Si no casamos al príncipe, puede que su alteza tenga que lidiar en breve con un nieto bastardo».

La princesa Rhaena también contaba con muchos pretendientes, pero, a diferencia de Aegon, no daba esperanzas a ninguno. Prefería pasar el día con sus hermanos, sus perros, sus gatos y su última favorita, Alayne Royce, hija del señor de Piedra de las Runas: una chica rolliza y poco agraciada, pero a la que quería tanto que a veces la llevaba a pasear a lomos de Fuegoensueño, como hacía con su hermano Aegon. Aunque lo más frecuente era que Rhaena volara sin compañía. Cuando llegó su decimosexto día del nombre, la princesa declaró que era una mujer adulta «libre de volar adonde me plazca».

Y cómo volaba. Se vio pasar a Fuegoensueño por lugares tan distantes como Harrenhal, Tarth, Piedra de las Runas y Puerto Gaviota. Se rumoreaba, aunque nunca hubo pruebas, que en uno de esos viajes entregó su virtud a un amante de baja cuna: un caballero andante, decían algunos; un bardo, el hijo de un herrero, el septón de una aldea, afirmaban otros. No faltan los que ven en esos rumores el motivo de que Aenys se viera impelido a casar a su hija cuanto antes. Conjeturas aparte, era evidente que Rhaena, a sus dieciocho años, estaba en edad de contraer matrimonio: era tres años mayor que sus padres cuando celebraron su boda.

Dadas las prácticas y las tradiciones de la casa Targaryen, el rey Aenys debió de considerar que el matrimonio entre sus dos hijos mayores era la opción más lógica. El afecto mutuo que sentían Rhaena y Aegon era de sobra conocido, y ninguno de ellos se opuso; se diría que ambos esperaban ese momento desde que empezaron a compartir juegos en las salas infantiles de Rocadragón y el Fuerte de Aegon.

La tormenta que desató el anuncio del rey los cogió a todos por sorpresa, por mucho que las señales saltaran a la vista para cualquiera que no estuviese ciego. La Fe había tolerado, o al menos pasado por alto, el matrimonio entre el Conquistador y sus hermanas, pero no estaba dispuesta a obrar de igual manera con sus nietos. La respuesta del Septo Estrellado fue una condena virulenta: el matrimonio entre hermana y hermano era obsceno, y sus vástagos serían «abominaciones a los ojos de los dioses y los hombres». Así lo proclamó el Septón Supremo en una exhortación que leyeron diez mil septones a lo largo y ancho de los Siete Reinos.

Aenys Targaryen tenía triste fama de indeciso, pero al verse confrontado con la ira de la Fe se reafirmó con terquedad. Visenya, la reina viuda, le advirtió que solo tenía dos opciones: olvidarse de ese matrimonio y elegir otras parejas para sus hijos, o subirse a Azogue, su dragona, volar a Antigua y reducir a cenizas el Septo Estrellado sobre la coronilla del Septón Supremo. Pero Aenys no hizo ni lo uno ni lo otro: se limitó a seguir en sus trece.

El día de la boda, las calles aledañas del Septo de la Conmemoración, construido en la cima de la Colina de Rhaenys y llamado así en recuerdo de la reina perdida del Dragón, estaban repletas de Hijos del Guerrero, ataviados con relucientes armaduras plateadas, que consignaban a los invitados a su paso, ya fuera a pie, a caballo o en litera. Los señores más sensatos se abstuvieron de acudir, seguramente porque se lo esperaban.

Los asistentes presenciaron algo más que una boda: en el banquete, el rey Aenys, haciendo gala de su proverbial falta de criterio, nombró príncipe de Rocadragón a Aegon, su más probable heredero. Un murmullo recorrió el salón, pues todos los presentes sabían que era el príncipe Maegor quien había poseído ese título hasta entonces. La reina Visenya se levantó de la mesa principal y salió sin esperar el permiso del rey; esa noche cabalgó a Vhagar y regresó a Rocadragón, y está escrito que, cuando la dragona pasó por delante de la luna, la esfera se volvió roja como la sangre.

Aenys Targaryen parecía no comprender el alcance del descontento que se había granjeado en el reino. Resuelto a recuperar el favor del pueblo, decidió que los príncipes partiesen en viaje real; sin duda pensaba en las ovaciones que cosechaba él allá donde fuera. La princesa Rhaena, quizá más espabilada que su padre, le pidió permiso para llevarse a Fuegoensueño, su dragona, pero Aenys se lo prohibió. El príncipe Aegon nunca había volado solo, y el rey temía que tanto señores como villanos lo consideraran poco varonil si lo veían viajar en palafrén mientras su esposa dirigía al dragón.

El rey había errado estrepitosamente al juzgar el talante del reino, la devoción de sus habitantes y el poder de las palabras del Septón Supremo. Desde el primer día, Aegon, Rhaena y su escolta se toparon por doquier con muchedumbres de fieles que los abucheaban. En Poza de la Doncella no dieron con septón alguno que quisiera bendecir el banquete que organizó lord Mooton en su honor. Cuando llegaron a Harrenhal, lord Lucas Harroway se negó a recibirlos en el castillo mientras no reconociesen a su hija Alys como esposa legítima de su tío. Tal negativa no les ganó el favor de los devotos, sino tan solo una noche en unas tiendas húmedas y frías a los pies de las imponentes torres del inmenso castillo de Harren el Negro. En una aldea de las Tierras de los Ríos, un grupo de Clérigos Humildes llegó a arrojarles terrones. El príncipe Aegon desenvainó la espada dispuesto a escarmentarlos, pero sus caballeros lo detuvieron porque los otros eran muy superiores en número, lo cual no impidió que la princesa Rhaena cabalgara hacia ellos y los amenazara: «Está claro que no tenéis miedo de enfrentaros a una chica montada a caballo. La próxima vez vendré en dragón; a ver si entonces os atrevéis a tirarme puñados de tierra».

En el resto del reino, la situación iba de mal en peor. Al septón Murmison, Mano del Rey, lo expulsaron de la Fe como castigo por oficiar la boda anatematizada. Aenys escribió una carta al Septón Supremo, de su puño y letra, para pedirle que perdonase «al bueno de Murmison» y explicarle la larga historia de los matrimonios entre hermanos en la antigua Valyria. La respuesta del Septón Supremo fue tan virulenta que su alteza palideció al leerla: lejos de ablandarse, el Padre de los Fieles llamaba a Aenys «Rey Abominación» y lo acusaba de impostor y tirano, indigno de gobernar los Siete Reinos.

Los fieles no hicieron caso omiso. No había transcurrido ni una quincena cuando un enjambre de Clérigos Humildes surgió de un callejón y cayó, hacha en mano, sobre el septón Murmison cuando pasaba en su palanquín; lo descuartizaron. Los Hijos del Guerrero comenzaron a fortificar la Colina de Rhaenys y convirtieron el Septo de la Conmemoración en su ciudadela. Aún faltaban años para completar la construcción del la Fortaleza Roja, y el rey consideró que su mansión de la Colina de Visenya era demasiado vulnerable, así que se preparó para marcharse a Rocadragón con la reina Alyssa y sus hijos pequeños. Sabia precaución: tres días antes de la partida, dos Clérigos Humildes escalaron la tapia de la mansión y entraron en los aposentos del rey. Aenys se salvó de una muerte innoble gracias a la rápida intervención de la Guardia Real.

Su alteza abandonó la Colina de Visenya, pero tuvo que enfrentarse a la reina Visenya en persona. En Rocadragón, la reina viuda lo recibió con estas famosas palabras: «Sobrino, eres un necio y un débil. ¿Te parece que a tu padre se habrían atrevido a hablarle así? Tienes un dragón: úsalo. Vuela a Antigua y convierte el Septo Estrellado en el nuevo Harrenhal. O dame permiso para flambear a ese bobo santurrón en tu nombre». Aenys no quiso escucharla: la envió a sus habitaciones de la Torre del Dragón Marino y le prohibió salir de ellas.

A finales del 41 d.C., gran parte del reino se hallaba inmersa en una rebelión bien orquestada contra la casa Targaryen. Los cuatro falsos reyes que habían surgido a la muerte de Aegon el Conquistador no parecían sino necios con ínfulas en comparación con la amenaza del nuevo levantamiento, puesto que los nuevos rebeldes se creían soldados de los Siete en una guerra santa contra un tirano impío.

Docenas de señores devotos de todos los rincones de los Siete Reinos se hicieron eco del clamor, arrancaron los estandartes del rey y se declararon a favor del Septo Estrellado. Los Hijos del Guerrero tomaron las puertas de Desembarco del Rey, asumieron el control de las idas y venidas de la ciudad y echaron a los obreros de la Fortaleza Roja, a medio construir. Los Clérigos Humildes inundaron las calles por millares y obligaron a los viajeros a declararse «a favor de los dioses o de la abominación»; llevaron su protesta a las puertas de los castillos para forzar a sus señores a abjurar del rey Targaryen. En las Tierras del Oeste, el príncipe Aegon y la princesa Rhaena tuvieron que interrumpir el viaje y buscar cobijo en el castillo de Refugio Quebrado. Un enviado del Banco de Hierro de Braavos, que había acudido a Antigua para tratar con Martyn Hightower, el nuevo señor de Torrealta y Voz de Antigua tras la muerte de su padre, lord Manfred, hacía unas lunas, envió una carta en la que decía que el Septón Supremo era «el verdadero rey de Poniente en todo, menos en el título».

La llegada del nuevo año encontró al rey Aenys en Rocadragón, enfermo de miedo e indecisión. Su alteza tenía tan solo treinta y cinco años, pero se dice que aparentaba sesenta, y según el gran maestre Gawen solía irse a la cama con calambres de estómago y las tripas flojas. Como los remedios del gran maestre resultaban ineficaces, la reina viuda se hizo cargo del cuidado del rey, y Aenys mejoró durante un tiempo, hasta que recibió la noticia de que miles de Clérigos Humildes habían rodeado Refugio Quebrado, donde se alojaban sus hijos como «huéspedes» involuntarios. El rey perdió el sentido y falleció al cabo de tres días.

Aenys Targaryen, el primero de su nombre, fue entregado a las llamas en el patio de Rocadragón, como su padre antes que él. Asistieron a las exequias sus hijos Viserys y Jaehaerys, de doce y siete años, y su hija Alysanne, de cinco. Su viuda, la reina Alyssa, entonó un canto fúnebre en su honor, y fue su adorada Azogue quien encendió la pira, aunque está escrito que Vermithor y Ala de Plata unieron después su fuego.

La reina Visenya no asistió. Poco después de la muerte del rey había montado a lomos de Vhagar y cruzado el mar Angosto en dirección al este. Cuando volvió iba acompañada del príncipe Maegor, montado en Balerion.

Maegor se detuvo en Rocadragón tan solo el tiempo necesario para reclamar la corona; no la ornamentada corona de oro que lucía Aenys, con sus imágenes de los Siete, sino la de hierro de su padre, engastada de rubíes rojos como la sangre. Su madre se la puso, y los señores y caballeros presentes se arrodillaron cuando se proclamó Maegor de la casa Targaryen, el primero de su nombre, rey de los ándalos, los rhoynar y los primeros hombres, señor de los Siete Reinos y Protector del Reino.

El único que se atrevió a protestar fue el gran maestre Gawen. El anciano señaló que, en virtud de las leyes de sucesión ratificadas por el propio Conquistador tras la Conquista, el Trono de Hierro correspondía a Aegon, el hijo del rey Aenys. «El Trono de Hierro es del hombre que tenga fuerza para conquistarlo», replicó Maegor, tras lo cual condenó a muerte al gran maestre y le cortó la canosa cabeza de un solo tajo con *Fuegoscuro*.

La reina Alyssa no estaba con sus hijos para presenciar la coronación de Maegor. Se los había llevado de Rocadragón horas después de la incineración de su marido, al castillo de su padre, cerca de Marcaderiva. Cuando Maegor se enteró, se encogió de hombros y se retiró a la Cámara de la Mesa Pintada en compañía de un maestre, para dictarle cartas dirigidas a señores grandes y menores del todo el reino.

Ese mismo día alzó el vuelo un centenar de cuervos. Al día siguiente voló Maegor en persona. Cruzó la bahía del Aguasnegras en dirección a Desembarco del Rey a lomos de Balerion, acompañado por Visenya, la reina viuda, montada en Vhagar. El regreso de los dragones desató revueltas por toda la ciudad: centenares de personas trataron de huir, pero se encontraron las puertas cerradas y atrancadas. Los Hijos del Guerrero se habían apoderado de la muralla de la urbe, de los cimientos y pilares de la inacabada Fortaleza Roja y de la Colina de Rhaenys, donde se habían hecho fuertes en el Septo de la Conmemoración. Los Targaryen alzaron sus estandartes en la Colina de Visenya y convocaron a sus leales, que acudieron por miles. Visenya Targaryen proclamó rey a su hijo Maegor. «Un verdadero rey de la sangre de Aegon el Conquistador, quien fue mi hermano, mi marido y mi amado. Si alguien impugna el derecho de mi hijo al Trono de Hierro, que venga y lo argumente cuerpo a cuerpo.»

Los Hijos del Guerrero se apresuraron a aceptar el desafío. Descendieron a caballo por la Colina de Rhaenys, setecientos caballeros ataviados con armaduras plateadas, con su gran capitán al frente: ser Damon Morrigen, llamado Damon el Devoto.

—Dejémonos de palabras —le dijo Maegor—. Que lo decidan las espadas.

Ser Damon aceptó; aseguró que los dioses le concederían la victoria, puesto que su causa era justa.

—Que cada lado tenga siete adalides, según la costumbre de los ándalos de antaño. ¿Tienes seis hombres dispuestos a defender tu causa? —preguntó.

Maegor estaba solo, puesto que Aenys se había llevado a la Guardia Real a Rocadragón. Se volvió hacia la muchedumbre y gritó:

—¿Quién quiere luchar al lado de su rey?

Muchos retrocedieron asustados o fingieron no haberlo oído, ya que la destreza de los Hijos del Guerrero era de sobra conocida. Pero al fin se presentó un voluntario: no era un caballero, sino un simple soldado que se hacía llamar Dick Habichuela.

—He estado al servicio del rey desde que era un muchacho —anunció—, y pretendo morir al servicio del rey.

Fue entonces cuando dio un paso al frente el primer caballero.

—¡Una habichuela nos cubre de vergüenza a todos! —gritó—. ¿Es que no hay caballeros de verdad? ¿Ningún leal?

El que así habló fue Bernarr Brune, el antiguo escudero que había acabado con Harren el Rojo, nombrado caballero por el rey

Aenys en persona. El escarnio animó a otros a ofrecer sus espadas. Los nombres de los cuatro que eligió Maegor pasaron a los anales de la historia de Poniente: ser Bramm de Barconegro, un caballero andante; ser Rayford Rosby; ser Guy Lothston, a quien llamaban Guy Glotón, y ser Lucifer Massey, señor de Piedratormenta.

También se recuerdan los nombres de los siete Hijos del Guerrero: ser Damon Morrigen, el llamado Damon el Devoto, gran capitán de los Hijos del Guerrero; ser Lyle Bracken; ser Harys Horpe, apodado Harry Testamuerta; ser Aegon Ambrose; ser Dickon Flores, el Bastardo de Beesbury; ser Willam el Vagabundo, y ser Garibald de las Siete Estrellas, el caballero septón. Está escrito que Damon el Devoto dirigió una plegaria al Guerrero para suplicarle que insuflara fuerza a sus armas. Cuando terminó, la reina viuda dio la orden y empezó el combate.

Dick Habichuela fue el primero en morir, casi al instante, por la espada de Lyle Bracken. Sobre lo que ocurrió después, las crónicas son de lo más variado: una dice que, cuando el gordísimo ser Guy Glotón recibió un tajo en el vientre, se desparramaron los restos de cuarenta empanadas a medio digerir; otra, que ser Garibald de las Siete Estrellas entonaba un himno de victoria mientras luchaba. Varias dejan constancia de que lord Massey le cortó el brazo a Harys Horpe. Según una versión, Harry Testamuerta empuñó el hacha de guerra con la otra mano y se la clavó a lord Massey entre ceja y ceja; otros cronistas dan a entender que ser Harys no hizo otra cosa que caer sin vida. Algunos cuentan que la lucha duró horas; otros, que la mayoría de los combatientes yacían agonizantes nada más empezar. Pero todos coinciden en que se presenciaron grandes proezas y se intercambiaron fortísimos golpes, hasta que solo quedó Maegor Targaryen frente a Damon el Devoto y Willam el Vagabundo. Los dos Hijos del Guerrero estaban gravemente heridos, y su alteza esgrimía a *Fuegoscuro*, pero el combate estuvo equilibrado. Al tiempo que caía, ser Willam asestó al rey un terrible golpe en la cabeza que le partió el yelmo y lo dejó sin sentido. Muchos creyeron que había muerto, hasta que su madre le quitó el yelmo quebrado y dijo: «El rey respira. El rey está vivo». La victoria fue suya.

Habían perecido siete de los más poderosos Hijos del Guerrero, incluido su comandante, pero quedaban más de setecientos, armados y apostados en torno a la cima de la colina. La reina Visenya ordenó que llevaran a su hijo con los maestres, y cuando los porteadores de la camilla descendieron por la colina, los Espadas de la Fe cayeron de rodillas en señal de sumisión. La reina viuda les ordenó regresar a su septo fortificado, en la Colina de Rhaenys.

Maegor Targaryen pasó veintisiete días a las puertas de la muerte, rodeado de maestres que le administraban pócimas y cataplasmas, y de septones que rezaban junto a su lecho. En el Septo de la Conmemoración, los Hijos del Guerrero alzaban también sus plegarias y debatían su futuro: algunos creían que a la orden no le quedaba más remedio que aceptar a Maegor como rey, puesto que los dioses lo habían bendecido con la victoria; otros insistían en que habían jurado obedecer al Septón Supremo y debían seguir luchando.

Entonces llegó la Guardia Real desde Rocadragón. Bajo las órdenes de la reina viuda Visenya, se pusieron al mando de los millares de leales a los Targaryen que había en la ciudad y rodearon la Colina de Rhaenys. En Marcaderiva, la reina viuda Alyssa proclamó que su hijo Aegon era el verdadero rey, pero pocos le prestaron atención. El joven príncipe, que aún no había alcanzado la mayoría de edad, estaba en Refugio Quebrado, a medio reino de distancia, atrapado en un castillo rodeado de Clérigos Humildes y campesinos devotos que, en su mayoría, lo consideraban una abominación.

En la Ciudadela de Antigua, los archimaestres se reunieron en cónclave para debatir la sucesión y nombrar al nuevo gran maestre. Entretanto, una riada de millares de Clérigos Humildes fluía en dirección a Desembarco del Rey: los del oeste seguían a ser Horys Colina, un caballero andante, mientras que a la cabeza de los del sur iba un gigante armado con un hacha al que llamaban Wat el Talador. Cuando las harapientas hordas que rodeaban Refugio Quebrado levantaron el campamento para unirse a la marcha de sus compañeros, el príncipe Aegon y la princesa Rhaena pudieron partir por fin. Se olvidaron del viaje real y se dirigieron a Roca Casterly, donde lord Lyman Lannister les ofreció protección. Fue su mujer, lady Jocasta, la primera en darse cuenta de que la princesa Rhaena estaba encinta, según dejó escrito su maestre.

El vigesimoctavo día posterior al Juicio de los Siete llegó un barco de Pentos con la marea vespertina; en él viajaban dos mujeres y seiscientos mercenarios. Alys de la casa Harroway, segunda esposa de Maegor Targaryen, regresaba a Poniente... y acompañada. Con ella llegaba otra mujer, una belleza pálida de cabello como ala de cuervo a la que se conocía simplemente como Tyanna de la Torre o como Tyanna de Pentos, concubina de Maegor según algunos y amante de lady Alys según otros. Tyanna, hija natural de un magíster pentoshí, había ascendido de bailarina de taberna a cortesana; también se rumoreaba que era una hechicera y una envenenadora. Se contaban muchas historias extrañas sobre ella, pero en cuanto llegó, la reina Visenya despidió a los maestres y septos de su hijo y lo confió al cuidado de Tyanna.

A la mañana siguiente, el rey se levantó al salir el sol. Cuando Maegor apareció en la muralla de la Fortaleza Roja, entre Alys Harroway y Tyanna de Pentos, la multitud prorrumpió en tremendas ovaciones y la ciudad estalló en una celebración. Pero la fiesta terminó cuando Maegor montó en Balerion y descendió sobre la Colina de Rhaenys, donde setecientos Hijos del Guerrero rezaban sus oraciones matutinas en el septo fortificado. Mientras el fuegodragón engullía el edificio, arqueros y lanceros esperaban en el exterior a aquellos que atravesaran las puertas. Se dijo que los alaridos de los hombres envueltos en llamas se oían por toda la ciudad, y Desembarco del Rey quedó sumida en el humo durante días. Así halló su cruento final la flor y nata de los Hijos del Guerrero. A pesar de que quedaban otros en Antigua, Lannisport, Puerto Gaviota y Septo de Piedra, la orden nunca recobraría su antigua fuerza.

Pese a todo, la guerra del rey Maegor contra los Militantes de la Fe no había hecho más que empezar, e iba a durar todo su reinado. El primer acto del rey al ascender al Trono de Hierro fue ordenar a los Clérigos Humildes que deambulaban por la ciudad que depusieran las armas, bajo pena de proscripción y muerte. Al ver que la orden no surtía efecto, su alteza instó a «todos los señores leales» a dispersar por la fuerza a las zarrapastrosas hordas de la Fe. En respuesta, el Septón Supremo pidió desde Antigua a «los verdaderos y devotos hijos de los dioses» que se alzasen en armas para defender la Fe y acabar con aquel reinado de «dragones, monstruos y abominaciones».

La primera batalla tuvo lugar en el Dominio, en la ciudad de Puente de Piedra: nueve mil Clérigos Humildes que seguían a Wat el Talador se vieron atrapados entre seis huestes de nobles cuando intentaban cruzar el Mander. Con las fuerzas divididas entre las orillas norte y sur, el ejército de Wat acabó despedazado. Sus seguidores, sin entrenamiento ni disciplina, pertrechados de cuero endurecido, tela basta y fragmentos de acero oxidado, armados en su mayoría con hachas de leñador, palos afilados y aperos de labranza, no tenían la menor oportunidad de resistir la carga de la caballería pesada equipada con armaduras. Tamaña fue la matanza que el Mander fluyó teñido de rojo a lo largo de veinte leguas; a partir de entonces, la ciudad y el castillo escenario de la batalla pasaron a llamarse Puenteamargo. Al gigantesco Wat lo atraparon con vida, pero antes tuvo tiempo de acabar con media docena de caballeros, entre los que se encontraba lord Meadows de Valdehierba, comandante del ejército real. Lo enviaron a Desembarco del Rey cargado de cadenas.

Mientras tanto, ser Horys Colina había llegado al Gran Forca del Aguasnegras con una hueste aún mayor: casi trece mil Clérigos Humildes, a los que se habían unido dos centenares de Hijos del Guerrero montados a caballo, procedentes de Septo de Piedra, y los caballeros y vasallos feudales de una docena de señores rebeldes de las Tierras del Oeste y las Tierras de los Ríos. Lord Rupert Falwell, a quien llamaban el Bufón Batallador, encabezaba las filas de los devotos que habían respondido a la llamada del Septón Supremo; a su lado cabalgaban ser Lyonel Lorch, ser Alyn Terrick, lord Tristifer Wayn, lord Jon Lychester y muchos otros poderosos caballeros. El ejército de la Fe contaba con veinte mil efectivos.

Pero el ejército del rey Maegor contaba con otros tantos, con prácticamente el doble de caballería, sin olvidar un gran contingente de arqueros ni al propio rey montado en Balerion. Pese a todo, la batalla fue encarnizada. El Bufón Batallador acabó con dos caballeros de la Guardia Real antes de caer ante el señor de Poza de la Doncella. Jon Hogg el Grande, que luchaba del lado del rey, reunió a sus hombres, encabezó una carga a través de las filas de los fieles y obligó a los Clérigos Humildes a batirse en retirada, a pesar de que un tajo de espada lo había dejado ciego al comienzo de la batalla. Se desató una tempestad que ahogó las llamas de Balerion pero no pudo sofocarlas por completo, y el rey Maegor, entre humo y gritos, se abalanzó una y otra vez sobre sus enemigos para envolverlos en fuego. La victoria llegó al caer la noche, cuando los Clérigos Humildes supervivientes tiraron las hachas y se dispersaron en todas direcciones.

Maegor regresó triunfante a Desembarco del Rey y volvió a ocupar el Trono de Hierro. Cuando le entregaron a Wat el Talador, encadenado pero con actitud combativa, Maegor usó el hacha que había esgrimido el gigante para cortarle las extremidades y ordenó a los maestres que lo mantuvieran vivo «para que pueda asistir a mi boda». Acto seguido declaró su intención de tomar a Tyanna de Pentos como tercera esposa. A pesar de los rumores de que su madre, la reina viuda, no sentía ninguna simpatía por la hechicera pentoshí, el único que se atrevió a oponerse abiertamente fue el gran maestre Myros, quien le dijo: «Vuestra única esposa

legítima os espera en Torrealta». El monarca escuchó en silencio; luego descendió del trono, desenvainó a *Fuegoscuro* y lo mató allí mismo.

Maegor Targaryen y Tyanna de la Torre se casaron en la Colina de Rhaenys, rodeados de los huesos y cenizas de los Hijos del Guerrero. Se dice que Maegor tuvo que ejecutar a una docena de septones hasta dar con uno dispuesto a oficiar la ceremonia. Contaron con la presencia de Wat el Talador, cuya vida habían preservado para la ocasión.

También asistió la reina Alyssa, viuda del rey Aenys, con Viserys, Jaehaerys y Alysanne, sus hijos pequeños. La visita de la reina viuda Visenya y de Vhagar la había persuadido para abandonar su refugio de Marcaderiva y volver a la corte, donde tanto Alyssa como sus hermanos y primos de la casa Velaryon rindieron homenaje a Maegor como auténtico rey. La viuda de Aenys tampoco se libró de unirse al resto de las damas en la ceremonia de encamamiento, presidida por Alys Harroway, la segunda esposa del rey: se vio obligada a desvestir a su alteza y acompañarlo a la cámara nupcial, donde se iba a consumar el matrimonio. Después, Alyssa y las demás damas se retiraron, pero Alys se quedó para unirse al rey y a su nueva esposa en una noche de lujuria.

En Antigua, en el otro extremo del reino, el Septón Supremo se desgañitaba en vilipendios hacia «la abominación y sus rameras», y Ceryse de la casa Hightower, la primera esposa del rey, se empecinaba en reivindicar su condición de única reina legítima de Maegor. En las Tierras del Oeste, Aegon Targaryen, príncipe de Rocadragón, y su esposa Rhaena afianzaban su rebeldía.

Durante los agitados sucesos que rodearon la coronación de Maegor, el hijo del rey Aenys y su esposa estuvieron alojados en Roca Casterly; mientras, avanzaba la gestación de la princesa Rhaena. La mayoría de los caballeros y jóvenes señores que iban con ellos durante el fatídico viaje real los habían abandonado a toda prisa para acudir a Desembarco del Rey e hincar la rodilla ante Maegor. Hasta las doncellas y damas de compañía de Rhaena la habían dejado con cualquier excusa, excepción hecha de su amiga Alayne Royce y su anterior favorita, Melony Piper, quien se presentó en Lannisport con sus hermanos a jurarle la lealtad de su casa.

El príncipe Aegon, considerado heredero del Trono de Hierro durante toda su vida, se encontró de repente con que la Fe lo vilipendiaba y los amigos que creía leales lo dejaban de lado. Los seguidores de Maegor, cuyo número parecía crecer de día en día, no tenían reparo en afirmar que Aegon era «el hijo de su padre», que había heredado la debilidad que acarreó la ruina del rey Aenys; bastaba con saber que nunca había tomado las riendas de un dragón, mientras que Maegor cabalgaba a Balerion y hasta la princesa Rhaena, esposa de Aegon, volaba en Fuegoensueño desde que tenía doce años. Proclamaron que la asistencia de la reina Alyssa a la boda de Maegor era la prueba de que ni la mismísima madre de Aegon apoyaba ya su causa. A pesar de que Lyman Lannister, señor de Roca Casterly, se mantuvo firme contra la orden de Maegor de enviar a Aegon y su hermana a Desembarco del Rey «encadenados, si fuera menester», ni siquiera él se atrevía a consagrar su espada al joven al que llamaban el Aspirante y Aegon el Incoronado.

Así las cosas, la princesa Rhaena se encontraba en Roca Casterly cuando dio a luz a las hijas gemelas de Aegon, a las que llamaron Aerea y Rhaella. Desde el Septo Estrellado volvió a alzarse la mordaz letanía del Septón Supremo: las niñas también eran abominaciones, fruto del incesto y la lujuria, malditas ante los dioses. El maestre de Roca Casterly que la atendió en el parto dejó escrito que la princesa Rhaena suplicó a su marido, el príncipe, que se marcharan a la otra orilla del mar Angosto, a Tyrosh, Myr o Volantis, a cualquier sitio donde quedaran fuera del alcance de su tío, porque: «No dudaría en dar la vida por hacerte rey, pero no estoy dispuesta a arriesgar la de nuestras hijas». Pero sus palabras cayeron en oídos sordos y sus lágrimas se derramaron en vano, puesto que el príncipe Aegon estaba decidido a reclamar su derecho de nacimiento.

Los albores del 43 d.C. encontraron al rey Maegor en Desembarco del Rey, donde supervisaba en persona la edificación de la Fortaleza Roja. Demolió y modificó gran parte de lo ya erigido; contrató constructores y artesanos nuevos, y creó pasillos y túneles secretos que serpenteaban por las profundidades de la Colina Alta de Aegon. Cuando se erigieron las torres de piedra roja, el rey mandó construir otro castillo dentro del castillo, un reducto fortificado rodeado de un foso seco, que pronto pasaría a llamarse el Torreón de Maegor.

Ese mismo año, Maegor nombró Mano a lord Lucas Harroway, padre de su esposa, la reina Alys. Pero no eran sus consejos los que escuchaba. Si su alteza gobernaba los Siete Reinos, a él lo gobernaban sus tres reinas, decían los rumores: la reina Visenya, su madre; la reina Alys, su amante, y la reina bruja pentoshí Tyanna, a quien apodaban la Señora de los Rumores, o la Corneja del Rey por su melena negra. Se decía que hablaba con las arañas y las ratas, y que todas las sabandijas de Desembarco del Rey acudían a ella por las noches para acusar a cualquier necio imprudente que se hubiera atrevido a hablar mal del rey.

Mientras tanto, por los caminos y florestas del Dominio, el Tridente y el Valle pululaban aún millares de Clérigos Humildes. A pesar de que nunca volverían a concentrar grandes fuerzas para plantar cara al rey en batalla abierta, los Estrellas continuaban la lucha a menor escala: asaltaban a los viajeros y merodeaban por ciudades, pueblos y castillos mal defendidos, matando a cuantos leales al rey se topaban. Ser Horys Colina había sobrevivido a la batalla del Gran Forca, pero la derrota y la huida habían enturbiado su prestigio y contaba con pocos seguidores. Los nuevos cabecillas de los Clérigos Humildes eran sujetos como Silas el Harapiento, el Septón Luna y Dennis el Cojo, que en poco se distinguían de simples bandidos. Entre los capitanes más despiadados estaba Jeyne Poore Caradeviruela, cuyos salvajes seguidores hacían impracticables para los viajeros honrados todos los bosques que se extendían entre Desembarco del Rey y Bastión de Tormentas.

Por su parte, los Hijos del Guerrero habían nombrado un nuevo gran capitán: ser Joffrey Doggett, el Perro Rojo de las Colinas, un hombre resuelto a devolver su antigua gloria a la orden. Cuando ser Joffrey salió de Lannisport para ir a ver al Septón Supremo y pedirle su bendición, lo acompañaba un centenar de hombres a caballo. A su llegada a Antigua se le habían unido tantos caballeros, escuderos y jinetes libres, que la compañía ya contaba dos millares. En el resto del reino, otros señores descontentos y hombres de fe se reunían y conspiraban para derrocar a los dragones.

Nada de eso pasó desapercibido. Los cuervos volaban a todos los rincones del reino para convocar a señores y caballeros hacendados de lealtad dudosa a Desembarco del Rey, a fin de que se prosternaran, rindieran pleitesía y dejaran a un hijo en garantía de su obediencia. Se proscribió a los Estrellas y Espadas: unirse a ellos conllevaba la pena de muerte. Al Septón Supremo se le ordenó comparecer en la Fortaleza Roja, donde le esperaba un juicio por alta traición.

Su altísima santidad respondió desde el Septo Estrellado con la contraorden de que el rey se presentara en Antigua para impetrar el perdón de los dioses por sus pecados e iniquidades. Muchos fieles se hicieron eco del desafío: algunos señores devotos acudieron a Desembarco del Rey a doblegarse y entregar rehenes, pero la mayoría prefirió confiar en su número y en la solidez de su castillo como protección.

El rey Maegor dejó supurar el veneno durante medio año, enfrascado como estaba en la construcción de su Fortaleza Roja. Fue su madre quien asestó el primer golpe: la reina viuda montó en Vhagar y anegó de fuego y sangre las Tierras de los Ríos, como había hecho en Dorne tiempo atrás. En una sola noche ardieron las sedes de las casas Blanetree, Terrick, Deddings, Lychester y Wayn. Entonces, Maegor en persona montó en Balerion y voló a las Tierras del Oeste, donde hizo arder los castillos de los Broome, Falwell, Lorch y demás «señores devotos» que habían desobedecido su llamada. El último al que redujo a cenizas fue el de la casa Doggett; el fuego consumió las vidas del padre, la madre y la hermana pequeña de ser Joffrey, y se llevó también a sus espadas juramentadas, sus criados y todo lo que les había pertenecido. Luego, Vhagar y Balerion dejaron atrás las columnas de humo que se levantaban de las Tierras del Oeste y las Tierras de los Ríos, y se dirigieron al sur. Durante la Conquista, un lord Hightower diferente, aconsejado por un Septón Supremo diferente, había abierto las puertas de Antigua; pero en esa ocasión parecía que el destino de la ciudad más grande y populosa de Poniente era ser pasto de las llamas.

Miles de personas huyeron de Antigua aquella noche, por las puertas de la ciudad o a bordo de barcos, rumbo a puertos lejanos; millares abarrotaron las calles en ebria festividad. «Es la noche de cantar, beber y pecar—se decían—, porque mañana justos y pecadores seremos pasto de las llamas»; otros se reunieron en los septos, los templos y los bosques antiguos para rezar por su salvación. En el Septo Estrellado, el Septón Supremo bramaba, tronaba y clamaba por que los dioses descargaran su ira sobre los Targaryen. Los archimaestres de la Ciudadela celebraron un cónclave. La Guardia de la Ciudad se dedicó a llenar sacos de arena y cubos de agua para combatir el fuego que, sin duda, llegaría. En las almenas de la muralla se apostaron ballestas, escorpiones, bombardas y lanceros con la esperanza de derribar a los dragones cuando aparecieran. Doscientos Hijos del Guerrero, a las órdenes de ser Morgan Hightower, un hermano menor del señor de Antigua, salieron en bandada de la sala capitular y rodearon el Septo Estrellado con un cerco de acero para defender a su altísima santidad. En la cúspide del faro de Torrealta, el gran fanal se tornó de un verde funesto cuando lord Martyn Hightower convocó a sus banderizos. Antigua esperaba el amanecer y la llegada de los dragones.

Y los dragones llegaron. Primero Vhagar, al alba, y luego Balerion, justo antes del mediodía. Pero se encontraron las puertas de la ciudad abiertas, las almenas desiertas y los estandartes de las casas Targaryen, Tyrell y Hightower colgados unos junto a otros en la muralla. Visenya, la reina viuda, fue la primera en conocer la

noticia: a la hora más oscura de aquella larga y terrorífica noche había muerto el Septón Supremo.

Aquel hombre tan incansable como valiente, que por entonces contaba cincuenta y tres años y parecía gozar de una excelente salud, era célebre por su fortaleza. Más de una vez había pasado día y noche inmenso en sus rezos, sin comer ni dormir. Su muerte repentina conmocionó a la ciudad y desalentó a sus seguidores. La causa suscita conjeturas aun hoy en día. Unos dicen que su altísima santidad se suicidó, quizá por cobardía para no enfrentarse a la ira del rey Maegor, o quizá en un noble acto de sacrificio para salvar del fuegodragón a las buenas gentes de Antigua. Otros aseguran que los dioses le arrebataron la vida en castigo por los pecados de soberbia, herejía, traición y arrogancia.

Aún son más los convencidos de que murió asesinado, pero ¿a manos de quién? Hay quienes señalan a ser Morgan Hightower por orden de su hermano, pues se lo había visto salir de las estancias privadas del Septón Supremo aquella noche; otros, a lady Patrice Hightower, una tía soltera de lord Martyn con fama de bruja quien, cierto es, pidió audiencia a su altísima santidad al anochecer, aunque seguía vivo cuando se marchó. También se sospecha de los archimaestres de la Ciudadela: aunque nadie se pone de acuerdo en si recurrieron a las artes oscuras, a un asesino o a un pergamino envenenado, aquella noche se cruzaron muchos mensajes entre la Ciudadela y el Septo Estrellado. No faltan los que creen que la muerte del Septón Supremo no fue obra de ninguno de ellos y apuntan a otra culpable con fama de hechicera: Visenya Targaryen, la reina viuda.

Seguramente nunca sabremos la verdad, pero la rápida reacción de lord Martyn cuando la noticia llegó a Torrealta es indiscutible. De inmediato envió a sus caballeros a desarmar y apresar a los Hijos del Guerrero, entre los que se encontraba su propio hermano. Se abrieron las puertas de la ciudad y se colgaron estandartes de la casa Targaryen en la muralla. Antes de que llegaran a avistarse las alas de Vhagar, los hombres de lord Hightower sacaron de la cama a los Máximos Devotos y los condujeron al Septo Estrellado a punta de lanza, para que nombrasen un nuevo Septón Supremo.

No hizo falta repetir la votación: de forma casi unánime, los hombres y mujeres sabios de la Fe se decantaron por un tal septón Pater, un anciano de noventa años ciego, jorobado y débil, pero de carácter notoriamente afable, que estuvo a punto de derrumbarse bajo el peso de la Corona de Cristal cuando se la colocaron. Pero cuando Maegor Targaryen se presentó ante él en el Septo Estrellado, se mostró más que dispuesto a bendecirlo como rey y ungirlo con los óleos sagrados, por mucho que resultara incapaz de recordar las palabras de la ceremonia.

La reina Visenya y Vhagar volvieron enseguida a Rocadragón, pero el rey Maegor se quedó en Antigua casi medio año, durante el cual celebró audiencias y presidió juicios. A los Espadas prisioneros se les ofrecieron dos opciones: quienes renunciaran a su lealtad a la orden podrían viajar al Muro y vivir el resto de sus días como hermanos juramentados de la Guardia de la Noche; quienes se negaran a renunciar podrían morir como mártires de su fe. Tres de cada cuatro prefirieron vestir el negro. Se ajustició a los restantes, aunque a siete, caballeros de renombre e hijos de señores, se les concedió el honor de morir decapitados por *Fuegoscuro* a manos del rey Maegor. Del resto se encargaron sus antiguos compañeros de armas. Entre todos ellos, solo uno obtuvo el pleno indulto del rey: ser Morgan Hightower.

El nuevo Septón Supremo disolvió de forma oficial las órdenes de los Hijos del Guerrero y los Clérigos Humildes, y les ordenó que depusieran las armas en nombre de los dioses. Su altísima santidad proclamó que los Siete ya no necesitaban guerreros, puesto que en adelante sería el Trono de Hierro quien protegiera y defendiera a la Fe. El rey Maegor concedió un plazo a los Militantes de la Fe supervivientes, hasta final de año, para rendir las armas y abandonar la rebelión, tras lo cual se pagaría una recompensa por quienes no hubiesen obedecido: un dragón de oro por la cabeza de cada Hijo del Guerrero rebelde y un venado de plata por la «cabellera piojosa» de cada clérigo humilde.

El Septón Supremo no puso ninguna objeción. Los Máximos Devotos, tampoco.

Durante su estancia en Antigua, el rey aprovechó para reconciliarse con la reina Ceryse, su primera esposa y hermana de lord Hightower, su anfitrión. Su alteza accedió a reconocer a sus demás esposas, tratarlas con honor y respeto y no volver a denostarlas. Maegor, por su parte, juró restituir a Ceryse todos los derechos, tributos y privilegios que le correspondían como su esposa y reina legítima. En Torrealta se organizó un gran banquete de reconciliación que incluyó un encamamiento y una «segunda consumación», para que todos supieran que era una unión amorosa y verdadera.

No se sabe cuánto tiempo pretendía quedarse en Antigua el rey Maegor, porque a finales del 43 d.C. volvió a ver amenazado su trono. Su larga ausencia de Desembarco del Rey no había pasado desapercibida a su sobrino, el príncipe Aegon, quien no dejó escapar la oportunidad. Aegon el Incoronado y su esposa Rhaena salieron por fin de Roca Casterly, cruzaron a toda velocidad las Tierras de los Ríos con un puñado de acompañantes y entraron en la ciudad, ocultos bajo sacos de grano. Con tan pocos seguidores, Aegon no osó sentarse en el Trono de Hierro, pues sabía que no duraría; habían ido a buscar a Fuegoensueño, la dragona de Rhaena, y Aegon tenía intención de llevarse también a Azogue, la de su padre. En la arriesgada incursión contaron con la ayuda de amigos que estaban en la corte de Maegor, hastiados de la crueldad del rey. Los príncipes entraron en Desembarco del Rey en un carro de mulas, pero salieron a lomos de dragones, volando uno junto a otro.

Aegon y Rhaena regresaron a las Tierras del Oeste para reunir un ejército. Como los Lannister de Roca Casterly aún no se atrevían a secundar abiertamente la causa del príncipe Aegon, sus partidarios se agruparon en el castillo de la Princesa Rosada, sede de la casa Piper. Jon Piper, señor de la Princesa Rosada, había puesto su espada al servicio del príncipe, pero era el parecer general que la instigadora había sido su pasional hermana Melony, la amiga de la infancia de Rhaena. Fue en la Princesa Rosada donde Aegon Targaryen descendió del cielo a lomos de Azogue, acusó a su tío de tirano y usurpador y exhortó a todos los hombres honrados a unirse bajo su estandarte.

La mayoría de los señores y caballeros que acudieron eran de las Tierras del Oeste y los Ríos; entre los señores estaban lord Tarbeck, lord Roote, lord Vance, lord Charlton, lord Frey, lord Paege, lord Parren, lord Farman y lord Westerling, además de lord Corbray del Valle, el Bastardo de Fuerte Túmulo y el cuarto hijo del señor del Nido del Grifo. De Lannisport llegaron quinientos hombres bajo el estandarte de ser Tyler Colina, un bastardo de Lyman Lannister: mediante aquella argucia, el astuto señor de Roca Casterly enviaba apoyo al joven príncipe sin mancharse las manos, por si acaso prevalecía Maegor. A la cabeza de las fuerzas de los Piper no iban lord Jon ni sus hermanos, sino su hermana Melony, lanza en ristre y ataviada con una cota de malla masculina. Cuando Aegon el Incoronado emprendió la marcha por las Tierras de los Ríos para defender su derecho al Trono de Hierro, quince mil hombres se habían unido a su rebelión; él iba al frente a lomos de Azogue, la adorada dragona del rey Aenys.

Aunque en sus filas contaba con curtidos comandantes y diestros caballeros, no había ningún gran señor que sustentara la causa del príncipe Aegon. Pero la reina Tyanna, la Señora de los Rumores, advirtió por carta a Maegor de que Bastión de Tormentas, el Nido de Águilas, Invernalia y Roca Casterly habían estado comunicándose en secreto con Alyssa, la reina viuda de su hermano. Requerían pruebas de que el príncipe de Rocadragón tenía posibilidades de vencer antes de declararse a su favor. El príncipe Aegon necesitaba una victoria.

Maegor no le dio el gusto. Lord Harroway y lord Tully salieron de Harrenhal y Aguasdulces; en Desembarco del Rey, ser Davos Darklyn, de la Guardia Real, se puso al frente de cinco mil espadachines y se encaminó al oeste para salir al paso de los rebeldes; del Dominio acudieron lord Peake, lord Merryweather y lord Caswell con sus ejércitos. La hueste del príncipe Aegon, en su lento avance, se encontró cercada por todos lados: ningún contingente era tan grande como el suyo, pero tal vez su número que el joven príncipe, que solo tenía diecisiete años, no sabía qué dirección tomar. Lord Corbray le aconsejó que afrontase a los enemigos por separado antes de que pudiesen unir fuerzas, pero Aegon detestaba la idea de dispersarse y decidió continuar el avance hacia Desembarco del Rey.

Al sur del Ojo de Dioses se topó con los desembarqueños de Davos Darklyn que le cortaban el camino, apostados en terreno elevado y protegidos tras un muro de lanzas; al mismo tiempo, los exploradores lo informaron de que lord Merryweather y lord Caswell se acercaban desde el sur, y lord Tully y lord Harroway, desde el norte. El príncipe Aegon ordenó atacar, con la esperanza de abrirse camino entre los desembarqueños antes de que los demás leales a su hermano le cayeran por los flancos, y montó en Azogue para dirigir el ataque en persona. Pero apenas había remontado el vuelo cuando oyó gritos, miró abajo y vio que sus hombres señalaban algo: Balerion, el Terror Negro, había aparecido en el cielo del sur.

Había llegado el rey Maegor.

Por primera vez desde la Maldición de Valyria, en el cielo lucharon dragón contra dragón mientras, a sus pies, comenzaba la batalla.

Azogue, cuyo tamaño no era ni la cuarta parte del de Balerion, no era rival para él, y sus bolas de fuego blanco se disolvían en las gigantescas llamaradas negras del dragón mayor y más fiero. El Terror Negro cayó sobre ella desde arriba, le cerró las mandíbulas alrededor del cuello y le arrancó un ala. La joven dragona cayó en picado entre humo y alaridos, y el príncipe Aegon, con ella.

La batalla en tierra fue casi igual de breve, aunque más sangrienta. Cuando cayó Aegon, los rebeldes comprendieron que su causa estaba perdida y huyeron, abandonando armas y armaduras. Pero los ejércitos del rey los tenían rodeados; no había escapatoria. Al caer la noche habían muerto dos mil hombres de Aegon, frente a un centenar de los del rey. Entre las bajas estaban lord Alyn Tarbeck; Denys Nieve, conocido como el Bastardo de Fuerte Túmulo; lord Ronnel Vance; ser Willam Whistler; Melony Piper y tres de sus hermanos, además del príncipe de Rocadragón, Aegon el Incoronado de la casa Targaryen. Entre los leales al rey, la única baja notable fue ser Davos Darklyn, de la Guardia Real, a manos de lord Corbray y *Dama Desesperada*. Siguió medio año de juicios y ejecuciones. La reina Visenya convenció a su hijo de que perdonase la vida a algunos señores rebeldes, aunque perdieron sus tierras y títulos y se vieron obligados a entregar rehenes.

Hay un nombre que destaca por su ausencia del recuento de muertos y cautivos: Rhaena Targaryen, hermana y esposa de Aegon, no se había unido al ejército. A día de hoy no existe acuerdo en si fue por orden del príncipe o por decisión propia; lo único que se sabe es que, cuando partió Aegon, ella se quedó en el castillo de la Princesa Rosada con sus hijas... y con Fuegoensueño. ¿Habría supuesto alguna diferencia para el príncipe contar con un segundo dragón en la batalla? Nunca lo sabremos, pero hay voces que señalan, acertadamente, que la princesa Rhaena no era guerrera, y que Fuegoensueño, más joven y pequeña que Azogue, no representaba la menor amenaza para Balerion el Terror Negro.

Cuando la noticia llegó al Oeste y la princesa Rhaena se enteró de que había perdido a su esposo y a su amiga lady Melony, se dice que reaccionó con un silencio sepulcral. Le preguntaron por qué no lloraba, a lo que repuso: «No tengo tiempo para lágrimas».

Dicho aquello, por temor a la ira de su tío, fue a buscar a sus hijas, Aerea y Rhaella, y emprendió la huida, primero hacia Lannisport y luego a través del mar hacia Isla Bella, donde se refugió con lord Marq Farman, cuyo padre y hermano mayor, partidarios del príncipe Aegon, habían muerto en la batalla; este juró que bajo su techo no sufriría daño alguno. Los habitantes de Isla Bella pasaron casi un año vigilando el cielo del este, temerosos de ver aparecer las sombrías alas de Balerion, pero Maegor no acudió. El rey victorioso volvió a la Fortaleza Negra y se entregó con ahínco a la tarea de procurarse un heredero.

El 44 d. C. fue un año pacífico en comparación con los anteriores, aunque los maestres que escribieron las crónicas de la época aseguran que el aire seguía impregnado de olor a sangre y fuego. Maegor I Targaryen ocupaba el trono y veía crecer la Fortaleza Roja a su alrededor, pero en su corte reinaba un talante lúgubre y deprimido, pese a la presencia de las tres reinas o quizá precisamente por eso. Cada noche se llevaba a una a la cama, pero seguía sin descendencia, sin más herederos que los hijos de su hermano Aenys. Lo llamaban Maegor el Cruel y Matasangre, aunque a riesgo de perecer si llegaba a sus oídos.

En Antigua falleció el anciano Septón Supremo, y otro ocupó su lugar. Pese a que no pronunció palabra alguna contra el rey ni sus reinas, la enemistad entre Maegor y la Fe seguía presente. Los Clérigos Humildes sufrían persecución y perecían a cientos por la recompensa que ofrecía el rey por sus cabezas, pero quedaban miles vagando por los bosques, las florestas y los sotos de los Siete Reinos, maldiciendo a los Targaryen hasta el último aliento. Una banda llegó a coronar a su propio Septón Supremo, en la persona del bruto barbudo apodado Septón Luna. También quedaban algunos Hijos del Guerrero, cuyo cabecilla era Joffrey Dogget, el Perro Rojo de las Colinas. Proscrita y condenada, la orden ya no contaba con fuerza para enfrentarse al rey en batalla abierta, así que el Perro Rojo los enviaba disfrazados de caballeros andantes a dar caza y aniquilar a los leales a los Targaryen y a los «traidores a la Fe». La primera víctima fue ser Morgan Hightower, antiguo miembro de la orden, a quien despedazaron en el camino de Colmenar. El anciano lord Merryweather fue el siguiente, seguido del hijo y heredero de lord Peake, del anciano padre de Davos Darklyn y hasta de Jon Hogg el Ciego. A pesar de la recompensa de un dragón de oro por cada cabeza de Hijo del Guerrero, los campesinos y la gente humilde del reino los protegían, recordando lo que habían sido.

En Rocadragón, Visenya, la reina viuda, se había quedado escuálida y macilenta, hecha un saco de huesos. La reina Alyssa y su hija Alysanne también seguían en la isla, prisioneras en todos los sentidos, ya que no oficialmente. El príncipe Viserys, el mayor de los hijos supervivientes de Aenys y Alyssa, tuvo que acudir a la corte en respuesta a la llamada de su alteza. El muchacho, de quince años y muy prometedor, apreciado por el pueblo, se convirtió en escudero del rey..., con un caballero de la Guardia Real pegado como una sombra, a fin de apartarlo de cualquier complot o traición.

Durante un breve período, en aquel 44 d. C., pareció que el rey por fin tendría el hijo que ansiaba con tanta desesperación. La reina Alys anunció que estaba encinta y la corte se regocijó. El gran maestre Desmond la confinó al lecho mientras durara la gestación y se hizo cargo de su cuidado, con ayuda de dos septas, una comadrona y las hermanas de la reina, Jeyne y Hanna. Maegor insistió en que sus demás esposas la asistieran también.

Sin embargo, durante la tercera luna de su confinamiento, lady Alys sufrió una fuerte hemorragia y perdió al niño. Cuando el rey Maegor fue a verlo se encontró, para su horror, con un monstruo de extremidades retorcidas, cabeza enorme y sin ojos. «¡No puede ser hijo mío!», bramó angustiado. Pronto su angustia se tornó en furia, y ordenó la ejecución inmediata de la comadrona y las septas que cuidaban a la reina, así como la del gran maestre Desmond; solo se salvaron las hermanas de Alys.

Se dice que Maegor estaba sentado en el Trono de Hierro con la cabeza del gran maestre entre las manos cuando apareció la reina Tyanna y le dijo que lo habían engañado, que el bebé no era de su semilla. Que, al ver a la reina Ceryse regresar a la corte envejecida, amargada y sin hijos, Alys Harroway empezó a temer que correría la misma suerte si no le daba un hijo, de modo que pidió ayuda a su señor padre, la Mano del Rey. Las noches que el rey compartía el lecho con la reina Ceryse o la reina Tyanna, Lucas Harroway enviaba hombres al de su hija para que la dejaran en estado. Maegor se negó a creerlo: arrojó a Tyanna la cabeza del gran maestre y la llamó bruja celosa y estéril. «Las arañas no mienten», replicó la Señora de los Rumores, y entregó al rey una lista de nombres.

En ella figuraban veinte hombres que supuestamente habían entregado su semilla a la reina Alys. Viejos y jóvenes, apuestos y vulgares, caballeros y escuderos, señores y sirvientes, incluso palafreneros, herreros y bardos; parecía que la Mano del Rey había tejido una red extensa. Solo tenían una cosa en común: todos habían demostrado su fertilidad y engendrado hijos saludables.

Todos menos dos confesaron bajo tortura. Uno, padre de doce hijos, aún tenía el oro que le había pagado lord Harroway por sus servicios. El interrogatorio se llevó a cabo deprisa y en secreto, de modo que lord Harroway y la reina Alys no sospecharon nada hasta que la Guardia Real fue a por ellos. A la reina Alys la sacaron a rastras de la cama, y tuvo que presenciar la muerte de sus hermanas, que trataban de protegerla. A su padre, que estaba inspeccionando la Torre de la Mano, lo tiraron desde el tejado y se estrelló contra el suelo de piedra. También prendieron a los hijos, hermanos y sobrinos de Harroway, y los arrojaron a las estacas del foso seco del Torreón de Maegor. Algunos tardaron mucho tiempo en morir; Horas Harroway, el simplón, resistió varios días. No tardaron en seguirlos los veinte nombres de la lista de la reina Tyanna, y otra docena de hombres a quienes estos acusaron.

La peor muerte se reservó para la reina Alys: se la entregaron a su hermana nupcial Tyanna para que la torturase. No hablaremos de ello, porque hay cosas que es mejor sepultar y olvidar; baste decir que duró casi quince días y que Maegor fue testigo de toda su agonía. Cuando terminó, le partieron el cuerpo en siete trozos y los clavaron en estacas sobre las siete puertas de la ciudad, donde quedaron hasta pudrirse.

El rey Maegor salió de Desembarco del Rey, reunió una hueste considerable de caballeros y soldados y marchó contra Harrenhal para terminar de destruir la casa Harroway. El gran castillo levantado a orillas del Ojo de Dioses estaba poco defendido, y su castellano, sobrino de lord Lucas y primo de la difunta reina, abrió las puertas al ver llegar al rey. La rendición no lo salvó: su alteza pasó por la espada a toda la guarnición, junto con todos los hombres, mujeres y niños que consideró que tenían alguna gota de sangre Harroway. Después se dirigió a Aldea de Lord Harroway, en el Tridente, y repitió la operación.

A partir de ese derramamiento de sangre se empezó a decir que Harrenhal estaba maldito, ya que todas las casas que se habían asentado allí habían tenido un final acerbo y sangriento. Pese a todo, muchos ambiciosos leales codiciaban el imponente castillo de Harren el Negro, con sus extensas y fértiles tierras; tantos que el rey Maegor se hartó de sus ruegos y resolvió que Harrenhal sería para el más fuerte. Veintitrés caballeros del rey se enfrentaron a espada, maza y lanza en las calles empapadas de sangre de Aldea de Lord Harroway. Se alzó con la victoria ser Walton Towers, y Maegor lo nombró señor de Harrenhal..., pero el combate había sido cruento y ser Walton no vivió lo suficiente para disfrutar el cargo: las heridas acabaron con él en menos de quince días. Harrenhal pasó a su hijo mayor, aunque con las tierras muy mermadas, ya que el rey entregó Aldea de Lord Harroway a lord Alton Butterwell, y el resto de las propiedades de los Harroway, a lord Darnold Darry.

Cuando Maegor volvió por fin a Desembarco del Rey para sentarse en el Trono de Hierro se encontró con la noticia de la muerte de su madre, la reina Visenya. Y no solo eso: aprovechando la confusión que siguió a la pérdida de la reina viuda, la reina Alyssa y sus hijos habían huido de Rocadragón con los dragones Vermithor y Ala de Plata, y nadie conocía su paradero; por si fuera poco, habían tenido la osadía de robar a *Hermana Oscura*.

Su alteza ordenó incinerar el cadáver de su madre, y enterrar los huesos y las cenizas junto a los del Conquistador. Después mandó a la Guardia Real en busca de su escudero, el príncipe Viserys. «Encadenadlo en una celda negra e interrogadlo sin piedad —ordenó—. Preguntadle adónde ha ido su madre.»

«Tal vez no lo sepa», repuso ser Owen Bush, un caballero de la Guardia Real de Maegor. «Entonces, que muera —fue la famosa respuesta del rey—. Puede que así la muy zorra aparezca para las exequias.»

El príncipe Viserys no supo dar cuenta del paradero de su madre, ni siquiera bajo las artes oscuras de Tyanna de Pentos. Murió a los nueve días de interrogatorio, y el cadáver quedó abandonado en el patio de la Fortaleza Roja durante una quincena por orden del rey. «Que venga su madre a buscarlo», decía. Pero la reina Alyssa no apareció, y su alteza terminó por entregar a su sobrino a la pira. El príncipe, de quince años, gozaba del cariño de humildes y señores por igual. El reino lloró por él.

En el 45 d.C. concluyó la construcción de la Fortaleza Roja, y el rey Maegor invitó a los constructores y artesanos a una celebración: les envió carretas de dulces y vino fuerte, así como putas de los mejores burdeles de la ciudad. El banquete duró tres días, al cabo de los cuales entraron los caballeros del rey y acabaron con todos a punta de espada para evitar que revelasen los secretos de la Fortaleza Roja. Los huesos se enterraron bajo el castillo que habían construido.

Poco después de que el castillo estuviera terminado, la reina

Ceryse se vio aquejada de una enfermedad repentina y falleció. Por la corte se extendió el rumor de que su alteza había ofendido al rey con un comentario enojoso, a lo que este respondió ordenando a ser Owen que le cortase la lengua; la reina se había resistido, a ser Owen se le había resbalado el cuchillo y ella había acabado degollada. Nunca se demostró, pero por aquel entonces lo creía mucha gente. Sin embargo, hoy en día, la mayoría de los maestres cree que fue un bulo divulgado por los enemigos del rey para enturbiar aún más su reputación. En cualquier caso, la muerte de su primera esposa dejó a Maegor con una sola reina, Tyanna, la pentoshí de cabello y corazón negros, ama de las arañas, odiada y temida por todos.

Apenas estuvo colocada la última piedra de la Fortaleza Roja, Maegor ordenó despejar las ruinas del Septo de la Conmemoración de la cima de la Colina de Rhaenys, junto con los huesos y las cenizas de los Hijos del Guerrero que habían perecido allí. En su lugar se construiría un gran «establo para dragones» de piedra, una madriguera digna de Balerion, Vhagar y sus descendientes. Así comenzó la edificación de Foso Dragón. Tal vez no deba sorprendernos que tuviera dificultades para encontrar constructores, mamposteros y otros artífices para el proyecto: fueron tantos los que salieron corriendo que el rey se vio obligado a recurrir a los prisioneros de las mazmorras de la ciudad como mano de obra, bajo supervisión de trabajadores llegados de Myr y Volantis.

Ya avanzado el 45 d.C., el rey Maegor volvió a ponerse en marcha para proseguir la guerra contra los proscritos Militantes de la Fe que quedasen, mientras que la reina Tyanna quedó al gobierno de Desembarco del Rey junto con la nueva Mano, lord Edwell Celtigar. En el gran bosque que se extendía al sur del Aguasnegras, las fuerzas del rey persiguieron a los numerosos Clérigos Humildes que se habían refugiado allí; enviaron a muchos al Muro y ahorcaron a los que se negaron a vestir el negro. Su cabecilla, la mujer a quien llamaban Jeyne Poore Caradeviruela, consiguió eludir al rey hasta que la traicionaron tres de sus propios seguidores, quienes en recompensa obtuvieron el indulto y el nombramiento de caballeros.

Tres septones que viajaban con su alteza declararon que Jeyne Caradeviruela era una bruja, y Maegor ordenó quemarla viva en un campo cercano al río Rodeo. Cuando llegó el día de la ejecución, del bosque salieron en masa tres centenares de sus seguidores, todos Clérigos Humildes y campesinos, con intención de salvarla, pero el rey se lo esperaba y tenía a sus hombres dispuestos para el ataque, de modo que rodearon y exterminaron a los rescatadores. Uno de los últimos en morir fue su cabecilla, a la sazón ser Horys Colina, el caballero andante bastardo que había escapado de la carnicería del Gran Forca tres años atrás. En aquella ocasión no tuvo tanta suerte.

En el resto del reino, sin embargo, las tornas habían empezado a volverse contra el rey. Humildes y señores por igual habían llegado a despreciarlo por sus innumerables crueldades, y muchos empezaron a ayudar y proteger a sus enemigos. El Septón Luna, a quien los Clérigos Humildes habían nombrado Septón Supremo en desafío al de Antigua, al que apodaban el Lamebotas Supremo, merodeaba a sus anchas por el Dominio y las Tierras de los Ríos y congregaba grandes multitudes cuando salía de los bosques para predicar contra el rey. Ser Joffrey Dogget, el Perro Rojo, autoproclamado gran capitán de los Hijos del Guerrero, era el verdadero amo de las colinas que se alzaban al norte del Colmillo Dorado. Ni Roca Casterly ni Aguasdulces mostraban intención de salirle al paso. Dennis el Cojo y Silas el Harapiento seguían en libertad, y allá donde fueran, el pueblo llano los mantenía a salvo. Los caballeros y soldados enviados a presentarlos ante la justicia solían desaparecer.

En el 46 d. C., el rey Maegor regresó a la Fortaleza Roja con dos mil calaveras, fruto de un año de campaña. Mientras las depositaba al pie del Trono de Hierro anunció que habían pertenecido a Clérigos Humildes e Hijos del Guerrero..., pero la creencia generalizada era que muchos de aquellos macabros trofeos procedían de simples campesinos, jornaleros y porqueros cuyo único delito era tener fe.

La llegada del nuevo año encontró a Maegor aún sin ningún hijo, ni siquiera un bastardo al que pudiera reconocer. Tampoco parecía probable que la reina Tyanna fuera a darle el heredero que deseaba; seguía siendo la Señora de los Rumores del soberano, pero este ya no buscaba su cama.

Los consejeros de Maegor estaban de acuerdo en que era hora de que tomase una nueva esposa, pero no coincidían en su identidad. El gran maestre Benifer propuso un enlace con Clarisse Dayne, la altiva y encantadora señora de Campoestrella, con la esperanza de sustraer a Dorne sus tierras y su casa. Alton Butterwell, consejero de la moneda, ofreció a su hermana viuda, una mujer corpulenta que tenía siete hijos. No era una belleza, había que reconocerlo, pero no cabía duda alguna de su fertilidad. Lord Celtigar, la Mano del Rey, tenía dos hijas doncellas de doce y trece años; insistió en que el rey debía elegir a una, o desposarse con las dos si así lo prefería. Lord Velaryon de Marcaderiva aconsejó al rey que mandase a buscar a su sobrina Rhaena, la viuda de Aegon el Incoronado. Con ese matrimonio, Maegor aunaría sus derechos y evitaría que se conjuraran nuevas rebeliones alrededor de ella, además de obtener una rehén frente a las conspiraciones que instigara su madre, la reina Alyssa.

El rey Maegor los escuchó a todos, uno por uno. Aunque al final desdeñó a la mayoría de las mujeres que le propusieron, algunos argumentos habían hecho mella en él. Se casaría con una mujer de fertilidad demostrada, decidió, pero no con la gorda feúcha de la hermana de Butterwell. Tomaría más de una esposa, como insistía lord Celtigar: con dos tendría el doble de posibilidades de engendrar un hijo; con tres, el triple. Y una de ellas debía ser sin duda su sobrina; el de lord Velaryon era un sabio consejo. La reina

Alyssa y sus dos hijos pequeños seguían en paradero desconocido. Se creía que habían cruzado el mar Angosto, hacia Tyrosh, o tal vez Volantis, pero aún representaban una amenaza para la corona de Maegor y para cualquier hijo que tuviera. Casarse con la hija de Aenys debilitaría cualquier aspiración al trono por parte de sus hermanos menores.

Tras la muerte de su esposo y la huida a Isla Bella, Rhaena Targaryen había actuado con celeridad para proteger a sus hijas. Para quien considerase que el príncipe Aegon había sido el auténtico rey, la ley dictaba que su heredera fuese Aerea, su hija mayor, quien por consiguiente tendía derecho a proclamarse reina legítima de los Siete Reinos. Pero Aerea y su hermana Rhaella tenían apenas un año, y Rhaena sabía que esgrimir semejantes pretensiones equivaldría a condenarlas a muerte. Lo que hizo fue teñirles el pelo, cambiarles el nombre y enviarlas a otra parte, al cuidado de ciertos aliados poderosos que les buscarían buenos hogares de acogida, con personas honradas que no sospecharan su verdadera identidad. La princesa insistió en que ni ella, su propia madre, debía saber adónde irían; no podría revelar lo que no supiera, ni siquiera bajo tortura.

En cuanto a Rhaena, no tenía esa escapatoria. Podía cambiarse de nombre, teñirse el pelo y ataviarse con vestidos bastos de tabernera o hábitos de septa, pero no había forma de esconder a Fuegoensueño. Era una dragona esbelta de color azul claro con vetas plateadas, que ya había puesto dos nidadas de huevos, y Rhaena montaba en su lomo desde que tenía doce años.

No es fácil esconder un dragón. La princesa se llevó a la suya tan lejos de Maegor como pudo, a Isla Bella, donde Marq Farman le ofreció la hospitalidad de Torrelabella, con sus altas torres que se elevaban muy por encima del mar del Ocaso. Y allí se quedó, entregada al descanso, la lectura y la oración, mientras se preguntaba cuánto tiempo tendría antes de que su tío mandase hombres en su busca. Más adelante diría que nunca lo dudó: era una cuestión de cuándo, no de tal vez.

Llegaron antes de lo que le habría gustado, pero no tan pronto como temía. La resistencia estaba fuera de lugar, pues solo conseguiría atraer la cólera del rey y de Balerion sobre Isla Bella. Rhaena se había encariñado con lord Farman, y más aún con Androw, su segundo hijo; no correspondería a su amabilidad con fuego y sangre. Montó en Fuegoensueño y voló a la Fortaleza Roja, donde se enteró de que iba a casarse con su tío, el asesino de su marido. También conoció a las otras prometidas, puesto que la boda iba a ser triple.

Lady Jeyne de la casa Westerling había estado casada con Alyn Tarbeck, el cual había muerto con el príncipe Aegon en la batalla de la Ribera del Ojo de Dioses. Unos meses más tarde había tenido un hijo póstumo de su difunto esposo. Cuando Maegor mandó a buscarla, la alta y esbelta lady Jeyne, de lustrosa cabellera castaña, tenía un pretendiente: un hijo no primogénito del señor de Roca Casterly; pero al rey le importó un comino.

Más perturbador es el caso de lady Elinor de la casa Costayne, esposa de ser Theo Bolling, un caballero hacendado que había luchado en el bando del rey en su última campaña contra los Clérigos Humildes. Pese a tener solo diecinueve años, lady Elinor ya había dado tres hijos a Bolling cuando el rey se fijó en ella. El menor todavía mamaba de su pecho cuando la Guardia Real detuvo a ser Theo y lo acusó de conspirar con la reina Alyssa para asesinar al rey y sentar en el Trono de Hierro al joven Jaehaerys. Bolling sostenía su inocencia, pero lo declararon culpable y lo decapitaron el mismo día. El rey Maegor concedió a la viuda siete días para llorarlo, en honor a los dioses, y luego requirió su comparecencia y le anunció que se casaría con ella.

En la localidad de Septo de Piedra, el Septón Luna denunció los planes de boda del rey Maegor, y cientos de pueblerinos lo vitorearon apasionadamente, pero pocos más se atrevieron a alzar la voz contra su alteza. El Septón Supremo zarpó de Antigua rumbo a Desembarco del Rey para oficiar los ritos matrimoniales. En un

cálido día de primavera del 47 d. C., Maegor Targaryen tomó tres esposas en el pabellón de la Fortaleza Roja. Las tres lucían los colores de las casas de sus padres en vestidos y capas, pero la gente de Desembarco del Rey las llamó las Novias de Negro, ya que las tres eran viudas.

La presencia del hijo de lady Jeyne y los tres hijos de lady Elinor en la boda garantizaba que las mujeres representaran su papel en la ceremonia, pero había gran expectación por las posibles muestras de rebeldía de la princesa Rhaena. La esperanza murió cuando la reina Tyanna apareció acompañada de dos niñas de cabello plateado y ojos violeta vestidas de rojo y negro, los colores de la casa Targaryen. «Menuda estupidez, pensar que podrías esconderlas de mí», dijo Tyanna a la princesa. Rhaena agachó la cabeza y pronunció sus votos con voz gélida.

De esa noche se cuentan muchas anécdotas extrañas y contradictorias, y con el paso de los años cuesta distinguir la leyenda de la realidad. ¿Las tres Novias de Negro compartieron lecho, como afirman algunos? Parece improbable. ¿Su alteza las visitó a todas esa noche y consumó los tres enlaces? Podría ser. ¿La princesa Rhaena intentó asesinar al rey con un puñal que escondía bajo las almohadas, como aseguró después ella misma? ¿Elinor Costayne arañó al rey en la espalda hasta dejarle la piel desgarrada y sanguinolenta mientras copulaban? ¿Jeyne Westerling bebió la pócima de fertilidad que se dice que le llevó la reina Tyanna, o se la tiró a la cara? ¿Es cierto que Tyanna preparó y le llevó esa pócima? La primera crónica no aparece hasta bien avanzado el reinado de Jaehaerys, cuando las dos últimas mujeres llevaban veinte años muertas.

Hay algo que sí sabemos: después de la boda, Maegor declaró a Aerea, la hija de Rhaena, su legítima heredera «hasta que los dioses me concedan un hijo», mientras que a su gemela Rhaella la envió a Antigua para que se hiciese septa. A su sobrino Jaehaerys, el heredero legítimo en virtud de todas las leyes de los Siete Reinos, lo desheredó expresamente mediante el mismo decreto. Al hijo de la reina Jeyne le permitió conservar el título de señor de Torre Tarbeck y lo envió a Roca Casterly para que se criase como pupilo de Lyman Lannister. De los hijos de la reina Elinor se deshizo de la misma manera, enviando al uno al Nido de Águilas y al otro a Altojardín. Al rorro lo dejaron al cuidado de un ama de cría, porque irritaba al rey que la reina le diera el pecho.

Medio año después, Edwell Celtigar, la Mano del Rey, anunció que la reina Jeyne estaba encinta. Apenas empezó a notársele el embarazo, el rey comunicó que la reina Elinor también esperaba un hijo. Maegor las cubrió a las dos de regalos y honores, y concedió nuevas tierras y dignidades a sus padres, hermanos y tíos, pero poco le duró la alegría. Tres lunas antes de lo esperado, la reina Jeyne yacía en el lecho aquejada de dolores de parto, y dio a luz un bebé muerto tan monstruoso como el de Alys Harroway: una criatura sin brazos ni piernas, con genitales masculinos y femeninos. La madre tardó poco en morir.

Maegor estaba maldito. Había matado a su sobrino, luchado contra la Fe y el Septón Supremo, desafiado a los dioses y cometido asesinato, incesto, adulterio y violación. Tenía las partes emponzoñadas, la semilla infestada de gusanos, y los dioses nunca le concederían un hijo vivo. O al menos eso era lo que se rumoreaba. Maegor, por su parte, llegó a una conclusión diferente, y mandó a ser Owen Bush y ser Maladon Moore a apresar a la reina Tyanna y conducirla a las mazmorras. Allí, la pentoshí lo confesó todo antes de que los torturadores del rey terminasen de preparar sus instrumentos: había envenenado al niño de Jeyne Westerling en el vientre, igual que al de Alys Harroway, y prometió que al retoño de Elinor Costayne le esperaba la misma suerte.

Se dice que el rey en persona acabó con ella, que le arrancó el corazón con *Fuegoscuro* y se lo echó a los perros. Pero la muerte no privó de la venganza a Tyanna de la Torre, pues sucedió lo vaticinado: pasó una luna y luego otra, y en plena noche, la reina Elinor parió un bebé muerto, deforme, sin ojos y con unas alas rudimentarias.

Corría el año 48 d. C., el sexto del reinado de Maegor y el último de su vida. Ya nadie en los Siete Reinos dudaba que estuviera maldito. Los pocos seguidores que le quedaban empezaron a desvanecerse, a evaporarse como el rocío al sol de la mañana. Desembarco del Rey tuvo noticia de que se había visto a ser Joffrey Dogget entrando en Aguasdulces, no como cautivo sino como invitado de lord Tully. El Septón Luna hizo una nueva aparición al frente de millares de fieles que avanzaban por el Dominio en dirección a Antigua con la intención expresa de desafiar al Lamebotas del Septo Estrellado a condenar a esa «abominación del Trono de Hierro» y levantar la proscripción de las órdenes militares. Cuando lord Oakheart y lord Rowan se presentaron ante el Septón Luna con sus ejércitos, no fue para atacarlo, sino para unírsele. Lord Celtigar renunció a su cargo de Mano del Rey y regresó a su castillo de Isla Zarpa. De las Marcas de Dorne llegaron rumores de que los dornienses se agrupaban en los pasos, preparados para invadir el reino.

El peor golpe llegó de Bastión de Tormentas. Allí, a orillas de la bahía de los Naufragios, lord Rogar Baratheon proclamó al joven Jaehaerys Targaryen rey auténtico y legítimo de los ándalos, los rhoynar y los primeros hombres, y el príncipe Jaehaerys nombró a lord Rogar Protector del Reino y Mano del Rey. Alyssa y Alysanne, la madre y la hermana del rey, estaban a su lado cuando Jaehaerys desenvainó a *Hermana Oscura* y juró poner fin al reinado de su tío, el usurpador. Un centenar de banderizos y caballeros tormenteños prorrumpió en ovaciones. El príncipe Jaehaerys tenía catorce años cuando reclamó el trono; era un joven atractivo, hábil con el arco y la lanza, y muy buen jinete. Montaba una enorme bestia bronce y canela llamada Vermithor, y su hermana Alysanne, de doce años, también tenía su dragona, Ala de Plata.

«Maegor no tiene más que un dragón —dijo lord Rogar a los señores tormenteños—; nuestro príncipe tiene dos.»

Que enseguida fueron tres. Cuando en Desembarco del Rey se tuvo noticia de que Jaehaerys estaba concentrando sus fuerzas en Bastión de Tormentas, Rhaena Targaryen abandonó a su tío y esposo forzoso, montó en Fuegoensueño y voló a su encuentro. Se llevó a su hija Aerea y a *Fuegoscuro*, tras robársela al rey de la vaina mientras dormía.

La respuesta del rey fue lenta y confusa. Ordenó al gran maestre que enviase cuervos para convocar a todos los señores y banderizos leales a Desembarco del Rey, pero se encontró con que Benifer se había subido a un barco y navegaba rumbo a Pentos. Como había perdido a la princesa Aerea, envió a un jinete a Antigua para exigir la cabeza de Rhaella, su hermana gemela, en castigo por la traición de su madre; pero lord Hightower encarceló al mensajero. Dos caballeros de la Guardia Real se fugaron una noche para unirse a Jaehaerys, y ser Owen Bush apareció muerto a la puerta de un burdel, con el miembro embutido en la boca.

Lord Velaryon de Marcaderiva fue de los primeros en declararse partidarios de Jaehaerys. Puesto que los Velaryon eran desde antaño los almirantes del reino, Maegor despertó un buen día y descubrió que había perdido toda la flota real. Detrás fueron los Tyrell de Altojardín, con todo el poder del Dominio. Los Hightower de Antigua, los Redwyne del Rejo, los Lannister de Roca Casterly, los Arryn del Nido de Águilas, los Royce de Piedra de las Runas... Uno por uno, todos dieron la espalda al rey.

En Desembarco del Rey, una veintena de señores menores acudió a la llamada de Maegor, entre ellos lord Darklyn del Valle Oscuro, lord Massey de Piedratormenta, lord Towers de Harrenhal, lord Staunton de Reposo del Grajo, lord Bar Emmon de Punta Aguda, lord Buckwell de las Astas, y los señores Rosby, Stokeworth, Hayford, Harte, Byrch, Rollingford, Bywater y Mallery. Sin embargo, entre todos apenas contaban con cuatro mil hombres, y solo uno de cada diez era caballero.

Maegor los reunió una noche en la Fortaleza Roja para debatir el plan de batalla. Cuando vieron lo escasos que eran y se dieron cuenta de que no contarían con ningún gran señor, muchos se amilanaron, y lord Hayford se atrevió a pedir a su alteza que abdicara y vistiera el negro. El rey ordenó que lo decapitaran en el sitio, y el consejo de guerra siguió adelante con la cabeza del señor clavada en una lanza detrás del Trono de Hierro. Siguieron haciendo planes el resto del día y hasta bien avanzada la noche. Era la hora del lobo cuando por fin Maegor les permitió retirarse. Cuando marcharon, el rey se quedó en el Trono de Hierro, sumido en sus cavilaciones. Lord Towers y lord Rosby fueron los últimos en ver a su alteza.

Horas más tarde, al rayar el alba, Elinor, la última reina de Maegor, fue en su busca. Lo encontró aún sentado en el Trono de Hierro, muerto y pálido, con la ropa empapada de sangre. Los filos dentados le habían rajado los brazos de la muñeca al codo, y otra hoja le había atravesado el cuello y le asomaba por debajo de la barbilla.

Desde entonces hasta ahora, muchos son los que creen o han creído que fue el Trono de Hierro quien lo mató. Maegor estaba vivo cuando Rosby y Towers dejaron la sala, y los guardias de las puertas juraron que no había entrado nadie más hasta que lo encontró la reina Elinor. Algunos dicen que fue la reina quien lo empujó contra las hojas y los filos, para vengar la muerte de su primer marido. También pudo ser la Guardia Real, pero para eso tendrían que haberse confabulado, porque había dos caballeros apostados a cada puerta. O algún desconocido que entrara y saliera de la sala del trono por un pasadizo oculto: la Fortaleza Roja está llena de secretos que solo conocen los muertos. También podría ser que el rey, preso de la desesperación en las oscuras horas de vigilia, retorciera las hojas y se abriera las venas para escapar de la derrota y la vergüenza que le esperaban.

El reinado de Maegor I Targaryen, que pasó a la historia y la leyenda como Maegor el Cruel, duró seis años y sesenta y seis días. Cuando murió, incineraron el cadáver en el patio de la Fortaleza Roja y enterraron las cenizas en Rocadragón, junto a las de su madre. Murió sin descendencia y sin dejar herederos de su semilla.

De príncipe a rey

El ascenso de Jaehaerys I

Jaehaerys I Targaryen ascendió al Trono de Hierro en el 48 d.C., a los catorce años de edad, y gobernó los Siete Reinos durante los cincuenta y cinco años siguientes, hasta su muerte, por causas naturales, en el 103 d.C. En los últimos años de su reinado, y durante el de su sucesor, recibió el nombre de Viejo Rey por razones obvias, pero Jaehaerys fue un hombre joven y vigoroso más tiempo que un anciano debilitado, y los eruditos más versados lo denominaban reverentemente el Conciliador. El archimaestre Umbert, que consignó sus estudios un siglo más tarde, fue célebre por aseverar que Aegon el Dragón y sus hermanas conquistaron los Siete Reinos, o al menos seis de ellos, pero fue Jaehaerys el Conciliador quien realmente los unificó.

No fue tarea fácil, porque sus predecesores inmediatos habían destrozado mucho de lo que había construido el Conquistador: Aenys, con su debilidad e indecisión; Maegor, con su crueldad y sed de sangre. El reino que heredó Jaehaerys estaba empobrecido, arrasado por la guerra y sin leyes; imperaban la división y la desconfianza mientras el nuevo rey era un niño, sin experiencia en las tareas de gobierno.

Ni siquiera su reclamación del Trono de Hierro quedaba libre de dudas. Pese a que Jaehaerys era el único hijo vivo del rey Aenys I, Aegon, hermano mayor de este, había reclamado el trono antes que él. Aegon el Incoronado había muerto en la batalla de la Ribera del Ojo de Dioses mientras trataba de destronar a su tío Maegor, pero no antes de tomar como esposa a su hermana Rhaena y concebir dos hijas, las gemelas Aerea y Rhaella. Si se consideraba a Maegor el Cruel un usurpador sin derecho a gobernar, como sostenían algunos maestres, el príncipe Aegon había sido el auténtico rey y, por derecho, el trono debería pasar a Aerea, su hija mayor, no a su hermano pequeño.

Sin embargo, el sexo de las gemelas jugó en su contra, al igual que su edad: las niñas apenas contaban seis años a la muerte de Maegor. Es más: algunos informes de sus coetáneos indican que, de pequeña, la princesa Aerea era una niña tímida, proclive a las lágrimas y a mojar la cama, mientras que Rhaella, la más atrevida y vigorosa de las dos, era por aquel entonces novicia en el Septo Estrellado y había prometido consagrarse a la Fe. Ninguna de las dos parecía apta para ser reina: su propia madre, la reina Rhaena, lo reconoció al aceptar que la corona debía pasar a su hermano Jaehaerys, y no a sus hijas.

Hubo quienes apuntaron que era Rhaena quien tenía más derecho a la corona, como primogénita del rey Aenys y la reina Alyssa, e incluso algunos llegaron a murmurar que la reina Rhaena había contribuido de algún modo a liberar al reino de Maegor el Cruel, aunque nunca llegó a determinarse cómo había organizado su muerte después de huir de Desembarco del Rey a lomos de su dragona Fuegoensueño. Aun así, el sexo también obró en su contra.

«Esto no es Dorne —dijo lord Rogar Baratheon cuando le plantearon la posibilidad—, y Rhaena no es Nymeria.»

Más aún, la reina, dos veces viuda, había llegado a aborrecer Desembarco del Rey y la corte, y solo deseaba regresar a Isla Bella, donde había encontrado un poco de paz antes de que su tío la convirtiera en una de sus Novias de Negro.

Todavía faltaba un año y medio para que el príncipe Jaehaerys alcanzase la edad adulta cuando ocupó el Trono de Hierro por primera vez. Por este motivo se determinó que su madre, la reina viuda Alyssa, actuaría como regente, mientras que lord Rogar serviría como su Mano del Rey y Protector del Reino. No quiere esto decir que Jaehaerys fuera un simple pelele: desde el primer día, el niño insistió en participar en todas las decisiones que se tomaran en su nombre.

Los restos mortales de Maegor I Targaryen aún ardían en la pira funeraria cuando su joven sucesor se enfrentó a su primera decisión crucial: cómo lidiar con los partidarios restantes de su tío. Cuando se halló muerto a Maegor en el Trono de Hierro, la mayoría de las grandes casas del reino y muchos señores menores lo habían abandonado, pero la mayoría no son todos. Muchos de aquellos cuyas tierras y castillos se encontraban cerca de Desembarco del Rey y las Tierras de la Corona habían permanecido fieles a Maegor hasta el día de su muerte, entre ellos lord Rosby y lord Towers, los últimos en ver con vida al rey. Otros que aún se agrupaban bajo sus estandartes eran los lores Stokeworth, Massey, Harte, Bywater, Darklyn, Rollingford, Mallery, Bar Emmon, Byrch, Staunton y Buckwell.

En el caos que siguió al descubrimiento del cadáver de Maegor, lord Rosby apuró una copa de cicuta para unirse al rey en la muerte. Buckwell y Rollingford zarparon hacia Pentos, mientras que casi todos los demás huyeron para refugiarse en sus castillos y fortalezas. Solo Darklyn y Staunton tuvieron suficiente coraje para quedarse junto a lord Towers y rendir la Fortaleza Roja cuando el príncipe Jaehaerys y sus hermanas Rhaena y Alysanne descendieron sobre el castillo a lomos de sus dragones. Las crónicas de la corte relatan que cuando el joven príncipe bajó de la silla de montar de Vermithor, los tres señores leales se prosternaron ante él para depositar las espadas a sus pies y aclamarlo como su rey. «Llegáis tarde al banquete —dicen que les comentó el príncipe

Jaehaerys, aunque en tono distendido—, y esas mismas hojas ayudaron a asesinar a mi hermano Aegon en el Ojo de Dioses.»

A una orden suya, los tres fueron encadenados de inmediato, aunque hubo miembros del grupo del príncipe que pidieron que los ejecutaran allí mismo. Pronto se reunieron con ellos en las celdas negras la Justicia del Rey, el lord confesor, el carcelero jefe, el comandante de la Guardia de la Ciudad y los cuatro caballeros de la Guardia Real que habían seguido siendo leales al rey Maegor.

Una quincena después, lord Rogar Baratheon y la reina Alyssa llegaron a Desembarco del Rey con sus seguidores, y se apresó y encarceló a varios centenares más. Ya fueran caballeros, escuderos, mayordomos, septones o criados, los cargos contra ellos eran los mismos: a todos se los acusó de haber inducido y secundado a Maegor Targaryen en su usurpación del Trono de Hierro, así como en los crímenes, las crueldades y la anarquía que siguieron.

Ni siquiera las mujeres se libraron: también detuvieron a las damas de noble cuna que habían atendido a las Novias de Negro, junto con una veintena de prostitutas del populacho que habían sido rameras de Maegor.

Con las mazmorras de la Fortaleza Roja a rebosar, se planteó la cuestión de qué hacer con los prisioneros. Si se consideraba que Maegor había sido un usurpador, su reinado entero había sido ilegítimo, y todos cuantos lo apoyaron eran culpables de traición y había que ejecutarlos. Ese era el curso de acción que defendió Alyssa, la reina viuda, que había perdido a dos hijos a causa de la crueldad de Maegor y no quería ni plantearse conceder tan siquiera la dignidad de un juicio a los hombres que habían hecho realidad sus edictos.

—Cuando torturaron y asesinaron a mi hijo Viserys, estos hombres guardaron silencio y no emitieron palabra alguna en protesta —dijo—. ¿Por qué deberíamos escucharlos ahora?

En contra de su furia tomó posición lord Rogar Baratheon, Mano del Rey y Protector del Reino. Pese a que se había mostrado de acuerdo en que los hombres de Maegor merecían un castigo, señaló que si se los ejecutaba, el resto de los hombres leales al usurpador estarían poco dispuestos a hincar la rodilla, y lord Rogar no tendría más remedio que marchar hacia sus castillos, uno por uno, y sacar a cada hombre de su fortaleza con acero y fuego.

—Es factible, pero ¿a qué precio? Sería una matanza que endurecería los corazones en nuestra contra. Que se someta a juicio a los hombres de Maegor y confiesen su traición —instó el Protector—. Se ejecutará a aquellos a quienes se halle culpables de los peores crímenes; los restantes deberán entregar rehenes para garantizar su lealtad en lo sucesivo, y rendir algunas de sus tierras y castillos.

La sensatez de la sugerencia de lord Rogar era evidente para la mayoría de los partidarios del joven rey, pero su punto de vista no habría prevalecido de no ser porque el propio Jaehaerys intervino en la decisión. Pese a contar solo catorce años de edad, demostró desde el principio que no se conformaría con quedarse sentado y sumiso mientras otros gobernaban en su nombre. Acompañado por su maestre, su hermana Alysanne y un puñado de jóvenes caballeros, Jaehaerys trepó al Trono de Hierro y convocó a los señores para que lo escuchasen.

—No habrá juicios, no habrá torturas y no habrá ejecuciones —anunció—. El reino tiene que darse cuenta de que no soy mi tío. No daré comienzo a mi reinado bañándome en sangre. Algunos me jurasteis lealtad al principio; otros, más tarde. Que vengan ahora los que quedan.

Aún no habían coronado ni ungido a Jaehaerys y aún no había alcanzado la edad adulta; por tanto, su pronunciamiento no tenía fuerza legal, ni poseía autoridad para prevalecer sobre su consejo y su regente, pero fueron tales el poder de sus palabras y la decisión que mostró allí sentado, mirándolos desde el Trono de Hierro, que lord Baratheon y lord Velaryon le prestaron su apoyo de inmediato, y el resto los siguió muy pronto. Solo su hermana Rhaena se atrevió a negárselo.

—Te aclamarán cuando te posen la corona en la cabeza —le dijo—, como aclamaron a nuestro tío y, antes que a él, a nuestro padre.

Al cabo, la última palabra la tuvo la regente, y por mucho que la reina Alyssa desease venganza por motivos personales, era reacia a contradecir los deseos de su hijo.

—Le haría parecer débil —se dice que comentó a lord Rogar—, y nunca, nunca debe mostrarse débil. Esa fue la causa de la caída de su padre.

De ese modo, se indultó a la mayoría de los hombres de Maegor.

En los días que siguieron se vaciaron las mazmorras de Desembarco del Rey. Después de recibir agua, comida y ropa limpia, los prisioneros fueron conducidos de siete en siete hasta el salón del trono. Allí, ante los ojos de los dioses y los hombres, renunciaron a su lealtad a Maegor y se arrodillaron para prestar juramento a su sobrino Jaehaerys, tras lo cual el joven rey invitó a cada uno de ellos a incorporarse, le otorgó el indulto y le devolvió sus tierras y títulos. No se debe pensar, no obstante, que los acusados escaparon sin castigo: señores y caballeros por igual se vieron obligados a enviar un hijo a la corte para servir al rey en calidad de rehén; a aquellos que no tuvieran hijos se les exigió que enviasen a una hija. Los más pudientes de entre los señores de Maegor también tuvieron que ceder parte de sus tierras, entre ellos Towers, Darklyn y Staunton. Otros compraron su indulto con oro.

La misericordia del rey no se extendió a todos. Se declaró al verdugo de Maegor, a sus carceleros y a sus confesores culpables de colaborar con Tyanna de la Torre en la tortura y asesinato del príncipe Viserys, que durante tan corto tiempo había sido heredero y rehén de Maegor. Se entregaron sus cabezas a la reina Alyssa, junto con las manos que habían tenido la osadía de alzarse contra la sangre del dragón. Su alteza se declaró muy satisfecha por los regalos.

Hubo otro hombre que perdió la cabeza: ser Maladon Moore, un caballero de la Guardia Real acusado de haber sujetado a Ceryse Hightower, la primera reina de Maegor, mientras su hermano juramentado, ser Owen Bush, le cortaba la lengua; los forcejeos de la reina provocaron que el puñal se le resbalase, lo que le causó la muerte. Cabe reseñar que ser Maladon insistió en que eso no era sino una invención y la reina Ceryse murió de «apatía». Sin embargo, reconoció haber conducido a Tyanna de la Torre a la presencia de Maegor y haber presenciado el asesinato, de modo que, en cualquier caso, tenía las manos manchadas de la sangre de una reina.

Cinco de los Siete de Maegor seguían con vida. Dos de ellos, ser Olyver Bracken y ser Raymund Mallery, habían participado en la caída del rey al cambiar de capa y acudir a Jaehaerys, pero el niño rey consideró, justamente, que al hacerlo habían roto su juramento de defender la vida del rey con la suya.

—No aceptaré perjuros en mi corte —proclamó.

Se condenó a muerte a los cinco guardias reales, pero ante la insistencia de la princesa Alysanne se acordó que se les perdonase la vida si accedían a cambiar la capa blanca por la negra de la Guardia de la Noche. Cuatro de los cinco aceptaron y partieron hacia el Muro; junto con ser Olyver y ser Raymund, los cambia-capas, viajaron ser Jon Tollett y ser Symond Crayne.

El quinto guardia real, ser Harrold Langward, exigió un juicio por combate. Jaehaerys le concedió el deseo y se ofreció a enfrentarse personalmente a ser Harrold en combate singular, pero en esto sí que lo desautorizó la reina regente. En su lugar se eligió a un joven caballero de las Tierras de la Tormenta como adalid de la Corona. Ser Gyles Morrigen, el hombre designado, era sobrino de Damon el Devoto, el gran capitán de los Hijos del Guerrero, que los había encabezado en su Juicio de los Siete contra Maegor.

Deseoso de demostrar la lealtad de su casa al nuevo rey, ser Gyles acabó fácilmente con el anciano ser Harrold, y poco después lo nombraron lord comandante de la Guardia Real de Jaehaerys.

Mientras tanto, la noticia de la misericordia del príncipe se extendió por el reino. Uno por uno, los partidarios del rey Maegor fueron despidiendo a sus mesnadas y abandonando sus castillos para viajar a Desembarco del Rey y jurarle lealtad. Algunos se mostraron reticentes, temerosos de que Jaehaerys acabase siendo un rey tan débil e ineficaz como su padre; pero como Maegor no había dejado herederos de su sangre, no existía ningún rival en torno al cual oponérsele, e incluso los partidarios más fanáticos de Maegor acabaron convencidos en cuanto conocieron a Jaehaerys, pues era todo cuanto un príncipe debía ser: de habla cultivada, generoso y tan caballeroso como valiente. El gran maestre Benifer, recién llegado de su exilio autoimpuesto en Pentos, escribió de él que era «instruido como un maestre y devoto como un septón», y pese a que parte de ese aserto se puede descartar por ser pura adulación, también había parte de verdad en sus palabras. Incluso se dice que su madre, la reina Alyssa, se refirió a Jaehaerys como «el mejor de mis tres hijos».

En cualquier caso, la reconciliación de los señores no conllevó la paz en Poniente de la noche a la mañana. Los esfuerzos del rey Maegor por exterminar a los Clérigos Humildes y a los Hijos del Guerrero habían puesto a muchos hombres y mujeres devotos en contra suya y de la casa Targaryen. Pese a que Maegor había obtenido las cabezas de cientos de Estrellas y Espadas, miles de ellos habían conseguido huir, y decenas de miles de señores menores, caballeros con tierras y plebeyos les daban refugio y comida, y les prestaban ayuda y comodidades cuando les era posible. Silas el Harapiento y Dennis el Cojo comandaban bandas de Clérigos Humildes que aparecían y desaparecían como espectros, y se desvanecían en la espesura cuando se sentían amenazados. Al norte del Colmillo Dorado, ser Joffrey Doggett, el Perro Rojo de las Colinas, se desplazaba a su antojo entre las Tierras del Oeste y los Ríos, con el apoyo y la complicidad de lady Lucinda, la devota esposa del señor de Aguasdulces. Ser Joffrey, que se había adjudicado el manto de gran capitán de los Hijos del Guerrero, había anunciado su intención de devolver a la orden, antaño altiva, su gloria pretérita, y estaba reclutando caballeros bajo su estandarte.

Pero la mayor amenaza se cernía en el sur, donde el Septón Luna y sus seguidores acampaban junto a la muralla de Antigua, defendida por lord Oakheart, lord Rowan y sus caballeros. Luna, un hombre gigantesco, había sido bendecido con una voz poderosa y una presencia imponente. Pese a que sus Clérigos Humildes lo habían proclamado «el verdadero Septón Supremo», este septón, si podemos llamarlo así, no era la viva imagen de la piedad. Se jactaba de haber leído un único libro, *La estrella de siete puntas*, y muchos ponían en duda incluso eso, porque nunca se le había oído citar una palabra del libro sagrado ni hombre alguno lo había visto leer o escribir.

Descalzo, barbado y en posesión de un inmenso fervor, «el Clérigo más Humilde» podía hablar durante horas, como hacía a menudo, y siempre sobre el pecado. «Soy un pecador» eran las palabras con que el Septón Luna empezaba cada sermón, y eran ciertas. Una criatura de apetitos insaciables, glotón, borracho y famoso por su lujuria, Luna yacía cada noche con una mujer diferente, y dejó encintas a tantas que sus acólitos empezaron a decir que su semilla era capaz de hacer fértil a una mujer estéril. Tal era la ignorancia y estupidez de sus seguidores que el rumor se convirtió en una creencia muy extendida: los hombres comenzaron a ofrecerle a sus esposas, y las madres, a sus hijas. El Septón Luna nunca rechazó esos ofrecimientos; al cabo de cierto tiempo, algunos caballeros menores y hombres de armas de su chusma empezaron a pintarse imágenes de la «Verga de la Luna» en los escudos, y sus seguidores no tardaron en comerciar entre sí con garrotes, colgantes y varas talladas a semejanza del miembro de

Luna. El roce de uno de esos talismanes, se creía, confería prosperidad y buena suerte.

Todos los días, el Septón Luna salía a denunciar los pecados de la casa Targaryen y los lamebotas que condonaban sus abominaciones, mientras que, en el interior de Antigua, el auténtico Padre de los Fieles se había convertido virtualmente en un prisionero en su propio palacio, incapaz de poner un pie en el exterior del Septo Estrellado. Pese a que lord Hightower había cerrado las puertas ante el Septón Luna y sus seguidores y se negaba a franquearles la entrada a la ciudad, no mostró inclinación alguna a alzarse en armas contra ellos, pese a las constantes súplicas de su altísima santidad. Cuando se vio obligado a exponer sus motivos habló de su desagrado por verter sangre devota, pero muchos aseguraron que la auténtica razón era su rechazo a presentar batalla a lord Oakheart y lord Rowan, que habían ofrecido su protección a Luna. Su reticencia le valió entre los maestres de la Ciudadela el apodo de lord Donnel el Demorador.

Lord Rogar y la reina regente estuvieron de acuerdo en que, dado el largo conflicto entre el rey Maegor y la Fe, era prioritario que el Septón Supremo ungiera a Jaehaerys. Sin embargo, no sería posible si no se deshacían antes del Septón Luna y su horda de desarrapados, para que el príncipe pudiera viajar a salvo hasta Antigua. Habían albergado la esperanza de que la noticia de la muerte de Maegor bastara para convencer a los seguidores de Luna de dispersarse, y así había sucedido en algunos casos; pero no más de unos pocos cientos en una hueste de casi cinco mil efectivos.

«¿Qué importa la muerte de un dragón cuando otro se alza para ocupar su puesto? —declaró el Septón Luna ante la muchedumbre—. Poniente no volverá a quedar limpio hasta que pasemos a cuchillo o empujemos de vuelta al mar a todos los Targaryen.» Día tras día predicaba lo mismo, apelando a lord Hightower para que le entregase Antigua, exhortando al «Lamebotas Supremo» a abandonar el Septo Estrellado y enfrentarse a la ira de los Clérigos

Humildes que había traicionado, y arengando a la gente sencilla para que se alzase en armas. Y noche tras noche pecaba de igual modo.

En el otro extremo del reino, en Desembarco del Rey, Jaehaerys y sus consejeros debatían cómo librar al reino de su flagelo. El niño rey y sus hermanas Rhaena y Alysanne poseían dragones, y algunos opinaban que la mejor forma de deshacerse del Septón Luna era aquella en que Aegon el Conquistador y sus hermanas se habían deshecho de los dos reyes en el Campo de Fuego. Pero tales matanzas no eran del agrado de Jaehaerys, y su madre, la reina Alyssa, lo prohibió tajantemente, recordándoles el final de Rhaenys Targaryen y su dragón en Dorne. Lord Rogar, la Mano del Rey, se ofreció con cierta reticencia a atravesar el Rejo con sus propias huestes para dispersar por la fuerza a los hombres de Luna, pese a que eso significaría enfrentar a sus hombres de las Tierras de la Tormenta, y a cualquier otra fuerza que pudiera convocar, contra lord Rowan, lord Oakheart y sus caballeros y hombres de armas, además de los Clérigos Humildes. «Venceremos, por supuesto —dijo el lord Protector—, pero no sin pagar un alto precio.»

Quizá los dioses lo estaban escuchando, porque mientras el rey y el consejo debatían en Desembarco del Rey, el problema se resolvió de la forma más inesperada. Caía el atardecer sobre las afueras de Antigua cuando el Septón Luna se retiró a su tienda para cenar, agotado tras un día de prédicas. Como siempre, estaba protegido por sus Clérigos Humildes, hombres fornidos armados con hachas y adornados con barbas descuidadas, pero cuando una hermosa joven se presentó ante la tienda del septón con una jarra de vino y expresó su deseo de regalársela a su santidad en agradecimiento por su ayuda, le franquearon la entrada al instante. Sabían qué tipo de ayuda pretendía obtener la mujer: la que le pondría un niño en el vientre.

Pasó un breve tiempo, durante el cual los hombres apostados en el exterior de la tienda solo oyeron risotadas ocasionales del

Septón Luna. Pero entonces, de repente, hubo un gruñido y un chillido de mujer, seguido por un rugido rabioso. La lona de la tienda se abrió y la mujer salió disparada hacia el exterior, medio desnuda y descalza, y corrió aterrorizada, con los ojos desorbitados, antes de que a ninguno de los Clérigos Humildes se le ocurriera detenerla. El Septón Luna la siguió un momento después, desnudo, rugiendo y ensangrentado. Se sujetaba el cuello con la mano, y la sangre le brotaba entre los dedos y goteaba, calándole la barba desde el lugar donde le habían rebanado el cuello.

Se dice que Luna recorrió medio campamento dando tumbos, de hoguera en hoguera, en persecución de la amante que lo había degollado, hasta que incluso su inmensa fuerza le falló: se desplomó y murió mientras sus acólitos se arracimaban a su alrededor aullando de pena. No había ni rastro de su asesina: se había desvanecido en la noche y jamás volvió a ser vista. Los enfurecidos Clérigos Humildes pusieron patas arriba el campamento durante un día y una noche, buscándola en vano: derribaron tiendas, apresaron a docenas de mujeres y golpearon a cualquier hombre que se atreviera a interponerse en su camino, pero la caza resultó infructuosa. Ni siquiera los guardias del Septón Luna se ponían de acuerdo en el aspecto de la asesina.

Recordaron que la mujer portaba una jarra de vino como regalo para el septón. Todavía estaba medio llena cuando se registró la tienda, y cuatro Clérigos Humildes la compartieron al amanecer después de devolver el cuerpo de su profeta a su cama. Los cuatro habían muerto cuando llegó el mediodía: el vino estaba aderezado con veneno.

Como consecuencia de la muerte de Luna, los desarrapados a los que había conducido hasta Antigua empezaron a dispersarse. Algunos de sus seguidores ya se habían escabullido cuando les llegaron las noticias de la muerte del rey Maegor y el ascenso del príncipe Jaehaerys; a partir de entonces, el goteo se convirtió en un torrente. Antes siquiera de que el cadáver del septón empezase a oler, una docena de émulos ya habían dado un paso al frente para reclamar su manto, y sus partidarios ya estaban luchando entre sí. Lo lógico habría sido que los hombres de Luna se volviesen hacia los dos señores que había entre ellos en busca de jefatura, pero nada más lejos de lo que aconteció. En particular, los Clérigos Humildes no sentían ningún respeto por la nobleza, y la reticencia de lord Rowan y lord Oakheart ante la idea de arriesgar a sus caballeros y hombres de armas en el asalto de la muralla de Antigua los había hecho acreedores de miradas suspicaces.

La posesión de los restos mortales de Luna se convirtió en el objeto de disputa entre dos de sus aspirantes a sucesores: el clérigo humilde conocido como Rob el Famélico y un tal Lorcas, llamado el Instruido, que se jactaba de haberse aprendido *La estrella de siete puntas* de memoria. Lorcas aseguraba haber tenido una visión en la que Luna ponía Antigua en manos de sus seguidores, incluso después de muerto. Tras arrebatar el cadáver del septón a Rob el Famélico, el idiota «instruido» lo amarró desnudo, ensangrentado y medio putrefacto al lomo de un caballo, para que encabezase el asalto a las puertas de Antigua.

Sin embargo, menos de un centenar de hombres se unieron al ataque, y la mayoría murió bajo una lluvia de flechas, lanzas y piedras antes de acercarse a menos de cien varas de la muralla de la ciudad. A los que la alcanzaron, los defensores los escaldaron con aceite hirviendo o les prendieron fuego con brea ardiente; entre ellos estaba Lorcas el Instruido. Cuando todos sus hombres habían muerto o estaban a punto de hacerlo, una docena de los caballeros más intrépidos de lord Hightower surgió cabalgando por una portilla, capturó el cadáver del Septón Luna y le cortó la cabeza. Más adelante, curtida y disecada, se la entregaron como presente al Septón Supremo en el Septo Estrellado.

El fallido ataque acabó siendo el último estertor de la cruzada del Septón Luna. Lord Rowan levantó el campamento menos de una hora después, con todos sus caballeros y hombres de armas.

Lord Oakheart lo siguió al día siguiente. Los restos de la horda, caballeros menores, Clérigos Humildes, vivanderos y comerciantes, se dispersaron en todas direcciones para acabar saqueando y desvalijando todas las granjas, aldeas y asentamientos que se encontraron en su camino. Quedaban menos de cuatrocientos de los cinco mil hombres que el Septón Luna había conducido hasta Antigua cuando lord Donnel el Demorador se decidió por fin a desperezarse y cabalgar junto a todas sus fuerzas para acabar con los rezagados.

El asesinato de Luna despejó el último obstáculo para el ascenso de Jaehaerys Targaryen al Trono de Hierro, pero desde entonces hasta ahora se debate enconadamente la identidad de la responsable de su muerte. Nadie creyó, en realidad, que la mujer que intentó envenenar al septón pecador y acabó rebanándole el cuello actuase por su cuenta. Estaba claro que no era más que un títere, pero ¿de quién? ¿La había enviado el niño rey? ¿Era acaso una agente de Rogar Baratheon, su Mano, o de su madre, la reina regente? Algunos llegaron a creer que la mujer pertenecía a los Hombres sin Rostro, el tristemente famoso gremio de asesinos hechiceros de Braavos. Para reforzar esa teoría señalaron su repentina desaparición, la forma en que pareció «disolverse en la noche» después del asesinato y el hecho de que los guardias del Septón Luna no pudieron ponerse de acuerdo en su aspecto.

Hombres más sabios y familiarizados con los métodos de los Hombres sin Rostro otorgaban poca credibilidad a esta teoría. La torpeza del asesinato de Luna ya parecía señalar que no había sido obra de los Hombres sin Rostro, ya que estos suelen poner mucho cuidado en que sus obras parezcan muertes naturales. Es algo de lo que se enorgullecen, la piedra angular de su arte. Degollar a un hombre y dejarlo salir tambaleándose en la noche, aullando que lo han asesinado, no estaría a su altura. Hoy en día, la mayoría de los estudiosos suponen que la asesina fue una simple vivandera que seguía órdenes de lord Rowan o lord Oakheart, o tal vez de ambos. Aunque ninguno de los dos se atrevió a abandonar a Luna mientras estaba vivo, la celeridad con que uno y otro desertaron de la causa tras su muerte parece indicar que su querella era con Maegor, no con la casa Targaryen. De hecho, ambos hombres volvieron pronto a Antigua, penitentes y sumisos, a hincar la rodilla ante el príncipe Jaehaerys en su coronación.

Con el camino a Antigua despejado y seguro una vez más, dicha coronación se celebró en el Septo Estrellado en los últimos días del año 48 d. C. El Septón Supremo, el «Lamebotas Supremo» al que el Septón Luna había intentado reemplazar, ungió al joven rey con sus propias manos y le posó la corona de Aenys, su padre, en la cabeza. A la coronación siguieron siete días de festejos, durante los que cientos de señores grandes y menores se presentaron a arrodillarse y jurar sus espadas ante Jaehaerys. Entre los asistentes se encontraban sus hermanas Rhaena y Alysanne; sus jóvenes sobrinas Aerea y Rhaella; su madre, la reina regente Alyssa; la Mano del Rey, Rogar Baratheon; ser Gyles Morrigen, el lord comandante de la Guardia Real; el gran maestre Benifer; los archimaestres de la Ciudadela... y un hombre a quien nadie esperaba ver allí: ser Joffrey Dogget, el Perro Rojo de las Colinas, autoproclamado gran capitán de los proscritos Hijos del Guerrero. Dogget había llegado en compañía de lord y lady Tully de Aguasdulces, no cargado de cadenas, como la mayoría podría haber esperado, sino portando un salvoconducto con el sello del mismísimo rey.

El gran maestre Benifer escribió más adelante que el encuentro entre el niño rey y el caballero proscrito «puso la mesa» para que el reino entero de Jaehaerys se sentase a ella. Cuando ser Joffrey y lady Lucinda le impetraron que anulase los decretos de su tío Maegor y reinstaurase a los Estrellas y Espadas, Jaehaerys se negó con firmeza.

—La Fe no tiene necesidad de espadas —sentenció—. Tiene mi protección. La protección del Trono de Hierro. No declararé la guerra a mi propia gente, pero tampoco toleraré la traición ni la rebeldía. —No obstante, sí rescindió las recompensas que Maegor

había prometido por las cabezas de los Hijos del Guerrero y los Clérigos Humildes.

—Me alcé contra vuestro tío, al igual que vos —replicó el Perro Rojo de las Colinas, desafiante.

—Es cierto —asintió Jaehaerys—, y luchaste con valentía; nadie puede negarlo. Los Hijos del Guerrero ya no existen, y los juramentos que les prestaste ya no tienen valor, pero no es necesario que también finalice tu servicio. Tengo un lugar para ti.

Con estas palabras, el joven rey dejó estupefacta a la corte al ofrecer a ser Joffrey un puesto a su lado como caballero de la Guardia Real. Entonces se hizo un gran silencio, según relata el gran maestre Benifer, y cuando el Perro Rojo desenvainó la espada hubo algunos que temieron que se estuviera preparando para atacar al rey, pero lo que hizo fue caer sobre una rodilla, inclinar la cabeza y depositar la espada a los pies de Jaehaerys. Se dice que las lágrimas le empapaban las mejillas.

Nueve días después de la coronación, el joven rey partió de Antigua en dirección a Desembarco del Rey. Una gran parte de su corte viajaba con él, formando lo que se convirtió en un largo desfile que atravesaba el Rejo; pero su hermana Rhaena solo viajó con ellos hasta Altojardín, donde montó a lomos de Fuegoensueño, su dragona, para regresar al castillo que tenía lord Farman sobre el mar en Isla Bella, alejándose no solo del rey sino también de sus hijas. Rhaella, novicia prometida a la Fe, seguía en el Septo Estrellado, mientras que su gemela Aerea continuó junto al rey hasta la Fortaleza Roja, donde serviría como copera y dama de compañía de la princesa Alysanne.

No obstante, algo curioso ocurrió con las hijas de la reina Rhaena después de la coronación, según recogen las crónicas. Las gemelas siempre habían sido idénticas en físico; no así en temperamento. Mientras Rhaella, se decía, era una niña intrépida y voluntariosa, el terror de las septas que la tenían a su cargo, Aerea tenía fama de ser una criatura tímida y callada, muy propensa a las lágrimas y al miedo. «Se asusta de los caballos, de los perros, de los niños que hablan en voz muy alta, de los hombres barbudos y de los bailes, y le dan pavor los dragones», escribió el gran maestre Benifer la primera vez que Aerea asistió a la corte.

Eso, sin embargo, era antes de la caída de Maegor y la coronación de Jaehaerys. Posteriormente, la niña que se quedó en Antigua se sumió en el rezo y el estudio, y jamás volvió a necesitar una reprimenda, mientras que la que volvió a Desembarco del Rey demostró ser vivaz, de mente rápida y aventurosa, y pronto empezó a pasar la mitad del tiempo en las perreras, los establos y el patio de los dragones. Aunque nunca se pudo demostrar nada, se creía que alguien, quizá la misma reina Rhaena o quizá su madre, la reina Alyssa, había aprovechado la coronación para intercambiar a las gemelas. Si fue así, nadie se sentía inclinado a cuestionar el engaño, puesto que hasta el momento en que Jaehaerys concibiera un heredero de su sangre, la princesa Aerea, o la niña que llevaba ese nombre, era la heredera del Trono de Hierro.

Todas las crónicas coinciden en que el regreso del rey desde Antigua hasta Desembarco del Rey fue un triunfo. Ser Joffrey montaba a su lado, y a lo largo de toda la ruta los aclamaron muchedumbres entusiasmadas. Aquí y allá aparecían Clérigos Humildes, hombres sucios y demacrados de largas barbas y grandes hachas, para suplicar la misericordia otorgada al Perro Rojo. Jaehaerys accedió a concederla con la condición de que aceptasen viajar al norte y unirse a la Guardia de la Noche en el Muro. Cientos de ellos juraron hacerlo, entre ellos el mismísimo Rob el Famélico. «Menos de una luna después de su coronación —escribió el gran maestre Benifer—, el rey Jaehaerys había reconciliado al Trono de Hierro con la Fe y había puesto fin al baño de sangre que perturbó los reinados de su tío y su padre.»

El Año de las Tres Novias

49 d. C.

El año 49 después de la Conquista de Aegon supuso para los habitantes de Poniente un bienvenido respiro del caos y el conflicto que lo habían dominado hasta entonces. Sería un año de paz, abundancia y matrimonios, recordado en los anales de los Siete Reinos como el Año de las Tres Novias.

El nuevo año solo contaba una quincena de edad cuando la noticia de la primera de las tres bodas llegó desde el oeste, de Isla Bella, en el mar del Ocaso. Allí, en una apresurada ceremonia íntima a cielo abierto, Rhaena Targaryen contrajo matrimonio con Andrew Farman, segundo hijo del señor de Isla Bella. Era el primer matrimonio del novio y el tercero de la novia. Pese a que había enviudado ya dos veces, Rhaena solo tenía veintiséis años. Su nuevo esposo, de tan solo diecisiete, era visiblemente más joven, un muchacho hermoso y agradable del que se decía que estaba perdidamente enamorado de ella.

Su boda estuvo presidida por el padre del novio, Marq Farman, señor de Isla Bella, y fue oficiada por su propio septón. Lyman Lannister, señor de Roca Casterly, y su esposa Jocasta fueron los únicos grandes señores que asistieron. Dos de las antiguas favoritas de Rhaena, Samantha Stokeworth y Alayne Royce, viajaron hasta Isla Bella a toda prisa para acompañar a la reina viuda, junto con lady Elissa, la enérgica hermana del novio. El resto de los invitados eran banderizos y caballeros juramentados de las casas Farman o Lannister. Ni el rey ni la corte supieron absolutamente nada del matrimonio hasta que un cuervo de la Roca les llevó la noticia, días después del banquete nupcial y del encamamiento que selló el enlace.

Los cronistas de Desembarco del Rey reseñaron que la reina Alyssa se ofendió grandemente porque su hija la hubiera excluido de la boda, y que la relación entre madre e hija no volvió a ser tan cálida como hasta entonces; también plasmaron que lord Rogar Baratheon se enfureció al saber que Rhaena se había atrevido a volver a casarse sin el consentimiento de la Corona, esto es, del suyo como Mano del joven rey. No obstante, en caso de que se hubiera solicitado dicho consentimiento, no existe certeza alguna de que se hubiera otorgado, puesto que muchos consideraban que Androw Farman, el hijo segundón de un señor menor, estaba lejos de ser digno de la mano de una mujer que había sido reina dos veces y era la madre de la heredera del rey. (De hecho, el hermano más joven de lord Rogar seguía soltero en el 49 d.C., y asimismo tenía dos sobrinos de otro hermano que poseían también la edad y el linaje necesarios para que se los considerase candidatos adecuados a la mano de una Targaryen viuda, lo cual puede explicar tanto la cólera de la Mano como el secreto con que la reina Rhaena celebró su boda.) El rey Jaehaerys y su hermana Alysanne se alegraron al conocer la noticia, enviaron regalos y felicitaciones a Isla Bella y ordenaron que repicasen las campanas de la Fortaleza Roja para anunciar el enlace.

Mientras Rhaena Targaryen celebraba su matrimonio en Isla Bella, en Desembarco del Rey, Jaehaerys y su madre, la reina regente, se ocupaban de seleccionar a los consejeros que los ayudarían a gobernar el reino durante los dos años siguientes. La conciliación seguía siendo su principio rector, puesto que las discrepancias que habían hecho trizas Poniente en los últimos tiempos estaban lejos de sanar. Recompensar a sus partidarios y excluir del poder a los hombres de Maegor y a la Fe solo ahondaría las heridas y daría pie a nuevas disputas, razonaba el joven rey. Su madre estaba de acuerdo.

Por tanto, Jaehaerys se puso en contacto con Edwell Celtigar, el señor de Isla Zarpa, antigua Mano de Maegor, y lo convocó a Desembarco del Rey para servir como lord tesorero y consejero de la moneda. Para el cargo de lord almirante y consejero naval, el joven rey recurrió a su tío Daemon Velaryon, Señor de las Mareas, hermano de la reina Alyssa y uno de los primeros grandes señores que dieron la espalda a Maegor el Cruel. A Prentys Tully, señor de Aguasdulces, lo convocaron a la corte para servir como consejero de los edictos; con él acudió su temible esposa, lady Lucinda, célebre por su devoción. El monarca confió el cargo de comandante de la Guardia de la Ciudad, la fuerza armada más numerosa de Desembarco del Rey, a Qarl Corbray, señor del Hogar, que había luchado junto a Aegon el Incoronado en el Ojo de Dioses. Por encima de todos ellos estaba Rogar Baratheon, señor de Bastión de Tormentas y Mano del Rey.

Sería un error menospreciar la influencia de Jaehaerys Targaryen durante los años de la regencia, puesto que, pese a su juventud, asistía a casi todas las reuniones del consejo (pero no a todas, como se explicará próximamente) y nunca tuvo reparos en dejar oír su voz. En última instancia, sin embargo, la máxima autoridad durante este período recayó en su madre, la reina regente, y en la Mano, un hombre impresionante por derecho propio.

De ojos azules y barba negra, musculoso como un toro, lord Rogar era el mayor de cinco hermanos, todos ellos nietos de Orys el Manco, el primer Baratheon que gobernó Bastión de Tormentas. Orys había sido hermano bastardo de Aegon el Conquistador y su comandante de más confianza. Después de matar a Argilac el Arrogante, el último Durrandon, se había desposado con la hija de este. Lord Rogar podía, en consecuencia, declarar que por sus venas corría tanto la sangre del dragón como la de los reyes de la Tormenta de antaño. Puesto que no era un buen espadachín, prefería blandir un hacha de doble filo en la batalla; un hacha, según acostumbraba decir, «suficientemente larga y pesada para partir el cráneo de un dragón».

Era peligroso pronunciar semejantes palabras durante el reinado de Maegor el Cruel, pero si Rogar Baratheon temía la ira de Maegor, lo ocultaba a la perfección. Quienes lo conocían no se sorprendieron cuando dio asilo a la reina Alyssa y a sus hijos después de su huida de Desembarco del Rey, ni cuando fue el primero en proclamar rey al príncipe Jaehaerys. A Borys, su propio hermano, se le oyó decir que Rogar soñaba con enfrentarse al rey Maegor en combate singular y partirlo en dos con su hacha.

El destino le negó ese sueño: lord Rogar se convirtió en hacedor de reyes, en vez de matarreyes, al entregar el Trono de Hierro al príncipe Jaehaerys. Muy pocos cuestionaron su derecho de ocupar su lugar junto al joven rey en calidad de Mano; algunos llegaron incluso a rumorear que sería Rogar Baratheon quien gobernase el reino a partir de entonces, porque Jaehaerys era solo un niño y el hijo de un hombre débil, mientras que su madre no era más que una mujer. Cuando se anunció que lord Rogar y la reina Alyssa iban a contraer matrimonio, los rumores se hicieron más audibles, porque ¿qué es el señor esposo de una reina, sino un rey?

Lord Rogar había estado casado anteriormente, pero su mujer había muerto joven, arrebatada por unas fiebres cuando aún no había transcurrido un año de la boda. La reina regente Alyssa tenía cuarenta y dos años, y se consideraba que había sobrepasado con creces la edad fértil; el señor de Bastión de Tormentas era diez años menor. Varios años después, el septón Barth escribió que Jaehaerys se opuso a este matrimonio; el joven rey tenía la impresión de que su Mano estaba sobrepasándose, más motivado por el deseo de poder y posición que por un afecto auténtico hacia Alyssa.

Se enfureció al ver que ni su madre ni su pretendiente habían pedido su permiso, según recoge Barth, pero como no había puesto objeciones al matrimonio de su hermana, no creía tener derecho a impedir el de su madre. Por tanto, Jaehaerys se mordió la lengua y no dejó entrever su descontento salvo a sus confidentes más allegados.

La Mano gozaba de admiración por su valentía, respeto por su fuerza y temor por su destreza militar y su habilidad con las armas. A la reina regente la adoraban. Tan bella, tan valiente, tan trágica, a decir de las mujeres. Incluso aquellos señores que podrían haber protestado al verse gobernados por una mujer estaban dispuestos a aceptarla como soberana, por la seguridad que les inspiraba el saber que tenía a Rogar Baratheon a su lado y que faltaba menos de un año para el decimosexto día del nombre del joven rey.

Había sido una niña hermosa, en eso estaban todos de acuerdo, la hija del majestuoso Aethan Velaryon, Señor de las Mareas, y su señora esposa, Alarra de la casa Massey. Su linaje era antiguo, altivo y abundante; a su madre la alababan por su gran belleza, y su señor abuelo se encontraba entre los amigos más antiguos y cercanos de Aegon el Dragón y sus reinas. Los dioses bendijeron a Alyssa con los ojos violeta oscuro y el reluciente cabello plateado de la antigua Valyria, así como con encanto, inteligencia y amabilidad; cuando creció, los pretendientes se amontonaban a su alrededor, llegados desde todos los parajes del reino, aunque jamás cupo duda alguna sobre con quién se casaría. Para una joven como ella solo sería adecuada la realeza, y en el 22 d.C. contrajo matrimonio con el príncipe Aenys Targaryen, el incontestable heredero del Trono de Hierro.

El suyo fue un matrimonio feliz y fructífero. El príncipe Aenys era un esposo amable, atento, de naturaleza cálida y generoso, que nunca le fue infiel. Alyssa le dio cinco vástagos fuertes y saludables, dos hijas y tres hijos (un sexto, otra hija, murió en la cuna poco después de nacer), y cuando murió su padre, el rey

Aegon en el 37 d.C., la corona pasó a Aenys y Alyssa se convirtió en su reina.

En los años que siguieron presenció el desmoronamiento del reinado de su esposo, que se convertía en cenizas conforme se alzaban enemigos a su alrededor. Murió en el año 42 d.C., un hombre quebrado y despreciado, con tan solo treinta y cinco años de edad. La reina apenas tuvo tiempo de llorarlo antes de que el hermano de su esposo ocupase el trono que por derecho pertenecía a su hijo mayor. Vio como su hijo se rebelaba contra su tío y moría, junto con su dragón. Poco después, su segundo hijo lo siguió a la pira funeraria, torturado hasta la muerte por Tyanna de la Torre. Junto con sus dos hijas menores, Alyssa se convirtió en prisionera, a todos los efectos excepto oficialmente, del hombre que había provocado la muerte de sus hijos, y tuvo que presenciar como su hija mayor se casaba a la fuerza con ese mismo monstruo.

Sin embargo, el juego de tronos da muchas vueltas inesperadas, y el propio Maegor cayó a su debido tiempo, gracias en gran medida a la valentía de la reina viuda Alyssa y a la audacia de lord Rogar, que se había convertido en su amigo y la había acogido cuando nadie más se atrevía. Los dioses fueron bondadosos al concederles la victoria, y la mujer que antaño fue Alyssa de la casa Velaryon iba a verse recompensada con una segunda oportunidad de ser feliz junto a su nuevo esposo.

Los esponsales de la Mano del Rey y la reina regente estaban destinados a ser tan espléndidos como modestos fueron los de la reina viuda Rhaena. El Septón Supremo en persona oficiaría los ritos matrimoniales en el séptimo día de la séptima luna del nuevo año. El lugar escogido fue el todavía incompleto Pozo Dragón, aún abierto al cielo, cuyas hileras crecientes de gradas de piedra permitirían que decenas de miles de personas presenciaran las nupcias. Las celebraciones incluirían un gran torneo, siete días de banquetes y juegos, e incluso la recreación de una batalla naval en las aguas de la bahía del Aguasnegras.

Poniente no había presenciado una boda la mitad de fastuosa que aquella en toda su historia, y los señores grandes y menores de todos los lugares de los Siete Reinos y más allá acudieron para participar en los festejos. Donnel Hightower llegó desde Antigua con un centenar de caballeros y setenta y siete Máximos Devotos, escoltando a su santidad el Septón Supremo, mientras que Lyman Lannister acudió con trescientos caballeros de Roca Casterly. Brandon Stark, el debilitado señor de Invernalia, realizó el largo viaje con sus hijos Walton y Alaric, atendido por una docena de fieros banderizos norteños y treinta hermanos juramentados de la Guardia de la Noche. Lord Arryn, lord Corbray y lord Royce acudieron en representación del Valle, y lord Selmy, lord Dondarrion y lord Tarly, de las Marcas de Dorne. Incluso de allende las fronteras llegaron huéspedes grandes y poderosos: el príncipe de Dorne envió a su hermana; el Señor del Mar de Braavos, a un hijo. El arconte de Tyrosh cruzó el mar Angosto con su hija soltera, al igual que no menos de veintidós magísteres de la ciudad libre de Pentos. Todos ellos portaban espléndidos regalos para agasajar a la Mano y a la reina regente; los más generosos procedían de aquellos que hasta hacía poco habían sido hombres de Maegor, así como de Rickard Rowan y Torgen Oakheart, que habían marchado bajo el estandarte del Septón Luna.

Los invitados acudieron aparentemente para celebrar el enlace de Rogar Baratheon y la reina viuda, pero no cabe duda de que tenían otros motivos para asistir al acontecimiento. Un gran número de ellos deseaba tratar con la Mano, a quien muchos consideraban el auténtico gobernante del reino; otros deseaban evaluar al nuevo niño rey, y su alteza no les negó la oportunidad. Ser Gyles Morrigen, adalid y escudo juramentado del rey, anunció que para Jaehaerys sería un placer otorgar audiencia a cuantos señores y caballeros con tierras lo desearan, y seis veintenas aceptaron la invitación. Evitando el gran salón y la majestad del Trono de Hierro, el joven rey se reunió con los señores en la intimidad de su patio privado, asistido solo por ser Gyles, un maestre y unos pocos criados.

Allí, según se cuenta, alentó a cada uno de esos hombres a hablar con libertad y exponerle su punto de vista sobre los problemas del reino y la mejor forma de solventarlos.

«No es hijo de su padre», comentó después lord Royce a su maestre; un elogio otorgado a regañadientes, pero elogio al fin y al cabo. También se oyó decir a lord Vance de Descanso del Caminante: «Escucha con atención, pero habla poco». Rickard Rowan dijo que Jaehaerys era amable y de verbo suave; Kyle Connington lo consideró inteligente y alegre; Morton Caron, cauteloso y astuto. «Se ríe a menudo sin tapujos, incluso de sí mismo», dijo Jon Mertyns con aprobación, pero Alec Hunter lo vio adusto, y Torgen Oakheart, sombrío. Lord Mallister declaró que era muy sabio para su edad, mientras que lord Darry aseguró que prometía ser «el tipo de rey que haría a cualquier señor sentirse orgulloso de prosternarse ante él». El más hondo elogio llegó de Brandon Stark, señor de Invernalia, que dijo: «Veo en él a su abuelo».

La Mano del Rey no asistió a ninguna de aquellas audiencias, pero no se debe inferir que era un anfitrión desatento; las horas que pasó junto a los invitados las dedicó a otras tareas. Los acompañó de cacería, practicó la cetrería a su lado, banqueteó con ellos y «dejó secas las bodegas reales» con ellos. Después de la boda, cuando empezó el torneo, lord Rogar estuvo presente en todos los lances y combates cuerpo a cuerpo, rodeado de una animada camarilla, generalmente ebria, de grandes señores y afamados caballeros.

Sin embargo, el más célebre de los entretenimientos de la Mano tuvo lugar dos días antes de la ceremonia. Aunque no existe registro en ninguna crónica de la corte, los rumores extendidos por los criados y repetidos durante muchos años entre los plebeyos aseguran que los hermanos de lord Rogar le habían llevado siete vírgenes del otro lado del mar Angosto, de una de las casas de placer más lujosas de Lys. La reina Alyssa había entregado su doncellez muchos años atrás a Aenys Targaryen, de modo que no era posible que lord Rogar la desflorase en su noche de bodas. La labor de las lysenas era cubrir esa carencia. Si debemos dar crédito a los rumores que corrieron posteriormente por la corte, lord Rogar desvirgó a cuatro de las muchachas antes de que la bebida y el agotamiento acabasen con él; sus hermanos, sobrinos y amigos se encargaron de las otras tres y de las dos veintenas de beldades que habían embarcado con ellas en Lys.

Mientras la Mano festejaba y el rey Jaehaerys recibía en audiencia a los señores del reino, su hermana, la princesa Alysanne, entretenía a las damas nobles que habían acudido con ellos a Desembarco del Rey. Rhaena, la hermana mayor, había decidido no asistir a las celebraciones, pues prefirió quedarse en Isla Bella con su nuevo esposo y su corte, y Alyssa, la reina regente, estaba ocupada con los preparativos de la boda, de modo que la tarea de ejercer de anfitriona de las esposas, hijas y hermanas de los grandes y poderosos recayó en Alysanne. Pese a que acababa de cumplir trece años, la joven princesa se creció para afrontar el desafío de forma extraordinaria, algo en lo que todos estuvieron de acuerdo. Durante siete días y siete noches desayunaba con un grupo de damas de alta cuna, cenaba con otro y comía con un tercero. Les enseñó las maravillas de la Fortaleza Roja, las llevó a navegar por la bahía del Aguasnegras y paseó con ellas a caballo por la ciudad.

Alysanne Targaryen, la hija menor del rey Aenys y la reina Alyssa, había sido hasta entonces prácticamente una desconocida entre los señores y las damas del reino. Había pasado la infancia a la sombra de sus hermanos y de su hermana mayor, Rhaena, y las escasas veces que hablaban de ella la mencionaban como «la doncellita» o «la otra hija». El diminutivo estaba justificado: delgada y de cuerpo menudo, con frecuencia se la describía como agraciada, pero pocas veces como despampanante, pese a haber nacido de una casa famosa por su belleza. Tenía los ojos azules en vez de violeta, y una mata de rizos del color de la miel. Nadie ponía en duda su inteligencia.

Más adelante se diría que había aprendido a leer antes del destete, y el bufón de la corte bromearía sobre la pequeña Alysanne derramando leche materna encima de pergaminos valyrios al intentar leer agarrada al pecho de su nodriza. El septón Barth dijo que si hubiera sido un niño, seguramente lo habrían enviado a la Ciudadela para que se forjase una cadena de maestre; aquel hombre la apreciaba más aún que a su esposo, a quien sirvió durante tanto tiempo. Pero para eso faltaba mucho tiempo: en el 49 d.C., Alysanne no era más que una niña de trece años, aunque las crónicas afirman que provocó una fuerte impresión entre aquellos que la conocieron.

Cuando por fin llegó el día de la boda, más de cuarenta mil plebeyos ascendieron por la Colina de Rhaenys hacia Pozo Dragón para presenciar el enlace de la reina regente y la Mano, aunque algunos observadores contaron incluso más. Varios millares más aclamaron a lord Rogar y a la reina Alyssa en las calles conforme se abrían camino por la ciudad, acompañados por cientos de caballeros montados en palafrenes con armadura e hileras de septas que hacían sonar las campanillas. «Nunca se ha visto gloria semejante en todos los anales de Poniente», escribió el gran maestre Benifer. Lord Rogar iba ataviado de paño de oro de los pies a la cabeza y tocado con un yelmo abierto rematado con una cornamenta, y la novia vestía una capa larga reluciente de piedras preciosas, con el dragón de tres cabezas de la casa Targaryen y el hipocampo plateado de los Velaryon encarados en un campo dividido.

Aun así, pese al esplendor de los contrayentes, fue la llegada de los hijos de Alyssa lo que dio que hablar en Desembarco del Rey durante los años venideros. El rey Jaehaerys y la princesa Alysanne fueron los últimos en aparecer; descendieron del cielo despejado, a lomos de sus dragones Vermithor y Ala de Plata (cabe recordar que Pozo Dragón aún carecía de la enorme cúpula que la coronaría gloriosamente); las inmensas alas correosas levantaron nubes de arena cuando aterrizaron uno junto a otro, para asombro y terror de la multitud reunida. (El célebre rumor que asegura que la llegada de los dragones hizo que el Septón Supremo se manchase la túnica es, probablemente, una calumnia.)

De la ceremonia en sí, y del banquete y el encamamiento que la siguieron, no hay mucho que contar. El cavernoso salón del trono de la Fortaleza Roja acogió a los más grandes señores y a los visitantes más distinguidos de allende el mar; los señores menores, junto con sus caballeros y hombres de armas, celebraron en los patios y los salones más reducidos del castillo, mientras que el populacho de Desembarco del Rey se emborrachó en un centenar de tabernas, antros, tenderetes de calderos y burdeles. Pese a sus supuestos esfuerzos de dos noches antes, se dice que lord Rogar ejerció sus obligaciones maritales vigorosamente, aplaudido por sus hermanos borrachos.

Siete días de torneo siguieron a la boda, y mantuvieron cautivados a los señores reunidos y a las gentes de la ciudad. Las justas fueron, según todos los asistentes, las más encarnizadas y emocionantes que hubiera visto Poniente en muchos años; pero fueron las peleas a pie, con espadas, lanzas y hachas, las que de verdad consiguieron avivar las pasiones de la multitud, y con razón.

Debemos recordar que tres de los siete caballeros que sirvieron en la Guardia Real de Maegor habían muerto; los cuatro restantes habían sido enviados al Muro a vestir el negro. Para sustituirlos, el rey Jaehaerys había nombrado tan solo a ser Gyles Morrigen y a ser Joffrey Dogget. Fue la reina regente, Alyssa, quien sugirió que cubrieran con una prueba de armas las cinco plazas que quedaban, y ¿qué mejor ocasión que la boda, donde se reunirían caballeros de todo el reino? «Maegor se rodeó de ancianos, lamebotas y salvajes —declaró—. Quiero que los caballeros que protejan a mi hijo sean los mejores que podamos encontrar en Poniente, hombres honrados y sinceros cuya lealtad y valentía no puedan ponerse en duda. Que se ganen la capa mediante sus hazañas con las armas, con el reino entero por testigo.»

El rey Jaehaerys se apresuró a secundar la idea de su madre, aunque con una aportación práctica: sabiamente, decretó que los aspirantes a convertirse en sus protectores debían demostrar su destreza a pie, no en la justa. «Los hombres que pretenden hacer daño a su rey no suelen atacarlo a caballo con una lanza en la mano», declaró el joven rey, y así fue que las justas que siguieron a las nupcias de su madre rindieron el lugar de honor a los encarnizados combates de todos contra todos y a los sangrientos duelos que los maestres llamarían «la guerra por las Capas Blancas».

Con cientos de caballeros deseosos de lidiar por el honor de servir en la Guardia Real, los combates duraron siete días completos. Muchos de los competidores más extravagantes se convirtieron en los favoritos del pueblo llano, que los aclamaba escandalosamente cada vez que luchaban. Uno de ellos era ser Willam Stafford, el Caballero Ebrio, un hombre bajo, grueso y de enorme barriga que siempre aparecía tan borracho que resultaba un misterio que fuera capaz de tenerse en pie, mucho menos de luchar. El común lo motejó como el Barril de Cerveza y entonaba: «¡Qué destreza, la del Barril de Cerveza!» cada vez que aparecía en el campo. Otro de sus favoritos era Tom el Tañedor, el bardo del Lecho de Pulgas, que se mofaba de sus adversarios cantándoles canciones procaces antes de cada lance. El misterioso caballero de esbelta figura conocido como la Sierpe de Escarlata también contaba con muchos seguidores; cuando por fin lo derrotaron y desenmascararon, resultó ser una mujer, Jonquil Darke, hija bastarda del señor del Valle Oscuro.

Al final, ninguno de ellos se ganó la capa blanca. Los caballeros que sí la consiguieron, si bien menos extravagantes, demostraron su superioridad en cuanto a valor, caballerosidad y habilidad con las armas. Solo uno era vástago de una casa noble: ser Lorence Roxton del Rejo. Dos eran espadas juramentadas: ser Victor el

Valiente, de los hombres de lord Royce de Piedra de las Runas, y ser Willam la Avispa, que servía a lord Smallwood de Torreón Bellota. El campeón más joven, Pate la Perdiz, luchó con lanza en vez de con espada, y hubo quienes pusieron en duda que fuera siquiera caballero, pero demostró ser tan habilidoso con su arma que ser Joffrey Dogget zanjó las protestas armándolo caballero él mismo, aclamado por cientos de personas.

El campeón de más edad fue un caballero andante de pelo cano llamado Samgood de Colinamarga, un hombre lleno de cicatrices y traqueteado, de sesenta y tres años, que aseguraba haber luchado en un centenar de batallas, «y no me preguntéis en qué bando: eso solo nos corresponde saberlo a los dioses y a mí». Tuerto, calvo y desdentado, el caballero llamado Sam el Amargo era flaco como un poste, pero en la lucha mostró la rapidez de un hombre al que doblara en edad y una habilidad despiadada, pulida durante largos decenios de batallas grandes y pequeñas.

Jaehaerys el Conciliador ocuparía el Trono de Hierro durante cincuenta y cinco años, y muchos caballeros llevaron la capa blanca a su servicio durante su prolongado reinado, más de lo que cualquier otro monarca podía presumir. Pero se dijo, justificadamente, que ningún Targaryen contó con una Guardia Real que pudiera igualarse a los siete primeros del niño rey.

La guerra por las Capas Blancas marcó el final de las celebraciones de lo que pronto empezaría a conocerse como la Boda Dorada. Mientras se despedían para partir hacia sus tierras y sedes, todos los visitantes coincidían en señalar que había sido un acontecimiento magnífico. El joven rey se había ganado la admiración y el afecto de muchos señores grandes y menores, y sus hermanas, esposas e hijas no tenían sino palabras de elogio para la calidez que les había dedicado la princesa Alysanne. El pueblo llano de Desembarco del Rey también estaba satisfecho: su niño rey parecía poseer todo lo necesario para ser un gobernante justo, misericordioso y caballeroso, y lord Rogar, su Mano, era tan generoso como audaz en la batalla. Los más felices de todos eran los taberneros, los cantineros, los mercaderes, los rateros, las prostitutas y los proxenetas, que se llevaban un buen bocado de las bolsas de los visitantes de la ciudad.

Pero aunque la Boda Dorada fue la celebración matrimonial más fastuosa y renombrada del 49 d. C., fue el tercero de los enlaces de aquel año fatídico el que acabó siendo el más significativo.

Una vez pasadas las nupcias, la reina regente y la Mano del Rey se centraron en concertar un enlace adecuado para el rey Jaehaerys y, en menor medida, para su hermana la princesa Alysanne. Mientras el niño rey estuviera soltero y sin compromiso, las hijas de su hermana Rhaena seguirían siendo sus herederas; pero Aerea y Rhaella todavía eran niñas y, según el sentir de la mayoría, manifiestamente inadecuadas para la corona.

Más aún, lord Rogar y la reina Alyssa temían lo que pudiera ser del reino si Rhaena Targaryen volvía del este como regente de una de sus gemelas. Aunque nadie se atrevía a mencionarlo, era patente que había surgido la discordia entre las dos reinas, porque la hija no había asistido a la boda de su madre ni la había invitado a la suya. Hubo algunos que fueron más allá y cuchichearon que Rhaena era una bruja que había usado las artes oscuras para asesinar a Maegor en el Trono de Hierro. Por ello, era el deber de Jaehaerys casarse y engendrar un hijo cuanto antes.

La respuesta a la pregunta de con quién se casaría el joven rey era más difícil. Lord Rogar, cuyo deseo de extender el poder del Trono de Hierro más allá del mar Angosto, hasta Essos, era bien conocido, propuso forjar una alianza con Tyrosh casando a Jaehaerys con la hija del arconte, una hermosa muchacha de quince años que había hechizado a todos los asistentes a la boda con su ingenio, sus ademanes seductores y sus cabellos de color azul verdoso.

En este asunto, sin embargo, la Mano se encontró con la oposición de su propia esposa, la reina Alyssa. El pueblo de Poniente nunca aceptaría como reina a una extranjera de tirabuzones teñidos, adujo, por agradable que fuera su acento, y los devotos se opondrían enconadamente, pues era de sobra sabido que los tyroshíes no adoraban a los Siete, sino a R'hllor el Rojo, al Fijador de Pautas, al tricéfalo Trios y a otros dioses extravagantes. Ella prefería buscar entre las casas que se habían alzado en apoyo de Aegon el Incoronado en la batalla de la Ribera del Ojo de Dioses. Propuso que Jaehaerys se casase con una Vance, una Corbray, una Westerling o una Piper; la lealtad se debía recompensar, y al acceder a tal enlace, el rey honraría el recuerdo de Aegon y el valor de aquellos que lucharon y murieron en su nombre.

Fue el gran maestre Benifer quien habló con más vehemencia contra ese cauce de acción, señalando que la sinceridad de su compromiso con la paz y la reconciliación podría ponerse en duda si se favorecía a aquellos que habían luchado por Aegon en detrimento de los que habían seguido fieles a Maegor. Creía preferible elegir a la hija de una de las grandes casas que no habían tomado partido, o apenas, en las batallas entre tío y sobrino: una Tyrell, una Hightower o una Arryn.

Al ver divididos a la Mano del Rey, la reina regente y el gran maestre, otros consejeros se sintieron alentados para presentar candidatas. Prentys Tully, Justicia del Rey, nombró a una hermana menor de su esposa Lucinda, afamada por su devoción. Tal elección complacería a la Fe. Daemon Velaryon, el lord almirante, sugirió que Jaehaerys se casase con la reina viuda Elinor de la casa Costayne: qué mejor para demostrar que se había perdonado a los partidarios de Maegor que tomar como reina a una de sus Novias de Negro, y quizá incluso adoptar a los tres hijos de su primer matrimonio. Argumentó que la fertilidad de la reina Elinor estaba demostrada, otro punto a su favor. Lord Celtigar tenía dos hijas solteras y era del dominio público que había ofrecido a Maegor que eligiera a una de ellas; en aquella ocasión ofreció a las mismas muchachas para Jaehaerys. Lord Baratheon no quiso ni oír hablar del asunto: «He visto a vuestras hijas. Carecen de mentón, tetas y sesos».

La reina regente y sus consejeros debatieron el matrimonio del rey una y otra vez durante más de una luna, pero no se acercaron al consenso. Jaehaerys no estaba al tanto de esas conversaciones. En esto, la reina Alyssa y lord Rogar sí coincidían: pese a que era muy inteligente para su edad, todavía era un niño y estaba sometido a deseos pueriles que bajo ningún concepto se podía permitir que prevalecieran sobre las necesidades del reino. La reina Alyssa, en concreto, no albergaba la menor duda sobre a quién elegiría su hijo como esposa si de él dependiera: a su hija menor, la hermana del rey, la princesa Alysanne.

Los Targaryen llevaban casándose entre hermanos desde hacía siglos, por supuesto, y Jaehaerys y Alysanne se habían criado pensando que acabarían casándose, como sus hermanos mayores Aegon y Rhaena. Además, Alysanne solo tenía dos años menos que su hermano, y los dos niños siempre habían sido íntimos y se habían profesado gran afecto y aprecio mutuos. Su padre, el rey Aenys, habría deseado con certeza que se casasen, y hubo un tiempo en que habría sido también el deseo de su madre. Pero los horrores que había presenciado desde la muerte de su esposo habían cambiado su forma de pensar. Por mucho que se hubiera desmantelado y proscrito a los Hijos del Guerrero y los Clérigos Humildes, muchos antiguos miembros de una u otra orden seguían sueltos por el reino y bien podrían decidir volver a empuñar las espadas si los provocaban. La reina regente temía su ira, pues conservaba vívidos recuerdos del destino que habían sufrido su hijo Aegon y su hija Rhaena cuando se anunció su compromiso. «No nos atrevemos a volver a recorrer el mismo camino», se dice que afirmó en más de una ocasión.

En su determinación por zanjar este asunto encontró el apoyo de la última incorporación a la corte, el septón Mattheus de los Máximos Devotos, que se había quedado en Desembarco del Rey cuando el Septón Supremo y el resto de sus hermanos regresaron a Antigua. Mattheus, un hombre del tamaño de una ballena, tan conocido por su corpulencia como por la magnificencia de sus túnicas, aseguraba ser descendiente de los reyes Gardener de antaño, que gobernaron el Rejo desde su sede de Altojardín. Muchos daban por hecho que sería el siguiente Septón Supremo.

El entonces ocupante del sillón sagrado, a quien el Septón Luna había ridiculizado refiriéndose a él como «el Lamebotas Supremo», era cauteloso y complaciente, de modo que no existía peligro de que Antigua denunciara ningún matrimonio mientras él siguiera hablando en nombre de los Siete desde el Septo Estrellado. Pero el Padre de los Fieles no era un joven; había quien decía que el viaje a Desembarco del Rey para oficiar la Boda Dorada había estado a punto de suponer su fin.

«Si recayera en mí el honor de vestir ese manto, ni que decir tiene que su alteza contaría con mi apoyo en cualquier decisión que tomara —aseguró el septón Mattheus a la reina regente y sus consejeros—, pero no todos los miembros de mi hermandad están igual de dispuestos, y me atrevería a decir... Hay otros Lunas ahí fuera. A la luz de cuanto ha ocurrido, casar a un hermano con su hermana en este momento crítico se podría ver como una grave afrenta a los devotos, y temo lo que pudiera suceder después.»

Una vez confirmados los recelos de la reina, Rogar Baratheon y los demás señores desecharon cualquier consideración de Alysanne como esposa de su hermano Jaehaerys. La princesa tenía trece años y había celebrado recientemente su primera floración, de modo que era deseo de todos verla casada tan pronto como resultara posible. Aunque aún faltaba mucho para que lograsen dar con un enlace adecuado para el rey, el consejo se decidió con rapidez en lo tocante a la princesa: contraería matrimonio el séptimo día del nuevo año con Orryn Baratheon, el menor de los hermanos de lord Rogar.

Así lo decidieron la reina regente, la Mano del Rey, y los consejeros y asesores. Pero, tal como ha ocurrido con tantos acuerdos de este tipo a lo largo de las eras, su plan se vio truncado muy pronto, porque habían subestimado grandemente la voluntad y determinación de Alysanne Targaryen y del joven rey Jaehaerys.

Aún no se había anunciado el compromiso de Alysanne, de modo que no se sabe cómo llegó a sus oídos la decisión. El gran maestre Benifer sospechaba de algún criado, porque muchos habían entrado y salido mientras los señores debatían en el patio privado de la reina. Lord Rogar sospechaba de Daemon Velaryon, el lord almirante, un hombre soberbio que muy bien podía haber pensado que los Baratheon se estaban sobrepasando con la esperanza de desplazar a los Señores de las Mareas y ocupar su lugar como la segunda casa del reino. Años después, cuando estos sucesos se convirtieron en leyenda, el pueblo llano comentaría que las «ratas de las paredes» habían oído la conversación de los señores y se habían apresurado a transmitir la noticia a la princesa.

No ha sobrevivido ninguna crónica que recoja lo que dijo o pensó Alysanne Targaryen al enterarse de que iban a casarla con un hombre que le sacaba diez años, a quien apenas conocía y, si hemos de dar crédito a los rumores, que no le gustaba. Solo sabemos lo que hizo. Otra niña habría llorado, montado en cólera o acudido corriendo a su madre para suplicarle. En muchas canciones tristes, las doncellas obligadas a casarse se tiraban de alguna torre en busca de la muerte. La princesa Alysanne, por el contrario, acudió directamente a Jaehaerys.

El joven rey se disgustó tanto como su hermana al oír la noticia. «Estarán haciendo planes de boda también para mí, sin duda», dedujo al instante. Jaehaerys, de igual forma que su hermana, no perdió tiempo con reproches, recriminaciones ni súplicas, sino que actuó. Convocó a su Guardia Real y le ordenó que embarcase al instante con rumbo a Rocadragón, adonde acudiría él en breve.

«Me habéis jurado vuestras espadas y vuestra obediencia —señaló a sus Siete—. Recordad ese juramento y no digáis una palabra sobre mi partida.»

Aquella noche, al amparo de la oscuridad, el rey Jaehaerys y la princesa Alysanne montaron en sus dragones, Vermithor y Ala de Plata, y partieron de la Fortaleza Roja hacia la antigua ciudadela de los Targaryen, a la falda de Montedragón. Se dice que las primeras palabras que pronunció el joven rey tras aterrizar fueron: «Necesito un septón».

El rey estaba en lo correcto al no confiar en el septón Mattheus, que sin duda habría traicionado sus planes, pero al frente del septo de Rocadragón estaba un anciano llamado Oswyck, que conocía a Jaehaerys y Alysanne desde su nacimiento y los había instruido de pequeños en los misterios de los Siete. De joven, el septón Oswyck había estado al servicio del rey Aenys, y de niño había sido novicio en la corte de la reina Rhaenys. La tradición familiar de los Targaryen de casarse entre hermanos le resultaba más que conocida, y cuando oyó la orden del rey, asintió al instante.

La Guardia Real llegó en galera, desde Desembarco del Rey, al cabo de pocos días. A la mañana siguiente, conforme nacía el sol, Jaehaerys Targaryen, el primero de su nombre, se desposó con su hermana Alysanne en el gran patio de Rocadragón, ante los ojos de los dioses, los hombres y los dragones. El anciano septón Oswyck ofició los esponsales; pese a que su voz era débil y temblorosa, no se saltó ninguna parte de la ceremonia. Los siete caballeros de la Guardia Real fueron testigos del enlace, con las capas blancas ondeando al viento. La guarnición del castillo y los criados también asistieron, junto con gran parte de los habitantes del poblado de pescadores acurrucado al pie de la majestuosa muralla de Rocadragón.

Después de la ceremonia se celebró un modesto banquete, y se hicieron muchos brindis a la salud del niño rey y su nueva reina.

Después, Jaehaerys y Alysanne se retiraron al dormitorio que antaño habían ocupado Aegon el Conquistador y su hermana Rhaenys, pero en consideración a la edad de la novia no hubo ceremonia de encamamiento ni se consumó el matrimonio.

Esa omisión demostraría ser de gran importancia cuando lord Rogar y la reina Alyssa llegaron desde Desembarco del Rey en una galera de guerra, acompañados por una docena de caballeros, cuarenta hombres de armas, el septón Mattheus y el gran maestre Benifer, cuyas cartas nos proporcionan la visión más completa de lo que sucedió.

Jaehaerys y Alysanne los recibieron en el patio del alcázar, junto a las puertas, cogidos de la mano. Se dice que la reina Alyssa lloró al verlos.

—Estúpidos niños —dijo—. No sabéis lo que habéis hecho.

Entonces habló el septón Mattheus con voz atronadora, para amonestar al rey y a la reina y profetizar que semejante abominación sumergiría una vez más a Poniente en la guerra.

—¡Maldecirán vuestro incesto desde las Marcas de Dorne hasta el Muro, y todos y cada uno de los hijos devotos de la Madre y el Padre os denunciarán como los pecadores que sois! —El rostro del septón se fue enrojeciendo e hinchando conforme despotricaba, según relata Benifer, y la saliva salpicaba desde sus labios.

En los anales de Poniente se alaba con justicia a Jaehaerys el Conciliador por sus modales calmos y su temperamento tranquilo, pero de esto no cabe inferir que el fuego de los Targaryen no ardiera en sus venas, y lo demostró en el momento en que el septón Mattheus hizo por fin una pausa para tomar aire:

—Estoy dispuesto a aceptar una reprimenda de su alteza mi madre, pero no de ti. Contén esa lengua, gordinflón. Si sale una palabra más de tus labios, ordenaré que te los cosan.

El septón Mattheus no volvió a hablar.

Lord Rogar no se acobardaba tan fácilmente. Tajante y directo al grano, solo preguntó si se había consumado el matrimonio:

—Decidme la verdad, alteza. ¿Hubo encamamiento? ¿Reclamasteis su doncellez?

—No —replicó el rey—. Es demasiado joven.

—Bien. No estáis casados —afirmó lord Rogar, sonriente por la noticia, y se volvió hacia los caballeros que lo habían acompañado desde Desembarco del Rey—. Separad a esos niños, os ruego que con delicadeza, y escoltad a la princesa a la Torre del Dragón Marino y mantenedla ahí dentro. Su alteza nos acompañará de regreso a Desembarco del Rey.

Pero cuando sus hombres se adelantaron, los siete caballeros de la Guardia Real de Jaehaerys dieron un paso adelante y desenvainaron la espada.

—No os acerquéis más —les advirtió ser Gyles Morrigen—. Cualquier hombre que ponga la mano encima a nuestro rey o a nuestra reina morirá hoy.

—Envainad vuestro acero y apartaos —ordenó lord Rogar, consternado—. ¿Olvidáis que soy la Mano del Rey?

—Lo sois —respondió el anciano Sam el Amargo—, pero nosotros somos la Guardia Real, no la Guardia de la Mano, y es al muchacho a quien corresponde el trono, no a vos.

—Vosotros sois siete —respondió Roger Baratheon, furioso por las palabras de ser Samgood—. Yo cuento con medio centenar de espadas. A una palabra mía, os cortarán en pedazos.

—Pueden matarnos —contestó el joven Pate la Perdiz, blandiendo su lanza—, pero vos seréis el primero en morir, mi señor; tenéis mi palabra.

Nadie sabe qué podría haber ocurrido si la reina Alyssa no hubiera elegido ese momento para hablar.

—He presenciado suficiente muerte. Como todos. Bajad vuestras espadas, mis señores. Lo hecho, hecho está, y ahora todos tenemos que afrontarlo. Que los dioses se apiaden de nuestro reino.

—Se volvió hacia sus hijos—. Vayamos en paz. Que nadie hable de lo que ha ocurrido hoy aquí.

—Como ordenéis, madre. —El rey Jaehaerys acercó a su hermana para rodearla con un brazo—. Pero no penséis que podéis anular este matrimonio. Ahora somos uno, y ni los dioses ni los hombres podrán separarnos.

—Jamás —convino su esposa—. Enviadme a los confines de la tierra y casadme con el rey de Mossovy o el señor del Yermo Gris, que Ala de Plata me traerá de vuelta con Jaehaerys. —Dicho esto, se puso de puntillas y alzó el rostro hacia el rey, que la besó en los labios a la vista de todos.*

Cuando la Mano y la reina regente hubieron partido, el rey y su joven esposa cerraron las puertas del castillo y regresaron a sus aposentos. Rocadragón se convirtió en su refugio y residencia durante el resto de la minoría de edad de Jaehaerys. Está escrito que el joven rey y su reina apenas se separaron durante ese tiempo: compartían todas las comidas; se quedaban hasta bien avanzada la noche hablando de los alegres días de su infancia y de los obstáculos que se les presentarían; pescaban y cazaban juntos; se mezclaban con los isleños en las tabernas del puerto; se leían mutuamente los polvorientos tomos encuadernados en cuero que encontraban en la biblioteca del castillo; recibían juntos las lecciones de los maestres de Rocadragón («Porque todavía tenemos mucho que aprender», se dice que recordó Alysanne a su esposo),

---

* Así, al menos, registró el enfrentamiento a las puertas de Rocadragón el gran maestre Benifer, que estuvo allí para presenciarlo. Desde aquel día, esa historia ha sido una de las favoritas de las doncellas enamoradizas y sus escuderos, a lo largo y ancho de los Siete Reinos, y más de un bardo ha cantado el valor de la Guardia Real, siete hombres ataviados con capa blanca que se encararon a medio centenar. Todas esas relaciones pasan por alto la presencia de la guarnición del castillo, sin embargo; las crónicas que nos han llegado indican que en esa época había veinte arqueros y otros tantos guardias en Rocadragón, bajo las órdenes de ser Merrell Bullock y de sus hijos Alyn y Howard. A quién debían lealtad en ese momento y qué papel habrían desempeñado si hubiera estallado el conflicto, no lo sabremos nunca, pero dar a entender que los Siete del rey resistieron a solas quizá sea presuponer demasiado.

y rezaban con el septón Oswyck. También volaban juntos alrededor de Montedragón, y en ocasiones se aventuraban hasta lugares tan alejados como Marcaderiva.

Si podemos considerar fidedignos los chismes de los criados, el rey y su nueva esposa dormían desnudos y compartían muchos besos prolongados, en la cama, en la mesa y en muchas otras ocasiones a lo largo del día, pero no llegaron a consumar el matrimonio. Tuvo que transcurrir otro año y medio antes de que Jaehaerys y Alysanne se unieran por fin como hombre y mujer.

Siempre que los señores y los miembros del consejo viajaban a Rocadragón a conversar con el joven rey, cosa que ocurría ocasionalmente, Jaehaerys los recibía, con Alysanne a su lado, en la Cámara de la Mesa Pintada, donde su abuelo había planeado la conquista de Poniente. «Aegon no guardaba secretos a Rhaenys ni a Visenya, y yo tampoco se los guardo a Alysanne», decía.

Aunque muy bien puede ser cierto que no existían secretos entre ellos durante los luminosos días del albor de su matrimonio, el matrimonio en sí era un secreto para la mayor parte de Poniente. A su regreso a Desembarco del Rey, lord Rogar ordenó a todos cuantos los habían acompañado a Rocadragón que no pronunciaran una palabra sobre lo allí ocurrido si deseaban conservar la lengua. Tampoco se anunció al reino. Cuando el septón Mattheus intentó transmitir la noticia del enlace al Septón Supremo y a los Máximos Devotos de Antigua, en vez de enviar un cuervo, el gran maestre Benifer quemó la carta, cumpliendo órdenes de la Mano.

El señor de Bastión de Tormentas necesitaba tiempo. Enojado por la falta de respeto del rey para con él y poco acostumbrado a la derrota, Rogar Baratheon estaba resuelto a hallar el modo de separar a Jaehaerys y Alysanne. Mientras no consumaran el matrimonio, tenía una oportunidad. Era preferible mantener en secreto el enlace, de forma que se pudiera anular sin que nadie supiera una palabra.

La reina Alyssa también necesitaba tiempo, aunque sus motivos eran distintos. «Lo hecho, hecho está», había dicho a las puertas de Rocadragón, y estaba convencida de ello; pero todavía la acosaban por las noches los recuerdos del caos y el baño de sangre que siguieron al enlace de sus otros dos hijos, y estaba desesperada por encontrar una forma de evitar que se repitiera la historia.

Entretanto, su señor esposo y ella aún tenían que gobernar un reino durante cerca de un año hasta que Jaehaerys celebrase su decimosexto día del nombre y asumiese el poder.

Esta era la situación en Poniente cuando el Año de las Tres Novias tocó a su fin y dio paso a un nuevo año, el quincuagésimo desde la Conquista de Aegon.

Exceso de gobernantes

Todos los hombres son pecadores, nos enseñan los Padres de la Fe. Incluso los reyes más nobles y los caballeros más galantes pueden verse dominados por la ira, la lujuria y la envidia, y cometer actos que los avergüencen y que mancillen su buen nombre. De igual modo, el más villano de los hombres o la más taimada de las mujeres pueden también en ocasiones realizar una buena acción, porque el amor, la comprensión y la misericordia pueden encontrarse aun en el corazón más cruel. «Somos tal como nos crearon los dioses —escribió el septón Barth, el hombre más sabio que jamás haya servido como Mano del Rey—, fuertes y débiles, buenos y malos, crueles y amables, heroicos y egoístas... Hay que tenerlo presente si se quieren gobernar los reinos de los hombres.»

Pocas veces la verdad de estas palabras ha resultado tan evidente como cincuenta años después de la Conquista de Aegon. Ya desde el comienzo del nuevo año se hicieron planes en todo el país para conmemorar con fiestas, ferias y torneos el medio siglo del reinado de los Targaryen en Poniente. Los horrores del reinado del rey Maegor iban cayendo en el olvido; el Trono de Hierro y la Fe se habían reconciliado, y desde Antigua hasta el

Muro, la gente humilde y los grandes señores apreciaban por igual al joven rey Jaehaerys, el primero de su nombre. Aun así, muy pocos sabían que se cernían nubes de tormenta en el horizonte, y los hombres sabios distinguían a lo lejos el retumbar del trueno.

«Un reino con dos reyes es como un hombre con dos cabezas», gusta de decir el pueblo llano. En el 50 d.C., el reino de Poniente se vio bendecido con un rey, una Mano y tres reinas, como en los tiempos de Maegor, pero mientras que las soberanas de este último habían sido sus consortes, plegadas a su voluntad, cada una de las reinas de mitad de siglo tenía poder por derecho propio.

En la Fortaleza Roja de Desembarco del Rey estaba la reina regente Alyssa, viuda del difunto rey Aenys, madre de su hijo Jaehaerys y esposa de la Mano del Rey, Rogar Baratheon. Justo al otro lado de la bahía del Aguasnegras, en Rocadragón, había surgido una reina más joven cuando Alysanne, la hija de Alyssa, una doncella de trece años, se prometió en matrimonio con su hermano, el rey Jaehaerys, en contra de los deseos de su madre y el señor marido de esta. Y muy al oeste, en Isla Bella, separada de su madre y su hermana por toda la extensión de Poniente, estaba Rhaena Targaryen, la hija mayor de Alyssa, la jinete de dragón viuda del príncipe Aegon el Incoronado. En las Tierras del Oeste, las Tierras de los Ríos y parte del Dominio, la gente todavía la llamaba la Reina en el Oeste.

Dos hermanas y una madre; tres reinas unidas por sangre, penas y sufrimiento... y aun así, entre ellas se interponían sombras, antiguas y recientes, cada vez más densas. El afecto mutuo y el objetivo común que habían permitido a Jaehaerys, sus hermanas y su madre derrocar a Maegor el Cruel empezaban a caer en el olvido, a medida que afloraban resentimientos y diferencias que llevaban tiempo gestándose. Durante el resto de la regencia, el niño rey y su pequeña reina iban a encontrarse en profundo desacuerdo con la Mano del Rey y la reina regente, en una rivalidad que perduraría durante el reinado de Jaehaerys y que amenazaba con volver a sumir los Siete Reinos en una guerra.*

El detonante de las desavenencias fue el matrimonio apresurado y secreto del rey con su hermana, que pilló a la Mano y a la reina regente por sorpresa y dio al traste con todos sus planes y maquinaciones. Sin embargo, sería un error pensar que ese fue el único motivo del distanciamiento; las otras bodas del 49 d.C., el año de las Tres Novias, también habían dejado cicatrices.

Lord Rogar no había pedido venia a Jaehaerys para ausentarse con el fin de desposarse con su madre, omisión que al niño rey le pareció irrespetuosa. Además, su alteza no aprobaba la unión, como confesaría más adelante al septón Barth; apreciaba a lord Rogar como consejero y amigo, pero no necesitaba otro padre y estaba convencido de superar a su Mano en juicio, temperamento e inteligencia. También opinaba que deberían haberlo consultado sobre el matrimonio de su hermana Rhaena, aunque eso no le molestaba tanto. Por su parte, la reina Alyssa estaba muy dolida porque ni la habían consultado ni la habían invitado a la boda de Rhaena en Isla Bella.

Lejos de allí, en occidente, Rhaena Targaryen también guarda-

---

* Se debe tener en cuenta, para que no nos acusen de omisión, que en el 50 d.C. había una cuarta reina en Poniente: la reina Elinor de la casa Costayne, dos veces viuda, que había encontrado muerto al rey Maegor en el Trono de Hierro y había abandonado Desembarco del Rey después de la coronación de Jaehaerys. Vestida de penitente y acompañada solo por una doncella y un fiel caballero, emprendió camino hacia el Nido de Águilas, en el Valle de Arryn, para visitar al mayor de los tres hijos que había tenido con Theo Bolling, y a partir de allí siguió hasta Altojardín, en el Dominio, donde estaba su segundo hijo acogido por lord Tyrell. Cuando se quedó tranquila, sabedora de que sus hijos mayores estaban bien, la antigua reina reclamó al menor y volvió a la sede de su padre en las Tres Torres, en el Dominio, donde declaró que viviría en paz hasta el fin de sus días. El destino y el rey Jaehaerys tenían otros planes para ella, como relataremos más adelante. Baste decir que la reina Elinor no desempeñó ningún papel en los sucesos del 50 d.C.

ba sus rencores. Según confió a los viejos amigos y a los favoritos con que se rodeaba, no entendía ni compartía el afecto de su madre por Rogar Baratheon. Aunque a regañadientes le reconocía el mérito de haberse alzado en apoyo de su hermano Jaehaerys contra su tío Maegor, no pensaba olvidar ni perdonarle la pasividad que mostró cuando el príncipe Aegon, su marido, se enfrentó a Maegor en la batalla de la Ribera del Ojo de Dioses. Además, a medida que pasaba el tiempo, la reina Rhaena estaba cada vez más resentida porque su derecho y el de sus hermanas al Trono de Hierro habían quedado relegados en favor de «mi hermanito pequeño», como le gustaba llamar a Jaehaerys. Insistía en recordar a quienes la escucharan que ella era la primogénita y había sido jinete de dragón antes que ninguno de sus hermanos, pero aun así, todos, «incluso mi madre», se habían confabulado para dejarla de lado.

Si lo analizamos en retrospectiva, resulta fácil decir que Jaehaerys y Alysanne tenían razón en los conflictos que surgieron durante el último año de la regencia de su madre y en calificar de malvados a la reina Alyssa y a lord Rogar. Desde luego, eso fue lo que encandiló a los juglares; el apresurado matrimonio de Jaehaerys y Alysanne era una historia de amor sin igual desde la época de Florian el Bufón y su Jonquil, y en las canciones, el amor siempre supera todas las dificultades. Debemos reconocer que la verdad es mucho más compleja. Los recelos que la reina Alyssa albergaba sobre la unión se basaban en una preocupación auténtica por sus hijos, por la dinastía Targaryen y por el reino en su conjunto, y no eran temores infundados.

Los motivos de lord Rogar Baratheon no eran tan altruistas. Era un hombre soberbio, al que conmocionó e indignó la «ingratitud» del niño rey al que había tratado como a un hijo, y se sintió humillado cuando lo obligaron a retroceder en las puertas de Rocadragón ante medio centenar de sus hombres. Era un guerrero hasta la médula que había soñado enfrentarse en combate singular a Maegor el Cruel, y no soportaba que lo hubiera avergonzado un joven de quince años. Si nos vemos inclinados a ser demasiado duros con él, recordemos las palabras del septón Barth. Aunque durante los últimos años en que ejerció como Mano llevó a cabo acciones alocadas, malintencionadas y crueles, en el fondo no era cruel ni malintencionado, ni mucho menos alocado; había sido un héroe en otros tiempos y debemos recordarlo incluso al considerar el peor año de su vida.

Justo después de su enfrentamiento con Jaehaerys, lord Rogar no podía pensar en nada más que en la humillación sufrida. Su primer impulso fue regresar a Rocadragón con más hombres para superar a la guarnición del castillo y resolver la situación por la fuerza. En cuanto a la Guardia Real, lord Rogar recordó al consejo que los espadas blancas habían jurado dar la vida por el rey, y añadió que le encantaría concederles tal honor. Cuando lord Tully señaló que Jaehaerys podría limitarse a cerrar las puertas de Rocadragón delante de sus narices, lord Rogar ni se inmutó. «Que las cierre. Puedo tomar el castillo por asalto si es necesario.» Al final, solo la reina Alyssa logró hacerlo entrar en razón y disuadirlo de semejante locura. «Amor mío —le dijo con voz dulce—, mis hijos tienen dragones, y nosotros no.»

La reina regente, al igual que su marido, quería que se anulara el apresurado matrimonio del rey, ya que estaba convencida de que volvería a enfrentar a la Fe y la Corona. El septón Mattheus alentaba estos temores; una vez alejado de Jaehaerys y convencido de que no iban a coserle la boca, recuperó la palabra y no hacía más que hablar de como todas las «personas decentes» condenarían el enlace incestuoso del rey.

Si Jaehaerys y Alysanne hubieran regresado a Desembarco del Rey a tiempo para celebrar el año nuevo, cosa por la que rezaba la reina Alyssa, la reconciliación habría sido posible. «Seguro que entran en razón y se arrepienten de esta locura», decía al consejo. Pero no fue así. Conforme fueron pasando las semanas y el rey seguía sin aparecer ante la corte, Alyssa anunció su intención de volver a Rocadragón, esta vez sola, a suplicar a sus hijos que regresaran a casa. Lord Rogar se lo prohibió, airado: «Si vais arrastrándoos hasta él, no volverá a haceros caso. Ha antepuesto sus deseos al bienestar de su reino, y eso no se puede consentir. ¿Es que queréis que acabe como su padre?». La reina se doblegó a su voluntad y no partió.

«Nadie duda que la reina Alyssa quería hacer lo correcto —escribió el septón Barth años más tarde—. Sin embargo, resulta triste admitir que en muchas ocasiones no tenía ni idea de qué era lo correcto. Sobre todo quería que la admiraran, la quisieran y la alabaran, un anhelo que compartía con el rey Aenys, su primer marido. Pero a veces un gobernante debe hacer lo necesario aunque no sea del agrado de sus súbditos, aunque sepa que el oprobio y la censura caerán sobre él. La reina Alyssa rara vez fue capaz de semejante cosa.»

Los días se convirtieron en semanas, y estas, en lunas, mientras se alteraban los ánimos y se afianzaba la resolución de los hombres a ambos lados de la bahía del Aguasnegras. El niño rey y su pequeña reina se quedaron en Rocadragón a la espera del día en que Jaehaerys tomara las riendas de los Siete Reinos. La reina Alyssa y lord Rogar siguieron gobernando desde Desembarco del Rey, buscando la manera de anular el matrimonio del rey y de evitar las calamidades que se avecinaban sin remedio. Aparte del consejo, no contaron a nadie lo acontecido en Rocadragón, y lord Rogar había ordenado a los hombres que los habían acompañado que no dijeran nada de cuanto habían visto, bajo pena de que les cortaran la lengua. Cuando se anulara el matrimonio, pensaba, para la mayoría de Poniente sería como si no se hubiera celebrado, siempre que se mantuviera en secreto. Mientras no se consumara la unión, seguiría siendo fácil rescindirla.

Una esperanza vana, como todos sabemos, pero para Rogar Baratheon, en el 50 d. C., parecía posible. Sin duda, durante un tiempo lo alentó el silencio de Jaehaerys, que se había apresurado a desposarse con Alysanne, pero no parecía tener prisa en anunciarlo, y no por falta de medios. El maestre Culiper, vivaz aun a sus ochenta años, llevaba sirviéndolos desde los tiempos de Visenya; tenía a dos maestres jóvenes de ayudantes y Rocadragón estaba bien provisto de cuervos. Si Jaehaerys hubiera dicho una palabra, habría podido pregonar el enlace de un extremo al otro del reino; pero no la pronunció.

Los eruditos llevan desde entonces debatiendo el motivo de su silencio. ¿Se arrepentía de un matrimonio apresurado, como habría deseado la reina Alyssa? ¿Alysanne lo había ofendido de alguna manera? ¿Temía la respuesta del reino ante su matrimonio, visto lo que había sucedido a Aegon y Rhaena? ¿Era posible que las agoreras profecías del septón Mattheus lo hubieran afectado más de lo que estaba dispuesto a reconocer? ¿O simplemente era un joven de quince años que había actuado precipitadamente sin pensar en las consecuencias de sus actos y de pronto no sabía qué hacer?

Se pueden razonar todas estas explicaciones, pero a la luz de lo que hoy en día sabemos de Jaehaerys I Targaryen, en última instancia nos parecen infundadas. De joven o de viejo, este rey nunca actuó impulsivamente. Para el que escribe estas palabras, es evidente que Jaehaerys no se arrepentía de su matrimonio ni tenía intención alguna de anularlo. Había elegido a la reina que quería y, a su debido tiempo, informaría al reino, pero sería él quien eligiera el momento adecuado, de forma calculada para que lo aceptaran: cuando fuera adulto y reinara por derecho propio, no siendo un joven que se casaba en contra de la voluntad de su regente.

La ausencia del joven rey en la corte no pasó desapercibida durante mucho tiempo. Apenas se habían enfriado las cenizas de las hogueras de la celebración del año nuevo cuando los habitantes de Desembarco del Rey empezaron a preguntar por él. Para acallar los rumores, la reina Alyssa hizo circular la historia de que su alteza se había tomado un tiempo para descansar y reflexionar en Rocadragón, la antigua sede de su casa, pero a medida que pasaban los días y seguía sin haber ni rastro de Jaehaerys, tanto los nobles como la plebe empezaron a hacer cábalas. ¿Estaría enfermo? ¿Lo mantendrían prisionero por motivos desconocidos? El joven rey, guapo y afable, paseaba antes con toda libertad por Desembarco del Rey, aparentemente encantado de mezclarse con sus habitantes, y esa desaparición repentina parecía impropia de él.

La reina Alysanne, por su parte, no tenía prisa por volver a la corte. «Aquí te tengo para mí sola día y noche —dijo a Jaehaerys—. Cuando volvamos me consideraré afortunada si consigo robarte una hora, porque no hay hombre en Poniente que no quiera algo de ti. —Para ella, el tiempo que pasaron en Rocadragón fue idílico—. Dentro de muchos años, cuando peinemos canas, pensaremos en estos días y sonreiremos al recordar lo felices que fuimos.»

Sin duda, el joven rey compartía estos sentimientos, al menos parcialmente, pero también tenía otros motivos para quedarse en Rocadragón. A diferencia de su tío Maegor, no era proclive a los estallidos de furia, pero era sobradamente capaz de indignarse y no olvidaba ni perdonaba que lo hubieran excluido intencionadamente de las reuniones del consejo en las que se había hablado de su matrimonio con su hermana, y aunque siempre agradecería a Rogar Baratheon que lo hubiera ayudado a alcanzar el Trono de Hierro, no estaba dispuesto a dejarse gobernar por él. «Ya tuve un padre —le dijo al maestre Culiper durante aquellos días, en Rocadragón—; no necesito otro.» El rey reconocía y apreciaba las virtudes de la Mano, pero también era consciente de sus defectos, que habían quedado muy patentes en los días anteriores a la Boda Dorada, cuando fue Jaehaerys quien concedió audiencia a los señores del reino mientras lord Rogar se dedicaba a cazar, beber y desflorar doncellas.

Jaehaerys también era consciente de sus limitaciones y pensaba solventarlas antes de sentarse en el Trono de Hierro. Habían menospreciado al rey Aenys, su padre, porque lo consideraban débil, en parte por no ser un guerrero como su hermano Maegor. Jaehaerys estaba decidido a que ningún hombre osara nunca cuestionar su valentía ni su destreza con las armas. En Rocadragón tenía a ser Merrell Bullock, comandante de la guarnición del castillo; a sus hijos ser Alyn y ser Howard; a un maestro de armas experimentado, ser Elyas Scales, y a sus Siete, los mejores guerreros del reino. Todas las mañanas practicaba con ellos en el patio del castillo, exigiéndoles a gritos que no se contuvieran en sus avances, que lo presionaran, hostigaran y atacaran con todas sus fuerzas. Se entrenaba de la mañana a la noche, perfeccionando su dominio de la espada, la lanza, la maza y el hacha bajo la mirada de su nueva reina.

Era un ejercicio durísimo y brutal. Los asaltos no terminaban hasta que el rey o su adversario lo declaraban muerto. Jaehaerys murió tantas veces que los hombres de la guarnición lo convirtieron en juego; gritaban: «El rey ha muerto» cada vez que caía, y «Viva el rey» cada vez que lograba ponerse en pie. Sus adversarios empezaron a cruzar apuestas sobre quién lo mataba más veces; se dice que el ganador fue el joven ser Pate la Perdiz, cuya veloz lanza, supuestamente, enfurecía a su alteza. Jaehaerys solía estar magullado y ensangrentado por las noches, para desmayo de Alysanne, pero progresaba tan notablemente que al final de su estancia en Rocadragón, el anciano ser Elyas le dijo: «Alteza, nunca seréis miembro de la Guardia Real, pero si vuestro tío Maegor en persona se levantara de la tumba por obra de algún sortilegio y se os enfrentara, apostaría por vos».

El maestre Culiper se acercó a Jaehaerys una noche, después de una jornada que había supuesto un duro esfuerzo y lo había dejado hecho polvo.

—¿Por qué os castigáis de esta manera, alteza? —preguntó—. El reino está en paz.

—El reino estaba en paz cuando murió mi abuelo —respondió el joven rey con una sonrisa—, pero mi padre no acababa de ascender al trono cuando se alzaron enemigos por doquier. Lo ponían a prueba para saber si era fuerte o débil, y a mí también me tantearán.

No andaba desencaminado, aunque cuando llegó el momento de su primera prueba, fue de una naturaleza tan distinta que ningún entrenamiento en Rocadragón podría haberlo preparado ni remotamente. Porque lo que se pondría a prueba serían su valía como hombre y su amor por su joven reina.

No sabemos gran cosa sobre la infancia de Alysanne Targaryen, la quinta de los hijos del rey Aenys y la reina Alyssa, y por añadidura mujer, por lo que los cortesanos la encontraban menos interesante que a sus hermanos mayores, que la precedían en la línea de sucesión. De lo poco que nos ha llegado sabemos que Alysanne era una joven inteligente, pero que no destacaba; menuda pero no enfermiza; cortés, obediente, de sonrisa dulce y voz agra-

dable. Para gran alivio de sus padres, no mostraba indicios de la timidez que había afectado de niña a Rhaena, su hermana mayor, ni tampoco del carácter terco y antojadizo que mostraba Aerea, la hija de Rhaena.

Alysanne, como era habitual en las princesas, había tenido criados y damas de compañía desde muy temprana edad. Sin duda, cuando era un rorro tenía un ama de cría: como la mayoría de las nobles, la reina Alyssa no amamantaba a sus hijos. Más tarde, un maestre la enseñaría a leer, escribir y hacer cuentas, y una septa la instruiría en la conducta, los modales y los misterios de la Fe. Tendría criadas plebeyas, encargadas de lavarle la ropa y vaciarle el orinal, y es seguro que a su debido tiempo contó con damas nobles de edad similar a la suya como acompañantes para montar, jugar y coser.

Alysanne no sería quien escogiera a estas compañeras; su madre, la reina Alyssa, las habría seleccionado, y las cambiaría con cierta frecuencia, para evitar que la princesa intimara demasiado con ninguna de ellas; la afición de su hermana Rhaena por demostrar un afecto y atención excesivos a toda una serie de favoritas, algunas consideradas muy poco apropiadas, había dado mucho que hablar en la corte, y la reina no querría que Alysanne diera lugar a chismorreos semejantes.

La situación cambió cuando el rey Aenys murió en Rocadragón y su hermano Maegor regresó de la otra orilla del mar Angosto para ocupar el Trono de Hierro. El nuevo rey sentía poco afecto por los hijos de su hermano y aún le inspiraban menos confianza, y tenía a su madre, Visenya, la reina viuda, para hacer cumplir su voluntad. Despidieron a los caballeros y criados de la reina Alyssa, junto con los criados y compañeros de sus hijos, y Jaehaerys y Alysanne pasaron a ser pupilos de su tía abuela, la temible Visenya. Rehenes a todos los efectos, si bien no oficialmente, pasaron el reinado de su tío con traslados forzosos constantes entre Marcaderiva, Rocadragón y Desembarco del Rey, hasta que la muerte de

Visenya, en el 44 d.C., dio a la reina Alyssa la oportunidad, que aprovechó de inmediato, para huir de Rocadragón con Jaehaerys, Alysanne y la hoja *Hermana Oscura*.

No nos han llegado crónicas fiables de la vida de la princesa Alysanne después de su huida. No vuelve a constar en los anales del reino hasta los últimos días del sangriento reinado de Maegor, cuando su madre y lord Rogar partieron desde Bastión de Tormentas a la cabeza del ejército mientras los tres hermanos, Alysanne, Jaehaerys y Rhaena, descendían sobre Desembarco del Rey con sus dragones.

Sin duda, la princesa Alysanne tuvo doncellas y damas de compañía en los días posteriores a la muerte de Maegor, pero lamentablemente, sus nombres y datos no han perdurado. Sí sabemos que ninguna de ellas la acompañó cuando Jaehaerys y ella huyeron de la Fortaleza Roja a lomos de los dragones. Aparte de los siete miembros de la Guardia Real, la guarnición del castillo, los cocineros, los palafreneros y otros sirvientes, el rey y su esposa no tenían más personas a su servicio en Rocadragón.

Esta situación, que no era apropiada para una princesa, lo era mucho menos para una reina. Alysanne debía tener criados, y Alyssa, su madre, lo vio como una oportunidad para socavar y quizá llegar a deshacer su matrimonio. La reina regente decidió enviar a Rocadragón a un grupo selecto de sirvientes y damas de compañía para atender las necesidades de la joven reina.

El plan, nos asegura el gran maestre Benifer, fue idea de la reina Alyssa, pero lord Rogar lo apoyó gustoso porque vio de inmediato una forma de aprovecharlo para sus fines propios.

El anciano septón Oswyck, que había oficiado el matrimonio de Jaehaerys y Alysanne, estaba al cargo del septo de Rocadragón, pero una joven dama de sangre real necesitaba otra dama para su instrucción religiosa. La reina Alyssa envió a tres: la temible septa Ysabel y dos novicias de alta cuna de la edad de Alysanne, llamadas Lyra y Edyth. Para encargarse de las criadas y doncellas de

Alysanne envió a lady Lucinda Tully, la esposa del señor de Aguas-dulces, cuyo fervor piadoso era legendario en el reino. Con ella acudió su hermana menor, Ella de la casa Broome, una modesta doncella cuyo nombre se había barajado brevemente como posible esposa para Jaehaerys. Las hijas de Celtigar, de las que la Mano se había burlado recientemente diciendo que carecían de mentón, tetas y sesos, también se incluyeron en el lote. «Puede que consigamos sacarles algún provecho», supuestamente dijo ser Rogar a su padre. Otras tres jóvenes nobles, una del Valle, otra de las Tierras de la Tormenta y otra del Dominio, completaban el grupo: Jenis de la casa Templeton, Coryanne de la casa Wylde y Rosamund de la casa Ball.

Salta a la vista que la reina Alyssa quería que a su hija la atendieran compañeras adecuadas para su edad y posición, pero este no fue el único motivo por el que envió a estas damas a Rocadragón. La septa Ysabel, las novicias Edyth y Lyra, la piadosísima lady Lucinda y su hermana tenían encomendado otro cometido: la reina regente esperaba que estas mujeres beatas y estrictas convencieran a Alysanne, y quizá incluso a Jaehaerys, de la abominación que suponía a ojos de la Fe que dos hermanos yacieran juntos. «Los niños», como insistía en llamar la reina Alyssa a los reyes, no eran maliciosos: solo jóvenes y obstinados; con la debida atención, verían lo errado de su conducta y renegarían de su matrimonio antes de que el reino padeciera las consecuencias. Al menos, ese era el propósito de sus plegarias.

Los motivos de lord Rogar eran más retorcidos. Como no podía confiar en la lealtad de la guarnición del castillo ni en los miembros de la Guardia Real, necesitaba ojos y oídos en Rocadragón. Tenían que informarlo de todo lo que Jaehaerys y Alysanne dijeran o hicieran; se lo dejó muy claro a lady Lucinda y a los demás. En especial, estaba sumamente interesado en saber si el rey y la reina pretendían consumar el matrimonio, y cuándo ocurriría. Era algo que había que impedir a toda costa, insistía.

Quizá hubiera aún más motivos ocultos.

Ahora, lamentablemente, nos vemos obligados a ocuparnos de cierto libro de mal gusto que se vio por primera vez en los Siete Reinos unos cuarenta años después de los acontecimientos que estamos relatando. Todavía circulan ejemplares de mano en mano por los peores lugares de Poniente: se puede encontrar en los burdeles, al menos en aquellos con clientes que saben leer, y en la biblioteca de algunos hombres de baja catadura moral, que los guardan bajo llave a salvo de los sirvientes, las señoras, los niños y los castos y píos.

El libro en cuestión se conoce por diversos títulos, entre ellos: *La carne es débil*, *Alta cuna, baja cama*, *Historia de una libertina* y *La perversidad de los hombres*; pero todas las versiones coinciden en el subtítulo: *Advertencia para jovencitas*. Se supone que es el testimonio de una joven doncella de alta cuna que entrega su virtud a un palafrenero del castillo de su padre, da a luz a un hijo ilegítimo y se encuentra después participando en todo tipo de perversidades imaginables durante una larga vida de pecado, sufrimiento y esclavitud.

Si el relato es cierto, aunque hay fragmentos que harían desconfiar al más crédulo, durante el transcurso de su vida, la autora fue doncella de una reina; amante de un joven caballero; vivandera en las Tierras de la Discordia de Essos; criada en Myr, titiritera en Tyrosh; juguete de una reina corsaria de las Islas Basilisco, esclava en la antigua Volantis, donde la tatuaron, perforaron y anillaron; doncella de un hechicero de Qartheen y, por último, regente de una casa de placer de Lys, antes de volver a Antigua y a la Fe en última instancia. Supuestamente, terminó sus días como septa en el Septo Estrellado, donde relató la historia de su vida como advertencia para que otras jóvenes no pasaran por su mismo trance.

Los detalles lascivos de estas aventuras eróticas no nos conciernen en estas páginas; nuestro único interés reside en la primera parte del sórdido opúsculo, el relato de la juventud de la protagonista y supuesta autora de *Advertencia para jovencitas*, ya que no es otra que Coryanne Wylde, una de las jóvenes que enviaron a Rocadragón como dama de compañía de la joven reina.

No disponemos de manera alguna de constatar la veracidad de su historia, ni siquiera de saber si fue en realidad la autora de ese libro infame (algunos argumentan, con razón, que el texto tiene diversos autores, porque el estilo de la prosa varía en gran medida de un episodio a otro). Sin embargo, el comienzo de la narración sobre lady Coryanne está respaldado por los registros de un maestre que de joven había servido en Aguasmil. Cuenta que, cuando tenía trece años, la hija menor de lord Wylde fue seducida y desflorada por un «hosco mozo» de los establos. En *Advertencia para jovencitas* se describe a este mozo como un joven apuesto de su misma edad, pero el relato del maestre difiere y presenta al seductor como un sinvergüenza picado de viruelas de unos treinta años, del que solo destacaba un «miembro viril del grosor del de los sementales».

Fuera cual fuera la verdad, al «hosco mozo» lo castraron y lo enviaron al Muro en cuanto se descubrió lo que había hecho, mientras que a lady Coryanne la encerraron en sus aposentos, donde dio a luz a su hijo ilegítimo. Al poco de nacer lo mandaron a Bastión de Tormentas, donde lo adoptaron un mayordomo del castillo y su mujer, que era estéril.

El bastardo nació en el 48 d. C. según los escritos del maestre. A partir de entonces vigilaron muy de cerca a lady Coryanne, y más allá de la muralla de Aguasmil, muy pocos estaban al tanto de su desgracia. Cuando llegó un cuervo con la solicitud de que acudiera a Desembarco del Rey, su señora madre le dejó muy claro que no debía hablar a nadie de su hijo ni de su pecado. «En la Fortaleza Roja te tomarán por doncella.» De camino a la ciudad, adonde la acompañaban su padre y su hermano, se detuvieron a pasar la noche en una posada, al sur de la bahía del Aguasnegras, junto al desembarcadero. Allí se encontró con un gran señor que aguardaba su llegada.

Y aquí se complica el relato, porque la identidad del hombre de la taberna no está clara, ni siquiera entre aquellos que admiten que pueda encontrarse un eco de hechos reales en *Advertencia para jovencitas*.

Durante años y siglos, a medida que el libro se copiaba una y otra vez, se realizaron muchos cambios y enmiendas en el texto. Los maestres copistas de la Ciudadela reciben una formación muy estricta para reproducir los originales palabra por palabra, pero hay muy pocos escribas en el mundo que sean tan disciplinados; estos septones, septas y Hermanas Sagradas eliminan o alteran los pasajes que les parecen ofensivos, obscenos o teológicamente erróneos a medida que copian e iluminan los libros de la Fe. Como prácticamente todo el contenido de *Advertencia para jovencitas* es obsceno, probablemente no lo transcribieron maestres, septones ni septas. Dado que tenemos conocimiento de cientos de ejemplares (aunque Baelor el Santo quemó otros tantos), los escribas encargados de copiarlo fueron probablemente septones expulsados de la Fe por beber, robar o fornicar; estudiantes fracasados de la Ciudadela sin cadena; plumas contratadas en las Ciudades Libres, o titiriteros, los peores de todos. A falta del rigor de los maestres, estos escribas se tomaban en muchas ocasiones la libertad de «mejorar» los textos que copiaban; los titiriteros, en concreto, son muy dados a esta práctica.

En el caso de *Advertencia para jovencitas*, tales «mejoras» consistían principalmente en añadir episodios de depravación y modificar los ya escritos para que fueran más sórdidos y lascivos. Con los años, a medida que se sucedían las modificaciones, cada vez era más difícil distinguir el texto original, hasta tal punto que ni siquiera los maestres de la Ciudadela llegaban a un acuerdo sobre el título del libro, como se ha mencionado anteriormente. La identidad del hombre que se reunió con Coryanne Wylde en la posada del embarcadero, si es que en verdad se produjo ese encuentro, es otra cuestión controvertida. En los ejemplares titulados

La carne es débil y *Alta cuna, baja cama*, que suelen ser las versiones más antiguas y breves, se dice que el hombre de la posada era ser Borys Baratheon, el mayor de los cuatro hermanos de lord Rogar; en *Historia de una libertina* y *La perversidad de los hombres* se trataba de lord Rogar en persona.

Sin embargo, todas las versiones coinciden en lo que sucedió a continuación. El señor manda salir al padre y al hermano, y ordena a lady Corianne que se desnude para examinarla. «Me recorrió todo el cuerpo con las manos —escribe— y me hizo girar de un lado y de otro, e inclinarme, estirarme y abrirme de piernas, sin dejar de mirarme en ningún momento, hasta que por fin quedó satisfecho.» Fue entonces cuando el hombre reveló el motivo de que la hubieran convocado a Desembarco del Rey: iban a enviarla a Rocadragón, haciéndola pasar por doncella, para servir como una de las damas de compañía de la reina Alysanne; pero cuando estuviera allí tenía que utilizar su cuerpo y artimañas para llevarse al rey al lecho.

«Seguro que Jaehaerys no ha conocido mujer y está muy enamorado de su hermana —dijo supuestamente ese hombre—, pero Alysanne es una niña y vos sois una mujer que cualquiera desearía. En cuanto su alteza pruebe vuestros encantos, entrará en razón y se olvidará de este matrimonio absurdo. Puede que incluso decida manteneros luego, ¿quién sabe? Por supuesto, el matrimonio es impensable, pero tendríais joyas, criados y cualquier cosa que desearais; ser la calientacamas del rey tiene sus buenas ventajas. Si Alysanne os descubre juntos en el lecho, tanto mejor. Es muy orgullosa, y abandonaría de inmediato a un esposo infiel. Y si volvierais a quedaros encinta, vuestro vástago y vos recibiríais todo tipo de atenciones, y vuestros padres serían ampliamente recompensados por vuestro servicio a la Corona.» *

* Algunos ejemplares de *Historia de una libertina* incluyen un episodio adicional, con un encuentro amoroso en el que lord Rogar en persona tiene trato carnal con la joven «durante toda la noche», pero es casi seguro que se trata de un añadido de un escriba lascivo o un alcahuete depravado.

¿Hasta qué punto podemos fiarnos de este relato? Después del tiempo transcurrido, cuando los protagonistas de los acontecimientos que se narran murieron hace tanto, no hay manera de comprobar que tuviera lugar el encuentro junto al embarcadero, y si es cierto que algún Baratheon se reunió en privado con Coryanne Wylde antes de que llegara a Desembarco del Rey, no podemos saber qué le dijo. Quizá simplemente la instruyó en sus deberes como espía delatora, como habían instruido al resto de las jóvenes.

El archimaestre Crey, en sus escritos de la Ciudadela de los últimos años del extenso reinado del rey Jaehaerys, sostenía que el pasaje de la posada era una torpe intentona de calumniar a lord Rogar y mancillar su nombre, y llegaba hasta el punto de atribuir el embuste a ser Borys Baratheon, que solía discutir muy acaloradamente con su hermano en los últimos años de su vida. Otros eruditos, entre los que se incluye el maestre Ryben, el mayor experto de la Ciudadela en textos censurados, prohibidos, fraudulentos y obscenos, no le daba mayor importancia que a cualquier otro relato de los que sirven para alimentar la lascivia de los jóvenes, los bastardos, las prostitutas y los hombres que disfrutan de sus favores. «Entre la plebe —escribió Ryben— siempre hay hombres lascivos que se deleitan con narraciones sobre grandes señores y nobles caballeros que pervierten a doncellas, ya que los afirman en su creencia de que sus superiores son tan lujuriosos como ellos.»

Es posible. Aun así, hay ciertos hechos que sabemos que son ciertos y que podrían ayudarnos a alcanzar conclusiones. Sabemos que la hija menor de Morgan Wylde, señor de Aguasmil, fue desflorada a una corta edad y dio a luz a un hijo ilegítimo. Podemos suponer razonablemente que lord Rogar conocía su situación, no solo porque el padre de la joven era su vasallo, sino también porque dio empleo al bastardo en su servidumbre. Sabemos que Coryanne Wylde estaba entre las doncellas que enviaron a

Rocadragón como damas de compañía de la reina Alysanne, elección un tanto curiosa y singular; si iba a limitarse a acompañar a la reina, había muchas otras jóvenes de noble cuna y edad adecuada, con la virginidad intacta y una virtud intachable.

«¿Por qué ella?», se han preguntado muchos en el transcurso de los años. ¿Acaso tenía un don especial, un encanto particular? Si así era, nadie lo puso de relieve en su momento. ¿Podría ser que lord Rogar o la reina Alyssa estuvieran en deuda con su señor padre o su señora madre por algún favor o atención del pasado? No consta en ningún registro. Jamás se ha ofrecido ninguna explicación lógica para la elección de Coryanne Wylde, excepto la respuesta simple y desagradable que nos da *Advertencia para jovencitas*: no la enviaron a Rocadragón para Alysanne, sino para Jaehaerys.*

Los registros de la corte indican que la septa Ysabel, lady Lucinda y las otras damas elegidas para servir a Alysanne Targaryen embarcaron en la galera mercante *Mujer Sabia* al alba del séptimo día de la segunda luna del 50 d.C., y partieron hacia Rocadragón con la pleamar de la mañana. Aunque la reina Alyssa había avisado de su partida con un cuervo, estaba preocupada por si las Mujeres Sabias, como se las conocería a partir de ese día, se encontraban cerradas las puertas de Rocadragón a su llegada. Se trataba de temores infundados, ya que la joven reina y los hombres de la Guardia Real las esperaban en el puerto cuando desembarcaron, y Alysanne las recibió a todas con una amplia sonrisa y regalos.

---

* Se dice que muchos años después, un día que el rey Aegon IV había bebido demasiado, alguien sacó a colación el asunto en su presencia. Supuestamente, su alteza estalló en carcajadas y expuso su convicción de que, si lord Rogar hubiera actuado con sensatez, habría dado instrucciones a todas y cada una de las doncellas que enviaron en el 50 d.C. de seducir al joven rey, ya que la Mano no podía saber cuál sería más de su agrado. Esta insinuación infame que la plebe ha tomado como cierta no se basa en ningún hecho constatado y puede descartarse con toda seguridad.

Antes de que pasemos a relatar los hechos posteriores, volvamos la mirada brevemente hacia Isla Bella, donde Rhaena Targaryen, la Reina en el Oeste, residía con su reciente marido y su corte.

Cabe recordar que a la reina Alyssa no le había complacido más el tercer matrimonio de su hija mayor que el que pronto contraería su hijo, aunque en el primer caso habría menos repercusiones. No era la única de esta opinión, porque la verdad era que Androw Farman era una curiosa elección para alguien por cuyas venas corría la sangre del dragón.

Se decía que Androw, el segundón de lord Farman, ni siquiera su heredero, era un chico bien parecido de ojos azul claro y larga melena rubia, pero tenía nueve años menos que la reina e incluso en la corte de su padre había quien se burlaba de él y lo llamaba «media chica», porque era de verbo delicado y naturaleza amable. Fracasó notablemente como escudero, nunca llegó a caballero y no compartía ninguna de las habilidades castrenses de su padre y su hermano mayor. Durante un tiempo, su padre barajó la idea de enviarlo a Antigua para que se forjara una cadena de maestre, hasta que su maestre le dijo que no tenía la inteligencia suficiente; apenas sabía leer ni escribir. Años después, cuando preguntaron a Rhaena Targaryen por qué había elegido un esposo tan poco prometedor, contestó: «Era amable conmigo.»

El padre de Androw también había sido amable con Alyssa: le ofreció refugio en Isla Bella después de la batalla de la Ribera del Ojo de Dioses, cuando su tío el rey Maegor quería apresarla y los Clérigos Humildes del reino las condenaron a ella por ser una vil pecadora y a sus hijas por ser abominaciones. Hay quien sostiene que la reina viuda se desposó con Androw en parte por compensar a lord Farman, su padre, por su amabilidad; también segundón y sin la menor esperanza de gobernar, sentía gran debilidad por Androw a pesar de sus deficiencias. Quizá haya algo de cierto en tal afirmación, pero otra posibilidad, apuntada inicialmente por el maestre de lord Farman, tiene más visos de ser acertada. «La reina encontró al amor de su vida en Isla Bella —escribió el maestre Smike a la Ciudadela—, pero no en Androw, sino en lady Elissa, su hermana.»

Elissa Farman, tres años mayor que Androw, compartía con su hermano los ojos azules y la melena rubia, pero ahí acababan las similitudes. De ingenio afilado y lengua más afilada aún, le encantaban los caballos, los perros y los halcones. Era buena cantante y hábil con el arco, pero su pasión era navegar. «El Viento, Nuestro Corcel» era el lema de los Farman de Isla Bella, que surcaban los mares occidentales desde la Era del Amanecer, y lady Elissa era la personificación de ese lema. Se dice que de niña pasaba más tiempo en el mar que en tierra. Las tripulaciones de su padre se reían cuando la veían trepar por las jarcias como un mono. Manejaba una embarcación propia alrededor de la Isla Bella a los catorce años; a los veinte ya había alcanzado las islas del Oso, hacia el norte, y el Rejo, hacia el sur. A menudo, para espanto de sus señores padres, hablaba de su deseo de navegar más allá del horizonte occidental para averiguar qué tierras extrañas y fabulosas podrían encontrarse allende el mar del Ocaso.

Habían comprometido a lady Elissa en dos ocasiones, una cuando tenía doce años y otra cuando tenía dieciséis, pero había atemorizado a los dos pretendientes, como reconocía su padre a regañadientes. Sin embargo, en Rhaena Targaryen encontró a una compañera de parecer similar y la reina descubrió en ella a una nueva confidente. Junto con Alayne Royce y Samantha Stokeworth, dos de las mejores amigas de Rhaena, se hicieron casi inseparables, una corte dentro de la corte que ser Franklyn Farman, el hijo mayor de lord Marq, apodó «la Bestia de Cuatro Cabezas». Al nuevo marido de Rhaena, Androw Farman, se lo admitía en el círculo de vez en cuando, pero no con tanta frecuencia como para considerarlo la quinta cabeza. Más revelador resulta que Rhaena no lo llevara nunca a volar a lomos de su dragona Fuegoensueño, aventura que compartía a menudo con las damas Elissa, Alayne y

Sam. (En justicia, es más que probable que la reina invitara a Androw a compartir el cielo con ella y que él declinara la invitación porque no era de espíritu aventurero.)

Sin embargo, sería un error considerar idílico el tiempo que pasó la reina Rhaena en Torrelabella. No todo el mundo estaba conforme con su presencia, ni mucho menos. Incluso en aquella isla distante había Clérigos Humildes indignados de que lord Marq, como su padre antes que él, prestara apoyo y refugio a una persona que se consideraba enemiga de la Fe. La presencia continua de Fuegoensueño en la isla también ocasionaba problemas. Cuando se avista un dragón cada muchos años, es algo maravilloso a la par que aterrador, y es cierto que algunos isleños se enorgullecían de tener un dragón propio. Otros, por el contrario, estaban cada vez más inquietos por la presencia de la gran bestia, en especial porque cada vez era más grande y estaba más hambrienta. Dar de comer a un dragón en crecimiento no es tarea baladí. Y cuando se supo que Fuegoensueño había puesto una nidada, un clérigo humilde de las colinas del interior se puso a predicar que Isla Bella iba a infestarse de dragones que «devorarán por igual ovejas, vacas y hombres», a menos que acudiera un matadragones a poner fin a tal plaga. Lord Farman envió caballeros a que apresaran al hombre y lo silenciaran, pero no antes de que miles de lugareños hubieran oído sus profecías. Aunque el predicador murió en las mazmorras de Torrelabella, sus palabras perduraron e infundían temor a los ignorantes que las oían.

Murallas adentro, la reina Rhaena tenía también enemigos en el castillo de lord Farman, encabezados por su heredero. Ser Franklyn había luchado en la batalla de la Ribera del Ojo de Dioses, donde resultó herido y derramó su sangre al servicio del príncipe Aegon el Incoronado. Su abuelo murió en aquel campo de batalla, junto con su hijo mayor, y a él le correspondió la tarea de devolver los cadáveres a su hogar, en Isla Bella. Pero no le parecía que Rhaena Targaryen sintiera demasiado haber sido causa de tantas desdichas para la casa Farman; a él, personalmente, le demostraba muy poca gratitud. También le molestaba su amistad con su hermana Elissa; en lugar de alentarla en lo que a él le parecía una conducta caprichosa y asilvestrada, ser Franklyn opinaba que la reina debería instarla a cumplir con su deber hacia su casa contrayendo matrimonio con alguien adecuado y pariendo niños. Tampoco le gustaba que la Bestia de Cuatro Cabezas se hubiera convertido en el alma de la vida cortesana de Torrelabella, mientras que a su señor padre y a él les hacían cada vez menos caso. A este respecto tenía toda la razón. Cada vez más señores de alta cuna, de las Tierras del Oeste y más allá, visitaban Torrelabella, según anotó el maestre Smike, pero cuando llegaban pedían audiencia con la Reina en el Oeste, no con el señor de una casa menor y su hijo.

Nada de esto preocupaba mucho a la reina ni a sus familiares, siempre que Marq Farman gobernara en Torrelabella, ya que era un hombre amable y bondadoso que quería a todos sus hijos, incluso a la obstinada de su hija y al débil de su hijo, y también quería a Rhaena por quererlos a ellos. Sin embargo, menos de una luna después de la celebración del aniversario de la reina y Androw, lord Marq murió inesperadamente a los sesenta y cuatro años mientras comía, atragantado con una espina. A su muerte, ser Franklyn se convirtió en el señor de Torrelabella.

No perdió el tiempo. El día siguiente a las exequias de su padre convocó a Rhaena a su gran salón, pues no iba a dignarse acudir a ella, y le ordenó que abandonara la isla. «No sois bien recibida aquí —le dijo—. Tomad vuestro dragón, vuestros amigos y mi hermano menor, que seguramente se mearía en los calzones si lo obligara a quedarse, y marchaos, pero no supongáis que podéis llevaros a mi hermana; se quedará aquí y se casará con el hombre que yo elija.»

A Franklyn Farman no le faltaba valor, como escribió el maestre Smike en una carta a la Ciudadela. Sin embargo, sí le faltaba sensatez, y en ese momento no pareció darse cuenta de lo cerca que estaba de morir. «Vi fuego en la mirada de la reina —dijo el maestre— y durante un instante vi Torrelabella ardiendo, con sus blancas torres cayendo al mar, negras de hollín, y las llamas asomando por las ventanas mientras el dragón la sobrevolaba una y otra vez.»

Rhaena Targaryen era de la sangre del dragón, y demasiado orgullosa para quedarse donde no la querían. Se marchó de Isla Bella esa misma noche a lomos de Fuegoensueño, después de haber dado instrucciones a su esposo y acompañantes para que la siguieran en barco «con todos aquellos que me quieran». Cuando Androw, rojo de cólera, se ofreció a enfrentarse a su hermano en combate singular, la reina lo disuadió de inmediato. «Te haría pedazos, mi amor —le dijo—, y si me quedara viuda por tercera vez, me llamarían bruja o algo parecido y me darían caza por todo Poniente.» Le recordó que Lyman Lannister, señor de Roca Casterly, la había acogido anteriormente y estaba convencida de que la recibiría bien si volvía.

Androw Farman, Samantha Stokeworth y Alayne Royce se dispusieron a partir a la mañana siguiente, junto con más de cuarenta de los amigos, sirvientes y parásitos que rodeaban a su alteza, ya que había reunido a una buena camarilla como Reina en el Oeste. Lady Elissa los acompañaba, pues no tenía la menor intención de quedarse atrás: el *Capricho de la Doncella*, su embarcación, estaba listo para zarpar. Pero cuando el grupo de la reina llegó a los muelles se encontró a ser Franklyn esperándolo. Los demás podían irse y les deseaba buen viaje, anunció, pero su hermana se quedaba en Isla Bella para casarse.

El nuevo señor solo había llevado media docena de hombres para que lo acompañaran, y había menospreciado el cariño que sentía por su hermana la gente común, en especial los marineros, los armadores, los pescadores, los estibadores y otros vecinos de los distritos de los muelles que la conocían desde que era pequeña.

Cuando lady Elissa se enfrentó a su hermano, le escupió desafiante y le exigió que se apartara de su camino, fue reuniéndose una multitud en torno a ellos, cada vez más acalorada. Lord Frankyln, sin darse cuenta de cómo estaban los ánimos, intentó retener a su hermana por la fuerza, pero los congregados se adelantaron y detuvieron a sus hombres antes de que pudieran desenfundar. A tres los empujaron al mar desde el muelle, y a lord Franklyn lo lanzaron a un barco lleno de bacalaos, la captura del día. Elissa Farman y el resto de los amigos de la reina embarcaron indemnes en el *Capricho de la Doncella* e izaron velas hacia Lannisport.

Lyman Lannister, señor de Roca Casterly, había ofrecido refugio a Rhaena y a su marido, Aegon el Incoronado, cuando los perseguía Maegor el Cruel. Ser Tyler Colina, su hijo bastardo, había luchado junto al príncipe Aegon en el Ojo de Dioses. Su esposa, la temible lady Jocasta de la casa Tarbeck, se había hecho amiga de Rhaena durante la temporada que habían pasado en la Roca, y fue la primera en notar que estaba embarazada. Como esperaba la reina, los Lannister volvieron a darle la bienvenida y también acogieron a sus acompañantes cuando llegaron a Lannisport. Se celebró una gran fiesta en su honor; a Fuegoensueño le dieron un rebaño completo, y a la reina Rhaena, su marido y acompañantes les asignaron unas estancias magníficas en las profundidades de la Roca para que estuvieran bien resguardados. Allí se quedaron durante más de una luna, disfrutando de la hospitalidad de la casa más rica de Poniente.

Sin embargo, a medida que pasaban los días, Rhaena Targaryen iba encontrando inquietantes todas aquellas atenciones. Se dio cuenta de que las doncellas y criados que les habían asignado eran espías que informaban de todo lo que hacían a lord y lady Lannister. Una de las septas del castillo preguntó a Samantha Stokeworth si había llegado a consumar el matrimonio con Androw Farman y, si ese era el caso, quién había presenciado el encamamiento. Ser Tyler Colina, el guapo bastardo de lord Lyman, se burlaba descaradamente de Androw, incluso mientras intentaba agraciarse con Rhaena contándole anécdotas de sus hazañas en la batalla de la Ribera del Ojo de Dioses y enseñándole las cicatrices de las heridas recibidas «al servicio de vuestro Aegon». El mismísimo lord Lyman empezó a demostrar un interés inusitado hacia los tres huevos de dragón que había llevado la reina desde Isla Bella, y preguntaba frecuentemente cuándo eclosionarían. Lady Jocasta, su esposa, dejó caer en privado que un huevo o varios serían un bonito regalo si su alteza quería mostrar su gratitud a la casa Lannister por acogerla. Cuando vio que la estratagema no daba fruto, lord Lyman se ofreció a comprar los huevos por una suma desorbitada.

La reina Rhaena se dio cuenta entonces de que el señor de Roca Casterly quería algo más que una huésped de alta cuna. Aunque aparentara actuar por amabilidad, era demasiado ambicioso y astuto para no sacar más partido a la situación. Quería una alianza con el Trono de Hierro, probablemente mediante un matrimonio entre la reina y su bastardo o uno de sus hijos legítimos; una unión que elevaría a los Lannister por encima de los Hightower, los Baratheon y los Velaryon, y los situaría como la segunda casa del reino. Y quería dragones a toda costa. Con jinetes de dragón propios, los Lannister estarían igualados a los Targaryen. «Fueron reyes en el pasado —recordó Rhaena a Sam Stokeworth—. Nos sonríe, pero se crio con las historias del Campo de Fuego; no las habrá olvidado.» Rhaena Targaryen conocía también su historia, la del Feudo Franco de Valyria, escrita a sangre y fuego, así que dijo a sus acompañantes: «No podemos quedarnos aquí».

Debemos dejar de momento a la reina Rhaena para dirigir la mirada de nuevo a oriente, a Desembarco del Rey y Rocadragón, donde la regente y el rey no se ponían de acuerdo.

Aunque la cuestión del matrimonio del rey resultara indignante para la reina Alyssa y lord Rogar, no hay que suponer que fue la única fuente de preocupación que tuvieron durante su regencia.

El dinero, o más bien su ausencia, era el principal problema de la Corona. Las guerras del rey Maegor habían sido carísimas, una ruina, y habían agotados las arcas del tesoro real. Para rellenarlas, el consejero de la moneda de Maegor había subido los impuestos que ya existían y creado unos cuantos más, pero estas medidas no procuraron todos los ingresos previstos y solo sirvieron para intensificar el odio que albergaban los nobles del reino hacia su rey. La situación tampoco había mejorado con Jaehaerys. La coronación del joven príncipe y la Boda Dorada de su madre habían sido unas celebraciones espléndidas, de gran relevancia para ganarse el cariño de nobles y plebeyos por igual, pero habían tenido un alto coste. Y todavía tenían previsto un gasto aun mayor: lord Rogar estaba decidido a completar las obras de Pozo Dragón antes de entregar la ciudad y el reino a Jaehaerys, pero no disponía de fondos suficientes.

Edwell Celtigar, señor de Isla Zarpa, había sido una Mano muy poco eficaz para Maegor el Cruel. Cuando se le dio una segunda oportunidad como consejero de la moneda, durante la regencia, demostró idéntica ineptitud. Como no quería enemistarse con los otros nobles, decidió instaurar nuevos impuestos para la plebe de Desembarco del Rey, aprovechando su proximidad. Se triplicaron las tasas portuarias; ciertas mercancías tenían que pagar gravámenes por entrar en la ciudad y por abandonarla, y se establecieron nuevos impuestos para las posadas y los constructores.

Ninguna de estas medidas consiguió el efecto deseado de llenar las arcas del tesoro; más bien al contrario: las construcciones disminuyeron y acabaron parándose; se vaciaron las posadas y el comercio decreció notablemente, ya que los mercaderes desviaban sus barcos de Desembarco del Rey a Marcaderiva, el Valle Oscuro, Poza de la Doncella y otros puertos en los que pudieran librarse de pagar impuestos. (Lannisport y Antigua, las otras dos grandes ciudades del reino, también se veían afectadas por los nuevos impuestos de Celtigar, pero los decretos tuvieron menos efecto allí, en gran medida debido a que Roca Casterly y Torrealta hicieron caso omiso y no se esforzaron en absoluto por recaudarlos.) Sin embargo, las nuevas tasas sí que sirvieron para que el odio por lord Celtigar se extendiera por toda la ciudad. Lord Rogar y la reina Alyssa no se libraron de compartir el oprobio. También sufrió las consecuencias Pozo Dragón: la Corona ya no disponía de fondos para pagar a los constructores, con lo que cesaron todas las obras de la cúpula.

También se avecinaban nubes de tormenta por el norte y el sur. Con lord Rogar ocupado en Desembarco del Rey, los dornienses se habían vuelto osados y estaban aumentando el número de incursiones en las Marcas, e incluso llegaban hasta las Tierras de la Tormenta. Se oían rumores de que había otro Rey Buitre en las Montañas Rojas de Dorne, y Borys y Garon, los hermanos de lord Rogar, insistían en que no disponían de los hombres ni de los fondos necesarios para erradicarlo.

Más acuciante aún era la situación del Norte. Brandon Stark, señor de Invernalia, había fallecido en el 49 d.C., poco después de su regreso de la Boda Dorada; los norteños decían que el viaje le había supuesto demasiado esfuerzo. Lo sucedió su hijo Walton y, cuando en el año 50 d.C. estalló una rebelión entre los hombres de la Guardia de la Noche en Puertaescarcha y la Fortaleza de Azabache, reunió a su ejército y cabalgó hasta el Muro para unirse a los hombres leales de la Guardia y sofocar el alzamiento.

Los rebeldes eran antiguos Clérigos Humildes e Hijos del Guerrero que habían aceptado la clemencia del niño rey. Los encabezaban ser Olyver Bracken y ser Raymund Mallery, dos caballeros cambiacapas que habían servido en la Guardia Real de Maegor antes de abandonarlo por Jaehaerys. El lord comandante de la Guardia de la Noche, con muy poco tino, les había dado el mando de dos fortalezas abandonadas con órdenes de restaurarlas, pero lo que hicieron los dos hombres fue quedárselas y establecerse como señores de esos castillos.

Su rebelión fue muy breve. Por cada hombre de la Guardia de la Noche que se había unido al levantamiento, diez habían seguido fieles a sus votos. En cuanto les llegó el apoyo de lord Stark y sus banderizos, los hermanos negros recuperaron Puertaescarcha y colgaron a los perjuros, con excepción de ser Olyver, a quien lord Stark decapitó con *Hielo*, su célebre mandoble. Cuando la noticia llegó a la Fortaleza de Azabache, los rebeldes huyeron al otro lado del Muro con la esperanza de unirse a los salvajes. Lord Walton los persiguió, pero cuando llevaban dos días por la nieve del bosque Encantado, sus hombres y él cayeron víctimas de una emboscada de gigantes. Posteriormente se narró que Walton Stark dio muerte a dos de ellos antes de que lo arrancaran de la montura y lo despiezaran. Los supervivientes volvieron con sus pedazos al Castillo Negro.

En cuanto a ser Raymund Mallery y el resto de los desertores, los salvajes no los acogieron muy bien. Rebeldes o no, el pueblo libre no necesitaba ningún cuervo. La cabeza de ser Raymund llegó a Guardaoriente medio año después. Cuando preguntaron al jefe de los salvajes qué había sido del resto de los hombres, se rio y dijo: «Nos los comimos».

Alaric, un hombre capaz pero adusto, segundo hijo de Brandon Stark, se convirtió en señor de Invernalia. Gobernaría el Norte durante veintitrés años. Durante mucho tiempo no dijo nada bueno de Jaehaerys, porque culpaba a la clemencia del rey de la muerte de su hermano Walton, y con frecuencia se le oía decir que su alteza tendría que haber decapitado a los hombres de Maegor en lugar de mandarlos al Muro.

Muy lejos del Norte y sus tribulaciones, el rey Jaehaerys y la reina Alysanne seguían en su exilio autoimpuesto de la corte, pero no se puede decir que estuvieran ociosos. Jaehaerys continuaba con su estricto plan de entrenamiento diurno con los caballeros de la Guardia Real, y dedicaba las noches a leer detenidamente las historias del reinado de su antepasado Aegon el Conquistador, en quien quería inspirarse para reinar. Los tres maestres de Rocadragón lo ayudaban en esta tarea, al igual que la reina.

A medida que pasaban los días, cada vez se acercaban más visitantes a Rocadragón a hablar con el rey. Lord Massey de Piedratormenta fue el primero en presentarse, pero lord Staunton de Reposo del Grajo, lord Darklyn del Valle Oscuro y lord Bar Emmon de Punta Aguda llegaron pisándole los talones, seguidos de lord Harte, lord Rollingford, lord Mooton y lord Stokeworth. El joven lord Rosby, cuyo padre se había quitado la vida cuando cayó el rey Maegor, también acudió, impetrando avergonzado el perdón del joven rey, quien se lo concedió gustosamente. Aunque Daemon Velaryon, como lord almirante de la Corona y consejero naval, estaba en Desembarco del Rey con los regentes, eso no impidió a Jaehaerys y Alysanne viajar a Marcaderiva a lomos de sus dragones, para inspeccionar los astilleros junto a Corwyn, Jorgen y Victor, los hijos de Daemon. Cuando la noticia de estas audiencias llegó a oídos de lord Rogar, en Desembarco del Rey, se puso furioso y llegó a preguntar a lord Daemon si se podría utilizar la flota de los Velaryon para impedir que esos señores pelotilleros se arrastraran hasta Rocadragón a ganarse el favor del niño rey. La respuesta de Velaryon fue contundente: «No». La Mano se lo tomó como una muestra más de falta de respeto.

Mientras tanto, las nuevas damas de compañía de la reina Alysanne y el resto de su corte se habían acomodado en Rocadragón, y pronto resultó patente que la intención de su madre de que esas Mujeres Sabias persuadieran a la joven reina de que su matrimonio era inapropiado e impío iba a caer en saco roto. Ni los rezos ni los sermones ni la lectura de *La estrella de siete puntas* conseguían socavar la convicción de Alysanne Targaryen de que los dioses habían querido que se casara con su hermano Jaehaerys para ser su confidente, su fiel consorte y la madre de sus hijos. «Será un gran rey —dijo a la septa Ysabel, a lady Lucinda y a las otras—, y yo seré una gran reina.» Tan firme era su convicción, y tan amable, cariñosa y afectuosa era ella en todo lo demás, que la septa y las otras Mujeres Sabias descubrieron que no podían reprocharle nada y que con cada día que pasaba estaban más de su parte.

El plan de lord Rogar de separar a Jaehaerys y Alysanne tampoco marchaba muy bien. El joven rey y su reina querían pasar la vida juntos, y aunque más adelante tendrían una discusión que se haría famosa y acabarían separados, tanto el septón Oswyck como el maestre Culiper nos cuentan que ni una sombra ni una palabra más alta que otra se interpusieron jamás entre ellos mientras estuvieron en Rocadragón, antes de que Jaehaerys alcanzara la mayoría de edad.

¿Fallaría Coryanne Wylde en su intento de seducir al rey? ¿Es posible que ni siquiera llegara a intentarlo? ¿Acaso será simple ficción el relato del encuentro en la posada? Todo es posible. El autor o autora de *Advertencia para jovencitas* afirmaba lo contrario, pero a este respecto, el tristemente famoso texto es todavía menos de fiar que en general, pues se divide en media docena de versiones contradictorias, cada una más vulgar que la anterior.

No encajaría con el lascivo relato reconocer que Jaehaerys la rechazara ni que ella no encontrara la oportunidad de seducirlo, por lo que nos ofrece una serie de aventuras lujuriosas, una feria de obscenidades. En *Historia de una libertina* se insiste en que lady Coryanne no solo se acostó con el rey, sino también con los siete miembros de la Guardia Real. Supuestamente, su alteza se la pasó a Pate la Perdiz después de saciar sus apetitos; Pate, a su vez, se la pasó a ser Joffrey, y así uno tras otro. *Alta cuna, baja cama* omite estos detalles, pero nos relata que Jaehaerys no se limitó a invitar a la joven a retozar en su lecho, sino que también lo compartieron con la reina Alysanne y dieron lugar a unos episodios más propios de las infames casas de placer de Lys.

Una historia un poco más verosímil es la que se relata en *La carne es débil*, donde Coryanne Wylde sí que seduce al rey Jaehaerys y se lo lleva al lecho, pero se encuentra con torpeza, inseguridad y apresuramiento por su parte, lo normal en un chico de esa edad que yace con una mujer por vez primera. Sin embargo, para entonces lady Coryanne sentía gran admiración y respeto por la reina Alysanne, «como si se tratara de mi hermana pequeña», y también sentía aprecio por Jaehaerys. Por tanto, en lugar de intentar entrometerse en el matrimonio del rey, decidió asumir la responsabilidad de que fuera un éxito, instruyendo a su alteza en el arte de dar y recibir placer, de forma que estuviera plenamente capacitado cuando llegara el momento de encamarse con su joven esposa.

Puede que esta historia sea tan fantasiosa como las demás, pero deja entrever cierta dulzura que ha llevado a algunos eruditos a reconocer que es remotamente posible. Sin embargo, las fábulas indecentes no son hechos históricos y lo único que sabemos con seguridad sobre lady Coryanne de la casa Wylde, la autora putativa de *Advertencia para jovencitas*, es que el decimoquinto día de la sexta luna del 50 d. C. se escapó de Rocadragón en compañía de ser Howard Bullock, el hijo menor del comandante de la guarnición del castillo, al amparo de la noche. Ser Howard, que estaba casado, abandonó a su esposa, aunque se llevó casi todas sus joyas. En una barca pesquera llegaron lady Coryanne y él hasta Marcaderiva, donde embarcaron rumbo a la ciudad libre de Pentos. Desde allí se dirigieron a las Tierras de la Discordia, donde ser Howard se enroló en una de las compañías libres, llamada, con singular falta de inspiración, la Compañía Libre. Moriría en Myr tres años después, no en batalla sino al caerse del caballo tras una noche de borrachera. Coryanne Wylde, sola y arruinada, prosiguió con la serie de aventuras eróticas que se relatan en su libro. No necesitamos saber nada más sobre ella.

Cuando la noticia de la huida de lady Coryanne, con el robo de las joyas y el marido, llegó a oídos de lord Rogar, en la Fortaleza Roja, le quedó claro que su plan había fallado, al igual que el de la reina Alyssa. Ni la devoción religiosa ni la lujuria habían logrado romper el vínculo entre Jaehaerys Targaryen y Alysanne.

Es más, los rumores sobre el matrimonio del rey empezaban a propagarse. Demasiados hombres habían presenciado la confrontación en las puertas del castillo, y los señores que habían visitado Rocadragón posteriormente se habían dado perfecta cuenta de la presencia de Alysanne junto al rey y del claro afecto que se mostraban. Rogar Baratheon podía amenazar con arrancar la lengua, pero nada podía hacer contra las hablillas que se extendían por el reino e incluso al otro lado del mar Angosto, donde sin duda los magísteres de Pentos y los mercenarios de la Compañía Libre disfrutaban con las historias que relataba Coryanne Wylde.

—Está hecho —dijo la reina regente a sus consejeros cuando por fin asumieron la realidad—. Está hecho y no puede deshacerse, los Siete nos amparen. Debemos aprender a vivir con ello y utilizar todo el poder a nuestro alcance para protegerlos de lo que pueda acontecer.

Había perdido dos hijos con Maegor el Cruel, y las relaciones con su hija mayor se habían enfriado; no podía soportar la idea de estar distanciada para siempre de los dos hijos que le quedaban.

Sin embargo, Rogar Baratheon no se rindió tan dócilmente, y las palabras de su esposa lo indignaron. Delante del gran maestre Benifer, el septón Mattheus, lord Velaryon y los demás, le contestó con desprecio:

—Sois débil, tanto como vuestro primer marido, tan débil como vuestro hijo. Se puede perdonar el sentimentalismo a una madre, pero no a la regente y, desde luego, nunca a un rey. Coronar a Jaehaerys fue una insensatez. Solo piensa en sí mismo y será peor rey que su padre. Gracias a los dioses, aún no es tarde. Debemos actuar de inmediato y apartarlo del trono.

Ante tales palabras se hizo el silencio en la sala. La reina regente miró a su marido horrorizada y, acto seguido, como para ratificar sus palabras, se puso a llorar en silencio mientras le corrían las lágrimas por las mejillas. Entonces recuperaron el habla los otros nobles.

—¿Habéis perdido la cabeza? —preguntó lord Velaryon.

—Mis hombres no lo consentirán —intervino lord Corbray, comandante de la Guardia de la Ciudad, con un gesto de negación.

El gran maestre Benifer cruzó una mirada con Prentys Tully, el consejero de los edictos.

—¿Queréis reclamar el Trono de Hierro para vos? —preguntó lord Tully.

—En absoluto —negó con vehemencia lord Rogar—. ¿Me tomáis por un usurpador? Solo quiero lo mejor para los Siete Reinos. Jaehaerys no debe sufrir ningún mal. Podemos enviarlo a la Ciudadela de Antigua. Le gustan mucho los libros; la cadena de maestre le sentará bien.

—¿Quién ocupará el Trono de Hierro? —preguntó lord Celtigar.

—La princesa Aerea —respondió lord Rogar al instante—. Tiene el fuego que le falta a Jaehaerys. Es joven, pero yo puedo seguir como Mano, moldearla, guiarla y enseñarle todo lo que debe saber. Es quien tiene más derecho al trono: su madre y su padre fueron la primogénita y el segundo hijo del rey Aenys; Jaehaerys es el cuarto. —En ese momento pegó un golpetazo en la mesa, nos cuenta Benifer—. Su madre, la reina Rhaena, la apoyará. Y Rhaena sí que tiene un dragón.

El gran maestre Benifer registró lo que aconteció después: «Enmudecimos todos, aunque las mismas palabras pugnaban por salir de nuestros labios: "Jaehaerys y Alysanne también tienen dragones". Qarl Corbray había combatido en la batalla de la Ribera del Ojo de Dioses y había presenciado la visión pesadillesca de un dragón peleando contra otro. Para el resto de nosotros, la afirmación de la Mano conjuró imágenes de la antigua Valyria antes de la Maldición, cuando los señores dragón luchaban entre sí por la supremacía. Era una visión espantosa».

Fue la reina Alyssa, entre lágrimas, quien rompió el silencio.

—Soy la reina regente —les recordó—. Hasta que mi hijo sea mayor de edad, estáis todos bajo mis órdenes, incluso la Mano del Rey. —Cuando se tornó hacia su señor marido, Benifer nos cuenta que su mirada era dura y oscura como el vidriagón—. Vuestros servicios ya no son necesarios, lord Rogar. Dejadnos; regresad a Bastión de Tormentas y no habrá necesidad de volver a mencionar vuestra traición.

—Mujer —la interpeló Rogar Baratheon, mirándola incrédulo—, ¿creéis que podéis despedirme? Ni hablar. —Rio—. No.

—Sí —dijo entonces lord Corbray. Se levantó, desenvainó a *Dama Desesperada*, la espada de acero valyrio que era el orgullo de su casa, y la colocó en la mesa apuntando a Rogar.

Fue precisamente entonces cuando se dio cuenta de que había ido demasiado lejos: estaba solo frente a todas las personas de la sala. O eso es lo que nos cuenta Benifer.

No añadió nada. Pálido, se puso en pie, se quitó el broche dorado que le había dado la reina Alyssa como símbolo de su cargo, se lo lanzó con desprecio y abandonó la sala. Se marchó de Desembarco del Rey esa misma noche, y cruzó el Aguasnegras con su hermano Orryn. En la otra orilla pasaron seis días, mientras su hermano Ronnal reunía a sus caballeros y vasallos para volver a su sede.

Cuenta la leyenda que lord Rogar estuvo esperando en la misma posada del embarcadero en la que él o su hermano Borys se habían reunido con Coryanne Wylde. Cuando los hermanos Baratheon y sus tropas emprendieron al fin el camino hacia Bastión de Tormentas, apenas llevaban la mitad de hombres que dos años antes, cuando partieron para derrocar a Maegor. Parece que los que faltaban preferían los callejones, las posadas y las tentaciones de la gran ciudad a los bosques lluviosos, las colinas verdes y las casas cubiertas de musgo de las Tierras de la Tormenta. «He perdido muchísimos más seguidores en los burdeles y tabernas de Desembarco del Rey que en la batalla», decía amargamente lord Rogar.

Una de las pérdidas era Aerea Targaryen. La noche de la destitución de ser Rogar, ser Ronnal Baratheon y una docena de sus hombres forzaron la entrada de sus aposentos de la Fortaleza Roja con la intención de llevársela, pero descubrieron que la reina Alyssa se les había adelantado. La joven se había marchado, y sus criados no sabían adónde. Más tarde se sabría que lord Corbray se la había llevado por orden de la reina. Vestida con los harapos de una joven del populacho, con el cabello de oro y plata teñido del color del barro, la princesa Aerea pasaría el resto de la regencia trabajando en un establo, cerca de la Puerta del Rey. Tenía ocho años y le encantaban los caballos. Mucho tiempo después dijo que esa fue la época más feliz de su vida.

Es triste admitir que a la reina Alyssa no le esperaba mucha felicidad en los años posteriores. Al deponer del puesto de Mano del Rey a su marido había acabado con cualquier afecto que hubiera podido profesarle este; a partir de ese día, su matrimonio fue como un castillo abandonado y en ruinas, poblado solo por fantasmas del pasado. «Alyssa Velaryon había sobrevivido a la muerte de su marido y sus dos hijos mayores, a la de una hija que falleció en la cuna, a años de terror con Maegor el Cruel y al distanciamiento del resto de sus descendientes, pero no pudo sobrevivir a esto —escribiría años después el septón Barth al estudiar su vida—. Quedó destrozada.»

Los informes del gran maestre Benifer de la época concuerdan. Cuando lord Rogar se fue, la reina Alyssa nombró Mano del Rey a su hermano Daemon Velaryon, envió un cuervo a Rocadragón para narrar lo sucedido a su hijo Jaehaerys, aunque solo en parte, y se retiró a sus aposentos del Torreón de Maegor. Durante el resto de su regencia dejó el gobierno de los Siete Reinos en manos de lord Daemon y no volvió a participar en actos públicos.

Nos gustaría poder decir que cuando Rogar Baratheon volvió a Bastión de Tormentas reflexionó sobre sus actos, se dio cuenta de los errores cometidos e hizo acto de contrición. Por desgracia, no era tal su naturaleza: era un hombre que no sabía rendirse. El regusto de la derrota le resultaba amargo como la hiel. Alardeaba de que en la batalla nunca guardaría el hacha mientras le quedara un soplo de vida, y el matrimonio del rey se había convertido en una cuestión personal, una batalla que estaba decidido a ganar. Se le presentaba el desafío de solventar esa última locura y no pensaba amedrentarse.

Así fue que en Antigua, en la casa madre aneja al Septo Estrellado, ser Orryn Baratheon se presentó de repente con una docena de hombres armados y una carta con el sello de lord Rogar para exigir que le entregaran de inmediato a la novicia Rhaella Targaryen. Cuando le preguntaron el motivo, ser Orryn se limitó a responder que lord Rogar necesitaba urgentemente que la joven se presentara en Bastión de Tormentas. La estratagema podría haber funcionado, pero la septa Karolyn, encargada ese día de la puerta de la casa madre, tenía una voluntad férrea y era de naturaleza desconfiada. Mientras entretenía a ser Orryn con el pretexto de ir a buscar a la joven, mandó llamar en su lugar al Septón Supremo. Su altísima santidad estaba durmiendo, quizá para bien de Rhaella y del reino, pero su mayordomo, un antiguo caballero que había sido capitán de los Hijos del Guerrero hasta que los proscribieron, estaba despierto y atento.

En lugar de una joven asustada, los hombres de Baratheon se encontraron con treinta septones armados bajo el mando del mayordomo, Casper Straw. Cuando ser Orryn empuñó la espada, Straw lo informó con mucha calma de que dos veintenas de caballeros de lord Hightower estaban de camino (lo que resultó un embuste), ante lo cual, los Baratheon se rindieron. Ser Orryn confesó toda la trama cuando lo interrogaron: tenía que entregar a la joven en Bastión de Tormentas, donde lord Rogar quería obligarla a decir que era la princesa Aerea, no Rhaella, para después nombrarla reina.

El Padre de los Fieles, un hombre tan bondadoso como débil de carácter, escuchó la confesión de Orryn Baratheon y lo perdonó, cosa que no impidió que, al ser informado, lord Hightower encerrara a los Baratheon en una mazmorra y enviara un escrito con todos los detalles del asunto a la Fortaleza Roja y a Rocadragón. Donnel Hightower, al que habían apodado apropiadamente Donnel el Demorador por su reticencia a tomar medidas contra el Septón Luna y sus seguidores, no parecía tener ningún temor de ofender a Bastión de Tormentas encarcelando al hermano de lord Rogar. «Que venga y que intente liberarlo —dijo cuando su maestre le transmitió su preocupación sobre la posible reacción de la antigua Mano—. Su mujer le quitó la Mano y le cortó las pelotas, y pronto el rey le cortará la cabeza.»

En el otro extremo de Poniente, Rogar Baratheon montó en cólera cuando supo que su hermano había fracasado y había sido capturado, pero no convocó a sus vasallos, como muchos temían, sino que se sumió en la desesperación. «Estoy acabado —dijo taciturno a su maestre—. Solo me queda el Muro, si los dioses se apiadan. Si no, el chico me cortará la cabeza y se la regalará a su madre.» No había tenido descendencia con ninguna de sus esposas, así que pidió al maestre que le redactara el testamento y confesión, donde eximía de toda culpa por sus desmanes a sus hermanos Borys, Garon y Ronnal; pedía clemencia para Orryn, su hermano menor, y nombraba a ser Borys heredero de Bastión de Tormentas. «Todas mis acciones e intenciones estaban destinadas al bien del reino y del Trono de Hierro», concluyó.

No tuvo que esperar mucho tiempo a su suerte. La regencia tocaba a su fin y, con la antigua Mano y la reina regente maltrechos y acallados, lord Daemon Velaryon y los restantes miembros del consejo de la reina gobernaron como mejor supieron, «diciendo poco y haciendo menos», en palabras del gran maestre Benifer.

El día vigésimo de la novena luna del 50 d.C., Jaehaerys Targaryen celebró su decimosexto día del nombre y se convirtió en adulto. Según las leyes de los Siete Reinos, ya tenía edad para gobernar en persona, sin necesidad de regentes. A lo largo y ancho de los Siete Reinos, nobles y plebeyos aguardaban expectantes a ver qué clase de rey sería.

Tiempo de pruebas

La reconstrucción del reino

El rey Jaehaerys Targaryen, el primero de su nombre, regresó a Desembarco del Rey solo, a lomos de Vermithor, su dragón. Lo precedieron, con tres días de antelación, cinco caballeros de su Guardia Real, a fin de asegurarse de que todo estuviera preparado para su llegada. La reina Alysanne no lo acompañó: dada la incertidumbre que rodeaba su matrimonio, y la tirantez de la relación entre el rey, su madre, la reina Alyssa, y los miembros del consejo, consideraron más prudente que se quedase en Rocadragón durante un tiempo, con sus Mujeres Sabias y el resto de la Guardia Real.

El día no era propicio, según nos relata el gran maestre Benifer. El cielo estaba plomizo, y la mitad de la mañana estuvo regada de una llovizna persistente. Benifer y el resto del consejo esperaban la llegada del rey en el patio interior de la Fortaleza Roja, abrigados con capas y capuchas para protegerse de la lluvia. En otras partes del castillo, caballeros, escuderos, palafreneros, lavanderas y decenas de criados seguían entregados a sus tareas cotidianas, aunque paraban de tanto en tanto para mirar al cielo. Cuando se oyó el sonido de unas alas, y un guardia de la muralla oriental avistó a lo lejos las escamas broncíneas de Vermithor, se levantó un clamor que fue en aumento hasta desbordar la muralla de la Fortaleza Roja, descender por la Colina Alta de Aegon, cruzar la ciudad, internarse en la campiña y perderse en la lejanía.

Jaehaerys no aterrizó de inmediato. Dio tres vueltas por encima de la ciudad, descendiendo un poco en cada una para que todo hombre, niño y mozuela descalza de Desembarco del Rey pudiera saludarlo, gritar y maravillarse. Cuando se sintió satisfecho, permitió que Vermithor tomara tierra en el patio que se extendía al pie del Torreón de Maegor, donde lo esperaban los señores.

«Había cambiado desde la última vez que lo vi —escribió Benifer—. Ya no era el muchacho que había partido a Rocadragón, sino un hombre adulto. Era varios dedos más alto, y había ganado corpulencia en pecho y brazos. Llevaba el pelo suelto por los hombros, y una fina pelusa dorada le cubría la barbilla y las mejillas, antes lampiñas. Rompiendo con el atuendo propio de un rey, vestía prendas de cuero manchadas de salitre, adecuadas para montar o ir de caza, con una chaqueta tachonada por toda protección. Pero en el talabarte llevaba a *Fuegoscuro*, la espada de su abuelo, la espada de reyes, inconfundible hasta envainada. Me recorrió un escalofrío de miedo cuando la vi. Me pregunté si sería una advertencia, mientras miraba al dragón que descendía a tierra echando humo entre las fauces. Al final del reinado de Maegor hui a Pentos por temor a la suerte que me depararían sus sucesores; durante un instante, bajo la intemperie, me pregunté si no habría sido un necio al regresar.»

El joven rey, que ya no era un muchacho, no tardó en disipar los temores del gran maestre. Desmontó del lomo de Vermithor con un movimiento elegante y sonrió. «Fue como si el sol se hubiera abierto paso entre las nubes», en palabras de lord Tully. Los señores se inclinaron ante él; algunos se arrodillaron. Por toda la ciudad empezaron a repicar campanas de celebración. Jaehaerys se quitó los guantes, se los sujetó al cinturón y dijo: «Mis señores, hay que ponerse a trabajar».

Entre los que saludaron al rey en el patio había una ausencia notable: su madre, la reina Alyssa. Jaehaerys tuvo que ir a buscarla al Torreón de Maegor, donde se había enclaustrado. Nadie sabe qué pasó entre madre e hijo cuando se vieron por primera vez tras el enfrentamiento de Rocadragón, pero sí que la reina tenía el rostro hinchado y congestionado de llorar cuando, al cabo de poco tiempo, apareció del brazo de su hijo. La reina viuda, ya no regente, asistió esa noche al banquete de bienvenida, y a muchas otras reuniones de la corte los días siguientes, pero ya no ocupaba un asiento en el consejo. «Su alteza siguió desempeñando su deber por el reino y por su hijo —escribió el maestre Benifer—, pero la alegría la había abandonado.»

El joven rey comenzó su reinado con una reorganización del consejo: conservó a algunos y sustituyó a otros que no habían estado a la altura. Aprobó la elección de su madre, lord Daemon Velaryon, para el cargo de Mano del Rey, y permitió que lord Corbray continuara siendo comandante de la Guardia de la Ciudad. A lord Tully le dio las gracias por sus servicios, lo reunió con lady Lucinda, su esposa, y lo envió de vuelta a Aguasdulces. Como sustituto en el cargo de consejero de los edictos nombró a Albin Massey, señor de Piedratormenta, uno de los primeros en acudir a él en Rocadragón. Tan solo tres años atrás, Massey estaba en la Ciudadela forjándose la cadena de maestre cuando unas fiebres se llevaron a su padre y a sus hermanos mayores. Cojo a causa de una malformación de la columna, era célebre por decir: «No cojeo cuando leo ni cuando escribo». Para el cargo de lord almirante y consejero naval, su alteza eligió a Manfryd Redwyne, señor del Rejo, quien llegó a la corte en compañía de sus hijos Robert, Rickard y Ryam, jóvenes escuderos. Fue la primera vez que el almirantazgo escapó al control de la casa Velaryon.

Todo Desembarco del Rey se regocijó al saber que Jaehaerys prescindía también de Edwell Celtigar como consejero de la moneda. Se dice que el rey se dirigió a él con cortesía, encomió el leal servicio de sus hijas a la reina Alysanne en Rocadragón y hasta se refirió a ellas como «dos tesoros». Seguirían haciendo compañía a la reina, pero lord Celtigar regresó a Isla Zarpa de inmediato, y con él desaparecieron sus impuestos, impugnados todos ellos por decreto real durante los tres primeros días del reinado del joven rey.

Encontrar a la persona adecuada para sustituir a lord Edwell como consejero de la moneda no fue tarea fácil. Varias voces presionaron a Jaehaerys para que nombrase a Lyman Lannister, supuestamente el noble más rico del reino, pero se mostró reacio. «Como lord Lyman no encuentre una montaña de oro debajo de la Fortaleza Roja, no sé cómo va a proporcionarnos lo que necesitamos», objetó. Se detuvo más a considerar a ciertos primos y tíos de Donnel Hightower, puesto que la riqueza de Antigua procedía del comercio y no de la tierra, pero la dudosa lealtad que había demostrado Donnel el Demorador a la hora de enfrentarse al Septón Luna jugaba en su contra. Al final, Jaehaerys optó por una solución mucho más arriesgada y eligió a un hombre de la otra orilla del mar Angosto.

No era señor ni caballero, ni siquiera magíster: Rego Draz era un mercader, comerciante y cambista surgido de lo más humilde, que se había convertido en el hombre más rico de Pentos, pero sufría el vacío de sus compatriotas y le habían negado un asiento en el consejo de magísteres a causa de su baja cuna. Harto de ese desprecio, Draz aceptó de buen grado la oferta del rey y se trasladó a Poniente con su familia, sus amigos y su enorme fortuna. Para equipararlo en dignidad a los demás miembros del consejo, el joven rey le concedió un título. Como el suyo era un señorío sin tierras, vasallos ni castillo, algún malintencionado de la corte lo apodó el Señor del Aire. El pentoshí lo encontró divertido. «Si pudiera cobrar impuestos por el aire, menudo señor sería.»

Jaehaerys también despidió al septón Mattheus, el gordo y rabioso prelado que tanto había despotricado contra los enlaces in-

cestuosos y el matrimonio del rey. Mattheus no se lo tomó bien. «La Fe recelará de un rey que pretende reinar sin un septón a su lado», declaró. Jaehaerys ya tenía preparada la respuesta: «Septones no nos van a faltar. El septón Oswyck y la septa Ysabel se quedan, y esperamos la llegada de un joven de Altojardín que viene a hacerse cargo de la biblioteca. Se llama Barth». Mattheus, desdeñoso, aseguró que Oswyck era un bobo decrépito, e Ysabel, una mujer, y que no tenía ni idea de quién era ese tal Barth. «Ni de muchas otras cosas», replicó el rey. (El famoso comentario de lord Massey respecto a que el rey necesitaría tres sustitutos para el septón Mattheus si quería equilibrar la balanza fue, probablemente, posterior, si es que llegó a pronunciarlo.)

Mattheus se marchó a Antigua cuatro días después. Su corpulencia le impedía montar a caballo, de modo que viajó en una casa rodante dorada, con seis guardias y una docena de criados. Cuenta la leyenda que al atravesar el Mander por Puenteamargo se cruzó con el septón Barth, que iba solo, montado en un asno.

Los cambios del joven rey fueron mucho más allá de los nobles del consejo. Hizo una limpieza a fondo entre los cargos menores: sustituyó al Guardián de las Llaves de la Fortaleza Roja y a todos sus ayudantes; al capitán del puerto de Desembarco del Rey (al que seguirían, más adelante, los de Antigua, Poza de la Doncella y el Valle Oscuro); al Guardián de la Real Casa de Moneda, a la Justicia del Rey, al maestro armero, al guardián de las perreras, al caballerizo mayor y hasta a los cazarratas del castillo. También ordenó limpiar y vaciar las mazmorras de los sótanos de la Fortaleza Roja, y sacar al sol a todos los prisioneros de las celdas negras, darles un baño y permitirles presentar apelaciones. Temía que entre ellos hubiera inocentes encarcelados por su tío (y, por desgracia, así era, aunque muchos de esos cautivos habían perdido la razón durante aquellos años de oscuridad y no podían ponerlos en libertad).

Una vez satisfecho con todos los cambios y rodeado de sus elegidos, Jaehaerys ordenó al gran maestre Benifer enviar un cuervo a Bastión de Tormentas para convocar a lord Rogar Baratheon a la ciudad.

Lord Rogar y sus hermanos acogieron la misiva del rey de diferentes maneras. Ser Borys, considerado por lo general el Baratheon más irascible y beligerante, fue el que reaccionó con más calma. «Si haces lo que te dice el muchacho, vas a acabar decapitado —dijo—. Vete al Muro: la Guardia de la Noche te aceptará.» Garon y Ronnal, los hermanos menores, abogaron por la rebeldía. Desembarco del Rey era uno de los castillos más fuertes del reino; si Jaehaerys quería su cabeza, que fuera a buscarla. Lord Rogar se lo tomó a risa. «¿Fuerte? —repuso—. Harrenhal era fuerte. No. Primero iré a ver a Jaehaerys y le expondré mis motivos. Después, si así lo decido, vestiré el negro; no me lo negará.» A la mañana siguiente se encaminó a Desembarco del Rey sin más compañía que seis de sus caballeros más ancianos, hombres que conocía desde niño.

El rey lo recibió sentado en el Trono de Hierro con la corona puesta, en presencia del consejo, con ser Jofrey Dogget y ser Lorence Roxton, de la Guardia Real, apostados al pie del trono luciendo sus capas blancas y armaduras esmaltadas. Salvo por ellos, el salón del trono estaba desierto. El maestre Benifer relata que los pasos de lord Rogar despertaron ecos mientras recorría el largo camino que separaba la puerta del trono. «El rey era muy consciente del orgullo de su señoría —escribió—. No deseaba agraviarlo obligándolo a humillarse ante toda la corte.»

Porque se humilló. El señor de Bastión de Tormentas hincó la rodilla, agachó la cabeza y dejó la espada al pie del trono.

—Alteza —comenzó—, aquí me tenéis, tal como ordenasteis. Haced conmigo lo que os plazca. Solo pido que perdonéis a mis hermanos y a la casa Baratheon. Todo lo que hice, lo hice por...

—... por lo que creíais que era el bien del reino. —Jaehaerys levantó una mano para impedir que lord Rogar siguiera hablando—. Sé lo que hicisteis, lo que dijisteis y lo que planeabais. Os creo cuando afirmáis que no pretendías hacernos daño a mi reina ni a mí, y no os faltaba razón al manifestar que sería un excelente maestre, pero confío en ser aún mejor rey. Hay quienes nos tachan de enemigos; yo preferiría pensar que somos amigos con desavenencias. Cuando mi madre acudió a vos en busca de refugio, nos aceptasteis, pese a correr un gran riesgo. Habría sido más fácil cargarnos de cadenas y entregarnos a mi tío como regalo, pero decidisteis poner vuestra espada a mi servicio y convocar a vuestros banderizos. No lo he olvidado.

»Las palabras son aire —prosiguió—. Vos, mi señor, mi estimado amigo, hablasteis de traición, pero no la cometisteis. Queríais romper mi matrimonio, pero no lo lograsteis. Propusisteis sentar a la princesa Aerea en el Trono de Hierro en mi lugar, pero aquí sigo. Enviasteis a vuestro hermano a raptar a mi sobrina Rhaella de la casa madre, cierto, pero... ¿con qué finalidad? Tal vez solo pretendíais ser su instructor, puesto que no tenéis hijos.

»Los actos traicioneros merecen castigo; las palabras imprudentes son otra cuestión. Si de verdad es vuestro deseo ir al Muro, no os lo impediré; la Guardia de la Noche necesita hombres fuertes como vos. Pero preferiría que os quedaseis aquí, a mi servicio. No tendría este trono si no fuera por vos, y todo el reino lo sabe. Además, aún os necesito. El reino os necesita. Cuando mi padre heredó la corona a la muerte del Dragón, se encontraba rodeado de aspirantes al trono y señores rebeldes. Lo mismo puede sucederme a mí, y por el mismo motivo: poner a prueba mi determinación, mi voluntad, mi fuerza. Mi madre está convencida de que los creyentes de todo el reino se alzarán contra mí cuando se enteren de mi matrimonio. Tal vez. Para afrontar esas pruebas necesito contar con hombres de valía, verdaderos guerreros dispuestos a luchar por mí, a morir por mí... y por mi reina, si es menester. ¿Sois un hombre así?

—Lo soy, alteza —respondió lord Rogar con la voz cargada de

emoción, profundamente impresionado por las palabras del rey, mientras levantaba la mirada.

—Entonces os perdono vuestras ofensas, pero con condiciones —dijo el rey Jaehaerys. La voz se le tornó severa al enumerarlas—: Jamás volveréis a pronunciar palabra contra mí ni contra mi reina; a partir de este día seréis su mayor defensor, y no toleraréis que se hable mal de ella en vuestra presencia. Tampoco consentiré que se falte al respeto a mi madre: regresará a Bastión de Tormentas con vos, y volveréis a vivir como marido y mujer; la respetaréis y seréis amable con ella, de palabra y obra. ¿Aceptáis las condiciones?

—Con gusto —respondió lord Rogar—. ¿Puedo preguntar qué será de Orryn?

La respuesta del rey se demoró un instante.

—Ordenaré a lord Hightower que libere a vuestro hermano ser Orryn y a los hombres que lo acompañaron a Antigua, pero no pueden quedar sin castigo. El Muro es de por vida, de modo que los condenaré a diez años de exilio. Pueden hacerse mercenarios en las Tierras de la Discordia o navegar a Qarth y hacer fortuna; me da igual. Si sobreviven y no cometen más crímenes, podrán regresar dentro de un decenio. ¿Estamos de acuerdo?

—Lo estamos. Su alteza obra con gran justicia —reconoció lord Rogar, y preguntó al rey si debía entregar rehenes en garantía de su futura lealtad. Tres de sus hermanos tenían hijos de poca edad que podía enviar a la corte, señaló.

Por toda respuesta, el rey Jaehaerys se levantó del Trono de Hierro y le pidió que lo acompañase. Salió del salón y lo condujo al patio interior, donde Vermithor estaba comiendo. En el empedrado yacía el toro que habían matado, carbonizado y humeante, ya que los dragones siempre queman la carne antes de devorarla. Vermithor se estaba dando un banquete, pero cuando se acercaron el rey y lord Rogar, levantó la cabeza y clavó en ellos unos ojos como estanques de bronce fundido.

—Cada día es un poco más grande —comentó Jaehaerys mientras rascaba al gran dragón debajo de la mandíbula—. Quedaos con vuestros sobrinos, mi señor. ¿Para qué necesito rehenes? Tengo vuestra palabra; no me hace falta nada más.

Pero el gran maestre Benifer oyó también lo que el rey no dijo. «"Hasta el último hombre y niño de las Tierras de la Tormenta es mi rehén mientras tenga esta montura"; esa fue la advertencia muda de su alteza —escribió Benifer—, y lord Rogar la oyó perfectamente.»

Así se restableció la paz entre el joven rey y su antigua Mano, y se selló aquella misma noche con un banquete en el gran salón. Lord Rogar y la reina Alyssa ocuparon una vez más asientos contiguos como marido y mujer, y propusieron un brindis a la salud de la reina Alysanne, por quien manifestaron su amor y lealtad ante todos los señores y damas allí congregados. Cuatro días después, cuando lord Rogar emprendió el regreso a Bastión de Tormentas, lo acompañaba la reina Alyssa escoltada por ser Pate la Perdiz y un centenar de soldados que velarían por su seguridad en el camino que cruzaba el bosque Real.*

En Desembarco del Rey, el largo reinado de Jaehaerys I Targa-

---

* Ser Orryn Baratheon nunca regresaría a Poniente. Embarcó rumbo a la ciudad libre de Tyrosh en compañía de los hombres que había llevado a Antigua, donde entró al servicio del arconte. Un año después se casó con la hija del dignatario, aquella doncella que su hermano Rogar había pretendido casar con el rey Jaehaerys para afianzar la alianza entre el Trono de Hierro y la ciudad libre. La esposa de ser Orryn, una muchacha de busto generoso, cabello azul verdoso y modales cautivadores, no tardó en darle una hija, aunque existían ciertas dudas sobre la paternidad, dado que, como muchas otras mujeres de las Ciudades Libres, era dadivosa en conceder sus favores. Cuando terminó el mandato de su suegro como arconte, ser Orryn también perdió su cargo y se vio obligado a dejar Tyrosh para marcharse a Myr, donde se unió a los Hombres de la Doncella, una compañía libre de reputación especialmente turbia. Murió poco después en las Tierras de la Discordia, durante una batalla contra los Hombres Valerosos. De la suerte que corrieron su esposa y su hija, nada se sabe.

ryen comenzaba a paso firme. Cuando asumió el gobierno de los Siete Reinos, el joven rey se enfrentaba a multitud de problemas, pero dos sobresalían por encima de los demás: con las arcas del tesoro vacías, la deuda de la Corona no hacía más que crecer, y su matrimonio «secreto», que lo era un poco menos cada día, era como un cántaro de fuego valyrio en la chimenea, a punto de estallar. Había que poner remedio a ambas cuestiones, y deprisa.

La necesidad inmediata de oro la resolvió Rego Draz, el nuevo consejero de la moneda, quien trató con el Banco de Hierro de Braavos, así como con sus rivales de Tyrosh y Myr, para negociar no uno, sino tres préstamos sustanciales. Al esgrimir la oferta de cada banco ante los otros, el Señor del Aire consiguió las condiciones más favorables que cabía esperar. La obtención de fondos tuvo un efecto inmediato: se reanudaron las obras de Pozo Dragón, y la Colina de Rhaenys volvió a llenarse de un pequeño ejército de constructores y mamposteros.

Tanto lord Rego como su rey eran conscientes de que los préstamos solo suponían un respiro provisional: podían mitigar la hemorragia, pero no iban a sanar la herida; eso solo lo conseguiría la recaudación. Los impuestos de lord Celtigar no servían de nada; Jaehaerys no estaba interesado en aumentar las tasas portuarias ni en sangrar a los posaderos. Tampoco estaba dispuesto a exigir a la nobleza que entregase su oro sin más, como había hecho Maegor. «No hay nada más caro que sofocar rebeliones», declaró. Los señores pagarían, pero por su propia voluntad; gravaría sus caprichos, las mercancías finas y caras de ultramar. Crearía impuestos para la seda, el brocado, el hilo de oro o plata, las gemas, el encaje y los tapices de Myr, el vino de Dorne (pero no el del Rejo), los corceles de las arenas dornienses, y los yelmos dorados y las armaduras de filigrana de los artesanos de Tyrosh, Lys y Pentos. Y, por encima de todo, las especias: la pimienta, el clavo, el azafrán, la nuez moscada, la canela y el resto de los exóticos aderezos procedentes de más allá de las Puertas de Jade, más caros ya que el oro, iban a encarecerse aún. «Vamos a cobrar impuestos por todo lo que me ha hecho rico», dijo lord Rego, socarrón.

«Nadie podrá considerarse oprimido con estos tributos —explicó Jaehaerys al consejo privado—. Si no quieren pagarlos, que no compren pimienta, seda ni perlas, y no tendrán que abonar ni un cobre. Pero quienes adquieren esos artículos los desean con desesperación. ¿Cómo, si no, iban a hacer alarde de su poder y mostrar al mundo su riqueza? Puede que mascullen, pero pagarán.»

El rey Jaehaerys no se conformó con los impuestos aplicados a la seda y las especias; también introdujo una nueva ley de fortificaciones. Si un noble quería ampliar su castillo o erigir uno nuevo, tendría que pagar una suma considerable por el privilegio. Esa nueva imposición tenía un doble propósito, como explicó su alteza al maestre Benifer: «Cuanto más grande y fuerte sea un castillo, más tentado se sentirá su señor a desafiarme. Sería de esperar que hubieran aprendido la lección de Harren el Negro, pero hay demasiados que no tienen ni idea de historia. Con este tributo se sentirán menos motivados a construir, y los que se animen nos llenarán las arcas al tiempo que vacían las suyas».

Una vez hecho lo posible por sanear las finanzas de la Corona, su alteza concentró la atención en el otro problema acuciante y, por fin, envió a buscar a su reina. Alysanne Targaryen y su dragona, Ala de Plata, salieron de Rocadragón una hora después de recibir el aviso; la separación había durado casi medio año. El resto de su corte la siguió en barco. A esas alturas, hasta los mendigos ciegos de los callejones del Lecho de Pulgas sabían que Alysanne y Jaehaerys estaban casados, pero en aras de las apariencias pasaron una luna durmiendo en estancias separadas mientras se desarrollaban los preparativos de su segunda boda.

El rey no estaba dispuesto a gastar el oro que no tenía en una Boda Dorada tan concurrida y espléndida como la de su madre y lord Rogar. En aquella ocasión habían acudido a la Fortaleza Roja cuarenta mil personas; solo un millar se reunió cuando Jaehaerys se desposó con su hermana Alysanne por segunda vez. En esa ocasión fue el septón Barth quien los declaró marido y mujer, al pie del Trono de Hierro.

Lord Rogar Baratheon y la reina viuda Alyssa estaban entre los presentes; habían acudido desde Bastión de Tormentas con Garon y Ronnal Baratheon para asistir a la ceremonia. Pero no fueron ellos quienes acapararon la mayor atención: también la Reina en el Oeste estaba allí. Rhaena Targaryen había volado a lomos de Fuegoensueño para presenciar la boda de sus hermanos y visitar a su hija Aerea.

Después de los ritos repicaron campanas por toda la ciudad, y una nube de cuervos voló a todos los rincones del reino para anunciar «el feliz enlace». La segunda boda del rey fue distinta de la primera en un detalle crucial: estuvo seguida de un encamamiento. Años después, la reina Alysanne declararía que fue a instancias suyas; estaba preparada para perder la virginidad y harta de que le preguntaran si estaba casada «de verdad». El propio lord Rogar, borracho como un botijo, iba al frente de los que la desvistieron y la condujeron al lecho nupcial; entre las que hicieron los honores al rey se encontraban Jennis Templeton, Rosamund Ball, y Prudence y Prunella Celtigar, las acompañantes de la reina. Allí, en la Fortaleza Roja de Desembarco del Rey, en un lecho con dosel del Torreón de Maegor, se consumó al fin el matrimonio de Jaehaerys Targaryen con su hermana Alysanne, y así quedó sellada su unión ante los ojos de los dioses y los hombres.

Revelado el secreto, el rey y su corte esperaron la respuesta del reino. Jaehaerys había llegado a la conclusión de que el violento rechazo al matrimonio de su hermano Aegon se había debido a varias causas. En el 39 d.C., cuando su tío Maegor desafió tanto al Septón Supremo como al rey Aenys, su propio hermano, y tomó una segunda esposa, se hizo pedazos el delicado entendimiento entre el Trono de Hierro y el Septo Estrellado; por eso, la unión de

Aegon y Rhaena se interpretó como un nuevo agravio. La condena subsiguiente provocó un incendio que se extendió por todo el reino, y los Estrellas y Espadas se encargaron de las antorchas, con el apoyo de unos cuantos señores devotos más temerosos de los dioses que del rey. El príncipe Aegon y la princesa Rhaena no eran muy conocidos entre el vulgo, y habían emprendido el viaje sin dragones debido, en gran parte, a que Aegon aún no se había convertido en jinete de dragón; por eso quedaron expuestos a las turbas que los atacaron en las Tierras de los Ríos.

Las circunstancias de Jaehaerys y Alysanne no eran ni remotamente parecidas. No habría condena del Septo Estrellado; aunque entre los Máximos Devotos seguía levantando algunas ampollas la tradición de los Targaryen de casarse entre hermanos, el Septón Supremo que ocupaba el cargo, aquel al que el Septón Luna apodaba el Lamebotas, era complaciente y cauteloso, y no tenía ningún deseo de despertar al dragón dormido. Los Estrellas y Espadas estaban disueltos y proscritos; el único sitio donde quedaban suficientes para crear problemas si se les antojaba era el Muro, donde dos mil antiguos Clérigos Humildes habían vestido la capa negra de la Guardia de la Noche. El rey Jaehaerys no pretendía repetir el error de su hermano: su reina y él querían ver el reino que gobernaban, enterarse de sus necesidades de primera mano, conocer a sus señores para saber a qué atenerse, dejarse ver ante el pueblo y escuchar sus aflicciones; pero allá donde fueran, irían también sus dragones.

Por todos esos motivos, Jaehaerys creía que el reino aceptaría su matrimonio, aunque no era propenso a confiarse al azar. «Las palabras son aire —dijo al consejo—, pero el aire puede avivar las llamas. Mi padre y mi tío combatían las palabras con fuego y acero; nosotros responderemos a las palabras con otras palabras y sofocaremos el fuego antes de que prenda. —Dicho lo cual, su alteza no envió caballeros ni soldados, sino legados—. A cuantos os salgan al paso, habladles de la ternura de Alysanne, de su naturaleza dulce y amable y de su amor por todas las gentes del reino, nobles y plebeyas», fueron sus instrucciones.

Siete fueron los enviados: tres hombres y cuatro mujeres. En lugar de espadas y hachas, esgrimían tan solo su ingenio, su coraje y su lengua. De sus viajes se narrarían muchas historias y sus hazañas devendrían en leyendas, que crecieron por el camino como ocurre con toda leyenda. Solo uno de los siete oradores era conocido por el pueblo llano cuando emprendieron la marcha: nada menos que la reina Elinor, la Novia de Negro que había encontrado el cadáver de Maegor en el Trono de Hierro. En sus andaduras por el Dominio, con su atuendo de reina, que conforme avanzaban los días quedaba más raído y deshilachado, Elinor de la casa Costayne ofrecía un elocuente testimonio de la maldad de su difunto rey y la bondad de sus sucesores. Años después renunciaría a todos sus privilegios nobiliarios para unirse a la Fe y se convertiría en la septa Elinor en la gran casa madre de Lannisport.

Los nombres de los otros seis portadores de las palabras de Jaehaerys llegarían a ser tan célebres como el de la reina. Había tres septones: el astuto septón Baldrick; el ilustrado septón Rollo, y el vehemente y anciano septón Alfyn, que viajaba a todas partes en palanquín porque había perdido las piernas. Las mujeres que eligió el joven rey no eran menos extraordinarias: la septa Ysabel, que se había encariñado con la reina Alysanne mientras estaba a su servicio en Rocadragón; la diminuta septa Violante, famosa por sus artes curativas, de quien se decía que obraba milagros allá donde iba, y la septa Maris, del Valle, que había tenido a su cargo la instrucción de generaciones de huérfanas en la casa madre de una isla de Puerto Gaviota.

En sus viajes por el reino, los Siete Heraldos hablaban de la reina Alysanne, así como de su devoción, su generosidad y su amor por su hermano el rey. Cuando les salían al paso septones, hermanos mendicantes y señores o caballeros piadosos esgrimiendo con actitud desafiante pasajes de *La estrella de siete puntas* o los

sermones de antiguos septones supremos, tenían preparada una respuesta, formulada por Jaehaerys en Desembarco del Rey con la hábil ayuda del septón Oswyck y, sobre todo, del septón Barth. En años posteriores, ese argumento se conocería en la Ciudadela y el Septo Estrellado como la doctrina del Excepcionalismo.

Su dogma fundamental era sencillo. La Fe de los Siete había nacido en las colinas de la antigua Andalia y había cruzado el mar con los ándalos. Las leyes de los Siete, escritas en textos sagrados y predicadas por septas y septones bajo los auspicios del Padre de los Fieles, prohibían que el hermano yaciera con la hermana, el padre con la hija y la madre con el hijo, y condenaban los frutos de esas uniones como abominaciones aborrecibles a los ojos de los dioses. Los excepcionalistas lo acataban, pero con una reserva: los Targaryen eran diferentes. Sus raíces no eran ándalas, sino de la antigua Valyria, donde imperaban otras leyes y tradiciones. Con solo mirarlos resultaba palpable que no eran como los demás: sus ojos, su cabello y hasta su porte atestiguaban la diferencia. ¡Y eran jinetes de dragones! Entre todos los hombres del mundo, solo a ellos se les concedió el poder de domar a esas terroríficas fieras cuando la Maldición llegó a Valyria.

«Los ándalos, los valyrios y los primeros hombres: todos somos obra del mismo dios —predicaba el septón Alfyn desde su palanquín—, pero no a todos nos hizo iguales. También creó a los leones y a los uros, bestias nobles por igual, pero les otorgó distintos dones: ni el león puede vivir como un uro ni el uro como un león. Vos, mi señor, cometeríais un grave pecado si yacierais con vuestra hermana; pero no sois de la sangre del dragón, ni yo tampoco. Ellos obran como siempre han obrado, y no nos corresponde a nosotros juzgarlos.»

Cuenta la leyenda que, en una aldea, el ingenioso septón Baldrick se vio confrontado por un fornido caballero andante, antaño clérigo humilde, que le dijo: «Ya, y si yo quiero follarme a mi hermana, ¿me dais vuestra venia?». El septón sonrió al responder: «Id a Rocadragón y domad un dragón. Si sois capaz, mi señor, yo mismo oficiaré la ceremonia cuando os desposéis con vuestra hermana».

Los estudiosos de la historia nos enfrentamos a una dificultad. Al volver la vista hacia el pasado podemos señalar las causas de un acontecimiento una por una; sin embargo, a la hora de entender por qué algo no llegó a suceder no nos quedan sino las conjeturas. Sabemos que el reino no se alzó contra el rey Jaehaerys y la reina Alysanne en el 51 d.C., como les había sucedido a Aegon y Rhaena diez años atrás; el porqué es bastante más incierto. No cabe duda de que el silencio del Septón Supremo fue de lo más elocuente, ni de que tanto nobles como villanos estaban hartos de la guerra; pero, si las palabras, sean aire o no, tienen poder, es evidente que los Siete Heraldos desempeñaron su papel y el viento no fue capaz de disipar las suyas.

Aunque el rey era feliz con su reina, y el reino, feliz con su matrimonio, Jaehaerys no se equivocaba al creer que le esperaba un tiempo de pruebas. Tras volver a formar el consejo, reconciliar a lord Rogar con la reina Alyssa y decretar nuevos impuestos para rellenar las arcas de la Corona, se enfrentaba al problema que resultaría más peliagudo: su hermana Rhaena.

Después de despedirse de Lyman Lannister y abandonar Roca Casterly, Rhaena Targaryen y su corte ambulante habían realizado su propio viaje real, en cierto modo: habían visitado a los Marbrand de Marcaceniza, a los Reyne de Castamere, a los Lefford del Colmillo Dorado, a los Vance de Descanso del Caminante y, por último, a los Piper de Princesa Rosada. Allá donde fueran acechaban los mismos problemas.

—Al principio, todos son hospitalarios —dijo a su hermano cuando se reunieron después de la boda de este—, pero no les dura mucho. O me reciben con cajas destempladas, o se deshacen en obsequios. Aunque rezongan de lo que les cuesta mantenernos, tienen la vista puesta en Fuegoensueño. Algunos le tienen miedo, pero muchos otros la ansían, y son los segundos los que más me conturban. Quieren dragones y yo no pienso dárselos, pero entonces, ¿adónde puedo ir?

—Aquí —propuso el rey—. Regresa a la corte.

—¿Y vivir para siempre a tu sombra? Necesito mi propio asentamiento, un lugar donde ningún señor pueda amenazarme, expulsarme ni molestar a quienes están bajo mi protección. Necesito tierras, hombres, un castillo.

—Te conseguiremos tierras —repuso el rey—, y el castillo lo construiremos.

—Todas las tierras tienen dueño y todos los castillos están ocupados —respondió Rhaena—, pero hay uno que tengo derecho a reclamar; más derecho que tú, hermano. Soy de la sangre del dragón. Quiero el castillo de mi padre, el lugar donde nací. Quiero Rocadragón.

El rey Jaehaerys, sin saber qué responder, se limitó a prometerle que lo consideraría. Cuando lo planteó en el consejo, todos se mostraron contrarios a ceder la sede ancestral de la casa Targaryen a la reina viuda, pero ninguno ofreció una solución mejor.

Después de reflexionar, su alteza volvió a reunirse con su hermana.

—Te concederé Rocadragón, ya que no hay lugar más apropiado para la sangre del dragón, pero tendrás la isla y el castillo por mi venia, no por tu derecho. Nuestro abuelo unió los Siete Reinos con fuego y sangre, y no puedo consentir que los dividas arrancando un pedazo para forjarte el tuyo. Eres reina por cortesía, pero yo soy rey y mi mandato abarca desde Antigua hasta el Muro, Rocadragón incluida. ¿Estamos de acuerdo, hermana?

—¿Tan inseguro estás de esa silla de hierro, que necesitas que la sangre de tu sangre se arrodille ante ti, hermano? —le reprochó Rhaena—. Sea. Dame Rocadragón y una cosa más, y no volveré a molestarte.

—¿Qué cosa más? —preguntó Jaehaerys.

—Aerea. Quiero que me devuelvas a mi hija.

—Hecho —respondió el rey, quizá sin pensarlo demasiado, porque no hay que olvidar que Aerea Targaryen, una niña de ocho años, era su sucesora reconocida, la supuesta heredera del Trono de Hierro.

Sin embargo, las consecuencias de esa decisión tardarían años en manifestarse. Por lo pronto, así se dispuso, y la Reina en el Oeste se convirtió en la Reina en el Este de la noche a la mañana.

Durante el resto del año, el asentamiento de Jaehaerys y Alysanne en el trono transcurrió sin más crisis ni pruebas. Si ciertos miembros del consejo se sorprendieron cuando la reina empezó a asistir a las reuniones, se reservaron las quejas para sus mutuos oídos, y pronto ni eso, ya que la joven reina demostró ser sabia, instruida y e ingeniosa, y su voz era bien recibida en cualquier debate.

Alysanne Targaryen tenía un feliz recuerdo de su infancia, hasta que su tío Maegor se apoderó de la Corona. Durante el reinado de Aenys, su madre, la reina Alyssa, había llenado la corte de esplendor, canciones, espectáculos y belleza. Músicos, titiriteros y bardos competían por el favor de los reyes. Los vinos del Rejo fluían como agua en los banquetes; las risas resonaban en los salones y patios de Rocadragón, y las mujeres de la corte resplandecían con sus perlas y diamantes. La corte de Maegor había sido oscura y lúgubre, y la regencia no había cambiado las tornas porque el recuerdo de los tiempos del rey Aenys mortificaba a su viuda; lord Rogar, por su parte, tenía un temperamento marcial, y llegó a declarar que los titiriteros eran más inservibles que los monos, porque «unos y otros chillan, hacen cabriolas y dan volteretas, pero los monos por lo menos se pueden comer si hay hambre».

Sin embargo, la reina Alysanne evocaba con añoranza las breves glorias de la corte de su padre, y se había propuesto dotar a la Fortaleza Roja de mayor magnificencia que nunca; compró tapices y alfombras de las Ciudades Libres, y encargó frescos, estatuas y mosaicos para decorar las paredes y estancias del castillo. Por orden suya, la Guardia de la Ciudad peinó el Lecho de Pulgas hasta dar con Tom el Tañedor, cuyas canciones satíricas habían hecho las delicias del rey y de sus vasallos durante la guerra por las Capas Blancas. Alysanne lo nombró bardo de la corte, el primero de los muchos que desempeñarían ese cargo en las décadas venideras. Contrató a una arpista de Antigua, a una compañía de titiriteros de Braavos y a bailarines de Lys, y dio a la Fortaleza Roja su primer bufón, un hombre rechoncho llamado Comadre, que se vestía de mujer y no iba a ninguna parte sin sus «hijos» de madera, un par de marionetas talladas con gran maestría que decían frases procaces y provocativas.

El rey Jaehaerys lo acogió todo de buen grado, pero nada lo hizo tan feliz como el regalo que recibió de la reina Alysanne cuando, varias lunas después, le dijo que estaba encinta.

Nacimientos, muertes y traiciones

Jaehaerys Targaryen, el primero de su nombre, acabaría demostrando ser el monarca más inquieto de cuantos hubieran ocupado el Trono de Hierro. Según las famosas palabras de Aegon el Conquistador, la plebe necesitaba ver a sus reyes de cuando en cuando a fin de poder exponerles sus quejas y agravios. «Deseo que me vean», declaró Jaehaerys al anunciar su primer viaje regio a finales del 51 d.C. Muchos más se seguirían en los años y décadas venideros. Durante el curso de su largo reinado, Jaehaerys pasaría más días y noches alojado con uno u otro señor, o concediendo audiencias en algún pueblo o aldea comercial, que en Rocadragón y la Fortaleza Roja. Y con mucha frecuencia, Alysanne lo acompañaba con su dragona plateada, elevándose junto a la gran bestia de bronce bruñido del soberano.

Aegon el Conquistador estaba acostumbrado a verse acompañado en sus viajes por una miríada de caballeros, hombres de armas, criados, cocineros y otros sirvientes. Aunque innegablemente constituían un espectáculo digno de verse, tales procesiones causaban incontables dificultades a los señores honrados por las regias visitas. Costaba albergar y dar de comer a tantísimos hombres, y si el rey deseaba salir de caza, los bosques cercanos quedaban esquilmados. Aun los señores más pudientes se veían empobrecidos cuando partía el monarca, con las bodegas secas, las despensas vacías y la mitad de las doncellas con bastardos en el vientre.

Jaehaerys estaba decidido a obrar de modo distinto. No lo acompañaría en sus giras más de un centenar de hombres, veinte de ellos, caballeros, y el resto, hombres de armas y sirvientes. «No necesito rodearme de espadas mientras viaje a lomos de Vermithor», decía. Las cifras más reducidas le permitirían, asimismo, visitar a señores menos eminentes, aquellos cuyos castillos jamás habían sido bastante espaciosos para acoger a Aegon. Su intención era ver y ser visto en más lugares, si bien se quedaría menos tiempo para evitar convertirse en un huésped indeseado.

Estaba previsto que el primer viaje del rey fuera modesto: empezaría por las Tierras de la Corona del norte de Desembarco del Rey y no arribaría más allá del Valle de Arryn. Jaehaerys quería que Alysanne lo acompañara, si bien se hallaba grávida y le preocupaba que sus viajes resultaran demasiado agotadores. Comenzaron por Stockworth y Rosby, y luego ascendieron por la costa hasta el Valle Oscuro. Allí, mientras el monarca contemplaba los astilleros de lord Darklyn y gozaba de tardes de pesca, la reina celebró la primera de sus audiencias de mujeres, que acabarían convirtiéndose en una parte sumamente importante de los viajes reales futuros. Tan solo mujeres y doncellas podían asistir a tales audiencias; ya nobles, ya plebeyas, se las instaba a compartir sus miedos, preocupaciones y esperanzas con la joven soberana.

El viaje transcurrió sin novedad hasta que los monarcas ganaron Poza de la Doncella, donde serían los invitados de lord y lady Mooton durante una quincena antes de atravesar la bahía de los Cangrejos con rumbo a Serbaledo, Puerto Gaviota y el Valle. La localidad de Poza de la Doncella era célebre por su charca de agua dulce donde, conforme a la leyenda, Florian el Bufón vio por vez primera a Jonquil bañándose, durante la Edad de los Héroes.

Como millares de mujeres antes que ella, la reina Alysanne deseó bañarse en la poza de Jonquil, cuyas aguas, al parecer, ofrecían asombrosas propiedades sanatorias. Muchas centurias antes, los señores de Poza de la Doncella habían erigido unos grandes baños de piedra en torno al estanque y se los habían donado a una orden de santas hermanas. Los hombres tenían vedado el acceso, de modo que cuando la reina fue a sumergirse en las sacras aguas, la atendían sus damas de compañía, sus doncellas y sus septas (Edyth y Lyra, que habían servido junto a la septa Ysabel como novicias, habían profesado recientemente sus votos de septas, consagradas a la fe y al servicio de la soberana).

La bondad de la joven reina, el silencio del Septo Estrellado y las exhortaciones de los Siete Heraldos se habían ganado a la mayoría de los fieles para el bando de Jaehaerys y su Alysanne; pero siempre habrá quien no se conmueva, y entre ellos se contaban las hermanas que atendían la Poza de Jonquil, cuyos corazones se encontraban endurecidos por el odio. Se decían entre sí que las sagradas aguas se verían contaminadas eternamente si se permitía que la reina se bañase en ellas mientras gestaba la «abominación» del rey. La reina Alysanne estaba acabando de despojarse de la ropa cuando cayeron sobre ella con puñales que ocultaban en los hábitos.

Por ventura, las atacantes no eran guerreras ni habían tenido en cuenta el valor de las acompañantes de la monarca. En cueros y desprotegidas, las Mujeres Sabias no lo dudaron: se interpusieron entre las agresoras y su señora. La septa Edyth recibió una cuchillada que le cruzó el rostro; Prudence Celtigar, una puñalada que le atravesó un hombro, y a Rosamund Ball le hundieron un puñal en el vientre, causándole una herida que, tres días después, pondría fin a sus días. Sin embargo, ninguno de los cuchillos homicidas llegó a rozar a la soberana.

Los chillidos y el clamor del forcejeo atrajeron a la carrera a los protectores de Alysanne, ya que ser Joffrey Doggett y ser Gyles

Morrigen guardaban la entrada de las termas sin concebir que acecharan peligros en su interior.

La Guardia Real redujo prontamente a las atacantes; mataron a dos de ellas sin pensárselo dos veces, aunque dejaron con vida a la tercera a fin de interrogarla. Tras darle tormento, reveló que otra media docena de hermanas de su orden habían contribuido a planear el atentado, si bien les había faltado coraje para blandir el puñal. Lord Mooton ahorcó a las culpables, y tal vez habría colgado también a las inocentes de no ser por la intercesión de la reina Alysanne.

Jaehaerys estaba furioso. La visita al Valle se pospuso, y regresaron a la seguridad del Torreón de Maegor. La reina Alysanne se quedaría allí hasta el alumbramiento, pero la experiencia la había inquietado y hecho reflexionar. «Necesito protección propia —dijo a su alteza—. Tus Siete son hombres leales y valientes, pero son hombres, y hay lugares adonde no pueden acceder.» El rey no pudo disentir. Un cuervo voló al Valle Oscuro con órdenes para el nuevo lord Darklyn de enviar a la corte a Jonquil Darke, su hermana bastarda, que había encandilado al común durante la guerra por las Capas Blancas como el misterioso caballero conocido como la Sierpe de Escarlata. Aún vestida de ese color, arribó a Desembarco del Rey unos días después y aceptó agradecida el nombramiento de escudo juramentado de la soberana. Con el tiempo sería conocida por todo el reino como la Sombra Escarlata, tan de cerca guardaba a su señora.

No mucho después de que Jaehaerys y Alysanne regresaran de Poza de la Doncella y la reina se retirase a su alcoba, llegaron nuevas de la más sorprendente e inesperada índole procedentes de Bastión de Tormentas: la reina Alyssa estaba encinta, a sus cuarenta y cuatro años de edad. Se consideraba que los años fértiles de la reina viuda quedaban ya muy atrás, de modo que su estado se recibió como un milagro. En Antigua, el mismísimo Septón Supremo proclamó que se trataba de una bendición de los dioses,

«un don de la Madre Divina para con una madre que sufrió mucho y valerosamente».

En medio de la dicha había también una inquietud. Alyssa ya no era tan fuerte como antes. Su época de reina regente se había cebado en ella, y el segundo matrimonio no le había aportado la felicidad que esperaba. La perspectiva de tener un hijo enterneció a lord Rogar, no obstante, y se desprendió de su ira y se arrepintió de sus infidelidades para quedarse junto a su esposa. La propia Alyssa estaba temerosa, consciente de que el último vástago que había dado al rey Aenys, la pequeña Vaella, había fallecido en la cuna. «No puedo volver a padecerlo —dijo a su señor esposo—. Me partiría el corazón.» Pero el infante que llegaría a principios del año siguiente resultó ser robusto y sano, un niño de tez rubicunda con una espesa mata de pelo negro y «un alarido que podía oírse desde Dorne hasta el Muro». Lord Rogar, que había abandonado hacía mucho toda esperanza de tener hijos de Alyssa, lo llamó Boremund.

Los dioses nos dan tanto pesar como dicha. Mucho antes de que su madre llegara a término, la reina Alysanne también dio a luz un hijo, un varón a quien puso el nombre de Aegon para honrar tanto al Conquistador como a su perdido y muy llorado hermano, el Incoronado. Todo el reino entonó agradecimientos, y nadie más fervientemente que Jaehaerys, pero el joven príncipe llegaba prematuro. Pequeño y frágil, moriría tan solo tres días después de nacer. Tan desmejorada estaba la soberana que los maestres temían también por su vida. Siempre culparía de la muerte de su hijo a las mujeres que habían atentado contra ella en Poza de la Doncella. De haberle permitido bañarse en las salutíferas aguas de la Poza de Jonquil, diría después, el príncipe Aegon habría sobrevivido.

El descontento también cayó pesadamente sobre Rocadragón, donde Rhaena Targaryen había establecido su propio consejo privado. Tal como habían hecho previamente con Jaehaerys, los señores vecinos comenzaron a buscar su compañía, pero la Reina en el Este no era como su hermano. A muchos visitantes los recibía fríamente; a otros los rechazaba sin tan siquiera concederles audiencia.

El reencuentro de Rhaena con su hija Aerea tampoco había transcurrido bien. La princesa no tenía recuerdo de su madre, y la reina no tenía conocimiento de su hija ni cariño alguno por los hijos ajenos. A Aerea le encantaban las emociones de la Fortaleza Roja, con señores, damas y legados de tierras exóticas yendo y viniendo; los caballeros que se entrenaban en el patio de armas por las mañanas; los trovadores, mimos y bufones que los entretenían por las noches, y todo el alboroto, el color y el tumulto de Desembarco del Rey extramuros. También le encantaba la atención que había recibido como heredera del Trono de Hierro. Grandes señores, galantes caballeros, camareras, lavanderas y palafreneros la habían alabado y amado, y habían competido por sus favores. Había sido asimismo la capitana de una cuadrilla de jóvenes, tanto de alta cuna como de humilde extracción, que habían aterrorizado al castillo.

Todo ello se le había arrebatado cuando su madre la arrastró a Rocadragón contra sus deseos. Comparada con Desembarco del Rey, aquella isla era un lugar insulso, soñoliento y silencioso. No había doncellas de su edad en el castillo, y no se le permitía andar con las hijas de los pescadores de la aldea que se extendía a los pies de la muralla. Su madre le resultaba una desconocida, por momentos severa y por momentos tímida, muy dada a calentarse los cascos, y las mujeres que la rodeaban parecían interesarse muy escasamente por Aerea. De todas ellas, la única con la que se confió fue Elissa Farman, de Isla Bella, que le narraba sus aventuras y le prometía enseñarla a navegar. No obstante, lady Elissa no era más dichosa en Rocadragón que la propia Aerea. Echaba de menos sus anchurosos mares occidentales y hablaba mucho de regresar a ellos. «Llévame», le decía la princesa Aerea en esas ocasiones, y Elissa Farman se reía.

Rocadragón sí tenía una cosa de la que Desembarco del Rey carecía enormemente: dragones. En la gran ciudadela, a la sombra de Montedragón, nacían más dragones cada vez que giraba la luna, o tal parecía. Los huevos que había puesto Fuegoensueño en Isla Bella habían eclosionado en Rocadragón, y Rhaena Targaryen había procurado que su hija los conociera. «Escoge uno y hazlo tuyo —animó a la princesa—, y algún día volarás.» También había dragones más viejos en los patios, y extramuros, dragones salvajes que habían escapado del castillo para anidar en las cavernas ocultas de la ladera posterior de la montaña. La princesa Aerea había conocido a Vermithor y a Ala de Plata durante su estancia en la corte, pero jamás había recibido permiso para aproximarse. Allí podía visitar a los dragones con toda la frecuencia que deseara: los recién nacidos, los jóvenes dragones, su madre, Fuegoensueño..., y los mayores de todos, Balerion y Vhagar, enormes, antiguos y somnolientos, pero aun así, terroríficos cuando, al despertar, sacudían y extendían las alas.

En la Fortaleza Roja, Aerea adoraba a su caballo, a sus perros de caza y a sus amigos. En Rocadragón, los dragones se convirtieron en sus amigos; sus únicos amigos, aparte de Elissa Farman, y empezó a contar los días hasta que pudiera montar en uno y volar lejos, muy lejos.

El rey Jaehaerys, al fin, recorrió el Valle de Arryn en el 52 d.C.; hizo escala en Puerto Gaviota, Piedra de las Runas, Fuerterrojo, Arcolargo, el Hogar y las Puertas de la Luna, antes de volar con Vermithor hasta la Lanza del Gigante y el Nido de Águilas, tal como había hecho la reina Visenya durante la Conquista. La soberana Alysanne lo acompañó en parte de su recorrido, aunque no en su totalidad. Todavía no había repuesto del todo las fuerzas tras el alumbramiento y el pesar subsiguiente. Aun así, gracias a sus buenos oficios, se concertó el compromiso entre lady Prudence Celtigar y lord Grafton de Puerto Gaviota. Su alteza celebró audiencias de mujeres asimismo en Puerto Gaviota, y unas segundas en las Puertas de la Luna. Lo que oyó y conoció allí acabaría por cambiar la legislación de los Siete Reinos.

Se suele hablar hoy en día de las leyes de la reina Alysanne, pero el uso de tal término es torpe e incorrecto. Su alteza carecía de poder para promulgar leyes, emitir decretos, hacer proclamas o dictar sentencias. Es un desvarío hablar de ella como podríamos hablar de las reinas Rhaenys y Visenya del Conquistador. La joven soberana, no obstante, ejercía una enorme influencia sobre el rey Jaehaerys, y cuando ella hablaba, él escuchaba, tal como hizo a su retorno del Valle de Arryn.

Las audiencias de mujeres habían hecho a Alysanne consciente de las cuitas de las viudas de los Siete Reinos. En tiempos de paz, sobre todo, no era desusado que un hombre sobreviviera a la esposa de su juventud, ya que si bien muchos mancebos caían en el campo de batalla, muchas más mujeres jóvenes perecían en el parto. Ya fueran nobles o humildes, los viudos solían tomar una segunda esposa, cuya presencia en el hogar era motivo de resentimiento por parte de los hijos de la primera. Dado que no existía vínculo afectivo alguno, tras la muerte del varón, sus herederos podían expulsar y expulsaban a la viuda de su casa, reduciéndola a la penuria. En el caso de los señores, los herederos, sencillamente, despojaban a la viuda de sus prerrogativas, rentas y sirvientes, convirtiéndola en poco más que una inquilina.

A fin de deshacer tal entuerto, el rey Jaehaerys promulgó en el 52 d.C. la Ley de Viudas, en que se reafirmaba el derecho del primogénito varón (o hembra, de no haber tal) de heredar, aunque con la exigencia de que dicho heredero mantuviera a la viuda superviviente en las mismas condiciones de que hubiera disfrutado antes del fallecimiento de su esposo. A la viuda de un señor, fuera segunda, tercera o posterior esposa, ya no se la podía expulsar de su castillo, ni privar de su servicio, ropajes e ingresos. La misma ley, sin embargo, también prohibía a los hombres desheredar a los hijos tenidos con su primera esposa para otorgar sus tierras, sede o propiedades a una cónyuge posterior o a los hijos tenidos con esta.

La construcción fue la otra inquietud del monarca aquel año. Las obras continuaban en Pozo Dragón, y Jaehaerys visitaba con frecuencia el solar a fin de supervisar los progresos con sus propios ojos. Sin embargo, de camino entre la Colina Alta de Aegon y la Colina de Rhaenys, su alteza se fijó en el lamentabilísimo estado de su ciudad. Desembarco del Rey había crecido demasiado deprisa, con mansiones, boticas, chabolas y nidos de ratas que surgían como setas tras el aguacero. Las calles eran estrechas y sucias, con edificios tan próximos entre sí que se podía pasar de una ventana a la de enfrente. Los callejones se ensortijaban como serpientes beodas. El fango, las heces y los desechos campaban por doquier.

«Desearía vaciar la ciudad, demolerla y erigirla de nueva planta», dijo el rey a su consejo. Carente del poder y los dineros que tan magna empresa habría requerido, Jaehaerys hizo cuanto pudo. Las calles se ensancharon, enderezaron y adoquinaron donde resultó posible. Los peores chiqueros y casuchas se echaron abajo. Se abrió una gran plaza mayor, plantada de árboles, con mercados y arcadas. Desde aquel centro partían anchas vías, rectas como lanzas: la vía del Rey, la vía de los Dioses, la calle de las Hermanas, la vía del Aguasnegras (o Vía Lodosa, como pronto la rebautizó el populacho). Nada de esto podía lograrse de la noche a la mañana. Las obras continuarían durante años, incluso decenios, pero fue en el 52 d. C. cuando comenzaron por orden regia.

El coste de reconstruir la ciudad no era desdeñable, lo cual puso en mayores aprietos al tesoro de la Corona. Tales dificultades se exacerbaron debido a la creciente impopularidad de Rego Draz, el Señor del Aire. En poco tiempo, el consejero de la moneda pentoshí había cosechado tanto desprecio como su predecesor, si bien por distintas razones. Se decía que era corrupto y malversaba el oro del rey para engordar su bolsa, una imputación que lord Rego recibió con desprecio: «¿Para qué voy a robar al rey si soy el doble de rico?». Se decía que era impío, ya que no adoraba a los Siete. En Pentos se rinde culto a multitud de dioses extravagantes, pero Draz era célebre por conservar tan solo uno: un idolillo que tenía en su casa y que representaba a una mujer grávida de pechos inflamados y cabeza de murciélago. «Es el único dios que preciso», fue cuanto declararía al respecto. Se lo tenía por mestizo, aserto que no podía negar, ya que todo pentoshí es en parte ándalo y en parte valyrio, con una mezcla de sangre de esclavos y de pueblos más antiguos, olvidados tiempo ha. Pero sobre todo lo odiaban por sus riquezas, que no se dignaba ocultar; hacía alarde de ellas con sus túnicas de seda, sus sortijas de rubíes y su palanquín recubierto de pan de oro.

Ni los enemigos de lord Rego Draz podían negar que era un apto consejero de la moneda, pero el desafío de financiar la conclusión de Pozo Dragón y la reconstrucción de Desembarco del Rey puso aún más a prueba su talento. No bastaba con los impuestos sobre la seda, las especias y el almenado, de modo que lord Rego, a regañadientes, impuso una nueva tasa: el portazgo, exigido a todo aquel que entrara o saliera de la ciudad y recaudado por los guardias de las puertas. Se gravaron asimismo los caballos, las mulas, los pollinos y los bueyes; los carros y las carretas recibieron las tasas más gravosas. Dado el volumen de tráfico que entraba y salía de Desembarco del Rey a diario, el portazgo resultó sumamente lucrativo y aportó muchos más fondos de los precisos, si bien a un coste considerable para Rego Draz, ya que se decuplicó el desagrado que inspiraba.

Sin embargo, un largo estío, las abundantes cosechas y la paz y prosperidad, tanto en la patria como en el extranjero, ayudaron a limar parte del descontento, y al ir concluyendo el año, la reina Alysanne dio al rey una espléndida noticia: estaba encinta de nuevo. En aquella ocasión, según hizo voto, ningún enemigo se aproximaría a ella. Ya se había planeado y anunciado una segunda gira regia cuando se conoció el estado de la soberana. Aunque Jaehaerys decidió de inmediato quedarse al lado de su esposa hasta el parto, Alysanne no lo consintió. «Debes ir», insistió.

Y eso hizo. La llegada del año nuevo encontró al rey despegando de nuevo a lomos de Vermithor, esta vez en dirección a las Tierras de los Ríos. Inauguró el viaje con una estancia en Harrenhal como huésped de su nuevo señor, Maegor Towers, de nueve años. Desde allí se desplazó con su comitiva hasta Aguasdulces, Torreón Bellota, el castillo de la Princesa Rosada, Atranta y Septo de Piedra. A petición de Alysanne, lady Jennis Templeton viajó con el rey a fin de celebrar audiencias de mujeres en su nombre, en Aguasdulces y Septo de Piedra. La reina se quedó en la Fortaleza Roja, presidiendo las reuniones del consejo en ausencia del rey y concediendo audiencias desde un asiento de terciopelo situado bajo el Trono de Hierro.

Mientras aumentaba el vientre de su alteza, justo al otro lado de la bahía del Aguasnegras, junto al Gaznate, una mujer daba a luz a otro niño cuyo nacimiento, si bien de menor nota, sería con el tiempo muy significativo para las tierras de Poniente y los mares de allende. En la isla de Marcaderiva, el primogénito de Daemon Velaryon fue padre por vez primera cuando su señora esposa le dio un niño hermoso y sano. Lo llamaron Corlys en honor al tío bisabuelo que tan noblemente había servido como lord comandante de la primera Guardia Real, si bien en los años venideros, el pueblo ponientí acabaría conociendo a este nuevo Corlys como la Serpiente Marina.

El vástago de la soberana lo seguiría a su debido tiempo. Se encamó durante la séptima luna del 53 d. C., y esta vez dio a luz a un bebé fuerte y sano, una niña a la que llamaron Daenerys. El rey, que se encontraba en Septo de Piedra cuando recibió la noticia, montó a Vermithor y regresó a Desembarco del Rey de inmediato. Aunque Jaehaerys deseaba otro hijo que pudiera sucederlo en el Trono de Hierro, era evidente que adoró a su niña desde el momento en que la tomó en brazos por vez primera. El resto del reino estaba igualmente encantado con la princesita; en todas partes, con la salvedad de Rocadragón.

Aerea Targaryen, la hija de Aegon el Incoronado y su hermana Rhaena, contaba once años y había sido la heredera del Trono de Hierro desde que tenía recuerdo (excepto los tres días que separaron el nacimiento y la muerte del príncipe Aegon). La joven Aerea, empecinada, lenguaraz y fiera, se deleitaba con la atención que le dispensaba ser la reina en ciernes, y no le hizo ninguna gracia verse desplazada por la princesa recién nacida.

Es probable que su madre, la reina Rhaena, compartiera tales sentimientos, pero contuvo la lengua y no dijo nada ni a sus más íntimos confidentes. Ya tenía bastantes problemas en su propio castillo continuamente, pues se había enemistado con su bienamada Elissa Farman. Tras negarle su hermano, lord Franklyn, toda parte de las rentas de Isla Bella, Elissa solicitó a la reina viuda suficiente oro para construir en los astilleros de Marcaderiva un navío grande y veloz, destinado a surcar el mar del Ocaso. Rhaena se lo denegó. «No podría soportar que me abandonases», dijo, pero lady Elissa tan solo oyó: «No».

Con la perspectiva que nos brinda la historiografía, podemos retrotraernos y ver que habían aparecido todos los signos de mal agüero de que se aproximaban días difíciles, pero ni los archimaestres del Cónclave repararon en ninguno mientras reflexionaban sobre el año que se disponía a concluir. Ni uno solo se dio cuenta de que el año inminente se contaría entre los más aciagos del largo reinado de Jaehaerys I Targaryen; un año tan marcado por la muerte, la división y el desastre que tanto maestres como plebeyos acabarían denominándolo el Año del Desconocido.

La primera muerte del 54 d.C. llegó al cabo de unos días de las celebraciones que señalaban el año nuevo, ya que el septón Oswyck falleció mientras dormía. Era ya anciano y llevaba un tiempo delicado, pero su óbito empañó la vida de la corte de todos modos. En la época en que la reina regente, la Mano del Rey y la Fe se oponían a las nupcias de Jaehaerys y Alysanne, Oswyck había accedido a administrarles los ritos, y su valor no había caído en el olvido. A petición del rey, sus restos se inhumaron en Rocadragón, donde había servido tanto tiempo y tan fielmente.

La Fortaleza Roja aún le guardaba luto cuando recibió el siguiente golpe, si bien por entonces pareció una ocasión para la dicha. Un cuervo procedente de Bastión de Tormentas entregó un pasmoso mensaje: la reina Alyssa estaba de nuevo grávida a la edad de cuarenta y seis años. «Un segundo milagro», proclamó el gran maestre Benifer cuando transmitió al rey la noticia. El septón Barth, que había heredado las tareas del difunto Oswyck, se encontraba más dubitativo. Su alteza no había llegado a recuperarse completamente del parto de su hijo Boremund, precavió; se preguntaba si aún tendría fuerzas suficientes para llevar una gestación a término. Rogar Baratheon, sin embargo, estaba alborozado con la perspectiva de tener otro hijo y no preveía dificultad alguna. Su esposa había dado a luz siete hijos, insistía. ¿Por qué no un octavo?

En Rocadragón se aproximaban al clímax problemas de diversa suerte. Lady Elissa Farman ya no soportaba la vida en la ínsula. Había oído la llamada de la mar, según dijo a la reina Rhaena, y ya era hora de pedir venia para ausentarse. Poco dada a hacer gala de sus emociones, la Reina en el Este recibió las nuevas con rostro pétreo. «Te he pedido que te quedes. No te lo rogaré. Si quieres irte, vete.» La princesa Aerea carecía de la contención de su madre. Cuando lady Elissa fue a despedirse de ella, sollozó y se aferró a su pierna, suplicándole que se quedase o, si no, al menos se la llevase: «Quiero estar contigo. Quiero navegar por los mares y correr aventuras». Lady Elissa vertió una lágrima también, según nos cuentan, pero apartó a la princesa con suavidad y le dijo: «No, niña. Tu lugar está aquí».

Elissa Farman partió de Marcaderiva a la mañana siguiente. Desde allí zarpó para atravesar el mar Angosto hasta Pentos. A continuación se encaminó hacia Braavos, cuyos armadores gozan de tanta fama, pero Rhaena Targaryen y la princesa Aerea no tenían noción alguna de su destino. La reina no creía que hubiera ido más allá de Marcaderiva. No obstante, lady Elissa tenía una buena razón para querer interponer mayor distancia: una quincena después de su partida, ser Merrell Bullock, aún comandante de la guarnición del alcázar, hizo comparecer a tres aterrados criados y al guardián del patio de los dragones en presencia de Rhaena. Faltaban tres huevos de dragón, y tras varios días de búsqueda no habían aparecido. Después de interrogar a cuantos habían tenido acceso a los dragones, ser Merrell quedó convencido de que lady Elissa se había hecho con ellos.

Si tal traición por parte de un ser querido hirió a Rhaena Targaryen, lo ocultó muy bien; no así la furia. Ordenó a ser Merrell que interrogara a los criados y mozos de cuadras con mayor ahínco. Como las preguntas no dieron el fruto deseado, lo relevó de su cargo y lo expulsó de Rocadragón, junto con su hijo ser Alyn y una docena de hombres que le despertaron sospechas. Llegó al extremo de convocar a su marido, Andrew Farman, para exigirle respuestas sobre si había sido cómplice del delito de su hermana. Sus negativas tan solo le infundieron mayor cólera, hasta que se oyeron tronar sus alaridos por todos los pabellones de Rocadragón. Envió hombres a Marcaderiva, donde tan solo averiguaron que Elissa había zarpado rumbo a Pentos. Mandó legados a Pentos, pero allí se enfriaba el rastro.

Entonces, Rhaena Targaryen subió a lomos de Fuegoensueño con intención de volar a la Fortaleza Roja para informar a su hermano de cuanto había acontecido.

—Elissa no sentía ningún aprecio por los dragones —dijo al rey—. Era oro lo que ansiaba, oro para construir un navío. Venderá los huevos. Valen tanto...

—... como una flota.

Jaehaerys había recibido a su hermana en sus aposentos sin más compañía que la del gran maestre Benifer, presente para ser testigo de cuanto decía.

—Si los huevos eclosionaran, habría otro señor de dragones en el mundo, y no pertenecería a nuestra casa.

—Puede que no eclosionen —dijo Benifer—. Lejos de Rocadragón, sin el calor... Es sabido que algunos huevos de dragón se convierten sencillamente en piedra.

—De modo que algún mercader de especias de Pentos se hallará en posesión de tres piedras muy costosas —dijo Jaehaerys—. Por otra parte, el nacimiento de tres crías de dragón no es algo que se pueda mantener en secreto fácilmente. Quien los tenga, querrá alardear. Debemos tener ojos y oídos en Pentos, Tyrosh, Myr y todas las Ciudades Libres, y ofrecer una recompensa por cualquier noticia relacionada con dragones.

—¿Qué piensas hacer? —le preguntó su hermana Rhaena.

—Lo que debo. Lo que tú debes. Ni se te ocurra lavarte las manos, hermanita. Querías Rocadragón y te la entregué, y llevaste allí a esa mujer, a esa ladrona.

El largo reinado de Jaehaerys I Targaryen fue pacífico en su mayor parte. Las guerras que se libraron fueron escasas y breves. Que nadie ose confundir a Jaehaerys con su padre Aenys; eso, nunca. No había nada de débil en él, nada de indeciso, tal como su hermana Rhaena y el gran maestre Benifer atestiguaron entonces, cuando el rey continuó hablando:

—Si aparecen los dragones, de aquí a Yi Ti, exigiremos su devolución. Nos los han sustraído; son nuestros por derecho. Si no nos conceden tal exigencia, tendremos que partir en su busca para recuperarlos si podemos, o matarlos si no. Ninguna cría podría enfrentarse a Vermithor y Fuegoensueño.

—¿Y Ala de Plata? —preguntó Rhaena—. Nuestra hermana...

—No tuvo nada que ver. No quiero ponerla en peligro.

—Ella es Rhaenys y yo soy Visenya. —La Reina en el Este sonrió—. Jamás lo he visto de otro modo.

—Habláis de librar una guerra allende el mar Angosto, alteza —dijo el gran maestre Benifer—. Los costes...

—Deben sufragarse. No permitiré que Valyria se vuelva a alzar. Imaginad qué harían los triarcas de Volantis con unos dragones. Recemos para no llegar a tal situación. —Con lo cual, su alteza puso fin a la audiencia tras prohibirles volver a hablar de los huevos desaparecidos—: Nadie más debe saberlo, salvo nosotros tres.

Pero ya era tarde para tales precauciones. En Rocadragón, el robo ya era ampliamente conocido, aun entre los pescadores. Y los pescadores, como es bien sabido, navegan a otras islas, de modo que las hablillas se propagan. Benifer, a través del consejero de la moneda pentoshí, envió legados a todos los puertos y al otro confín del mar Angosto, tal como el monarca había ordenado, «pagando buenos dineros a malos hombres», en palabras de Rego Draz, a cambio de información sobre huevos de dragón, dragones o Elissa Farman. Una pequeña hueste de cotillas, informadores y cortesanos produjo centenares de informes, bastantes de los cuales acabaron resultando valiosos para el Trono de Hierro por otros motivos; aunque ni un rumor relacionado con los huevos de dragón poseía valor alguno.

Bien sabemos actualmente que lady Elissa llegó a Braavos después de su estancia en Pentos, no sin antes asumir una nueva identidad. Tras ser expulsada de Isla Bella y renegar de ella su hermano lord Franklyn, adoptó un nombre de bastarda ideado por ella misma y se hizo llamar Alys Colina. Con tal alias se procuró una audiencia con el Señor del Mar de Braavos. Tenía este un célebre gabinete de curiosidades, y le alegró adquirir los huevos de dragón. El oro que recibió Elissa en trueque lo depositó en el Banco de Hierro y lo usó para financiar la construcción del *Buscaelsol*, el navío con el que llevaba años soñando.

Nada de esto se sabía en Poniente a la sazón, sin embargo, y pronto el soberano Jaehaerys tuvo una nueva preocupación. En el Septo Estrellado de Antigua, el Septón Supremo se había desplomado mientras subía las escaleras hacia su cámara. Ya había muerto antes de llegar al pie. En todo el reino, las campanas de los septos tañeron una dolorosa tonada. El Padre de los Fieles había ido a reunirse con los Siete.

Sin embargo, el rey no tenía tiempo para oraciones ni duelos. En cuanto se enterró a su altísima santidad, los Máximos Devotos se reunieron en el Septo Estrellado a fin de escoger a su sucesor, y Jaehaerys bien sabía que la paz del reino dependía de que el nuevo hombre se atuviera al camino trazado por su predecesor. El monarca tenía un candidato a ceñir la Corona de Cristal: el septón Barth, que había llegado con el fin de supervisar la biblioteca de la Fortaleza Roja y se había convertido en uno de sus consejeros más fiables. El propio Barth tardó media noche en disuadir a su alteza de su disparatada elección: era demasiado joven, escasamente conocido y demasiado heterodoxo en sus opiniones, y ni siquiera formaba parte de los Máximos Devotos. No tenía esperanza alguna de resultar elegido. Necesitarían otro candidato más aceptable para sus hermanos en la Fe.

El soberano y los señores del consejo coincidieron en algo, eso sí: debían hacer todo lo posible por procurar que no escogieran al septón Mattheus. Su cargo en Desembarco del Rey había dejado un legado de desconfianza, y Jaehaerys no podía perdonar ni olvidar las que había proferido a las puertas de Rocadragón.

Rego Draz sugirió que se pagasen los sobornos oportunos para elegir al deseado. «Distribuid bastante oro entre los Máximos Devotos y me elegirán a mí —se chanceó—, aunque no desearía el cargo.» Daemon Velaryon y Qarl Corbray abogaban por una demostración de fuerza, si bien lord Daemon deseaba enviar su flota, mientras que lord Qarl ofreció comandar una hueste. Albin Massey, el jorobado consejero de los edictos, se preguntó si el septón Mattheus sufriría el mismo sino que el Septón Supremo que tantos problemas había causado a Aenys y Maegor: una repentina y misteriosa muerte. El septón Barth, el gran maestre Benifer y la reina Alysanne quedaron horrorizados ante tales propuestas, y el soberano las rechazó. La reina y él regresarían a Antigua inmediatamente, decidió. Su altísima santidad había sido un leal servidor de los dioses y un fiel amigo del Trono de Hierro; lo justo era que estuvieran presentes cuando se le diese tierra.

El único modo de llegar a Antigua a tiempo era a lomos de dragón.

Todos los señores del consejo, incluso el septón Barth, se mostraban inquietos ante la idea de que los monarcas se desplazaran solos a Antigua. «Todavía hay algunos entre mis hermanos que no tienen en gran consideración a su alteza», señaló. Lord Daemon coincidió y recordó a Jaehaerys lo que le había acontecido a la reina en Poza de la Doncella. Cuando el rey insistió en que gozarían de la protección de Hightower, se cruzaron miradas incómodas.

—Lord Donnel es maquinador y hosco —dijo Manfryd Redwyne—. No confío en él, ni vos deberíais. Hace lo que cree mejor para sí, para su casa y para Antigua, y no le importa un bledo nadie ni nada más, ni siquiera su rey.

—Entonces debo convencerlo de que lo que es mejor para su rey es lo mejor para él, para su casa y para Antigua —dijo Jaehaerys—. Creo que puedo lograrlo.

Con esto concluyó la charla, y dio orden de que les presentasen sus dragones.

Aun para un dragón, el vuelo desde Desembarco del Rey hasta Antigua es harto luengo. Los reyes se detuvieron dos veces a lo largo del camino para pasar la noche y conversar con los señores, una en Puenteamargo y la otra en Altojardín. Los señores del consejo habían insistido en que llevasen, al menos, cierta protección. Ser Joffrey Doggett voló con Alysanne, y Jonquil Darke, la Sombra Escarlata, con Jaehaerys, para equilibrar el peso que cargaba cada dragón.

La inesperada llegada de Vermithor y Ala de Plata a Antigua atrajo a millares de personas a las calles, a señalar y fisgar. No se había adelantado ni una palabra de su llegada, y había muchos en la urbe que tenían miedo y se preguntaban qué presagiaba tal poderío; nadie podía aventurarlo salvo, quizá, el septón Mattheus, que palideció cuando se lo comunicaron. Jaehaerys descendió de Vermithor en la anchurosa plaza marmórea que se abre frente al Septo Estrellado, pero fue su reina quien hizo dar un respingo a la ciudad cuando Ala de Plata sobrevoló la mismísima Torrealta, con el batir de sus alas avivando las llamas de su famoso faro.

Aunque las exequias del Septón Supremo se habían pospuesto debido a su visita, su altísima santidad ya estaba enterrado en las criptas que hay bajo el Septo Estrellado. Jaehaerys pronunció una elegía en la plaza, de todos modos, ante una amplia multitud de septones, maestres y plebeyos. Al final de su discurso anunció que la reina y él se quedarían en Antigua hasta la elección del nuevo Septón Supremo «para poder impetrarle su bendición». Como anotó el archimaestre Goodwyn más adelante, «el pueblo vitoreó; los maestres asintieron sabiamente, y los septones se miraron entre sí y pensaron en dragones».

Durante su estancia en Antigua, Jaehaerys y Alysanne pernoctaron en las estancias de lord Donnel, en la cima de Torrealta, con toda Antigua extendida a sus pies. No tenemos conocimiento cierto de las palabras cruzadas con su anfitrión, ya que sus debates se realizaron a puerta cerrada sin un solo maestre presente. Años después, sin embargo, el rey Jaehaerys narró al septón Barth cuanto había ocurrido, y Barth dejó plasmada una relación de los hechos para la posteridad.

Los Hightower de Antigua eran una familia vetusta, poderosa, pudiente, altiva... y numerosa. Desde hacía mucho, en su casa imperaba la costumbre de que los hijos, hermanos y primos menores, así como los bastardos, profesasen la Fe, en la que muchos habían sido educados a lo largo de las centurias. En el 54 d.C.,

lord Donnel Hightower tenía un hermano menor, dos sobrinos y seis primos al servicio de los Siete, y un hermano, un sobrino y dos primos que vestían el paño plateado de los Máximos Devotos. Lord Donnel deseaba que uno de ellos llegara a Septón Supremo.

Al rey Jaehaerys no le preocupaba de qué casa procediera su altísima santidad, ni que fuera de noble o baja cuna; su única parcialidad era que se eligiera a un excepcionalista. El Septo Estrellado no debía volver a cuestionar la tradición de los Targaryen del matrimonio entre hermanos. Deseaba que el nuevo Padre de los Fieles convirtiese el Excepcionalismo en dogma de la Fe, y aunque no ponía objeción alguna al hermano de lord Donnel, ni al resto de su linaje, ninguno de ellos se había pronunciado sobre la cuestión, de modo que...

Tras horas de debate se llegó a una entente, que se selló con un gran banquete en el que lord Donnel alabó la sabiduría del rey mientras le presentaba a sus hermanos, tíos, sobrinos y primos. Los Máximos Devotos de toda la urbe se congregaron en el Septo Estrellado a fin de elegir a su nuevo pastor, con agentes de lord Hightower y del rey infiltrados, en secreto para la mayoría. Se requirieron cuatro votaciones. El septón Mattheus se impuso en la primera, como era de esperar, si bien carecía del número de votos necesario para hacerse con la Corona de Cristal. Después, sus cifras fueron menguando con cada votación, mientras ascendían otros nombres.

En la cuarta ronda, los Máximos Devotos incumplieron la tradición y escogieron a un hombre que no se contaba entre sus filas: la corona recayó sobre el septón Alfyn, que había cruzado el Dominio una decena de veces en su litera en representación de Jaehaerys y su reina. Los Siete Reinos no contaban con más fiero adalid del Excepcionalismo que Alfyn, pero era el más anciano de los Siete Heraldos, y además carecía de piernas; parecía probable que el Desconocido fuese en su busca más temprano que tarde. Cuando aquello aconteciera, su sucesor sería un Hightower, según aseguró el monarca a lord Donnel, siempre y cuando su estirpe se alinease firmemente con los excepcionalistas durante el mandato del septón Alfyn.

Así fue como se realizó la negociación, si podemos dar crédito a la narración del septón Barth. Él no lo cuestionaba, si bien se dolió de la corrupción que volvía tan fáciles de manipular a los Máximos Devotos. «Sería mejor que los mismísimos Siete escogieran a su Voz en la Tierra, pero cuando los dioses guardan silencio, los señores y los reyes se hacen oír», escribió, y añadió que tanto Alfyn como el hermano de lord Donnel, quien lo sucedió, eran más dignos de la Corona de Cristal de lo que jamás lo habría sido el septón Mattheus.

Nadie se quedó más perplejo ante la elección del septón Alfyn que el propio septón Alfyn, que se encontraba en Vado Ceniza cuando le llegaron las nuevas. Viajando en litera, tardó más de una quincena en arribar a Antigua. Mientras aguardaba su llegada, Jaehaerys aprovechó para visitar Bandallon, Tres Torres, las Tierras Altas y Colmenar. Incluso voló con Vermithor hasta el Rejo, donde cató los más afamados caldos de la isla. La reina Alysanne se quedó en Antigua. Las Hermanas Silenciosas la acogieron en su casa madre para una jornada de oraciones y contemplación. Pasó otro día con las septas que cuidaban de los enfermos y desposeídos de la urbe. Entre las novicias con las que se reunió se contaba su sobrina Rhaella, a quien su alteza consideró una joven instruida y devota, «si bien muy dada a balbucear y sonrojarse». Durante tres días se perdió en la gran biblioteca de la Ciudadela, de la que tan solo salía para asistir a conferencias sobre los dragones de guerra valyrios, la aplicación de las sanguijuelas y las deidades de las Islas del Verano.

Después agasajó con un banquete a los archimaestres reunidos en su propio refectorio, y aun se atrevió a sermonearlos. «De no haber sido reina, me habría gustado ser maestre —dijo al Cónclave—. Leo, escribo, pienso, no temo a los cuervos... ni a un poco de sangre. Hay otras mozas de alta cuna que sienten lo mismo. ¿Por qué no admitirlas en vuestra Ciudadela? Si no pueden soportarlo, enviadlas a casa, tal como hacéis con los mozos que no son bastante avispados. Si dierais una oportunidad a las jóvenes, os sorprendería muchísimo el resultado.» Los archimaestres, no queriendo contrariar a la soberana, sonrieron ante sus palabras, menearon la cabeza y le aseguraron que tendrían en cuenta su propuesta.

Cuando el nuevo Septón Supremo llegó a Antigua, guardó vigilia en el Septo Estrellado y, tras ser debidamente ungido y consagrado a los Siete, y arrumbar su nombre terrenal y todos sus lazos mundanos, bendijo al rey Jaehaerys y a la reina Alysanne en una solemne ceremonia pública. La Guardia Real y unos cuantos cortesanos se habían reunido para entonces con los monarcas, de modo que estos decidieron regresar por las Marcas de Dorne y las Tierras de la Tormenta. Se siguieron visitas a Colina Cuerno, Canto Nocturno y Refugionegro.

La reina Alysanne halló este último lugar especialmente acogedor. Aunque su castillo era pequeño y modesto en comparación con los grandes alcázares del reino, lord Dondarrion era un espléndido anfitrión, y su hijo Simon tañía el arpa tan bien como combatía en las justas, de modo que entretuvo a la regia pareja por las noches con baladas tristes sobre desamores y reyes caídos. Tan conmovida tenía a la soberana que la partida se quedó en Refugionegro más tiempo del previsto. Aún estaban allí cuando llegó un cuervo de Bastión de Tormentas, con un cambio de marea: su madre, la reina Alyssa, estaba en trance de morir.

Una vez más, Vermithor y Ala de Plata ascendieron a los cielos para conducir a los reyes al lado de su madre cuanto antes. El resto de la comitiva regia los seguiría por tierra pasando por Yelmo de Piedra, el Nido de Cuervos y el Nido del Grifo, capitaneada por ser Gyles Morrigen, lord comandante de la Guardia Real.

Bastión de Tormentas, la gran fortificación de los Baratheon, cuenta tan solo con una torre, la gigantesca y circular edificación erigida por Durran Pesardedioses durante la Edad de los Héroes para soportar las furias del dios de las tormentas. En la parte superior de la torre, bajo la celda del maestre y la sala de los cuervos, Alysanne y Jaehaerys hallaron a su madre durmiendo en un lecho que apestaba a orina, empapada en sudor y demacrada como una arpía, salvo por el vientre inflamado. La atendían un maestre, una comadrona y tres camareras, cada una más compungida que la anterior. Jaehaerys encontró a lord Rogar sentado frente a la puerta de la cámara, ebrio y desesperado. Cuando el rey exigió saber por qué no estaba con su esposa, el señor de Bastión de Tormentas gruñó: «El Desconocido está en esa habitación. Lo huelo».

Una copa de vino con unas gotas de sueñodulce era lo único que permitía a la reina Alyssa un breve alivio, explicó el maestre Kyrie. Alyssa llevaba agonizando ya varias horas.

—Gritaba mucho —añadió una de las sirvientes—. Cada bocado que le damos lo vomita, y sufre unos dolores horrorosos.

—No había salido de cuentas —dijo la reina Alysanne entre lágrimas—, aún no.

—No salía hasta dentro de un giro de la luna —confirmó la comadrona—. No se trata de un parto, mis señores. Algo se ha rasgado en su interior. El bebé se muere, o morirá pronto. La edad de la madre es demasiado avanzada; no tiene fuerzas para empujar, y el niño está retorcido... No va a salir adelante. Ambos se habrán ido para el alba. Os suplico vuestro perdón.

El maestre Kyrie no disentía. La leche de la amapola aliviaría el dolor de la reina, dijo, y tenía preparada una dosis más fuerte, pero podía matarla tan fácilmente como dormirla, y sin duda alguna, mataría al niño que gestaba. Jaehaerys preguntó qué se podía hacer.

—¿Por la reina? Nada —dijo el maestre—. Salvarla sobrepasa mi capacidad. Cabe la posibilidad, una mínima posibilidad, de que pueda salvar al niño; para ello, debería abrir en canal a la madre y sacarlo de su matriz. Sobreviviría o no; la mujer morirá.

Sus palabras hicieron sollozar a la reina Alysanne. El rey tan solo dijo, con tono pujante:

—«La mujer» es mi madre, y es reina.

Volvió a salir, tiró de Rogar Baratheon para ponerlo en pie y lo arrastró a la cámara paritoria, donde hizo repetir al maestre lo que acababa de decirle.

—Es vuestra esposa —le recordó—. A vos os corresponde decidir.

Lord Rogar, según nos cuentan, no pudo resistir la visión de su mujer, ni pudo hallar las palabras hasta que el rey lo cogió bruscamente por un brazo y lo sacudió.

—Salvad a mi hijo —dijo al maestre. Luego se liberó y volvió a huir de la alcoba. El maestre Kyrie inclinó la cabeza y pidió que le llevaran sus bisturíes.

En muchas de las crónicas que nos han llegado se nos dice que la reina Alyssa despertó de su sueño antes de que el maestre pudiera comenzar. Aunque transida de dolor y presa de violentas convulsiones, prorrumpió en lágrimas de felicidad al ver a sus hijos. Cuando Alysanne le reveló lo que iba a ocurrir, Alyssa dio su asentimiento: «Salvad a mi hijo —susurró—. Volveré a ver a mis chicos. La Vieja iluminará mi senda». Resulta agradable creer que tales fueron las últimas palabras de la reina; triste es decir que otras versiones narran que murió sin despertar cuando el maestre Kyrie le abrió el vientre. En un aspecto coinciden todos: Alysanne tuvo a su madre de la mano de principio a fin, hasta que el primer alarido del infante llenó la sala.

Lord Rogar no obtuvo el segundo hijo por el que rogaba. Se trataba de una niña, tan diminuta y débil que la matrona y el maestre no creían que fuera a sobrevivir. Los sorprendió a ambos, tal como sorprendería a muchos otros a su debido tiempo. Días después, cuando al fin se recuperó lo suficiente para meditarlo, Rogar Baratheon dio a su hija el nombre de Jocelyn.

Antes, no obstante, debió vérselas con una llegada más intempestiva. Rayaba el alba y aún no se había enfriado el cadáver de la reina Alyssa cuando Vermithor, desde donde se encontraba aovillado durmiendo en el patio, alzó la cabeza y emitió un rugido que despertó a medio Bastión de Tormentas: había olfateado la proximidad de un dragón. Momentos después, Fuegoensueño descendió con la cresta plateada resplandeciente en el lomo y las alas azul claro batiendo contra el rojo cielo del amanecer. Había llegado Rhaena Targaryen, decidida a reconciliarse con su madre.

Llegaba tarde; la soberana Alyssa ya no estaba. Aunque el rey dijo que no tenía por qué contemplar los restos mortales de su madre, Rhaena insistió, y apartó la ropa de cama que la cubría para contemplar la obra del maestre. Tras un largo rato, se volvió para besar a su hermano en la mejilla y abrazar a su hermana menor. Las dos reinas se abrazaron largamente, según se cuenta, pero cuando la comadrona ofreció a Rhaena coger en brazos al neonato, rehusó. «¿Dónde está Rogar?», preguntó.

Lo encontró abajo, en el gran salón, con Boremund, su hijo pequeño, en el regazo, rodeado por sus hermanos y sus caballeros. Rhaena Targaryen los apartó para situarse frente a él y se puso a maldecirlo a la cara:

—Tienes su sangre en las manos. Aún tienes su sangre en la verga. Ojalá mueras entre gritos.

—¿Qué estás diciendo, mujer? —preguntó Rogar Baratheon, ultrajado por tales acusaciones—. Ha sido la voluntad de los dioses. El Desconocido viene a por todos. ¿Cómo voy a tener la culpa? ¿Qué he hecho yo?

—Le metiste la polla. Te dio un hijo, que debería haberte bastado. Debiste ordenar que salvaran a tu esposa, pero ¿qué son las mujeres para los hombres como tú? —Lo agarró por las barbas y acercó el rostro al suyo—. Escucha, mi señor. Que no se te ocurra volver a matrimoniar. Cuida de los hijos que te dio mi madre: mi hermano y mi hermana. Procura que no carezcan de nada y te dejaré tranquilo. Como llegue a mis oídos el más leve rumor de que has tomado a otra pobre doncella por esposa, haré de Bastión de Tormentas otro Harrenhal, contigo y con ella dentro.

Cuando abandonó la sala como una exhalación para volver con Fuegoensueño, que se encontraba en el patio, lord Rogar y sus hermanos se carcajearon.

—Está ida —declaró el señor—. ¿Se cree que puede atemorizarme? ¿Precisamente a mí? No temía la cólera de Maegor el Cruel, ¿y voy a temer la suya?

Después se tomó una copa de vino, convocó a su mayordomo, organizó el entierro de su esposa y envió a su hermano ser Garon a que invitara a los reyes a quedarse para un banquete en honor a su hija.*

El rey que regresó de Bastión de Tormentas a Desembarco del Rey era de talante más triste. Los Máximos Devotos le habían brindado al Septón Supremo que deseaba; la doctrina del Excepcionalismo sería un dogma de la Fe, y había llegado a un acuerdo con los poderosos Hightower de Antigua, pero tales victorias se le habían transformado en hiel dentro de la boca con la muerte de su madre. No obstante, Jaehaerys no era muy propenso a dar demasiadas vueltas a las cosas y, tal como haría en muchas ocasiones durante su largo reinado, se sacudió los pesares y se sumergió en la gobernación de su reino.

El verano había dado paso al otoño, y las hojas caían por todos los Siete Reinos. Había surgido un nuevo Rey Buitre en las Montañas Rojas; el mal de los sudores había irrumpido en las Tres Hermanas, y Tyrosh y Lys estaban abocadas a una guerra que, casi con seguridad, afectaría a los Peldaños de Piedra e interrumpiría el comercio. Era menester lidiar con todo aquello, y a lidiar se puso.

La reina Alysanne encontró una solución diversa: tras perder a su madre, halló solaz en su hija. Aunque aún no contaba ni año y

---

* Rogar Baratheon jamás volvió a casarse.

medio, la princesa Daenerys ya hablaba desde bastante antes de su primer día del nombre, y ya había pasado de arrastrarse, gatear y andar a correr. «Tiene mucha prisa esta niña», decía su ama de cría a la soberana. La princesita era una niña feliz, inmensamente curiosa y muy intrépida, una delicia para cuantos la conocían. Tanto encandilaba a Alysanne que, durante un tiempo, empezó a faltar a las sesiones del consejo, ya que prefería pasarse los días jugando con su hija y leyéndole los cuentos que le había leído a ella su madre. «Es tan inteligente que dentro de poco me leerá ella a mí —dijo al rey—. Va a ser una gran reina, lo sé.»

El Desconocido aún no había dejado de cebarse en la casa Targaryen en aquel cruento 54 d.C, empero. Al otro lado de la bahía del Aguasnegras, en Rocadragón, Rhaena Targaryen se había topado con nuevas desdichas a su regreso de Bastión de Tormentas. Lejos de ser una alegría y un consuelo, como era Daenerys para Alysanne, su hija Aerea se había convertido en un terror, en una niña caprichosa e indócil que desobedecía a su septa, a su madre y a sus maestres por igual; que abusaba de sus criados, se ausentaba de las oraciones, las lecciones y las comidas sin permiso, y que motejaba a los hombres y mujeres de la corte de Rhaena con apodos tan encantadores como «ser Estúpido», «lord Caracerdo» y «lady Pedorra».

El esposo de su alteza, Androw Farman, aunque menos hablador y menos dado al desafío abierto, no estaba menos airado. Cuando se supo en Rocadragón que la reina Alyssa se moría, Androw anunció que acompañaría a su mujer a Bastión de Tormentas. Como esposo suyo, según dijo, le correspondía estar al lado de Rhaena a fin de reconfortarla. La monarca, sin embargo, lo rechazó, y ni siquiera amablemente. Una acalorada discusión precedió a su partida, y se oyó decir a su alteza: «Se escapó la Farman que no debía». Su matrimonio, nunca apasionado, se había convertido en una farsa ya por el 54 d.C. «Y nada entretenida», según observó lady Alayne Royce.

Androw Farman ya no era el jovenzuelo con quien Rhaena había contraído matrimonio en Isla Bella cinco años antes, cuando él contaba diecisiete. El hermoso muchacho se había convertido en un hombre de cara hinchada, cargado de hombros y rechoncho. Puesto que los hombres jamás lo habían tenido en consideración, se había hallado olvidado y arrumbado por sus anfitriones durante los vagabundeos de Rhaena por occidente. Rocadragón no resultaría mejor. Su esposa aún era reina, pero nadie confundiría a Androw con un rey, ni tan siquiera consorte. Aunque se sentaba junto a ella durante las comidas, no compartían lecho; Rhaena reservaba ese honor a sus amigas y favoritas. De hecho, sus cámaras se encontraban en torres distintas. Según las hablillas cortesanas, la reina le tenía dicho que era mejor que durmieran separados para que, si él daba con una bonita doncella que le calentase el lecho, no sufriese interrupción alguna. No tenemos indicios de que sucediera jamás.

Los días de Androw estaban tan vacíos como sus noches. Aunque había nacido en una isla y vivía en otra, no navegaba, nadaba ni pescaba. Fallido escudero, carecía de maña con la espada, el hacha y la lanza, de modo que cuando los hombres de la guarnición se ejercitaban por las mañanas en el patio de armas, él se quedaba acostado. Pensando que tal vez fuese de disposición libresca, el maestre Culiper trató de interesarlo en los tesoros de la biblioteca de Rocadragón, sus voluminosos tomos y los antiguos rollos valyrios que habían fascinado al rey Jaehaerys, pero acabó descubriendo que el marido de la soberana no sabía ni leer. Montaba a caballo pasablemente, y de vez en cuando hacía que le ensillaran un palafrén para trotar por el patio, aunque nunca traspasó las puertas a fin de explorar los rocosos senderos de Montedragón ni el otro extremo de la ínsula, ni siquiera la aldea pesquera y los muelles que se encontraban al pie de la fortificación.

«Bebe bastante —escribió el maestre Culiper a la Ciudadela—, y se sabe que se pasa días enteros en la Cámara de la Mesa Pintada moviendo soldaditos de madera polícroma por el mapa. Los compañeros de Rhaena son dados a decir que planea la conquista de Poniente. Por no desairar a la reina no se mofan de él en su cara, pero sí a sus espaldas. Ni los caballeros ni los hombres de armas le prestan la menor atención, y los sirvientes lo obedecen o no, según se les antoje, sin miedo alguno a su displacer. Los niños son los más crueles, como suele ocurrir, aunque ninguno llega a la suela de los zapatos a la princesa Aerea. Una vez le vació un orinal en la cabeza, no por nada que hubiera hecho él, sino porque estaba airada con su madre.»

El descontento de Androw Farman en Rocadragón tan solo empeoró tras la partida de su hermana. Lady Elissa había sido su amiga más íntima, tal vez la única, observó Culiper, y pese a sus negativas lacrimosas, a Rhaena le costaba creer que no hubiera desempeñado papel alguno en el asunto de sus huevos de dragón. Cuando la soberana destituyó a ser Merrell Bullock, Androw le pidió que le trasladara su puesto de comandante de la guarnición del castillo. Su alteza estaba desayunado en aquel momento con cuatro de sus damas de compañía, que prorrumpieron en risotadas al oír el ruego. Al cabo de un momento, la reina se rio asimismo. Cuando Rhaena voló a Desembarco del Rey para informar del robo al rey Jaehaerys, Androw se ofreció a acompañarla, pero lo desdeñó con desprecio. «¿Y de qué iba a servir? ¿Qué podrías hacer tú, salvo caerte del dragón?»

La negativa de la reina a dejarse acompañar por él a Bastión de Tormentas fue la gota que colmó el saturado vaso de las humillaciones padecidas por Androw Farman. Cuando Rhaena regresó del lecho de muerte de su madre, él ya no albergaba deseo alguno de consolarla. Taciturno y frío, se quedaba silente en las comidas y evitaba la compañía de la reina por lo demás. Si Rhaena Targaryen se veía atribulada por sus desprecios, pocos signos daba de ello. En quienes halló consuelo fue en sus damas, en antiguas amigas como Samantha Stokeworth y Alayne Royce, y nuevas compañeras como su prima Lianna Velaryon, una bella hija de lord Staunton llamada Cassella y la joven septa Maryam.

Poco duró cualquier solaz que la ayudasen a encontrar. El otoño había llegado a Rocadragón, así como al resto de Poniente, y con él, los fríos vientos del norte y las tormentas del sur que ascendían rugientes por el mar Angosto. Una oscuridad se cernió sobre la antigua fortaleza, lugar ya sombrío aun en verano. Hasta los dragones parecían sentir la humedad. Cuando iba acabando el año, la enfermedad alcanzó Rocadragón.

No se trataba del mal de los sudores ni el de los temblores, ni de la psoriagrís, según dictaminó el maestre Culiper. El primer síntoma era la presencia de sangre en las heces, seguida por unos terribles calambres en las entrañas. Había diversas afecciones que podían ser su causa, dijo a la reina. Jamás llegó a averiguar cuál sería la culpable, ya que fue precisamente el primero en morir, tan solo dos días después de empezar a sentirse indispuesto. El maestre Anselm, quien lo sustituyó, achacó el deceso a su avanzada edad: Culiper andaba más cerca de los noventa que de los ochenta y no estaba nada fuerte.

Cassella Staunton fue la siguiente en sucumbir, sin embargo, y no contaba más que catorce años. Luego enfermó la septa Maryam, y Alayne Royce, e incluso la grandona y escandalosa Sam Stokeworth, que se preciaba de no haber estado enferma ni un día en su vida. Las tres fallecieron a lo largo de la misma noche, con unas horas de diferencia.

Rhaena Targaryen resultó indemne, si bien sus amigas y queridas compañeras fueron cayendo una por una. La salvó la sangre valyria, a decir del maestre Anselm. Los males que acababan con el común de los mortales en cuestión de horas nada podían contra la sangre del dragón. Los hombres también parecían ser mayormente inmunes a tan singular peste: aparte del maestre Culiper, tan solo sucumbieron mujeres. Los hombres de Rocadragón, ya fueran caballeros, pinches, palafreneros o cantores, conservaron la salud.

La soberana Rhaena ordenó que se cerrasen y atrancasen las puertas de Rocadragón. La enfermedad aún no se había extendido extramuros, y quería que siguiera siendo así para proteger a la plebe. Cuando envió las nuevas a Desembarco del Rey, Jaehaerys actuó inmediatamente: ordenó a lord Velaryon que enviase sus galeras, a fin de procurar que nadie escapase y propagase la pestilencia fuera de la isla. La Mano del Rey obedeció, si bien no sin pena, ya que su joven sobrina se contaba entre las mujeres que seguían en Rocadragón.

Lianna Velaryon perdió la vida cuando las galeras de su tío zarpaban de Marcaderiva. El maestre Anselm la había purgado, sangrado y cubierto de hielo sin resultado alguno. Murió presa de convulsiones en brazos de Rhaena Targaryen, que sollozaba amargamente.

«Lloras por ella —dijo Androw Farman cuando vio correr las lágrimas por el rostro de su esposa—, pero ¿llorarías por mí?» Sus palabras despertaron la cólera de la reina. Tras cruzarle la cara, le ordenó marcharse, declarando que deseaba estar sola. «Lo estarás —dijo Androw—. Era la última que te quedaba.»

Ni siquiera entonces se dio cuenta la reina de lo ocurrido, tan inmersa estaba en su pesar. Fue el pentoshí Rego Draz, el consejero de la moneda del rey, quien comunicó sus sospechas cuando Jaehaerys reunió a su consejo privado para tratar el asunto de las muertes de Rocadragón. Tras leer la relación del maestre Anselm, lord Rego frunció el ceño y dijo:

—¿Enfermedad? No hay tal enfermedad. Una comadreja en las tripas, muerte al cabo de un día...: se trata de las lágrimas de Lys.

—¿Un veneno? —dijo el rey Jaehaerys, sorprendido.

—De esas cuestiones sabemos más en las Ciudades Libres —le aseguró Draz—. Son las lágrimas, no lo dudéis. El viejo maestre se habría dado cuenta enseguida, de modo que debía morir el primero. Así lo haría yo. Aunque no lo haría; el veneno es... deshonroso.

—Tan solo atacó a mujeres —objetó lord Velaryon.

—Tan solo se envenenó a mujeres, pues —replicó Rego Draz.

Cuando el septón Barth y el gran maestre Benifer dieron la razón a lord Rego, el rey despachó un cuervo a Rocadragón. En cuanto Rhaena Targaryen leyó la misiva, no le cupo duda alguna. Convocó al capitán de su guardia y ordenó que buscasen a su marido y lo llevasen a comparecer ante ella.

Androw Farman no apareció en su cámara, ni en la de la reina, ni en el gran salón, en los establos o en el septo, ni tampoco en el jardín de Aegon. En la Torre del Dragón Marino, en las cámaras del maestre que se encontraban bajo la sala de los cuervos, hallaron muerto al maestre Anselm, con un puñal hincado entre los omóplatos. Dado que las puertas estaban cerradas a cal y canto, no había más forma de abandonar el castillo que en dragón. «El gusano de mi marido no tiene el coraje preciso», declaró Rhaena.

Al fin localizaron a Androw Farman en la Cámara de la Mesa Pintada, empuñando con torpeza una espada larga. Lejos de realizar intento alguno de negar los envenenamientos, se jactó.

—Les llevé unas copas de vino y bebieron de ellas. Hasta me dieron las gracias, y bebieron. ¿Por qué no? Un copero, un criado; por eso me tenían. Androw el Afable. Androw el Hazmerreír. ¿Qué podría hacer yo, salvo caerme del dragón? Pues podría haber hecho muchas cosas. Podría haber sido un señor. Podría haber legislado, ser sabio y brindarte consejo. Podría haber matado a tus enemigos tan fácilmente como maté a tus amigas. Incluso podría haberte dado hijos.

Rhaena Targaryen no se dignó responder; se dirigió a sus guardias y dijo:

—Lleváoslo y castradlo, pero restañad la herida. Quiero que le friáis la polla y los huevos y se los deis a comer. No dejéis que muera hasta que se lo haya comido todo.

—No —dijo Androw Farman cuando ya rodeaban la Mesa Pintada para prenderlo—. Mi mujer puede volar, y yo también.

Dicho aquello, acometió infructuosamente con la espada al hombre más cercano, retrocedió hasta la ventana y saltó por ella. El vuelo fue breve: hacia abajo, a la muerte. Tras ello, Rhaena Targaryen hizo despiezar su cuerpo y dárselo de comer a sus dragones.

La suya fue la última muerte reseñable del 54 d.C., pero aún estaban por llegar penalidades en aquel terrible Año del Desconocido. Tal como una piedra arrojada a una charca envía ondas en todas direcciones, la maldad perpetrada por Androw Farman se extendería por todo el país, afectando y malogrando la vida de otros muchos aun después de que los dragones se dieran un banquete con sus restos renegridos y humeantes.

La primera onda se hizo sentir en el seno del consejo privado, cuando lord Daemon Velaryon anunció su deseo de dimitir de su cargo de Mano del Rey. La reina Alyssa, como debemos recordar, era hermana de lord Daemon, y su joven sobrina Lianna se encontraba entre las mujeres envenenadas de Rocadragón. Hay quienes sostienen que la rivalidad con lord Manfryd Redwyne, que lo había sustituido como lord almirante, desempeñó un papel fundamental en la decisión de lord Daemon, si bien parece una ruin difamación destinada a empañar la reputación de un hombre que tan capazmente había servido durante tanto tiempo. Demos más bien por buena su palabra y aceptemos que su avanzada edad y su deseo de pasar sus últimos días en Marcaderiva, en compañía de sus hijos y nietos, fueron la causa de su partida.

La primera idea de Jaehaerys fue recurrir a los demás miembros de su consejo en busca de un sucesor para lord Daemon. Albin Massey, Rego Draz y el septón Barth habían demostrado todos ser hombres de gran valía, y se habían ganado la confianza y la gratitud regias. Ninguno, sin embargo, parecía idóneo. El septón Barth, por las sospechas de ser más leal al Septo Estrellado que al Trono de Hierro y porque, por añadidura, era de humilde extracción; los grandes señores del reino jamás permitirían que el hijo de un herrero fuese el portavoz del rey. Lord Rego, por ser un pentoshí impío y un mercader venido a más, de cuna más baja si cabe que la del septón Barth. Lord Albin, porque con su cojera y su chepa daba la impresión de ser ignorante y un tanto siniestro. «Me miran y ven a un villano —dijo el propio Massey al rey—. Puedo serviros mejor desde las sombras.»

No era cuestión de recuperar a las Manos supervivientes de Rogar Baratheon o el rey Maegor. El paso de lord Tully por el consejo durante la regencia había carecido así de pena como de gloria. Rodrik Arryn, señor del Nido de Águilas y Protector del Valle, era un niño de diez años que había alcanzado prematuramente el señorío a raíz de la muerte de su tío lord Darnold y su abuelo ser Rymond a manos de los saqueadores salvajes a los que incautamente habían perseguido en las Montañas de la Luna. Jaehaerys acababa de alcanzar un acuerdo con Donnel Hightower, pero aún no confiaba del todo en aquel hombre, no más que en Lyman Lannister. Bertrand Tyrell, señor de Altojardín, era célebre por ser un beodo cuyos indisciplinados bastardos serían una desgracia para la Corona si se los dejaba andar sueltos por Desembarco del Rey. Alaric Stark era mejor que se quedase en Invernalia; este hombre, testarudo a decir de todos, adusto, de mano dura e implacable, resultaría una presencia incómoda a la mesa del consejo. Sería impensable llevar a un hijo del hierro a Desembarco del Rey, claro está.

Puesto que ninguno de los grandes señores de los reinos resultaba apto, Jaehaerys recurrió a continuación a sus banderizos. Se consideraba deseable que la Mano fuera un hombre mayor cuya experiencia equilibrara la juventud del monarca. Dado que el consejo ya contaba con varios eruditos, se buscaba también un guerrero, un hombre con experiencia en el campo de batalla cuya reputación marcial descorazonase a los enemigos de la Corona. Tras proponerse y descartarse una decena de nombres, la elección recayó al fin en ser Myles Smallwood, señor de Torreón Bellota, de las Tierras de los Ríos, que había combatido por Aegon, el hermano del Rey, en la batalla de la Ribera del Ojo de Dioses, había luchado contra Wat el Talador en Puentedepiedra y había cabalgado junto al difunto lord Stokeworth para llevar ante la justicia a Harren el Rojo durante el reinado de Aenys.

Merecidamente famoso por su valor, lord Myles lucía en rostro y cuerpo las cicatrices de una decena de luchas encarnizadas. Ser Willam la Avispa, de la Guardia Real, que había servido en Torreón Bellota, juraba que no había señor mejor, más fiero ni más leal en los Siete Reinos, y Prentys Tully y la temible lady Lucinda, sus vasallos, no tuvieron solo alabanzas para con Smallwood. Así persuadido, Jaehaerys dio su asentimiento; partió un cuervo y, al cabo de una quincena, lord Myles ya iba camino a Desembarco del Rey.

La reina Alysanne no desempeñó papel alguno en la selección de la Mano del Rey. Mientras el soberano y su consejo deliberaban, su alteza estaba ausente de Desembarco del Rey, ya que había volado a Rocadragón sobre Ala de Plata para estar con su hermana y consolarla de su dolor.

Rhaena Targaryen no resultaba fácil de reconfortar, no obstante. La pérdida de tantas de sus queridas amigas y compañeras la había sumido en una negra melancolía, y hasta la simple mención del nombre de Androw Farman le provocaba accesos de ira. Lejos de recibir a su hermana y el solaz que pudiese brindarle, intentó por tres veces echarla; llegó incluso a gritarle ante medio castillo. Cuando la reina rechazó marcharse, Rhaena se retiró a sus aposentos y atrancó las puertas; tan solo salía a comer, y cada vez con menor frecuencia.

Puesto que se encontraba sola, Alysanne Targaryen emprendió el restablecimiento de cierto orden en Rocadragón. Llegó y se instaló un nuevo maestre; se nombró a un nuevo capitán de la guarnición del castillo. La mismísima y bienamada septa de la reina, Edyth, llegó para sustituir a Maryam, la muy llorada septa de Rhaena.

Rehuida por su hermana, Alysanne recurrió a su sobrina, pero en ella también halló rabia y rechazo. «¿Por qué me va a importar que hayan muerto? Ya dará con unas nuevas, como siempre», dijo la princesa Aerea a la reina. Cuando Alysanne trató de narrarle anécdotas de su niñez y le dijo que Rhaena le había colocado un huevo de dragón en la cuna, y la había arrullado y cuidado «como si de mi madre se tratase», Aerea dijo: «A mí jamás me dio un huevo; tan solo me abandonó y se fue volando a Isla Bella». El amor de Alysanne por su propia hija también provocó las iras de la princesa. «¿Por qué debe ser ella la reina? Yo debería ser la reina, no ella». Fue entonces cuando Aerea se echó a llorar al fin, y rogó a Alysanne que se la llevase a Desembarco del Rey. «Lady Elissa dijo que me llevaría, pero se marchó y me olvidó. Quiero regresar a la corte, con los trovadores, los bufones, los señores y los caballeros. Por favor, llévame.»

Conmovida por el llanto de la joven, la reina Alysanne no pudo sino prometerle tratar el asunto con su madre. Sin embargo, cuando Rhaena salió al fin de su cámara para comer, rechazó la idea de plano. «Tú lo tienes todo y yo no tengo nada. Ahora te quieres llevar también a mi hija. Pues no te la llevarás. Tienes mi trono; conténtate con eso.» Aquella misma noche, Rhaena convocó a la princesa Aerea a sus aposentos para reprenderla, y los chillidos que se dedicaron madre e hija resonaron por el Tambor de Piedra. A raíz de aquello, la princesa se negó a dirigir la palabra a la reina Alysanne. Ante tanto obstáculo, su alteza acabó por regresar a Desembarco del Rey, a los brazos del rey Jaehaerys y la alegre risa de su hija, la princesa Daenerys.

Al ir tocando a su fin el Año del Desconocido, las obras de Pozo Dragón estaban casi completas. La gran cúpula ya se encontraba en su sitio, así como las grandes puertas de bronce. El cavernoso edificio dominaba la ciudad desde la cima de la Colina de Rhaenys, tan solo superado en altura por la Fortaleza Roja, situada en la Colina Alta de Aegon. A fin de señalar el fin de la construcción y celebrar la llegada de la nueva Mano, lord Redwyne propuso al rey organizar un gran torneo, el mayor y más grandioso que jamás hubiera visto el reino desde la Boda Dorada. «Olvidemos nuestros pesares y comencemos el año nuevo con boato y celebraciones», arguyó Redwyne. Las cosechas otoñales habían sido buenas; los impuestos que recaudaba lord Rego proporcionaban un caudal constante de moneda, y el comercio estaba en alza, de modo que financiar el torneo no supondría problema alguno, y el acontecimiento atraería a millares de visitantes, con sus bolsas, a Desembarco del Rey. El resto del consejo se mostró a favor de la propuesta, y el rey Jaehaerys coincidió en que, en efecto, sin duda unas justas proporcionarían a la plebe algo por lo que alegrarse «y nos ayudarán a olvidar nuestras cuitas».

Tales preparativos se verían malogrados por la repentina e inesperada llegada de Rhaena Targaryen de Rocadragón. «Es muy posible que los dragones, como sea, sientan y se hagan eco del estado de ánimo de sus jinetes —escribió el septón Barth—, ya que Fuegoensueño surgió aquel día de las nubes como una rugiente tempestad, y Vermithor y Ala de Plata se alzaron y rugieron ante su llegada, de tal modo que cuantos fuimos testigos temimos que los dragones se enfrentasen con llamaradas y garras, tal como Balerion se enfrentó a Azogue en el Ojo de Dioses.»

Al final, los dragones no llegaron a luchar, si bien emitieron fuertes silbidos y lanzaron fieras tarascadas mientras Rhaena descendía de Fuegoensueño y entraba como un trueno en el Torreón de Maegor, llamando a grandes voces a sus hermanos. Pronto se conoció el motivo de su furia: la princesa Aerea se había fugado. Había abandonado Rocadragón al rayar el alba, para entrar furtivamente en los patios y reclamar un dragón como suyo. Y no cualquier dragón.

—¡Nada menos que Balerion! —exclamó Rhaena—. Se llevó a Balerion, la niña loca. No le servía un dragón pequeño, no; a ella no; tenía que llevarse al Terror Negro, el mismísimo dragón de Maegor, la bestia que despedazó a su padre. ¿Por qué ese, si no para hacerme daño? ¿Qué es lo que parí? ¿Qué clase de monstruo? Decidme, ¿se puede saber qué parí?

—Una niñita —dijo la reina Alysanne—. Lo que pasa es que es una niñita airada.

Pero el septón Barth y el gran maestre Benifer nos dicen que Rhaena no pareció oírla. Estaba desesperada por saber adónde podía haber huido su «niña loca». Había pensado en primer lugar en Desembarco del Rey, ya que Aerea estaba tan empeñada en volver a la corte; pero si no estaba allí, ¿dónde podía haberse metido?

—Muy pronto lo averiguaremos, según sospecho —dijo el rey Jaehaerys, tan calmado como siempre—. Balerion es demasiado grande para ocultarlo o que pase desapercibido, y tiene un apetito temible. —Se volvió hacia el gran maestre Benifer y ordenó que se enviaran cuervos a todos los castillos de los Siete Reinos—: Si algún hombre de Poniente avista a Balerion o a mi sobrina, quiero saberlo de inmediato.

Volaron los cuervos, pero nada se supo de la princesa aquel día, ni al siguiente, ni al posterior. Rhaena estuvo todo el tiempo en la Fortaleza Roja, a ratos rabiando, a ratos temblando, bebiendo vino dulce para conciliar el sueño. La princesa Daenerys temía tanto a su tía, que lloraba cada vez que se encontraba en su presencia. Al cabo de siete días, Rhaena declaró que no podía seguir de brazos cruzados.

—Debo encontrarla. Si no logro dar con ella, al menos puedo buscarla.

Dicho aquello, montó a lomos de Fuegoensueño y se marchó.

No se volvió a ver ni oír a la madre ni a la hija durante lo poco que quedaba de aquel año aciago.

Jaehaerys y Alysanne

Sus triunfos y tragedias

Los logros del rey Jaehaerys Targaryen, el primero de su nombre, fueron casi demasiados para enumerarlos. El principal de todos, según la mayoría de los historiógrafos, fueron los largos períodos de paz y prosperidad que marcaron la era durante la que estuvo asentado en el Trono de Hierro. No puede afirmarse, sin embargo, que Jaehaerys rehuyese completamente los conflictos, ya que eso sobrepasaría el poder de cualquier rey terrenal, pero las guerras que libró fueron breves y victoriosas, y se desarrollaron sobre todo en el mar o en tierras distantes. «Pobre soberano es el que libra batallas contra sus propios señores y deja su reino abrasado, ensangrentado y sembrado de cadáveres —escribiría el septón Barth—. Su alteza era demasiado sabio para hacer tal cosa.»

Los archimaestres pueden objetar y objetan las cifras, pero la mayoría coincide en que la población de Poniente se duplicó al norte de Dorne durante el reinado del Conciliador, mientras que los habitantes de Desembarco del Rey se cuadruplicaron. También crecieron Lannisport, Puerto Gaviota, el Valle Oscuro y Puerto Blanco, si bien no en tamaña medida.

Puesto que menos hombres marchaban a la guerra, más se quedaban a trabajar la tierra. El precio del grano cayó incesantemente durante su reinado, ya que se labraban más fanegas. El pescado se volvió notablemente más barato, hasta para la plebe, ya que las aldeas pesqueras que jalonaban la costa prosperaban y armaban más barcas. Nuevas plantaciones se extendieron desde el Dominio hasta el Cuello. Había más corderos y ovejas, y la lana era de mejor calidad a medida que los pastores incrementaban el tamaño de sus rebaños. El comercio se decuplicó a pesar de las vicisitudes del viento y otras inclemencias y las guerras y perturbaciones que estas causaban de cuando en cuando. Los oficios también florecieron asimismo: herradores y forjadores, canteros, carpinteros, molineros, curtidores, tejedores, pañeros, tintoreros, maestros cerveceros, viñadores, orfebres y plateros, panaderos, carniceros y queseros gozaban de una prosperidad desconocida hasta entonces al oeste del mar Angosto.

Hubo, claro está, años buenos y años malos, pero con toda justeza se afirmaba que, bajo la égida de Jaehaerys y su soberana, los años buenos fueron doblemente buenos de lo que fueron malos los malos. Hubo tormentas, malos vientos e inviernos crudos, pero cuando los hombres rememoran hoy en día el reinado del Conciliador, resulta fácil confundirlo todo con un largo, verde y apacible verano.

Poco de todo esto debía de ser evidente para el mismísimo Jaehaerys cuando repicaron las campanas de Desembarco del Rey para recibir el año 55 después de la Conquista de Aegon. Las heridas heredadas del cruento año anterior, el Año del Desconocido, sangraban en demasía, y tanto el rey como la reina y el consejo temían lo que pudiera esperarles, ya que la princesa Aerea y Balerion continuaban en paradero desconocido y la reina Rhaena había partido en su busca.

Tras solicitar la venia de la corte de su hermano, Rhaena Targaryen voló primero a Antigua con la esperanza de que su hija descarriada hubiese ido en busca de su gemela. Lord Donnel y el

Septón Supremo la recibieron con toda cortesía, pero ninguno fue capaz de brindarle ayuda. La reina tuvo ocasión de pasar un tiempo con su hija Rhaella, tan semejante a su melliza como dispar, y cabe esperar que allí hallara cierto consuelo para su pena. Cuando Rhaena expresó su pesar por no haber sido mejor madre, la novicia Rhaella la abrazó y le dijo: «He tenido la mejor madre que pueda desear una niña, la Madre Divina, y te doy las gracias por ella».

Al partir de Antigua, Fuegoensueño trasladó a la reina al Norte; primero a Altojardín y luego a Refugio Quebrado y Roca Casterly, cuyos señores ya la habían recibido en tiempos pretéritos. En ninguno de aquellos lares se había visto un dragón, salvo el suyo. Ni siquiera se había oído un susurro de la princesa Aerea. Por tanto, Rhaena regresó a Isla Bella para volver a enfrentarse a lord Franklyn Farman. Los años no lo habían vuelto más adepto a la reina, ni más sabio en su forma de dirigirse a ella:

—Esperaba que mi hermana viniera a casa a cumplir su deber después de huir de vos —dijo lord Franklyn—, pero nada hemos sabido de ella ni de vuestra hija. No puedo preciarme de conocer a la princesa, pero yo diría que, al igual que Isla Bella, está mejor sin vos. Si apareciese por aquí, la expulsaríamos como expulsamos a su madre.

—Vos no conocéis a Aerea, eso sí que es cierto —respondió su alteza—. Si, en efecto, se encamina a estas costas, quizá veáis que no cuenta con la paciencia de su madre. Ah, y os deseo suerte si tratáis de expulsar también al Terror Negro. Balerion gozó con vuestro hermano, y es posible que desee ya degustar el segundo plato.

Tras el episodio de Isla Bella, la relación pierde la pista de Rhaena Targaryen. Ya no regresaría a Desembarco del Rey ni a Rocadragón durante el resto del año, ni se presentaría en la sede de señor alguno de los Siete Reinos. Contamos con informes fragmentarios de avistamientos de Fuegoensueño en latitudes tan septentrionales como los Túmulos y la ribera del río de la Fiebre, y tan meridionales como las Montañas Rojas de Dorne y los cañones de la Torrentina. Rehuyendo alcázares y urbes, Rhaena fue divisada sobrevolando con su dragona los Dedos y las Montañas de la Luna, las brumosas selvas del cabo de la Ira, las islas Escudo y el Rejo..., pero en ningún lugar había buscado compañía humana; iba en pos de lugares agrestes y solitarios: ventosos páramos, verdes prados, lúgubres marismas, acantilados, riscos y valles. ¿Aún andaba en busca de algún rastro de su hija o, sencillamente era la soledad cuanto anhelaba? Jamás lo sabremos.

Su larga ausencia de Desembarco del Rey fue para bien, no obstante, ya que el monarca y su consejo se estaban impacientando con su proceder. Los relatos sobre la confrontación de Rhaena con lord Farman en Isla Bella dejaron de piedra tanto al soberano como a sus señores.

—¿Estará ida para hablar así a un señor en su propia mansión? —preguntó lord Smallwood—. De haberse tratado de mí, le habría rebanado la lengua.

—Espero que no fuerais tan sumamente necio, mi señor —replicó el rey—, puesto que, al margen de otras consideraciones, Rhaena sigue siendo de la sangre del dragón y mi hermana, a quien amo.

Su alteza no estaba en desacuerdo con la afirmación de lord Smallwood, debería señalarse; tan solo con los términos que empleó.

El septón Barth lo expresó mejor si cabe: «El poder de los Targaryen se deriva de sus dragones, esas temibles bestias que en otros tiempos arrasaron Harrenhal y acabaron con dos reyes en el Campo de Fuego. El rey Jaehaerys lo sabe bien, al igual que era consciente su abuelo Aegon. El poder siempre está presente, y con él, la amenaza. Sin embargo, su alteza comprende también una verdad que la reina Rhaena pasa por alto: la amenaza es más eficaz cuando queda tácita. Los señores del reino son todos hombres de gran orgullo, y poco se gana avergonzándolos. Un rey sabio siempre les permitirá conservar la dignidad. Mostradles un dragón, sí; así recordarán. Hablad abiertamente de abrasar sus castillos, jactaos de poder convertir a sus parientes en comida de dragones, y no lograréis sino inflamarlos y disponer sus corazones en vuestra contra».

La reina Alysanne oraba a diario por su sobrina Aerea y se culpaba por su huida, si bien culpaba más aún a su hermana. Jaehaerys, que había hecho poco caso de Aerea durante los años en que había sido su heredera, se reprendía entonces por tal abandono, pero era Balerion el que más lo preocupaba, ya que comprendía muy bien los peligros que entrañaba una criatura tan poderosa en manos de una airada jovencita de tan solo trece años. Ni los infructuosos viajes de Rhaena Targaryen ni las nubes de cuervos que el gran maestre Benifer envió por doquier habían recabado información alguna sobre la princesa y el dragón, al margen de los embustes, los errores y los desvaríos habituales. Al ir pasando los días y girar la luna una y otra vez, el rey empezó a temer que su sobrina hubiera muerto. «Balerion es una bestia tozuda y no conviene tentar su paciencia —dijo al consejo—. Montar a sus lomos sin haber volado jamás y surcar el cielo con él, no ya para sobrevolar el castillo, no, sino el mar... Es posible que haya desmontado a la pobre chica y yazca ahora en el lecho del mar Angosto.»

El septón Barth no coincidía con él. Los dragones no eran vagabundos por naturaleza, según señaló. Frecuentemente daban con un abrigo, como una caverna, un castillo en ruinas o una cima montañosa y anidaban allí, desde donde salían a cazar para regresar luego. Tras desembarazarse de su amazona, Balerion seguramente habría regresado a su guarida. Conjeturaba que, dada la carencia de avistamientos en Poniente, la princesa Aerea debía de haberlo conducido hacia el este, atravesando el mar Angosto hasta los vastos campos de Essos. La reina le daba la razón: «Si la niña hubiera muerto, yo lo sabría. Continúa viva. Lo siento».

Todos los agentes e informantes a quienes Rego Draz había encomendado la búsqueda de Elissa Farman y los huevos de dragón robados fueron destinados a una nueva misión: dar con la princesa Aerea y con Balerion. Pronto empezaron a llegar informes de todo el mar Angosto. En su mayoría resultaron ser inútiles, igual que en lo tocante a los huevos de dragón: bulos, mentiras y falsos avistamientos encaminados a hacerse con una recompensa. Algunos eran de tercera o cuarta mano; otros, con tal escasez de detalles que equivalían a poco más que «Quizá haya visto un dragón. O algo grande con alas».

El testimonio más interesante llegó de las colinas de Andalia, al norte de Pentos, donde los pastores hablaban con pavor de un monstruo que acechaba y había devorado rebaños enteros, sin dejar sino huesos ensangrentados. Ni tan siquiera los ovejeros se libraban si se topaban con tal bestia, ya que su apetito no se contentaba en absoluto con las ovejas. Quienes se encontraron con el monstruo no vivieron para describirlo, no obstante, y ninguna de tales historias mencionaba el fuego, por lo cual Jaehaerys dedujo que Balerion no podía ser el culpable. Sin embargo, a fin de asegurarse, envió allende el mar Angosto, hasta Pentos, a una docena de hombres, capitaneados por ser Willam la Avispa, de su Guardia Real, para que tratasen de dar con la criatura.

En la otra orilla del mar Angosto, sin conocimiento alguno de Desembarco del Rey, los armadores braavosíes habían terminado de construir la carraca *Buscaelsol*, el sueño que había adquirido Elissa Farman con sus huevos de dragón robados. A diferencia de las galeras que partían a diario de los astilleros de Braavos, no era un remero. Se trataba de una nave destinada a alta mar, no a bahías, radas y bajíos continentales. Con sus cuatro mástiles, contaba con tanto velamen como las naves cisne de las Islas del Verano, si bien tenía una manga más ancha y un casco más profundo, que le permitiría almacenar provisiones suficientes para largas travesías. Cuando un braavosí le preguntó si pensaba zarpar hacia Yi Ti, lady Elissa se mofó de él y respondió: «Es posible..., aunque no por la ruta que te crees».

La víspera de zarpar la convocaron al palacio del Señor del Mar, donde este la agasajó con arenques, cerveza y precauciones. «Llevad cuidado, mi señora, pero id. Van tras vos por todo el mar Angosto. Se plantean preguntas; se ofrecen recompensas. No me placería que os descubrieran en Braavos. Vinimos aquí a fin de liberarnos de la antigua Valyria, y vuestros Targaryen son valyrios hasta la médula. Partid lejos. Partid ya.»

Bajo el nuevo alias de Alys Colina, se despidió del Titán de Braavos mientras la vida de Desembarco del Rey continuaba como siempre. Incapaz de dar con su sobrina perdida, Jaehaerys actuó como solía en épocas de tribulación y se consagró a sus obligaciones. En el silencio de la biblioteca de la Fortaleza Roja, el monarca empezó a trabajar en el que sería uno de sus logros más significativos. Con la diestra ayuda del septón Barth, el gran maestre Benifer, lord Albin Massey y la reina Alysanne, un cuarteto al que su alteza había motejado «mi consejo aún más privado», Jaehaerys emprendió la codificación, organización y refundición de todas las leyes del reino.

El Poniente que había fundado Aegon el Conquistador constaba, realmente, de siete reinos; no se trataba tan solo de un nombre, sino que cada cual contaba con sus propias leyes, costumbres y tradiciones. Aun dentro de tales reinos se daban variaciones considerables según el lugar. Como escribiría lord Massey: «Antes de haber siete reinos había ocho; antes de eso, nueve; antes aún, diez, doce o trece, y así sucesivamente. Hablamos de los Cien Reinos de los Héroes cuando en realidad hubo noventa y siete en determinado momento, ciento treinta y dos en otro, etcétera, con una cifra siempre cambiante según se perdían y ganaban guerras y los hijos sucedían a sus padres».

Frecuentemente, las leyes cambiaban también. Este rey era severo, ese era misericordioso, aquel buscaba la guía de *La estrella de siete puntas*, el otro se aferraba a las ancestrales leyes de los primeros hombres, el de más allá gobernaba conforme a sus capri-

chos, el de acullá procedía de un modo estando sobrio y de otro estando ebrio. Al cabo de milenios, el resultado era tal amasijo de precedentes contradictorios que todo señor investido del poder para juzgar y condenar a muerte (y también alguno que no) se sentía libre de dictar sentencia como le viniera en gana en cualquier caso que le tocara dirimir.

La confusión y el desorden resultaban ofensivos para Jaehaerys Targaryen y, con la ayuda de su consejo aún más privado, emprendió la limpieza de los establos. «Estos Siete Reinos tienen un solo rey. Ya es hora de que tengan una sola ley también.» Tan monumental tarea no sería para un año ni para diez. Tan solo recabar, organizar y examinar las leyes existentes ya requeriría dos años de esfuerzos, y las reformas subsiguientes se prolongarían durante decenios. Pero así fue como se emprendió la redacción del Gran Código del septón Barth (quien acabaría contribuyendo el triple que cualquier otro a los Libros de la Ley resultantes) en aquel año otoñal del 55 después de la Conquista de Aegon.

Los trabajos del monarca continuarían durante muchos años; los de la reina, durante nueve giros de la luna. A principios de aquel mismo año, el rey Jaehaerys y el pueblo de Poniente recibieron con alborozo el anuncio de que la reina Alysanne estaba de nuevo grávida. La princesa Daenerys compartía su dicha, si bien dijo terminantemente que deseaba una hermanita. «Ya hablas como una reina, dictando la ley», le contestó su madre, riendo.

Desde hacía tiempo, los matrimonios eran el medio por el que las grandes casas de Poniente tendían lazos entre sí, un método fiable para fraguar alianzas y dirimir disputas. Igual que las esposas del Conquistador antes que ella, Alysanne Targaryen gozaba concertando matrimonios. En el año 55 se enorgulleció especialmente por los casamientos de dos de las Mujeres Sabias que habían servido en su casa desde los tiempos de Rocadragón: lady Jennis Templeton matrimoniaría con lord Mullendore de las Tierras Altas, mientras que lady Prunella Celtigar se desposaría con

Uther Peake, señor de Picoestrella. Ambos se consideraban consortes excepcionales para las damas en cuestión, así como un triunfo para la soberana.

El torneo que había propuesto lord Redwyne para celebrar la conclusión de Pozo Dragón se celebró, al fin, mediado el año. Se organizaron lizas en los campos del oeste de la muralla de la urbe, entre la Puerta del León y la Real, y se decía que las justas habían sido excepcionalmente espléndidas. El primogénito de lord Redwyne, ser Robert, demostró su habilidad con la lanza contra los mejores que el reino podía ofrecer, mientras que su hermano Rickard ganó el torneo de escuderos y el mismísimo rey lo armó caballero en el campo. Pero los laureles de campeón fueron para el galante y apuesto ser Simon Dondarrion de Refugionegro, que se ganó el amor tanto de la plebe como de la reina al coronar a la princesa Daenerys como su reina del amor y la belleza.

Ningún dragón se había instalado en Pozo Dragón todavía, de modo que tan colosal edificación fue la escogida para celebrar el multitudinario combate cuerpo a cuerpo del torneo, un choque de armas como jamás se había presenciado en Desembarco del Rey. Setenta y siete caballeros participaron, divididos en once equipos. Los competidores comenzaron a caballo, pero una vez apeados continuaron a pie, batallando con espada, maza, hacha y mangual. Cuando todos los equipos salvo uno habían quedado eliminados, los supervivientes se volvieron unos contra otros hasta que tan solo quedó un campeón.

Aunque los competidores tan solo esgrimían armas de torneo romas, las batallas eran reñidas y sangrientas, para el alborozo de las multitudes. Dos hombres murieron, y más de dos veintenas sufrieron heridas de consideración. La reina Alysanne, sabiamente, prohibió participar a sus favoritos Jonquil Darke y Tom el Tañedor. Sin embargo, el viejo Barril de Cerveza volvió a entrar en liza ante el clamor de aprobación del común. Cuando cayó, el populacho halló un nuevo favorito en el invicto escudero ser Harys

Hogg, cuyo yelmo en forma de cabeza de cerdo le valió el apodo de Jarrete de Jamón. Otros notables que disputaron en el combate de todos contra todos fueron ser Alyn Bullock, recién llegado de Rocadragón; ser Borys, ser Garon y ser Ronnal, hermanos de Rogar Baratheon; un tristemente famoso caballero andante llamado ser Guyle el Astuto, y ser Alastor Reyne, campeón de las Tierras del Oeste y maestro armero de Roca Casterly. No obstante, al cabo de varias horas de sangre y entrechocar de armas, el último hombre que quedó en pie era un joven caballero de las Tierras de los Ríos, un rubio toro de anchos hombros llamado ser Lucamore Strong.

Poco después de la conclusión del torneo, la reina Alysanne abandonó Desembarco del Rey para dirigirse a Rocadragón a fin de aguardar el nacimiento de su hijo. La pérdida del príncipe Aegon con tan solo tres días de vida aún afligía a su alteza. En lugar de padecer los rigores del viaje o las exigencias de la vida cortesana, se retiró a la tranquila y antigua sede de su casa, donde sus deberes serían escasos. Las septas Edyth y Lyra se quedaron al lado de Alysanne, junto con una docena de doncellas escogidas entre el centenar que anhelaba la distinción de ser damas de compañía de la reina. Dos sobrinas de Rogar Baratheon se encontraban entre las honradas, así como varias hijas y hermanas de los señores Arryn, Vance, Rowan, Royce y Dondarrion, e incluso una joven norteña, Mara Manderly, hija de lord Theomore de Puerto Blanco. Para amenizar las tardes, su alteza se llevó a su bufón preferido, Comadre, con sus títeres.

Había en la corte quien recelaba del retiro de la soberana en Rocadragón. La isla era húmeda y de cielo encapotado incluso con buen tiempo, y en otoño eran habituales los fuertes vientos y las tormentas. Las recientes tragedias tan solo habían servido para empañar más si cabe la reputación del castillo, y algunos temían que los fantasmas de las amigas envenenadas de Rhaena Targaryen aún rondasen por sus corredores. La reina Alysanne despreció tales inquietudes, tachándolas de necedades. «El rey y yo fuimos muy felices en Rocadragón —dijo a los dubitativos—. No se me ocurre lugar mejor para que nazca nuestro hijo.»

Otro viaje regio se había programado para el año 55, esta vez a las Tierras del Oeste. Igual que había hecho cuando gestaba a la princesa Daenerys, la reina se negó a que el rey cancelara o pospusiera el viaje y le dijo que fuera solo. Vermithor lo transportó a través de Poniente hasta el Colmillo Dorado, donde el resto del séquito se reuniría con él. Desde allí, su alteza visitó Marcaceniza, el Risco, Kayce, Castamere, Torre Tarbeck, Lannisport, Roca Casterly y Refugio Quebrado. Fue muy notable la omisión de Isla Bella; a diferencia de su hermana Rhaena, Jaehaerys Targaryen no era dado a proferir amenazas, si bien tenía su propio modo de hacer sentir su desaprobación.

El rey regresó de occidente un giro de luna antes de que la reina saliera de cuentas, de modo que estaría a su lado cuando alumbrase, cosa que sucedió precisamente cuando los maestres habían previsto. Un niño delgado, bien formado y sano, con los ojos tan claros como las lilas. Su cabello, nada más nacer, era también claro, brillante como el oro blanco, un color raro incluso en la Valyria de antaño. Jaehaerys lo llamó Aemon. «Daenerys se molestará conmigo —dijo Alysanne, colocándose al principito sobre el pecho—. Insistía muchísimo en que deseaba una hermana.» Jaehaerys se rio y contestó: «A la próxima». Esa noche, a sugerencia de Alysanne, el rey depositó un huevo de dragón en la cuna del príncipe.

Alborozados por la noticia de la llegada al mundo del príncipe Aemon, millares de plebeyos se alinearon en las calles, frente a la Fortaleza Roja, cuando Jaehaerys y Alysanne regresaron a Desembarco del Rey un giro de luna más tarde con la esperanza de ver al nuevo heredero del Trono de Hierro. Oyendo sus proclamas y vítores, el rey subió al fin a la muralla de la puerta principal del alcázar y alzó al niño sobre la cabeza para que todos lo vieran. Entonces, se dice, surgió un rugido tan estentóreo que se oyó al otro lado del mar Angosto.

Mientras los Siete Reinos estaban de celebración, el rey tuvo noticia de que habían vuelto a ver a su hermana Rhaena, esta vez en Piedraverde, la antigua sede de la casa Estermont, en la isla del mismo nombre, frente a las costas del cabo de la Ira. Allí había decidido quedarse durante un tiempo. Conviene recordar que la primerísima de las favoritas de Rhaena, su prima Larissa Velaryon, se había casado con el segundo hijo del Lucero de la Tarde de Tarth. Aunque su marido había fallecido, lady Larissa le había dado una hija que, recientemente, se había casado con el anciano lord Estermont. En lugar de quedarse en Tarth o regresar a Marcaderiva, la viuda había decidido quedarse con su hija en Piedraverde tras el casamiento. De que la presencia de lady Larissa había atraído a Rhaena Targaryen a Estermont no cabía duda alguna, ya que la isla carecía por lo demás de encanto alguno, dados sus ventarrones, su humedad y su pobreza. Tras perder a su hija y con sus más queridas amigas y favoritas en la tumba, no es de extrañar que Rhaena buscase solaz con una compañera de la infancia.

Habría sorprendido y enfurecido a la reina saber que otra antigua favorita pasaba cerca en aquellos momentos. Tras hacer escala en Pentos a fin de avituallarse, Alys Colina, a bordo de su *Buscaelsol*, había puesto rumbo a Tyrosh, donde tan solo la parte más estrecha del mar Angosto se interponía entre Estermont y ella. Quedaba por delante una arriesgada travesía por las aguas de los Peldaños, infestadas de piratas, por lo que, como muchos otros capitanes prudentes, había reclutado arqueros y mercenarios a fin de garantizar su seguridad tras cruzar el estrecho y salir a mar abierto. No obstante, los dioses y sus caprichos decidieron que la reina Rhaena y su traicionera no tuvieran noticia mutua, y el *Buscaelsol* sobrepasó los Peldaños sin incidente alguno. Alys Colina licenció a sus reclutas en Lys, y se reaprovisionó de víveres y agua dulce antes de zarpar hacia el oeste, rumbo a Antigua.

El invierno llegó a Poniente en el año 56 después de la Conquista de Aegon, y con él, una funesta noticia procedente de Essos: todos los hombres que había enviado el rey Jaehaerys a investigar a la gran bestia que merodeaba por las colinas del norte de Pentos habían muerto. Su comandante, ser Willam la Avispa, había contratado en Pentos a un guía, un lugareño que afirmaba saber dónde acechaba el monstruo. Sin embargo, los condujo a una trampa, y en algún lugar de las colinas de Terciopelo de Andalia, ser Willam y sus hombres sufrieron la emboscada de unos salteadores. Aunque se defendieron con bravura, se encontraban en inferioridad numérica y acabaron dominados y asesinados. Ser Willam había sido el último en caer, se dijo. Un agente de lord Rego recibió su cabeza en Pentos.

«No hay monstruo alguno —concluyó el septón Barth tras escuchar la desventurada historia—; tan solo ladrones de ovejas que narran embustes a fin de espantar a los demás.» Myles Smallwood, Mano del Rey, apremió al monarca a castigar a Pentos por el ultraje, pero Jaehaerys no estaba dispuesto a declarar la guerra a una ciudad entera por los crímenes de un puñado de proscritos, conque el asunto se arrumbó y el sino de ser Willam la Avispa quedó registrado en el Libro Blanco de la Guardia Real. Para sustituirlo, Jaehaerys revistió de la alba capa a ser Lucamore Strong, vencedor del gran combate cuerpo a cuerpo de Rocadragón.

Pronto arribaron más noticias de los enviados de lord Rego allende el mar. Un informe hablaba de un dragón visto en los reñideros de Astapor, en la bahía de los Esclavos, una fiera de alas afeitadas que los esclavistas enfrentaban con toros, osos cavernarios y grupos de esclavos armados con lanzas y hachas mientras millares de espectadores vociferaban y rugían. El septón Barth descartó el relato inmediatamente. «Un guiverno, sin duda alguna —declaró—. A los guivernos de Sothoryos suelen confundirlos con dragones quienes jamás han visto un dragón.»

Muchísimo más interesante para el monarca y el consejo resultó el gran incendio que había abrasado las Tierras de la Discordia una quincena antes. Avivado por los fuertes vientos y alimentado por los pastos agostados, el fuego cundió durante tres días y tres noches, envolviendo media docena de poblaciones y cercando a una cuadrilla de mercenarios, que se vio atrapada entre las llamaradas que avanzaban y una hueste tyroshí comandada por el mismísimo arconte. La mayoría decidió caer bajo las lanzas tyroshíes a arder con vida. Ni tan solo uno sobrevivió.

El origen del fuego es un misterio. «Un dragón —declaró ser Myles Smallwood—. ¿Qué pudo ser si no?» Rego Draz seguía sin convencerse. «La caída de un rayo —apuntó—. Una hoguera. Un beodo con una antorcha en busca de una puta.» El rey coincidió: «Si fuera obra de Balerion, sin duda lo habrían avistado».

Los incendios de Essos no suponían inquietud alguna para la mujer que se hacía llamar Alys Colina en Antigua. Tenía los ojos fijos en el otro horizonte, en los tormentosos mares occidentales. Su *Buscaelsol* había tocado puerto en los últimos días del otoño, si bien seguía fondeado mientras lady Alys enrolaba tripulantes para la travesía. Se proponía una empresa que tan solo un puñado de los más osados marinos se habrían atrevido a intentar: navegar más allá del ocaso en pos de tierras con las que ni cabía soñar, y no deseaba una tripulación que pudiera perder los arrestos, amotinarse y obligarla a virar la nave; requería hombres que compartieran su sueño, y ni tan siquiera en Antigua resultaban nada fáciles de encontrar.

Entonces, como ahora, el populacho ignorante y los marineros supersticiosos se aferraban a la creencia de que el mundo era plano y acababa allá a lo lejos, a occidente. Unos hablabas de murallas de fuego y mares hirvientes; otros, de negras brumas que no se disipaban jamás; otros, de las mismísimas puertas del averno. Los eruditos sabían que no era así. El sol y la luna eran esferas, tal como podía ver cualquiera que tuviese ojos en la cara. La razón indicaba que el mundo debía de ser una esfera asimismo, y centurias de estudios habían convencido a los archimaestres del Cónclave de que no cabía duda alguna. Los señores dragón del Feudo Franco de Valyria creían lo mismo, así como los más sabios de muchas tierras distantes, desde Qarth hasta Yi Ti, pasando por la isla de Leng.

No existía el mismo acuerdo en lo tocante al tamaño del mundo; aun entre los archimaestres de la Ciudadela había una profunda división en este asunto. Algunos creían que el mar del Ocaso era tan vasto que ningún hombre podía esperar cruzarlo. Otros argüían que tal vez no fuese más ancho que el mar del Verano en la parte en que separaba el Rejo de la Gran Moraq; una tremenda distancia, desde luego, aunque no tanto como para que no pudiera recorrerla un capitán intrépido con la nave adecuada. Una ruta occidental hacia las sedas y especias de Yi Ti y Leng podía suponer incalculables riquezas para el hombre que diera con ella..., si la esfera del mundo era tan pequeña como afirmaban tales sabios.

Alys Colina no creía que lo fuera. Los escasos escritos que nos legó muestran que, ya de niña, Elissa Farman estaba convencida de que el mundo era «mucho mayor y mucho más extraño de lo que imaginan los maestres». No soñaba con alcanzar Ulthos y Asshai navegando hacia el oeste; la suya era una idea más osada. Entre Poniente y las costas más orientales de Essos y Ulthos, según creía, se extendían otras tierras y otros mares a la espera de ser descubiertos: otro Essos, otro Sothoryos, otro Poniente. Sus sueños estaban surcados de ríos y cuajados de planicies ventosas e imponentes montañas con las cumbres circundadas de nubes, de islas esmeraldinas que verdeaban al sol, de extrañas bestias que hombre alguno había domado, de sorprendentes frutos que nadie había degustado, de ciudades doradas que brillaban bajo extrañas estrellas.

No era la primera en albergar tal sueño. Milenios antes de la Conquista, cuando los Reyes del Invierno gobernaban en el Norte, Brandon el Armador construyó una flota entera de navíos con los que pretendía cruzar el mar del Ocaso. Los condujo hacia occidente él mismo, para no regresar jamás. Su hijo y heredero, otro Brandon, quemó los astilleros donde se habían fabricado y fue conocido como Brandon el Incendiario para los restos. Mil años después, unos nativos de las Islas del Hierro que habían zarpado de Gran Wyk se vieron desviados de su curso hacia unas islas rocosas, sitas a ocho días de navegación al noroeste desde cualquier costa conocida. Su capitán erigió una torre y un faro en aquel lugar, adoptó el apellido de Farwynd y bautizó su sede como Luz Solitaria. Sus descendientes aún moran allí, aferrados a unos peñascos donde las focas superan a los hombres a razón de cincuenta a uno. Hasta los habitantes de las Islas del Hierro tenían por locos a los Farwynd, y había quienes los motejaban «focas».

Tanto Brandon el Armador como el hijo del hierro que lo siguió habían navegado por los mares norteños, donde monstruosos krákens, dragones marinos y leviatanes del tamaño de ínsulas nadaban por sus gélidas y grises aguas, y donde las nieblas heladas ocultaban montañas de hielo flotantes. Alys Colina no se proponía navegar en su estela, sino que tomaría un rumbo mucho más meridional a bordo de su *Buscaelsol*, en pos de templadas aguas de azur y vientos estables que, según creía, la conducirían al otro confín del mar del Ocaso. Aunque antes debía enrolar una tripulación.

Algunos se reían de ella; otros la tomaban por loca o la maldecían a la cara. «Extrañas bestias, así es —le dijo un capitán rival—. Y, te guste o no, acabarás en la tripa de alguna.» No obstante, una buena porción del oro que el Señor del Mar le había pagado por los huevos de dragón robados reposaba segura en las cámaras del Banco de Hierro de Braavos, y respaldada por tan abultada riqueza, lady Alys era capaz de tentar a los marinos pagando el triple del salario que podían ofrecer otros capitanes. Lentamente, comenzó a recabar reclutas dispuestos.

Inevitablemente, la noticia de sus esfuerzos acabó llamando la atención del señor de Torrealta. Se envió a los nietos de lord Donnel, Eustace y Norman, ambos notables marinos, a interrogarla... y a cargarla de cadenas si lo hallaban preciso. En cambio, ambos se enrolaron con ella, ofreciendo sus propios navíos y tripulantes para la misión. Tras ello, los marineros se apelotonaron en su afán de formar parte de su tripulación. Si los Hightower participaban, había fortunas con las que hacerse. El *Buscaelsol* partió de Antigua el vigesimotercer día de la tercera luna del 56 d. C. y descendió por la bahía de los Susurros hasta llegar a mar abierto en compañía del *Luna de Otoño* de Norman Hightower y el *Lady Meredith* de ser Eustace Hightower.

No hacía ni un día de su partida cuando las noticias sobre Alys Colina y su desesperada búsqueda de tripulantes ya habían llegado a Desembarco del Rey. El rey Jaehaerys supo enseguida quién se ocultaba tras el seudónimo utilizado por lady Elissa, e inmediatamente envió cuervos a lord Donnel, en Antigua, para ordenarle que detuviera a aquella mujer y se la enviase a la Fortaleza Roja a fin de interrogarla. Las aves llegaron tarde, no obstante, o quizá, como hay quien sostiene aun hoy en día, Donnel el Demorador había vuelto a demorar algo. Nada dispuesto a atraerse la regia ira, despachó una docena de sus naves más veloces en pos de Alys Colina y sus nietos, pero, una por una, regresaron penosamente a puerto, derrotadas. Los mares son amplios, y las naves, pequeñas, y ninguno de los navíos de lord Donnel podía competir en velocidad con el *Buscaelsol* cuando el viento henchía su velamen.

Cuando se supo de su huida en la Fortaleza Roja, el soberano meditó largo y tendido sobre si perseguiría a Elissa Farman él mismo. Ningún barco puede navegar tan velozmente como vuela un dragón, razonó. Quizá Vermithor pudiera encontrarla, a diferencia de los buques de lord Hightower. Sin embargo, ya la mera idea aterraba a la reina Alysanne. Ni siquiera los dragones pueden mantenerse en vuelo eternamente, señaló, y las cartas de navegación existentes del mar del Ocaso no mostraban ni islas ni rocas sobre las que posarse a descansar. El gran maestre Benifer y el septón Barth coincidían, y contra su oposición, su alteza acabó por arrumbar la idea renuentemente.

El decimotercer día de la cuarta luna del 56 d. C. amaneció frío y gris, con un tempestuoso viento que soplaba de oriente. Las crónicas cortesanas nos dicen que Jaehaerys I Targaryen interrumpió su ayuno con un legado del Banco de Hierro de Braavos que llegó para cobrarse el pago anual del crédito de la Corona. Fue una reunión disputada. Elissa Farman aún rondaba por los pensamientos del soberano, y bien sabía que el *Buscaelsol* se había construido en Braavos. Su alteza exigió saber si el Banco de Hierro había financiado la construcción de la nave y si tenía información alguna sobre los huevos de dragón robados. El banquero, por su parte, negó la mayor.

En otro lugar de la Fortaleza Roja, la reina Alysanne pasaba la mañana con sus hijos. La princesa Daenerys al fin había abierto su corazón a su hermano Aemon, si bien aún deseaba tener una hermanita. El septón Barth estaba en la biblioteca; el gran maestre Benifer, con sus cuervos mensajeros. Por toda la ciudad, lord Corbray inspeccionaba a los hombres del Cuartel Este de la Guardia de la Ciudad, mientras que Rego Draz se solazaba con una joven de dudosa virtud en su mansión sita al pie de Pozo Dragón.

Todos ellos recordarían durante mucho tiempo lo que estaban haciendo cuando oyeron un cuerno que retumbó en la atmósfera matutina. «Su sonido me recorrió la columna como un puñal helado —diría la reina más tarde—, aunque no habría sabido decir por qué.» En una torre solitaria usada como otero, que dominaba las aguas de la bahía del Aguasnegras, un vigía había dado la alarma tras divisar unas oscuras alas a lo lejos. Volvió a hacer sonar el cuerno cuando las alas se hicieron más grandes, y por tercera vez cuando ya se distinguía la negra silueta del dragón recortada contra las nubes.

Balerion regresaba a Desembarco del Rey.

Habían pasado largos años desde que se viera al Terror Negro por última vez en los cielos de la ciudad, y colmó de horror a muchos desembarqueños que se preguntaban si, de alguna manera, Maegor el Cruel había salido de la fosa para volver a montar a sus lomos. Ay, el jinete que colgaba de su pescuezo no era un rey muerto, sino una niña moribunda.

La sombra de Balerion se cernió sobre los patios y edificios de la Fortaleza Roja cuando descendió con sus gigantescas alas batiendo el aire para aterrizar en el patio interior del Torreón de Maegor. Apenas había tocado tierra cuando la princesa Aerea cayó de su lomo. Aun a quienes la habían tratado durante sus mejores años en la corte les costó reconocerla. Se encontraba prácticamente desnuda; no llevaba sino jirones y harapos que le colgaban de piernas y brazos. Tenía el cabello alborotado y apelmazado, y los miembros, más flacos que palos. «¡Por favor!», gritó a los caballeros, escuderos y sirvientes que la habían visto descender. Entonces, mientras estos corrían hacia ella, dijo: «Yo nunca...» y se desplomó.

Ser Lucamore Strong se encontraba en su puesto, en el puente que cruza el foso seco que rodea el Torreón de Maegor. Apartando a los mirones, alzó a la princesa en brazos y atravesó con ella el alcázar para llevarla ante el gran maestre Benifer. Más adelante diría a quienes quisieran escucharlo que la niña estaba congestionada y ardiendo de fiebre, con la piel tan abrasadora que sentía el calor aun a través de las escamas esmaltadas de la armadura. «Tenía también los ojos inyectados en sangre —afirmó el caballero—, y había algo dentro de ella, algo que se movía y la hacía temblar y retorcerse en mis brazos.» (No estuvo narrando tales historias durante demasiado tiempo, de todos modos: al día siguiente, el rey Jaehaerys lo mandó llamar y le ordenó no volver a hablar de la princesa.)

Se convocó a los reyes de inmediato, pero cuando llegaron a las cámaras del gran maestre Benifer, este les prohibió la entrada. «No os conviene verla de este modo —les dijo—, y sería negligente si os dejase aproximaros.» Se apostaron guardias a la puerta para evitar también que entrasen sirvientes. Tan solo se admitió al septón Barth para que le administrara los ritos fúnebres. Benifer hizo lo que pudo por la enferma princesa: le dio la leche de la amapola y la sumergió en una tina de hielo para bajarle la fiebre, pero sus esfuerzos no dieron fruto alguno. Mientras millares de plebeyos se congregaban en el septo de la Fortaleza Roja a fin de orar por ella, Jaehaerys y Alysanne velaban frente a la puerta del maestre. El sol ya se había puesto y se aproximaba la hora del murciélago cuando Barth salió a anunciar que Aerea Targaryen había fallecido.

Se entregó la princesa a las llamas al alborear el día siguiente, con el cuerpo envuelto en fino lino blanco de pies a cabeza. El gran maestre Benifer, que le había dispuesto la pira funeraria, parecía medio muerto asimismo, según confiaría lord Redwyne a sus hijos. El monarca anunció que a su sobrina se la había llevado la fiebre y pidió al reino que rezase por ella. Desembarco del Rey tuvo unos días de luto hasta que la vida siguió su curso, y ahí acabó todo.

No obstante, aún había misterios por desvelar. Incluso hoy, siglos más tarde, no estamos más cerca de averiguar la verdad.

Más de cuarenta hombres habían servido al Trono de Hierro como grandes maestres. Sus dietarios, misivas, relaciones, memorias y calendarios cortesanos son nuestros mejores archivos de los sucesos de los que fueron testigos, aunque no todos ellos hicieron gala de igual diligencia. Mientras que algunos nos legaron grandes volúmenes llenos de palabras hueras, sin dejar de reseñar jamás qué había tomado el rey para comer (y si el plato había sido de su agrado), otros no redactaban más que media docena de misivas anuales. En este aspecto, Benifer se encuentra entre los mejores, y sus cartas y diarios nos brindan relaciones detalladas de todo cuanto vio, hizo y atestiguó mientras estuvo al servicio del rey Jaehaerys y, anteriormente, de su tío Maegor. Aun así, en todos los escritos de Benifer no se encuentra una sola palabra concerniente al regreso de Aerea Targaryen y su dragón robado a Desembarco del Rey, ni al fallecimiento de la joven princesa.

Afortunadamente, el septón Barth no fue tan reticente, y es a su narración a la que ahora debemos recurrir. Barth escribió: «Tres días han pasado desde que pereció la princesa, y no he logrado conciliar el sueño. Ignoro si volveré a dormir algún día. La Madre es misericordiosa, siempre lo he creído, y el Padre Supremo juzga a todo hombre con justicia..., pero no hubo misericordia en lo que padeció nuestra pobre princesa. ¿Cómo pudieron los dioses estar tan ciegos o ser tan insensibles como para permitir tal horror? ¿O cabe la posibilidad de que haya otras deidades en este universo, dioses malignos y monstruosos como aquellos sobre los que nos advierten los clérigos del rojo R'hllor, y contra cuya malicia los reyes y los dioses de los hombres no son sino meras moscas?

»No lo sé. No quiero saberlo. Si esto me convierte en un septón sin fe, que así sea. Tanto el gran maestre Benifer como yo hemos quedado de acuerdo en no contar a nadie cuanto vimos y experimentamos en sus cámaras mientras la pobre niña yacía a las puertas de la muerte... Ni al rey ni a la reina ni a su madre; ni siquiera a los archimaestres de la Ciudadela. Pero los recuerdos no me abandonan, de modo que los plasmaré aquí. Tal vez cuando se encuentren y se lean, los hombres hayan llegado ya a comprender mejor tales males.

»Hemos dicho a todo el mundo que la princesa Aerea murió de fiebres, y es cierto en sentido estricto, pero se trataba de una fiebre que jamás había visto y que espero no volver a ver nunca. La princesa estaba ardiendo. Tenía la piel roja e inflamada, y cuando le ponía la mano en la frente para ver cuán caliente estaba, era como meterla en una olla de aceite hirviente. Apenas le quedaba un adarme de carne sobre los huesos, tan demacrada y consumida se encontraba; pero, además, pudimos observar ciertos... abultamientos... en su interior, como si la piel se inflase y luego volviera a hundirse, como si..., no como si, ya que tal era la verdad: había cosas en su interior, cosas vivas que se movían y se retorcían, tal vez en busca de una salida y, que le causaban tan grandes dolores que ni la leche de la amapola la aliviaba. Dijimos al rey, como desde luego dijimos a su madre, que Aerea no habló en ningún momento, aunque es mentira. Rezo por olvidar pronto ciertas cosas que susurró a través de sus ajados y sanguinolentos labios. No logro olvidar cómo suplicaba la misericordiosa muerte.

»Todas las artes del maestre se vieron impotentes contra la fiebre, si es que, en efecto, podemos dar a tal horror un nombre tan común. El modo más sencillo de explicarlo es que la pobre niña se cocía por dentro. La carne se oscurecía más y más y luego comenzaba a resquebrajarse, hasta que la piel ya no se asemejaba más que a (que los Siete me perdonen) cortezas de cerdo. Finos hilillos de humo le surgían de la boca, la nariz e, incluso, y más obscenamente, los labios menores. Para entonces ya había dejado de hablar, si bien los seres de su interior continuaban moviéndose. Los mismísimos ojos se le cocieron en el cráneo y acabaron por abrirse como dos huevos abandonados durante demasiado tiempo en agua hirviendo.

»Me pareció la cosa más horrible que jamás hubiera visto, pero pronto me desengañé, ya que un horror aún peor me aguardaba. Llegó cuando Benifer y yo introdujimos a la pequeña en una bañera y la cubrimos con hielo. La impresión provocada por la inmersión le detuvo el corazón inmediatamente, me digo... De ser así, fue una clemencia, ya que entonces salieron los seres de su interior...

»Los seres..., la Madre nos asista, no sé cómo referirme a ellos, eran... gusanos con rostro...., sierpes con manos, que se contorsionaban; viscosos y atroces seres que parecían retorcerse, palpitar y ensortijarse al erupcionar de sus carnes. Algunos no eran mayores

que mi meñique, pero uno, al menos, era tan largo como mi brazo. Oh, válgame el Guerrero, qué horrísonos ruidos emitían...

»Pero murieron. Debo recordarlo, aferrarme a eso. Fueran lo que fueran, eran criaturas de calor y fuego, y ¿les plugo el hielo? Ah, no. Uno tras otro se aplastaron y contorsionaron, y perecieron ante mis ojos, gracias a los Siete. No pretenderé darles un nombre... Eran horrores».

La primera parte de la relación del septón Barth concluye aquí, pero la reanudó varios días después: «La princesa Aerea se ha ido, pero no se ha olvidado. Los fieles ruegan por su dulce alma por las mañanas y las noches. Fuera de los septos, las mismas preguntas andan en labios de todos. La princesa estuvo desaparecida más de un año. ¿Adónde pudo haber ido? ¿Qué pudo haber sido de ella? ¿Qué la devolvió a casa? ¿Era Balerion el monstruo que, al parecer, aterraba a los moradores de las colinas de Terciopelo de Andalia? ¿Sus llamaradas provocaron el incendio que arrasó las Tierras de la Discordia? ¿El Terror Negro pudo volar a un lugar tan lejano como Astapor y tratarse del dragón del reñidero? No, y no, y no. Son meras fábulas.

»No obstante, si dejamos de lado tales distracciones, el misterio pervive. ¿Adónde fue Aerea Targaryen tras abandonar Rocadragón? Al principio, la reina Rhaena pensó que había volado a Desembarco del Rey, pues la princesa no mantenía en secreto su anhelo de regresar a la corte. Cuando se vio que no había sido así, Rhaena la buscó en Isla Bella y Antigua. Ambas le parecieron posibles destinos durante un tiempo, pero Aerea no dio señales de vida en ninguno de los dos lugares, ni en ningún otro sitio de Poniente. Otros, incluidos la monarca y yo mismo, concluimos que aquello suponía que la princesa había volado a oriente, no a occidente, y podría encontrarse en alguna parte de Essos. La joven muy bien podía haber pensado que las Ciudades Libres quedaban más allá del alcance de su madre, y la reina Alysanne, en concreto, parecía convencida de que Aerea huía tanto de Rhaena como de la propia Rocadragón. Aun así, los agentes e informadores de lord Rego no dieron con pista alguna de ella al otro lado del mar Angosto..., ni siquiera con hablillas sobre su dragón. ¿Por qué?

»Aunque no puedo ofrecer prueba fehaciente alguna, sí puedo aventurar una respuesta. Me parece que todos nos hemos planteado la pregunta indebida. A Aerea Targaryen aún le quedaba bastante para cumplir su decimotercer día del nombre la mañana en que se escabulló del castillo de su madre. Aunque no era desconocedora de los dragones, jamás había montado ninguno..., y por razones que tal vez jamás comprenderemos, escogió a Balerion en lugar de alguno de los más jóvenes y tratables de los que disponía. Conturbada como estaba por los conflictos con su madre, cabe la posibilidad de que, sencillamente, desease una bestia mayor y más temible que Fuegoensueño, la dragona de esta. También podía caber el deseo de domar la bestia que había dado muerte a su padre y a la dragona de este (aunque la princesa Aerea jamás había conocido a su padre y cuesta saber qué sentimientos podía albergar por él y por su muerte). Cualesquiera que fueran sus razones, así fue como eligió.

»La princesa muy bien podría haber pretendido volar a Desembarco del Rey, tal como su madre sospechaba. También pudo abrigar la idea de buscar a su hermana gemela en Antigua, o de ir en pos de lady Elissa Farman, quien en tiempos le había prometido llevarla a correr aventuras. Fueran cuales fueran sus planes, no importaron. Una cosa es encaramarse a lomos de un dragón y otra muy distinta que se pliegue a la voluntad del jinete, sobre todo tratándose de una criatura tan vieja y fiera como el Terror Negro. Desde el principio nos hemos preguntado: "¿Adónde llevó Aerea a Balerion?", cuando deberíamos haber inquirido: "¿Adónde llevó Balerion a Aerea?".

»Tan solo una respuesta cobra sentido. Recordemos que Balerion era el más voluminoso y anciano de los tres dragones que montaron en la Conquista el rey Aegon y sus hermanas. Vhagar y

Meraxes habían eclosionado en Rocadragón; tan solo Balerion había llegado a la isla con Daenys la Soñadora y Aenar el Exiliado, el más joven de los cinco dragones que llevaron consigo. Los dragones más viejos habían muerto en los años sucesivos, pero Balerion sobrevivió, creciendo aún más en tamaño, fiereza y empecinamiento. Si descartamos las historias de ciertos hechiceros y charlatanes, como bien deberíamos, es muy posible que sea la única criatura viva del mundo que conoció Valyria antes de la Maldición.

»Y allí fue adonde llevó a la pobre niña condenada, a horcajadas sobre su lomo. Si la princesa fue de grado, mucho me extrañaría, pues carecía de las fuerzas, la voluntad y los conocimientos precisos para guiarlo.

»Lo que se hiciera de ella en Valyria ni siquiera puedo imaginarlo. A juzgar por el estado en que volvió a nosotros, ni tan solo deseo planteármelo. Los valyrios eran algo más que señores dragón: practicaban la magia de sangre y otras artes oscuras, escarbaban en la tierra en busca de arcanos que era mejor que quedasen enterrados y retorcían las carnes de bestias y hombres a fin de modelar monstruosas quimeras antinatura. Por tantos pecados, los dioses, en su ira, los habían castigado. Valyria está maldita, en ello coinciden todos los hombres, y ni el más osado marino pone rumbo hacia su humeante osamenta. Pero muy equivocado andaría el mundo de creer que nada vive allí ahora. Los seres que hallamos dentro de Aerea Targaryen son sus moradores, aventuraría yo..., junto con otros tantos horrores que ni tan siquiera podríamos empezar a concebir. He dado cuenta aquí largo y tendido de cómo murió la princesa, pero hay algo más, si cabe más aterrador, digno de mención:

»Balerion también había llegado herido. La enorme bestia, el Terror Negro, el más temible dragón que jamás hubiese surcado los cielos de Poniente, retornó a Desembarco del Rey con llagas a medio sanar que ningún hombre recordó haber contemplado jamás, y un rasgón en el costado izquierdo de casi siete codos, una bermeja herida de la que aún brotaba sangre caliente y humeante.

»Los señores de Poniente son hombres de sumo orgullo, y los septones de la Fe y los maestres de la Ciudadela, a su propio estilo, son más orgullosos si cabe, pero hay mucho más en la naturaleza del mundo que no comprendemos, y que tal vez jamás comprendamos. Puede que eso constituya una clemencia. El Padre nos creó curiosos, hay quien dice, para poner nuestra fe a prueba. Es mi pertinaz pecado que cada vez que me topo con una puerta, necesito ver qué se encuentra al otro lado, pero ciertas puertas es mejor que sigan sin abrir. Aerea Targaryen traspasó una de tales puertas».

La crónica del septón Barth concluye aquí. Jamás volvería a tratar el sino de la princesa Aerea en ninguno de sus muchos escritos, y aun tales palabras quedarían selladas entre sus papeles privados para que no se descubrieran hasta al cabo de casi una centuria. Sin embargo, los horrores que había presenciado tuvieron un profundo efecto sobre él y avivaron su hambre de conocimiento, lo que denominaba su «pertinaz pecado». Posteriormente, Barth emprendió estudios e investigaciones que acabarían plasmándose en su códice intitulado *Dragones, anfípteros y guivernos: Historia antinatural*, un volumen que la Ciudadela condenaría motejándolo de «interesante aunque endeble» y que Baelor el Santo ordenaría expurgar y destruir.

Es posible que, además, el septón Barth comunicase sus sospechas al rey. Aunque el asunto jamás se trató en el consejo privado, aquel mismo año, Jaehaerys dictó un edicto regio que prohibía que toda nave sospechosa de haber visitado las ínsulas valyrias o surcado el mar Humeante atracase en ningún puerto o fondeadero de los Siete Reinos. Los propios súbditos del soberano tenían prohibido también viajar a Valyria so pena de muerte.

No mucho después, Balerion se convirtió en el primer dragón de los Targaryen que se alojaría en Pozo Dragón. Sus luengos túneles de ladrillo se hundían profundamente en la ladera de la colina; se había erigido a la manera de cuevas y era cinco veces más grande que las guaridas de Rocadragón. Tres dragones más jóvenes pronto acompañaron al Terror Negro bajo la Colina de Rhaenys, mientras que Vermithor y Ala de Plata se quedaron en la Fortaleza Roja, cerca de sus jinetes. A fin de garantizar que no volviese a producirse un suceso similar a la huida de la princesa Aerea a lomos de Balerion, el rey decretó que todos los dragones debían guardarse día y noche, independientemente de dónde se alojaran. Una nueva orden de guardias se fundó con tal propósito: los Guardianes de los Dragones, setenta y siete hombres ataviados con armadura negra y yelmo coronado por una fila de escamas de dragón que continuaba, en disminución, espalda abajo.

Poquísimo cabe decir sobre el retorno de Rhaena Targaryen de Estermont tras la muerte de su hija. Cuando el cuervo arribó a su alteza en Piedraverde, la princesa ya había fallecido y estaba incinerada. Tan solo cenizas y huesos quedaban para su madre cuando Fuegoensueño la dejó en la Fortaleza Roja. «Se diría que estoy condenada a llegar siempre tarde», dijo Rhaena. Cuando el rey le ofreció inhumar la urna cineraria en Rocadragón, junto a la del rey Aegon y los demás difuntos de la casa Targaryen, Rhaena se opuso. «Detestaba Rocadragón —le recordó a su alteza—. Deseaba volar.» Dicho aquello, tomó las cenizas de su hija, las elevó a las alturas a lomo de Fuegoensueño y las esparció a los cuatro vientos.

Fueron tiempos melancólicos. Rocadragón seguía siendo suya si la deseaba, dijo Jaehaerys a su hermana Rhaena, pero ella la rehusó también. «Allí no hay nada para mí, salvo penas y fantasmas.» Cuando Alysanne le preguntó si regresaría a Piedraverde, Rhaena negó con la cabeza. «Hay otro fantasma allí, más amable, aunque no menos pesaroso.» El rey sugirió que se quedase con ellos en la corte, y llegó incluso a ofrecerle un puesto en el consejo privado, lo que provocó su hilaridad. «Ah, hermano, cuán atento eres. Me temo que no te agradarían los consejos que te pudiera brindar.» Entonces, la reina Alysanne tomó de la mano a su hermana y dijo: «Todavía eres joven. Si quieres, podemos buscarte otro gentil caballero que te ame tanto como nosotros. Podrías tener más hijos». Eso tan solo sirvió para arrancar un gruñido de los labios de Rhaena. Apartó la mano de la reina y dijo: «Mi dragona devoró a mi último marido. Si me hacéis tomar otro, quizá lo devore yo misma».

El lugar donde el rey Jaehaerys acomodó a su hermana al cabo fue, quizá, la sede más sorprendente posible: Harrenhal. Jordan Towers, uno de los últimos señores que continuaron fieles a Maegor el Cruel, había muerto de una congestión pectoral, y había heredado las enormes ruinas de Harren el Negro su último hijo superviviente, del mismo nombre que el difunto rey. Puesto que todos sus hermanos mayores habían fenecido en las guerras del rey Maegor, Maegor Towers era el último de su linaje y, además, se encontraba sumamente empobrecido. En un alcázar construido para albergar a millares, Towers moraba solo a excepción de un cocinero y tres ancianos hombres de armas. «El castillo tiene cinco torres colosales —señaló el rey—, y el joven Towers no ocupa más que una parte de una. Puedes quedarte con las otras cuatro.» A Rhaena le tentó la idea. «Una me bastará, estoy segura. Mi séquito es, si cabe, menor que el suyo.» Cuando Alysanne le recordó que Harrenhal, al decir de las gentes, también albergaba espíritus, Rhaena se encogió de hombros. «No son mis fantasmas. No me van a importunar.»

Y así fue como Rhaena Targaryen, hija de un rey, esposa de dos y hermana de un tercero, consumió los últimos años de su vida en la apropiadamente llamada Torre de la Viuda de Harrenhal, mientras que, al otro lado del patio de armas, un enfermizo joven, del mismo nombre que el rey que había dado muerte al padre de sus hijos, moraba en sus aposentos de la Torre del Miedo. Curiosamente, según nos relatan, con el tiempo, Rhaena y Maegor Towers llegaron a entablar una suerte de amistad. Tras la muerte de Maegor, en el año 61 d.C., Rhaena se llevó a casa a sus criados y los conservó hasta su muerte.

Rhaena Targaryen falleció en el 73 d.C., a los cincuenta años de edad. Tras la muerte de su hija Aerea, jamás volvió a visitar Desembarco del Rey ni Rocadragón, ni desempeñó papel alguno en el gobierno del reino, si bien sí volaba a Antigua anualmente a fin de visitar a Rhaella, la hija que le quedaba, septa del Septo Estrellado. Sus cabellos de oro y plata se habían tornado canos antes del fin, y el populacho de las Tierras de los Ríos la temía como a una bruja. En aquellos años, los viajeros que se presentaban ante las puertas de Harrenhal con la esperanza de hallar hospitalidad recibían pan y sal, y el privilegio de cobijarse una noche, pero no el honor de la compañía de la reina. Los más afortunados decían haberla visto de pasada en los almenares del alcázar o yendo y viniendo sobre su dragón, ya que Rhaena continuó montando a Fuegoensueño hasta el final, tal como había hecho al principio.

Cuando murió, el rey Jaehaerys ordenó que la incinerasen en Harrenhal y se enterraran allí sus cenizas. «Mi hermano Aegon murió a manos de nuestro tío en la batalla de la Ribera del Ojo de Dioses —dijo su alteza ante la pira funeraria—. Su esposa, mi hermana Rhaena, no lo acompañó en la batalla, pero murió aquel mismo día.» Muerta Rhaena, Jaehaerys otorgó Harrenhal y todas sus tierras y rentas a ser Bywin Strong, hermano de ser Lucamore Strong, de su Guardia Real y reputado caballero por derecho propio.

Pero nos hemos adelantado decenios en nuestro relato, ya que el Desconocido no llamó a Rhaena Targaryen hasta el año 73 d.C., y mucho más iba a pasar antes en Desembarco del Rey y en los Siete Reinos de Poniente, tanto para bien como para mal.

En el año 57 d.C., Jaehaerys y su reina hallaron causa de regocijo nuevamente cuando los dioses los bendijeron con otro vástago. Baelon fue el nombre que recibió, en honor a uno de los señores Targaryen que habían gobernado Rocadragón antes de la Conquista, segundogénito asimismo. Aunque fue más pequeño que su hermano Aemon al nacer, era más gritón y ávido, y sus amas de cría se quejaban de que jamás habían conocido a un niño que chupase tan fuertemente. Tan solo dos días después de su alumbramiento, los cuervos blancos volaron de la Ciudadela para anunciar la llegada de la primavera, de modo que, inmediatamente, Baelon fue motejado como «el Príncipe de la Primavera».

El príncipe Aemon tenía dos años al nacer su hermano; la princesa Daenerys, cuatro. Ambos eran muy parecidos. La princesa era una niña vivaracha y risueña que daba saltos por toda la Fortaleza Roja día y noche, «volando» a todas partes a horcajadas de una escoba que hacía las veces de dragón y se había convertido en su juguete favorito. Salpicada de barro y manchada de verdín, era una cruz tanto para su madre como para sus doncellas, ya que la andaban perdiendo de vista constantemente. El príncipe Aemon, en cambio, era un niño muy serio, cauto, cuidadoso y obediente. Aunque aún no sabía leer, le encantaba que le leyeran, y la reina Alysanne decía riendo que las primeras palabras que pronunció habían sido: «¿Por qué?».

Mientras crecían los retoños, el gran maestre Benifer los observaba atentamente. Las heridas dejadas por la enemistad entre Aenys y Maegor, los hijos del Conquistador, aún estaban abiertas en la mente de muchos señores más ancianos, y a Benifer le inquietaba que estos dos niños acabasen volviéndose el uno contra el otro de igual modo y bañasen en sangre el reino. No tenía motivos para preocuparse. Salvo quizá unos mellizos, jamás unos hermanos podrían estar tan unidos como los hijos de Jaehaerys Targaryen. En cuanto creció lo suficiente para andar, Baelon comenzó a seguir a su hermano por todas partes, y hacía cuanto podía por remedarlo en lo posible. Cuando Aemon recibió su primera espada de madera para empezar a adiestrarse con las armas, se juzgó que Baelon aún era muy pequeño para acompañarlo, si bien eso no lo detuvo. Se hizo su propia espada con un palo y salió corriendo al patio de armas para ponerse a golpear a su hermano, lo cual arrancó una carcajada de impotencia al maestro armero.

Desde entonces, Baelon iba a todas partes con su palo a modo de espada, incluso al lecho, lo cual desesperaba tanto a su madre como a sus doncellas. El príncipe Aemon se mostraba tímido en torno a los dragones al principio, observó Benifer, pero no Baelon, quien, según cuentan, golpeó el morro de Balerion la primera vez que entró en Pozo Dragón. «O está loco o es bien valeroso», observó el viejo Sam el Amargo, y desde aquel día en adelante, el Príncipe de la Primavera recibiría el sobrenombre de Baelon el Valeroso.

Los jóvenes príncipes adoraban a su hermana indeciblemente, eso saltaba a la vista, y Daenerys se deleitaba con los mozos, «sobre todo diciéndoles qué hacer». El gran maestre Benifer anotó algo más, sin embargo: Jaehaerys amaba a sus tres hijos con fiereza, pero desde el momento en que nació Aemon ya empezó a hablar de él como de su heredero, lo cual disgustaba a la reina. «Daenerys es mayor —recordaba a su alteza—. Es la primera en la línea de sucesión; debería reinar.» El rey jamás disentía, salvo para decir: «Será reina cuando Aemon y ella se casen. Reinarán juntos, como nosotros». Pero Benifer veía a las claras que las palabras del monarca no complacían del todo a la reina, tal como consignó en sus misivas.

Regresemos una vez más al año 57 d. C.: también fue el año en que Jaehaerys depuso a lord Myles Smallwood de su cargo de Mano del Rey. Aunque, sin duda alguna, era un hombre leal y bien intencionado, se había mostrado poco apto para pertenecer al consejo privado. Como él mismo declararía: «Estoy hecho para sentarme en un caballo, no en un cojín». Su alteza, ya más maduro y sabio, dijo a su consejo que no pensaba perder una quincena barajando nombres; esta vez tendría la Mano que le pluguiera: el septón Barth. Cuando lord Corbray recordó al rey que Barth era de extracción humilde, Jaehaerys desestimó sus objeciones. «Si su padre forjaba espadas y herraba caballos, que así sea. Un caballero necesita su espada, un caballo necesita sus herraduras y yo necesito a mi Barth.»

La nueva Mano del Rey embarcó al cabo de unos días de su nombramiento rumbo a Braavos, a fin de entablar consultas con el Señor del Mar y el Banco de Hierro. Lo acompañaban ser Gyles Morrigen y seis guardias, pero tan solo el septón Barth participó en las negociaciones. El propósito de su misión era delicado: o guerra o paz. El rey Jaehaerys admiraba grandemente la ciudad de Braavos, según dijo Barth al Señor del Mar; por eso no había acudido él mismo, comprendiendo como comprendía la amarga historia de las Ciudades Libres con Valyria y sus señores dragón. Pero si su Mano no lograba zanjar amigablemente el problema que los ocupaba, su alteza no tendría más remedio que ir en persona a lomos de Vermithor para lo que Barth denominaría «unas negociaciones más vigorosas». Cuando el Señor del Mar inquirió de qué asunto se trataba, el septón sonrió y dijo:

—¿Es así como debemos jugar? Estamos hablando de tres huevos. ¿Cabe decir más?

—No reconozco nada —repuso el Señor del Mar—. Sin embargo, si tales huevos estuvieran en mi poder, tan solo podría ser por haberlos adquirido.

—A una ladrona.

—¿Cómo se puede demostrar tal cosa? ¿Esa ladrona ha sido aprehendida, juzgada y declarada culpable? Braavos es una ciudad que se ajusta a derecho. ¿Quién es el legítimo dueño de esos huevos? ¿Podéis mostrarme pruebas de pertenencia?

—Su alteza puede mostraros pruebas de dragones.

Eso hizo sonreír al Señor del Mar.

—La amenaza velada a la que es tan aficionado vuestro rey. Más fuerte que su padre, más sutil que su tío. Sí, sé qué podría hacernos Jaehaerys si así lo decidiera. Los braavosíes tenemos una larga memoria y recordamos a los señores dragón de antaño. Aunque también hay cosas que podríamos hacer a vuestro rey. ¿Debería enumerarlas? ¿O preferiríais la amenaza velada?

—Como os plazca.

—Está bien. Vuestro rey podría reducir mi ciudad a cenizas, no lo dudo. Decenas de millares de hombres, mujeres y niños morirían abrasados por el fuegodragón. Carezco de poder para perpetrar tal destrucción en Poniente. Los mercenarios que reclutara huirían ante vuestros caballeros. Mis flotas podrían barrer las vuestras de la mar durante un tiempo, pero mis naves son de madera, y la madera arde. Sin embargo, hay en esta ciudad cierto... gremio, digamos, cuyos miembros son muy diestros en el oficio al que los llevó su vocación. No podrían destruir Desembarco del Rey ni sembrar sus calles de cadáveres. Pero podrían matar... a unos pocos. A unos pocos muy bien escogidos.

—Su alteza está protegida día y noche por la Guardia Real.

—Caballeros, sí. Como el hombre que os aguarda ahí fuera. Si, en efecto, aún está esperando. ¿Qué responderíais si os dijese que ser Gyles ya ha muerto?

Cuando el septón Barth empezó a incorporarse, el Señor del Mar le indicó por gestos que volviera a sentarse.

—No, por favor, no hay necesidad alguna de apresurarse. Tan solo he señalado la posibilidad. Ciertamente, lo he sopesado. Son los más diestros, como os digo. No obstante, si lo hubiera hecho, quizá habríais actuado neciamente y mucha más buena gente habría muerto. No es tal mi deseo. Las amenazas me incomodan. Los ponientíes seréis guerreros, pero los braavosíes somos negociantes. Negociemos.

—¿Qué me ofrecéis? —preguntó el septón Barth tras volver a arrellanarse.

—No tengo esos huevos, desde luego —dijo el Señor del Mar—. No podéis demostrar lo contrario. Si, en efecto, los tuviera, no obstante..., bueno, mientras no eclosionen, no son sino piedras. ¿Vuestro rey me guardaría inquina por tres bonitas piedras? Ahora bien, si tuviera tres... crías..., comprendería su inquietud. Admiro a vuestro Jaehaerys, eso sí. Es una gran mejora comparado con su tío, y Braavos no desea verlo tan descontento. De modo que, en vez de piedras, voy a ofreceros... oro.

Y así fue como empezó la auténtica negociación.

Hay quienes, incluso hoy en día, insisten en que el septón quedó como un bufón ante el Señor del Mar; que le mintieron, le tendieron una trampa y lo humillaron. Señalan que regresó a Desembarco del Rey sin un solo huevo de dragón, lo cual es cierto.

De todos modos, lo que sí llevó consigo no fue de poco valor. A instancias del Señor del Mar, el Banco de Hierro de Braavos condonó al Trono de Hierro el principal de su crédito. De un plumazo, la deuda de la Corona se había visto reducida a la mitad. «Y todo por el precio de tres piedras», dijo Barth al rey.

«El Señor del Mar haría bien en confiar en que sigan siendo meras piedras —repuso Jaehaerys—. Si llegase a oír tan solo un susurro sobre... crías..., su palacio sería lo primero que ardería.»

El acuerdo con el Banco de Hierro tendría gran importancia para todo el pueblo del reino en los años y décadas venideros, aunque sus efectos no fueron evidentes de inmediato. El despreciado consejero de la moneda del monarca, Rego Draz, revisó con esmero las deudas y las rentas de la Corona tras el regreso del septón Barth, y concluyó que la suma que previamente se debería haber pagado a Braavos podía dedicarse sin temores a un proyecto que el rey hacía ya tiempo que deseaba emprender en sus dominios: mayores reformas en Desembarco del Rey.

Jaehaerys había ensanchado y enderezado las calles de la ciudad, y había puesto adoquines donde antes no había sino lodo, pero aún quedaba muchísimo por hacer. Desembarco del Rey, en su estado actual, no tenía comparación alguna con Antigua, ni siquiera con Lannisport, y no digamos con las espléndidas Ciudades Libres de allende el mar Angosto. Su alteza estaba decidido a hacerlas semejantes. Por tanto, trazó la planificación de una serie de drenajes y cloacas, para conducir las inmundicias de la ciudad bajo las vías urbanas hasta el río.

El septón Barth señaló al rey un asunto si cabe más importante: el agua potable de Desembarco del Rey no era apta sino para caballos y puercos, al decir de muchos. El agua del río era fangosa, y las nuevas cloacas del rey pronto la empeorarían. Las aguas de la bahía del Aguasnegras eran salobres en el mejor de los casos y saladas en el peor. Mientras que el rey, sus cortesanos y las gentes de alta cuna de la ciudad bebían cerveza, hidromiel y vino, esa agua pútrida era frecuentemente la única opción para el vulgo. A fin de resolver el problema, Barth propuso excavar pozos, algunos dentro de la ciudad y otros al norte, extramuros. Una serie de tuberías de cerámica vidriada y túneles transportarían el agua a la urbe, donde se almacenaría en cuatro grandes aljibes para distribuirla entre la plebe por medio de fuentes públicas situadas en ciertas plazas y encrucijadas.

El plan de Barth era costoso, de eso no cabe duda, y Rego Draz y el rey Jaehaerys se opusieron a tan enorme gasto..., hasta que la reina Alysanne les sirvió una jarra de agua del río en la siguiente reunión del consejo y los retó a beberla. El agua se quedó sin degustar, pero los pozos y las conducciones pronto quedaron aprobados. La construcción requeriría más de un decenio, pero al final, «las fuentes de la reina» abastecerían de agua limpia a los desembarqueños durante muchas generaciones.

Varios años habían pasado sin que el rey emprendiera un viaje, de modo que, en el 58 d. C., se programó que Jaehaerys y Alysanne visitaran por primera vez Invernalia y el Norte. Sus dragones irían con ellos, claro está, pero más allá del Cuello, las distancias eran largas, y las carreteras, malas, de modo que el rey se había hartado de tener que adelantarse volando y aguardar a que su escolta lo alcanzara. En esa ocasión, decretó que su Guardia Real, sus criados y su séquito saldrían con ventaja y dispondrían todos los preparativos para su arribo. Y así fue como tres naves zarparon de Desembarco del Rey rumbo a Puerto Blanco, donde la soberana y él hicieron su primera escala.

Sin embargo, los dioses y las Ciudades Libres tenían otros planes. Mientras los navíos del rey aún se dirigían hacia septentrión, legados de Pentos y Tyrosh visitaron a su alteza en la Fortaleza Roja. Ambas ciudades llevaban tres años en guerra y estaban deseosas de firmar la paz, si bien no lograban ponerse de acuerdo sobre dónde debatir las condiciones. El conflicto había causado graves quebrantos al comercio por el mar Angosto, hasta tal punto que el rey Jaehaerys había ofrecido ayuda a ambas urbes para poner fin a las hostilidades. Tras una larga negociación, el arconte de Tyrosh y el príncipe de Pentos habían quedado en reunirse en Desembarco del Rey para zanjar sus diferencias, siempre y cuando Jaehaerys actuase como intermediario y garantizase el cumplimiento del tratado resultante.

Fue una propuesta que ni el rey ni su consejo vieron que pudieran rechazar, aunque supondría posponer el viaje previsto al Norte, y les preocupaba que el señor de Invernalia, picajoso por demás, pudiese tomárselo como un desaire. La reina Alysanne aportó la solución: ella partiría conforme a lo planificado, sola, mientras el rey recibía al príncipe y al arconte. Jaehaerys podría reunirse con ella en Invernalia en cuanto concluyese el tratado de paz. En ello se quedó.

Los viajes de la soberana Alysanne comenzaron en la urbe de Puerto Blanco, donde decenas de miles de norteños acudieron a vitorearla y a contemplar a Ala de Plata con asombro y cierto terror. Era la primera vez que muchos veían un dragón. La cuantía de las multitudes sorprendía incluso a su señor. «No sabía yo que hubiera tanto populacho en la ciudad —dijo, al parecer, Theomore Manderly—. ¿De dónde ha salido tanta gente?»

Los Manderly eran únicos entre las grandes casas del Norte.

Aunque habían tenido su origen en el Dominio, muchísimas centurias antes, habían hallado refugio cerca de la desembocadura del Cuchillo Blanco, cuando sus rivales los expulsaron de sus fértiles tierras de la ribera del Mander. Si bien eran fieramente leales a los Stark de Invernalia, habían llegado cargados con sus propios dioses del sur; continuaban adorando a los Siete y conservaban las tradiciones de la orden de caballería. Alysanne Targaryen, siempre deseosa de aunar los Siete Reinos, vio una oportunidad en la numerosísima familia de lord Theomore y pronto comenzó a concertar matrimonios. Cuando se marchó, dos de sus damas de compañía ya se habían prometido con los hijos menores del señor, y una tercera, con un sobrino; la hija mayor y tres sobrinas de lord Manderly, en el entretanto, se habían sumado a la corte de la reina, con el acuerdo de acompañarla al sur y allí prometerse con señores y caballeros idóneos de la corte del rey.

Lord Manderly agasajó muy ricamente a la reina. En el banquete de bienvenida se asó un uro entero, y una hija suya, Jessamyn, sirvió de copera a la monarca, rellenándole la jarra de recia cerveza norteña, que la reina declaró mejor que ningún vino que hubiera catado jamás. Manderly también celebró un pequeño torneo en honor a la reina, a fin de hacer gala de las proezas de sus caballeros. Uno de los combatientes, si bien no era caballero, resultó ser una mujer, una joven salvaje capturada por los exploradores al norte del Muro y entregada al cuidado de un caballero de la casa de lord Manderly. Deleitada por la osadía de la moza, Alysanne mandó llamar a su escudo juramentado, Jonquil Darke, y la salvaje y la Sombra Escarlata se batieron lanza contra espada mientras los norteños rugían de aprobación.

Unos días después, la reina convocó a las damas de su corte en el salón de lord Manderly, algo hasta entonces inaudito en el Norte, y más de doscientas mujeres y mozas se congregaron para transmitir sus pensamientos, inquietudes y cuitas a su alteza.

Tras partir de Puerto Blanco, el séquito de la reina remontó el

Cuchillo Blanco hasta los rápidos y continuó por tierra hasta Invernalia, mientras Alysanne se adelantaba a lomos de Ala de Plata. La cordialidad de su recepción en Puerto Blanco no se repetiría en la ancestral sede de los Reyes en el Norte, donde tan solo Alaric Stark y sus hijos comparecieron para recibirla cuando su dragón aterrizó ante las puertas de su castillo. Lord Alaric tenía fama de ser recio como el pedernal: un hombre endurecido, se decía, severo e implacable, ahorrativo hasta un punto rayano en la tacañería, privado de sentido del humor y de alegría, frío. Ni Theomore Manderly, que era banderizo suyo, podía disentir. Stark era muy respetado en el Norte, según dijo, pero no amado. El bufón de lord Manderly lo expresó de otro modo: «Me da la impresión de que lord Alaric no ha hecho de vientre desde los doce años».

El recibimiento que le deparó Invernalia no hizo nada por disipar sus temores en cuanto a lo que le cabía esperar de la casa Stark. Aun antes de desmontar para postrarse de hinojos, lord Alaric observó con recelo la vestimenta de su alteza y dijo: «Espero que traigáis algo más abrigado». A continuación declaró que no quería tener su dragón intramuros. «No he visto Harrenhal, pero sé lo que pasó allí.» Recibiría a los caballeros y damas de la reina a su llegada, «y al rey asimismo, si encuentra el camino», pero no debían abusar de su hospitalidad. «Esto es el Norte, y se acerca el invierno. No podemos dar de comer a mil hombres mucho tiempo.» Cuando la reina le aseguró que tan solo llegaría un diezmo de esa cifra, lord Alaric gruñó y dijo: «Eso está bien. Cuantos menos, mejor». Como era de temer, le había disgustado que el rey Jaehaerys no se hubiera dignado acompañarla, y confesó no estar del todo seguro de cómo agasajar a una reina. «Si esperáis bailes, mascaradas y danzas, habéis venido al lugar menos indicado.»

Lord Alaric había perdido a su esposa tres años antes. Cuando la reina expresó su pesar por no haber llegado a tener el placer de conocer a lady Stark, el norteño dijo: «Era una Mormont de la

Isla del Oso y no la habríais considerado jamás una dama, pero a los doce años acometió con un hacha a una manada de lobos, mató a dos de ellos y se hizo una capa con sus pieles. Me dio también dos hijos fuertes, y una hija tan placentera de contemplar como cualquiera de vuestras damas sureñas».

Cuando su alteza dejó caer que la complacería ayudar a concertar matrimonios para sus hijos con las hijas de grandes señores sureños, lord Stark rehusó bruscamente. «En el Norte seguimos adorando a los antiguos dioses. Cuando mis chicos tomen esposa, se casarán ante un árbol corazón, no ante algún septón meridional.»

Pero Alysanne Targaryen no se rindió fácilmente. Los señores del sur honraban a los antiguos dioses tanto como a los nuevos, dijo a lord Alaric. Casi todos los castillos que conocía tenían un bosque de dioses, así como un septo, e incluso había ciertas casas que jamás habían aceptado a los Siete, no más que los norteños: ante todo, los Blackwood de las Tierras de los Ríos, y quizá al menos una decena más. Incluso un señor tan adusto y pétreo como Alaric Stark se halló indefenso ante el terco encanto de la reina Alysanne. Concedió pensarse lo que le había dicho y tratar el asunto con sus hijos.

Cuanto más se prolongaba la estancia de la reina, más encariñado con ella se sentía lord Alaric, y con el tiempo, Alysanne acabó por comprender que no todo cuanto le habían dicho sobre él era cierto. Era cauto con los gastos, pero no rácano; no carecía de sentido del humor, si bien el suyo era bien particular, afilado como un puñal; sus hijos y las gentes de Invernalia parecían tenerlo en alta estima. Cuando se fundió el hielo inicial, llevó a la reina a una cacería de alces y jabalíes en el bosque de los Lobos, le mostró la osamenta de un gigante y le permitió hurgar a placer en la modesta biblioteca de su castillo. Incluso tuvo a bien aproximarse a Ala de Plata, aunque prudentemente. Las mujeres de Invernalia cayeron asimismo cautivadas por el encanto de la soberana en cuanto llegaron a conocerla. Su alteza intimó especialmente con Alarra, la hija de lord Alaric. Cuando el resto de la comitiva de la reina se presentó por fin a las puertas del castillo, tras bregar con pantanos sin caminos y nieves estivales, la carne y el hidromiel corrieron con alegría pese a la ausencia del monarca.

Entretanto, las cosas no marchaban tan bien en Desembarco del Rey. Las conversaciones del tratado de paz se habían enfangado más de lo previsto, ya que el antagonismo entre las dos Ciudades Libres era más profundo de lo que sospechaba el rey. Cuando intentó hallar un equilibrio, ambos bandos lo acusaron de favorecer al otro. Mientras el príncipe y el arconte regateaban, empezaron a surgir peleas entre sus hombres por toda la ciudad, en posadas, burdeles y tabernas. Un guardia pentoshí fue atacado y muerto, y tres noches después incendiaron la galera del arconte mientras se hallaba fondeada. La partida del monarca se retrasó una y otra vez.

En el Norte, la reina Alysanne se impacientó por tanta espera y decidió pedir venia para abandonar Invernalia durante un tiempo y visitar a los hombres de la Guardia de la Noche en el Castillo Negro. La distancia era considerable, aun volando. Su alteza tomó tierra en Último Hogar y en varias torres y bastiones menores durante el trayecto, para gran sorpresa y delicia de sus señores, mientras una parte de su cortejo se apresuraba tras ella; el resto se había quedado en Invernalia.

Su primera visión del Muro desde lo alto cortó la respiración a Alysanne, según contaría más adelante al rey. Cundía cierta preocupación sobre el recibimiento que darían a la reina en el Castillo Negro, ya que muchos hermanos negros habían sido Clérigos Humildes e Hijos del Guerrero antes de la supresión de sus órdenes, pero lord Stark envió cuervos por delante para advertir de su llegada, y Lothor Burley, el lord comandante de la Guardia de la Noche, reunió a ochocientos de sus mejores hombres para recibirla. Aquella noche, los hermanos negros agasajaron a la soberana con un banquete a base de carne de mamut regada con hidromiel y cerveza negra.

A la alborada de la jornada siguiente, lord Burley llevó a su alteza a la cima del Muro.

—Aquí acaba el mundo —le dijo señalando la vasta extensión verde del bosque Encantado que quedaba allende.

Burley se disculpó por la escasa calidad de los alimentos y bebidas con que se obsequiara a la reina y por la rusticidad de los aposentos del Castillo Negro.

—Hacemos lo que podemos, alteza —le explicó el lord comandante—, pero nuestros catres son duros; nuestros salones, fríos, y nuestra comida...

—... es alimenticia —concluyó la reina—, y eso es cuanto requiero. Me placerá comer como vos.

Los hombres de la Guardia de la Noche se habían quedado tan petrificados ante la dragona como el pueblo de Puerto Blanco, si bien la reina señaló que a Ala de Plata «no le gusta este Muro». Aunque era verano y el Muro lloraba, aún se podía sentir el frío del hielo al soplar el viento, y cada ráfaga hacía silbar y gruñir al animal. «Tres veces sobrevolé con Ala de Plata el Castillo Negro y tres veces traté de conducirla al norte, más allá del Muro —escribiría Alysanne a Jaehaerys—, pero siempre viraba hacia el sur y se negaba a seguir. Jamás pensé que rehusara llevarme adonde yo desease. Me reí al aterrizar para que los hermanos negros no se dieran cuenta de que estaba desconcertada, pero me preocupó y continúa preocupándome.»

En el Castillo Negro, la reina vio a sus primeros salvajes. Poco antes habían capturado a una partida atacante que trataba de escalar el Muro, y habían confinado en jaulas a una docena de maltrechos supervivientes de la refriega para inspeccionarlos. Cuando su alteza preguntó qué se iba a hacer de ellos, le dijeron que les cortarían las orejas antes de liberarlos al norte del Muro. «A todos menos a tres —dijo su acompañante, señalando a tres prisioneros que ya habían perdido las orejas—. A esos tres los decapitaremos; ya los habíamos capturado antes. Si los demás fueran sabios, considerarían la pérdida de las orejas una lección y se quedarían en su lado del muro. Pocos lo hacen.»

Tres de los hermanos habían sido trovadores antes de vestir el negro y se turnaban tocando para su alteza por las noches, regalándola con baladas, canciones de guerra y soeces melodías cuartelarias. El lord comandante Burley en persona llevó a la reina al bosque Encantado, con un centenar de exploradores por escolta. Cuando Alysanne expresó su deseo de ver otros de los fuertes que jalonaban el Muro, Benton Glover, el capitán de los exploradores, la condujo hacia occidente por lo alto del Muro, más allá de la Puerta de la Nieve y el Fuerte de la Noche, donde descendieron y pernoctaron. El camino, según decidió la soberana, era el viaje más pasmoso que jamás hubiera experimentado. «Tan divertido como frío, aunque aquí el viento sopla tan fuerte que temía que nos volara del Muro.» El Fuerte de la Noche se le antojó sombrío y siniestro. «Es tan grande que los hombres parecen diminutos a su lado, como ratones en un castillo en ruinas —dijo a Jaehaerys—, y hay una oscuridad allí, un sabor en el aire... Me alivió abandonar ese lugar.»

No se debe pensar que los días y las noches de la reina en el Castillo Negro se dedicaron totalmente a tales excursiones. Había acudido por el Trono de Hierro, según recordó a lord Burley, y muchas tardes las pasó con él y sus oficiales hablando de los salvajes, el Muro y las necesidades de la Guardia de la Noche.

«Por encima de todo, una reina debe saber escuchar», decía Alysanne Targaryen con frecuencia. En el Castillo Negro puso en práctica tales palabras. Escuchó, oyó y se ganó la eterna devoción de los hombres de la Guardia de la Noche por sus actos. Comprendía la necesidad de tener un castillo entre la Puerta de la Nieve y Marcahielo, dijo a lord Burley, pero el Fuerte de la Noche se desmoronaba, era enorme en demasía y seguramente fuera ruinoso calentarlo. La Guardia de la Noche debía abandonarlo, dijo, y construir un castillo de menor tamaño más al este. Lord Burley no podía disentir, pero le explicó que la Guardia de la Noche carecía de fondos para edificar castillos. Alysanne se había anticipado a tal objeción: ella misma sufragaría los gastos de la construcción, y prometió donar sus joyas para cubrirlos. «Tengo muchísimas joyas», dijo.

Se tardarían ocho años en erigir el nuevo castillo, que llevaría el nombre de Lago Hondo. Junto a su nave principal se sigue viendo una estatua de Alysanne Targaryen hoy en día. El Fuerte de la Noche se abandonó ya antes de completarse Lago Hondo, tal como la reina había deseado. El lord comandante Burley también rebautizó el castillo de la Puerta de la Nieve como Puerta de la Reina, en su honor.

La reina Alysanne anhelaba asimismo escuchar a las mujeres del Norte. Cuando lord Burley le dijo que no había mujeres en el Muro, insistió..., hasta que, al fin, con gran reticencia, la escoltaron a una aldea, al sur del muro, a la que los hermanos negros llamaban Villa Topo. Allí hallaría mujeres, le dijo, si bien en su mayoría serían prostitutas. Los hombres de la Guardia de la Noche no tomaban esposa, le explicó, pero no dejaban de ser hombres, de modo que sentían ciertas urgencias. La reina Alysanne afirmó que no le importaba, de modo que acabó celebrando audiencias de mujeres entre las putas de Villa Topo... y allí oyó ciertas historias que transformarían los Siete Reinos para siempre.

En Desembarco del Rey, el arconte de Tyrosh, el príncipe de Pentos y Jaehaerys I Targaryen de Poniente, al fin, sellaron un Tratado de Paz Eterna. Que se llegase a tal pacto se consideró una suerte de milagro, y se debió sobre todo a la amenaza velada del monarca de que Poniente podía intervenir en la guerra si no se llegaba a una entente. (Los acontecimientos posteriores resultarían ser menos halagüeños que las negociaciones. A su regreso a Tyrosh, se oyó decir al arconte que Desembarco del Rey era «un villorrio pestilente» al que no cabía llamar ciudad, mientras que los maestres de Pentos estaban tan descontentos con las condiciones, que sacrificaron a su príncipe a sus singulares dioses, tal como se acostumbra en dicha ciudad.) Fue entonces cuando tuvo libertad el rey Jaehaerys para volar al norte a lomos de Vermithor. La reina y él se reunieron en Invernalia tras medio año de separación.

La estancia del soberano en Invernalia comenzó con un suceso de mal agüero. A su arribo, Alaric Stark lo condujo a las criptas que hay bajo el castillo a fin de mostrarle la tumba de su hermano.

—Walton yace aquí en la oscuridad, en no poca medida por causa vuestra. Estrellas y Espadas, los residuos de vuestros siete dioses, ¿para qué los queremos? Sin embargo, nos los enviasteis al Muro por centenares, si no por millares, tantos que la Guardia de la Noche se las veía y se las deseaba para darles de comer. Y cuando se rebelaron los peores de los perjuros que nos habíais enviado, a mi hermano le costó la vida reprimirlos.

—Un costoso precio —coincidió el rey—, pero jamás fue nuestra intención. Os doy nuestro pésame, mi señor, y nuestra gratitud.

—Preferiría conservar a mi hermano —replicó lord Alaric acremente.

Lord Stark y el rey Jaehaerys jamás serían amigos íntimos, ya que la sombra de Walton Stark se interpuso entre ellos hasta el final. Tan solo gracias a los buenos oficios de la reina Alysanne se halló un acuerdo. Había visitado el Agasajo de Brandon, las tierras del sur del Muro que Brandon el Constructor había concedido a la Guardia de la Noche a modo de apoyo y fuente de sustento. «No basta —dijo el rey—. Las tierras son someras y pedregosas; los cerros están despoblados. La Guardia anda corta de fondos, y cuando llegue el invierno también andará corta de víveres.» La solución que propuso fue un Nuevo Agasajo, una franja de terreno situada al sur del Agasajo de Brandon.

La idea no plugo a lord Alaric. Si bien era un firme aliado de la

Guardia de la Noche, sabía que los señores que poseían los fundos a la sazón pondrían reparos a que los regalaran sin su venia. «No me cabe duda de que podréis persuadirlos, lord Alaric», dijo la reina. Al final, seducido por ella como siempre, Alaric Stark convino en que, en efecto, podría. Y así fue como la extensión del Agasajo se dobló de un plumazo.

Poco más cabe decir sobre la estancia de los reyes Jaehaerys y Alysanne en el Norte. Tras pasar otra quincena en Invernalia, se dirigieron a la Ciudadela de Torrhen y, de allí, a Fuerte Túmulo, donde lord Dustin les mostró el fuerte del Primer Rey y celebró un remedo de torneo en su honor, si bien poca cosa fue comparado con los torneos del sur. Desde allí, Vermithor y Ala de Plata transportaron a Jaehaerys y Alysanne de vuelta a Desembarco del Rey. Los hombres y mujeres de su séquito padecieron más arduo viaje de regreso: se desplazaron por tierra desde Fuerte Túmulo hasta Puerto Blanco, donde embarcaron.

Aun antes de que los demás llegasen a Puerto Blanco, el rey Jaehaerys ya había convocado a su consejo en la Fortaleza Roja, a fin de considerar un ruego de su reina. Cuando se reunieron el septón Barth, el gran maestre Benifer y los demás, Alysanne les habló de su visita al Muro y de la jornada que había pasado con las putas y las mujeres caídas en desgracia de Villa Topo.

—Hay una joven allí —dijo la reina—, no mayor de lo que soy yo ahora que comparezco ante vosotros. Una chica bella, pero no, creo yo, tanto como lo fue antes. Su padre era herrero, y cuando era una doncella de catorce años la entregó en matrimonio a su aprendiz. Estaba encariñada con el mozo, y él con ella, así que se casaron debidamente. Pero poco después de pronunciar sus votos, su señor se presentó en el casorio con su hueste para reclamar el derecho de pernada. Se la llevó a su torre y gozó de ella, y a la mañana siguiente, sus hombres se la devolvieron a su esposo.

»Pero su doncellez se había disipado, junto con cualquier amor que hubiera podido profesarle el joven aprendiz. Como no podía alzar la mano contra su señor a riesgo de su vida, la alzó contra su mujer. Cuando se hizo patente que estaba encinta del señor, la hizo abortar de una paliza. Desde aquel día, jamás la llamó nada más que puta, hasta que la joven decidió que ya que la llamaban así, como tal viviría, de modo que se dirigió a Villa Topo. Y allí habita hasta el día de hoy. Una niña triste, destrozada. Pero, mientras tanto, en otras aldeas, otras doncellas se casan y sus señores reclaman la pernada.

»La suya era la peor historia, aunque no la única. En Puerto Blanco, en Villa Topo, en Fuerte Túmulo, otras mujeres hablaban igualmente de su primera noche. Lo ignoraba, señores míos. Oh, conocía la tradición. Aun en Rocadragón se habla de hombres de mi propia casa, de Targaryen, que se han refocilado con las mujeres de los pescadores y los sirvientes, y que les han hecho hijos...

—Semillas de dragón los llaman —dijo Jaehaerys con evidente renuencia—. No es nada de lo que jactarse, pero ha pasado, tal vez más de lo que nos gustaría reconocer. Tales hijos son queridos, no obstante. El propio Orys Baratheon era semilla de dragón, hermano bastardo de nuestro abuelo. Si fue concebido en la pernada, tanto ya no sé decir, pero lord Aerion era su padre, eso sí que es bien sabido. Se hicieron regalos...

—¿Regalos? —repitió la reina con afilada voz de escarnio—. No veo honor alguno en nada de esto. Sabía que tales cosas ocurrían hace centenares de años, lo confieso, pero jamás pensé que la costumbre perdurase tan arraigadamente. Quizá no quisiera saberlo. Había cerrado los ojos, pero me los abrió aquella pobre chica de Villa Topo. ¡Nada menos que el derecho de pernada! Alteza, mis señores, ya es hora de poner fin a esto. Os lo imploro.

Cayó el silencio tras hablar la reina, según nos narra el gran maestre Benifer. Los señores del consejo privado se removieron inquietos en sus asientos y cruzaron miradas hasta que, al fin, habló el propio rey, con simpatía y reticencia al tiempo. Lo que proponía la soberana sería difícil, dijo. Los señores se tornaban problemáticos cuando los reyes comenzaban a arrebatarles cosas que consideraban que les pertenecían por derecho propio:

—Sus tierras, su oro, sus derechos...

—¿Sus recién casadas? —concluyó Alysanne—. Recuerdo nuestros esponsales, mi señor. Si hubieras sido herrero y yo lavandera, y algún señor hubiera venido a reclamarme y arrancarme la virtud el día de nuestro casamiento, ¿qué habrías hecho?

—Matarlo —dijo Jaehaerys—, pero yo no soy herrero.

—He dicho «si hubieras sido» —insistió la reina—. Un herrero no deja de ser un hombre, ¿verdad que no? ¿Qué hombre, salvo un cobarde, se quedaría de brazos cruzados mientras otro se beneficia a su mujer? No queremos que los herreros maten nobles, desde luego. —Se volvió hacia el gran maestre Benifer—. Sé cómo murió Gargon Qoherys el Invitado. ¿Cuántos ejemplos más habrá habido?

—Más de los que querría reconoceros —concedió Benifer—. No suele hablarse de ello por miedo a que otros hombres hagan lo mismo, pero...

—La pernada es una ofensa contra la Paz del Rey —concluyó la reina—. No solo contra la virgen, sino también contra su esposo... y la mujer del señor, no lo olvidemos. ¿Qué hacen esas damas de alta cuna mientras sus consortes andan por ahí desflorando doncellas? ¿Cosen? ¿Cantan? ¿Rezan? De ser yo, rogaría que mi señor esposo se cayese del caballo y se rompiera el pescuezo al volver a casa.

El rey Jaehaerys sonrió ante aquello, pero estaba claro que cada vez se encontraba más incómodo.

—El derecho de pernada es muy antiguo —arguyó, si bien con escasa pasión—, tan consustancial al señorío como el derecho de condenar a muerte. Raramente se practica al sur del Cuello, según me cuentan, pero es una prerrogativa señorial a la que algunos de mis más pertinaces banderizos detestarían tener que renunciar.

No te equivocas, amor mío, pero a veces es mejor dejar dormir al dragón.

—Nosotros somos los dragones durmientes —contraatacó la reina—. Esos señores a los que les place la pernada son perros. ¿Por qué deben saciar su lujuria con doncellas que acaban de jurar su amor a otro hombre? ¿Es que ellos carecen de esposa? ¿No hay meretrices en sus dominios? ¿Acaso han perdido el uso de las manos?

El Justicia Mayor, lord Albin Massey, habló a continuación en los siguientes términos:

—El derecho de pernada no se basa tan solo en la lujuria, alteza. Es una práctica ancestral, más antigua que los ándalos, más antigua que la Fe. Se remonta a la Era del Amanecer, de ello no me cabe duda. Los primeros hombres eran un pueblo salvaje y, como los salvajes de allende el Muro, se regían tan solo por la fuerza. Sus señores y reyes eran guerreros, hombres poderosos y héroes, y querían que sus hijos fueran iguales. Si un caudillo decidía plantar su semilla en una virgen en su noche de bodas, se consideraba... una suerte de bendición. Y si un niño salía de tal acoplamiento, tanto mejor. El marido podía entonces tener el honor de criar al hijo de un héroe como si fuera propio.

—Tal vez fuese así hace diez mil años —replicó la reina—, pero los señores que reclaman el derecho de pernada hoy en día ya no son héroes. No habéis oído a esas mujeres hablar de ellos; yo, sí. Hombres viejos, gordos, crueles, sifilíticos, violadores, babosos, cuajados de costras, con cicatrices, con ampollas; señores que hace medio año que no se lavan, con el pelo grasiento y cuajado de piojos. Esos son vuestros poderosos hombres. Escuché a las jóvenes, y ninguna se había sentido bendecida.

—Los ándalos jamás practicaron la pernada en Andalia —dijo el gran maestre Benifer—. Cuando llegaron a Poniente y aniquilaron los reinos de los primeros hombres, se encontraron con tales tradiciones institucionalizadas y decidieron conservarlas, tal como hicieron con los bosques de dioses.

Después tomó la palabra el septón Barth, volviéndose hacia el rey.

—Si se me permite la osadía, creo que su alteza la soberana tiene razón. Los primeros hombres hallarían un propósito en tal rito, pero los primeros hombres combatían con espadas broncíneas y regaban con sangre sus arcianos. No somos tales hombres y ya va siendo hora de atajar tales males, que se interponen ante el ideal de caballerosidad. Nuestros caballeros juran proteger la inocencia de las doncellas..., salvo si el señor a quien sirven desea deshonrar a alguna, al parecer. Pronunciamos nuestros votos matrimoniales ante el Padre y la Madre, prometiendo fidelidad hasta que el Desconocido nos separe, y en ningún pasaje de *La estrella de siete puntas* se dice que esas promesas no recen para los señores. No andáis errado, alteza: ciertos señores seguramente fruncirán el ceño, sobre todo en el Norte; pero todas las vírgenes nos lo agradecerán, así como todos los esposos, padres y madres, tal como ha dicho la reina. Sé que los fieles quedarán complacidos. Su altísima santidad hará oír su voz, no lo dudo.

Cuando Barth acabó de hablar, Jaehaerys Targaryen alzó las manos.

—Sé cuándo estoy derrotado. Muy bien. Que así se haga.

Y así fue como se promulgó la segunda de las que la plebe denominó «leyes de la reina Alysanne»: la abolición del ancestral derecho de pernada de los señores. En adelante, según se decretó, la virtud de una doncella recién casada pertenecería exclusivamente a su marido, ya se uniesen ante un septón o ante un árbol corazón, y cualquier otro hombre, ya noble, ya plebeyo, que la tomase en su noche de bodas o cualquier otra noche sería culpable del delito de violación.

A punto de concluir el quincuagesimoctavo año desde la Conquista de Aegon, el rey Jaehaerys celebró el décimo aniversario de su coronación en el Septo Estrellado de Antigua. Hacía mucho que no existía el mozo imberbe a quien había coronado el

Septón Supremo; lo había sustituido un hombre de veinticuatro años que era un soberano de los pies a la cabeza. La rala barbita y el bigote que lucía al comienzo de su reinado se habían transformado en unas hermosas barbas doradas con destellos de plata. Los luengos cabellos los llevaba recogidos en una espesa trenza que le caía casi hasta la cintura. Jaehaerys, alto y apuesto, se movía con fácil gracia, ya fuera en la pista de baile o en el patio de armas. Su sonrisa, se decía, podía calentar el corazón de cualquier doncella de los Siete Reinos, y su ceño fruncido podía helar la sangre de cualquier hombre. En su hermana teníamos a una reina aún más amada que él. La Bondadosa Reina Alysanne, la llamaba la plebe desde Antigua hasta el Muro. Los dioses habían bendecido a la pareja con tres fuertes hijos: dos espléndidos principitos y una princesa que era el ojo derecho del reino.

En el primer decenio de su reinado habían conocido la pena y el horror, la traición y el conflicto, así como la muerte de seres queridos, pero habían capeado las tormentas y sobrevivido a las tragedias para salir fortalecidos y mejores gracias a tanto padecimiento. Sus logros eran innegables: los Siete Reinos estaban en paz y eran más prósperos que en ningún otro tiempo del que se tuviera memoria.

Era el momento de celebrarlo, y se celebró con un torneo en Desembarco del Rey el día del aniversario de la coronación. La princesa Daenerys y los príncipes Aemon y Baelon compartieron el palco real con sus padres y se extasiaron con los vítores de la multitud. En el campo, el plato fuerte de las competiciones fue el lucimiento de ser Ryam Redwyne, el benjamín de lord Manfryd Redwyne del Rejo, lord almirante y consejero naval de Jaehaerys. En sucesivos combates, ser Ryam descabalgó a Ronnal Baratheon, Arthor Oakheart, Simon Dondarrion, Harys Hogg (vulgo, Jarrete de Jamón) y a dos caballeros de la Guardia Real, Lorence Roxton y Lucamore Strong. Cuando el galante mozo se aproximó al trote al palco regio y coronó a la Bondadosa Reina Alysanne como su reina del amor y la belleza, el común rugió de aprobación.

Las hojas de los árboles ya habían comenzado a tornarse bermejas, anaranjadas y doradas, y las damas de la corte llevaban vestidos a juego. En el banquete que siguió al final del torneo, lord Rogar Baratheon compareció con sus hijos Boremund y Jocelyn, a quienes los monarcas abrazaron cariñosamente. Señores de todo el reino acudieron a la celebración: Lyman Lannister de Roca Casterly, Daemon Velaryon de Marcaderiva, Prentys Tully de Aguasdulces, Rodrik Arryn del Valle e incluso los señores Rowan y Oakheart, cuyas huestes habían marchado en otros tiempos con el Septón Luna. Theomore Manderly descendió del Norte. Alaric Stark, no, pero sí sus hijos, y con ellos, su hija Alarra, arrebolada, para asumir sus nuevos deberes como dama de compañía de la reina. El Septón Supremo estaba demasiado enfermo para asistir, pero envió a su más reciente septa, Rhaella, que había sido Targaryen, aún tímida pero sonriente. Se dijo que la reina lloró de dicha al verla, ya que en rostro y en figura era la viva imagen de su hermana Aerea, si bien mayor.

Fueron momentos de cariñosos abrazos, sonrisas, brindis y reconciliaciones, de renovar antiguas amistades y entablar nuevas, de risas y besos. Fueron buenos tiempos, un otoño dorado, una época de paz y plenitud.

Pero se acercaba el invierno.

El largo reinado

Jaehaerys y Alysanne: Política, progenie y dolor

El séptimo día del año 59 después de la Conquista de Aegon, una baqueteada nave arribaba a duras penas al Canal de los Susurros y amarraba en el puerto de Antigua. Tenía las velas parcheadas, rasgadas y cuajadas de sal; la pintura, descolorida y desconchada. El pendón que flameaba en el mástil estaba tan decolorado por el sol que resultaba irreconocible. No se descubrió su penoso estado hasta que quedó amarrada en el muelle. Era el *Lady Meredith*, visto por última vez al zarpar de Antigua casi tres años antes, cuando emprendía la travesía del mar del Ocaso.

Cuando la tripulación empezó a desembarcar, multitud de mercaderes, porteadores, rameras, marinos y ladrones se quedaron boquiabiertos. Nueve de cada diez hombres que pisaban tierra eran negros o parduzcos. Oleadas de entusiasmo recorrían los muelles. ¿En efecto, el *Lady Meredith* había logrado cruzar el mar del Ocaso? ¿Eran las gentes de tan fabulosas partes del extremo occidental tan cetrinas como los estiveños?

Tan solo cuando desembarcó el mismísmo ser Eustace Hightower se extinguieron los murmullos. El nieto de lord Donnel se encontraba demacrado y asolado, y le surcaban el rostro unas arrugas de las que carecía al embarcarse. Lo acompañaba un puñado de hombres de Antigua, todo cuanto quedaba de su tripulación. Un agente de aduanas de su abuelo lo recibió en el puerto y cruzó con él unas breves palabras. No era que los tripulantes del *Lady Meredith* pareciesen estiveños; era que se trataba de genuinos estiveños enrolados en Sothoryos («por salarios de ruina», se dolía ser Eustace) para sustituir a sus hombres perdidos. El capitán dijo que requeriría estibadores. Llevaba las bodegas repletas de ricas mercancías…, aunque no procedentes de las tierras de allende el mar del Ocaso. «Aquello era un sueño», declaró.

Enseguida se presentaron los caballeros de lord Donnel con orden de escoltarlo a Torrealta. Allí, en el salón ceremonial de su abuelo, con una copa de vino en la mano, ser Eustace Hightower narró su historia. Los escribanos de lord Donnel se aprestaron a copiarla a medida que la relataba y, al cabo de unos días, la crónica ya circulaba por todo Poniente a través de mensajeros, bardos y cuervos.

La travesía había comenzado tan bien como cabía esperar, explicó ser Eustace. Tras rebasar el Rejo, lady Colina, a bordo del *Buscaelsol*, había puesto proa rumbo sursursuroeste en pos de aguas más cálidas y más propicios vientos, y el *Lady Meredith* y el *Luna de Otoño* lo habían seguido. El gran bajel braavosí era tan sumamente veloz cuando el viento henchía su velamen, que los Hightower tenían dificultades para seguir su paso. «Los Siete nos sonreían al comienzo. Teníamos el sol de día y la luna de noche, y el viento más favorable que pudieran esperar un hombre o una doncella. No estábamos completamente solos. De cuando en cuando divisábamos pescadores, y una vez, un gran navío oscuro que tan solo podía ser un ballenero de Ib. Y peces, muchísimos peces… Los delfines nadaban a nuestra vera, como si jamás hubieran visto un barco. Todos nos considerábamos benditos.»

A los doce días de plácida navegación, tras zarpar de Poniente, el *Buscaelsol* y sus dos compañeros se encontraban en la latitud sureña de las Islas del Verano, según calcularon, y más a occidente de lo que se hubiera aventurado jamás nave alguna…, o al menos nave alguna que hubiera regresado para contarlo. A bordo del *Lady Meredith* y del *Luna de Otoño* se abrieron barriles de dorado vino del Rejo para brindar por la hazaña. En el *Buscaelsol*, los marineros tomaron vino con miel especiado de Lannisport. Y si a alguno le parecía inquietante no haber visto una sola ave en cuatro días, se mordió la lengua.

Los dioses odian la arrogancia del hombre, según nos aleccionan los septones, y *La estrella de siete punta*s nos dice que la soberbia precede a la caída. Muy bien podría ser que Alys Colina y los Hightower lo celebrasen con excesivo alborozo y demasiado pronto, allá en las profundidades oceánicas, pues poco después, la gran travesía comenzó a ir de mal en peor. «Lo primero que perdimos fue el viento —declaró ser Eustace en la corte de su abuelo—. Durante casi una quincena no sopló ni una leve brisa, y los navíos tan solo avanzaron hasta donde los remolcamos. Se descubrió que una docena de barriles de carne del *Luna de Otoño* estaban infestados de gusanos. Un ser bien diminuto en sí, aunque de muy mal agüero. Un día regresó el viento al fin, antes del ocaso, cuando el cielo se tornó rojo sangre; ante su vista, la tripulación se puso a musitar. Les dije que el sino nos sonreía, pero mentí. Antes del amanecer, las estrellas se ocultaron y el viento comenzó a aullar, y entonces se alzó la mar.»

Aquella fue la primera galerna, dijo ser Eustace. Otra la siguió dos días después, y luego una tercera, cada una más violenta que la anterior. «Las olas se erguían más altas que los mástiles, y nos rodeaban truenos y relámpagos como jamás había visto, grandes rayos que rasgaban el cielo y abrasaban los ojos. Uno alcanzó el *Luna de Otoño* y le quebró el mástil de cofa a cubierta. En medio de toda aquella insania, un marinero gritó que había visto unos tentáculos surgidos de las aguas, lo último que necesita oír un capitán. Para entonces habíamos perdido de vista el *Buscaelsol* y tan solo quedaban el *Lady Meredith* y el *Luna de Otoño*. La mar lamía las cubiertas a cada ascenso y descenso, y barría a los hombres lanzándolos por la borda, donde quedaban inanemente colgados de los cables. Vi irse a pique el *Luna de Otoño* con mis propios ojos. Estaba delante de mí, quebrado y ardiendo, si bien lejos, cuando de pronto una ola se alzó y lo engulló, y parpadeé y ya no estaba; así de repentino fue. No fue nada más, una ola, una ola monstruosa; sin embargo, todos mis hombres gritaban "¡Kraken, kraken!", y nada de cuanto pudiera decirles lograba disuadirlos.

»Jamás sabré cómo sobrevivimos a aquella noche, pero lo logramos. A la mañana siguiente, la mar estaba calma de nuevo, el sol brillaba y el agua era tan azul e inocente que nadie jamás habría imaginado que mi hermano flotaba allí, muerto como toda su tripulación. El *Lady Meredith* se encontraba en muy mal estado, con las velas ajadas, los mástiles astillados y nueve marineros desaparecidos. Rezamos por los perdidos y emprendimos las reparaciones que pudimos, y aquella tarde, el vigía divisó un velamen en la lejanía. Era el *Buscaelsol*, que volvía a por nosotros.»

Lady Colina había logrado algo más que sobrevivir a la galerna: había avistado tierra. Los vientos y el mar embravecido que habían apartado su *Buscaelsol* de los Hightower la habían arrastrado a occidente, y al rayar el alba, su vigía avistó unas aves que trazaban círculos sobre una brumosa cumbre que se alzaba en el horizonte. Lady Alys puso proa hacia ella y se topó con tres islotes. «Una montaña flanqueada por dos colinas», según su descripción. El *Lady Meredith* no se encontraba en condiciones de navegar, pero con la ayuda de tres botes del *Buscaelsol* que lo remolcaron, consiguió guarecerse al abrigo de las islas.

Las dos sufridas naves se cobijaron frente a las islas durante más de una quincena mientras se reparaban y se reabastecían las bodegas. Lady Alys se sentía triunfante. Había tierras hasta ahora incógnitas más a poniente, unas islas que no constaban en ninguna carta de navegación conocida. Dado que eran tres, las bautizó con los nombres de Aegon, Rhaenys y Visenya. Las ínsulas estaban deshabitadas, pero sus manantiales y arroyos eran abundosos, conque los viajeros pudieron rellenar los barriles con toda el agua dulce precisa. Había jabalíes también, y enormes lagartos grises del tamaño de ciervos, y árboles cargados de frutos secos y carnosos.

Tras degustar algunos, Eustace Hightower declaró que no había necesidad de aventurarse más. «Ya es más que suficiente descubrimiento —dijo—. Aquí hay especias que nunca he probado, y estas frutas rosas... Tenemos nuestra fortuna aquí, en nuestras manos.»

Alys Colina se mostraba incrédula. Tres diminutas islas, aunque la mayor tuviera un tercio del tamaño de Rocadragón, no eran nada. Las auténticas maravillas quedaban más al oeste. Puede que hubiese un nuevo Essos allende el horizonte.

«O, tal vez, otro millar de leguas de vacuo océano», replicó ser Eustace. Y aunque lady Alys porfió, rogó y tejió redes de palabras en el aire, no logró persuadirlo. «Por más que lo hubiese deseado, mi tripulación nunca lo habría permitido —dijo a lord Donnel en Torrealta—. Sin excepción alguna, del primero al último estaban convencidos de haber visto como un gigantesco kraken arrastraba al *Luna de Otoño* a las profundidades marinas. De haber dado orden de proseguir la navegación, me habrían arrojado por la borda y se habrían buscado otro capitán.»

Los expedicionarios se habían separado al partir del archipiélago. El *Lady Meredith* puso proa a oriente, camino de casa, mientras que Alys Colina y su *Buscaelsol* pusieron rumbo hacia occidente, en pos del sol. La travesía de regreso de ser Eustace Hightower resultó ser tan azarosa como la inicial. Hubo más galernas que capear, si bien ninguna tan terrible como la que había echado a pique a su nave hermana. Tuvieron los vientos en contra, lo cual los obligó a ir corrigiendo la bordada continuamente. Habían embarcado tres grandes lagartos grises, y uno mordió al timonel, cuya pierna se tornó verdosa y requirió la amputación.

Unos días después se toparon con un grupo de leviatanes. Uno de ellos, un gran macho blanco mayor que un navío, golpeó el *Lady Meredith* y le quebró el casco. Después, ser Eustace cambió el derrotero rumbo a las Islas del Verano, ya que suponía que eran las tierras más próximas. No obstante, se encontraban en latitudes más meridionales de lo que creían y acabaron por no dar con las islas y encontrarse, en cambio, con las costas de Sothoryos.

«Pasamos allí un año entero —dijo a su abuelo—, tratando de dejar el *Lady Meredith* en buen estado para la navegación, ya que los desperfectos eran más graves de lo esperado. También había allí grandes riquezas, y no dejamos de reparar en ellas. Esmeraldas, oro, especias... Sí, todo eso y más. Extrañas criaturas: monos que caminan como hombres, hombres que aúllan como monos, guivernos, basiliscos, un centenar de variedades de serpientes, mortales todas ellas. Algunos de mis hombres desaparecieron de noche. Los que no habían empezado a morirse. A uno lo picó una mosca. Una leve picadura en el cuello, nada que temer. Tres días después se le caía la piel a tiras y sangraba por oídos, polla y culo. Beber agua salada vuelve loco, todo marino lo sabe, pero el agua dulce no es más inocua en aquel lugar. Contiene gusanos, tan pequeños que casi no se ven, y si alguien se los tragaba, ponían huevos en su interior. Y las fiebres... Apenas pasaba un día en que la mitad de los hombres estuvieran en forma para el trabajo. Todos habríamos perecido, creo, mas vinieron a nosotros varios estiveños que estaban de paso. Conocen aquel infierno mejor de lo que dan a entender, a fe mía. Con su ayuda logré llevar al *Lady Meredith* a Árboles Altos, y de allí, ya a casa.»

Así finalizaban su narración y su gran aventura.

En cuanto a lady Alys Colina, nacida Elissa de la casa Farman, nada podemos decir sobre el final de su aventura. El *Buscaelsol* desapareció por el oeste, aún en busca de las tierras de allende el mar del Ocaso, y jamás volvió a ser avistado.

Aunque...

Muchos años después, Corlys Velaryon, el joven nacido en Marcaderiva en el año 53 d. C., emprendería nueve grandes travesías con su *Serpiente Marina*, en las que se aventuraría más allá de donde hombre alguno de Poniente hubiera navegado jamás. En el primero de sus viajes rebasó las Puertas de Jade hasta arribar a Yi Ti y la isla de Leng, y regresó con tan rico cargamento de especias, seda y jade, que la casa Velaryon se convirtió, durante un tiempo, en la más cresa de los Siete Reinos. En su segunda travesía, ser Corlys se adentró aún más hacia oriente y se convirtió en el primer ponientí que alcanzó Asshai de la Sombra, la lúgubre ciudad negra de los domadores de sombras de los confines del mundo. Allí perdió a su amor y la mitad de su tripulación, si las narraciones son veraces..., y allí también, en el puerto de Asshai, descubrió un viejo y sumamente maltratado navío, y habría jurado que tan solo podía ser el *Buscaelsol*.

No obstante, en el año 59 d. C., Corlys Velaryon contaba tan solo seis años y soñaba con el mar, de modo que nos vemos en la obligación de abandonarlo y regresar al final del otoño de aquel aciago año en que los cielos se ensombrecieron, los vientos arreciaron y el invierno volvió a caer sobre Poniente.

El invierno del 59 al 60 fue excepcionalmente cruento, y en tal punto coincidían todos los supervivientes. El Norte sufrió su azote primero y peor, ya que las cosechas perecieron en los campos, los ríos se congelaron y gélidos vientos arribaron aullando sobre el Muro. Aunque lord Alaric Stark había ordenado que se conservase y apartase la mitad de cada cosecha en previsión del venidero invierno, no todos sus banderizos habían obedecido. Al ir vaciándose alacenas y graneros, la hambruna se extendió por el país, y los ancianos se despidieron de sus hijos y se adentraron entre la nieve para dejarse morir, a fin de que su progenie sobreviviera. Las cosechas se malograron en las Tierras de los Ríos, en el oeste y en el Valle también, e incluso allá en el Dominio. Quienes aún conservaban víveres comenzaron a acumularlos, por lo que en todos los Siete Reinos empezó a subir el precio del pan. El de la carne aumentó más deprisa si cabe, y en pueblos y ciudades se puede decir que desaparecieron las frutas y las verduras.

Fue entonces cuando llegaron los escalofríos y el Desconocido recorrió el territorio. Los maestres sabían de antemano de los escalofríos. Ya los habían conocido, un siglo antes, y el curso de la epidemia había quedado plasmado en sus libros. Se creía que había llegado a Poniente de ultramar, desde una de las Ciudades Libres o incluso de tierras más distantes. Las localidades que contaban con puertos, grandes o pequeños, siempre sufrían antes y con mayor virulencia el embate de la peste. Muchos paisanos estaban convencidos de que la transmitían las ratas. No las ratas grises endémicas de Desembarco del Rey y de Antigua, grandes, osadas y sanguinarias, sino las ratas negras de menor tamaño que se veían enjambradas en las bodegas de las naves fondeadas y descendían por los cables. Aunque la culpa de las ratas jamás llegó a demostrarse a satisfacción de la Ciudadela, de pronto, toda casa de los Siete Reinos, del más lujoso alcázar a la más humilde choza, se hicieron con un gato. Antes de que los escalofríos atacasen aquel invierno, los mininos alcanzaban precios de caballo de guerra.

Los síntomas de la enfermedad eran bien conocidos: empezaba de un modo muy sencillo, con un escalofrío. Las víctimas referían frío, alimentaban el fuego, se abrigaban con mantas o una pila de pieles. Algunos pedían sopa, vino caliente o, contra toda lógica, cerveza. Ni mantas ni sopas detenían el avance de la pestilencia. Pronto comenzaba la tiritona, leve al principio, un temblor, un rilar, pero que se agravaba inexorablemente. La piel de gallina marchaba por los miembros del aquejado como un ejército conquistador. Para entonces, los infectados temblaban tan violentamente que les castañeteaban los dientes y las convulsiones les retorcían manos y pies. Cuando los labios de la víctima se tornaban azules y empezaba a esputar sangre, ya se avecinaba el fin. Tras el primer escalofrío, el curso de la enfermedad era muy veloz.

La muerte llegaba en menos de un día, y tan solo se recuperaba un infectado de cada cinco.

Todo esto lo sabían bien los maestres. Lo que ignoraban era el origen de los escalofríos, cómo detenerlos y cómo sanarlos. Se ensayaban cataplasmas y pócimas; se recetaban mostaza picante y guindillas, así como vino especiado con veneno de sierpe que dormía los labios. Los enfermos se sumergían en bañeras de agua caliente, algunos casi hasta el punto de cocción. Se dijo que la verdura era sanatoria; luego, que el pescado crudo; después, que la carne roja, cuanto más sanguinolenta, mejor. Ciertos curanderos prescribían carne y aconsejaban a los pacientes beber sangre. Se probó a inhalar el humo de ciertas hojas quemadas. Un señor ordenó a sus hombres prender hogueras a su alrededor, rodeándose así de una muralla de llamas.

En el invierno del año 59 d.C., los escalofríos llegaron del este, cruzaron la bahía del Aguasnegras y ascendieron por el río del mismo nombre. Incluso antes que Desembarco del Rey, las islas de las Tierras de la Corona sintieron los temblores. Edwell Celtigar, antigua Mano de Maegor y sumamente despreciado consejero de la moneda, fue el primer señor que murió de escalofríos. Su hijo y heredero lo siguió a la fosa tres días más tarde. Lord Staunton falleció en Reposo del Grajo, y luego, su esposa. Sus hijos, atemorizados, se encerraron en sus cámaras y atrancaron las puertas, pero nada los salvó. En Rocadragón pereció la septa Edyth, amadísima de la reina. En Marcaderiva, Daemon Velaryon, Señor de las Mareas, se recobró tras estar a las puertas de la muerte, aunque su segundo vástago y tres de sus hijas rindieron el alma. Lord Bar Emmon, lord Rosby, lady Jirelle de Poza de la Doncella... Las campanas doblaron por todos ellos, y también por muchos hombres y mujeres plebeyos.

Por todos los Siete Reinos, tanto nobles como humildes se veían afectados. Los viejos y los más jóvenes corrían mayor riesgo, aunque el mal no perdonaba ni a hombres ni a mujeres en la plenitud de la vida. En la nómina de los caídos se contaban los más grandiosos señores, las más nobles damas, los más bizarros caballeros. Lord Prentys Tully murió tiritando en Aguasdulces, seguido un día después por su lady Lucinda. Cayó Lyman Lannister, el poderoso señor de Roca Casterly, junto con multitud de señores de las tierras occidentales; lord Marbrand de Marcaceniza, lord Tarbeck de Torre Tarbeck, lord Westerling del Risco. En Altojardín, lord Tyrell enfermó, pero sobrevivió, tan solo para acabar feneciendo, beodo, por una caída del caballo, cuatro días después de su restablecimiento. Rogar Baratheon no contrajo los escalofríos; si bien se recobraron, los sufrieron su hijo y su hija tenidos con la reina Alyssa, aunque su hermano ser Ronnal falleció, así como las esposas de sus dos hermanos.

La gran ciudad portuaria de Antigua padeció su embate especialmente, ya que perdió una cuarta parte de la población. Eustace Hightower, que había regresado sano y salvo de la infausta travesía del mar del Ocaso de Alys Colina, sobrevivió de nuevo, si bien su esposa y sus hijos no tuvieron tal fortuna. Ni su abuelo, el señor de Torrealta. Donnel el Demorador no logró demorar la muerte. Pereció tiritando, así como el Septón Supremo, una cuarentena de Máximos Devotos y un tercio de los archimaestres, maestres, acólitos y novicios de la Ciudadela.

En todo el reino no hubo un lugar tan crudelísimamente azotado como Desembarco del Rey en el año 59 d. C. Entre los muertos se contaron dos caballeros de la Guardia Real, el viejo ser Sam de Cerroamargo y el bondadoso ser Victor el Valiente, así como tres señores del consejo: Albin Massey, Qarl Corbray y el mismísimo gran maestre Benifer. Este había servido durante quince años en tiempos así turbulentos como prósperos tras acudir a la Fortaleza Roja, después de que Maegor el Cruel decapitara a sus tres predecesores inmediatos. («Un acto de singular coraje o de singular estupidez —observaría su sardónico sucesor—. Yo no habría pervivido tres días bajo el reinado de Maegor.»)

Se guardó luto a todos los muertos y a todos se los echó de menos, pero, inmediatamente después de su fallecimiento, la pérdida de Qarl Corbray fue la más llorada. Con su comandante bajo tierra y muchos agentes de la Guardia de la Ciudad infectados y con escalofríos, las calles y callejas de Desembarco del Rey cayeron presas de la delincuencia y las costumbres licenciosas. Los comercios sufrían saqueos; se violaba a las mujeres; se robaba y asesinaba a los hombres sin más delito que caminar por donde no debían cuando no debían. El rey Jaehaerys encomendó a su Guardia Real y a los caballeros de su casa restablecer el orden público, aunque eran pocos y pronto no tuvo más remedio que retirarlos.

En pleno caos, su alteza perdería a otro de sus señores, aunque no debido a los escalofríos, sino a la ignorancia y el odio. Rego Draz jamás había residido en la Fortaleza Roja, si bien había amplio espacio para él y el rey se lo había ofrecido numerosas veces. El pentoshí prefería su mansión de la calle de la Seda, dominada por Pozo Dragón, encaramado a la Colina de Rhaenys. Allí podía gozar con sus concubinas sin tener que padecer la desaprobación de la corte. Tras diez años al servicio del Trono de Hierro, lord Rego estaba bien orondo y había dejado de montar a caballo, por lo que se trasladaba entre la mansión y el castillo en un palanquín ornado de oro. En su imprudencia, su ruta discurría por el fétido corazón del Lecho de Pulgas, la más hedionda y salvaje barriada de la ciudad.

Aquel día aciago, una docena de los menos recomendables habitantes del Lecho de Pulgas perseguían un cochinillo por un callejón cuando se toparon con lord Rego, que recorría aquellas calles. Algunos iban beodos y todos llevaban hambre. El guarro se les había escapado. La visión del pentoshí los enfureció, ya que todos, unánimemente, culpaban de la carestía al consejero de la moneda. Uno llevaba espada; tres, puñales. Los demás cogieron piedras y palos, se enjambraron en torno al palanquín, espantaron a los porteadores de lord Rego y dieron por tierra con su señoría. Los viandantes declararon que gritaba impetrando auxilio con palabras que ninguno logró comprender.

Cuando el consejero elevó las manos para repeler los golpes que le llovían, con oro y gemas brillando en todos sus dedos, la agresión se tornó más frenética aún. Una mujer chilló: «Es pentoshí. Son los bastardos que nos trajeron los escalofríos». Un hombre arrancó un adoquín de la calle recién empedrada por orden real y golpeó con él la cabeza de lord Rego una y otra vez, hasta que no quedó de ella sino un bermejo amasijo de sangre, sesos y hueso. Así rindió el alma el Señor del Aire, con el cráneo aplastado por uno de los mismísimos adoquines con los que había ayudado al rey a pavimentar las calles. Aun entonces, sus agresores no habían acabado con él. Antes de huir lo despojaron de sus finos ropajes y le rebanaron los dedos para hacerse con los anillos.

Cuando se tuvo noticia en la Fortaleza Roja, el propio Jaehaerys Targaryen acudió a reclamar el cadáver rodeado de su Guardia Real. Tan airado quedó ante lo visto que ser Joffrey Doggett narraría más adelante: «Cuando le miré el rostro, durante un instante me pareció estar viendo a su tío». La calle estaba plagada de curiosos llegados a ver a su rey o a contemplar el sanguinolento cuerpo del cambista pentoshí. Jaehaerys volvió su caballo hacia ellos y les gritó: «Dadme el nombre de los hombres que lo perpetraron. Hablad ya y seréis bien recompensados. Contened la lengua y la perderéis». Muchos mirones se escabulleron, pero una chiquilla descalza se adelantó y gritó un nombre.

El rey se lo agradeció y le ordenó que mostrase a sus caballeros dónde podían dar con tal hombre. Condujo a la Guardia Real a una tabernucha donde se descubrió al villano con una ramera en el regazo y tres anillos de lord Rego en los dedos. Cuando le dieron tormento tardó poco en delatar a sus compinches, y todos ellos fueron apresados. Uno de ellos alegó haber sido clérigo humilde y rogó vestir el negro. «No —le dijo Jaehaerys—. la Guardia de la Noche está compuesta por hombres honorables, y tú eres más vil que las ratas.»

«Tales hombres son indignos de morir limpiamente por la espada o el hacha», decretó. Así pues, los colgaron de la muralla de la Fortaleza Roja, los desventraron y los abandonaron retorciéndose hasta la muerte, con las entrañas colgándoles por las rodillas.

La jovencita que había denunciado a los asesinos tuvo un destino más halagüeño. De la mano de la reina Alysanne, se sumergió en una tina de agua caliente para ablucionarse. Le quemaron la ropa, le raparon la cabeza y le dieron pan caliente y tocino. «Hay lugar para ti en el castillo, si lo deseas —le dijo Alysanne después de que llenase la andorga—. En las cocinas o en los establos, donde prefieras. ¿Tienes padre?» La niña asintió tímidamente y reconoció que sí. «Era uno de los que destripasteis. El sifilítico, el del orzuelo.» Luego dijo a su alteza que deseaba trabajar en las cocinas, «que es donde se guarda el pan».

El año viejo acabó y comenzó el nuevo, pero pocas celebraciones tuvieron lugar en Poniente para festejar la llegada del sexagésimo año tras la Conquista de Aegon. Un año antes se prendieron grandes hogueras en las plazas públicas, y hombres y mujeres bailaron en torno a ellas bebiendo y riendo, mientras se echaban las campanas al vuelo por el año nuevo. Un año después, los fuegos consumían cadáveres y las campanas doblaban por los caídos. Las calles de Desembarco del Rey estaban vacías, sobre todo por las noches; sus callejones acumulaban una gruesa capa de nieve y de los aleros colgaban carámbanos luengos como espadas.

En la cima de la Colina Alta de Aegon, el rey Jaehaerys ordenó que se cerrasen y trabasen los portones de la Fortaleza Roja, y que se doblase la guardia de la muralla del alcázar. Su reina y él asistieron a los oficios del ocaso en el septo del castillo, tomaron un frugal refrigerio en el fortín de Maegor y se retiraron al lecho.

A la hora del búho, la reina Alysanne despertó al sentir que le agitaban el brazo con suavidad. Se trataba de su hija. «Madre —dijo la princesa Daenerys—, tengo frío.»

No hay necesidad alguna de entretenerse en los sucesos subsiguientes. Daenerys Targaryen era la niña de los ojos del reino, de modo que se hizo por ella cuanto cabía intentar. Se sucedieron rogativas y cataplasmas, sopas y baños escaldantes, mantas, pieles y piedras calientes, infusiones de ortiga... La princesa tenía seis años y ya hacía varios que la habían destetado, pero se convocó a un ama de cría, ya que había quienes daban fe de que la leche materna podía sanar los escalofríos. Los maestres iban y venían; septas y septones oraban; el rey ordenó que se contratara inmediatamente a un centenar de cazadores de ratas y ofreció un venado de plata por cada rata muerta, ya gris, ya negra. Daenerys quería su gatito y se le concedió tal deseo, aunque sus temblores se tornaron tan violentos que el felino se le escapó y le arañó la mano. Casi al rayar el alba, Jaehaerys se puso en pie gritando que hacía falta un dragón, que su hija debía tener un dragón, así que partieron cuervos hacia Rocadragón con instrucciones para los guardianes de los dragones de que llevasen una cría a la Fortaleza Roja.

Nada surtió efecto. Un día y medio después de despertar a su madre quejándose de frío, la princesita murió. La reina se derrumbó en brazos del monarca, temblando tan virulentamente que hubo quien temió que hubiera contraído los escalofríos a su vez. Jaehaerys se la llevó a su cámara y le administró la leche de la amapola para ayudarla a conciliar el sueño. Aunque rayano en el agotamiento, salió al patio de armas y liberó a Vermithor. Después voló a Rocadragón para decir que ya no había necesidad de enviar el pequeño dragón. A su regreso a Desembarco del Rey, se tomó una copa de vino del sueño y mandó convocar al septón Barth. «¿Cómo ha podido pasar esto? —lo interrogó—. ¿Qué pecado ha cometido? ¿Por qué se la han llevado los dioses? ¿Cómo es que ha podido llegar a suceder esto?» Pero ni siquiera Barth, el gran sabio, tuvo respuestas que ofrecerle.

El monarca y su esposa no fueron los únicos que perdieron un vástago por culpa de los escalofríos; miles de padres, ya de alta cuna, ya de baja extracción, conocieron el mismo dolor aquel invierno. Para Jaehaerys y Alysanne, no obstante, la muerte de su queridísima hija debió de ser especialmente acerba, ya que aconteció en pleno auge de la doctrina del Excepcionalismo. La princesa Daenerys era Targaryen por ambas partes, de modo que la sangre de la antigua Valyria corría pura por sus venas, y los descendientes de los valyrios no eran como el común de los mortales. Los Targaryen tenían los ojos de color violeta y el pelo entre dorado y plateado; reinaban en el cielo a lomos de dragones; las doctrinas de la Fe y las prohibiciones contra el incesto no rezaban para ellos... y jamás enfermaban.

Ya desde que Aenar el Exiliado reclamó Rocadragón era bien sabido que los Targaryen no morían de viruela ni de colerina sangrienta; no los afectaban las manchas rojas ni el mal de la pierna parda ni el de los temblores; no sucumbían a las lombrices de los huesos, a los coágulos en los pulmones, al amargor de tripas ni a ninguna de la miríada de pestilencias y contagios que los dioses habían tenido a bien hacer caer sobre los mortales. Había fuego en la sangre del dragón, se razonaba, un fuego purificador que abrasaba toda plaga. Era impensable que una princesa de pura estirpe muriera a manos de los escalofríos como si se tratara de una niña corriente.

Sin embargo, así fue.

Mientras lloraban por ella y su dulcísima alma, Jaehaerys y Alysanne debieron de afrontar tan terrible realidad. Cabía la posibilidad de que los Targaryen no estuvieran tan próximos a las deidades como creían. Era posible, al fin y al cabo, que no fueran más que hombres.

Cuando los escalofríos cesaron al fin, el rey Jaehaerys, con el corazón entristecido, retomó sus ocupaciones. Su primera tarea fue harto luctuosa: sustituir a cuantos amigos y consejeros había perdido. Ser Robert Redwyne, el primogénito de lord Manfryd, fue nombrado capitán de la Guardia de la Ciudad. Ser Gyles Morrigen alistó a dos buenos caballeros para ingresar en la Guardia Real, y su alteza vistió a ser Ryam Redwyne y a ser Robin Shaw con sendas capas blancas. El capaz Albin Massey, su fidelísimo Justicia Mayor, no fue tan fácil de reemplazar. Para ocupar su puesto, el soberano mandó convocar del Valle de Arryn a Rodrik Arryn, el erudito joven señor del Nido de Águilas, a quien la reina y él habían conocido cuando tan solo contaba diez años.

De la Ciudadela ya le habían enviado al sucesor de Benifer, el mordaz gran maestre Elysar. Este, veinte años más joven que el hombre cuya cadena portaba, jamás había tenido pensamiento alguno que no deseara transmitir. Había quienes afirmaban que el Cónclave lo había mandado a Desembarco del Rey a fin de desembarazarse de él.

Jaehaerys estuvo mucho más dubitativo en lo tocante a elegir al nuevo lord tesorero y consejero de la moneda. Rego Draz, por más despreciado que fuera, había sido un hombre de suma habilidad. «Me tienta decir que no se puede dar con hombres tales andando por las calles, aunque, la verdad sea dicha, es más posible que hallemos uno ahí que en algún castillo», dijo el rey a su consejo. El Señor del Aire jamás se había casado, aunque tenía tres hijos bastardos que habían aprendido el oficio a sus auspicios. Por más que tentase al monarca elegir a uno de ellos, era consciente de que el reino jamás aceptaría a otro pentoshí. «Debe ser un señor», concluyó entristecido. Se volvieron a barajar apellidos conocidos: Lannister, Velaryon, Hightower... Casas todas erigidas tanto sobre oro como sobre acero. «Son todos orgullosos en exceso», declaró Jaehaerys.

Fue el septón Barth el primero en proponer un nombre distinto. «Los Tyrell de Altojardín descienden de mayordomos —recordó al soberano—, pero el Dominio es más vasto que las Tierras del Oeste, con una clase diferente de riqueza, y el joven Martyn Tyrell podría resultar ser una útil baza para este consejo.»

—Los Tyrell son bobalicones —decía lord Redwyne, incrédulo—. Lo siento, Alteza, ya que soy su vasallo, pero... los Tyrell son todos unos memos, y lord Bertrand era asimismo un borrachín.

—Muy bien pudiera ser —admitió el septón Barth—. Pero lord Bertrand ya está en su fosa y me refiero a su hijo. Martyn es joven y dispuesto, si bien no pondré la mano en el fuego por la calidad de su sesera. Sin embargo, su esposa, lady Florence, pertenece a la casa Fossoway y empezó a contar manzanas en cuanto aprendió a andar. Lleva la contabilidad de Altojardín desde su matrimonio, y se dice que ha incrementado los ingresos de la casa Tyrell en un tercio. Si nombrásemos a su esposo, ella lo acompañaría a la corte, no lo dudo.

—A Alysanne le gustará tal perspectiva —dijo el rey—. Goza con la compañía de las mujeres dotadas de sesera. —La reina no asistía al consejo desde el fallecimiento de la princesa Daenerys, y quizá Jaehaerys esperase que eso se la devolviera—. Nuestro buen septón nunca nos ha aconsejado mal. Probemos con el necio y su mujer sagaz, y esperemos que mi leal pueblo no le machaque la cabeza con un adoquín.

Los Siete dan y los Siete quitan. Quizá la Madre reparase desde las alturas en la reina Alysanne y su dolor y se apiadase de su descorazonamiento. La luna no había girado ni dos veces desde la muerte de la princesa Daenerys cuando su alteza supo que estaba grávida de nuevo. Dado que el invierno atenazaba el país con puño helado, la reina se decidió por la cautela y se retiró a Rocadragón para el alumbramiento. En aquel mismo 60 d.C. dio a luz a su quinto infante, una niña a la que llamó Alyssa por su madre. «Un honor que su alteza habría agradecido más de haber vivido», observó el nuevo gran maestre Elysar, si bien lejos de los oídos regios.

El invierno comenzó poco después de dar a luz la reina, y Alyssa demostró ser una pequeña vivaracha y sana. De muy niña se parecía tanto a su difunta hermana Daenerys que Alysanne se echaba a llorar al contemplarla y recordar a su hija perdida. No obstante, tal parecido se desvaneció al crecer la princesa. Alyssa, de rostro luengo y constitución delgaducha, compartía poca belleza con su hermana. Tenía una pelambrera enmarañada de color rubio sucio, sin rastro de la plata que evocaba a los señores dragón de antaño, y había nacido con los ojos desparejos: el uno era violeta; el otro, de un verde desconcertante. Tenía las orejas excesivamente grandes y la sonrisa torcida, y cuando a los seis años jugaba en el patio, el golpe de una espada de madera en pleno rostro le quebró la nariz. Sanó torcida, pero a Alyssa no parecía importarle. A tan temprana edad, su madre ya había comprendido que no le había salido a Daenerys, sino a Baelon.

Al igual que Baelon había seguido a Aemon por doquier, Alyssa iba siempre tras Baelon. «Como un cachorrillo», se lamentaba el Príncipe de la Primavera. Baelon era dos años menor que Aemon; Alyssa, casi cuatro años menor que su querido hermano y además hembra, lo cual lo empeoraba mucho a fe suya. Sin embargo, la princesa no se comportaba como una niña. Se vestía de chico siempre que tenía ocasión, rehuía la compañía de las niñas y prefería montar a caballo, trepar y batirse en duelo con espadas de madera a coser, leer y cantar. Por si fuera poco, se negaba a comer gachas.

Un antiguo amigo, un antiguo adversario, regresó a Desembarco del Rey en el año 61. Lord Rogar Baratheon había acudido desde Bastión de Tormentas a fin de acompañar a tres damiselas a la corte. Dos eran hijas de su hermano Ronnal, que había muerto tiritando junto a su esposa y sus hijos varones. La tercera era lady Jocelyn, la propia hija de su señoría, tenida con la reina Alyssa. La diminuta y frágil niña que había llegado al mundo durante aquel terrible Año del Desconocido había crecido hasta convertirse en una alta joven de semblante solemne, grandes ojos oscuros y pelo negro como el pecado.

El cabello de la antigua Mano del Rey había encanecido, sin embargo, y los años habían hecho mella en él. Tenía el semblante pálido y arrugado, y había enflaquecido tanto que la ropa le colgaba como si la hubiera confeccionado para un hombre mucho más corpulento. Cuando se prosternó ante el Trono de Hierro, requirió la ayuda de la Guardia Real para volver a incorporarse.

Había acudido a solicitar un favor, según dijo lord Rogar a los reyes. Lady Jocelyn pronto celebraría su séptimo día del nombre.

—Jamás ha conocido una madre. Las esposas de mis hermanos la cuidaban en lo que podían, aunque preferían a sus propios hijos, como es natural, y ahora ambas han fallecido. Si os place, altezas, os rogaría que os hicierais cargo de la tutela de Jocelyn y de sus primas, a fin de que se críen en la corte junto a vuestros hijos.

—Sería un honor y un placer —contestó la reina Alysanne—. Jocelyn es nuestra hermana, no lo hemos olvidado. Nuestra sangre.

Lord Rogar pareció enormemente aliviado.

—Os rogaría que acogierais también a mi hijo Boremund, pero se quedará en Bastión de Tormentas al cuidado de mi hermano Garon. Es un buen chico, un chico fuerte, y será un gran señor llegado el momento, no me cabe duda, aunque tan solo tiene nueve años. Como sabréis, mi hermano Borys abandonó las Tierras de la Tormenta hace ya años. Se amargó y enfureció a raíz del nacimiento de Boremund, y todo iba de mal en peor entre nosotros. Borys pasó una temporada en Myr, y luego en Volantis, haciendo los dioses sabrán qué; pero ahora se ha vuelto a presentar en Poniente, en las Montañas Rojas. Se rumorea que ha unido sus fuerzas a las del Rey Buitre y ahora saquea a su propio pueblo. Garon es un hombre diestro y leal, pero nunca ha sido adversario para Borys, y Boremund no es más que un rapaz. Temo lo que pueda hacerse de él, y de las Tierras de la Tormenta, cuando me vaya.

Tales palabras dejaron de piedra al soberano.

—¿Cuando os vayáis? Pero ¿por qué os vais a ir? ¿Qué queréis decir con eso de iros?

—A las montañas. —La sonrisa con que respondió lord Rogar dejó traslucir un atisbo de su antigua fiereza—. Mi maestre dice que me muero. Creo en él. Aun antes de los escalofríos ya sufría dolores, y han empeorado desde entonces. Me da la leche de la amapola, y me alivia, pero uso tan solo un poco. No querría pasarme durmiendo cuanto me quede de vida. Ni querría morir encamado sangrando por el culo. Quiero dar con mi hermano Borys, y encararme con él y con el tal Rey Buitre. Garon dice que es una necedad y no anda errado, pero quiero morir con el hacha en la mano gritando una maldición. ¿Me dais vuestra venia, alteza?

Conmovido por las palabras de su amigo de toda la vida, el rey Jaehaerys se incorporó y descendió del Trono de Hierro para dar una palmada en el hombro a lord Rogar.

—Vuestro hermano es un traidor, y ese buitre..., me niego a denominarlo rey..., ya lleva demasiado tiempo cebándose en las Marcas. Contáis con mi venia, mi señor. Y, más si cabe, contáis con mi espada.

El rey cumplió su palabra. La lucha que siguió se denomina en los tratados de historia la Tercera Guerra Dorniense, si bien tal nombre resulta engañoso, ya que el príncipe de Dorne mantuvo sus huestes al margen del conflicto. La plebe de aquellos tiempos la llamó la guerra de Lord Rogar, nombre mucho más adecuado. Mientras el señor de Bastión de Tormentas conducía a quinientos hombres a los montes, Jaehaerys Targaryen emprendió el vuelo a lomos de Vermithor. «Se hace llamar Buitre —dijo el soberano—, pero no vuela; se oculta. Debería llamarse el Topo.» No erraba: el primer Rey Buitre comandó ejércitos y entró en liza con millares de hombres; el segundo no era más que un saqueador con ínfulas, el benjamín de una casa menor, con unos centenares de seguidores que compartían el gusto por el robo y la violación. Conocía bien las montañas, eso sí, y cuando lo perseguían, sencillamente, desaparecía para reaparecer a voluntad. Los hombres que iban en su busca corrían grave peligro, ya que era igualmente diestro en el arte de la emboscada.

No obstante, ninguna de sus mañas lo protegía de un enemigo

capaz de cazar desde las alturas. Cuenta la leyenda que el Rey Buitre poseía una fortaleza montana inexpugnable, oculta entre las nubes. Jaehaerys no halló guarida secreta alguna, tan solo una decena de rústicos campamentos desperdigados por los montes. Uno por uno, Vermithor los incendió, dejando al Buitre tan solo cenizas a las que regresar. La columna de lord Rogar, al ascender, pronto se vio obligada a abandonar las caballerías y proseguir a pie por caminos de cabras, escalando empinadas pendientes y atravesando cuevas, mientras enemigos ocultos les lanzaban piedras sobre la cabeza. Aun así, llegaron sin acobardarse. Mientras los nativos de las Tierras de la Tormenta avanzaban desde oriente, Simon Dondarrion, señor de Refugionegro, condujo a las montañas una pequeña hueste de caballeros de las Marcas desde occidente para cortar la retirada por ese lado. Mientras los soldados se aproximaban entre sí, Jaehaerys los observaba desde los cielos y los manejaba como si moviera ejércitos de juguete en la Cámara de la Mesa Pintada.

Al final dieron con el enemigo. Borys Baratheon no conocía los senderos ocultos de las montañas tan bien como el dorniense, de modo que fue el primero en quedar acorralado. Los hombres de lord Rogar daban cuenta rápidamente de ellos, pero al encontrarse cara a cara los hermanos, el rey Jaehaerys descendió de las alturas. «No os habría considerado un matasangre, mi señor —dijo su alteza a su antigua Mano—. El traidor es mío.»

Ser Borys se rio al oírlo. «¡Llamadme mejor matarreyes que matasangre a él!», gritó al embestir al rey. Pero Jaehaerys tenía a *Fuegoscuro* en la mano y no había olvidado las lecciones aprendidas en el patio de armas de Rocadragón. Borys Baratheon murió a los pies del rey, de un tajo en el cuello que a punto estuvo de decapitarlo.

El turno del Rey Buitre llegó con la luna llena. Acosado en una guarida abrasada donde había confiado en hallar refugio, se resistió hasta el fin, lanzando un aguacero de lanzas y flechas sobre los hombres del rey. «Este es mío», dijo Rogar Baratheon a su alteza cuando el rey de la montaña fue conducido ante ellos cargado de grilletes. A su orden, liberaron de las cadenas al forajido y le ofrecieron una lanza y un escudo. Lord Rogar se enfrentó a él con su hacha. «Si me mata, liberadlo.»

El Buitre se mostró deplorablemente inepto para tal tarea. Agotado, debilitado y muerto de dolores como estaba, Rogar Baratheon rechazaba las acometidas del dorniense con desdén y luego lo hendió de hombro a ombligo.

Al concluir, lord Rogar estaba abrumado. «Parece que al final no pereceré con el hacha en la mano», dijo tristemente al soberano. Y así fue. Rogar Baratheon, señor de Bastión de Tormentas, antigua Mano del Rey y lord Protector del Reino, falleció en Bastión de Tormentas medio año después en presencia de su maestre, su septón, su hermano ser Garon, y su hijo y heredero Boremund.

La guerra de Lord Rogar había durado menos de medio año; se declaró y se ganó en el 61 después de la Conquista de Aegon.

Ya eliminado el Rey Buitre, durante un tiempo dejaron de padecerse incursiones en las Marcas de Dorne. Cuando los relatos de la campaña se difundieron por los Siete Reinos, aun los más marciales señores comenzaron a respetar a su joven rey. Toda duda que perviviera se había disipado; Jaehaerys Targaryen no era como Aenys, su padre. Para el propio rey, la guerra resultó tener propiedades sanadoras. «Contra los escalofríos estaba inerme —confesó al septón Barth—; contra el Buitre volví a ser un monarca.»

En el año 62, los señores de los Siete Reinos se regocijaron cuando el rey Jaehaerys otorgó a su primogénito el título de príncipe de Rocadragón, reconociéndolo así como heredero del Trono de Hierro.

El príncipe Aemon contaba siete años y era un mozo tan alto y bien parecido como modesto. Aún se adiestraba todas las mañanas en el patio de armas, en compañía del príncipe Baelon. Ambos hermanos eran buenos amigos y contaban con cualidades complementarias. Aemon era más alto y fuerte; Baelon, más rápido y fiero. Sus combates eran tan reñidos que, a menudo, atraían multitudes de espectadores. Sirvientes y lavanderas, caballeros de la casa y escuderos, maestres, septones y palafreneros se congregaban en el patio para animar a uno u otro príncipe. Entre quienes acudían a contemplar el espectáculo se encontraba Jocelyn Baratheon, la morena hija de la difunta reina Alyssa, que estaba más alta y hermosa a cada día que pasaba.

En el banquete subsiguiente a la investidura de Aemon como príncipe de Rocadragón, la reina sentó a lady Jocelyn al lado del heredero, y se pudo ver que ambos jóvenes charlaban y reían juntos durante toda la velada, haciendo caso omiso de los demás.

Aquel mismo año, los dioses bendijeron a Jaehaerys y Alysanne con un retoño más, una hija a la que llamaron Maegelle. Era una niña gentil, desprendida, dulce y sumamente inteligente, que pronto se encariñó con su hermana Alyssa del mismo modo que el príncipe Baelon se había encariñado con el príncipe Aemon, si bien no tan felizmente. Ahora le tocaba a Alyssa enojarse por tener a la pequeña pegada siempre a sus faldas. La evitaba lo mejor que podía, y Baelon se reía de su furia.

Ya hemos tratado varios logros de Jaehaerys. Al ir concluyendo el año 62, el monarca previó el año venidero y los demás que lo seguirían y comenzó a trazar planes para un proyecto que transformaría los Siete Reinos. Tras haber dotado a Desembarco del Rey de adoquinado, aljibes y fuentes, alzó la vista más allá de la ciudad murada, a los campos, colinas y pantanos que se extendían desde las Marcas de Dorne hasta el Agasajo.

«Mis señores —dijo ante el consejo—, cuando la reina y yo vamos y venimos por los aires a lomos de Vermithor y Ala de Plata, cuando oteamos desde las nubes, vemos ciudades, castillos, cerros, marismas, ríos, arroyos y lagos. Vemos poblaciones con mercado, aldeas pesqueras, antiguos bosques, montañas, páramos, prados, rebaños de ovejas, trigales, antiguos campos de batalla, torres en ruinas, cementerios y septos. Hay mucho y más que ver en estos Siete Reinos nuestros. ¿Sabéis lo que no veo? —Palmeó fuertemente la mesa—. Carreteras, mis señores, no veo carreteras. Veo alguna linde, si vuelo bastante bajo. Veo caminos de pezuña y senderos desperdigados por la orilla de algún río. Pero no veo caminos de verdad. ¡Mis señores, tendré carreteras!»

La construcción de tantísimas leguas de calzadas continuaría durante el resto del reinado de Jaehaerys y se adentraría en el de su sucesor, pero dio comienzo aquel día en la cámara del consejo de la Fortaleza Roja. No pensemos que no había carreteras en Poniente antes de su reinado. Cientos de caminos surcaban las tierras, muchos de ellos milenarios, de los tiempos de los primeros hombres. Aun los hijos del bosque tenían senderos que seguían cuando se trasladaban de un lugar a otro bajo la arboleda.

Sin embargo, los caminos se encontraban en un estado pésimo. Angostos, encenagados, con baches, retorcidos... Se desperdigaban por colinas y bosques, y cruzaban ríos sin concierto alguno.

Tan solo un puñado de aquellos ríos contaban con un puente. Frecuentemente, los vados estaban guardados por hombres de armas que exigían el pago en moneda o especie por cruzarlos. Ciertos señores por cuyas tierras pasaban caminos los mantenían en buen estado, pero eran los menos. Una tormenta podía arrasarlos. Los bandoleros y proscritos atracaban a los viajeros que transitaban por ellos. Antes de Maegor, los Clérigos Humildes brindaban cierta protección a los plebeyos en los caminos (eso si no les robaban ellos mismos). Tras la destrucción de los Estrellas, las carreteras secundarias del reino se tornaron más peligrosas que nunca. Hasta los grandes señores viajaban con escolta.

Corregir tantísimos males en un solo reinado habría resultado imposible, pero Jaehaerys estaba decidido a comenzar al menos. Desembarco del Rey, conviene recordarlo, era muy joven como ciudad. Antes de que Aegon el Conquistador y sus hermanas desembarcaran a su llegada de Rocadragón, tan solo una modesta aldea de pescadores se alzaba en las tres colinas donde el río Aguasnegras desembocaba en la bahía homónima. No era de extrañar que pocos caminos de importancia llegasen a tan modesto pueblo pesquero. La ciudad había crecido rápidamente en los sesenta y dos años transcurridos desde la Conquista de Aegon, y unos cuantos caminos toscos habían surgido con ella, senderos estrechos y polvorientos que bordeaban la orilla hasta Stokeworth, Rosby y el Valle Oscuro, o atajaban por los cerros hasta Poza de la Doncella. Aparte de esos, no había nada más.

Ninguna carretera comunicaba la sede regia con los grandes castillos y ciudades del país. Desembarco del Rey era, en efecto, un puerto, mucho más accesible por mar que por tierra.

Ahí fue donde comenzó Jaehaerys. El bosque que se extendía al sur del río era comenzó, denso y excesivamente frondoso. Era bueno para cazar, malo para viajar. Ordenó que lo atravesara una calzada para comunicar Desembarco del Rey con Bastión de Tormentas. La misma carretera continuaría al norte de la ciudad, del Aguasnegras al Tridente y allende, por el Forca Verde y a través del Cuello, para luego cruzar el indómito Norte, privado de caminos hasta Invernalia y el Muro. El camino Real, lo llamaba la plebe. Fue la más larga y costosa de las calzadas de Jaehaerys, la primera que se inició y la primera que se completó.

Otras siguieron: el camino de las Rosas, el camino del Océano, el camino del Río, el camino Dorado. Algunos existían ya desde hacía centurias, en forma más rústica, pero Jaehaerys los remodeló hasta dejarlos irreconocibles rellenando surcos, esparciendo grava, construyendo puentes. Otros caminos se construyeron de la nada. El coste de todo ello era digno de consideración, claro está, pero el reino era próspero y el nuevo consejero de la moneda del rey, Martyn Tyrell, con la ayuda y complicidad de su sagaz esposa, la Contadora de Manzanas, demostró ser tan capaz como lo había sido el Señor del Aire. Vara a vara, legua a legua, los caminos crecieron durante las décadas venideras. «Unió el país e hizo de los Siete Reinos uno», se puede leer en el pedestal del monumento al Viejo Rey que se alza en la Ciudadela de Antigua.

Tal vez los Siete sonriesen también por su obra, ya que continuaron bendiciendo con hijos a Jaehaerys y a Alysanne. En el 63 celebraron el alumbramiento de Vaegon, su tercer varón y séptimo vástago. Un año antes había llegado otra hija, Daella. Tres años después, la princesa Saera llegó al mundo con el rostro colorado y berreando. Otra princesa nació en el año 71, cuando la reina dio a luz a su décimo retoño y sexta hembra, la hermosa Viserra. Aunque habían nacido en un mismo decenio, resultaba difícil concebir que cuatro hermanos fueran tan distintos como los cuatro hijos menores de Jaehaerys y Alysanne.

El príncipe Vaegon era tan diferente de sus hermanos mayores como la noche del día. Jamás robusto, era un niño tranquilo de ojos cansados. Otros infantes, e incluso ciertos señores de la corte, lo consideraban de carácter agrio. Aunque no era cobarde, no hallaba placer alguno en los burdos juegos de escuderos y pajes ni en las heroicidades de los caballeros de su padre. Prefería la biblioteca al patio de armas, y a menudo se lo hallaba allí leyendo.

La princesa Daella, la siguiente, era delicada y tímida. Fácilmente atemorizable y pronta al llanto, no pronunció su primera palabra hasta casi los dos años, y aun después hablaba con media lengua con frecuencia. Su hermana Maegelle se convirtió en su estrella guía; adoraba a su madre, la reina, pero parecía que su hermana Alyssa la aterraba, y se arrebolaba y ocultaba el rostro en presencia de los niños mayores.

La princesa Saera, tres años menor, fue un castigo desde el comienzo, con su rostro furioso, sus exigencias y su desobediencia. La primera palabra que dijo fue «No», y la pronunciaba frecuentemente y en alta voz. Rehusó el destete hasta pasados los cuatro años. Aun cuando ya correteaba por la fortaleza, hablando más que sus hermanos Vaegon y Daella juntos, exigía leche materna, y rabiaba y chillaba cuando la reina despedía a otra ama de cría. «Que los Siete nos asistan —susurró Alysanne al rey una noche—. Cuando la miro veo a Aerea.» Saera Targaryen, fiera y obcecada, gozaba llamando la atención y se enfurruñaba al no recibirla.

La más pequeña de los cuatro, la princesa Viserra, era asimismo de fuerte carácter, pero jamás gritaba ni, desde luego, lloraba. «Taimada» era una palabra que se usaba para describirla. «Vanidosa» era otra. Viserra era bella, todos los hombres coincidían. Había sido bendecida con los ojos de color violeta, los cabellos de oro y plata de los auténticos Targaryen, una piel nívea sin mácula alguna, hermosas facciones y una elegancia que resultaba, de algún modo, inquietante y desconcertante en una moza tan joven. En una ocasión en que un joven escudero le dijo que era una diosa, ella le dio la razón.

Regresaremos a estos cuatro príncipes y a las aflicciones que hicieron caer sobre sus progenitores a su debido tiempo, pero por lo pronto nos retrotraeremos al año 68, no mucho después del nacimiento de la princesa Saera, cuando los soberanos anunciaron el casamiento de su primogénito Aemon, príncipe de Rocadragón, con Jocelyn Baratheon de Bastión de Tormentas. Se consideró la posibilidad de que, tras la trágica muerte de la princesa Daenerys, Aemon contrajera matrimonio con la princesa Alyssa, su hermana mayor, pero la reina Alysanne se opuso firmemente. «Alyssa es para Baelon —declaró—. Lleva siguiéndolo por ahí desde que sabe andar. Están tan unidos como tú y yo a su edad.»

Dos años después, en el 70, Aemon y Jocelyn se unieron en una ceremonia que rivalizó con la Boda Dorada, tal fue su esplendor. Lady Jocelyn, a sus dieciséis años, era una de las mayores bellezas del reino, una doncella de luengas piernas, abultados pechos y un cabello fuerte y liso, negro como ala de cuervo, que le caía hasta la cintura. El príncipe Aemon era un año más joven, con quince, pero todos coincidían en que componían una hermosa pareja. Con sus dos varas de estatura, Jocelyn superaba en talla a la mayoría de los señores de Poniente, pero el príncipe de Rocadragón medía cuatro dedos más. «En ellos queda depositado el futuro del reino», declaró ser Gyles Morrigen cuando contempló a ambos juntos, la dama oscura y el pálido príncipe.

En el año 72 después de la Conquista de Aegon se celebró un torneo en el Valle Oscuro para conmemorar los esponsales del joven lord Darklyn con una hija de Theomore Manderly. Los dos jóvenes príncipes asistieron, junto con su hermana Alyssa, y participaron en el combate cuerpo a cuerpo de los escuderos. El príncipe Aemon se alzó con la victoria, en parte gracias a haber sometido a su hermano a golpes. Después se distinguió también en las lizas, y lo galardonaron por sus méritos con las espuelas de caballero. Contaba diecisiete años. Tras armarse caballero, el príncipe no perdió el tiempo y se convirtió en jinete de dragones asimismo; ascendió al cielo por primera vez poco después de su regreso a Desembarco del Rey. Su montura fue el bermejo Caraxes, el más fiero de todos los jóvenes dragones de Pozo Dragón. Los guardianes de los dragones, que conocían mejor que nadie a los moradores del Pozo, lo llamaban el Guiverno Sanguíneo.

En otro lugar del reino, el año 72 también marcó el fin de una era para el Norte con el fallecimiento de Alaric Stark, señor de Invernalia. Los dos fuertes hijos de los que en tiempos se jactaba habían muerto antes que él, de modo que la sucesión recayó en su nieto Edric.

Doquiera que fuese y lo que quiera que hiciese el príncipe Aemon, el príncipe Baelon no andaba muy lejos, tal como observaron los satíricos de la corte. Tal certeza quedó demostrada en el año 73, cuando Baelon el Valeroso siguió los pasos de su hermano y entró en la orden de caballería. Aemon había ganado sus espuelas a los diecisiete años, de modo que Baelon debía lograrlo a los dieciséis, por lo que atravesó el Dominio hasta llegar a Roble Viejo, donde lord Oakheart festejaba el nacimiento de un hijo con siete jornadas de justas. Ataviado como caballero misterioso y bajo el sobrenombre de Bufón Plateado, el joven príncipe venció a lord Rowan, a ser Alyn Ashford, a los gemelos Fossoway y a ser Denys, el mismísimo heredero de lord Oakheart, antes de que lo derrotara ser Rickard Redwyne. Tras ayudarlo a ponerse en pie, ser Rickard lo desenmascaró, le hizo arrodillarse y lo armó caballero allí mismo.

El príncipe Baelon se quedó el tiempo justo para participar en el banquete de la noche, antes de regresar al galope a Desembarco del Rey, a fin de solicitar convertirse en jinete de dragón. Nadie le había hecho sombra jamás, de modo que ya hacía mucho que tenía escogida la dragona que deseaba montar y entonces la reclamó. La hembra Vhagar, a cuyo lomo no había subido nadie desde la muerte de la reina viuda Visenya, veintinueve años antes, extendió las alas, rugió y se volvió a alzar en los cielos transportando al Príncipe de la Primavera por la bahía del Aguasnegras hasta Rocadragón, para gran sorpresa de su hermano Aemon y de Caraxes.

«La Madre Divina me ha favorecido inmensamente bendiciéndome con tantos hijos, todos inteligentes y hermosos —declaró la reina Alysanne en el año 73, cuando se anunció que su hija Maegelle profesaría la Fe como novicia—. Es justo que le devuelva una.» La princesa Maegelle tenía diez años y estaba deseosa de pronunciar los votos. Se decía que la niña, callada y estudiosa, leía *La estrella de siete puntas* todas las noches antes de dormir.

Apenas partía un hijo de la Fortaleza Roja cuando llegaba otro, ya que, al parecer, la Madre Divina aún no había acabado de bendecir a Alysanne Targaryen. En el año 73 alumbró a su undécimo vástago, un varón llamado Gaemon en honor a Gaemon el Glorioso, el más célebre de los señores Targaryen que habían regido Rocadragón antes de la Conquista. Esta vez, sin embargo, el niño fue prematuro. Nació tras un largo y dificultoso parto que dejó agotada a la reina e hizo temer por su vida a los maestres. Gaemon era escuálido, apenas de la mitad del tamaño de su hermano Vaegon cuando nació diez años antes. La reina acabó recuperándose, si bien es triste decir que el niño no. El príncipe Gaemon falleció pocos días después de empezar el nuevo año sin haber cumplido ni tres lunas.

Como siempre, la reina se tomó muy a pecho la pérdida del infante y se cuestionó si el príncipe Gaemon se habría malogrado por alguna falta suya. La septa Lyra, su confidente desde los tiempos de Rocadragón, le aseguró que carecía de culpa alguna. «El pequeño príncipe ya está con la Madre Divina —le dijo Lyra—, que lo cuidará mejor de lo que nosotros podríamos esperar aquí en este mundo de penares y dolores.»

Esa no fue la única congoja que sufriría la casa Targaryen en el año 73. Bien se recordará que fue asimismo el año en que la reina Rhaena falleció en Harrenhal.

Hacia finales de año salió a luz una vergonzosa revelación que sorprendió tanto a la corte como a la ciudad. Se descubrió que el amigable y bienamado ser Lucamore Strong, de la Guardia Real, un favorito del pueblo, estaba casado en secreto pese a los votos pronunciados como Espada Blanca. Más grave si cabe, no había tomado una, sino tres esposas, todas ellas ignorantes de las demás, y había engendrado no menos de dieciséis hijos con las tres.

En el Lecho de Pulgas y a lo largo de la calle de la Seda, donde putas y proxenetas ejercían sus actividades, hombres y mujeres de baja cuna y más baja catadura moral se regocijaron maliciosamente por la caída de un caballero ungido, y bromeaban indecentemente sobre ser Lucamore el Lujurioso, como lo motejaban, si bien no se oyeron carcajadas en la Fortaleza Roja. Jaehaerys y Alysanne sentían gran cariño por Lucamore Strong, y los mortificó descubrir que los había tomado por necios.

Sus hermanos de la Guardia Real estaban más airados si cabe. Fue ser Ryam Redwyne quien denunció las transgresiones de ser Lucamore al lord comandante, quien a su vez se las reveló al monarca. En representación de sus hermanos juramentados, ser Gyles Morrigen declaró que Strong había deshonrado todo cuanto defendía y solicitó que lo condenaran a muerte.

Cuando lo arrastraron ante el Trono de Hierro, ser Lucamore cayó de hinojos, confesó su culpa y suplicó clemencia al rey. Jaehaerys muy bien podría haberse mostrado piadoso, pero el caballero descarriado cometió el funesto error de añadir «por el bien de mis esposas e hijos» a su ruego. Como observaría el septón Barth, tales palabras equivalían a arrojar sus crímenes al rostro del rey.

«Cuando me rebelé contra mi tío Maegor, dos de sus guardias reales cometieron defección para luchar en mi bando —respondió Jaehaerys—. Muy bien pudieron creer que conservarían sus albas capas cuando yo venciese, que quizá los honrase con señoríos y cargos más ilustres en la corte. Sin embargo, los mandé al Muro. No quería perjuros a mi alrededor, ni tampoco los quiero ahora. Ser Lucamore, pronunciasteis ante los dioses y los hombres el voto sagrado de defendernos a mí y a los míos con vuestra propia vida, obedecerme, luchar por mí y morir por mí, llegado el caso. También jurasteis no tomar mujer ni engendrar hijos, y observar castidad. Si pudisteis olvidaros del segundo voto tan fácilmente, ¿por qué voy a creer que cumpliríais el primero?»

Después habló la reina Alysanne, con estas palabras: «Os habéis mofado de vuestros juramentos como caballero de la Guardia Real, pero no han sido los únicos votos que habéis conculcado. Habéis deshonrado los votos matrimoniales asimismo, no una vez, sino tres. Ninguna de esas mujeres está legítimamente casada, de modo que esos hijos que veo detrás de vos son todos bastardos. Son los auténticos inocentes en este asunto. Vuestras esposas no conocían la existencia de las otras, me han dicho, pero todas ellas debían de saber que erais espada blanca, caballero de la Guardia Real. Por ello comparten vuestra culpa, así como el septón beodo que hallarais para casaros. Con ellos se puede ser misericordioso, pero con vos... No quiero teneros a mi vera».

No hubo más que decir. Mientras las esposas y los hijos del falsario caballero lloraban, maldecían o guardaban silencio, Jaehaerys ordenó que ser Lucamore fuera castrado, cargado de cadenas y enviado al Muro. «La Guardia de la Noche también os exigirá pronunciar sus votos —le advirtió su alteza—. Procurad cumplirlos, o lo próximo que perdáis será la cabeza.»

Jaehaerys encomendó a su reina ocuparse de las tres familias. Alysanne decretó que los hijos de ser Lucamore podían ir con su padre al Muro si así lo deseaban, y los dos varones mayores decidieron acompañarlo. A las hembras las aceptarían como novicias de la Fe, si tal era su deseo, pero tan solo una escogió ese camino. Los otros hijos se quedaron con sus madres. La primera esposa, con sus hijos, pasó al cargo del hermano de Lucamore, Bywin, ascendido a señor de Harrenhal no hacía ni medio año. La segunda mujer y su progenie irían a Marcaderiva, al cuidado de Daemon Velaryon, Señor de las Mareas. La tercera, cuyos hijos eran los menores e incluso uno aún era de pecho, se desplazaría a Bastión de Tormentas, donde Garon Baratheon y el joven lord Boremund se cuidarían de su crianza. Ninguno podría volver a apellidarse Strong, según decretó la reina. Desde entonces llevarían apellidos de bastardos: Ríos, Mares y Tormenta. «Podéis agradecer ese don a vuestro padre, el vacuo caballero.»

La vergüenza que atrajo Lucamore el Lujurioso sobre la Guardia Real y la Corona no fue la única dificultad con la que debieron lidiar Jaehaerys y Alysanne en el año 73. Hagamos una pausa y consideremos la irritante cuestión de sus hijos séptimo y octava, el príncipe Vaegon y la princesa Daella.

La reina Alysanne se enorgullecía enormemente de concertar buenos matrimonios, y había formalizado centenares de fructuosos enlaces para señores y damas de un confín a otro del reino, aunque nunca había afrontado tantas dificultades como cuando buscó pareja para sus cuatro hijos menores. La lucha la atormentaría durante años; le acarrearía infinitos conflictos con su progenie, sobre todo con sus hijas; la distanciaría del rey, y acabaría por causarle tan grandes dolor y pena que, durante un tiempo, consideró renunciar a su matrimonio para acabar sus días enclaustrada con las Hermanas Silenciosas.

Las frustraciones comenzaron con Vaegon y Daella. Tan solo separados por un año de edad, de niños parecían hechos el uno para el otro, y tanto el rey como la reina suponían que acabarían contrayendo matrimonio. Sus hermanos mayores Baelon y Alyssa eran inseparables, y ya se planeaba su casamiento. ¿Por qué no Vaegon y Daella también? «Sé tierno con tu hermanita —dijo el rey Jaehaerys al príncipe a los cinco años—. Algún día será tu Alysanne.»

Sin embargo, cuando crecieron quedó bien claro que no eran tan idealmente compatibles. No había cariño entre ellos, como veía claramente la reina. Vaegon toleraba la presencia de su hermana, aunque jamás la buscaba. Daella parecía atemorizada por su seco y libresco hermano, que prefería la lectura a los juegos. El príncipe consideraba estúpida a la princesa; ella lo veía malévolo. «Tan solo son niños —dijo Jaehaerys cuando Alysanne le hizo reparar en el problema—. Serán más cariñosos entre sí con el tiempo.» Jamás fue así. En todo caso, tan solo se intensificó su recíproca antipatía.

La cuestión llegó a su punto crítico en el año 73. El príncipe Vaegon tenía diez años, y la princesa Daella, nueve, cuando una dama de compañía de la reina, nueva en la Fortaleza Roja, les preguntó en tono de broma cuándo se iban a casar. Vaegon reaccionó como si lo hubieran abofeteado. «Jamás me casaría con ella —dijo el joven delante de media corte—. Apenas sabe leer. Deberían dar con un señor necesitado de hijos mentecatos, que son los únicos que tendría de ella.»

La princesa Daella, como cabía esperar, prorrumpió en llanto y huyó del salón, seguida a toda prisa por su madre. Recayó en su hermana Alyssa, tres años mayor que Vaegon a sus trece, verterle una jarra de vino por cabeza. Ni siquiera eso hizo arrepentirse al príncipe. «Desperdicias dorado vino del Rejo», fue cuanto dijo antes de salir del salón para cambiarse de ropa.

Evidentemente, concluyeron después el rey y la reina, tenían que dar con otra esposa para Vaegon. Pensaron brevemente en sus hijas menores. La princesa Saera tenía seis años en el 73; la princesa Viserra, solo dos.

—Vaegon nunca ha mirado dos veces a ninguna de ellas —dijo Alysanne al soberano—. Ni siquiera estoy segura de que sea consciente de su existencia. Quizá si algún maestre escribiera sobre ellas en un libro...

—Diré al gran maestre Elysar que comience mañana mismo —bromeó el rey. Luego añadió—: Solo tiene diez años. No ve a las chicas, no más de lo que ellas lo ven a él, pero eso cambiará bien pronto. Es bastante apuesto, y príncipe de Poniente, tercero en la línea de sucesión del Trono de Hierro. Dentro de unos años, las doncellas revolotearán en torno a él como mariposas y se sonrojarán si se digna mirarlas.

La reina no estaba del todo convencida. «Apuesto» era, tal vez, un adjetivo en exceso generoso para el príncipe Vaegon, que tenía el pelo de oro y plata y los ojos violeta de los Targaryen, pero era luengo de rostro y de hombros caídos ya a los diez años, con un gesto de amargura en la boca que hacía sospechar que acababa de chupar un limón. Quizá, por ser su madre, su alteza estuviera ciega a tales defectos, pero no a su naturaleza. «Temo por cualquier mariposa que revolotee alrededor de Vaegon. Es muy posible que la aplaste bajo un libro.»

«Se pasa demasiado tiempo en la biblioteca —dijo Jaehaerys—. Voy a hablar con Baelon para que lo saque al patio y le ponga una espada en la mano y un escudo en el brazo. Eso lo enderezará.»

El gran maestre Elysar nos dice que su alteza, en efecto, conversó con el príncipe Baelon, quien, obedientemente, tomó a su hermano bajo su ala, salió con él al patio de armas, y le puso una espada en la mano y un escudo en el brazo. No le encajaron bien. Vaegon lo detestaba. Era un luchador lamentable y tenía un don para hacer padecer a cuantos lo rodeaban, incluso a Baelon el Valeroso.

Baelon persistió durante un año debido a la insistencia del rey. «Cuanto más se ejercita, peor aspecto tiene», confesó el Príncipe de la Primavera. Un día, tal vez con ánimo de espolear a Vaegon para esforzarse más, llevó a su hermana Alyssa al patio con una brillante cota de malla masculina. La princesa no había olvidado el incidente del vino dorado del Rejo. Riendo y chanceándose, danzó en derredor de su hermano y lo humilló medio centenar de veces, mientras la princesa Daella observaba desde un ventanal. Avergonzado por demás, Vaegon arrojó la espada de madera y huyó del patio para no regresar nunca.

Ya volveremos a hablar del príncipe Vaegon y su hermana Daella a su debido tiempo, pero ahora reparemos en un dichoso acontecimiento. En el año 74 después de la Conquista de Aegon, el rey Jaehaerys y la reina Alysanne fueron bendecidos de nuevo por los dioses cuando lady Jocelyn, la esposa del príncipe Aemon, les presentó a su primer nieto. La princesa Rhaenys nació el séptimo día de la séptima luna del año, lo cual, según los septones, era un felicísimo augurio. Grande y fiera, tenía el pelo negro de su madre Baratheon y los ojos violeta claro de su padre Targaryen. Como primogénita del príncipe de Rocadragón, muchos la consideraron la siguiente en la línea de sucesión al Trono de Hierro tras su padre. Cuando la reina Alysanne la tomó en brazos por vez primera, se oyó que llamaba a la niñita «nuestra futura reina».

En lo tocante a la paternidad, como en casi todo lo demás, Baelon el Valeroso no quedó muy a la zaga de su hermano. En el año 75, la Fortaleza Roja fue el escenario de otros espléndidos esponsales, ya que el Príncipe de la Primavera tomó por esposa a su hermana menor, la princesa Alyssa. La novia tenía quince años; el novio, dieciocho. A diferencia de sus padres, Baelon y Alyssa no aguardaron para consumar su unión. El encamamiento que siguió a su banquete nupcial fue objeto de chistes procaces durante los días venideros, ya que los gritos de placer de la joven desposada se oyeron incluso desde el Valle Oscuro, al decir de las gentes. Una doncella más recatada se habría mostrado avergonzada, pero Alyssa Targaryen era una moza más grosera que cualquier tabernera de Desembarco del Rey, como ella misma era aficionada a jactarse. «Lo monté y lo llevé de paseo —alardeaba a la mañana siguiente del encamamiento—, y pienso repetir esta noche. Me encanta montar.»

No iba a ser su valeroso príncipe la única montura de la princesa aquel mismo año. Como sus hermanos antes que ella, Alyssa deseaba subir a lomos de un dragón, y cuanto antes, mejor. Aemon había volado a los diecisiete años; Baelon, a los dieciséis, y Alyssa estaba decidida a empezar a los quince. Según relatan los Guardianes de los Dragones, hicieron cuanto pudieron por disuadirla de escoger a Balerion. «Es viejo y lento, princesa —tuvieron que decirle—. Seguramente deseéis una montura más veloz.» Al final la convencieron, y ascendió a los cielos a lomos de Meleys, una espléndida hembra de color escarlata jamás montada. «Vírgenes ambas —se vanaglorió la princesa riendo—, pero ahora ya nos han montado.»

La princesa raramente se alejaba de Pozo Dragón desde aquel día. Volar era su segunda actividad favorita, según decía a quienes quisieran escucharla, y la primera no podía mencionarse en compañía de damas. Los Guardianes de los Dragones no se equivocaban: Meleys era el dragón más rápido que hubiera conocido Poniente, ya que adelantaba con facilidad a Caraxes y a Vhagar cuando los hermanos volaban juntos.

Entretanto, las dificultades con Vaegon persistían, lo cual suponía una gran frustración para la reina. El soberano no andaba errado del todo en lo tocante a las mariposas. Al ir pasando los años y madurar Vaegon, las doncellas de la corte empezaron a dedicarle cierta atención. La edad, y ciertas incómodas discusiones con su padre y sus hermanos, habían enseñado al príncipe los rudimentos de la cortesía, de modo que no aplastó a joven alguna, lo cual alivió a la reina, pero tampoco se fijó especialmente en ninguna. Los libros seguían siendo su única pasión: historia, cartografía, matemáticas, lenguas... El gran maestre Elysar, jamás esclavo de la corrección, confesó haber entregado al príncipe un volumen de miniaturas eróticas, pensando tal vez que las ilustraciones de doncellas desnudas en coyunda, ya con hombres, ya con bestias y entre sí, podrían avivar el interés de Vaegon por los encantos del bello sexo. El príncipe conservó el códice, pero no mostró cambio de comportamiento alguno.

Fue en el decimoquinto día del nombre del príncipe Vaegon, en el año 78, uno antes de alcanzar la hombría, cuando Jaehaerys y Alysanne plantearon la solución evidente al gran maestre: «¿Opináis que quizá Vaegon pueda tener madera de maestre?».

«No —replicó Elysar con sequedad—. ¿Lo veis instruyendo al hijo de algún señor, enseñándolo a leer y escribir o a hacer sencillas sumas? ¿Tiene algún cuervo en su cámara, o cualquier tipo de ave? ¿Lo imagináis amputando la pierna machucada de un hombre o trayendo al mundo a un niño? Todo ello se requiere para ser maestre. —Hizo una pausa y continuó—: Vaegon no sirve para maestre, pero muy bien podría tener madera de archimaestre. La Ciudadela es el mayor depósito de saber de todo el mundo conocido. Enviadlo allí. Puede que se encuentre a sí mismo en la biblioteca. O eso, o se pierde tanto entre los tratados que jamás deberéis volver a inquietaros por él.»

Sus palabras cayeron en suelo abonado. Tres días después, el rey Jaehaerys convocó al príncipe Vaegon a sus aposentos para comunicarle que se embarcaría hacia Antigua al cabo de una quincena. «La Ciudadela te acogerá —le dijo—. De ti depende determinar tu devenir.» El príncipe respondió secamente, tal era su costumbre: «Sí, padre, bien». Después, Jaehaerys dijo a la reina que casi le había parecido ver sonreír a Vaegon.

El príncipe Baelon no había dejado de sonreír desde su casamiento. Cuando no estaban por las alturas, Baelon y Alyssa pasaban juntos tantas horas como podían, la mayor parte en su cámara. El príncipe Baelon era un joven lascivo, ya que esos mismos gritos de placer que habían resonado en los salones de la Fortaleza Roja durante su encamamiento se oyeron muchísimas otras noches en los años venideros. Muy pronto se produjo el tan esperado resultado, y Alyssa Targaryen quedó encinta. En el 77 d.C. dio a su valeroso príncipe un hijo al que llamaron Viserys. El septón Barth describió al niño como «un chico grandón y agradable que se reía más que ningún bebé que hubiera visto jamás, y tragaba con tal voracidad que dejó seca a su ama de cría». Contra toda razón, su madre lo envolvió en ropajes, se lo amarró al pecho y voló con él a lomos de Meleys cuando contaba tan solo nueve días. Después afirmó que Viserys había reído durante todo el vuelo.

Gestar y parir será motivo de regocijo para una joven de diecisiete años, como la princesa Alyssa, pero muy distinto es para una mujer de cuarenta, como su madre, la reina Alysanne. Por tanto, la dicha llegó empañada cuando su alteza descubrió que estaba grávida de nuevo. El príncipe Valerion nació en el año 77, tras otro complicado alumbramiento que mantuvo a Alysanne encamada durante medio año. Como su hermano Gaemon cuatro años antes, era un rorro pequeño y enfermizo, y jamás medró. Media docena de amas de cría iban y venían sin lograr fruto alguno. En el año 78 murió Valerion, quince días antes de su primer día del nombre. La reina asumió su fallecimiento con resignación. «Tengo cuarenta y dos años —dijo al rey—. Deberás contentarte con los hijos que ya te he dado. Ahora estoy más dotada para ser abuela que madre, me temo.»

El rey Jaehaerys no compartía tal certeza. «Nuestra madre, la reina Alyssa, tenía cuarenta y seis años cuando dio a luz a Jocelyn —señaló al gran maestre Elysar—. Puede que los dioses no nos hayan abandonado.»

No se equivocaba. Al año siguiente, el gran maestre informó a la reina Alysanne de que estaba encinta de nuevo, para su sorpresa y desmayo. La princesa Gael nació en el 80, cuando la reina tenía cuarenta y cuatro años. La llamaron la Hija del Invierno por la estación de su alumbramiento (y porque la reina estaba en el invierno de sus años fértiles, a decir de algunos), y era pequeña, pálida y frágil, pero el gran maestre estaba decidido a impedir que sufriese el sino de sus hermanos Gaemon y Valerion. Y así fue. Con la ayuda de la septa Lyra, que velaba por la pequeña día y noche, Elysar sacó adelante a la princesa durante un difícil primer año, hasta que al fin pareció que sobreviviría. Cuando alcanzó su primer día del nombre, sana si no fuerte, la reina Alysanne dio gracias a los dioses.

Estaba agradecida también aquel año por haber concertado al fin un matrimonio para su octava hija, la princesa Daella. Con Vaegon ya colocado, Daella era la siguiente de la lista, pero la llorosa princesa suponía un problema bien distinto. «Mi pequeña flor» era como la reina la llamaba. Como la propia Alysanne,

Daella era pequeña (de puntillas medía siete palmos y medio), y tenía un aspecto infantil que provocaba que cuantos la veían la creyesen más joven. A diferencia de Alysanne, era delicada asimismo en modos en que la reina jamás lo había sido. Su madre no había conocido el miedo; Daella siempre parecía asustada. Tenía un gatito al que adoraba hasta que la arañó; luego ya no quiso arrimarse a un gato jamás. Los dragones la aterraban, incluso Ala de Plata. La más leve regañina la hacía prorrumpir en llantos. Una vez, en los salones de la Fortaleza Roja, Daella se topó con un príncipe de las Islas del Verano con su capa emplumada y gritó de terror: la piel negra hizo que lo tomara por un demonio.

Por muy crueles que hubieran sido las palabras de su hermano Vaegon, había cierta verdad en ellas. Daella no era inteligente; incluso su septa tenía que reconocerlo. Aprendió a leer al cabo de bastante tiempo, si bien titubeante y sin comprender los textos por completo. No parecía capaz de aprender de memoria ni las oraciones más sencillas. Tenía una voz melodiosa, pero le daba miedo cantar y siempre se equivocaba con la letra. Le encantaban las flores, pero le daban miedo los jardines porque en una ocasión había estado a punto de picarla una abeja.

Jaehaerys, aún más que Alysanne, estaba desesperado con ella. «Ni quiere hablar con un mozo. ¿Cómo se va a casar? Podríamos encomendarla a la Fe, pero no se sabe los rezos y su septa dice que llora cuando le pide que lea en voz alta *La estrella de siete puntas*.» La reina siempre acudía en su defensa. «Daella es dulce, amable y gentil. Tiene un corazón tierno. Dame tiempo y hallaré con un señor que la quiera. No todos los Targaryen necesitan blandir la espada ni ser jinetes de dragón.»

En los años que siguieron a su primera floración, Daella Targaryen atrajo las miradas de muchos jóvenes señores, como cabía esperar. Era hija de un monarca, y la edad la había vuelto si cabe más hermosa. Su madre se afanaba también moviendo los hilos de todo modo posible para concertarle un matrimonio adecuado.

Cuando Daella tenía trece años la enviaron a Marcaderiva a conocer a Corlys Velaryon, el nieto del Señor de las Mareas. El joven, diez años mayor y futura Serpiente Marina, ya era un célebre marino y capitán de navío. Pero Daella se mareó al cruzar la bahía del Aguasnegras, y a su regreso se quejó de que «a él le gustaban más sus barcos que yo». (En eso no erraba.)

A los catorce años frecuentaba la compañía de Denys Swann, Simon Staunton, Gerold Templeton y Ellard Crane, todos prometedores escuderos de su misma edad, pero Staunton trató de hacerle tomar vino y Crane la besó en los labios sin permiso, por lo que se echó a sollozar. Hacia el final de año, Daella había decidido que los odiaba a todos.

A los quince, su madre la llevó por las Tierras de los Ríos hasta el Árbol de los Cuervos (en una casa rodante, ya que a Daella le daban miedo los caballos), donde lord Blackwood agasajó lujosamente a la reina mientras su hijo cortejaba a la princesa. Alto, elegante, cortés y dotado de labia, Royce Blackwood era un arquero diestro, buen espadachín y un trovador que derretía el corazón de Daella con baladas de su propia composición. Durante un breve período pareció que los jóvenes podían llegar a prometerse, e incluso la reina Alysanne y lord Blackwood empezaron a planear el casamiento. Todo se derrumbó al enterarse Daella de que los Blackwood todavía adoraban a los antiguos dioses, por lo que debería pronunciar sus votos ante un arciano. «No creen en los dioses —dijo a su madre horrorizada—. Iría al infierno de cabeza.»

Su decimosexto día del nombre se aproximaba ya, y con él, el final de su niñez. La reina Alysanne estaba a punto de perder la calma y el rey ya había extraviado su paciencia. En el primer día del año 80 desde la Conquista de Aegon, dijo a la reina que quería que Daella se casara antes de concluir el año.

—Si lo desea, puedo ponerle delante un centenar de hombres desnudos en fila, y que escoja al que más le plazca. Me gustaría que se casase con un señor, pero si prefiere a un caballero andante, a un mercader o a Pate el Porquero, a mí ya me da lo mismo mientras escoja a alguno.

—Un centenar de hombres desnudos la asustaría —repuso Alysanne, sin muchas ganas de bromas.

—Un centenar de patos desnudos la asustaría —replicó el monarca.

—¿Y si no quiere casarse? —preguntó la reina—. Maegelle dice que la Fe no admite a ninguna joven que no sepa leer las oraciones.

—Aún nos quedan las Hermanas Silenciosas —dijo Jaehaerys—. ¿Hasta tal punto vamos a llegar? Debes encontrarle a alguien. Un varón gentil, como ella. Un hombre amable que jamás le alce la voz ni la mano, que le hable con cariño y le diga que es preciosa y, sobre todo, que la proteja... contra dragones, caballos, abejas, gatitos, chicos con forúnculos y todo cuanto teme.

—Haré lo que pueda —prometió la reina Alysanne.

Al final no hicieron falta cien hombres, ni desnudos ni vestidos. La reina expuso a Daella la orden del rey delicada pero firmemente, y le ofreció escoger entre tres pretendientes, todos ellos deseosos de su mano. Pate el Porquero no se contaba entre ellos, debería señalarse. Los tres varones que había seleccionado Alysanne eran grandes señores o hijos de grandes señores. Se casara con quien se casara, Daella gozaría de riqueza y posición.

Boremund Baratheon era el más impresionante de los candidatos. Al filo de los 28 años, el señor de Bastión de Tormentas era la viva imagen de su padre, fibroso y fortísimo, con una risa explosiva, una luenga barba negra y una espesa mata de cabello negro. Como hijo de lord Rogar y la reina Alyssa, era hermano materno de Alysanne y Jaehaerys. Además, Daella conocía a su hermana Jocelyn de sus años en la corte y le tenía cariño, lo cual se pensaba que lo favorecía.

Ser Tymond Lannister era el pretendiente más rico, heredero de Roca Casterly y de todo su oro. Con veinte años, era el de edad más pareja a la de Daella y se consideraba uno de los hombres mejor parecidos del reino. Ágil y delgado, con un largo mostacho dorado y el pelo del mismo tono, siempre iba ataviado de seda y raso. La princesa estaría bien protegida en Roca Casterly, ya que no había alcázar más inexpugnable en todo Poniente. Sin embargo, el contrapunto del oro y la belleza de los Lannister era la reputación de ser Tymond: era por demás aficionado a las faldas, se decía, y aún más al vino.

El último de los tres, y el menos importante a ojos de muchos, era Rodrik Arryn, señor del Nido de Águilas y Protector del Valle. Era señor desde la edad de diez años, un punto a su favor. Durante los veinte últimos años había servido en el consejo privado como lord Justicia Mayor y consejero de los edictos, y en ese tiempo se había convertido en una figura conocida en la corte y un leal amigo de los monarcas. En el Valle había sido un señor apto, firme pero justo, afable, generoso, querido tanto por los plebeyos como por sus señores banderizos, y por añadidura se había establecido bien en Desembarco del Rey. Su sensatez, su sapiencia y su buen humor se consideraban una gran baza para el consejo.

No obstante, lord Arryn era el mayor de los tres pretendientes, ya que a sus treinta y seis años era veinte mayor que la princesa, y además, era padre de cuatro hijos tenidos con su difunta primera esposa.

«Rechoncho, calvo y barrigudo, Arryn no era el hombre soñado de la mayoría de las doncellas —según reconoció la reina Alysanne—, pero es, como solicitaste, un hombre amable y gentil que dice haber amado a nuestra niñita durante años. Sé que la protegerá.»

Ante el asombro de todas las mujeres de la corte, salvo, tal vez, de la reina, la princesa Daella escogió a lord Rodrik como esposo. «Parece bueno y sabio, como padre —dijo a la reina Alysanne—, ¡y tiene cuatro hijos! ¡Voy a ser su madre!» De lo que su alteza pensó de aquel estallido no queda constancia alguna. La relación del gran maestre Elysar de aquella jornada tan solo reza: «Dioses, sednos magnánimos».

No estarían prometidos mucho tiempo. Tal como deseaba el rey, la princesa Daella y lord Rodrik se casaron antes de acabar el año. Se celebró una ceremonia recogida en el septo de Rocadragón, a la que tan solo asistieron los más íntimos amigos y familiares. Las multitudes incomodaban desesperadamente a la princesa. Tampoco hubo encamamiento. «Ah, jamás podría soportarlo, me moriría de vergüenza», dijo a su futuro marido, y este accedió a sus deseos.

Después, lord Arryn se llevó a la princesa al Nido de Águilas. «Mis hijos necesitan conocer a su nueva madre, y quiero mostrar el Valle a Daella. La vida es más lenta allí, y más tranquila. Le va a gustar. Os lo juro, alteza, estará a salvo y será feliz.»

Y lo fue, durante un tiempo. La mayor de los cuatro hijos tenidos por lord Rodrik con su primera esposa era Elys, tres años mayor que su madrastra. Chocaron desde el principio. Sin embargo, Daella estimaba a los tres hijos menores, y ellos parecían adorarla a su vez. Lord Rodrik, fiel a su palabra, fue un amable y amantísimo marido que jamás dejó de mimar y proteger a su esposa, a quien llamaba «mi preciosa princesa». Las misivas que Daella remitía a su madre, casi todas escritas por Amanda, la hija menor de lord Rodrik, hablaban de cuán feliz era, lo hermoso que era el Valle, cuánto quería a los encantadores hijos del señor y con qué amabilidad la trataba todo el mundo en el Nido de Águilas.

El príncipe Aemon celebró su vigesimosexto día del nombre en el año 81, y había demostrado ser más que diestro tanto en la paz como en la guerra. Como aparente heredero del Trono de Hierro, se pensó que era deseable que asumiera un papel más eminente en la gobernación del reino, dentro del consejo real. Por tanto, el rey Jaehaerys nombró al príncipe Justicia Mayor y consejero de los edictos, en sustitución de Rodrik Arryn.

«Las leyes te las dejo a ti, hermano —declaró el príncipe Baelon mientras brindaba por el nombramiento de Aemon—. Yo pronto haré hijos.» Y eso fue lo que hizo, pues ese mismo año, la princesa Alyssa dio a su Príncipe de la Primavera un segundo vástago, que recibió el nombre de Daemon. Su madre, irreprimible como siempre, se lo llevó a volar a lomos de Meleys a la quincena de su nacimiento, tal como había hecho con su hermano Viserys.

En el Valle, sin embargo, a su hermana Daella no le iba ni de lejos tan bien. Al cabo de año y medio de matrimonio, llegó por cuervo un mensaje muy distinto a la Fortaleza Roja. Era bien breve, escrito por la propia e insegura mano de Daella: «Estoy grávida. Madre, por favor, ven. Tengo miedo».

La reina Alysanne temió también en cuanto leyó tales palabras. Montó en Ala de Plata en pocos días y voló con prontitud al Valle; hizo escala en Puerto Gaviota antes de proseguir hacia las Puertas de la Luna y luego ascender hacia el Nido de Águilas. Corría el año 82, y su alteza llegó tres lunas antes de que Daella saliera de cuentas.

Aunque la princesa recibió con alegría la visita de su madre y se disculpó por enviar tan «mema» carta, su miedo era palpable. «Prorrumpe en llantos por el motivo más nimio y, a veces, sin el menor», le dijo lord Rodrik. Su hija Elys, desdeñosa, dijo a su alteza: «Se diría que es la primera mujer que va a parir», pero Alysanne estaba inquieta. Daella era muy delicada y se encontraba en avanzado estado de gestación. «Es muy pequeña para una barriga tan grande —escribió al rey—. Yo también tendría miedo en su lugar.»

La reina Alysanne estuvo al lado de la princesa el resto de su confinamiento, sentada a su cabecera; le leía por las noches para dormirla y consolaba su llanto. «Todo irá bien —le dijo un centenar de veces—. Será una niña, ya lo verás. Una hija. Lo sé. Todo irá bien.»

Acertaba a medias. Aemma Arryn, hija de lord Rodrik y la princesa Daella, llegó al mundo con quince días de adelanto tras un parto largo y penoso. «Me duele —gritó la princesa durante media noche—. Me duele muchísimo.» Pero se dice que sonrió cuando le pusieron a su hija sobre el pecho.

Sin embargo, estaba muy lejos de ir todo bien. La fiebre puerperal atacó a la princesa Daella poco después del alumbramiento. Aunque deseaba con desesperación amamantar a su hija, no le subía la leche, conque se mandó a buscar un ama de cría. Cuando le aumentó la fiebre, el maestre le prohibió incluso tener en brazos al retoño, lo cual la hizo prorrumpir en lloros. Sollozó hasta quedarse dormida, pero en sueños pateó salvajemente y se retorció, ya que la fiebre le subió aún más. Por la mañana había fallecido. Contaba dieciocho años de edad.

Lord Rodrik lloró también, y pidió permiso a la reina para inhumar a su preciosa princesa en el Valle, aunque Alysanne se negó. «Era de la sangre del dragón. La incineraremos y sus cenizas se enterrarán en Rocadragón, junto a las de su hermana Daenerys.»

La muerte de Daella partió el corazón a la reina, pero rememorándola ahora, es palpable que también fue el primer indicio del abismo que se abriría entre su rey y ella. Los dioses nos tienen en sus manos, y la vida y la muerte son suyas para dárnoslas o quitárnoslas, si bien los hombres, llevados por el orgullo, buscan a quienes culpar. Alysanne Targaryen, en su dolor, se culpó a sí misma, a lord Arryn y al maestre del Nido de Águilas por el fallecimiento de su hija. Pero, sobre todo, culpaba a Jaehaerys; por haber insistido tanto en el casamiento de Daella, en que escogiese a quien fuera antes de fin de año… ¿Qué mal le habría hecho seguir siendo niña un año, dos o diez más? «No era bastante mayor ni fuerte para alumbrar —dijo a su alteza al regresar a Desembarco del Rey—. No deberíamos haberle impuesto el matrimonio.»

No nos queda constancia de la réplica regia.

El año 83 después de la Conquista de Aegon se recuerda como el de la Cuarta Guerra Dorniense, más conocida entre la plebe como la Locura del Príncipe Morion o la guerra de las Cien Candelas. El viejo príncipe de Dorne había muerto, y su hijo, Morion Martell, lo había sucedido en Lanza del Sol. El príncipe Morion, un joven tan temerario como necio, llevaba ya tiempo resentido por la cobardía de su padre durante la guerra de Lord Rogar, cuando caballeros de los Siete Reinos marcharon a las Montañas Rojas sin que nadie los importunara, mientras las huestes dornienses se quedaban en casa y abandonaban al Rey Buitre a su suerte. Decidido a vengar tal afrenta contra el honor dorniense, planeaba invadir los Siete Reinos.

Aunque sabía que Dorne no tenía esperanzas de prevalecer contra el poderío que el Trono de Hierro podía esgrimir contra él, el príncipe Morion pensó que podría pillar desprevenido al rey Jaehaerys y conquistar las Tierras de la Tormenta hasta Bastión de Tormentas o, al menos, hasta el cabo de la Ira. En lugar de acometer desde el paso del Príncipe, decidió arribar por mar. Reuniría sus huestes en Colina Fantasma y Tor, las embarcaría y atravesaría el mar de Dorne para sorprender a los tormenteños. Si lo derrotaban o lo rechazaban, que así fuera..., pero antes de partir juró quemar cien poblaciones y saquear un centenar de castillos para que los tormenteños se enterasen de que jamás podrían volver a marchar sobre las Montañas Rojas impunemente. (Lo descabellado de tal plan ya se puede observar en el hecho de que no hay cien poblaciones ni cien castillos en el cabo de la Ira, ni siquiera un tercio de tal cifra.)

Dorne carecía de fuerza naval desde que Nymeria incendió sus diez mil naves, pero el príncipe Morion sí que tenía oro, y halló aliados bien dispuestos en los piratas de los Peldaños de Piedra, los barcos mercenarios de Myr y los corsarios de la Costa de la Guindilla. Aunque pasó casi un año, llegaron los últimos barcos, y el príncipe y sus lanceros embarcaron. Morion había crecido con las narraciones sobre las pasadas glorias dornienses y, como muchos jóvenes señores de Dorne, había visto en Sotoinfierno los huesos de Meraxes, calcinados por el sol. Todos los navíos de su flota estaban dotados de arqueros y equipados con enormes escorpiones como los que habían derribado a Meraxes. Si los Targaryen osaban mandarle dragones, llenaría el aire de proyectiles y los derribaría a todos.

No se puede pasar por alto la demencia de los planes del príncipe Morion. Sus esperanzas de sorprender al Trono de Hierro eran risibles, para empezar. No solo Jaehaerys tenía espías en el seno de la corte de Morion y amigos entre los más avisados de los señores dornienses, sino que ni los piratas de los Peldaños de Piedra ni la tripulación de los barcos mercenarios de Myr ni los corsarios de la Costa de la Guindilla eran famosos por su discreción. Bastó con que unas pocas monedas cambiaran de manos. Cuando zarpó Morion, el rey ya llevaba medio año al tanto del ataque.

Boremund Baratheon, señor de Bastión de Tormentas, también estaba alertado, y aguardaba en el cabo de la Ira para ofrecer un caluroso recibimiento a los dornienses cuando arribaran a la costa. No tendría ocasión: Jaehaerys Targaryen, con sus hijos Aemon y Baelon, esperaba también, y cuando la flota de Morion cruzaba el mar de Dorne, los dragones Vermithor, Caraxes y Vhagar cayeron sobre ellos desde las nubes. Resonaron gritos y los dornienses llenaron el aire de dardos de escorpión, pero disparar a un dragón es una cosa, y matarlo, otra muy distinta. Unos cuantos proyectiles apenas rozaron las escamas de los dragones y uno atravesó un ala a Vhagar, pero ninguno halló partes vulnerables mientras los dragones descendían en picado y maniobraban entre grandes llamaradas. Una por una, las naves sucumbieron al fuegodragón. Cuando se ocultó el sol, aún estaban ardiendo «como un centenar de candelas flotando en la mar». Los cadáveres quemados llegaron a las orillas del cabo de la Ira durante medio año, pero ni un solo dorniense vivo holló las Tierras de la Tormenta.

La Cuarta Guerra Dorniense se libró y se ganó en una sola jornada. Los piratas de los Peldaños de Piedra, los mercenarios de Myr y los corsarios de la Costa de la Guindilla dieron menos quebraderos de cabeza durante un tiempo, y Mara Martell se convirtió en princesa de Dorne. Al regresar a Desembarco del Rey, el rey Jaehaerys y sus hijos recibieron una bienvenida fervorosísima. Ni siquiera Aegon el Conquistador había ganado una guerra sin perder un solo hombre.

El príncipe Baelon tenía otro motivo de celebración: su esposa, Alyssa, estaba encinta de nuevo. Esta vez, según dijo a su hermano Aemon, rezaba por tener una niña.

La princesa Alyssa se volvió a encamar en el año 84. Tras un largo y difícil alumbramiento, dio al príncipe Baelon un tercer hijo a quien llamaron Aegon, como el Conquistador. «Me llaman Baelon el Valeroso —dijo el príncipe a su esposa junto al lecho—, pero tú eres mucho más valerosa que yo. Preferiría librar una docena de batallas a pasar por lo que acabas de hacer.» Alyssa se rio de él. «Tú estás hecho para la batalla, y yo, para esto. Con Viserys, Daemon y Aegon ya van tres. En cuanto me ponga bien, haremos otro. Quiero darte veinte hijos. ¡Un ejército propio!»

No iba a ser así. Alyssa Targaryen tenía un corazón de guerrero en un cuerpo de mujer, y le fallaron las fuerzas. No llegó a recuperarse totalmente del parto de Aegon, y murió ese mismo año a sus escasos veinticuatro. Tampoco la sobrevivió mucho tiempo el príncipe Aegon. Pereció medio año después, poco antes de su primer día del nombre. Aunque destrozado por la pérdida, Baelon se solazó con Viserys y Daemon, los dos fuertes hijos que le habían quedado, y jamás dejó de honrar la memoria de su dulce señora de la nariz quebrada y los ojos disparejos.

Ahora me temo que debemos prestar atención a uno de los capítulos más turbadores y desagradables del largo reinado del rey Jaehaerys y la reina Alysanne: el asunto de su noveno vástago, la princesa Saera.

Nacida en el 67, tres años después que Daella, Saera tenía todo el valor del que carecía su hermana, así como un voraz apetito… por la leche, la comida, el afecto, las alabanzas. En la cuna no es que llorase: berreaba, y sus chillidos ensordecedores se convirtieron en el terror de toda doncella de la Fortaleza Roja. «Quiere lo que quiere y lo quiere ya —escribió el gran maestre Elysar sobre la

princesa en el año 69, cuando tan solo tenía dos años—. Que los Siete nos asistan cuando sea mayor. Más vale que los guardianes encierren a todos los dragones.» Ni se imaginaba cuán proféticas resultarían ser tales palabras.

El septón Barth fue más reflexivo al observar a la princesa a la edad de doce años, en el 79. «Es la hija del rey y lo sabe bien. Los sirvientes la proveen de cuanto necesita, si bien no siempre a la velocidad que ella quiere. Grandes señores y apuestos caballeros le demuestran toda cortesía; las damas de la corte ceden a su autoridad; las niñas de su edad se pelean por ser sus amigas. Todo esto, Saera lo da por descontado. Si fuera la primogénita del rey o, mejor aún, su unigénita, estaría harto satisfecha. Sin embargo, es la novena nacida, con seis hermanos vivos mayores y, si cabe, más adorados. Aemon va a ser rey; Baelon, seguramente, será su Mano; Alyssa podría ser todo lo que su madre y más; Vaegon es más culto que ella; Maegelle es más piadosa, y Daella… ¿Cuándo pasa un día en que Daella no necesite consuelo? Y mientras la alivian, a Saera no le hacen caso. Es una criatura tan fiera, dicen, que no necesita consuelo. Se equivocan en eso, me temo. No hay nadie que no lo requiera.»

Se había considerado a Aerea Targaryen díscola y caprichosa, dada a la desobediencia, pero al lado de la princesa Saera parecía un modelo de decoro. La frontera entre las chanzas inocentes, las trastadas gratuitas y los actos de malicia no siempre queda clara para alguien tan joven, pero no cabe duda de que la princesa la cruzaba alegremente. Siempre andaba metiendo gatos en la cámara de su hermana Daella, sabedora de que le daban mucho miedo. Una vez le llenó el orinal de abejas. A los diez años se coló en la Torre de la Espada Blanca, robó todas las capas blancas que encontró y las tiñó de rosa. A los siete aprendió cuándo y cómo robar en las cocinas tartas, empanadas y toda suerte de golosinas. Antes de los once robaba ya vino y cerveza. A los doce era habitual que llegase bebida cuando se la convocaba en el septo para la oración.

Tom Nabo, el bufón medio lelo del rey, era víctima de muchas de sus bromas y cómplice ignorante de otras. Una vez, antes de un gran banquete al que asistirían multitud de señores y damas, convenció a Tom de que sería mucho más divertido que actuase desnudo. No fue bien recibido. Más adelante, y más cruelmente, le dijo que si trepaba al Trono de Hierro, sería rey, pero el bufón era más bien torpe y propenso a los temblores, y el trono le hizo jirones piernas y brazos. «Es una niña maligna», dijo de ella su septa a raíz de aquello. La princesa Saera tenía media docena de septas y otras tantas camareras antes de cumplir los trece años.

No quiere esto decir que la princesa careciese de virtudes. Sus maestres afirmaban que era sumamente inteligente, tanto como su hermano Vaegon, a su manera. Era, desde luego, guapa, más alta que su hermana Daella y ni la mitad de delicada, y tan fuerte, vivaz y animosa como su hermana Alyssa. Cuando se proponía ser encantadora, costaba resistirse. Sus hermanos mayores, Aemon y Baelon, no dejaban de divertirse con sus «travesuras», aunque nunca supieron de las peores, y mucho antes de llegar a la mitad de su desarrollo, ya dominaba el arte de sacar cuanto deseara a su padre: un gatito, un perro de caza, un poni, un halcón, un caballo. (Jaehaerys trazó una firme línea ante el elefante.) Sin embargo, la reina Alysanne tenía menos tragaderas, y el septón Barth nos dice que Saera disgustaba a todas sus hermanas en mayor o menor medida.

La floración le sentó bien, y fue entonces cuando empezó a ser ella misma. Después de lo que habían sufrido con Daella, los reyes debieron de sentirse aliviados al ver lo aficionada que era Saera a los jóvenes de la corte, y ellos a ella. A los catorce años dijo al rey que quería casarse con el príncipe de Dorne, o quizá con el Rey-más-allá-del-Muro, para poder ser reina, «como madre». Aquel año llegó a la corte un comerciante de las Islas del Verano. En lugar de espantarse ante su vista, como Daella, Saera declaró que le gustaría casarse también con él.

A los quince ya había arrumbado tan pueriles fantasías. ¿Por qué soñar con monarcas distantes pudiendo tener todos los escuderos, caballeros y futuros señores que le pluguiera? Docenas la cortejaron, pero pronto tres resultaron ser los favoritos: Jonah Mooton era el heredero de Poza de la Doncella; Roy Connington el Rojo, de quince años, era el hijo del señor del Nido del Grifo, y Braxton Beesbury, apodado Aguijón, era un caballero de diecinueve años, el mejor lancero del Rejo y el heredero de Colmenar. La princesa tenía favoritas también: Perianne Moore y Alys Turnberry, dos doncellas de su edad, que se convirtieron en sus más queridas amigas. Saera las llamaba «la Bella Peri» y «Dulcemora». Durante más de un año, las tres damiselas y los tres caballeretes fueron inseparables y asistieron a todos los convites y bailes. Cazaban y practicaban la cetrería juntos también, y una vez atravesaron la bahía del Aguasnegras hasta Rocadragón. Cuando los tres señores cabalgaban en el picadero o cruzaban espadas en los patios de armas, las tres doncellas estaban allí presentes para animarlos.

El rey Jaehaerys, que siempre estaba agasajando a señores de visita o a enviados de allende el mar Angosto, sentado en el consejo o planificando más carreteras, estaba complacido. No tendrían que rastrear todo el reino en busca de pareja para Saera teniendo a mano a tres jóvenes tan prometedores. La reina Alysanne estaba menos convencida. «Saera es inteligente, pero no sabia», dijo al soberano. Lady Perianne y lady Alys eran unas necias guapas, insulsas y hueras por lo que había visto, mientras que Connington y Mooton eran unos petimetres. «Y no me gusta nada el tal Aguijón. Me he enterado de que tuvo un bastardo en el Rejo y otro aquí, en Desembarco del Rey.»

Jaehaerys siguió despreocupado. «No es que Saera esté nunca sola con ninguno. Siempre tienen gente cerca: criados, doncellas, lacayos y hombres de armas. ¿Qué travesura pueden perpetrar con tantos ojos a su alrededor?»

No le gustó la respuesta cuando llegó.

Una de las bromas pesadas de Saera fue su perdición. Una templada noche primaveral del año 84, los gritos procedentes de un burdel llamado La Perla Azul atrajeron a dos hombres de la Guardia de la Ciudad. Tales chillidos los profería Tom Nabo, que corría en círculos, dando tumbos, tratando en vano de escapar de media docena de putas desnudas, mientras los clientes se reían con ganas y jaleaban a las rameras. Jonah Mooton, Roy Connington el Rojo y Aguijón se encontraban entre la parroquia, cada uno más beodo que el anterior. Les había parecido que sería divertido ver al pobre Nabo en acción, según reconoció Roy el Rojo. Luego, Jonah Mooton se rio y dijo que la chanza la había concebido Saera, y que era una chica muy divertida.

Los guardias rescataron al malhadado bufón y lo escoltaron a la Fortaleza Roja. A los tres señoritos los condujeron ante ser Robert Redwyne, comandante de la Guardia de la Ciudad, quien los envió al rey haciendo caso omiso de las amenazas de Aguijón y del torpe intento de Connington de sobornarlo.

«Nunca es agradable sajar un forúnculo —escribió el gran maestre Elysar sobre la cuestión—. Nunca se sabe cuánto pus va a salir ni lo mal que va a oler.» El pus que había salido de La Perla Azul apestaba, sin duda alguna.

Los tres señores borrachos se habían serenado un poco cuando el rey se encaró con ellos desde lo alto del Trono de Hierro, y trataron de fingir entereza. Confesaron haber secuestrado a Tom Nabo y haberlo llevado a La Perla Azul. Ninguno dijo una sola palabra de la princesa Saera. Cuando su alteza ordenó a Mooton repetir lo que había dicho sobre ella, se puso colorado, balbuceó y afirmó que los guardias lo habían oído mal. Jaehaerys acabó ordenando que se llevasen a los tres a las mazmorras. «Que duerman la mona en una celda negra esta noche y quizá mañana narren una historia muy diferente.»

Fue la reina Alysanne, sabedora de lo íntimas que eran de los tres señores lady Perianne y lady Alys, quien sugirió que las interrogaran también. «Déjame hablar con ellas, mi rey. Si te ven contemplándolas desde el trono, jamás dirán ni una palabra.»

Ya era tarde, y sus guardias hallaron a ambas jóvenes dormidas, compartiendo lecho en la cámara de lady Perianne. La reina las hizo comparecer ante ella y les comunicó que sus tres imberbes estaban en los calabozos, y que si no querían ir a hacerles compañía debían relatarle la verdad. Era cuanto necesitaba decir. Alys Dulcemora y la Bella Peri se atropellaban en su afán de confesar primero. Al poco tiempo ya estaban sollozando e impetrando perdón. La reina Alysanne dejó que rogasen sin decir una sola palabra. Escuchó, como siempre había hecho ante un centenar de cortesanas. Su alteza sabía escuchar.

—Fue solo un juego al principio —dijo la Bella Peri—. Saera enseñaba a Alys a besar, y le pedí que me enseñara también. Los chicos se adiestran en el combate todas las mañanas; ¿por qué no nos vamos a adiestrar nosotras en los besos? Es lo que deben hacer las chicas, ¿verdad?

—Nos gustaban los besos —dijo Alys Turnberry tras darle la razón—, y una noche empezamos a besarnos sin ropa, y nos dio miedo pero nos excitó. Nos turnábamos haciéndonos pasar por chicos. No queríamos cometer maldades; tan solo jugábamos. Entonces Saera me retó a besar a un chico de verdad, y yo reté a Peri a hacer lo propio, y ambas retamos a Saera, pero dijo que haría algo mejor: besar a un hombre adulto, a un caballero. Así fue como empezó todo con Roy, Jonah y Aguijón.

Lady Perianne intervino entonces y dijo que después fue Aguijón quien las adiestró a todas.

—Tiene dos bastardos —añadió en un susurro—. Uno en el Rejo y otro aquí mismo, en la calle de la Seda. Su madre es una puta de La Perla Azul.

Esa fue la única mención de La Perla Azul. «Ninguna meretriz sabía lo más mínimo del pobrecillo Tom Nabo, por irónico que sea —escribiría después el gran maestre Elysar—, pero sabían mucho de otras cuestiones, ninguna de las cuales era culpa suya.»

—¿Y dónde estaban vuestras septas a todo esto? —preguntó la reina tras escucharlas—. ¿Y vuestras doncellas? ¿Y los señores que deberían haberlo presenciado? ¿Dónde estaban sus criados, sus hombres de armas, sus escuderos y servidores?

Lady Perianne se quedó desconcertada ante tal pregunta.

—Les dijimos que esperasen —respondió con el tono de quien explica que el sol sale por el este—. Son sirvientes; hacen cuanto se les ordena. Los que lo sabían guardaron el secreto; Aguijón les dijo que les cortaría la lengua si hablaban. Y Saera es más lista que las septas.

Fue entonces cuando Dulcemora se derrumbó y se puso a rasgarse el camisón. Lo sentía muchísimo, dijo a la reina; que jamás había querido obrar mal; que Aguijón la obligó y que Saera la llamó cobarde, así que les demostró que no era así, pero había quedado encinta y no sabía quién era el padre, y qué iba a hacer ahora.

—Cuanto puedes hacer por esta noche es acostarte —le dijo la reina Alysanne—. Mañana por la mañana te enviaremos a una septa y podrás confesar tus pecados. La Madre te perdonará.

—Pero mi madre no —dijo Alys Turnberry, aunque hizo lo que se le ordenaba. Lady Perianne ayudó a su llorosa amiga a volver a su alcoba.

Cuando la reina le dijo cuanto había averiguado, el rey Jaehaerys no daba crédito a sus oídos. Envió guardias, y una sucesión de escuderos, criados y doncellas fueron arrastrados ante el Trono de Hierro para su interrogatorio. Muchos acabaron en las mazmorras con sus amos, una vez oídas sus respuestas. Ya alboreaba cuando encerraron al último. Entonces, el rey mandó llamar a la princesa Saera.

La princesa seguramente supo que algo marchaba mal cuando el lord comandante de la Guardia Real y el comandante de la Guardia de la Ciudad se presentaron juntos para escoltarla al salón del trono. Jamás era bueno que el rey recibiera sentado en el Trono de Hierro. El gran salón estaba casi desierto cuando la condujeron a él. Tan solo el gran maestre Elysar y el septón Barth asistían como testigos. Hablaban en nombre de la Ciudadela y del Septo Estrellado, y el rey sintió necesidad de su guía, pero aquel día había cosas que decir que sus otros señores no tenían por qué conocer.

Muchas veces se dice que la Fortaleza Roja no tiene secretos, que hay ratas en las paredes que lo oyen todo y susurran a los oídos de los durmientes por las noches. Puede que así sea, porque cuando la princesa Saera compareció ante su padre parecía saber cuanto había pasado en La Perla Azul y no sentir la más mínima vergüenza.

—Yo se lo sugerí, pero jamás pensé que lo harían —dijo con desparpajo—. Debió de resultar gracioso ver a Nabo bailando con las rameras.

—No para Tom —dijo el rey Jaehaerys desde el Trono de Hierro.

—Es un bufón —respondió la princesa Saera, encogiéndose de hombros—. Los bufones están para reírse de ellos, ¿qué tiene de malo? A Nabo le encanta que se rían de él.

—Fue una chanza cruel —dijo la reina Alysanne—, pero ahora hay problemas que me inquietan más aún. He hablado con tus... damas. ¿Estás al tanto de que Alys Turnberry se encuentra en estado?

Fue entonces cuando la princesa comprendió que no la habían llamado para que respondiera por el asunto de Nabo, sino por pecados más vergonzosos. Durante un momento se quedó sin habla, pero tan solo durante un momento. Luego dio un respingo y dijo:

—¿Mi Dulcemora? ¿De verdad? ¿Ella...? Oh, pero ¿qué ha hecho? Ay, mi dulce necia... —Si debemos dar crédito al testimonio del septón Barth, una lágrima le corrió por la mejilla. Pero su madre no se conmovió.

—Sabes perfectamente lo que ha hecho. Lo que habéis hecho todos. Vas a contarme toda la verdad, niña.

Cuando la princesa miró a su padre, no halló apoyo en él.

—Miéntenos de nuevo y te irá bastante peor —dijo el rey Jaehaerys—. Tus tres señores están en los calabozos, deberías saberlo, y lo que digas ahora decidirá dónde duermes esta noche.

Saera se vino abajo entonces y las palabras se atropellaron en su prisa, un manantial que la dejó casi sin aliento. «Pasó de la negación al rechazo, de los melindres a la contrición, de la acusación a la justificación y el desafío en el espacio de una hora, con paradas para emitir risitas y gimotear a lo largo de todo ello —escribiría el septón Barth—. No había hecho nada, mentían, no había pasado, ¿cómo se lo podían creer?, tan solo era un juego, una mera broma, ¿quién lo había dicho?, no fue lo que pasó, a todos les gustaba besar, lo sentía, empezó Peri, era muy divertido, no hacía mal a nadie, nadie le había dicho que besar fuera malo, Dulcemora la había retado, le daba muchísima vergüenza, Baelon besaba a Alyssa a todas horas, en cuanto empezó ya no supo parar, le daba miedo Aguijón, la Madre Divina la había perdonado, todas las jóvenes lo hacían, la primera vez estaba ebria, jamás lo había querido, era lo que querían los hombres, Maegelle decía que los dioses perdonaban todos los pecados, Jonah decía que la amaba, los dioses la habían hecho bella, no tenía la culpa, sería buena en adelante, sería como si nada hubiera pasado, se casaría con Roy Connington el Rojo, tenían que perdonarla, jamás volvería a besar a un hombre ni a hacer nada de todo lo demás, no era ella quien estaba encinta, ella era su hija, su niñita, nada menos que una princesa, si fuera reina haría lo que se le antojara, ¿por qué no la querían creer?, nunca la habían querido, los odiaba, podían azotarla si lo deseaban, pero jamás sería su esclava... Me dejó estupefacto esa chiquilla. Jamás ha habido un comediante en estas tierras que haya ofrecido una actuación semejante, pero al final se quedó agotada y temerosa, y se le cayó la máscara.»

—¿Qué has hecho? —dijo el rey cuando al fin la princesa se quedó sin palabras—. Los Siete nos asistan, pero ¿qué has hecho? ¿Has entregado a uno de esos mozos tu doncellez? Dime la verdad.

—¿Verdad? —escupió Saera. Fue en aquel momento, con aquella palabra, cuando salió a la luz el desdén—. No. Se la entregué a los tres. Todos creen haber sido el primero. Los chicos son muy necios.

Jaehaerys estaba tan horrorizado que ni podía hablar, pero la reina conservó la compostura.

—Estás muy orgullosa, ya veo. Una mujer adulta, y de casi diecisiete años. Seguro que crees haber sido muy lista, pero una cosa es ser lista y otra muy distinta es ser sabia. ¿Qué te imaginas que pasará ahora, Saera?

—Me casaré —dijo la princesa—. ¿Por qué no? Tú te casaste a mi edad. Contraeré matrimonio y me encamaré, pero ¿con quién? Tanto Jonah como Roy me aman; podría tomar a uno de ellos, pero son muy pueriles. Aguijón no me ama, pero me hacer reír y, a veces, gritar. Podría casarme con los tres, ¿por qué no? ¿Por qué debo tener tan solo un esposo? El Conquistador tuvo dos esposas, y Maegor, seis u ocho.

Se había excedido. Jaehaerys ya había oído bastante; se puso en pie y bajó del Trono de Hierro con el rostro airado.

—¿Te comparas con Maegor, nada menos? ¿Aspiras a ser como él? Lleváosla a su cámara —dijo a sus guardias—, y que se quede allí hasta que la mande llamar.

Cuando la princesa oyó aquellas palabras, corrió hacia él gritando: «¡Padre, padre!», pero Jaehaerys le volvió la espalda, y Gyles Morrigen la cogió por un brazo y se la llevó. No quiso marcharse de buen grado, de modo que los guardias se vieron obligados a sacarla a rastras del salón del trono gimiendo, sollozando y llamando a su padre.

«Aun entonces —nos dice el septón Barth—, la princesa Saera habría conseguido que la perdonaran y habría recuperado su favor de haber obedecido, de haberse quedado sumisa en su alcoba reflexionando sobre sus pecados e implorando perdón.» Jaehaerys y Alysanne se reunieron al día siguiente con Barth y el gran maestre Elysar para debatir qué se haría de los seis transgresores, en especial de la princesa. El rey estaba airado y se mostraba inflexible, ya que estaba sumamente avergonzado y no podía olvidar las burlonas palabras de Saera acerca de las esposas de su tío. «Ya no es mi hija», dijo en más de una ocasión.

La reina Alysanne, no obstante, no logró ponerse tan dura. «Es nuestra hija —dijo al rey—. Tenemos que castigarla, sí, pero aún es una niña, y donde hay pecado puede haber redención. Mi señor, mi amor, tú te reconciliaste con los señores que lucharon en el bando de tu tío; perdonaste a los hombres del Septón Luna; te pusiste a bien con la Fe y con lord Rogar cuando trató de separarnos y sentar a Aerea en tu trono; seguramente puedas dar con el modo de reconciliarte con tu propia hija.»

Las palabras de su alteza fueron suaves y gentiles, y Jaehaerys se conmovió, nos dice el septón Barth. Alysanne era terca y persistente, y tenía maña para que el rey acabara aceptando su punto de vista por más en desacuerdo que estuvieran. Con el tiempo, también lograría suavizar su postura en lo tocante a Saera.

No dispuso de ese tiempo. Aquella misma noche, la princesa Saera selló su destino. En lugar de quedarse en su alcoba como le habían ordenado, se escabulló durante una visita al escusado, se hizo con la ropa de una lavandera, robó un caballo de los establos y escapó del alcázar. Atravesó media ciudad y llegó hasta la Colina de Rhaenys, pero cuando trataba de entrar en Pozo Dragón, la descubrieron y capturaron los Guardianes de los Dragones, que la devolvieron a la Fortaleza Roja.

Alysanne lloró al enterarse, porque sabía que su causa carecía ya de toda esperanza. Jaehaerys era duro cual pedernal. «Saera con un dragón —fue cuanto tuvo que decir—. ¿Se habría llevado a Balerion también?» En esta ocasión, la princesa no recibió permiso para regresar a su cámara. La confinaron en una celda de un torreón, con Jonquil Darke guardándola día y noche, incluso en las letrinas.

Se concertaron apresurados casamientos para sus hermanas en el pecado. Perianne Moore, que no estaba embarazada, se casó con Jonah Mooton. «Desempeñaste un papel en su ruina; puedes participar en su redención», dijo el rey al caballerete. El matrimonio resultó ser un éxito, y con el tiempo, ambos se convirtieron en el señor y la señora de Poza de la Doncella. Alys Turnberry, que sí esperaba un hijo, dio más quebraderos de cabeza, ya que Roy Connington el Rojo rehusó casarse con ella. «Me niego a fingir que el bastardo de Aguijón es hijo mío y no pienso nombrarlo heredero del Nido del Grifo», dijo al rey, desafiante. Así pues, enviaron a Dulcemora al Valle a dar a luz (una niña de encendido pelo rojo) en una casa madre de la isla de Puerto Gaviota, adonde muchos señores enviaban a sus hijas naturales para su crianza. Después acabó casándose con Dunstan Pryor, señor de Guijarro, una isla cercana a los Dedos.

Dieron a elegir a Connington entre pasarse la vida en la Guardia de la Noche y diez años de exilio. No fue de extrañar que escogiese lo segundo. Atravesó el mar Angosto hasta Pentos y, de allí, pasó a Myr, donde anduvo con mercenarios y otras malas compañías. Tan solo medio año antes de regresar a Poniente, murió acuchillado por una meretriz en un garito myriense.

La penalidad más severa quedó reservada para Braxton Beesbury, el joven y altivo caballero apodado Aguijón.

—Podría castrarte y enviarte al Muro —le dijo Jaehaerys—. Así fue como traté a ser Lucamore, y era mejor hombre que tú. Podría incautarme de las tierras y el castillo de tu padre, pero no habría justicia en ello, ya que él no tuvo nada que ver con lo que perpetraste, y tampoco tus hermanos. No obstante, no podemos permitir que difundas hablillas sobre mi hija, de modo que te rebanaremos la lengua. Y la nariz asimismo, yo creo, para que ya no te resulte tan sencillo embaucar a damiselas incautas. Te precias en exceso de tu dominio de la espada y la lanza, de modo que te las arrebataremos también. Te quebraremos piernas y brazos, y mis maestres procurarán que sanen torcidos. Vivirás tullido el resto de tu mísera vida. A no ser...

—¿A no ser? —Beesbury estaba blanco como la cal—. ¿Hay elección?

—Todo caballero acusado de un desafuero tiene elección —le recordó el rey—. Puedes demostrar tu inocencia a riesgo de tu cuerpo.

—Escojo, pues, el juicio por combate. —A decir de todos, Aguijón era un joven arrogante seguro de su habilidad con las armas. Contempló a los siete guardias reales que estaban tras el Trono de Hierro, con sus largas capas blancas y sus relucientes cotas de malla, y dijo—: ¿Con cuál de esos viejos deseáis que me bata?

—Con este —anunció Jaehaerys Targaryen—. Aquel a cuya hija sedujiste y mancillaste.

Se reunieron al día siguiente al amanecer. El heredero de Colmenar tenía diecinueve años; el rey, cuarenta y nueve, pero aún estaba muy lejos de ser viejo. Beesbury se armó con un mangual, pensando tal vez que Jaehaerys estaría menos acostumbrado a defenderse contra esa arma. El rey empuñaba a *Fuegoscuro*. Ambos estaban bien acorazados y portaban escudo. Cuando empezó el combate, Aguijón acometió con brío al soberano, tratando de vencerlo con la presteza y la pujanza de la juventud, haciendo girar, danzar y cantar la bola erizada de púas. Sin embargo, Jaehaerys recibía los golpes con el escudo, contentándose con defenderse mientras el joven se agotaba. Pronto llegó el momento en que Braxton Beesbury apenas podía alzar el brazo; entonces, el rey pasó a la ofensiva. Ni la mejor cota de malla puede contra el acero valyrio, y Jaehaerys sabía dónde estaba cada punto flaco. Aguijón sangraba por media docena de heridas cuando al fin cayó. Jaehaerys le apartó el machacado escudo de una patada, le alzó la visera del yelmo, le puso la punta de *Fuegoscuro* contra el ojo y la hendió profundamente.

La reina Alysanne no asistió al duelo, alegando que no podía soportar la idea de ver morir a su esposo. La princesa Saera lo contempló desde la ventana de su celda. Jonquil Darke, su carcelera, se ocupó de que no apartase la vista.

Una quincena después, Jaehaerys y Alysanne consagraban a otra hija a la Fe. La princesa Saera, que aún no había cumplido los diecisiete años, partió de Desembarco del Rey camino de Antigua, donde su hermana, la septa Maegelle, se encargaría de su instrucción. Sería novicia, según se anunció, de las Hermanas Silenciosas.

El septón Barth, que conocía los pensamientos del rey mejor que la mayoría, sostendría más adelante que la sentencia se dictó como lección. Nadie, y desde luego no su padre, podía confundir a Saera con su hermana Maegelle. Jamás sería septa, y mucho menos hermana silenciosa, pero requería un castigo, y se pensó que unos cuantos años de oración silente, severa disciplina y contemplación le sentarían bien y la encaminarían en la vía de la redención.

Sin embargo, no era ese un sendero que Saera Targaryen deseara recorrer. Soportó el silencio, los baños fríos, los hábitos bastos y su picazón, las comidas privadas de carne. Se sometió a raparse la cabeza y restregarse con un cepillo de crines, y cuando era desobediente se entregaba también al bastón. Todo esto lo padeció… durante año y medio, pero cuando surgió la ocasión, en el 85, la aprovechó para huir de la casa madre en plena noche y fue a los muelles. Cuando una hermana mayor se la encontró en su huida, Saera la empujó por la escalera y saltó sobre ella para ganar la puerta.

Cuando la noticia de su evasión llegó a Desembarco del Rey, se supuso que estaría oculta en Antigua, pero los hombres de lord Hightower registraron la ciudad puerta por puerta y no hallaron rastro alguno. Entonces se pensó que quizá hubiera regresado a la Fortaleza Roja a impetrar el perdón de su padre. Como tampoco se presentó allí, el rey se preguntó si no habría huido con sus antiguos amigos, de modo que dijeron a Jonah Mooton y a su esposa, Perianne, que estuviesen al tanto en Poza de la Doncella. La verdad no se supo hasta un año después, cuando la antigua princesa fue vista en un jardín de placer de Lys, aún ataviada de novicia. La reina Alysanne lloró al oírlo. «Han convertido a nuestra hija en ramera», dijo. «Siempre lo ha sido», replicó el rey.

Jaehaerys celebró su quincuagésimo día del nombre en el 84 d. C. Los años se habían cebado en él, y quienes lo conocían bien decían que jamás volvió a ser el mismo después de la desgracia y el abandono de su hija. Había adelgazado mucho; estaba casi esquelético, y había más blanco que dorado en sus barbas, así como en sus cabellos. Los hombres empezaban a llamarlo «el Viejo Rey» en lugar de «el Conciliador». Alysanne, afectada por tantas pérdidas sufridas, se retiró más y más del gobierno del reino y raramente acudía a las reuniones del consejo, aunque Jaehaerys aún contaba con su fiel septón Barth y con sus hijos. «De haber otra guerra —les dijo a ambos—, deberéis librarla vosotros. Yo tengo que terminar mis carreteras.»

«Se le daban mejor las carreteras que las hijas», escribiría más adelante el gran maestre Elysar, con su acostumbrado tono punzante.

En el 86, la reina Alysanne anunció el compromiso de su hija Viserra, de quince años de edad, con Theomore Manderly, el fiero y anciano señor de Puerto Blanco. El casamiento sería grandemente provechoso para la unidad del reino, al unir una de las grandes casas del Norte al Trono de Hierro, según declaró el rey. Lord Theomore se había ganado un gran renombre como guerrero en su juventud, y había demostrado ser un señor capaz bajo cuyo gobierno Puerto Blanco había prosperado enormemente. La reina Alysanne lo tenía en gran aprecio y recordaba la calurosa bienvenida que le había deparado durante su primera visita al Norte.

Pero había sobrevivido a cuatro esposas, y aunque aún era un luchador intrépido, había engordado mucho, lo cual dificultó recomendárselo a la princesa Viserra, que tenía pensada otra clase de hombre. Ya desde pequeña había sido la más hermosa de las hijas de la reina. Grandes señores, afamados caballeros y jovenzuelos imberbes la había cortejado durante toda su vida, alimentando su vanidad hasta que se convirtió en un fuego desatado. Su gran placer en la vida era enfrentar a un joven con otro, incitándolos a llevar a cabo absurdos concursos y competiciones. Para ganarse su favor en una justa, hacía que los escuderos admiradores nadasen por el río Aguasnegras, escalaran la Torre de la Mano o liberaran a todos los cuervos mensajeros. Una vez llevó a seis mozos a Pozo Dragón y les dijo que entregaría su virtud a quien metiera la cabeza entre las fauces de un dragón, si bien los dioses fueron magnánimos aquel día y los Guardianes de los Dragones pusieron fin a tal locura.

Ningún escudero ganaría jamás a Viserra, la reina Alysanne lo sabía; ni su corazón ni, desde luego, su virginidad. Era demasiado astuta para transitar el mismo camino que su hermana Saera. «No le interesan los juegos de besos ni los chicos —dijo la reina a Jaehaerys—. Juega con ellos como antes con sus cachorrillos, pero no yacería con uno de ellos más que con un perro. Apunta mucho más alto, nuestra Viserra. He visto el modo en que se acicala y se pavonea cuando está con Baelon. Ese es el marido que anhela, y no por amor. Desea ser reina.»

El príncipe Baelon tenía catorce años más que Viserra, veintinueve frente a quince, si bien caballeros más ancianos se habían casado con doncellas más jóvenes, como bien sabía. Habían pasado dos años desde la muerte de la princesa Alyssa, pero Baelon no había mostrado el menor interés por las mujeres. «Se casó con una hermana, ¿por qué no con otra? —decía Viserra a su más íntima amiga, la cabeza hueca de Beatrice Butterwell—. Soy muchísimo más bella que Alyssa, ya la viste. Tenía la nariz quebrada.»

Si la princesa estaba empeñada en casarse con su hermano, la reina estaba igualmente decidida a impedirlo. Su respuesta fueron lord Manderly y Puerto Blanco. «Theomore es un buen hombre —dijo Alysanne a su hija—, un hombre sabio de amable corazón y buena cabeza sobre los hombros. Su pueblo lo adora.»

La princesa no quedó persuadida. «Si tanto te gusta, madre, cásate tú con él», le dijo antes de correr a su padre para quejarse. Jaehaerys no le ofreció solaz alguno. «Es un buen partido», le dijo antes de explicarle la importancia de aproximar el Norte al Trono de Hierro, y añadió que, en todo caso, los matrimonios eran el dominio de la reina. Él jamás interfería en tales asuntos.

Frustrada, Viserra recurrió a continuación a su hermano Baelon con esperanzas de rescate, si debemos hacer caso a las hablillas cortesanas. Una noche dio esquinazo a los guardias y se coló en su cámara, se desnudó y lo aguardó, dando cuenta del vino que allí había. Cuando al fin apareció el príncipe, la halló bebida y desnuda en su lecho y la expulsó. La princesa se tambaleaba tanto que requirió la ayuda de dos doncellas y un caballero de la Guardia Real para regresar sana y salva a sus aposentos.

Cómo acabaría por resolverse la batalla de voluntades entre la reina Alysanne y su testaruda hija de quince años, jamás se sabrá. Poco después del incidente de la alcoba de Baelon, mientras la reina concertaba la partida de Viserra de Desembarco del Rey, la princesa intercambió los ropajes con una doncella, a fin de huir de los guardias que le habían asignado para evitar que cometiera travesuras, y se escapó de la Fortaleza Roja para lo que denominó «una última noche de risas antes de irme a congelarme».

Sus acompañantes eran todos hombres, dos señores de escasa importancia y cuatro caballeretes, todos verdes como la hierba primaveral y anhelantes de los favores de Viserra. Uno de ellos se había ofrecido a mostrarle barrios de la ciudad que jamás había visto: los tenderetes de calderos y los reñideros de ratas del Lecho de Pulgas; las posadas que jalonaban el callejón de la Anguila y el Río, donde las taberneras bailaban sobre las mesas; los lupanares de la calle de la Seda. Cerveza, hidromiel y vino corrieron durante toda la velada, y Viserra los libó con ansia.

Al dar la medianoche, la princesa y los compañeros que le quedaban, pues varios caballeros estaban ya embotados por los licores, decidieron regresar al alcázar echando una carrera. Se siguió una frenética competición por las calles de la urbe. Los desembarqueños se apartaban a toda prisa para evitar que los arrollaran. Las risotadas resonaban a través de la noche y cundía la animación hasta que la cuadrilla alcanzó la Colina Alta de Aegon, donde el palafrén de Viserra colisionó con el de uno de sus compañeros de farra. La yegua del caballero tropezó y se quebró una pata. La princesa se cayó de la silla, fue a dar de cabeza contra un muro y se fracturó el cuello.

Era la hora del lobo, el momento más oscuro de la noche, cuando recayó sobre ser Ryam Redwyne, de la Guardia Real, el cometido de despertar a los soberanos de su sueño para comunicarles que habían hallado muerta a su hija en un callejón, al pie de la Colina Alta de Aegon.

Pese a sus diferencias, la pérdida de la princesa Viserra destrozó a la reina. En un período de cinco años, los dioses le habían arrebatado tres hijas: Daella en el 82 d.C., Alyssa en el 84 d.C. y Viserra en el 87 d.C. El príncipe Baelon quedó también enormemente disgustado, y llegó a plantearse que aquello no habría ocurrido de haber hablado a su hermana de un modo menos brusco la noche en que la encontró en cueros en su cama. Aunque Aemon y él sirvieron de consuelo a los reyes en su momento de aflicción, junto con lady Jocelyn, esposa de Aemon, y su hija Rhaenys, Alysanne buscó solaz en sus hijas supervivientes.

Maegelle, de veinticinco años de edad y septa, pidió venia para abandonar el septo y pasar con su madre el resto del año, y la princesa Gael, una dulce y tímida niña de siete años, se convirtió en la sombra constante y el apoyo de la soberana, con quien llegó a compartir lecho por las noches. La reina cobró fuerzas gracias a su presencia, pero aun así, cada vez pensaba más y más en la hija que ya no estaba con ella. Aunque Jaehaerys se lo había prohibido, Alysanne desobedeció su edicto y envió agentes secretos a vigilar a su hija descarriada allende el mar Angosto. Saera seguía en Lys, supo por sus informes, en el jardín de placer. A sus escasos veinte años, acostumbraba entretener a sus admiradores ataviada aún con los hábitos de novicia de la Fe. Evidentemente, había bastantes lysenos que hallaban placer en jugar a forzar a jóvenes inocentes que habían abrazado el voto de castidad, por más que tal inocencia fuera fingida.

El pesar por la pérdida de la princesa Viserra condujo al fin a la reina a hablar de Saera con Jaehaerys. Acudió acompañada del septón Barth para que se explayara sobre las virtudes del perdón y las propiedades sanadoras del tiempo. Cuando Barth acabó su perorata, la reina mencionó por primera vez a Saera.

—Por favor —suplicó al rey—, ya es hora de traerla a casa. Ya ha sufrido bastante castigo, seguramente. Es nuestra hija.

—Es una puta lysena —replicó Jaehaerys, sin conmoverse—. Se abrió de piernas a la mitad de mi corte, arrojó a una anciana por las escaleras y trató de robar un dragón. ¿Qué más necesitas? ¿Has reparado en cómo lograría arribar a Lys? No tenía ni una sola moneda. ¿Cómo te crees que se pagó el pasaje?

La reina se encogió ante la dureza de sus palabras, pero ni aun así se rindió.

—Si no te traes a Saera a casa por amor a ella, tráetela por amor a mí. La necesito.

—La necesitas tanto como un dorniense necesita un nido de víboras. Lo siento. En Desembarco del Rey ya hay suficientes putas. No deseo volver a oír su nombre. —Dicho esto, se levantó para marcharse, pero al llegar a la puerta se detuvo y se volvió—. Llevamos juntos desde que éramos niños. Te conozco tan bien como tú a mí. Ahora mismo estás pensando que no necesitas mi venia para traerla a casa, que puedes tomar a Ala de Plata y volar a Lys por tu cuenta. ¿Qué harías entonces? ¿Visitarla en su jardín de placer? ¿Te imaginas que se arrojará a tus brazos y te implorará perdón? Es más posible que te abofetee. ¿Y qué harán los lysenos si tratas de arrebatarles a una de sus meretrices? Tiene gran valor para ellos. ¿Cuánto te crees que cuesta yacer con una princesa Targaryen? En el mejor de los casos, te exigirán un rescate; en el peor, decidirán quedarse también contigo. ¿Qué harás entonces? ¿Gritar a Ala de Plata que reduzca a cenizas la ciudad? ¿Me harías enviar a Aemon y Baelon con un ejército, a ver si pueden rescatarla? La quieres, sí, te entiendo, la necesitas, pero ¿ella te necesita a ti? ¿O a mí? ¿O a Poniente? Está muerta. Entiérrala.

La reina Alysanne no voló a Lys, pero tampoco acabó de perdonar al rey por las palabras pronunciadas aquel día. Ya llevaba un tiempo concibiéndose un plan para que, al año siguiente, ambos regresaran a las Tierras del Oeste tras una ausencia de veinte años. Poco después de sus roces, la reina informó a su marido de que debería ir solo. Ella regresaría a Rocadragón, en soledad, para llorar a sus hijas.

Y así fue como Jaehaerys Targaryen voló a Roca Casterly y a otras grandes sedes del oeste en solitario en el año 88. En esta ocasión visitó incluso Isla Bella, ya que el despreciado lord Franklyn yacía en su sepulcro sin suponer peligro alguno. Pasó fuera más tiempo del que había pensado; tenía obras de calzadas que inspeccionar, de modo que acabó haciendo escalas imprevistas en pueblos y castillos, para deleite de muchos señores menores y caballeros terratenientes. El príncipe Aemon se reunió con él en ciertos alcázares; el príncipe Baelon, en otros, pero ninguno logró persuadirlo para regresar a la Fortaleza Roja. «Hacía demasiado tiempo que no veía mi reino ni escuchaba a mi pueblo —les dijo su alteza—. Desembarco del Rey está a salvo en vuestras manos y las de vuestra madre.»

Cuando al fin dejó de abusar de la hospitalidad de los occidentales, no volvió a Desembarco del Rey, sino que se fue derecho al

Rejo, volando a lomos de Vermithor desde Refugio Quebrado hasta Roble Viejo para emprender una nueva gira aun antes de haber concluido la primera. Para entonces ya se echaba en falta a la reina, y su alteza se encontraba en muchas ocasiones sentado junto a una doncella espigada o una atractiva viuda en los banquetes, o cabalgaba a su lado practicando la cetrería o cazando, aunque no se fijaba en ellas. En Bandallon, cuando la hija menor de lord Blackbar tuvo la osadía de sentarse en su regazo y darle una uva en la boca, le apartó la mano y dijo: «Disculpad, pero tengo una reina y no me placen los devaneos».

El monarca se pasó de viaje todo el 89 d. C. En Altojardín estuvo un tiempo con su nieta, la princesa Rhaenys, que voló a su encuentro a lomos de Meleys, la Reina Roja. Juntos visitaron las islas Escudo. El rey jamás las había pisado, y procuró aterrizar en las cuatro. Fue en el Escudo Verde, en la mansión de lord Chester, donde la princesa Rhaenys le contó sus planes de matrimonio y recibió su bendición. «No podrías haber escogido mejor varón», le dijo.

Sus viajes acabaron en Antigua, donde visitó a su hija, la septa Maegelle, lo bendijo el Septón Supremo, participó en un banquete en el Cónclave y gozó de un torneo celebrado en su honor por lord Hightower. Ser Ryam Redwyne volvió a resultar vencedor.

Los maestres de aquellos tiempos se refirieron al distanciamiento entre los monarcas como el Gran Abismo. El paso del tiempo y una desavenencia subsiguiente, igual de virulenta si cabe, le dio un nombre nuevo: la Primera Riña. Así es como se conoce hasta el día de hoy. A su debido tiempo ya hablaremos de la Segunda Riña.

Fue la septa Maegelle quien tendió un puente sobre el Abismo: «Esto es absurdo, padre. Rhaenys se va a casar el año que viene, y debería ser un gran acontecimiento. Nos querrá a todos presentes, incluidos madre y tú. Los archimaestres te llaman el Conciliador, según tengo entendido. Ya va siendo hora de que concilies».

La reprimenda tuvo el efecto deseado. Una quincena después, el rey Jaehaerys regresó por fin a Desembarco del Rey, y la reina Alysanne volvió de su autoimpuesto exilio en Rocadragón. Las palabras que se cruzaron jamás las conoceremos, pero durante mucho tiempo volvieron a estar tan unidos como anteriormente.

En el año 90 después de la Conquista de Aegon, los monarcas compartieron uno de sus últimos buenos momentos al celebrar los esponsales de su nieta mayor, la princesa Rhaenys, con Corlys Velaryon de Marcaderiva, Señor de las Mareas.

A sus treinta y siete años, la Serpiente Marina ya era considerado el más grande navegante que Poniente hubiera conocido jamás, pero tras sus nueve extraordinarias travesías había regresado para contraer matrimonio y fundar una familia. «Tan solo tú podrías haberme arrancado de la mar —dijo a la princesa—. He vuelto de los confines de la tierra por ti.»

Rhaenys, a sus dieciséis años, era una joven bella e intrépida, y formaba muy buena pareja con el marino. La jinete de dragones desde la edad de trece años insistía en llegar a la ceremonia a lomos de Meleys, la Reina Roja, la magnífica dragona hembra que otrora había montado su tía Alyssa. «Podemos volver juntos a los confines de la tierra —prometió a ser Corlys—. Pero yo llegaré antes, ya que iré volando.»

«Aquel fue un buen día», diría la reina Alysanne con una triste sonrisa durante los años venideros. Cumplió los cincuenta y cuatro aquel año, pero es triste decir que no le quedaban muchos días buenos.

Excede el propósito de esta crónica tratar las interminables guerras, intrigas y rivalidades de las Ciudades Libres de Essos, salvo en lo que influyen en la fortuna de la casa Targaryen y los Siete Reinos. Uno de tales momentos sucedió durante los años 91 y 92 d.C., en lo que se conoce como la Carnicería Myriense. No abrumaremos con detalles; baste decir que, en la ciudad de Myr, dos facciones luchaban por la supremacía. Hubo asesinatos, alzamientos, envenenamientos, violaciones, ahorcamientos, torturas y batallas navales antes de que un bando se alzase con la victoria. Los vencidos, expulsados de la ciudad, trataron de establecerse al principio en los Peldaños de Piedra, pero también se vieron expulsados de allí cuando el arconte de Tyrosh hizo causa común con una liga de reyes piratas. En su desesperación, los myrienses se fueron primero a Tarth, donde su desembarco pilló por sorpresa al Lucero de la Tarde. Al poco tiempo se habían hecho con todo el lado oriental de la isla.

Para entonces, los myrienses eran poco más que piratas, un hatajo de proscritos desarrapados. Ni el rey ni su consejo pensaron que costaría mucho expulsarlos al mar. El príncipe Aemon capitanearía el ataque, se decidió. Los myrienses eran bastante fuertes en el mar, de modo que la Serpiente Marina debería acudir al sur con su flota a fin de proteger a lord Boremund mientras se dirigía a Tarth con sus tormenteños para unirse a las tropas del Lucero de la Tarde. Sus fuerzas combinadas serían más que suficientes para arrebatar esa parte de Tarth a los piratas myrienses, y si hubiese alguna dificultad, el príncipe Aemon contaba con Caraxes. «Le encanta incendiar», declaró.

Lord Corlys y su flota zarparon de Marcaderiva el noveno día de la tercera luna del año 92. El príncipe Aemon lo siguió unas horas más tarde, después de despedirse de lady Jocelyn y de su hija Rhaenys. La princesa acababa de enterarse de que estaba grávida; de lo contrario, habría acompañado a su señor esposo a lomos de Meleys. «¿En liza? —preguntó el príncipe—. Como si te lo fuera a permitir. Tú tienes tu batalla que librar. Lord Corlys querrá un hijo varón, estoy seguro, y a mí me gustaría tener un nieto.»

Fueron las últimas palabras que dirigiría a su hija. Caraxes adelantó rápidamente a la Serpiente Marina y a su flota, y surcó los cielos de Tarth. Lord Cameron, el Lucero de la Tarde de Tarth, se había replegado en la cordillera que recorría el centro de su isla y había acampado en un valle oculto desde el que podía divisar las maniobras de los myrienses. El príncipe Aemon se reunió allí con él, y ambos trazaron planes mientras Caraxes devoraba media docena de cabras.

Pero el campamento del Lucero de la Tarde no estaba tan escondido como esperaba, y el humo del fuegodragón atrajo la mirada de un par de exploradores myrienses que recorrían las montañas sin ser vistos. Uno de ellos reconoció al Lucero de la Tarde, mientras cruzaba el campamento a la hora del ocaso hablando con el príncipe Aemon. Los myrienses son marineros mediocres y soldados débiles. Sus armas favoritas son el puñal, la daga y la ballesta, preferiblemente con la punta envenenada. Uno de los exploradores myrienses trabó la ballesta tras las rocas; después se puso en pie y apuntó al Lucero de la Tarde, que se encontraba cien varas por debajo, y soltó. La oscuridad y la distancia hicieron menos certero el disparo, y la saeta, en vez de acertar a lord Cameron, ensartó al príncipe Aemon, que se encontraba a su lado.

El astil de hierro le entraba por la garganta y le sobresalía por la nuca. El príncipe de Rocadragón cayó de rodillas y se aferró a la saeta, como intentando arrancársela, pero lo abandonaron las fuerzas. Aemon Targaryen pereció esforzándose por hablar, ahogado en su propia sangre. Contaba treinta y siete años.

¿Cómo podrán mis palabras expresar el pesar que barrió los Siete Reinos entonces, el dolor que sintieron el rey Jaehaerys y la reina Alysanne, el vacío del lecho de lady Jocelyn y sus amargas lágrimas y el modo en que sollozó la princesa Rhaenys al saber que su padre jamás conocería al niño que gestaba? Más fácil resulta hablar de la ira del príncipe Baelon y de cómo cayó sobre Tarth a lomos de Vhagar profiriendo aullidos de venganza. Los navíos myrienses ardieron como los del príncipe Morion nueve años antes, y cuando el Lucero de la Tarde y lord Boremund cayeron sobre ellos desde los montes, carecían de escapatoria. Los masacraron por millares y los cadáveres se quedaron pudriéndose en las playas, de modo que durante varios días, cada ola que lamió la costa se tiñó de rosa.

Baelon el Valeroso desempeñó su papel en la matanza empuñando su espada, *Hermana Oscura*. Cuando regresó a Desembarco del Rey con el cadáver de su hermano, el pueblo salió a las calles a corear su nombre y proclamarlo héroe. Pero se dice que, cuando volvió a ver a su madre, cayó en sus brazos y se echó a llorar. «He dado muerte a un millar de ellos —dijo—, pero jamás lo recuperaré.» Y entonces la reina le acarició el pelo y lo consoló: «Lo sé, lo sé».

Pasaron las estaciones y los años subsiguientes. Hubo días calurosos y templados, y días en que el viento salino soplaba encrespando la mar; hubo campos de flores en primavera, cosechas abundantes y doradas tardes otoñales; por todo el reino se extendieron carreteras y nuevos puentes cruzaron antiguos ríos. El rey no hallaba placer en nada de eso, a decir de sus hombres. «Ahora siempre es invierno», dijo al septón Barth una noche en que había bebido en exceso. Tras la muerte de Aemon, siempre se tomaba unas copas de vino con miel para conciliar el sueño.

En el 93 d.C., Viserys, el hijo de dieciséis años de Baelon, entró en Pozo Dragón y reclamó a Balerion. El viejo dragón había dejado de crecer al fin, pero era indolente, pesado y difícil de animar, de modo que le costó ascender a los cielos cuando Viserys se lo ordenó. El joven príncipe circundó tres veces la ciudad antes de aterrizar. Quería volar a Rocadragón, dijo después a su padre, pero no le pareció que el Terror Negro conservase las fuerzas precisas.

Menos de un año después, Balerion murió. «El último ser vivo del mundo que había visto Valyria en su gloria», escribió el septón Barth. El propio Barth fallecería cuatro años después, en el 98. El gran maestre Elysar lo había precedido medio año antes. Lord Redwyne había muerto en el 89, y su hijo ser Robert, poco después. Nuevos hombres ocuparon sus puestos, pero Jaehaerys ya era auténticamente el Viejo Rey para entonces, y a veces entraba en la cámara del consejo y pensaba: «¿Quiénes son estos hombres? ¿Acaso los conozco?».

Su alteza lloró al príncipe hasta el fin de sus días, pero jamás pudo prever que la muerte de Aemon en el 92 d. C. sería como los cuernos infernales de la leyenda valyria, que atraían la muerte y la destrucción sobre cuantos oyeran su sonido.

Los últimos años de Alysanne Targaryen fueron tristes y solitarios. De joven, la Bondadosa Reina Alysanne amaba a sus súbditos, ya fueran señores o plebeyos. Había amado a las mujeres que asistían a sus audiencias, las había escuchado, había aprendido y había hecho lo posible por que el reino fuera un lugar acogedor. Había visto más de los Siete Reinos que cualquier reina anterior o posterior; había pernoctado en un centenar de castillos; había encandilado a un centenar de señores; había concertado un centenar de matrimonios. Había amado la música, la danza, la lectura. Y, ah, cuánto había amado volar. Ala de Plata la había transportado a Antigua, al Muro y a un millar de lugares intermedios, y Alysanne los vio todos como pocos los verían jamás, desde las nubes.

Tales amores los perdió en el último decenio de su vida. «Mi tío Maegor era cruel —se la oyó decir—, pero la vejez es aún más implacable.» Agotada por los partos, los viajes y el dolor, enflaqueció y se tornó frágil tras la muerte de Aemon. Le costaba subir por caminos empinados, y en el 95, resbaló mientras subía por una escalera de caracol y se rompió la cadera. Desde entonces caminaba con bastón. También le empezó a fallar el oído. Se quedó sin música, y cuando trataba de sentarse en las reuniones del consejo con el rey, ya no entendía la mitad de lo que se decía. Estaba demasiado endeble para volar. Ala de Plata la remontó a los cielos por última vez en el 93. Cuando aterrizó y desmontó penosamente del lomo de su dragona, la reina lloró.

Por encima de todo, había amado a sus hijos. Ninguna madre había querido más a un hijo, según le dijo una vez el gran maestre Benifer antes de que se lo llevaran los escalofríos. En los últimos días de su vida, la reina Alysanne reflexionó sobre aquellas palabras: «Se equivocaba, creo, porque seguramente la Madre Divina amaba a mis hijos más que yo. Me arrebató demasiados».

«Ninguna madre tendría que cremar a su hijo», dijo la reina ante la pira funeraria de Valerion, pero de los trece vástagos que había dado al rey Jaehaerys, tan solo tres la sobrevivirían: Aegon, Gaemon y Valerion murieron en la cuna; los escalofríos se llevaron a Daenerys a los seis años; una flecha segó la vida del príncipe Aemon; Alyssa y Daella murieron de parto; Viserra, borracha en la calle. La septa Maegelle, la de la gentil alma, murió en el 96 con los brazos y las piernas petrificados por la psoriagrís, ya que había pasado sus últimos años atendiendo a los afectados por tan horrible mal.

La pérdida más triste fue la de la princesa Gael, la Hija del Invierno, nacida en el 80, cuando la reina Alysanne tenía cuarenta y cuatro años y creía haber superado la edad fértil. La niña, de buen talante pero frágil y algo corta, siguió junto a la reina mucho después de que sus otros hijos crecieran y se marcharan, pero en el 99 desapareció de la corte y poco después se anunció que había muerto de fiebre estiveña. Hasta el fallecimiento de sus padres no se dio a conocer toda la verdad: seducida y abandonada por un juglar andante, la princesa dio a luz a un niño muerto y, abrumada por el pesar, se adentró en las aguas de la bahía del Aguasnegras y se ahogó.

Hay quien dice que Alysanne jamás se recobró de aquella pérdida; la Hija del Invierno había sido su única compañera auténtica durante sus años de decadencia. Saera aún vivía, en algún lugar de Volantis (había abandonado Lys años antes, cargada de mala fama y de dinero), pero estaba muerta para Jaehaerys, y las cartas que Alysanne le remitía en ocasiones en secreto quedaron todas sin respuesta. Vaegon era archimaestre de la Ciudadela. El hijo frío y distante, al crecer, se convirtió en un hombre frío y distante. Escribía, como corresponde a todo hijo, pero sus palabras eran cumplidoras; no había calor en ellas, y hacía años que Alysanne no veía su rostro.

Solo Baelon el Valeroso siguió a su lado hasta el fin. Su Príncipe de la Primavera la visitaba con tanta frecuencia como podía y siempre le arrancaba una sonrisa, pero era el príncipe de Rocadragón, Mano del Rey, y siempre estaba de un lado para otro, asistiendo al consejo al lado del soberano o tratando con los señores. «Serás un gran rey, aún más grande que tu padre», le dijo Alysanne la última vez que estuvieron juntos. No lo sabía. ¿Cómo iba a saberlo?

Tras la muerte de la princesa Gael, Desembarco del Rey y la Fortaleza Roja le resultaban insoportables. Ya no servía, como antaño, de compañera del rey en sus tareas, y la corte estaba llena de desconocidos cuyos nombres ni recordaba. En busca de paz regresó a Rocadragón, donde había pasado los días más felices de su vida junto a Jaehaerys, entre su primera boda y la segunda. El Viejo Rey se reunía con ella cuando podía. «¿Cómo es que ahora soy el Viejo Rey pero tú sigues siendo la Bondadosa Reina?», le preguntó una vez. Alysanne se rio. «Soy vieja también, pero sigo siendo más joven que tú.»

Alysanne Targaryen murió en Rocadragón el primer día de la séptima luna del 100 d.C., justo un siglo después de la Conquista de Aegon. Contaba·sesenta y cuatro años.

Los herederos del Dragón

Un asunto sucesorio

Es frecuente que las semillas de la guerra se siembren en tiempos de paz; así ha ocurrido en Poniente. La sangrienta lucha por el Trono de Hierro conocida como la Danza de los Dragones, librada entre el 129 y el 131 d.C., tuvo su origen medio siglo antes, durante el más largo y eminentemente pacífico reinado de que jamás haya gozado descendiente alguno del Conquistador: el de Jaehaerys Targaryen, el primero de su nombre, llamado el Conciliador.

El Viejo Rey y la Bondadosa Reina Alysanne habían regido juntos hasta la muerte de la soberana, en el año 100 d.C. (salvo por dos períodos de distanciamiento, conocidos como la Primera y la Segunda Riña), y tuvieron trece vástagos. Cuatro de ellos, dos hijos y dos hijas, alcanzaron la madurez, contrajeron matrimonio y tuvieron descendencia. Jamás habían sido bendecidos (o maldecidos, al decir de algunos) los Siete Reinos con tantos príncipes Targaryen. El matrimonio del Viejo Rey y su bienamada reina dio tantos frutos que ocasionó un maremágnum de reivindicaciones y aspirantes, de tal calibre que muchos maestres afirman que la Danza de los Dragones, o una lucha similar, era inevitable.

Nada de esto se vislumbraba siquiera en los primeros años del reinado de Jaehaerys, ya que tenía en los príncipes Aemon y Baelon «su heredero y su sustituto», y raramente ha recibido el reino la bendición de dos príncipes más capaces. En el 62 d.C., a la edad de siete años, ungieron formalmente a Aemon como príncipe de Rocadragón y heredero del Trono de Hierro. Tras armarse caballero a los diecisiete y proclamarse vencedor de un torneo a los veinte, su padre lo nombró Justicia Mayor y consejero de los edictos a los veintiséis años. Aunque jamás sirvió a su padre como Mano del Rey, tan solo fue porque tal cargo lo ocupaba el septón Barth, el más fiel amigo del Viejo Rey y «compañero de mis tareas», según las palabras del monarca. No era menos apto el joven príncipe Baelon Targaryen: se armó caballero a los dieciséis años y se casó a los dieciocho. Aunque Aemon y él sostenían una sana rivalidad, nadie dudaba del amor que los unía. La sucesión parecía sólida como la piedra.

Pero la piedra empezó a resquebrajarse en el 92 d.C., cuando Aemon, príncipe de Rocadragón, murió en Tarth por un flechazo de ballesta destinado al hombre que iba a su vera. El rey y la reina lloraron su pérdida, y el reino con ellos, pero nadie se encontraba más dolido que el príncipe Baelon, que partió de inmediato hacia Tarth y vengó a su hermano expulsando al mar a los myrienses. Tras su regreso a Desembarco del Rey, una multitud enfervorecida aclamó a Baelon como a un héroe, y su regio padre lo abrazó y lo nombró príncipe de Rocadragón y heredero del Trono de Hierro. Fue un decreto muy bien acogido. La plebe adoraba a Baelon el Valeroso, y los nobles del reino lo consideraban el sucesor evidente de su hermano.

Pero el príncipe Aemon tenía descendencia: su hija Rhaenys, nacida en el 74 d.C., había crecido hasta convertirse en una joven inteligente, hábil y bella. En el año 90 d.C., a la edad de dieciséis años, matrimonió con el almirante y consejero naval del monarca, Corlys de la casa Velaryon, Señor de las Mareas, apodado la Serpiente Marina por el más célebre de sus muchos navíos. Es más, la

princesa Rhaenys ya estaba encinta a la muerte de su padre. Al entregar Rocadragón al príncipe Baelon, el rey Jaehaerys no solo se saltaba a Rhaenys en la línea de sucesión, sino también (quizá) a su hijo nonato.

La decisión del rey se ajustaba a una práctica sólidamente establecida. Aegon el Conquistador había sido el primer señor de los Siete Reinos, y no su hermana Visenya, dos años mayor. El propio Jaehaerys había sucedido a su usurpador tío Maegor en el Trono de Hierro, aunque de haber regido exclusivamente el orden de nacimiento, su hermana Rhaena habría sido la heredera. Jaehaerys no tomó tal decisión a la ligera; es sabido que la sometió a su consejo privado. Sin duda alguna, consultó al septón Barth, tal como hacía con todo asunto importante, y la opinión del gran maestre Elysar tenía un grandísimo peso. Todos estaban de acuerdo: Baelon, un experimentado caballero de treinta y cinco años, era más apto para gobernar que la princesa Rhaenys, de dieciocho años a la sazón, o que su hijo nonato (que podía ser varón o no, mientras que el príncipe Baelon ya había engendrado dos hijos sanos, Viserys y Daemon). El amor del común por Baelon el Valeroso también se consideró una buena razón.

Algunos disentían. La propia Rhaenys fue la primera en objetar. «Arrebatarías a mi hijo el derecho por nacimiento de su padre», dijo al soberano con una mano sobre el henchido vientre. Su marido, Corlys Velaryon, estaba tan airado que renunció a su almirantazgo y a su cargo en el consejo privado y regresó con su esposa a Marcaderiva. Lady Jocelyn de la casa Baratheon, la madre de Rhaenys, también se enfureció, así como su temible hermano Boremund, señor de Bastión de Tormentas.

La más destacada de los disidentes era la Bondadosa Reina Alysanne, que había ayudado a su esposo a gobernar los Siete Reinos durante muchos años y ahora veía que se discriminaba a su nieta por su sexo. «Un rey necesita una buena cabeza y un corazón sincero —dijo entonces al rey, unas palabras que se harían célebres—. Una verga no es esencial. Si piensas que las mujeres carecemos de luces para reinar, está claro que ya no tienes necesidad alguna de mí.» Y así fue como la reina Alysanne partió de Desembarco del Rey y voló a Rocadragón a lomos de Ala de Plata. El rey Jaehaerys y ella pasaron dos años separados, el período de distanciamiento que consta en los anales como la Segunda Riña.

El Viejo Rey y la Bondadosa Reina se reconciliaron en el 94 d. C. gracias a los buenos oficios de su hija la septa Maegelle, si bien jamás alcanzaron un acuerdo sobre la cuestión sucesoria. La reina murió tras una larga enfermedad en el año 100 d. C., a la edad de sesenta y cuatro años, aún insistiendo en que se había privado injustamente de sus derechos a su nieta Rhaenys y a su hijo. «El niño de su vientre» que había sido objeto de tantos debates, acabó resultando niña al nacer en el 93 d. C. Su madre la llamó Laena. Al año siguiente, Rhaenys le dio un hermano, Laenor. El príncipe Baelon, a todas luces, estaba firmemente asentado como heredero por aquel entonces, si bien las casas Velaryon y Targaryen se aferraban a la creencia de que el joven Laenor era el legítimo heredero del férreo trono, y había aun quien abogaba por los derechos de Laena, su hermana mayor, y de Rhaenys, su madre.

En sus últimos años de vida, los dioses asestaron a la reina Alysanne multitud de duros golpes de los que ya hemos dado cuenta. Sin embargo, durante esos mismos años, así como pesares, su alteza conoció dichas, sobre todo debidas a sus nietos. Hubo bodas asimismo. En el 93 d.C. asistió al matrimonio de Viserys, el hijo mayor del príncipe Baelon, con lady Aemma de la casa Arryn, la hija de once años de la difunta princesa Daella (el matrimonio no se consumaría hasta que la esposa floreciese, dos años después). En el 97, la Bondadosa Reina vio a Daemon, el segundo hijo de Baelon, tomar por esposa a lady Rhea de la casa Royce, heredera del ancestral castillo de Piedra de las Runas, en el Valle.

Seguramente, el gran torneo celebrado en Desembarco del Rey en el año 98 d.C. a fin de conmemorar el quincuagésimo año de reinado de Jaehaerys alegró también el corazón de la reina, ya que casi todos sus hijos, nietos y biznietos supervivientes regresaron para participar en los banquetes y festejos. No se veían tantos dragones juntos desde la Maldición de Valyria, se dijo con acierto. De la justa final, en que los caballeros de la Guardia Real ser Ryam Redwyne y ser Clement Crabb rompieron treinta lanzas antes de que el rey Jaehaerys los proclamara vencedores a ambos, se declaró que había sido el mejor espectáculo jamás presenciado en Poniente.

No obstante, una quincena después del final del torneo, el septón Barth, viejo amigo del soberano, murió apaciblemente mientras dormía tras servir con habilidad como Mano del Rey durante cuarenta y un años. Jaehaerys escogió al lord comandante de su Guardia Real para sustituirlo, pero ser Ryam Redwyne no era como el septón Barth, y sus indudables proezas con la lanza le resultaban poco útiles en el cargo. «Ciertos problemas no se pueden resolver golpeándolos con un palo», fueron las célebres palabras del gran maestre Allar. Su alteza no tuvo más remedio que defenestrar a ser Ryam al cabo de tan solo un año. Recurrió a su hijo Baelon para reemplazarlo, y en el año 99 d. C., el príncipe de Rocadragón se convirtió también en Mano del Rey. Ejerció sus deberes admirablemente. Si bien menos intelectual que el septón Barth, demostró saber juzgar a los hombres y se rodeó de leales subordinados y consejeros. El reino estaría bien gobernado cuando Baelon Targaryen se sentase en el Trono de Hierro; en eso coincidían tanto señores como plebeyos.

No sería así. En el 101 d. C., el príncipe Baelon refirió una punzada en el costado mientras cazaba en el bosque Real. El dolor se agudizó cuando regresó a la urbe. Se le inflamó y endureció el vientre, y el dolor se tornó tan fuerte que lo dejó encamado. Runciter, el nuevo gran maestre recién llegado de la Ciudadela tras sufrir Allar una embolia, logró rebajar algo la fiebre del príncipe y lo alivió, en parte gracias a la leche de la amapola, pero su estado continuaba agravándose. Al quinto día de contraer el mal, el príncipe Baelon murió en su cámara de la Torre de la Mano, con su padre sentado a su lado. Tras abrir el cadáver, el gran maestre Runciter consideró que la causa de la muerte era una ruptura visceral.

Todos los Siete Reinos lloraron al valeroso Baelon, y nadie más que el rey Jaehaerys. Esta vez, al prender la pira funeraria de su hijo, ni siquiera contó con el consuelo de su amada esposa a su lado. El Viejo Rey nunca había estado tan solo. Y ahora, de nuevo, afrontaba una decisión irritante, ya que, una vez más, la sucesión se ponía en duda. Fallecidos ambos herederos evidentes, ya no había un sucesor claro al Trono de Hierro; pero eso no significaba que se careciese de aspirantes.

Baelon había engendrado tres hijos con su hermana Alyssa, dos de los cuales, Viserys y Daemon, aún vivían. De haber asumido Baelon el Trono de Hierro, Viserys lo habría sucedido sin duda alguna, pero la trágica muerte del príncipe heredero a la edad de cuarenta y cuatro años enfangó la sucesión. Las reivindicaciones de la princesa Rhaenys y de su hija Laena Velaryon volvieron a cobrar pujanza, y aunque fueran a resultar arrumbadas a causa de su sexo, Laenor, el hijo de Rhaenys, no se enfrentaba a tal impedimento. Laenor Velaryon era varón y podía argüir ser descendiente del hijo mayor de Jaehaerys, mientras que los hijos de Baelon descendían del menor.

Por añadidura, el rey Jaehaerys aún contaba con un hijo superviviente: Vaegon, archimaestre de la Ciudadela, titular del anillo, la vara y la máscara de oro amarillo. La propia existencia de Vaegon, conocido por la historiografía como el Desdragonado, prácticamente había caído en el olvido en la mayor parte de los Siete Reinos.

Aunque tan solo tenía cuarenta años, Vaegon era pálido y frágil, un hombre libresco consagrado a la alquimia, la astronomía, la matemática y otras artes arcanas. Ni siquiera de niño había caído bien, y pocos lo consideraban una opción viable para ocupar el Trono de Hierro.

Aun así, fue a su último hijo, el archimaestre Vaegon, a quien recurrió entonces el Viejo Rey, de modo que lo convocó a Desembarco del Rey. Lo que sucediera entre ellos es aún objeto de disputa: hay quien dice que el rey ofreció el trono a Vaegon y este lo rechazó; otros afirman que tan solo le pidió su parecer. Habían llegado a la corte informes de que Corlys Velaryon acumulaba hombres y barcos en Marcaderiva a fin de «defender los derechos» de su hijo Laenor, mientras que Daemon Targaryen, un joven temperamental y matachín de veinte años, había reclutado una cuadrilla de mercenarios para apoyar a su hermano Viserys. Era probable una lucha violenta por la sucesión, nombrase a quien nombrase el Viejo Rey. No cabe duda alguna de que por eso recibió con entusiasmo la solución aportada por el archimaestre Vaegon.

El rey Jaehaerys anunció su intención de convocar el Gran Consejo para abordar, debatir y, por último, decidir sobre la cuestión sucesoria. Todos los señores, ya grandes, ya menores, de Poniente recibirían una invitación, así como los maestres de la Ciudadela y las septas y septones, estos últimos para pronunciarse en nombre de la Fe. Mejor sería que los aspirantes expusieran su parecer ante la asamblea señorial, decretó su alteza. Aceptaría la decisión del Consejo, escogiera a quien escogiera.

Se decidió que lo mejor era celebrar el Gran Consejo en Harrenhal, el mayor alcázar del reino. Nadie sabía cuántos señores asistirían, ya que jamás se había convocado un Consejo igual, pero se juzgó prudente contar con espacio para, al menos, quinientos señores y sus séquitos. Acudió más de un millar. Se tardó año y medio en reunirlos, y hasta algunos llegaron cuando el consejo ya se estaba disolviendo. Ni siquiera Harrenhal podía acoger tal multitud, ya que cada señor iba acompañado por una cohorte de caballeros, escuderos, criados, cocineros y servidores. Tymond Lannister, señor de Roca Casterly, llevó trescientos hombres. Para no quedarse atrás, lord Matthos Tyrell de Altojardín acudió con quinientos.

Llegaron nobles de todos los rincones del reino, desde las Marcas de Dorne hasta la sombra del Muro, desde las Tres Hermanas hasta las Islas del Hierro. El Lucero de la Tarde de Tarth estuvo presente, así como el señor de la Luz Solitaria. De Invernalia partió lord Ellard Stark; de Aguasdulces, lord Grover Tully; del Valle, Yorbert Royce, regente y protector de la joven Jeyne Arryn, señora del Nido de Águilas. Aun los dornienses estuvieron representados: el príncipe envió a Harrenhal a su hija con veinte caballeros como observadores. El Septón Supremo se desplazó desde Antigua a fin de bendecir la ceremonia. Mercaderes y comerciantes bajaron a Harrenhal por centenares. Caballeros andantes y jinetes libres arribaron buscando empleo para su espada; cortabolsas, buscando dineros; viejas y jóvenes, buscando marido. Ladrones y putas, lavanderas y vivanderas, juglares y mimos, llegaron del este, el oeste, el norte y el sur. Extramuros de Harrenhal, a lo largo de la orilla del lago y varias leguas en ambas direcciones, surgió

una ciudad de tiendas. Por una vez, Harrenton fue la cuarta urbe del reino; tan solo Antigua, Desembarco del Rey y Lannisport eran más populosas.

No menos de catorce demandas examinaron y consideraron los señores congregados. De Essos procedían tres competidores rivales, nietos del rey Jaehaerys y vástagos de su hija Saera, cada uno engendrado por diverso padre. Se decía que uno era la viva imagen de su abuelo de joven. Otro, un bastardo de un triarca de la antigua Volantis, llegó con sacos de oro y un elefante enano; los lujosos regalos que distribuyó entre los señores más modestos contribuyeron sin duda a su causa, aunque el elefante resultó menos útil. (La princesa Saera aún vivía y estaba bien sana en Volantis, con tan solo treinta y cuatro años de edad. Su reivindicación era, evidentemente, superior a cualquiera de sus hijos bastardos, pero decidió no presentarla. «Ya tengo mi propio reino aquí», dijo cuando le preguntaron si pensaba regresar a Poniente.) Otro aspirante exhibió una gavilla de pergaminos que demostraban su descendencia de Gaemon el Glorioso, el más destacado señor Targaryen de Rocadragón antes de la Conquista, a través de una hija menor y del modesto señor con quien había contraído matrimonio, y así sucesivamente durante siete generaciones. Hubo asimismo un hombre de armas robusto y pelirrojo que decía ser bastardo de Maegor el Cruel, y a modo de prueba presentó a su madre, la envejecida hija de un posadero que afirmaba que Maegor la había forzado. (Los señores estaban bien dispuestos a creer que la hubiera forzado, pero no que la hubiera dejado encinta.)

El Gran Consejo deliberó durante trece días. Las débiles reivindicaciones de nueve aspirantes menores se consideraron y descartaron. (Uno de tales, un caballero andante que se proclamaba hijo natural del mismísimo Jaehaerys, fue prendido y encarcelado cuando el rey demostró que mentía.) El archimaestre Vaegon se consideró inhabilitado por sus votos, y la princesa Rhaenys y su hija, por su sexo, por lo que tan solo quedaron los dos aspirantes con mayores apoyos: Viserys Targaryen, primogénito del príncipe Baelon y la princesa Alyssa, y Laenor Velaryon, hijo de la princesa Rhaenys y nieto del príncipe Aemon. Viserys era nieto del Viejo Rey; Laenor, su biznieto. El principio de primogenitura favorecía a Laenor; el de cercanía, a Viserys, que también había sido el último Targaryen que había montado a lomos de Balerion, aunque tras su muerte en el 94 d.C. no volvió a subirse a un dragón, mientras que el joven Laenor aún debía emprender su primer vuelo sobre su joven y espléndida bestia gris y blanca, a la que llamaba Bruma.

Pero la reivindicación de Viserys procedía de su padre; la de Laenor, de su madre, de modo que la mayoría de los señores consideraron que la línea masculina debía prevalecer sobre la femenina. Por añadidura, Viserys era un hombre de veinticuatro años; Laenor, un niño de siete. Por tales razones, la candidatura de Laenor se consideró por lo general la más débil, pero la madre y el padre del niño gozaban de tanto poder e influencia que no se lo podía descartar totalmente.

Tal vez sea buen momento para añadir unas palabras más sobre su abuelo, Corlys de la casa Velaryon, Señor de las Mareas y de Marcaderiva, rebautizado en los cantares de gesta como la Serpiente Marina y, seguramente, uno de los personajes más extraordinarios de su era. La casa Velaryon, noble y de linaje valyrio, había llegado a Poniente antes incluso que los Targaryen, si se puede dar crédito a sus relatos familiares. Se habían asentado en el Gaznate, en la poco elevada y fértil isla de Marcaderiva (así llamada por los pecios que las mareas depositan diariamente en sus costas), mejor que la vecina, pétrea y humeante Rocadragón. Aunque jamás habían sido jinetes de dragones, eran desde hacía centurias los más antiguos y cercanos aliados de los Targaryen. Su elemento era la mar, no el cielo. Durante la Conquista, fueron naves de los Velaryon las que cruzaron con las huestes de Aegon la bahía del Aguasnegras y acabaron formando la mayor parte de la flota regia. A lo largo del primer siglo de reinado de la dinastía Targaryen, tantos Señores de las Mareas habían servido en el consejo privado como consejeros navales, que el cargo se consideraba casi hereditario.

Aun con tan impresionantes ascendientes, Corlys Velaryon destacaba por sí mismo, tan inteligente como inquieto, tan aventurero como ambicioso. Era tradición que los hijos del hipocampo (el sello de la casa Velaryon) se acostumbrasen bien jóvenes a la vida marítima, pero ningún Velaryon anterior se había embarcado con tanto alborozo como el joven que acabaría recibiendo el apodo de la Serpiente Marina. Atravesó por vez primera el mar Angosto a la edad de seis años cuando navegó hasta Pentos con un tío; desde entonces emprendía tal viaje anualmente. Y no es que viajase como pasajero: trepaba a los mástiles, ataba nudos, fregaba cubiertas, remaba, cegaba vías de agua, levaba y arriaba el velamen, oteaba desde la cofa y aprendía a navegar y a manejar el timón. Sus capitanes decían que jamás habían visto semejante madera de marino.

A los dieciséis años logró el grado de capitán al llevar un pesquero llamado *Reina Bacalao* desde Marcaderiva hasta Rocadragón y regresar. En los años subsiguientes, sus naves se tornaron mayores y más veloces; sus travesías, más largas y peligrosas. Rodeó navegando Poniente por el sur a fin de visitar Antigua, Lannisport y Puerto Noble, en Pyke. Viajó a Lys, Tyrosh, Pentos y Myr. Llevó el *Doncella del Verano* hasta Volantis y las Islas del Verano, y el *Lobo de Hielo*, al norte hasta Braavos, Guardaoriente del Mar y Casa Austera, antes de poner rumbo al mar de los Escalofríos para visitar Lorath y el Puerto de Ibben. En una travesía posterior se dirigió de nuevo al norte a bordo del *Lobo de Hielo*, en busca de un presunto paso al norte de Poniente, si bien tan solo halló mares helados e icebergs del tamaño de montañas.

Sus viajes más famosos fueron los que realizó a bordo de una nave proyectada y construida por él mismo, el *Serpiente Marina*. Los comerciantes de Antigua y el Rejo solían viajar hasta la lejana

Qarth en busca de especias, seda y otros tesoros, pero Corlys Velaryon y el *Serpiente Marina* fueron los primeros en ir más allá: traspasaron las Puertas de Jade hasta llegar a Yi Ti y a la isla de Leng, y regresaron con tan abundante carga de seda y especias que doblaron de golpe la riqueza de la casa Velaryon. En su segunda travesía a bordo del *Serpiente Marina* se aventuró aún más lejos, hasta Asshai de la Sombra. En la tercera, en cambio, se adentró en el mar de los Escalofríos, y se convirtió en el primer ponientí en navegar por las Mil Islas y visitar las sombrías y gélidas costas de N'ghai y Mossovy.

En total, el *Serpiente Marina* realizó nueve viajes. En el noveno, ser Corlys regresó a Quarth cargado con oro suficiente para adquirir veinte naves más y cargarlas todas de azafrán, pimienta, nuez moscada, elefantes y rollos de la más fina seda. Tan solo catorce navíos de la flota llegaron a salvo a Marcaderiva, y todos los elefantes murieron en la mar. Aun así, los beneficios de aquel viaje fueron tan ingentes que los Velaryon se convirtieron en la casa más acaudalada de los Siete Reinos; llegaron a eclipsar incluso a los Hightower y a los Lannister, si bien brevemente.

Ser Corlys dio buen uso a tales riquezas cuando se convirtió en el Señor de las Mareas tras fallecer su anciano abuelo a la edad de ochenta y ocho años. La sede de la casa Velaryon era el castillo de Marcaderiva, un lugar oscuro y sombrío, siempre húmedo y frecuentemente inundado. Lord Corlys erigió Marea Alta en el otro extremo de la isla, con la misma piedra de color claro que el Nido de Águilas, y coronó sus esbeltas torres con planchas de plata que resplandecían al sol. Cuando subían las mareas matutina y vespertina, el castillo quedaba rodeado por el mar y tan solo se comunicaba con Marcaderiva mediante una calzada. A este nuevo castillo desplazó lord Corlys el antiguo Trono de Deriva, un regalo del Rey Tritón conforme a la leyenda.

La Serpiente Marina también armó barcos; la flota real se triplicó durante los años en que sirvió al Viejo Rey como consejero naval. Aun después de abandonar el cargo continuó fabricando naves, reconvirtiendo antiguos mercantes y cambiando galeras por barcos de guerra. Bajo la oscura muralla cuajada de sal marina del castillo de Marcaderiva creció también una próspera población, llamada la Quilla por la gran cantidad de cascos de navíos volteados que se veían a los pies del alcázar. Al otro lado de la isla, cerca de Marea Alta, otra aldea se transformó en Puertoespecia, y sus embarcaderos y muelles quedaron repletos de naves de las Ciudades Libres y de allende. Situada al otro lado del Gaznate, Marcaderiva estaba más próxima al mar Angosto que el Valle Oscuro o Desembarco del Rey, de modo que Puertoespecia comenzó a acaparar buena parte de la mercancía que, de otro modo, se habría dirigido a tales puertos, así que la casa Velaryon se volvió si cabe más rica y poderosa.

Lord Corlys era ambicioso: a lo largo de sus nueve viajes a bordo del *Serpiente Marina*, siempre quiso ir más allá, llegar adonde nadie había llegado nunca y ver qué había tras el borde de los mapas. Aunque había cosechado grandes logros en su vida, raramente se sentía satisfecho, a decir de quienes mejor lo conocían. En Rhaenys Targaryen, hija del primogénito y heredero del Viejo Rey, halló su media naranja: una mujer tan vivaz, hermosa y altiva como la que más en el reino, y jinete de dragón por si fuera poco. Sus hijos ascenderían a los cielos, esperaba lord Corlys, y algún día, uno de ellos se sentaría en el Trono de Hierro.

No es de extrañar que quedase amargamente defraudado cuando murió el príncipe Aemon y el rey Jaehaerys se saltó a Rhaenys, hija de Aemon, en favor de su hermano Baelon, el Príncipe de la Primavera. Pero con ocasión del Gran Consejo, al parecer, las tornas habían cambiado de nuevo y podía deshacerse el entuerto. Así fue como lord Corlys y su mujer, la princesa Rhaenys, arribaron a Harrenhal con gran aparato, y emplearon la riqueza y la influencia de la casa Velaryon en persuadir a los señores convocados para que reconociesen a su hijo Laenor como heredero del Trono de

Hierro. En tal campaña contaron con el auxilio del señor de Bastión de Tormentas, Boremund Baratheon (tío abuelo de Rhaenys y tío bisabuelo del pequeño Laenor), lord Stark de Invernalia, lord Manderly de Puerto Blanco, lord Dustin de Fuerte Túmulo, lord Blackwood del Árbol de los Cuervos, lord Bar Emmon de Punta Aguda, lord Celtigar de Isla Zarpa y otros más.

Pero resultaban muy insuficientes. Aunque lord y lady Velaryon eran elocuentes y desprendidos en sus esfuerzos en pro de su hijo, la decisión del Gran Consejo no se llegó a poner en duda: por un amplio margen, la nobleza escogió a Viserys Targaryen como legítimo heredero del Trono de Hierro. Aunque los maestres que hicieron el recuento jamás revelaron las auténticas cifras, se dijo más adelante que había ganado por más de veinte a uno.

El rey Jaehaerys no había asistido al Consejo, pero cuando llegó a sus oídos el veredicto, dio gracias a los señores por sus servicios y otorgó de buen grado el título de príncipe de Rocadragón a su nieto Viserys. Bastión de Tormentas y Marcaderiva aceptaron el fallo, si bien a regañadientes. La votación había sido tan abrumadoramente superior que hasta los padres de Laenor desecharon cualquier aspiración. A ojos de muchos, el Gran Consejo del año 101 d.C. estableció un férreo precedente en las cuestiones tocantes a la sucesión: independientemente de la cercanía, no podían heredar el Trono de Hierro de Poniente ni una mujer ni sus descendientes varones.

De los últimos años del reinado de Jaehaerys, muy poco cabe decir. El príncipe Baelon había servido a su padre como Mano del Rey y como príncipe de Rocadragón. Tras su muerte, empero, su alteza decidió dividir ambos honores. Como Mano nombró a ser Otto Hightower, hermano menor de lord Hightower de Antigua. Ser Otto se llevó a su esposa y a sus hijos a la corte, y sirvió a Jaehaerys fielmente durante los años que le quedaban. Cuando las fuerzas y las luces del Viejo Rey comenzaron a flaquear, muchas veces se quedaba confinado en la cama; Alicent, la precoz hija quinceañera de ser Otto, se convirtió en su compañía constante: le alcanzaba las comidas, le leía y lo ayudaba a bañarse y vestirse. El Viejo Rey, en ocasiones, se confundía y la llamaba por el nombre de alguna de sus hijas. Ya cercano el fin, estaba convencido de que se trataba de su hija Saera, que había regresado a él de allende el mar Angosto.

En el año 103 d.C., el rey Jaehaerys Targaryen, el primero de su nombre, murió en su lecho mientras lady Alicent le leía la *Historia antinatural* del septón Barth. Su alteza tenía sesenta y nueve años y había gobernado los Siete Reinos desde su ascenso al Trono de Hierro a la edad de catorce. Sus restos se incineraron en Pozo Dragón, y sus cenizas se enterraron en Rocadragón, junto a las de la Bondadosa Reina Alysanne. Todo Poniente guardó luto. Incluso en Dorne, donde no se extendía su mandato, los hombres lloraron y las mujeres se rasgaron las vestiduras.

Conforme a sus deseos y a la decisión del Gran Consejo del

101, lo sucedió su nieto Viserys, que ascendió al Trono de Hierro como el rey Viserys Targaryen, el primero de su nombre. En el momento de su coronación contaba veintiséis años. Llevaba un decenio casado con una prima, lady Aemma de la casa Arryn, también nieta del Viejo Rey y la Bondadosa Reina Alysanne por parte de su madre, la princesa Daella, fallecida en el 82 d. C. Lady Aemma había sufrido varios abortos y la muerte de un hijo en la cuna a lo largo de su matrimonio (había maestres que decían que se había casado y encamado demasiado joven), pero también dio a luz una hija sana, Rhaenyra, en el 97 d. C. Los nuevos monarcas mimaban mucho a la niña, su único vástago vivo.

Muchos consideran que el reinado de Viserys Targaryen, el primero de su nombre, representa la cúspide del poder de los Targaryen sobre Poniente. Más allá de toda duda, por entonces hubo más señores y príncipes que se atribuían la sangre del dragón que en ningún otro período anterior ni venidero. Aunque los Targaryen habían continuado con su práctica tradicional de casarse entre hermanos, tíos, sobrinos y primos siempre que fuera posible, también hubo emparejamientos importantes fuera de la familia real, y sus frutos desempeñarían un papel importante en las guerras venideras. También había más dragones que nunca, y varias hembras ponían nidadas con regularidad. No todos los huevos eclosionaban, pero muchos sí, y se convirtió en tradición que los padres de los principitos recién nacidos les colocasen un huevo de dragón en la cuna, siguiendo una tradición que había inaugurado la princesa Rhaena muchos años antes. Los niños así bendecidos se quedaban invariablemente con las crías y se convertían en jinetes de dragón.

Viserys Targaryen, el primero de su nombre, era de natural generoso y amigable, y tanto señores como plebeyos lo apreciaban grandemente. El reinado del Joven Rey, como el común comenzó a llamarlo por su ascendencia, fue pacífico y próspero. La largueza del soberano era legendaria, y la Fortaleza Roja se convirtió en un lugar de trovas y esplendor. El rey Viserys y la reina Aemma celebraron multitud de banquetes y torneos, y agasajaban con oro, cargos y honores a sus favoritos.

En el centro de tanto alborozo, querida y adorada por todos, se encontraba su única hija superviviente, la princesa Rhaenyra, la niñita a la que los trovadores motejaron la Delicia del Reino. Aunque tan solo contaba seis años cuando su padre llegó al Trono de Hierro, era una niña precoz, avispada, valiente y hermosa como tan solo puede serlo quien tiene sangre de dragón. A los siete años se convirtió en jinete de dragón al ascender a los cielos a lomos de la joven hembra a la que llamó Syrax en honor a una diosa de la antigua Valyria. A los ocho, la princesa se dedicó al servicio como copera, pero de su propio padre, el soberano. En la mesa, en los torneos, en la corte, pocas veces se veía al rey Viserys sin su hija alrededor.

Entretanto, el tedio de la gobernación quedaba sobre todo en manos del consejo privado y de la Mano. Ser Otto Hightower había continuado en el cargo y servía al nieto como había servido al abuelo. Un hombre diestro, en eso todos coincidían, aunque muchos lo consideraban asimismo orgulloso, brusco y altanero. Cuanto más tiempo servía, más imperioso se tornaba ser Otto, se decía, y muchos grandes señores y príncipes andaban resentidos por sus modos y envidiaban su cercanía al Trono de Hierro.

El mayor de sus rivales era Daemon Targaryen, el ambicioso, impetuoso y colérico hermano menor del rey. El príncipe Daemon, tan encantador como temperamental, se había ganado las espuelas de caballero a los dieciséis años, y el propio Viejo Rey le había otorgado su espada, *Hermana Oscura*, en reconocimiento de sus proezas. Aunque había contraído matrimonio con la señora de Piedra de las Runas en el 97 d. C., durante el reinado del Viejo Rey, el matrimonio no había prosperado: el príncipe encontraba aburrido el Valle de Arryn («En el Valle, los hombres se follan a las ovejas —escribió—. Tampoco hay que culparlos, ya que las

ovejas son más guapas que las mujeres»), y pronto desarrolló gran antipatía hacia su señora esposa, a quien apodaba «mi zorra de bronce» por la armadura rúnica de dicho metal que llevaban los señores de la casa Royce. Tras la llegada de su hermano al Trono de Hierro, el príncipe solicitó la anulación de su matrimonio. Viserys se la denegó, pero le permitió regresar a la corte, donde se incorporó al consejo privado y sirvió como consejero de la moneda, entre los años 103 y 104, y como consejero de los edictos durante la mitad del 104.

Sin embargo, la gobernanza aburría al príncipe guerrero. Le fue mejor cuando Viserys lo nombró comandante de la Guardia de la Ciudad. Puesto que se encontró con los guardias mal armados, sin uniformar y ataviados con harapos, los dotó de dagas, espadas cortas y porras; los vistió con cotas de malla negras (con pectorales para los oficiales), y les otorgó unas largas capas doradas que portaban con orgullo. Desde entonces, los hombres de la Guardia de la Ciudad eran conocidos como capas doradas.

El príncipe Daemon emprendió con entusiasmo su trabajo con los capas doradas, y con frecuencia patrullaba las callejas de Desembarco del Rey con sus hombres. Que puso más orden en la ciudad, nadie lo duda, pero su disciplina era brutal. Se deleitaba cortando la mano a los bolsistas, capando a los violadores y rebanando la nariz a los ladrones, y además mató a tres hombres en algaradas callejeras durante su primer año de comandancia. Al poco, el príncipe era bien conocido en los bajos fondos de Desembarco del Rey. Se convirtió en parroquiano de las tabernuchas, donde bebía gratis, y de los garitos de juego, de donde siempre salía con más dineros de los que llevaba al entrar. Aunque cató a innúmeras putas de los lupanares de la urbe, y se dice que era especialmente aficionado a desflorar doncellas, una tal Lysene, bailarina, pronto se convirtió en su favorita. Mysaria se hacía llamar, si bien sus rivales la llamaban Miseria, el Gusano Blanco.

Dado que el rey Viserys carecía de hijos vivos, Daemon se consideraba el legítimo heredero del Trono de Hierro y anhelaba el título de príncipe de Rocadragón, que su alteza rehusaba otorgarle. Pero a finales del año 105 d. C., sus amigos ya lo motejaban el Príncipe de la Ciudad, y para la plebe era el Señor del Lecho de Pulgas. Si bien el rey no deseaba que Daemon lo sucediera, no dejaba de sentir cariño por su hermano menor, de modo que perdonaba fácilmente sus muchas ofensas.

Además, la princesa Rhaenyra estaba enamorada de su tío Daemon, ya que se deshacía en atenciones con ella. Cada vez que cruzaba el mar Angosto a lomos de su dragón, al regresar le entregaba algún regalo exótico. El monarca se había vuelto fofo y regordete con los años; jamás volvió a cabalgar un dragón tras la muerte de Balerion y no estaba para justas, cacerías ni duelos, mientras que el príncipe Daemon destacaba en tales lides y parecía ser cuanto su hermano no era: esbelto y fuerte, célebre guerrero, bizarro, osado, más que un poco peligroso.

Y aquí debo introducir una digresión sobre nuestras fuentes, ya que muchos acontecimientos de los años venideros tuvieron lugar a puerta cerrada, en la intimidad de las escaleras, la sala del consejo y los aposentos, de modo que es probable que jamás llegue a saberse toda la verdad. Contamos, claro está, con las crónicas redactadas por el gran maestre Runciter y sus sucesores, así como con multitud de documentos cortesanos y todos los decretos y proclamas regios, pero estos narran tan solo una mínima parte de la historia. Para el resto debemos recurrir a relaciones escritas decenios después por los hijos y los nietos de quienes se vieron implicados en los sucesos de aquellos tiempos: señores y caballeros que informaban de hechos atestiguados por sus ancestros, recuerdos de tercera mano de criados ancianos que narraban los escándalos de su juventud. Mientras que, sin duda alguna, resultan útiles, ha pasado tanto tiempo entre el suceso y su transmisión, que, inevitablemente, han surgido muchas confusiones y contradicciones, y no siempre coinciden tales memorias.

Por desgracia, esto también reza para dos narraciones de observadores directos que nos han llegado. El septón Eustace, que sirvió en el septo real de la Fortaleza Roja durante buena parte de esta era y más adelante engrosó las filas de los Máximos Devotos, plasmó la crónica más detallada de este período. Como confidente y confesor del rey Viserys y su reina, se encontraba bien situado para enterarse de gran parte de cuanto acontecía, y tampoco hacía ascos a dar cuenta aun de los rumores y acusaciones más sorprendentes y salaces, si bien el grueso de *El reinado de Viserys, el primero de su nombre, y la Danza de los Dragones que se siguió* no deja de ser una narración lúcida y, hasta cierto punto, meditada.

Como contrapunto a la historia de Eustace contamos con *El testimonio de Champiñón*, basado en la narración verbal del bufón de la corte (anotada por un escribano que no nos legó su nombre) que, en varias ocasiones, divirtió con sus cabriolas al rey Viserys, a la princesa Rhaenyra y a dos Aegones, el segundo y el tercero. En opinión de la corte, Champiñón, un enano con una talla de dos codos poseedor de un enorme cabezón (y, según se jacta, de un miembro aún más grande), era corto de entendederas, de modo que los reyes, señores y príncipes no sentían comezón alguna por ocultarle sus trapos sucios. Mientras que el septón Eustace da fe de los secretos de alcoba y burdel en un tono quedo y condenatorio, Champiñón goza con ellos, y su *Testimonio* consta de poco más que breves y procaces anécdotas y hablillas, apuñalamientos a diestro y siniestro, envenenamientos, traiciones, seducciones y libertinaje a troche y moche. Cuánto de todo esto podemos creer es una pregunta a la que ningún historiógrafo honrado puede esperar responder, aunque vale la pena señalar que el rey Baelor el Bendito decretó que ardiesen todos los ejemplares de la crónica de Champiñón. Afortunadamente para nosotros, algunos escaparon de las llamas.

El septón Eustace y Champiñón no siempre coinciden en ciertos detalles, y en ocasiones, sus relatos son considerablemente di-

versos, entre sí y respecto a los registros cortesanos y las crónicas del gran maestre Runciter y sus sucesores. Aun así, tales historias sí que explican muchos aspectos que, de otro modo, parecerían desconcertantes, y fuentes posteriores confirman bastante material de sus relatos como para indicarnos que, al menos, contienen cierta parte de verdad. La cuestión de qué creer y qué dudar queda a discreción de cada erudito.

En un asunto coinciden Champiñón, el septón Eustace, el gran maestre Runciter y las demás fuentes: ser Otto Hightower, la Mano del Rey, detestaba grandemente al hermano del monarca. Fue ser Otto quien convenció a Viserys para que destituyese al príncipe Daemon de su cargo de consejero de la moneda, y luego del de consejero de los edictos, actos ambos que la Mano pronto acabaría por lamentar: como comandante de la Guardia de la Ciudad, con dos mil hombres bajo su mando, Daemon era más poderoso que nunca. «En circunstancia alguna puede el príncipe Daemon ascender al Trono de Hierro —escribió la Mano a su hermano, el señor de Antigua—. Sería un segundo Maegor el Cruel, o si cabe, peor.» Era el deseo de ser Otto que la princesa Rhaenyra sucediera a su padre. «Mejor la Delicia del Reino que el señor del Lecho de Pulgas», escribió. Y no era el único de tal opinión, aunque su facción se enfrentaba a una tremenda carrera de obstáculos. Si se seguía el precedente sentado por el Gran Consejo del 101, un aspirante varón debe prevalecer sobre una fémina. A falta de un hijo legítimo, el hermano del monarca iría antes que su hija, tal como Baelon se impuso sobre Rhaenys en el 92 d. C.

En cuanto al punto de vista del soberano, todas las crónicas coinciden en que odiaba la disensión. Aunque distaba mucho de estar ciego a los defectos de su hermano, apreciaba los recuerdos del mozo libre y aventurero que había sido. Su hija era la gran dicha de su vida, decía muchas veces, pero un hermano era un hermano. Una y otra vez intentó que el príncipe Daemon y ser Otto hicieran las paces, pero la enemistad estaba demasiado arraigada bajo las falsas sonrisas que lucían en la corte. Cuando lo presionaban sobre la cuestión, el rey Viserys tan solo decía que estaba seguro de que su reina le daría pronto un hijo varón, y en el 105 d. C. anunció a la corte y al consejo privado que la reina Aemma volvía a estar encinta.

Durante aquel mismo año aciago, ser Criston Cole ingresó en la Guardia Real a fin de sustituir al fallecido y legendario ser Ryam Redwyne. Ser Criston, hijo de un mayordomo de lord Dondarrion de Refugionegro, era un joven y afable caballero de veintitrés años. Se atrajo por primera vez la atención de la corte al vencer en el combate cuerpo a cuerpo de Poza de la Doncella, celebrado para honrar la coronación del rey Viserys. En los últimos momentos del combate, ser Criston desarmó al príncipe Daemon de *Hermana Oscura* con el mangual, lo cual encandiló a su alteza y enfureció al príncipe. Después entregó a la princesa Rhaenyra, de siete años a la sazón, los laureles de vencedor, y le suplicó que los luciese en la justa. En las lizas derrotó de nuevo al príncipe Daemon y descabalgó a los célebres gemelos ser Arryk y ser Erryk Cargyll, de la Guardia Real, antes de caer ante lord Lymond Mallister.

Con sus ojos verde claro, su cabello como el tizón y su trato desenvuelto, pronto se convirtió en el favorito de todas las cortesanas..., y no menos de la mismísima Rhaenyra Targaryen. Tan subyugada se encontraba por los encantos del hombre, a quien motejaba «mi blanco caballero», que suplicó a su padre que lo nombrase su escudo y protector. Su alteza le concedió tal capricho, como tantos otros. Desde entonces, ser Criston siempre contó con los favores de la princesa en las lizas, y no se separaba de su vera en banquetes y festejos.

Poco después de que ser Criston se revistiese con la capa blanca, el rey Viserys invitó a Lyonel Strong, señor de Harrenhal, a entrar en el consejo privado como consejero de los edictos. Lord Strong, un hombre grandullón, fornido y calvo, gozaba de una formidable reputación como batallador. Quienes no lo conocían solían tomarlo por un hombre embrutecido, confundiendo sus silencios y la lentitud de su discurso con la estupidez, lo cual distaba mucho de ser cierto: de joven, lord Lyonel había estudiado en la Ciudadela y se había ganado seis eslabones de la cadena antes de decidir que la vida de maestre no era lo suyo. Era culto y docto, y contaba con conocimientos muy exhaustivos sobre las leyes de los Siete Reinos. Tres veces casado y tres veces viudo, el señor de Harrenhal se llevó a la corte a dos hijas doncellas y dos hijos varones. Las mozas entraron al servicio de la princesa Rhaenyra, mientras que a su hermano mayor, ser Harwin Strong, alias Quebrantahuesos, lo nombraron capitán de los capas doradas. El más joven, Larys el Patizambo, se ganó un lugar entre los confesores regios.

Tal era la situación en Desembarco del Rey a finales del año 105 d.C., cuando la reina Aemma se encamó en el Torreón de Maegor y falleció dando a luz al varón que desde hacía tanto deseaba Viserys Targaryen. El niño, llamado Baelon en honor al padre del rey, la sobrevivió tan solo un día, dejando apenados al rey y a la corte, salvo quizá el príncipe Daemon, a quien vieron en un lupanar de la calle de la Seda haciendo chistes etílicos con sus amigachos de noble cuna sobre el «heredero por un día». Cuando esto llegó a oídos del rey (la leyenda afirma que fue la puta que estaba sentada en las rodillas de Daemon quien lo delató, si bien todo apunta a que en realidad fue uno de sus compañeros de farra, un capitán de los capas doradas con ansias de ascender), quedó conmocionado. Al fin se había hartado del desagradecimiento y las ambiciones de su hermano.

Cuando concluyó el luto por su esposa y por su hijo, Viserys pasó rápidamente a resolver el asunto largamente pospuesto de la sucesión. Pese a los precedentes sentados por el rey Jaehaerys en el 92 y el Gran Consejo en el 101, declaró legítima heredera a su hija Rhaenyra y la nombró princesa de Rocadragón. En una fastuosa ceremonia celebrada en Desembarco del Rey, centenares de señores rindieron obediencia a la Delicia del Reino cuando se sentó a los pies de su padre, en la tarima del Trono de Hierro, para jurar honrar y defender su derecho de sucesión.

No obstante, el príncipe Daemon no se encontraba entre ellos. Furioso por el decreto regio, abandonó Desembarco del Rey tras dimitir de su cargo en la Guardia de la Ciudad. Primero fue a Rocadragón con su querida, Mysaria, a la grupa de su dragón Caraxes, la bestia ágil y roja a la que la plebe llamaba Guiverno Sanguíneo. Allí se quedó durante medio año, un período en que dejó embarazada a Mysaria.

Cuando supo del estado de su concubina, le regaló un huevo de dragón, pero en esto también se había excedido y suscitó la ira de su hermano, que le ordenó devolver el huevo, repudiar a su ramera y regresar con su legítima esposa; de lo contrario, sería declarado traidor. El príncipe obedeció, si bien no de buen grado, y envió a Mysaria (sin su huevo) a Lys, mientras que él voló a Piedra de las Runas, en el Valle, a fin de hacer una indeseada compañía a su «zorra de bronce». Pero Mysaria abortó espontáneamente durante una tormenta, en el mar Angosto. Cuando llegó a sus oídos, el príncipe Daemon no pronunció una sola palabra de duelo, pero su corazón se rebeló contra su hermano. Desde entonces tan solo habló del rey Viserys con desdén, y se puso a maquinar día y noche para hacerse con la sucesión.

Aunque la princesa de Rocadragón era Rhaenyra por designio de su padre, había muchos en el reino, en la corte y más allá, que aún confiaban en que el Joven Rey engendrase un heredero varón, ya que aún no había cumplido los treinta años. El gran maestre Runciter fue el primero que pidió a su alteza que volviese a casarse, sugiriéndole incluso una candidata idónea: lady Laena Velaryon, una fiera doncella recién florecida que acaba de cumplir los doce años, heredera de la beldad de los auténticos Targaryen por parte de su madre, Rhaenys, y un espíritu osado y aventurero por parte de su padre, la Serpiente Marina. Tal como a lord Corlys le encantaba navegar, a Laena le encantaba volar, y había reclamado para sí nada menos que a la poderosa Vhagar, el dragón más viejo y grandioso de los Targaryen desde el fallecimiento del Terror Negro en el 94 d. C. Desposándose con la moza, el rey podía salvar el abismo que se había abierto entre el Trono de Hierro y Marcaderiva, según señaló Runciter. Y Laena, seguramente, sería una reina espléndida.

Viserys I Targaryen no era el más voluntarioso de los reyes, justo es decirlo. Siempre amigable y ansioso por complacer, confiaba enormemente en el consejo de los hombres que lo rodeaban, y hacía cuanto le proponían con muchísima frecuencia. En este caso, no obstante, tenía ideas propias y ningún argumento podría disuadirlo. Se casaría nuevamente, sí, pero no con una doncella de doce años, y no por razón de estado: otra mujer le había entrado por los ojos. Anunció su intención de desposarse con lady Alicent de la casa Hightower, la avispada y encantadora hija de dieciocho años de la Mano del Rey, la que leía al rey Jaehaerys en su lecho de muerte.

Los Hightower de Antigua eran una familia noble ancestral, de linaje impecable. No era posible que cupiera objeción alguna a la elección de la prometida del rey. Aun así, hubo quienes murmuraron que la Mano era un advenedizo que había llevado a su hija a la corte con esta idea. Unos cuantos llegaron incluso a sembrar dudas sobre la virtud de lady Alicent, diciendo que había recibido al rey Viserys en su lecho ya antes de la muerte de la reina Aemma. (Tales calumnias jamás se pudieron demostrar, si bien Champiñón las repite en su *Testimonio* y llega al punto de afirmar que la lectura no era el único servicio que lady Alicent brindaba al Viejo Rey en su cámara.) En el Valle, al parecer, el príncipe Daemon dio tal paliza al sirviente que le transmitió la noticia, que estuvo a punto de matarlo. Tampoco plugo a la Serpiente Marina cuando el rumor alcanzó Marcaderiva. La casa Velaryon había caído en la marginación de nuevo, ya que su hija Laena había sufrido un desprecio similar al padecido por su hijo Laenor ante el Gran Consejo, así como su esposa a manos del Viejo Rey allá por el año 92 d.C. Tan solo lady Laena parecía no molestarse. «La señora muestra mucho más interés por el vuelo que por los mozos», escribió el maestre de Marea Alta a la Ciudadela.

Cuando el rey Viserys tomó a Alicent Hightower por esposa, en el 106 d.C., la casa Velaryon brilló por su ausencia. Rhaenyra brindó por su madrastra en el convite, y la reina Alicent la besó y la llamó «hija». La princesa se encontraba entre las mujeres que desvistieron al rey y lo condujeron a la cámara nupcial. Las risas y el amor reinaron en la Fortaleza Roja aquella noche, mientras que, al otro lado de la bahía del Aguasnegras, la Serpiente Marina recibía al hermano del rey, el príncipe Daemon, en un consejo militar. El príncipe había padecido cuanto podía soportar en el Valle de Arryn, en Piedra de las Runas y con su señora esposa. «A *Hermana Oscura* la forjaron para tareas más nobles que matar ovejas —se dice que declaró al Señor de las Mareas—. Está sedienta de sangre.» Pero no era una rebelión lo que tenía pensado; veía otro camino hacia el poder.

Hacía tiempo que los Peldaños de Piedra, la cadena de islas rocosas que quedan entre Dorne y las Tierras de la Discordia de Essos, eran una guarida de forajidos, exiliados, cazadores de naufragios y piratas. En sí mismos eran de escaso valor, pero, dada su situación, controlaban las rutas marinas del mar Angosto, de modo que muchos navíos mercantes que surcaban tales aguas eran presa de sus moradores. Aun así, durante centurias, esas depredaciones no habían constituido sino leves molestias.

No obstante, diez años atrás, las Ciudades Libres de Lys, Myr y Tyrosh habían arrumbado sus enconadas enemistades para hacer causa común en una guerra contra Volantis. Tras derrotar a los volantinos en la batalla de las Tierras Fronterizas, las tres ciudades victoriosas firmaron una «alianza eterna» y fundaron una nueva y gran potencia, la Triarquía, más conocida en Poniente como el Reino de las Tres Hijas (ya que cada una de las Ciudades Libres se consideraba hija legítima de la Valyria de antaño) o, más bastamente, el Reino de las Tres Putas. Aun así, tal reino carecía de rey y lo gobernaba un consejo compuesto por treinta y tres magistrados. En cuanto Volantis firmó la paz y se retiró de las Tierras de la Discordia, las Tres Hijas volvieron la mirada al oeste y barrieron los Peldaños de Piedra con sus ejércitos y flotas coaligados, bajo el mando de Craghas Drahar, el príncipe almirante myriense que se ganó el sobrenombre de Benefactor de los Cangrejos al empalar a centenares de piratas cautivos en la arena húmeda para que se ahogasen al subir la marea.

La conquista y anexión de los Peldaños de Piedra por parte de las Tres Hijas recibió al principio la aprobación de los señores de Poniente. El orden había reemplazado al caos, y si las Tres Hermanas exigían un pago por el paso de las naves por sus aguas, parecía un precio barato por librarse de la piratería.

Sin embargo, las ansias de conquista de Craghas el Benefactor de los Cangrejos y sus compañeros tardaron poco en depararles odios. La tarifa subía una y otra vez, y pronto llegó a ser tan ruinosa que los mercaderes que en tiempos pagaban de buen grado trataban de burlar las galeras de la Triarquía tal como hacían antaño con los piratas. Drahar, así como sus coalmirantes lysenos y tyroshíes, parecían competir en codicia, se quejaban los hombres. Los lysenos se hicieron acreedores de un odio especial, ya que exigían algo más que monedas por el paso de los navíos y se hacían con mujeres, mozas y mozos atractivos para servir en sus jardines de placer y sus casas de las almohadas. (Entre los así esclavizados se contaba lady Johanna Swann, una sobrina de quince años del señor de Yelmo de Piedra. Cuando su tristemente famoso tío se negó a pagarle el rescate, la vendieron a una casa de las almohadas, donde llegó a convertirse en la célebre cortesana conocida como el Cisne Negro y en gobernadora de facto de Lys. Pero, ay, su historia, por fascinante que sea, no tiene cabida en la presente.)

De todos los señores de Poniente, ninguno padeció tan gravemente tales prácticas como Corlys Velaryon, la Serpiente Marina, Señor de las Mareas, cuyas flotas lo habían hecho el más rico y poderoso de los Siete Reinos. Estaba decidido a poner fin al gobierno de la Triarquía en los Peldaños de Piedra, y en Daemon Targaryen halló un voluntarioso compañero, ávido del oro y la gloria que le reportaría la victoria bélica. Tras rehuir la boda regia, trazaron sus planes en Marea Alta, en la isla de Marcaderiva. Lord Velaryon comandaría la flota; el príncipe Daemon, el ejército. Se verían enormemente superados en número por las fuerzas de las Tres Hermanas; pero el príncipe aportaría asimismo el fuego de su dragón Caraxes, el Guiverno Sanguíneo.

No es nuestro propósito relatar en detalle la guerra privada que libraron Daemon Targaryen y Corlys Velaryon en los Peldaños de Piedra; baste decir que las hostilidades empezaron en el 106 d.C. El príncipe Daemon tuvo pocas dificultades para levar una hueste de aventureros sin tierra y segundones, y obtuvo muchas victorias durante los dos primeros años del conflicto. En el 108 d.C., cuando al fin se las vio cara a cara con Craghas, lo mató en singular combate y le cercenó la testa con *Hermana Oscura*.

El rey Viserys, sin duda complacido por deshacerse de su problemático hermano, apoyó su empeño con aportaciones constantes de oro, y allá por el 109 d.C., Daemon Targaryen y su ejército de mercenarios y asesinos a sueldo controlaban todas las islas salvo dos, y la flota de la Serpiente Marina se había hecho firmemente con el control de las aguas que las rodeaban. Durante este breve período victorioso, el príncipe Daemon se autoproclamó rey de los Peldaños de Piedra y del mar Angosto, y lord Corlys le ciñó las sienes con una corona; pero su «reino» distaba mucho de estar afian-

zado. Al año siguiente, el Reino de las Tres Hermanas envió otra fuerza invasora bajo el mando del maligno capitán tyroshí Racallio Ryndoon, seguramente uno de los más curiosos y extravagantes lobos solitarios de los anales de la historia, y Dorne se unió a la guerra como aliado de la Triarquía. Las luchas continuaron.

Aunque los Peldaños de Piedra estaban sumidos en sangre y fuego, ni el rey Viserys ni su corte se vieron importunados. «Que Daemon juegue a los soldaditos —dicen que dijo el monarca—. Así no se meterá en líos.» Viserys era un hombre de paz, y durante aquellos años, Desembarco del Rey fue una incesante sucesión de banquetes, bailes y torneos, en los que mimos y trovadores anunciaban el nacimiento de cada principito Targaryen. La reina Alicent demostró pronto ser tan fértil como hermosa: en el 107 d. C. dio al rey un hijo bien sano a quien llamaron Aegon, por el Conquistador. Dos años después le dio una hija, Helaena; en el 110 d. C. tuvo un segundo hijo, Aemond, de quien se dice que tenía la mitad de la talla de su hermano mayor, pero el doble de fiereza.

No obstante, la princesa Rhaenyra continuó sentándose al pie del Trono de Hierro cuando su padre celebraba audiencias, y su alteza empezó a invitarla asimismo a reuniones del consejo privado. Aunque muchos nobles caballeros pretendían sus favores, la princesa no tenía ojos sino para ser Criston Cole, el joven campeón de la Guardia Real y su constante compañero. «Ser Criston protege a la princesa de sus enemigos, pero ¿quién protegerá a la princesa de ser Criston?», preguntó en una ocasión la reina Alicent en la corte. La amistad entre esta y su hijastra acabó durando poco, ya que tanto Rhaenyra como Alicent aspiraban a ser la primera dama del reino, y si bien la reina había aportado ya no uno, sino dos herederos varones, Viserys no había hecho nada por modificar el orden de sucesión. La princesa de Rocadragón siguió siendo su delfina reconocida, y la mitad de los señores de Poniente habían jurado defender sus derechos. Quienes preguntaban: «¿Y qué pasa con el fallo del Gran Consejo del 101?» no hallaban sino oídos sordos. La cuestión ya estaba decidida en lo que tocaba al rey, y no era un asunto en que desease reincidir.

Aun así, las preguntas persistían, y no pocas las formulaba la propia reina Alicent. Quien con más fervor la apoyaba era su padre, ser Otto Hightower, Mano del Rey; tanto que presionó excesivamente al soberano en este aspecto, y en el 109 d.C., Viserys lo despojó de la cadena insignia de su cargo y nombró en su lugar al taciturno Lyonel Strong, señor de Harrenhal. «Esta Mano no me hostigará», proclamó su alteza.

Aun después del regreso de ser Otto a Antigua, seguía existiendo en la corte «el partido de la reina», un grupo de poderosos señores partidarios de la reina Alicent que respaldaban los derechos de sus hijos. A ellos se contraponía «el partido de la princesa». El rey Viserys quería tanto a su esposa como a su hija, y detestaba el conflicto y la disputa. Toda su vida se esforzó por mantener la paz entre una y otra y por complacer a ambas con regalos, oro y honores; durante toda su existencia y reinado, mantuvo el equilibrio; los festines y los torneos se continuaron como antes, y la paz prevaleció en todo el reino. Aunque hubo algún avispado que observó que los dragones de un partido lanzaban tarascadas y escupían fuego a los de la oposición siempre que se cruzaban.

En el 111 d.C. se celebró un gran torneo en Desembarco del Rey para festejar el quinto aniversario del casamiento del monarca con la reina Alicent. En el banquete inaugural, la soberana lució un vestido verde, mientras que la princesa se aderezó teatralmente con el rojo y negro de los Targaryen. Se tomó debida nota, y en lo sucesivo, se convirtió en hábito referirse a los «verdes» y los «negros» para designar, respectivamente, a los adeptos de la reina y los de la princesa. En el propio torneo, los negros se impusieron cuando ser Criston Cole, que contaba con el favor de la princesa Rhaenyra, descabalgó a todos los adalides de la reina, incluidos dos primos de esta y su hermano benjamín, ser Gayne Hightower.

No obstante, había uno que no iba de verde ni de negro, sino

de oro y plata: el príncipe Daemon había regresado al fin a la corte. Ceñido con una diadema y presentándose como el rey del mar Angosto, apareció sin anunciarse en los cielos de Desembarco del Rey a horcajadas sobre su dragón y trazó tres círculos sobre el solar del torneo..., pero cuando tocó tierra se prosternó ante su hermano y le ofreció su corona como muestra de amor y su lealtad. Viserys se la devolvió, lo besó en sendas mejillas y le dio la bienvenida, y tanto los señores como el populacho prorrumpieron en un clamoroso vitoreo mientras los hijos del Príncipe de la Primavera se reconciliaban. Entre quienes más alto vociferaban se encontraba la princesa Rhaenyra, alborozada por el regreso de su tío favorito, a quien impetró que se quedase un tiempo.

Hasta aquí sabemos. En cuanto a lo sucedido después, ya no nos cabe sino echar mano de nuestros cronistas más cuestionables. El príncipe Daemon, en efecto, se quedó medio año en Desembarco del Rey; sobre eso no hay disputa. Incluso retomó su puesto en el consejo privado, según nos dice el gran maestre Runciter, pero ni la edad ni el exilio habían modificado su naturaleza. Pronto, Daemon volvió a andar en compañía de sus amigotes de capa dorada y regresó a los establecimientos que jalonan la calle de la Seda, donde había sido tan buen cliente. Aunque trataba a la reina Alicent con toda la cortesía debida a su posición, no había afecto entre ellos, y se decía que el príncipe se mostraba notablemente frío con los sobrinos que ella le había dado, sobre todo con Aegon y Aemond, cuyos nacimientos lo habían hundido aún más en el orden sucesorio.

La princesa Rhaenyra era harina de otro costal. Daemon se pasaba luengas horas en su compañía, encandilándola con relatos de sus viajes y batallas. Le regalaba perlas, sedas, libros y una tiara de jade que se decía que había pertenecido a la emperatriz de Leng; le recitaba poemas; cenaba con ella; practicaba la cetrería con ella; navegaba con ella, y la divertía mofándose de los verdes de la corte, los «lameculos» que mariposeaban en torno a la reina Alicent y sus hijos. Alababa su belleza y declaraba que era la doncella más hermosa de los Siete Reinos. Tío y sobrina comenzaron a volar juntos casi a diario, haciendo carreras con Syrax y Caraxes hasta Rocadragón y de vuelta.

Aquí es donde divergen nuestras fuentes. El gran maestre Runciter nos dice tan solo que los hermanos volvieron a discutir y el príncipe Daemon partió de Desembarco del Rey para regresar a los Peldaños de Piedra y a sus guerras. De la causa de tal disputa, nada nos dice. Otros sostienen que la reina Alicent pidió a Viserys que expulsara a Daemon. Pero el septón Eustace y Champiñón nos narran algo distinto, o más bien, dos historias, diversas también entre sí. Eustace, el menos salaz, escribe que el príncipe Daemon sedujo a su sobrina la princesa y mancilló su doncellez. Cuando ser Arryk Cargyll, de la Guardia Real, descubrió a los amantes encamados y los llevó a comparecer ante el rey, Rhaenyra insistió en que estaba enamorada de su tío y rogó a su padre que les concediera su venia para contraer matrimonio. Sin embargo, el rey Viserys no quiso saber nada del asunto y le recordó que el príncipe Daemon ya tenía esposa. Tal era su ira que confinó a su hija en sus aposentos, expulsó a su hermano y ordenó a ambos que jamás volviesen a hablar de lo sucedido.

El relato de Champiñón es mucho más depravado, como suele suceder con su *Testimonio*. Según el enano, era por ser Criston Cole por quien bebía los vientos la princesa, no por el príncipe Daemon, pero ser Criston era un auténtico caballero, noble, casto y bien consciente de sus votos, y aunque la acompañaba día y noche, jamás la había besado tan siquiera, ni le había declarado su amor. «Cuando te mira, ve a la chiquilla que eras, no a la mujer en que te has convertido —dijo Daemon a su sobrina—, pero yo puedo enseñarte a hacer que te vea como a una mujer.»

Comenzó por darle lecciones de besos, si hemos de dar crédito a Champiñón. De ahí, el príncipe pasó a enseñar a su sobrina cómo tocar mejor a un hombre para darle placer, un ejercicio que a veces implicaba al propio Champiñón y su presuntamente enorme miembro. Daemon enseñó a la moza a desvestirse con picardía; le succionaba las tetas para hacerlas más grandes y sensibles, y volaba con ella a lomos de dragón hasta rocas solitarias de la bahía del Aguasnegras, donde podían pasarse el día en cueros sin ser vistos y la princesa podía practicar el arte de complacer a un hombre con la boca. De noche la sacaba a hurtadillas de sus aposentos, vestida de paje, y la llevaba a burdeles de la calle de la Seda, para que pudiera observar a hombres y mujeres practicando el acto amatorio y aprender más de las «artes femeninas» de las meretrices de Desembarco del Rey.

Sobre cuánto duraron tales lecciones, Champiñón no dice nada, aunque, a diferencia del septón Eustace, insiste en que la princesa Rhaenyra conservó la virginidad, ya que deseaba agasajar con ella a su amado. Pero cuando al fin abordó a su «caballero blanco» haciendo uso de cuanto había aprendido, ser Criston la rechazó horrorizado. Lo sucedido tardó poco en salir a la luz, no en poca medida gracias al propio Champiñón. El rey Viserys, al principio, se negó a creer ni una sola palabra, hasta que el príncipe Daemon confirmó la veracidad del relato. «Dame a la chica por esposa —dijo, al parecer, a su hermano—. ¿Quién la va a querer ahora?» Pero lo que hizo el rey Viserys fue enviarlo al exilio y promulgar que jamás podría regresar a los Siete Reinos so pena de muerte. (Lord Strong, la Mano del Rey, arguyó que había que ejecutar al príncipe inmediatamente por traidor, pero el septón Eustace recordó a su alteza que ningún hombre es tan maldito como el que mata a los de su estirpe.)

Del resultado se sabe a ciencia cierta lo siguiente: Daemon Targaryen regresó a los Peldaños de Piedra y retomó su lucha por aquellas rocas peladas y azotadas por las tormentas. El gran maestre Runciter y ser Harrold Westerling fallecieron en el 112 d.C., ser Criston Cole ocupó el cargo de lord comandante de la Guardia Real en sustitución de ser Harrold, y los archimaestres de la Ciudadela enviaron al maestre Mellos a la Fortaleza Roja a fin de que heredase la cadena y las tareas del gran maestre. Por lo demás, Desembarco del Rey recuperó su acostumbrada tranquilidad durante la mayor parte de dos años, hasta el 113 d.C., cuando la princesa Rhaenyra cumplió los dieciséis años, tomó posesión de Rocadragón como sede propia y se casó.

Mucho antes de que ningún hombre tuviera motivo para dudar de su inocencia, la selección de un cónyuge adecuado para Rhaenyra inquietaba al rey Viserys y a su consejo. Grandes señores y bizarros caballeros revoloteaban en torno a ella como polillas en torno a la llama, anhelando hacerse con sus favores. Cuando Rhaenyra visitó el Tridente en el 112, los hijos de lord Bracken y lord Blackwood se batieron en duelo por ella, y un hijo menor de la casa Frey tuvo la osadía de pedir su mano abiertamente («el Frey Necio», lo motejaron desde entonces). En occidente, ser Jason Lannister y su gemelo ser Tyland se la disputaron durante un banquete, en Roca Casterly. Los hijos de lord Tully de Aguasdulces, lord Tyrell de Altojardín, lord Oakheart de Roble Viejo y lord Tarly de Colina Cuerno cortejaron a la princesa, al igual que ser Harwin Strong, el hijo mayor de la Mano, apodado Quebrantahuesos, heredero de Harrenhal y considerado el hombre más fuerte de los Siete Reinos. (Viserys habló incluso de casar a Rhaenyra con el príncipe de Dorne como medio para incorporar a los dornienses al reino.)

La reina Alicent tenía su propio candidato: su hijo mayor, el príncipe Aegon, hermano paterno de Rhaenyra; pero era diez años menor que la princesa y, para colmo, jamás se habían llevado bien. «Razón de más para unirlos en matrimonio», arguyó la soberana. Viserys no coincidía: «El zagal es de la sangre de Alicent —dijo a lord Strong—. Lo quiere en el trono».

La mejor opción, como al final concluyeron el rey y el consejo privado, sería un primo de Rhaenyra, a la sazón Laenor Velaryon. Aunque el Gran Consejo del 101 había desestimado su aspiración, no dejaba de ser nieto del príncipe Aemon Targaryen, de bendita memoria, y nieto del mismísimo Viejo Rey. Tal casamiento aunaría y fortalecería el linaje regio, y recuperaría la amistad de la Serpiente Marina y su poderosa flota para el Trono de Hierro.

Una objeción sí se planteó: si bien Laenor Velaryon tenía diecinueve años, jamás había mostrado interés por las mujeres; más bien se rodeaba de apuestos escuderos de su edad, y se decía que prefería su compañía. Pero el gran maestre Mellos no dio pábulo a tal inquietud. «¿Y qué? —dijo—. A mí tampoco me gusta el pescado, pero cuando sirven pescado, me lo como.» Así fue como se decidió el casorio.

Sin embargo, el rey y el consejo no se molestaron en consultar a Rhaenyra, que demostró ser hija de su padre y expuso sus ideas sobre con quién deseaba casarse; sabía cuanto había que saber sobre Laenor Velaryon y no deseaba en modo alguno ser su esposa. «Mis medio hermanos serían más de su agrado», dijo al rey. (La princesa siempre ponía buen cuidado en referirse a los hijos de la reina Alicent como medio hermanos, jamás como hermanos.) Y aunque su alteza razonó con ella, le imploró, le gritó y la llamó hija desagradecida, ninguna palabra suya pudo disuadirla..., hasta que sacó el asunto de la sucesión: lo que un rey había hecho, un rey podía deshacerlo. Se casaría como le ordenaba, o nombraría heredero a su hermano paterno Aegon. Ante esto, la voluntad de la princesa cedió. El septón Eustace nos dice que cayó a las rodillas de su padre y suplicó perdón; Champiñón, que le escupió a la cara, pero ambos coinciden en que al final consintió matrimoniar.

Aquí difieren de nuevo nuestras fuentes. Aquella noche, informa el septón Eustace, ser Criston Cole se coló en la cámara de la princesa a fin de confesarle su amor; le dijo que tenía un navío esperando en la bahía y le suplicó que se escapase con él al otro lado del mar Angosto. Se casarían en Tyrosh o en la antigua Volantis, donde su padre carecía de mando y a nadie le importaría que ser Criston hubiera conculcado sus votos como miembro de la Guardia Real. Sus proezas con la espada y el mangual eran tales, que no le cabía duda de que daría con algún príncipe mercader que lo tomase a su servicio. Pero Rhaenyra lo rechazó. Era de la sangre del dragón, le recordó, y había nacido para algo más que vivir como la esposa de un simple mercenario. Además, si arrumbaba sus votos de guardia real, ¿por qué cabía esperar que respetara los matrimoniales?

Champiñón narra una historia muy distinta. En su versión, fue la princesa Rhaenyra quien acudió a ser Criston y no al revés. Lo halló solo en la Torre de la Espada Blanca, atrancó la puerta, se quitó la capa para revelarse desnuda y le dijo: «Preservé mi doncellez para ti. Tómala ahora como prueba de mi amor. Nada le importará a mi prometido, y quizá cuando se entere de que no soy casta, me rechace».

Pero pese a tanta beldad, sus ruegos cayeron en oídos sordos, ya que ser Criston era un hombre de honor y fiel cumplidor de sus votos. Ni cuando Rhaenyra puso en práctica las artes aprendidas de su tío Daemon logró persuadir a Cole. Rechazada y furiosa, volvió a ponerse la capa y salió corriendo hacia la oscuridad, donde se topó casualmente con ser Harwin Strong, que regresaba de una noche de bacanal en los bajos fondos de la urbe. Quebrantahuesos deseaba a la princesa desde hacía mucho tiempo, y carecía de los escrúpulos de ser Criston. Fue él quien se hizo con la inocencia de Rhaenyra y vertió la sangre de su doncellez con la espada de su hombría; todo esto según Champiñón, quien afirma haberlos sorprendido encamados al rayar el alba.

Fuera como fuese, tanto si la princesa repelió al caballero como si él la repelió a ella, de aquella noche en adelante, el amor que ser Criston Cole pudiera sentir por Rhaenyra Targaryen se tornó en desprecio y desdén, y el hombre que hasta aquel momento había sido el constante compañero y adalid de la princesa se convirtió en su más enconado enemigo.

No mucho después, Rhaenyra zarpó hacia Marcaderiva a bordo del *Serpiente Marina*, acompañada por sus doncellas (dos de ellas hijas de la Mano y hermanas de ser Harwin), el bufón Champiñón y su nuevo adalid, que no era otro que el mismísimo Quebrantahuesos. El 114 d.C., Rhaenyra Targaryen, princesa de Rocadragón, tomó por esposo a ser Laenor Velaryon (armado caballero una quincena antes del casorio, ya que se juzgaba preciso tal cargo en el príncipe consorte). La novia tenía diecisiete años; el novio, veinte, y todos coincidían en que componían una hermosa pareja. El casamiento se celebró con siete jornadas de festejos y justas, el más lujoso torneo organizado en muchos años. Entre los competidores se contaban los hermanos de la reina Alicent, cinco hermanos juramentados de la Guardia Real, Quebrantahuesos y el favorito del novio, ser Joffrey Lonmouth, conocido como el Caballero de los Besos. Cuando Rhaenyra otorgó la liga a ser Harwin, su reciente esposo rio y entregó una de las suyas a ser Joffrey.

Carente de los favores de Rhaenyra, Criston Cole recurrió a la reina Alicent. Luciendo su prenda, el joven lord comandante de la Guardia Real derrotó a cuantos lo retaron con enconada fiereza. Dejó a Quebrantahuesos con la clavícula quebrada y un codo destrozado (a raíz de lo cual Champiñón lo motejó «Huesosquebrantados» para los restos), pero fue el Caballero de los Besos quien sintió más que nadie la medida de su ira. El arma favorita de Cole era el mangual, y los golpes que hizo llover sobre el adalid de ser Laenor le partieron el yelmo y lo dejaron inconsciente en el lodo. Después de que lo evacuaran ensangrentado del campo, ser Joffrey murió en seis días sin recobrar la consciencia. Champiñón nos dice que ser Laenor, aquellos días, no se apartó ni un momento de su cabecera, y que lloró amargamente cuando el Desconocido lo llamó a su lado.

El rey Viserys estaba sumamente airado, ya que una celebración gozosa se había tornado ocasión de duelo y recriminaciones. Sin embargo, se dijo que la reina Alicent no compartía su displacer, ya que poco después pidió a ser Criston Cole que fuese su protector personal. La frialdad entre la esposa y la hija del rey resultaba patente para todos; aun los legados de las Ciudades Libres la consignaron en cartas remitidas a Pentos, Braavos y la antigua Volantis.

Ser Laenor regresó a Marcaderiva poco después, lo que hizo a muchos dudar que el matrimonio se hubiera consumado. La princesa se quedó en la corte, rodeada de amigos y admiradores. Ser Criston Cole no se encontraba entre ellos, ya que se había pasado indudablemente al partido de la reina, los verdes, pero el gigantesco y temible Quebrantahuesos (o Huesosquebrantados, a decir de Champiñón) ocupó su lugar y se convirtió en el más acérrimo de los negros, siempre al lado de Rhaenyra en banquetes, danzas y cacerías. Su marido nada objetaba; prefería la comodidad de Marea Alta, donde pronto dio con un nuevo favorito en la persona de un caballero de la casa, llamado Qarl Correy.

Desde entonces, si bien se reunía con su mujer para importantes actos cortesanos donde se esperaba su presencia, ser Laenor pasaba casi todos sus días alejado de la princesa. El septón Eustace dice que no compartieron lecho sino una decena de veces. Champiñón coincide, aunque añade que Qarl Correy lo compartió también en varias ocasiones: a la princesa la excitaba contemplar los encuentros de ambos hombres, nos relata, y de vez en cuando contaban con ella para sus placeres. Sin embargo, Champiñón se contradice, ya que en otro pasaje de su *Testimonio* afirma que la princesa abandonaba a su marido con su amante en tales noches y buscaba solaz en brazos de Harwin Strong.

Sea cual sea la verdad contenida en tales relaciones, pronto se anunció que la princesa estaba grávida. El niño, nacido en los postreros días del 114 d.C., era grande y robusto, de cabello castaño, ojos marrones y nariz respingona. (Ser Laenor tenía la nariz aguileña, el pelo rubio plateado y unos ojos de color violeta que daban fe de su sangre valyria.) Laenor deseaba poner al niño el nombre de Joffrey, cosa que descartó su padre, lord Corlys, así que recibió un nombre tradicional de los Velaryon: Jacaerys (los amigos y hermanos lo acabarían llamando Jace).

La corte aún se regocijaba con el nacimiento del hijo de la princesa cuando su madrastra, la reina Alicent, también se puso de parto y dio a Viserys su tercer vástago, Daeron..., cuya coloración, a diferencia de la de Jace, atestiguaba su sangre de dragón. Por orden regia, los infantes Jacaerys Velaryon y Daeron Targaryen compartieron ama de cría hasta el destete. Se decía que el rey confiaba en que ser hermanos de leche prevendría toda enemistad entre ambos niños. De ser así, sus esperanzas acabaron siendo tristemente vanas.

Un año después, en el 115 d. C., se produjo un suceso trágico de esos que moldean el destino de los reinos: la «zorra de bronce» de Piedra de las Runas, lady Rhea Royce, se cayó del caballo mientras practicaba la cetrería y se fracturó el cráneo con una piedra. Pasó nueve días encamada hasta que al fin se sintió con fuerzas para levantarse, si bien se desplomó al instante y falleció al cabo de una hora. Como es debido, se envió un cuervo a Bastión de Tormentas, y lord Baratheon despachó un mensajero por barco rumbo a Piedra Sangrienta, donde el príncipe Daemon aún se esforzaba con denuedo por defender su magro reino contra los hombres de la Triarquía y sus aliados dornienses. Daemon voló inmediatamente al Valle; «Para dar descanso a mi esposa», dijo, aunque era más posible que esperase reclamar sus tierras, castillos y rentas. En eso fracasó, ya que Piedra de las Runas pasó al sobrino de lady Rhea, y cuando Daemon apeló al Nido de Águilas, no solo se desestimó su petición, sino que lady Jeyne lo advirtió de que su presencia no era grata en el Valle.

Tras regresar volando a los Peldaños de Piedra, el príncipe Daemon aterrizó en Marcaderiva a fin de hacer una visita de cortesía a su antiguo compañero de conquista, la Serpiente Marina, y a su esposa, la princesa Rhaenys. Marea Alta era uno de los escasos lugares de los Siete Reinos donde el hermano del rey podía estar seguro de que no lo rechazarían. Allí puso sus miras en la hija de lord Corlys, Laena, una doncella de veintidós años alta, esbelta y en exceso encantadora (incluso Champiñón quedó cautivado por su belleza y escribió que era «casi tan guapa como su hermano»), con su poblada cabellera de bucles de oro y plata que le caían por debajo de la cintura. Laena estaba prometida desde los doce años con el heredero del Señor del Mar de Braavos, pero el padre había muerto antes de que se pudieran casar, y el hijo demostró ser un haragán y un necio que dilapidó las riquezas y el poder de la familia antes de marcharse a Marcaderiva. Carente de un modo digno de librarse del bochorno, pero nada dispuesto a contraer matrimonio, lord Corlys había pospuesto el casorio en repetidas ocasiones.

El príncipe Daemon se enamoró de Laena, según nos narran las trovas. Los de inclinación más crítica consideran que el príncipe la vio como un medio para asegurar su descendencia. Después de que lo considerasen el heredero de su hermano, había caído bajísimo en la línea de sucesión, y ni verdes ni negros tenían un hueco para él. Pero la casa Velaryon era bastante poderosa para desafiar a ambos partidos impunemente. Harto de los Peldaños de Piedra y libre al fin de su «zorra de bronce», Daemon Targaryen pidió a lord Corlys la mano de su hija.

El prometido braavosí exiliado seguía siendo un impedimento, pero no duró mucho, ya que Daemon se mofó de él en su cara tan acerbamente que el mozo no tuvo más remedio que retarlo a sustentar sus palabras con acero. Armado con *Hermana Oscura*, el príncipe no tuvo ni para empezar con su rival; una quincena después se casó con lady Laena Velaryon y abandonó su miserable reino de los Peldaños de Piedra. (Cinco hombres más lo sucedieron como reyes del mar Angosto, hasta que la breve y sangrienta historia de ese salvaje «reino» mercenario acabó para los restos.)

El príncipe Daemon sabía que nada le placería a su hermano enterarse de su matrimonio. Prudentemente, el príncipe y su reciente esposa se alejaron de Poniente poco después de la boda y cruzaron el mar Angosto en sus dragones. Hay quienes dicen que volaron a Valyria, desafiando así la maldición que pesaba sobre esos yermos humeantes, en busca de los secretos de los señores dragón del antiguo Feudo Franco. El propio Champiñón nos informa sobre este dato en su *Testimonio*, si bien tenemos abundantes pruebas de que la verdad fue menos romántica. El príncipe Daemon y lady Laena volaron en primer lugar a Pentos, donde los agasajó el príncipe de la urbe. Los pentoshíes temían el creciente poder de la Triarquía, en el sur, y consideraban a Daemon un valioso aliado contra las Tres Hermanas. Desde allí cruzaron las Tierras de la Discordia hasta llegar a la antigua Volantis, donde gozaron de un recibimiento asimismo cordial. Después volaron hasta el Rhoyne para visitar Qohor y Norvos. En esas ciudades tan alejadas de las leyes de Poniente y del poder de la Triarquía, el recibimiento fue algo menos entusiasta; sin embargo, doquiera que fueran, grandes multitudes acudían a contemplar a Vhagar y a Caraxes.

Los jinetes de dragón habían regresado a Pentos cuando lady Laena supo que estaba encinta. Tras descartar futuros vuelos, se asentaron en una mansión extramuros de la ciudad como huéspedes de un magíster pentoshí, hasta que nació su vástago.

Entretanto, en Poniente, la princesa Rhaenyra había dado a luz un segundo hijo a finales del año 115 d. C. El niño recibió el nombre de Lucerys (Luke, para abreviar). El septón Eustace nos cuenta que tanto ser Laenor como ser Harwin se encontraban a la cabecera de Rhaenyra durante el alumbramiento. Igual que su hermano Jace, Luke tenía los ojos pardos y una saludable cabeza cuajada de cabello castaño en lugar del oro y plata de los príncipes Targaryen, pero era más grande y vigoroso, y el rey Viserys se quedó encantado con él cuando se presentó en la corte.

La reina Alicent no compartía tales sentimientos. «Sigue intentándolo —dijo a ser Laenor, según Champiñón—, que más tarde o más temprano, quizá tengas uno que se te asemeje.» La rivalidad entre los verdes y los negros se ahondó aún más, hasta un punto en que la reina y la princesa encontraban insufrible la presencia mutua. Desde entonces, la reina Alicent se quedó en la Fortaleza Roja, mientras que la princesa pasaba los días en Rocadragón, atendida por sus damas, Champiñón y su adalid, ser Harwin Strong. De su esposo, ser Laenor, se decía que la visitaba «frecuentemente».

En el 116 d.C., en la ciudad libre de Pentos, lady Laena dio a luz a dos gemelas, las auténticas primogénitas del príncipe Daemon, quien llamó a las niñas Baela (por su padre) y Rhaena (por su madre). Eran pequeñas y enfermizas, ay, pero ambas tenían bellos rasgos, el cabello rubio plateado y los ojos violeta. Cuando tenían medio año y ya estaban más fuertes, navegaron con su madre a Marcaderiva, y Daemon se adelantó volando con ambos dragones. Desde Marea Alta envió un cuervo a su hermano, en Desembarco del Rey, para informarlo del nacimiento de sus sobrinas y pedirle venia para presentarlas en la corte a fin de recibir la bendición real. Aunque su Mano y el consejo privado se lo discutieron acaloradamente, Viserys consintió, ya que aún apreciaba al hermano que había sido el compañero de su juventud. «Daemon ya es padre —dijo al gran maestre Mellos—. Habrá cambiado.» Y así fue como los hijos de Baelon Targaryen se reconciliaron por segunda vez.

En el 117 d.C., en Rocadragón, la princesa Rhaenyra dio a luz a otro hijo. Ser Laenor recibió al fin permiso para ponerle el nombre de su amigo caído, ser Joffrey Lonmouth. Joffrey Velaryon era tan grande, sano y rollizo como sus hermanos, pero, como ellos, tenía los ojos marrones, el pelo castaño y unas facciones que, en la corte, algunos denominaban vulgares. Las hablillas recomenzaron. Entre los verdes, era artículo de fe que el padre de los hijos de Rhaenyra no era su marido Laenor, sino su adalid, Harwin Strong. Champiñón dice lo mismo en su *Testimonio* y el gran maestre Mellos lo deja entrever, mientras que el septón Eustace hace mención de los rumores tan solo para desmentirlos.

Fuera cual fuese la verdad sobre tales alegaciones, nunca cupo duda alguna de que el rey Viserys aún deseaba que su hija lo sucediera en el Trono de Hierro, por lo que los hijos que ella tuviera la sucederían a su vez. Por decreto regio, cada uno de los niños Velaryon recibió un huevo de dragón en la cuna. Quienes dudaban de la paternidad de los hijos de Rhaenyra murmuraban que los huevos jamás eclosionarían, si bien el nacimiento de tres crías de dragón dejó por mentiras sus palabras. Los pequeños dragones recibieron los nombres de Vermax, Arrax y Tyraxes. El septón Eustace nos cuenta que su alteza se sentó a Jace en la rodilla en el Trono de Hierro mientras celebraba audiencia y se le oyó decir: «Algún día, pequeño, esta será tu sede».

Los partos salieron costosos a la princesa Rhaenyra: el peso que había ganado durante los embarazos jamás la abandonó del todo, y cuando nació su hijo menor ya estaba gruesa de cintura y la beldad de su juventud era un recuerdo que se desvanecía, a pesar de que no contaba más que veinte años de edad. Conforme a Champiñón, aquello tan solo sirvió para ahondarle el resentimiento hacia su madrastra, la reina Alicent, que conservaba la delgadez y la elegancia a pesar de sacarle muchos años.

Los pecados de los padres suelen recaer en los hijos, nos tienen dicho los sabios, y también ocurre así con los pecados de las madres. La enemistad entre la reina Alicent y la princesa Rhaenyra la heredaron sus hijos, y los tres hijos de la soberana, los príncipes Aegon, Aemond y Daeron, se convirtieron en enconados rivales de sus sobrinos Velaryon, y sentían gran resentimiento por ellos por haberles arrebatado lo que consideraban suyo por derecho: el mismísimo Trono de Hierro. Aunque los seis asistían a los mismos banquetes, danzas y diversiones, y a veces incluso se adiestraban juntos en el patio de armas con el mismo maestro armero y estudiaban con los mismos maestres, tan forzada cercanía sirvió únicamente para alimentar la antipatía recíproca en vez de aunarlos como hermanos.

Mientras que la princesa Rhaenyra sentía una gran aversión por su madrastra, la reina Alicent, cada vez sentía mayor afecto por su cuñada, lady Laena. Dada la cercanía de Marcaderiva y Rocadragón, Daemon y Laena visitaban frecuentemente a la princesa, y ella a ellos. Muchas veces volaban juntos con sus dragones, y Syrax, la dragona de la princesa, puso varias nidadas. En el 118 d.C., con la bendición del rey Viserys, Rhaenyra anunció el compromiso de sus dos hijos mayores con las hijas del príncipe Daemon y lady Laena. Jacaerys tenía cuatro años, y Lucerys, tres; las gemelas, dos. En el 119 d.C., cuando Laena descubrió que volvía a estar grávida, Rhaenyra voló a Marcaderiva para atenderla durante el alumbramiento.

Así fue como la princesa se encontraba al lado de su cuñada en el tercer día de aquel aciago año 120 d.C., el Año de la Primavera Roja. Un día y una noche de parto dejaron a Laena Velaryon pálida y débil, aunque al fin dio a luz al hijo que el príncipe Daemon llevaba tanto tiempo deseando; pero era un niño contrahecho y deforme, y acabó por morir al cabo de una hora. Tampoco su madre lo sobrevivió mucho: el espantoso parto la había privado de todas sus fuerzas, y el duelo la debilitó más si cabe, por lo que quedó inerme, a merced de la fiebre del parto. A medida que su estado empeoraba, pese a los grandes esfuerzos del joven maestre de Marcaderiva, el príncipe Daemon voló a Rocadragón para regresar con el maestre de la princesa Rhaenyra, un hombre mayor y más experimentado, célebre por sus habilidades sanadoras. Por desgracia, el maestre Gerardys llegó tarde. Tras tres días de delirios, lady Laena abandonó su cuerpo mortal. No contaba sino veintisiete años. Durante sus últimos momentos, se dice, se levantó del lecho, apartó a las septas que rezaban a su alrededor y salió de la alcoba con intención de llegar a Vhagar para volar por vez última. Sin embargo, le fallaron las fuerzas en los escalones de la torre, y allí se desplomó y murió. Su marido, el príncipe Daemon, volvió a llevarla a la cama. Después, nos dice Champiñón, la princesa guardó vigilia con él ante el cadáver de lady Laena y lo reconfortó en su duelo.

La muerte de lady Laena fue la primera tragedia del 120 d.C., aunque no la última, ya que sería un año en que muchas de las tensiones y envidias acumuladas que se habían enseñoreado de los Siete Reinos alcanzaron al fin el punto de ebullición; un año en que muchos tendrían motivos para sollozar, penar y rasgarse las vestiduras; si bien nadie en mayor medida que lord Corlys Velaryon, la Serpiente Marina, y su noble esposa, la princesa Rhaenys, la mujer que pudo reinar.

El Señor de las Mareas y su esposa lloraban aún a su bienamada hija cuando el Desconocido regresó para llevarse a su hijo: ser Laenor Velaryon, marido de la princesa Rhaenyra y padre putativo de sus hijos, murió apuñalado mientras asistía a una feria en Puertoespecia, a mano de su amigo y compañero ser Qarl Correy. Ambos hombres habían discutido a grandes voces antes de que saliesen a relucir los puñales, dijeron los feriantes a lord Velaryon cuando acudió a recoger el cadáver de su hijo. Correy había huido para entonces, tras herir a varios hombres que habían intentado prenderlo. Algunos decían que lo aguardaba un barco en la costa. Jamás volvió a ser visto.

Las circunstancias del homicidio continúan siendo un misterio. El gran maestre Mellos escribe tan solo que ser Laenor murió a manos de uno de los caballeros de su casa en el curso de una riña. El septón Eustace nos proporciona el nombre del matador y declara que los celos fueron su móvil, ya que Laenor Velaryon se había hartado de la compañía de ser Qarl y se había enamorado de un apuesto escudero de dieciséis años. Champiñón, como siempre, se pone a favor de la teoría más siniestra y da a entender que el príncipe Daemon pagó a Qarl Correy para deshacerse del marido de la princesa Rhaenyra, organizó un barco que lo transportase, y luego le rebanó el gaznate y lo arrojó al mar. Correy, caballero de la casa, de cuna relativamente modesta, era célebre por tener gustos de noble y bolsa de campesino, y además era muy dado a las apuestas extravagantes, lo cual otorga cierto crédito a la versión de los hechos del bufón. Sin embargo, no hubo ni un ápice de pruebas, ni entonces ni hoy, pese a que la Serpiente Marina ofreció una recompensa de diez mil dragones de oro a cualquiera que pudiera conducirlo hasta ser Qarl Correy o entregar al asesino para la venganza de un padre.

Ni siquiera esto puso fin a las tragedias que marcarían aquel malhadado año. La siguiente aconteció en Marea Alta tras el funeral de ser Laenor, cuando el monarca y la corte viajaron a Marcaderiva a contemplar su pira funeraria, muchos a lomos de sus dragones. (Hubo tantos dragones presentes, que el septón Eustace escribió que Marcaderiva se había convertido en la nueva Valyria.)

La crueldad de los niños es de todos sabida. El príncipe Aegon Targaryen tenía trece años; la princesa Helaena, once; el príncipe Aemond, diez, y el príncipe Daeron, seis. Tanto Aegon como Helaena eran jinetes de dragón. Por entonces, Helaena volaba con Fuegoensueño, la hembra que en tiempos había transportado a Rhaena, la Novia de Negro de Maegor el Cruel, mientras que se dice que el joven Fuegosolar de su hermano Aegon era el dragón más bello jamás visto sobre la faz de la tierra. Hasta el príncipe Daeron tenía un dragón, una preciosa hembra azul llamada Tessarion, aunque aún no había montado a su lomo. Tan solo el hijo mediano, el príncipe Aemond, carecía de dragón, pero su alteza tenía la esperanza de ponerle remedio y propuso que la corte se quedase un tiempo en Rocadragón tras las exequias. Bajo Montedragón había una plétora de huevos, y varias crías también; el príncipe Aemond podría elegir, «si el mozo tiene bastante osadía».

Aun a sus diez años, Aemond Targaryen no andaba corto de audacia. La mofa del rey lo picó, de modo que decidió no aguardar a llegar a Rocadragón. ¿Para qué quería una pobre cría o un dichoso huevo? Allí mismo, en Marea Alta, había una dragona digna de él: Vhagar, la más anciana, la más grande, la más terrible del mundo.

Por más que se sea de linaje Targaryen, aproximarse a un dragón siempre entraña sus peligros, sobre todo tratándose de un dragón viejo y de mal talante que acaba de perder a su jinete. Sus padres jamás le permitirían ni arrimarse a Vhagar, eso bien lo sabía, y mucho menos tratar de montarla, así que procuró que no se enteraran; se levantó al alba mientras aún dormían y salió a hurtadillas al patio, donde Vhagar y los demás dragones comían y estaban estabulados. El príncipe confiaba en montarla en secreto, pero según se le acercaba resonó una voz de niño: «¡Aléjate de ella!».

La voz pertenecía al menor de sus sobrinos, Joffrey Velaryon, de tres años. Siempre madrugador, Joff se había escapado de la cama para ver a Tyraxes, su joven dragón. Temiendo que el pequeño diese la alarma, el príncipe Aemon le gritó que se callara y lo empujó contra una pila de bosta de dragón. Cuando Joff se puso a berrear, Aemond corrió hacia Vhagar y se subió a su lomo. Más tarde diría que tenía tanto miedo de que lo pillaran que se le olvidó que podía morir abrasado y devorado.

Llamadlo audacia, llamadlo necedad, llamadlo suerte, la voluntad de los dioses o el capricho de los dragones. ¿Quién aspira a saber qué pasa por la mente de tales bestias? Lo que sabemos es que Vhagar rugió, se puso en pie, se sacudió violentamente..., se liberó de sus cadenas y voló. Y el joven príncipe Aemond Targaryen se convirtió en jinete de dragón al trazar dos círculos sobre las torres de marea Alta.

Pero al tocar tierra, los hijos de Rhaenyra lo aguardaban.

Joffrey había corrido a buscar a sus hermanos cuando Aemond emprendió el vuelo, y tanto Jace como Luke habían acudido a su llamada. Los principitos Velaryon eran menores que Aemond (Jace tenía seis años; Luke, cinco, y Joff, solo tres), pero eran tres e iban armados con espadas de madera del patio de entrenamiento. Cayeron sobre él con furia. Aemond se revolvió y rompió la nariz a Luke de un puñetazo, luego arrebató a Joff la espada de las manos y la partió contra la nuca de Jace, lo cual lo dejó de rodillas. Cuando los más pequeños huyeron, ensangrentados y maltrechos, el príncipe se empezó a mofar de ellos, a reírse y a decirles que se volvieran corriendo a Harrenhal. Jace, al menos, ya tenía edad para entender el alcance del insulto y arremetió contra Aemond de nuevo, pero este la emprendió a golpes encarnizados con él..., hasta que Luke acudió al rescate de su hermano, sacó el puñal y asestó a Aemond un tajo en el rostro que se le llevó el ojo derecho. Cuando llegaron los palafreneros para separar a los combatientes, el príncipe estaba revolcándose por el suelo, aullando de dolor, y Vhagar rugía asimismo.

Después, el rey Viserys trató de imponer la paz y exigió a todos los pequeños que se disculpasen ante sus rivales, si bien tales cortesías no lograron apaciguar a las madres vengativas. La reina Alicent exigió que se vaciara un ojo a Lucerys Velaryon por el que le había costado a Aemond. La princesa Rhaenyra no se negó en re-

dondo, pero se empeñó en que se interrogase al príncipe Aemond «a conciencia» hasta que revelase dónde había oído que sus hijos tuvieran algo que ver con Harrenhal, la sede de los Strong, ya que aquella chanza equivalía a llamarlos bastardos, privados de cualquier derecho sucesorio, y a acusarla a ella de alta traición. Cuando el soberano lo presionó, el príncipe Aemond dijo que había sido su hermano Aegon quien le había dicho que eran hijos de Strong, a lo que Aegon no dijo sino: «Todo el mundo lo sabe. No hay más que verlos».

El rey Viserys acabó poniendo fin al interrogatorio al declarar que no quería saber nada más del asunto. No se sacaría ojo alguno, decretó..., pero si alguien, «ya sea hombre, mujer o niño; noble, plebeyo o miembro de la realeza» volvía a befarse de sus nietos insinuando algún parentesco con Strong, le arrancaría la lengua con unas tenazas al rojo vivo. Exigió asimismo a su esposa y a su hija que se besaran e intercambiaran votos de amor y afecto, pero sus falsas sonrisas y sus vacuas palabras no engañaron más que al monarca. En cuanto a los zagales, el príncipe Aemond dijo más adelante que aquel día había perdido un ojo pero había ganado un dragón, y lo consideraba un cambio justo.

A fin de prevenir conflictos ulteriores, y para poner fin a tan «viles rumores y vulgares calumnias», el rey Viserys decretó asimismo que la reina Alicent y sus hijos regresarían con él a la corte, mientras que la princesa Rhaenyra se quedaría confinada en Rocadragón con sus hijos. Desde entonces, ser Erryk Cargyll, de la Guardia Real, la serviría como escudo juramentado, mientras que Quebrantahuesos regresaría a Harrenhal.

Tales fallos a nadie pluguieron, nos relata el septón Eustace. Champiñón pone reparos: un hombre al menos quedó encantado con dichos decretos, ya que Rocadragón y Marcaderiva quedaban bien cercanos, y tal proximidad concedería a Daemon Targaryen muchas oportunidades de consolar a su sobrina, la princesa Rhaenyra, a espaldas del rey.

Aunque Viserys, el primero de su nombre, reinaría nueve años más, ya se habían sembrado las sangrientas semillas de la Danza de los Dragones, y el 120 d.C. fue el año en que empezaron a germinar. Los siguientes en perecer fueron los Strong mayores. Lyonel Strong, señor de Harrenhal y Mano del Rey, acompañó a su hijo y heredero, ser Harwin, en su regreso al gran castillo, casi en ruinas, de la orilla del lago. Poco después de su llegada, un incendio se declaró en la torre donde dormían, y murieron tanto el padre como el hijo, junto con tres miembros de su séquito y una decena de sirvientes.

La causa del fuego jamás se aclaró. Hubo quienes lo achacaron a la simple mala suerte, mientras que otros musitaban que la sede de Harren el Negro estaba maldita y no acarreaba sino la perdición a todo el que la poseyera. Muchos sospechaban que el incendio había sido provocado. Champiñón insinúa que fue cosa de la Serpiente Marina, como venganza contra el hombre que había puesto los cuernos a su hijo. En su versión, más verosímil, el septón Eustace sospecha del príncipe Daemon, que así se quitaba de encima a un rival por el afecto de la princesa Rhaenyra. Otro aventuró la idea de que Larys el Patizambo pudo ser el responsable. Puesto que su padre y su hermano mayor habían muerto, Larys Strong se convirtió en el señor de Harrenhal. La posibilidad más perturbadora la propuso nada menos que el gran maestre Mellos, que rumiaba que el mismísimo soberano pudo dar la orden. Si Viserys había acabado por dar crédito a los rumores sobre la paternidad de los hijos de Rhaenyra, muy bien podría haber deseado deshacerse del causante de la deshonra de su hija por temor a que, de algún modo, revelase la bastardía de sus hijos. De ser así, la muerte de Lyonel Strong habría sido un accidente desafortunado, ya que no se había previsto su decisión de acompañar a su hijo en el regreso a Harrenhal.

Viserys había llegado a depender grandemente de la fortaleza y los consejos de lord Strong, su Mano del Rey. Su alteza había alcanzado la edad de cuarenta y tres años y estaba bastante grueso. Ya no tenía el vigor de su juventud, y lo afligían la gota, los dolores articulares y de espalda, y una presión en el pecho que iba y venía y, con frecuencia, lo dejaba congestionado y con grandes dificultades para respirar. La gobernación del reino era una tarea abrumadora; tenía necesidad de una Mano fuerte y capaz para descargar en sus hombros parte de sus deberes. Brevemente, consideró llamar a la princesa Rhaenyra. ¿Quién mejor para gobernar con él que la hija que deseaba que lo sucediera en el Trono de Hierro? Pero eso habría significado volver a trasladar a la princesa y a sus hijos a Desembarco del Rey, donde habrían sido inevitables más conflictos con la reina y su estirpe. También tuvo en cuenta a su hermano, hasta que recordó los períodos anteriores del príncipe Daemon en el consejo privado. El gran maestre Mellos sugirió nombrar a un hombre más joven y propuso a varios, pero su alteza prefirió contar con un conocido y convocó a la corte a ser Otto Hightower, el padre de la reina, que había ocupado el cargo anteriormente, tanto con Viserys como con el Viejo Rey.

Apenas había llegado ser Otto a la Fortaleza Roja para recibir la investidura de Mano, cuando llegó a la corte la noticia de que la princesa Rhaenyra había vuelto a casarse, tomando por esposo a su tío Daemon Targaryen. La princesa tenía veintitrés años; el príncipe Daemon, treinta y nueve.

El rey, la corte y el común se indignaron ante las nuevas. La esposa de Daemon y el marido de Rhaenyra no llevaban muertos ni medio año. Casarse tan pronto era un insulto a su memoria, según declaró su alteza, iracundo. El matrimonio se había celebrado en Rocadragón, repentina y secretamente. El septón Eustace afirma que Rhaenyra sabía que su padre jamás aprobaría los esponsales, de modo que se casó apresuradamente, a fin de que no pudiese evitarlo. Champiñón nos propone un motivo diferente: la princesa estaba grávida de nuevo y no deseaba dar a luz a un bastardo.

Así, aquel aciago año 120 d.C. acabó tal como había empezado, con una mujer pariendo un niño. La gestación de la princesa Rhaenyra tuvo un resultado más feliz que la de lady Laena. Cuando el año tocaba a su fin trajo al mundo un pequeño aunque robusto varón, un príncipe pálido de ojos violeta oscuro y pelo claro con vetas plateadas, al que llamó Aegon. El príncipe Daemon tenía al menos un hijo vivo de su propia sangre, y este nuevo príncipe, a diferencia de sus tres hermanos maternos, era un verdadero Targaryen.

Sin embargo, en Desembarco del Rey, la reina Alicent se enojó sumamente al saber que habían llamado Aegon al retoño, ya que se lo tomó como un menosprecio para con su propio hijo Aegon, y según *El testimonio de Champiñón*, justamente eso fue.*

Sin duda alguna, el 122 d.C. habría sido un año gozoso para la casa Targaryen. La princesa Rhaenyra regresó al lecho paritorio y dio a su tío Daemon un segundo hijo, llamado Viserys en honor de su abuelo. Era más pequeño y menos robusto que su hermano Aegon y sus hermanos Velaryon, pero demostró ser de lo más precoz; si bien sucedió el infortunio de que el huevo de dragón depositado en su cuna no llegó a eclosionar. Los verdes lo consideraron un signo de mal agüero, y no eran tímidos a la hora de expresarlo.

Aquel mismo año, más adelante, en Desembarco del Rey se celebró también una boda. Siguiendo la tradición ancestral de la casa Targaryen, el rey Viserys casó a su hijo Aegon el Menor con su hermana Helaena. El novio tenía quince años de edad; si bien haragán y algo mohíno, según nos dice el septón Eustace, poseía un apetito más que saludable. En la mesa era un glotón dado a libar cerveza y vino fuerte, y a magrear a cualquier criada que se pusiese a su alcance. La novia, su hermana, no tenía más que trece años. Aunque más regordeta y menos vistosa que la mayoría de

---

* En adelante, a fin de evitar confusiones entre ambos príncipes, nos referiremos al hijo de la reina Alicent como Aegon el Mayor, y al hijo de la princesa Rhaenyra, como Aegon el Menor.

los Targaryen, Helaena era una doncella agradable y feliz, y todos coincidían en que sería una buena madre.

Así fue, y enseguida. Apenas un año después, en el 123 d. C., la princesa de catorce años dio a luz a unos mellizos: un niño a quien llamó Jaehaerys y una niña a quien llamó Jaehaera. El príncipe Aegon tenía herederos propios, proclamaron eufóricos los verdes en la corte. Se situó un huevo de dragón en la cuna de cada infante, y pronto llegaron dos crías. Pero no todo marchó bien con los mellizos recién nacidos. Jaehaera era pequeña y crecía lentamente. No lloraba, no sonreía, no hacía nada de lo que debía hacer un bebé. Su hermano, si bien más grande y fuerte, tampoco era tan perfecto como se esperaba de un principito Targaryen; además, tenía seis dedos en la mano izquierda y en ambos pies.

Una esposa e hijos poco hicieron por refrenar los apetitos carnales del príncipe Aegon el Mayor. Si debemos creer a Champiñón, engendró dos bastardos el mismo año: un niño, de una joven cuya virginidad había comprado en una subasta en la calle de la Seda, y una niña, de una doncella de su madre. En el 127 d. C., la princesa Helaena dio a luz a su segundo hijo, que recibió un huevo de dragón y el nombre de Maelor.

Los otros hijos de la reina Alicent también habían crecido. El príncipe Aemond, pese a la pérdida del ojo, se había convertido en un diestro y temible espadachín bajo la tutela de ser Criston Cole, si bien continuó siendo un niño malcriado y caprichoso, de mal temperamento e implacable. Su hermano menor, el príncipe Daeron, era el más querido de los hijos de la reina, tan avispado como cortés, y guapísimo por añadidura. Cuando cumplió los doce años, en el 126 d. C., enviaron a Daeron a Antigua a servir como copero y escudero de lord Hightower.

Aquel mismo año, al otro lado de la bahía del Aguasnegras, la Serpiente Marina contrajo unas fiebres repentinas. Cuando se encamó, rodeado de sus maestres, surgió la cuestión de quién debía sucederlo como Señor de las Mareas y amo de Marcaderiva si el mal se lo llevaba. Puesto que sus dos hijos legítimos habían muerto, sus tierras y títulos debían pasar por ley a Jacaerys, su nieto mayor; pero, dado que seguramente ascendería al Trono de Hierro tras su madre, la princesa Rhaenyra propuso a su suegro que nombrase a Lucerys, su segundo hijo. No obstante, lord Corlys también tenía media docena de sobrinos, y el mayor de ellos, ser Vaemond Velaryon, protestó por que los derechos de herencia se lo saltasen, alegando que los hijos de Rhaenyra eran bastardos engendrados por Harwin Strong. La princesa no se demoró en responder a tal acusación: despachó al príncipe Daemon para prender a ser Vaemond, cortarle la cabeza y entregar su cadáver a Syrax para que lo devorase.

Sin embargo, ni esto puso fin al asunto. Los primos menores de ser Vaemond se desplazaron de inmediato a Desembarco del Rey, con la mujer y los hijos del difunto, para reclamar justicia y reivindicar sus aspiraciones ante los reyes. Viserys estaba sumamente gordo y congestionado, y apenas le quedaban ya fuerzas para subir por los peldaños del Trono de Hierro. Tras escucharlos en absoluto silencio, ordenó que les arrancasen la lengua a todos. «Os lo advertí —declaró mientras se los llevaban a rastras—. No quiero volver a oír esos embustes.»

Pero al descender, su alteza dio un traspié y, al tratar de enderezarse, se rebanó la mano izquierda hasta el hueso con una hoja de espada que sobresalía del trono. Aunque el gran maestre Mellos lavó el corte con vino hervido y vendó la mano con tiras de lino empapadas en ungüentos sanatorios, la fiebre atacó pronto y muchos temieron por la vida del monarca. Tan solo la llegada de la princesa Rhaenyra de Rocadragón cambió las tornas, ya que iba acompañada de su propio sanador, el maestre Gerardys, que actuó velozmente y amputó dos dedos a su alteza para salvarle la vida.

Aunque muy debilitado por el trance, el rey Viserys retomó pronto la gobernación. Para celebrar su restablecimiento se organizó un banquete el primer día del 127 d.C. Tanto la princesa como la reina recibieron la orden de asistir, con todos sus hijos.

Como muestra de amistad, cada mujer vistió el color de la otra y se hicieron muchísimas declaraciones de amor, lo cual causó gran placer al rey. El príncipe Daemon alzó la copa por ser Otto Hightower y le dio las gracias por su leal servicio como Mano. Ser Otto, a su vez, alabó la valentía del príncipe, mientras que los hijos de Alicent y los de Rhaenyra se saludaron con besos y compartieron mesa. O eso registraron las crónicas cortesanas.

Pero esa misma velada, ya tarde, tras retirarse el rey Viserys, pues aún se fatigaba fácilmente, Champiñón nos narra que Aemond el Tuerto se puso en pie para brindar por sus sobrinos Velaryon y habló con admiración satírica de su pelo castaño, sus ojos marrones... y su estirpe. «Jamás he visto a nadie más linajudo que mis dulces sobrinos —concluyó—. Conque bebamos por estos tres mozos de tan pura sangre.» Más tarde aún, informa el bufón, Aegon el Mayor se ofendió cuando Jacaerys pidió un baile a Helaena, su esposa. Se intercambiaron palabras iracundas, y ambos príncipes habrían llegado a las manos de no ser por la intervención de la Guardia Real. Si se informó al rey Viserys de tales incidentes, lo ignoramos, pero la princesa Rhaenyra y sus hijos regresaron a su sede de Rocadragón a la mañana siguiente.

Tras la pérdida de los dedos, Viserys I jamás volvió a sentarse en el Trono de Hierro. Desde entonces rehuyó el salón del trono y prefirió celebrar audiencia en sus aposentos, y más tarde en su cámara, rodeado de maestres, septones y su fiel bufón Champiñón, el único hombre que aún podía hacerlo reír (a decir de Champiñón).

La muerte visitó la corte de nuevo poco después, cuando el gran maestre Mellos se desplomó una noche mientras subía la escalera de caracol. La suya siempre había sido una voz moderadora en el consejo, siempre impetrando calma y acuerdos cada vez que aparecían disensiones entre negros y verdes. Sin embargo, para desesperación del rey, el fallecimiento del hombre a quien denominaba «mi fiel amigo» tan solo sirvió para provocar una nueva disputa entre ambas facciones.

La princesa Rhaenyra deseaba que el maestre Gerardys, que llevaba mucho tiempo sirviéndola en Rocadragón, ascendiese para sustituir a Mellos. Tan solo sus mañas sanadoras habían podido salvar la vida del monarca cuando se cortó la mano con el trono, argüía. La reina Alicent, sin embargo, insistía en que la princesa y su maestre habían mutilado a su alteza innecesariamente; de no haberse «entrometido», según declaró, el gran maestre Mellos seguramente habría salvado los dedos del soberano, así como su vida. Exigió el nombramiento de un tal maestre Alfador, a la sazón al servicio de Torrealta. Viserys, asediado por ambas partes, no escogió a ninguno de los dos; recordó tanto a la princesa como a la reina que no tenían voz ni voto, pues la Ciudadela de Antigua, no la Corona, elegía al gran maestre. A su debido tiempo, el Cónclave otorgó la cadena al archimaestre Orwyle, uno de los suyos.

El rey Viserys pareció recuperar parte de su antiguo vigor cuando llegó a la corte el nuevo gran maestre. El septón Eustace nos cuenta que fue el resultado de la oración, pero la mayoría creía que las pócimas y tinturas de Orwyle eran más eficaces que las sanguijuelas preferidas por Mellos. Sin embargo, tal recuperación resultó ser breve, y la gota, los dolores de pecho y la falta de aliento continuaron atribulando al soberano. En los años finales de su reinado, a medida que le fallaba la salud, fue encomendando más la gobernanza del reino a su Mano y al consejo privado. Tal vez deberíamos fijarnos en los miembros de aquel consejo al alba de los grandes acontecimientos de 129 d.C., ya que desempeñarían un papel crucial en todo cuanto se siguió.

La Mano del Rey seguía siendo ser Otto Hightower, padre de la reina y tío del señor de Antigua. El gran maestre Orwyle era el miembro más reciente del consejo, y se creía que no estaba a favor de los negros ni de los verdes. El lord comandante de la Guardia Real continuaba siendo ser Criston Cole. Sin embargo, Rhaenyra y él tenían enconadas rencillas. El avejentado lord Lyman Beesbury era el consejero de la moneda, cargo que había ocupado casi ininterrumpidamente desde los tiempos del Viejo Rey. Los consejeros más jóvenes eran el lord almirante y consejero naval, ser Tyland Lannister, hermano del señor de Roca Casterly, y el lord confesor y consejero de los rumores, Larys Strong, señor de Harrenhal. Lord Jasper Wylde, consejero de los edictos, conocido por el populacho como Vara de Hierro, completaba el grupo. (La actitud inflexible en cuestiones jurídicas le valió tal apodo, nos dice el septón Eustace, pero Champiñón declara que se debía a la dureza de su miembro, ya que había engendrado veintinueve hijos con cuatro esposas antes de que la última muriese de agotamiento.)

Cuando los Siete Reinos recibían el año 129 después de la Conquista de Aegon con hogueras, festines y bacanales, el rey Viserys I Targaryen estaba cada vez más débil. Sus dolores torácicos se habían tornado tan graves que ya ni podía subir escaleras y debía desplazarse en silla de manos por la Fortaleza Roja. Por la segunda luna del año, su alteza ya había perdido todo el apetito y gobernaba el reino desde el lecho..., cuando se encontraba bastante fuerte para gobernar. La mayoría de los días prefería encomendar todos los asuntos de estado a su Mano, ser Otto Hightower. Entretanto, en Rocadragón, la princesa Rhaenyra estaba encinta de nuevo y se encamó asimismo.

El tercer día de la tercera luna de 129 d. C., la princesa Helaena llevó a sus tres hijos a visitar al rey en su cámara. Los mellizos Jaehaerys y Jaehaera tenían seis años; su hermano Maelor, tan solo dos. Su alteza entregó al bebé una sortija con una perla de su propio dedo para jugar, y relató a los mellizos cómo su tatarabuelo y tocayo de Jaehaerys había volado con su dragón al norte del Muro para derrotar a una inmensa horda de salvajes, gigantes y cambiapieles. Aunque los niños ya habían oído la historia una decena de veces, escucharon atentamente. Después, el rey les mandó salir tras alegar que sentía ansiedad y una presión en el pecho. Entonces, Viserys de la casa Targaryen, el primero de su

nombre, rey de los ándalos, los rhoynar y los primeros hombres, señor de los Siete Reinos y Protector del Reino, cerró los ojos y se durmió.

Jamás despertó. Tenía cincuenta y dos años de edad y había reinado sobre la mayor parte de Poniente durante veintiséis.

Entonces estalló la tormenta y danzaron los dragones.

La muerte de los dragones

Los negros y los verdes

La Danza de los Dragones es el florido nombre que se otorgó a la encarnizada lucha intestina por el Trono de Hierro de Poniente librada entre dos ramas rivales de la casa Targaryen entre los años 129 y 131 d. C. Que se definieran los sombríos, turbulentos y sangrientos sucesos de este período como «danza» nos deja perplejos por la grotesca inexactitud. Sin duda, la frase tuvo su origen en algún trovador. «La muerte de los dragones» sería un nombre mucho más ajustado a la realidad, pero la tradición, el tiempo y el gran maestre Munkun legaron para los anales históricos este uso más poético, de modo que deberemos danzar a su son.

Había dos candidatos principales al Trono de Hierro a la muerte del rey Viserys Targaryen, el primero de su nombre: su hija Rhaenyra, única descendiente viva de su primer matrimonio, y Aegon, su hijo mayor, tenido con su segunda esposa. En medio del caos y la carnicería suscitados por su rivalidad, otros aspirantes reivindicarían sus derechos asimismo; se pavonearían como titiriteros en el escenario durante una quincena o un giro de luna y después caerían tan rápidamente como habían ascendido.

La Danza partió por la mitad los Siete Reinos, ya que señores, caballeros y plebeyos se significaron por uno u otro bando y alzaron las armas entre ellos. Incluso la casa Targaryen acabó dividiéndose cuando las amistades, los parientes y los hijos de uno y otro aspirante se enfangaron en la lucha. Los dos años de hostilidades resultaron gravosos por demás para los grandes nobles de Poniente, así como para sus banderizos, caballeros y vasallos. Aunque la dinastía pervivió, al final de los combates, el poder de los Targaryen se vio grandemente menguado y se redujo considerablemente la cifra de los últimos dragones del mundo.

La Danza fue un conflicto sin precedente alguno en la larga historia de los Siete Reinos. Aunque marcharon ejércitos y se entablaron lides en cruentas batallas, gran parte de la masacre tuvo lugar en las aguas y, sobre todo, en el aire, ya que dragones combatieron a dragones con garras, colmillos y llamas. Fue una guerra caracterizada por el sigilo, el asesinato y también la traición, una conflagración librada entre las sombras, en escaleras, cámaras del consejo y patios de armas, con puñales, mentiras y venenos.

La contienda, latente desde hacía mucho tiempo, se convirtió en guerra declarada el tercer día de la tercera luna del 129 d.C., cuando el debilitado y encamado rey Viserys Targaryen, el primero de su nombre, cerró los ojos para echar una siesta en la Fortaleza Roja de Desembarco del Rey y no despertó. Descubrió el cadáver un sirviente a la hora del murciélago, cuando el rey acostumbraba tomar una copa de hidromiel. El criado corrió a informar a la reina Alicent, cuyos aposentos se encontraban tan solo una planta por debajo de los del monarca.

El septón Eustace, al plasmar por escrito tales sucesos, ya años después, señala que el sirviente comunicó la infausta noticia directamente a la soberana y solo a ella, sin suscitar la alarma general. Eustace no cree que esto fuera del todo casual; el fallecimiento del rey estaba previsto desde hacía un tiempo, arguye, y la reina Alicent y su partido, los llamados verdes, se habían cuidado mucho de dar instrucciones a todos los guardias y criados de Viserys para que supieran qué hacer llegado el día.

(El enano Champiñón plantea una situación más siniestra, según la cual la reina Alicent aceleró la partida de Viserys con una pizca de veneno en el hidromiel. Debe señalarse que Champiñón no se encontraba en Desembarco del Rey la noche de la muerte del monarca, sino en Rocadragón, al servicio de la princesa Rhaenyra.)

La reina Alicent acudió de inmediato a la cámara regia acompañada por ser Criston Cole, lord comandante de la Guardia Real. En cuanto confirmaron el fallecimiento de Viserys, su alteza ordenó que se sellara su alcoba y se apostaran guardias a las puertas. El servidor que había hallado el cuerpo del rey quedó bajo custodia para evitar que difundiera la especie. Ser Criston regresó a la Torre de la Espada Blanca y envió a sus hermanos de la Guardia Real a convocar a los miembros del consejo privado del rey. Corría la hora del búho.

Entonces, como hoy, la hermandad juramentada de la Guardia Real constaba de siete caballeros, hombres de probada lealtad e indudables proezas que habían jurado solemnemente consagrar su vida a defender la persona y la estirpe del monarca. Tan solo cinco capas blancas estaban en Desembarco del Rey en el momento del deceso de Viserys: el propio ser Criston, ser Arryk Cargyll, ser Rickard Thorne, ser Steffon Darklyn y ser Willis Fell. Ser Erryk Cargyll (gemelo de ser Arryk) y ser Lorent Marbrand, que estaban con la princesa Rhaenyra en Rocadragón, quedaron ajenos y sin implicación alguna, mientras sus hermanos de armas se adentraban en la noche a fin de levantar del lecho a los miembros del consejo privado.

El consejo se reunió en los aposentos de la soberana, en el interior del Torreón de Maegor. Nos han llegado multitud de relaciones de cuanto se dijo e hizo aquella noche. Con mucho, la más detallada y autorizada de ellas es *La Danza de los Dragones: Relato verídico*, del gran maestre Munkun. Aunque la exhaustiva historia de Munkun no se redactó hasta una generación más tarde y se nutría de material de diversa índole, incluidas crónicas de maestres, memorias, registros de mayordomos y entrevistas con ciento cuarenta y siete testigos supervivientes de los importantes acontecimientos de aquellos tiempos, su descripción del funcionamiento interno de la corte se basa en las confesiones del gran maestre Orwyle, realizadas antes de su ejecución. A diferencia de Champiñón y del septón Eustace, cuyas versiones se derivan de rumores, hablillas y leyendas familiares, el gran maestre sí estuvo presente en la reunión y participó en las deliberaciones y decisiones del consejo, si bien debe reconocerse que, en la época en que escribió, Orwyle anhelaba dar una buena imagen y absolverse de toda culpa de cuanto iba a acontecer. El *Relato verídico* de Munkun, por tanto, retrata a su predecesor a una luz quizá demasiado favorable.

Congregados en las cámaras de la soberana mientras el cuerpo de su señor esposo se enfriaba en el piso superior, se encontraban la reina Alicent; su padre, ser Otto Hightower, Mano del Rey; ser Criston Cole, lord comandante de la Guardia Real; el gran maestre Orwyle; lord Lyman Beesbury, consejero de la moneda, un hombre de ochenta años; ser Tyland Lannister, consejero naval, hermano del señor de Roca Casterly; Larys Strong, apodado Larys el Patizambo, señor de Harrenhal, consejero de los rumores, y lord Jasper Wylde, motejado Vara de Hierro, consejero de los edictos. El gran maestre Munkun denomina esta asamblea «el consejo verde» en su *Relato verídico*.

El gran maestre Orwyle inauguró la reunión con un repaso de las tareas y los procedimientos acostumbrados y requeridos tras el fallecimiento de un monarca:

—Se convocará al septón Eustace para que administre el viático y ore por el alma del rey. Un cuervo debe partir hacia Rocadragón inmediatamente, a fin de informar a la princesa Rhaenyra del deceso de su padre. Tal vez su alteza la reina desearía redactar el mensaje, con el ánimo de suavizar tan triste noticia mediante unas palabras de condolencia. Las campanas siempre doblan para anunciar la muerte de un monarca, de modo que debería organizarse, y claro está, debemos emprender los preparativos para la coronación de la reina Rhaenyra...

—Todo eso debe esperar —interrumpió ser Otto Hightower— hasta que se zanje la cuestión sucesoria.

Dado su cargo de Mano del Rey, contaba con el privilegio de hablar en nombre del soberano, incluso de sentarse en el Trono de Hierro en su ausencia. Viserys le había otorgado autoridad para gobernar los Siete Reinos, y «hasta que llegue el momento de coronar a nuestro nuevo rey», tal gobierno había de continuar.

—De coronar a nuestra nueva reina —corrigió alguien.

Según nos narra el gran maestre Munkun, tales palabras las pronunció Orwyle, si bien en voz baja, una leve objeción. Pero Champiñón y el septón Eustace insisten en que fue lord Beesbury quien alzó la voz, y en tono acre.

—Rey —insistió la reina Alicent—. El Trono de Hierro, por derecho, debe heredarlo el hijo legítimo mayor de su alteza.

La discusión que se siguió se prolongó hasta el alba, nos cuenta el gran maestre Munkun. Champiñón y el septón Eustace coinciden. Conforme a sus crónicas, tan solo lord Beesbury habló en pro de la princesa Rhaenyra. El anciano consejero de la moneda, que había servido al rey Viserys durante la mayor parte de su reinado, y antes que a él a su abuelo, el Viejo Rey Jaehaerys, recordó al consejo que Rhaenyra era mayor que sus hermanos; que contaba con más sangre Targaryen; que el difunto monarca la había escogido como sucesora; que, asimismo, el soberano había rehusado en repetidas ocasiones alterar el orden sucesorio pese a los ruegos de la reina Alicent y sus verdes, esos centenares de señores y caballeros terratenientes cendados que habían rendido obediencia a la princesa en el 105 d.C. y que habían prestado solemne juramento de defender sus derechos. (La crónica del gran maestre Orwyle difiere tan solo en que pone muchos de tales argumentos en su propia boca en vez de en la de Beesbury, si bien los sucesos subsiguientes nos indican que no fue así, tal como ya veremos.)

Pero esas palabras cayeron en oídos de pedernal. Ser Tyland señaló que muchos de los señores juramentados para defender la sucesión de la princesa Rhaenyra habían fallecido largo tiempo atrás.

—Han pasado veinticuatro años —dijo—. Yo, por mi parte, no pronuncié tal voto; era un niño por entonces.

Vara de Hierro, el consejero de los edictos, citó el Gran Consejo del 101 y la elección del Viejo Rey en la persona de Baelon en detrimento de Rhaenys en el 92; luego divagó largo y tendido sobre Aegon el Conquistador, sus hermanas y la sacrosanta tradición ándala según la cual los derechos de un hijo legítimo siempre se anteponen a los de una simple hija. Ser Otto les recordó que el esposo de Rhaenyra no era sino el príncipe Daemon.

—Todos conocemos su naturaleza. No os equivoquéis, porque si Rhaenyra se sentase algún día en el Trono de Hierro, sería el señor del Lecho de Pulgas quien nos gobernase, un rey consorte tan cruel e intransigente como Maegor. Mi cabeza sería la primera en caer, no lo dudo, pero la de vuestra reina, mi hija, la seguiría pronto.

—No perdonará la vida a mis hijos tampoco —declaró la reina Alicent, haciéndose eco de sus palabras—. Aegon y sus hermanos son los hijos legítimos del rey y tienen más derecho al trono que su estirpe de bastardos. Daemon buscará algún pretexto para darles muerte a todos, aun a Helaena y a sus pequeños. Un Strong dejó tuerto a Aemond, no lo olvidéis. Era un niño, cierto es, pero del zagal sale el hombre, y los bastardos son monstruosos por naturaleza.

—Si reinase la princesa —les recordó ser Criston Cole—, Jacaerys Velaryon reinaría tras ella. Los Siete asistan al reino si sentamos a un bastardo en el Trono de Hierro. —Se explayó sobre los caprichosos modos de Rhaenyra y la infamia de su marido—. Convertirían la Fortaleza Roja en un lupanar. Ninguna hija de hombre estaría a salvo, ni ninguna esposa de marido. Ni siquiera los niños... Ya conocemos las inclinaciones de Laenor.

No queda constancia alguna de que lord Larys Strong pronunciara una palabra durante el debate, pero eso no era desusado. Aunque de verbo ágil cuando era preciso, el consejero de los rumores atesoraba sus palabras como un avaro acumula sus dineros, y prefería escuchar a hablar.

—Si seguimos adelante —previno el gran maestre Orwyle al consejo, según el *Relato verídico*—, seguramente nos conduzca a la guerra. La princesa no se inhibirá tímidamente, y cuenta con dragones.

—Y amigos —apostilló lord Beesbury—, hombres honorables que no olvidarán los votos pronunciados ante ella y su padre. Soy anciano, pero no tanto como para quedarme impávido mientras los de vuestra ralea os conjuráis para robarle su corona. —Dicho aquello, se incorporó para marcharse.

En cuanto a lo sucedido después, nuestras fuentes difieren.

El gran maestre Orwyle nos narra que prendieron a lord Beesbury a la salida, por orden de ser Otto Hightower, y lo escoltaron a las mazmorras. Tras ser confinado en una celda negra, acabaría por morir de un resfriado mientras aguardaba el juicio.

La crónica del septón Eustace relata algo distinto. Según sus páginas, ser Criston Cole obligó a lord Beesbury a volver a sentarse y le rebanó el gaznate con un puñal. Champiñón también atribuye su muerte a ser Criston, aunque, en su versión, Cole agarró al viejo por el cuello del jubón y lo arrojó por un ventanal, para que muriese atravesado por las picas de hierro del foso seco que había debajo.

Las tres relaciones sí coinciden en un aspecto: la primera sangre vertida en la Danza de los Dragones fue la de lord Lyman Beesbury, consejero de la moneda y lord tesorero de los Siete Reinos.

No se volvió a oír disenso alguno tras la muerte de lord Beesbury. El resto de la noche se invirtió en planear la coronación del nuevo soberano (debía hacerse con premura, en esto todos sí coincidían) y en confeccionar listas de posibles aliados y enemigos en caso de que la princesa Rhaenyra rechazase aceptar la entronización del rey Aegon. Dado que la princesa se encontraba confinada en Rocadragón, a punto de dar a luz, los verdes de la reina Alicent gozaban de cierta ventaja: cuanto más tiempo ignorase Rhaenyra el fallecimiento del rey, más lentamente obraría. «Tal vez la muy puta muera al parir», cuenta Champiñón que dijo la reina Alicent.

Ningún cuervo voló aquella noche. No doblaron las campanas. Los sirvientes que sabían de la defunción del monarca acabaron en los calabozos. Ser Criston Cole recibió la tarea de prender a los «negros» que quedasen en la corte, los señores y caballeros que pudiesen inclinarse en favor de la princesa Rhaenyra.

—No inflijáis violencia alguna, a no ser que se resistan —ordenó ser Otto Hightower—. Los hombres que se prosternen y juren lealtad al rey Aegon no sufrirán el menor daño por nuestra parte.

—¿Y quienes se nieguen? —preguntó el gran maestre Orwyle.

—Son traicioneros —dijo Vara de Hierro—, y como tales deberán morir.

Lord Larys Strong, consejero de los rumores, tomó la palabra entonces por primera y última vez:

—Seamos los primeros en jurar, no vaya a ser que haya traidores entre nos. —Tras desenvainar el puñal, el Patizambo se hizo un corte en la palma de la mano—. Un juramento de sangre para aunarnos a todos, hermanos hasta la muerte.

Y así fue como todos los conspiradores se rajaron la palma y se estrecharon las manos, jurando solemne hermandad. Tan solo la reina Alicent quedó exenta de tal juramento en atención a su condición de fémina.

Ya rayaba el alba sobre la urbe antes de que la reina Alicent despachase a la Guardia Real en busca de sus hijos Aegon y Aemond, para que los llevaran ante el consejo. (El príncipe Daeron, el más joven y considerado de sus hijos, se encontraba en Antigua sirviendo como escudero de lord Hightower.)

El tuerto príncipe Aemond, de diecinueve años, fue hallado en la armería recogiendo un peto y una cota de malla para su instrucción matutina en el patio de armas. «¿Aegon es rey —preguntó a ser Willis Fell—, o debo arrodillarme y lamer el coño a la vieja ramera?» La princesa Helaena estaba desayunando con sus hijos cuando se presentó la Guardia Real; pero cuando le preguntaron por el paradero del príncipe Aegon, su hermano y esposo, dijo tan solo: «No está en mi lecho, de eso podéis estar seguros. Sois muy libres de buscarlo bajo las mantas».

El príncipe Aegon estaba «a sus travesuras», dice Munkun con vaguedad en su *Relato verídico*. *El testimonio de Champiñón* afirma que ser Criston encontró al joven futuro rey azumbrado y en cueros en un tugurio del Lecho de Pulgas, donde dos niños del arroyo con los dientes afilados se mordían y despedazaban mutuamente para su disfrute, mientras una niña de no más de doce años le daba placer con la boca. No obstante, achaquemos tan poco edificante imagen a la naturaleza de Champiñón y demos pábulo en cambio a las palabras del septón Eustace.

Aunque el buen septón reconoce que se halló al príncipe Aegon con una querindonga, insiste en que la joven era la hija de un acomodado mercader, muy apreciado por lo demás. Es más, el príncipe, inicialmente, se negó a participar en el plan de su madre. «Mi hermana es la heredera, no yo —dijo, según la versión de Eustace—. ¿Qué clase de hermano priva de sus derechos a su hermana?» Tan solo cuando ser Criston lo convenció de que la princesa seguramente lo ejecutaría junto a sus hermanos si ciñese la corona, Aegon depuso su actitud. «Mientras perviva un legítimo Targaryen, ningún Strong puede confiar en ocupar el Trono de Hierro —dijo Cole—. Rhaenyra no tiene más remedio que cortaros la cabeza si desea que sus bastardos gobiernen tras ella.» Fue esto y no otra cosa lo que persuadió a Aegon para aceptar la corona que le ofrecía el consejo privado, insiste nuestro buen septón.

Mientras los caballeros de la Guardia Real andaban buscando a los hijos de la reina Alicent, otros mensajeros convocaron al comandante de la Guardia de la Ciudad y a sus capitanes (había siete, cada uno encargado de una puerta) en la Fortaleza Roja. Tras interrogarlos, a cinco se los consideró simpatizantes de la causa de Aegon; a los otros dos, junto con su comandante, se los juzgó indignos de confianza y se vieron cargados de cadenas. Se nombró comandante de los capas doradas a ser Luthor Largent, el más temible de los «cinco leales», al parecer un auténtico toro de más de cinco codos de altura; según ciertos rumores, había matado una vez a un caballo de guerra de un puñetazo. Sin embargo, ser Otto era prudente, por lo que tuvo la precaución de nombrar lugarteniente de Largent a su propio hijo, ser Gwayne Hightower (hermano de la reina), y le dio instrucciones de no quitar ojo a ser Luthor por si daba muestras de deslealtad.

Se nombró a ser Tyland Lannister consejero de la moneda en sustitución del difunto lord Beesbury, y actuó enseguida para hacerse con el tesoro real. El oro de la Corona se dividió en cuatro partes. Una se encomendó al cuidado del Banco de Hierro de Braavos; otra se envió muy bien custodiada a Roca Casterly; una tercera, a Antigua. El resto de las riquezas se invertiría en sobornos y regalos, y también en contratar mercenarios en caso de necesidad. Para reemplazar a ser Tyland como consejero naval, ser Otto recurrió a las Islas del Hierro, por lo que envió un cuervo a Dalton Greyjoy, el Kraken Rojo, el osado y sanguinario Lord Segador de Pyke, que a la sazón contaba dieciséis años, a fin de ofrecerle el almirantazgo y un asiento en el consejo por mor de su lealtad.

Pasó un día, luego otro. No se convocó a septones ni a las Hermanas Silenciosas a la cámara donde yacía el rey Viserys, hinchado y putrescente. No tañeron las campanas. Cuervos sí volaron, aunque no a Rocadragón, sino a Antigua, Roca Casterly, Aguasdulces, Altojardín y a muchos otros señores y caballeros que, según creía la reina Alicent, podían ser simpatizantes de su hijo.

Se desempolvaron y consultaron los anales del Gran Consejo del 101 y se tomó nota de qué señores habían defendido a Viserys y cuáles a Rhaenys, Laena o Laenor. Los señores reunidos habían favorecido al aspirante varón en detrimento de la hembra en proporción de veinte a uno, pero había habido casas disidentes, y era muy probable que brindaran apoyo a la princesa Rhaenyra en caso de conflicto bélico. La princesa contaría con la Serpiente Marina y sus flotas, a juicio de ser Otto, así como con los demás señores de las costas orientales: lord Bar Emmon, lord Massey, lord Celtigar y lord Crabb seguramente, quizá incluso el Lucero de la Tarde. Eran potencias menores, con excepción de los Velaryon. Los norteños suponían una preocupación mayor: Invernalia se había situado en el bando de Rhaenys en Harrenhal, así como los banderizos de lord Stark, Dustin de Fuerte Túmulo y Manderly de Puerto Blanco. Tampoco la casa Arryn era de fiar, ya que el Nido de Águilas se encontraba a la sazón gobernado por una mujer, lady Jeyne, la Doncella del Valle, cuyos derechos podían quedar en entredicho si se marginaba a la princesa Rhaenyra.

El mayor peligro era Bastión de Tormentas, ya que la casa Baratheon siempre había apoyado incondicionalmente las reivindicaciones de la princesa Rhaenys y sus hijos. Aunque el viejo lord Boremund ya había muerto, su hijo Borros era más beligerante si cabe, y los señores de la Tormenta menores seguramente seguirían su criterio. «Entonces debemos procurar que se ponga de parte de nuestro soberano», declaró la reina Alicent, y acto seguido envió a buscar a su segundogénito.

De modo que no fue un cuervo el animal que aquel día levantó el vuelo hacia Bastión de Tormentas, sino Vhagar, la más grande y anciana de los dragones de Poniente. A sus lomos viajaba el príncipe Aemond Targaryen, con un zafiro en el lugar de su ojo vacuo.

—Tu propósito es ganarte la mano de una de las hijas de lord Baratheon —le dijo ser Otto, su abuelo, antes de partir—. Cualquiera de las cuatro servirá. Cortéjala y cásate con ella, y así lord Borros entregará a tu hermano las Tierras de la Tormenta. Si fracasas...

—No fracasaré —fanfarroneó el príncipe Aemond—. Aegon tendrá Bastión de Tormentas y yo tendré a esa moza.

Cuando partió el príncipe Aemond, el hedor de la cámara del difunto rey ya emponzoñaba todo el Torreón de Maegor, y ya se propagaba multitud de hablillas y rumores por toda la corte y el alcázar. Los calabozos de la Fortaleza Roja estaban tan repletos de hombres sospechosos de deslealtad, que hasta el Septón Supremo empezaba a encontrar llamativas tantísimas desapariciones y preguntó por algunos ausentes desde el Septo Estrellado de Antigua. Ser Otto Hightower, el hombre más metódico que jamás hubiese servido como Mano, deseaba más tiempo para los preparativos, pero la reina Alicent sabía que no cabía más retraso. El príncipe Aegon ya estaba harto de secretismo. «¿Soy el rey o no? —preguntó a su madre—. Si lo soy, coronadme ya.»

Las campanas se echaron al vuelo al décimo día de la tercera luna del 129 d.C. anunciando el fin de un reinado. El gran maestre Orwyle recibió al fin la venia para enviar sus cuervos, y las negras aves surcaron el cielo por centenares para propalar la nueva de la ascensión de Aegon por todos los rincones del reino. Se convocó a las Hermanas Silenciosas a fin de que acondicionaran el cadáver para su incineración, y se enviaron jinetes a lomos de caballos claros para difundir la noticia entre las gentes de Desembarco del Rey, al grito de «El rey Viserys ha muerto, ¡viva el rey Aegon!». Al oírlo, escribe Munkun, hubo quien sollozó y quien vitoreó, pero la mayor parte de la plebe se quedó mirando silente, confundida y preocupada, y de cuando en cuando se alzaba una voz que decía: «¡Viva nuestra reina!».

Entretanto se realizaban apresuradamente los preparativos de la coronación. Pozo Dragón fue el lugar escogido. Bajo su colosal cúpula había suficientes gradas de piedra para acomodar a ochenta mil personas, y los gruesos muros, la imponente cubierta y las altísimas puertas de bronce hacían bien defendible el edificio en caso de que los traidores intentaran detener la ceremonia.

El día señalado, ser Criston Cole ciñó con la corona de hierro y rubíes de Aegon el Conquistador las sienes del hijo mayor del rey Viserys y la reina Alicent, y lo proclamó Aegon de la casa Targaryen, el segundo de su nombre, rey de los ándalos, los rhoynar y los primeros hombres, señor de los Siete Reinos y Protector del Reino. Su madre, la soberana Alicent, bienamada del pueblo, colocó su propia corona en la cabeza de su hija Helaena, esposa y hermana de Aegon. Tras besarla en las mejillas, la soberana se hincó de rodillas ante su hija, humilló la cerviz y dijo: «Mi reina».

Cuántos acudieron a contemplar la coronación continúa siendo un asunto controvertido. El gran maestre Munkun, basándose en Orwyle, nos dice que más de cien mil plebeyos se apretujaron en Pozo Dragón, y que sus vítores eran tan atronadores que sacudían los muros, mientras que Champiñón afirma que los asientos pétreos estaban medio llenos. Puesto que el Septón Supremo se encontraba en Antigua por ser demasiado anciano y estar frágil para viajar a Desembarco del Rey, recayó sobre el septón Eustace la unción del rey Aegon con los santos óleos y la misión de bendecirlo con los siete nombres de los dioses.

Quizá algunos miembros de la concurrencia, de vista más aguda que la mayoría, reparasen en que tan solo cuatro capas blancas asistían al nuevo rey, no cinco como hasta entonces. Aegon, el segundo de su nombre, había sufrido las primeras deserciones ya la víspera, cuando ser Steffon Darklyn, de la Guardia Real, se escabulló de la ciudad con su escudero, dos mayordomos y cuatro guardias reales. Al amparo de la oscuridad, salieron a hurtadillas por un portillo, donde los aguardaba un esquife de pescadores

para conducirlos a Rocadragón. Llevaban una corona robada, una banda de oro amarillo ornada con siete gemas de diversos colores. Se trataba de la que había llevado el rey Viserys, y el Viejo Rey Jaehaerys antes que él. Cuando el príncipe Aegon decidió ceñir la corona de hierro y rubíes de su tocayo el Conquistador, la reina Alicent ordenó que se custodiase la corona de Viserys, pero el mayordomo a quien se confió la tarea se fugó con ella.

Tras la coronación, los guardias reales restantes escoltaron a Aegon hasta su montura, una espléndida criatura de brillantes escamas doradas, con las membranas de las alas de color rosa claro. Fuegosolar era el nombre que había recibido este dragón del amanecer dorado. Munkun nos narra que el rey circundó por tres veces la ciudad y luego aterrizó intramuros de la Fortaleza Roja. Ser Arryk Cargyll condujo a su alteza al salón del trono, iluminado por antorchas, donde Aegon II subió los peldaños del Trono de Hierro ante un millar de señores y caballeros. Los gritos retumbaron por toda la estancia.

En Rocadragón no se oyeron vítores; por los salones y las escaleras de la Torre del Dragón Marino resonaban chillidos procedentes de los aposentos de la soberana Rhaenyra Targaryen, quien bregaba y se estremecía en su tercer día de parto. No salía de cuentas hasta el siguiente giro de la luna, pero los acontecimientos de Desembarco del Rey habían infundido en la princesa una furia implacable que, al parecer, había precipitado el nacimiento, como si el fruto de sus entrañas estuviese airado también y bregase por salir. La princesa lanzó imprecaciones durante todo el alumbramiento; trató de atraer las iras de los dioses sobre sus hermanos paternos y su madrastra, la reina, y detalló los tormentos que les infligiría antes de concederles la muerte. Maldijo asimismo al niño que gestaba, nos dice Champiñón; se aferraba el abultado vientre mientras el maestre Gerardys y la comadrona trataban de trabar sus aspavientos, y gritaba: «¡Monstruo, monstruo, sal ya!, ¡sal ya!, pero ¡que salgas ya!».

Cuando al fin llegó al mundo el infante, en efecto, resultó ser un monstruo: una niña que nació muerta, contrahecha y deforme, con una oquedad en el pecho en el lugar que debería ocupar el corazón y una corta y gruesa cola escamosa. O así la describe Champiñón. Dice también el enano que fue él quien transportó a la criatura al patio para cremarla. La niña difunta había recibido el nombre de Visenya, anunció la princesa Rhaenyra al día siguiente, cuando la leche de la amapola le había aliviado lo peor de los dolores. «Era mi única hija y la han matado. Me han robado la corona y han asesinado a mi hija, y es menester que lo paguen.»

Así comenzó la Danza, cuando la princesa convocó un consejo. «El consejo negro» denomina el *Relato verídico* al contubernio de Rocadragón, contrapuestamente al «consejo verde» de Desembarco del Rey. La misma princesa Rhaenyra lo presidió sentada entre su tío y marido, el príncipe Daemon, y su fiel consejero, el maestre Gerardys. Sus tres hijos estaban presentes, si bien ninguno alcanzaba la edad de la hombría (Jace tenía catorce años; Luke, trece, y Joffrey, once). Dos guardias reales los acompañaban de pie: ser Erryk Cargyll, gemelo de ser Arryk, y el ponientí ser Lorent Marbrand.

Treinta caballeros, un centenar de ballesteros y trescientos hombres de armas componían el resto del acuartelamiento de Rocadragón; siempre se había considerado una cifra suficiente para una fortaleza de tal poderío. «Como instrumento de conquista, eso sí, nuestra hueste deja algo que desear», observó amargamente el príncipe Daemon.

Una decena de señores, banderizos y vasallos menores de Rocadragón tomaron también asiento en el consejo negro: Celtigar de Isla Zarpa, Staunton de Reposo del Grajo, Massey de Piedratormenta, Bar Emmon de Punta Aguda y Darklyn del Valle Oscuro, entre muchos otros. Pero el noble más relevante que brindó sus fuerzas a la princesa fue Corlys Velaryon de Marcaderiva, la Serpiente Marina. Aunque ya anciano, le gustaba decir que se aferraba a la vida «como un marinero que se ahoga se aferra al pecio de un navío zozobrado; quizá los Siete me preservaran para esta última liza». Llegó lord Corlys acompañado de su esposa, la princesa Rhaenys, de cincuenta y cinco años, con el rostro magro y arrugado y el cabello negro veteado de blanco, si bien tan fiera y arrojada como a los veintidós. «La mujer que pudo reinar», la llama Champiñón. («¿Qué podía tener Viserys que no tuviera ella? ¿Una salchichita? ¿Es que eso basta para ser rey? Pues que reine Champiñón, entonces; mi salchicha triplica el tamaño de la suya.»)

Quienes tomaron asiento en el consejo negro se consideraban lealistas, pero muy bien sabían que el rey Aegon II los tacharía de traidores. Todos habían recibido ya la orden de comparecer en Desembarco del Rey y presentarse en la Fortaleza Roja a fin de jurar lealtad al nuevo rey; la suma de todas sus huestes no podía igualar ni tan solo el poder de los Hightower. Los verdes de Aegon gozaban también de otras ventajas: Antigua, Desembarco del Rey y Lannisport eran las mayores y más ricas ciudades del reino, y todas ellas estaban en sus manos. Todos los símbolos visibles de legitimidad correspondían a Aegon, pues presidía en el Trono de Hierro, vivía en la Fortaleza Roja, portaba la corona y la espada del Conquistador y lo había ungido un septón de la Fe ante decenas de millares de ojos. El gran maestre Orwyle participaba en su consejo, y el lord comandante de la Guardia Real había puesto la corona sobre su regia cabeza. Por añadidura era varón, lo cual, a ojos de muchos, lo convertía en el legítimo rey, y a su hermana, en la usurpadora.

Las ventajas de Rhaenyra eran, por contra, muy escasas. Puede que algunos de los señores de mayor edad recordaran el juramento que habían pronunciado cuando se nombró a Rhaenyra princesa de Rocadragón y heredera de su padre. En una época anterior había sido muy amada, tanto por las gentes de alta cuna como por el común, cuando la vitoreaban como la Delicia del Reino. Muchos jóvenes señores y nobles caballeros habían impetrado sus favores;

pero cuántos lucharían por ella, ahora que era una mujer casada de cuerpo ya añoso y engrosado por seis alumbramientos, era una pregunta a la que nadie sabía responder. Aunque su hermano hubiera saqueado el tesoro de su padre, la princesa tenía a su disposición las riquezas de la casa Velaryon, y las flotas de la Serpiente Marina le conferían superioridad en la mar. Además, su consorte, el príncipe Daemon, de valía demostrada en los Peldaños de Piedra, tenía más experiencia bélica que todos sus émulos juntos. Por no mencionar que Rhaenyra tenía sus dragones.

—Igual que Aegon —señaló el maestre Gerardys.

—Nosotros tenemos más —dijo la princesa Rhaenys, la mujer que pudo reinar, que había sido jinete de dragones más tiempo que ninguno de ellos—. Y los nuestros son mayores y más fuertes, salvo Vhagar. Los dragones se crían mejor aquí, en Rocadragón.

—Todo esto enumeró ante el consejo. El rey Aegon contaba con su Fuegosolar, una bestia espléndida, si bien joven; Aemond el Tuerto montaba a Vhagar, y no podía desdeñarse el peligro que suponía la montura de la reina Visenya. El dragón de la reina Helaena era Fuegoensueño, la hembra que en otros tiempos había transportado a Rhaena, la hermana del Viejo Rey, a través de las nubes. El del príncipe Daeron era Tessarion, una hembra de alas oscuras como el cobalto y de zarpas, cresta y escamas ventrales brillantes como el cobre bruñido—. Eso suma cuatro dragones con el tamaño preciso para luchar. Los mellizos de la reina Helaena también tenían dragones, pero no eran más que crías; Maelor, el hijo menor del usurpador, tan solo poseía un huevo.

En contraposición, el príncipe Daemon tenía a Caraxes, y la princesa Rhaenyra, a Syrax, ambas bestias enormes y sobrecogedoras. Caraxes, sobre todo, era temible, y nada ajeno a la sangre y el fuego desde los Peldaños de Piedra. Los tres hijos de Rhaenyra tenidos con Laenor Velaryon eran jinetes de dragones; Vermax, Arrax y Tyraxes medraban, y crecían más y más cada año. Aegon el Menor, el mayor de los dos hijos de Rhaenyra tenidos con el príncipe Daemon, era el amo del joven dragón Tempestad, si bien aún no lo había montado; Viserys, su hermano pequeño, cargaba en todo momento con su huevo. Meleys la Reina Roja, la dragona de Rhaenys, se había vuelto perezosa, pero aún era temible si se ofuscaba. Las gemelas del príncipe Daemon, habidas con Laena Velaryon, aún estaban también por convertirse en jinetes de dragón. La esbelta Bailarina Lunar, de color verde claro, sería pronto suficientemente grande para llevar a su lomo a Baela, su dueña, y aunque del huevo de su hermana Rhaena había eclosionado un ser deforme que había vivido tan solo unas horas, Syrax había puesto hacía poco otra nidada. Se entregó a Rhaena uno de aquellos huevos, y se dice que dormía con él todas las noches y rezaba por tener un dragón comparable al de su hermana.

Es más, otros seis dragones habían establecido su guarida en las cavernas humeantes de Montedragón, por encima del castillo. Estaban Ala de Plata, la antigua montura de la Bondadosa Reina Alysanne; Bruma, la bestia de color gris claro que había sido el orgullo y pasión de ser Laenor Velaryon; el viejo y veterano Vermithor, sin montar desde la muerte del rey Jaehaerys. Al otro lado de la montaña habitaban tres dragones salvajes, jamás reclamados ni montados por hombre alguno, vivo o muerto. La plebe los había bautizado como el Ladrón de Ovejas, el Fantasma Ceniciento y el Caníbal.

—Buscad jinetes que domeñen a Ala de Plata, Vermithor y Bruma, y tendremos nueve dragones contra los cuatro de Aegon. Montad y volad con sus congéneres monteses y tendremos una cifra de nueve, sin contar a Tempestad —señaló la princesa Rhaenys—. Así es como ganaremos esta guerra.

Lord Celtigar y lord Staunton coincidieron. Aegon el Conquistador y sus hermanas habían demostrado que caballeros y huestes nada podían contra el fuego y la sangre. Celtigar apremió a la princesa a volar de inmediato contra Desembarco del Rey y reducirla a huesos y cenizas.

—¿Y de qué nos servirá, mi señor? —le preguntó la Serpiente Marina—. Queremos gobernar la ciudad, no quemarla hasta los cimientos.

—Jamás llegaremos a eso —insistió Celtigar—. El usurpador no tendrá más remedio que oponérsenos con sus propios dragones. Es seguro que nuestros nueve superarán a sus cuatro.

—¿A qué precio? —se preguntó la princesa Rhaenyra—. Mis hijos cabalgarían sobre tres de esos dragones, os recuerdo. Y no serían nueve contra cuatro; no tendré fuerzas para volar hasta dentro de un tiempo. ¿Y quién va a montar a Ala de Plata, Vermithor y Bruma? ¿Vos, mi señor? Me cuesta creerlo. Serían cinco contra cuatro, y uno de los suyos es Vhagar. Eso no nos supone ninguna ventaja.

Sorprendentemente, el príncipe Daemon se mostró de acuerdo con su esposa:

—En los Peldaños de Piedra, mis enemigos aprendieron a huir y ocultarse cuando veían las alas u oían los rugidos de Caraxes, pero ellos carecían de dragones. No es fácil para un hombre llegar a matadragones, pero otros dragones pueden serlo fácilmente, y así lo han sido; cualquier maestre estudioso de la historia de Valyria os lo confirmará. No lanzaré a nuestros dragones contra el usurpador a menos que no tenga más remedio. Hay otros modos de emplearlos, y mejores. —A continuación, el príncipe expuso su estrategia ante el consejo negro—: Es preciso que Rhaenyra tenga una coronación, a fin de reaccionar ante la de Aegon. Después enviaríamos cuervos para exigir a los señores de los Siete Reinos que declaren lealtad a su auténtica soberana. Debemos librar la guerra con palabras antes de entrar en liza —prosiguió el príncipe.

Los señores de las grandes casas custodiaban la llave de la victoria, insistió. Sus banderizos y vasallos los seguirían adonde los condujeran. Aegon el Usurpador se había ganado la lealtad de los Lannister de Roca Casterly, y lord Tyrell de Altojardín era un niñato en pañales cuya madre, como regente, seguramente se alinearía con el Dominio con sus poderosos abanderados, los Hightower; pero el resto de los grandes señores del reino estaba aún por significarse.

—Bastión de Tormentas se pondrá de nuestra parte —dijo la princesa Rhaenys, que compartía su sangre por parte de madre y de quien el difunto lord Boremund siempre había sido partidario acérrimo.

El príncipe Daemon tenía buenos motivos para confiar en que la Doncella del Valle atrajera asimismo al Nido de Águilas a su bando. A su juicio era indudable que Aegon buscaría el apoyo de Pyke, pues tan solo con ayuda de las Islas del Hierro podría Aegon albergar esperanzas de imponerse a las fuerzas de la casa Velaryon en la mar. Pero los hijos del hierro eran célebres por su volubilidad, y Dalton Greyjoy adoraba la sangre y la batalla. Muy fácilmente podrían persuadirlo de que apoyara a la princesa.

El Norte quedaba demasiado remoto para tener importancia en la lucha, a fe del consejo. Cuando los Stark hubieran reunido sus pendones y emprendieran la marcha hacia el sur, la guerra ya habría acabado. Aquello dejaba tan solo a los señores de los Ríos, un hatajo de gentes belicosas comandadas, oficialmente al menos, por la casa Tully de Aguasdulces.

—Tenemos amigos en las Tierras de los Ríos —dijo el príncipe—, si bien no todos osan aún mostrar sus colores. Necesitamos un lugar donde puedan congregarse, una base continental bastante amplia para albergar una hueste considerable y bastante fuerte para resistir ante las fuerzas que pueda enviar el usurpador contra nosotros. —Mostró un mapa a los señores—. Aquí. En Harrenhal.

Así se decidió. El príncipe Daemon dirigiría el asalto contra Harrenhal a lomos de Caraxes, mientras la princesa Rhaenyra se quedaba en Rocadragón hasta recuperar las fuerzas. La flota de Velaryon taponaría el Gaznate, para luego alejarse de Rocadragón y Marcaderiva y cortar el paso a toda nave que entrase o saliese de la bahía del Aguasnegras.

—Carecemos de fuerzas para tomar Desembarco del Rey al asalto —dijo el príncipe Daemon—, y nuestros enemigos no tienen esperanza alguna de capturar Rocadragón. Pero Aegon está muy verde, y esos petimetres son fáciles de provocar. Tal vez podamos aguijonearlo para que emprenda una acometida, llevado por un arrebato.

La Serpiente Marina capitanearía la flota, mientras que la princesa Rhaenys la sobrevolaría, a fin de evitar que sus émulos atacasen sus naves con dragones. Entretanto, los cuervos partirían hacia Aguasdulces, el Nido de Águilas, Pyke y Bastión de Tormentas, con intención de recabar la alianza de sus señores.

—Nosotros mismos deberíamos portar tales misivas —dijo Jacaerys, el hijo mayor de la soberana—. Los dragones se ganarán a los señores más velozmente que los cuervos.

Su hermano Lucerys estuvo de acuerdo e insistió en que Jace y él ya eran hombres o, para el caso, estaban a punto de serlo.

—Nuestro tío nos acusa de ser Strong bastardos, pero cuando los señores nos vean a lomos de dragones, se darán cuenta de que es una falacia. Tan solo los Targaryen somos jinetes de dragón.

Champiñón nos narra que la Serpiente Marina gruñó ante esto e insistió en que los tres mozos eran Velaryon, si bien sonrió al decirlo con la voz henchida de orgullo. Hasta el joven Joffrey participó, ofreciéndose a montar su propio dragón, Tyraxes, y acompañar a sus hermanos.

La princesa Rhaenyra lo prohibió, ya que Joff contaba tan solo once años. Pero Jacaerys tenía catorce, y Lucerys, trece; eran jóvenes osados y apuestos, diestros con las armas, y llevaban bastante tiempo sirviendo como escuderos.

—Si vais, será como legados, no como caballeros —les dijo—. No debéis participar en la lucha.

Hasta que ambos jóvenes juraron solemnemente sobre un ejemplar de *La estrella de siete puntas*, su alteza no consintió en usarlos de portavoces. Se decidió que Jace, por ser el mayor de ambos, asumiría la misión más larga y peligrosa: la de volar primero al Nido de Águilas para tratar con la Dama del Valle; luego, a Puerto Blanco, para ganarse a lord Manderly, y por último, a Invernalia, a fin de reunirse con lord Stark. La encomienda de Luke sería más breve y segura: debía volar a Bastión de Tormentas, donde se esperaba que Borros Baratheon lo recibiese amigablemente.

Al día siguiente se celebró una apresurada ceremonia de coronación. La llegada de ser Steffon Darklyn, miembro de la Guardia Real de Aegon, fue ocasión de gran deleite en Rocadragón, sobre todo tras saberse que sus lealistas y él (ser Otto los motejó de cambiacapas al ofrecer una recompensa por su prendimiento) habían recuperado la corona robada del rey Jaehaerys el Conciliador. Trescientos pares de ojos observaron como el príncipe Daemon Targaryen colocaba la corona del Viejo Rey en la cabeza de su esposa y la proclamaba Rhaenyra de la casa Targaryen, la primera de su nombre, reina de los ándalos, los rhoynar y los primeros hombres. El príncipe se reservó el título de Protector del Reino, y Rhaenyra nombró a su primogénito Jacaerys príncipe de Rocadragón y heredero del Trono de Hierro.

Su primer acto regio fue declarar traidores y rebeldes a ser Otto Hightower y la reina Alicent. «En cuanto a mis hermanos y a mi querida hermana Helaena —anunció—, que vengan a Rocadragón, hinquen la rodilla y me supliquen clemencia, y con sumo gusto les perdonaré la vida y los volveré a acoger en mi corazón, ya que son sangre de mi sangre, y ningún hombre o mujer es más maldito que quien mata a los de su estirpe.»

La coronación de Rhaenyra llegó a oídos de la Fortaleza Roja al día siguiente, lo cual produjo un gran disgusto a Aegon, el segundo de su nombre. «Mi hermana y mi tío son culpables de alta traición —declaró el rey—. Los quiero prendidos, los quiero encarcelados y los quiero muertos.»

Las mentes más preclaras del consejo verde deseaban parlamentar. «La princesa debe comprender que su causa está perdida —dijo el gran maestre Orwyle—. Un hermano no debe guerrear contra una hermana. Enviadme a ella para que podamos hablar y alcanzar un acuerdo amistoso.»

Aegon no quiso saber nada del asunto. El septón Eustace nos narra que acusó al gran maestre de deslealtad y consideró arrojarlo a una celda negra «con sus negros amigos». Pero cuando las dos reinas, a la sazón su madre, la reina Alicent, y su esposa, la soberana Helaena, hablaron a favor de la propuesta de Orwyle, el obstinado rey cedió a regañadientes. Así pues, se envió al gran maestre Orwyle al otro lado de la bahía del Aguasnegras con bandera blanca y al mando de una comitiva en la que se contaban ser Arryk Cargyll, de la Guardia Real, y ser Gwayne Hightower, de la Guardia de la Ciudad, junto con un nutrido grupo de escribanos y septones, Eustace entre ellos.

Las condiciones ofrecidas por el monarca eran generosas, declara Munkun en su *Relato verídico*. Si la princesa lo reconocía como rey y hacía voto de obediencia ante el Trono de Hierro, Aegon II la confirmaría en su solar de Rocadragón y le permitiría legar tanto la isla como el castillo a su hijo Jacaerys. A su segundo hijo, Lucerys, lo reconocerían como legítimo heredero de Marcaderiva y de las tierras y posesiones de la casa Velaryon. Sus hijos habidos con el príncipe Daemon, Aegon el Menor y Viserys, recibirían puestos de honor en la corte, el primero como escudero del monarca y el segundo como su copero. Se otorgaría el indulto a todo señor o caballero que hubiera conspirado traicioneramente con ella contra su auténtico rey.

Rhaenyra escuchó tales condiciones en pétreo silencio, y luego preguntó a Orwyle si recordaba a su padre, el rey Viserys.

—Desde luego, alteza —respondió el maestre.

—Quizá podáis decirnos a quién nombró heredera y sucesora, —dijo la reina con la corona puesta.

—A vos, alteza —respondió Orwyle.

Rhaenyra asintió y dijo:

—Con vuestra propia lengua reconocéis que soy vuestra reina legítima. ¿Por qué, entonces, servís a mi hermano, el usurpador?

Munkun nos dice que Orwyle replicó con un largo y erudito alegato en el que citó la ley ándala y el Gran Consejo del 101. Champiñón afirma que se puso a farfullar y se le vació la vejiga. Fuera como fuese, su respuesta no satisfizo a la princesa Rhaenyra.

—Un gran maestre debe conocer la ley y obedecerla —dijo Rhaenyra a Orwyle—. No sois un gran maestre, y no atraéis sino vergüenza y deshonra a esa cadena que portáis. —Mientras Orwyle protestaba débilmente, los caballeros de Rhaenyra lo despojaron de la cadena propia de su cargo y lo obligaron a prosternarse mientras la princesa otorgaba la cadena a su maestre Gerardys, «un auténtico y leal servidor del reino y de su ley». Al expulsar a Orwyle y a los otros enviados, añadió—: Decid a mi hermano que tendré mi trono, o si no, tendré su cabeza.

Mucho después de que terminase la Danza, el trovador Luceon de Tarth compuso una triste balada titulada *Adiós, hermano mío*, que aún se canta hoy en día. La trova presume de relatar la última reunión entre ser Arryk Cargyll y su gemelo, ser Erryk, cuando Orwyle y los suyos embarcaban con rumbo a Desembarco del Rey. Ser Arryk había juramentado su espada a Aegon; ser Erryk, a Rhaenyra. En ella, cada hermano trata de persuadir al otro para cambiar de bando; tras fracasar, intercambian declaraciones de amor y parten sabiendo que la próxima vez que se vean será como enemigos. Es posible que dicha despedida, en efecto, tuviese lugar aquel día en Rocadragón; no obstante, ninguna de nuestras fuentes la menciona.

Aegon II, de veintidós años, era veloz en la cólera y lento en el perdón. La negativa de Rhaenyra a aceptar su reinado lo enfureció. «Le ofrecí una paz honrosa y la muy puta me ha escupido a la cara —declaró—. Lo que pase después será culpa suya.»

Lo que pasó después fue la guerra.

La muerte de los dragones

Hijo por hijo

Aegon se había proclamado rey en Pozo Dragón; Rhaenyra, reina en Rocadragón. Tras el fracaso de todos los esfuerzos por reconciliarlos, se desencadenó definitivamente la Danza de los Dragones.

En Marcaderiva, los barcos de la Serpiente Marina habían zarpado de la Quilla y Puertoespecia para cerrar el Gaznate y cortar la entrada y salida de mercancías de Desembarco del Rey. Poco después, Jacaerys Velaryon voló hacia el norte a lomos de su dragón Vermax; su hermano Lucerys se dirigió al sur montado en Arrax, y el príncipe Daemon fue al Tridente con Caraxes.

Empecemos por Harrenhal.

Aunque grandes partes de la descabellada construcción de Harren se hallaban en ruinas, la altísima muralla hacía de él un castillo tan inexpugnable como cualquier fortaleza de las Tierras de los Ríos, pero Aegon el Dragón ya había demostrado que quedaba expuesto a un ataque desde el cielo. Dado que su señor, Larys Strong, se encontraba en Desembarco del Rey, el castillo no contaba sino con una guarnición ligera. Deseoso de evitar el destino de Harren el Negro, su anciano castellano, ser Simon Strong, tío del difunto lord Lyonel y tío abuelo de lord Larys, arrió raudamente sus estandartes cuando Caraxes aterrizó en la Torre de la Pira Real. Aparte del castillo, el príncipe Daemon se había hecho de un plumazo con la nada desdeñable fortuna de la casa Strong y una docena de valiosos rehenes, entre ellos ser Simon y sus nietos. También se convirtieron en sus prisioneros los plebeyos del castillo, entre los cuales se encontraba una nodriza llamada Alys Ríos.

¿Quién era esta mujer? Una moza que coqueteaba con pócimas y hechizos, dice Munkun. Una bruja de los bosques, asegura el septón Eustace. Una hechicera maligna que se bañaba en sangre de vírgenes para conservar su belleza, quiere hacernos creer Champiñón. Su apellido indica que nació bastarda, pero sabemos muy poco de su padre y aún menos de su madre. Munkun y Eustace cuentan que fue concebida por lord Lyonel Strong en sus años mozos, lo que la convertiría en hermana natural de sus hijos Harwin el Quebrantahuesos y Larys el Patizambo. Pero Champiñón insiste en que era mucho mayor, que había amamantado a ambos señores de niños, y puede que incluso al padre de estos una generación atrás.

Pese a que todos sus hijos habían nacido muertos, la leche que tan abundantemente manaba de los pechos de Alys Ríos había alimentado a innumerables neonatos de otras mujeres en Harrenhal. ¿Era en verdad una bruja que se acostaba con demonios y paría niños muertos como pago por los conocimientos que le proporcionaban? ¿Era una calientacamas simplona, como cree Eustace? ¿Una ramera que se valía de venenos y pócimas para hacer que los hombres se rindieran ante ella en cuerpo y alma?

De lo que podemos estar seguros es de que Alys Ríos tenía al menos cuarenta años durante la Danza de los Dragones, aunque Champiñón le atribuye bastantes más. Todos coinciden en que aparentaba ser más joven, pero si era una simple coincidencia o se debía a su práctica de las artes oscuras sigue siendo motivo de debate. Fueran cuales fuesen sus poderes, parece ser que Daemon

Targaryen era inmune a ellos, pues prácticamente no existen crónicas sobre esta supuesta hechicera durante el tiempo que el príncipe ocupó Harrenhal.

La repentina y pacífica caída de la sede de Harren el Negro se recibió como una gran victoria por la reina Rhaenyra y los negros: sirvió como recordatorio de la pericia militar del príncipe Daemon y el poder de Caraxes, el Guiverno Sanguíneo, y proporcionó a la reina una fortaleza en el corazón de Poniente, a la que podrían acudir sus partidarios, numerosos en las tierras regadas por el Tridente. Cuando el príncipe Daemon los convocó, se alzaron en toda la región: caballeros, soldados y humildes campesinos que todavía recordaban a la Delicia del Reino, tan amada por su padre, y su manera de sonreír y encandilarlos cuando, de joven, visitaba las Tierras de los Ríos. Cientos, y después miles, se abrocharon el cinto de la espada y se pusieron la cota de malla, o echaron mano de una horquilla o una azada y un rudimentario escudo de madera, y se dirigieron a Harrenhal para pelear por la hijita de Viserys.

Los señores del Tridente, con más que perder, no se mostraron tan raudos en acudir, pero pronto empezaron a unirse a la reina. Bajó de Los Gemelos ser Forrest Frey, el Frey Necio que había suplicado la mano de Rhaenyra, ya convertido en un caballero de armas tomar. Lord Samwell Blackwood, que había perdido un duelo por el favor de la reina, alzó los estandartes de esta en el Árbol de los Cuervos (ser Amos Bracken, que ganó dicho duelo, apoyó a su señor padre cuando la casa Bracken se pronunció a favor de Aegon). Los Mooton de Poza de la Doncella, los Piper de la Princesa Rosada, los Roote de Harroway, los Darry de Darry, los Mallister de Varamar y los Vance de Descanso del Caminante proclamaron su apoyo a Rhaenyra (los Vance de Atranta siguieron otro camino y anunciaron su lealtad al joven rey). Petyr Piper, el entrecano señor de la Princesa Rosada, habló por muchos cuando dijo: «Le juré mi espada. Ahora ya soy viejo, pero no tanto como para olvidar lo que dije, y da la casualidad de que conservo esa misma espada».

El señor supremo del Tridente, Grover Tully, ya era anciano en el Gran Consejo del 101, en el que apoyó al príncipe Viserys; pese a estar débil, no se mostró menos testarudo: había defendido los derechos del aspirante masculino en el 101 y no había cambiado de opinión con los años. Lord Grover insistía en que Aguasdulces lucharía por el joven rey Aegon, pero no se envió ninguna confirmación. El viejo señor se encontraba postrado en la cama y le quedaba poco de vida, declaró el maestre del castillo. «Preferiría que no lo acompañásemos todos a la muerte», afirmó ser Elmo Tully, su nieto. Aguasdulces carecía de defensas contra el fuegodragón, señaló a sus hijos, y ambos bandos de la contienda montaban en dragones. Así, mientras lord Grover bramaba y maldecía desde su lecho de muerte, Aguasdulces atrancó las puertas, puso hombres en la muralla y guardó silencio.

Mientras tanto, las cosas habían tomado un derrotero muy diverso en el este. Jacaerys Velaryon aterrizó en el Nido de Águilas montado en Vermax, su joven dragón, para atraer al Valle de Arryn a la causa de su madre. Lady Jeyne Arryn, la Doncella del Valle, contaba treinta y cinco años, veinte más que él; sin perder la soltería, había gobernado el Valle desde la muerte de su padre y sus hermanos mayores en las colinas, a manos de los Grajos de Piedra, cuando tenía tres años.

Champiñón asegura que la afamada doncella era en realidad una ramera de alta cuna con un apetito insaciable por los hombres, y relata procazmente cómo ofreció a Jacaerys la lealtad del Valle a condición de que consiguiera hacerle alcanzar el éxtasis con la lengua. El septón Eustace repite el extendido rumor de que Jeyne Arryn prefería la compañía íntima de las mujeres, pero más adelante afirma que era falso. En este caso debemos dar las gracias al *Relato verídico* del gran maestre Munkun, que se ciñe a la Sala Alta del Nido de Águilas y no a sus alcobas.

«En tres ocasiones han intentado sustituirme mis propios parientes —relató lady Jeyne al príncipe Jacaerys—. Mi primo ser Arnold gusta de decir que las mujeres somos demasiado débiles para gobernar. Lo tengo en una de mis celdas del cielo, si queréis hablar con él del asunto. Cierto es que el príncipe Daemon trató cruelmente a su primera mujer; pero al margen del pésimo gusto de vuestra madre por sus consortes, sigue siendo nuestra reina legítima, además de sangre de mi sangre, una Arryn por parte de madre. En este mundo de hombres, las mujeres debemos cerrar filas. El Valle y sus caballeros se unirán a ella... si su alteza me concede una petición. —Cuando el príncipe preguntó cuál, respondió—: Dragones. No temo a los ejércitos; muchos conocieron su final al atacar mi Puerta de la Sangre, y es bien sabido que el Nido de Águilas es inexpugnable. Pero vos habéis descendido desde el cielo, al igual que la reina Visenya durante la Conquista, y no habría podido hacer nada para deteneros. No me gusta sentirme indefensa. Enviadme jinetes de dragón.»

El príncipe accedió, y lady Jeyne se prosternó ante él y ordenó a sus caballeros que la imitaran; todos pusieron la espada a su servicio.

Tras ello, Jacaerys se dirigió al norte cruzando los Dedos y las aguas del Mordisco. Reposó brevemente en Villahermana, donde lord Borrell y lord Sunderland le rindieron pleitesía y le juraron que las Tres Hermanas apoyarían su causa, y después voló hasta Puerto Blanco, donde lord Desmond Manderly se reunió con él en la sala de justicia del Tritón.

En esta ocasión, el príncipe se encontró con un negociador más hábil. «Puerto Blanco no se muestra indiferente ante la situación de vuestra madre —declaró Manderly—. Mis antepasados se vieron despojados de su derecho de nacimiento cuando nuestros enemigos nos exiliaron a estas frías costas norteñas. Cuando recibimos la visita del Viejo Rey, hace tanto tiempo, habló de la injusticia que habíamos sufrido y nos prometió un desagravio. Fiel a su palabra, su alteza ofreció a mi bisabuelo la mano de su hija, la princesa Viserra, para así juntar nuestras dos casas como una, pero la muchacha murió y la promesa cayó en el olvido.»

El príncipe Jacaerys sabía qué le estaba pidiendo. Antes de abandonar Puerto Blanco había firmado un acuerdo redactado para la ocasión, según el cual la hija más joven de lord Manderly se casaría con Joffrey, el hermano del príncipe, al terminar la guerra.

Por último, Vermax llevó a Jacaerys Velaryon a Invernalia, donde trataría con su joven y temible señor, Cregan Stark.

Con el paso de los años, Cregan Stark llegaría a ser conocido como el Viejo del Norte, pero tan solo tenía veintiún años cuando el príncipe Jacaerys llegó a su castillo en el año 129 d. C. Cregan había sido nombrado señor a los trece años, tras la muerte de su padre, lord Rickon, en el 121 d. C. Durante su minoría de edad, su tío Bennard gobernó el Norte como regente, pero en el 124 Cregan cumplió los dieciséis años y descubrió que su tío no tenía ninguna prisa por renunciar al poder. La relación entre los dos se volvió tensa, ya que al joven señor le irritaban los límites impuestos por el hermano de su padre. Al final, en el 126 d. C., Cregan Stark se rebeló, encarceló a Bennard y a sus tres hijos, y se hizo con el control directo del Norte. Poco después se casó con lady Arra Norrey, una estimada compañera de juventud, pero esta murió en el 128 tras dar a luz a su hijo y heredero, al que Cregan llamó Rickon en honor de su padre.

El príncipe de Rocadragón llegó a Invernalia con el otoño bastante avanzado. Las nieves cubrían copiosamente los campos, un viento frío aullaba desde el norte y lord Stark llevaba a cabo los preparativos para el invierno venidero, pero pese a todo proporcionó a Jacaerys una cálida bienvenida. Se dice que la nieve, el viento y el frío sulfuraban a Vermax, por lo que el príncipe no se demoró allí, pero aquella breve estancia dio lugar a más de una anécdota curiosa.

El *Relato verídico* de Munkun dice que Cregan y Jacaerys congeniaron de inmediato, pues al señor de Invernalia el joven príncipe le recordaba a su hermano menor, muerto diez años atrás. Bebieron juntos, cazaron juntos, se entrenaron juntos y sellaron un juramento de lealtad con sangre. Esta versión parece más verosímil que la del septón Eustace, en la que el príncipe pasa la mayor parte de su visita intentando convencer a lord Cregan de que renuncie a sus falsos dioses y acepte venerar a los Siete.

Pero para los relatos que otras crónicas omiten necesitamos recurrir a Champiñón, y en esta ocasión tampoco nos falla. Su *Testimonio* incluye a una joven doncella, o «niña lobo» como la llama él, de nombre Sara Nieve. Tan prendado quedó el príncipe Jacaerys de esta criatura, una hija bastarda del difunto lord Rickon Stark, que yació con ella una noche. Al descubrir que su invitado había arrebatado la doncellez a su hermana bastarda, lord Cregan montó en cólera, y no se calmó hasta que Sara Nieve le dijo que el príncipe la había tomado por esposa. Habían pronunciado los votos en el bosque de dioses de Invernalia ante un árbol corazón, y no fue hasta entonces que se entregó a él, envueltos en pieles sobre la nieve y bajo la mirada de los antiguos dioses.

Una historia cautivadora, sin lugar a dudas, pero como muchas de las fabulaciones de Champiñón, parece beber más de la imaginación febril del bufón que de hechos históricos. Jacaerys Velaryon se hallaba prometido con su prima Baela desde que él tenía cuatro años y ella dos, y por lo que conocemos de su carácter, resulta altamente improbable que rompiese tan solemne acuerdo para proteger la dudosa virtud de una bastarda norteña desaseada y medio salvaje. Si alguna vez existió la tal Sara Nieve, y si el príncipe de Rocadragón decidió retozar con ella, no habría hecho más que lo que otros príncipes han hecho en el pasado y harán en el futuro, pero es absurdo hablar de matrimonio.

(Champiñón asegura también que Vermax dejó una nidada de huevos en Invernalia, lo que no resulta menos ridículo. Aunque es cierto que sexar a un dragón vivo es una tarea casi imposible, ninguna otra fuente menciona que Vermax pusiese un solo huevo, por lo que debemos asumir que era macho. La conjetura del septón Barth de que los dragones cambian de sexo a conveniencia, por ser «mutables como la llama», es demasiado descabellada para considerarla siquiera.)

Lo que sí sabemos es que Cregan Stark y Jacaerys Velaryon alcanzaron un acuerdo, y firmaron y sellaron el compromiso que el gran maestre Munkun llama el Tratado de Hielo y Fuego en su *Relato verídico*. Al igual que muchos pactos, habría de sellarse con un matrimonio. Rickon, el hijo de lord Cregan, tenía un año; el príncipe Jacaerys estaba soltero y sin hijos, pero se esperaba que engendrase vástagos de su propia sangre en cuanto su madre se sentase en el Trono de Hierro. Según las condiciones del acuerdo, la primera hija del príncipe viajaría al Norte al cumplir los siete años para educarse como pupila de Invernalia hasta que tuviera la edad necesaria para casarse con el heredero de lord Cregan.

Cuando el príncipe de Rocadragón volvió a surcar el frío cielo otoñal a lomos de su dragón era consciente de haber conseguido a tres poderosos señores, con todos sus banderizos, para el bando de su madre. Aunque aún quedara medio año para su decimoquinto día del nombre, el príncipe Jacaerys había demostrado ser un hombre, además de un digno heredero del Trono de Hierro.

De haber ido igual de bien la misión «más breve y segura» de su hermano, se habrían evitado muchas desgracias y derramamientos de sangre.

La tragedia que sufrió Lucerys Velaryon no estaba planeada; en esto concuerdan todas nuestras fuentes. Las primeras batallas de la Danza de los Dragones se libraron con plumas y cuervos, amenazas y promesas, decretos y lisonjas. El asesinato de lord Beesbury en el consejo verde no era todavía del conocimiento público; casi todos creían que estaba pudriéndose en una mazmorra. Aunque por la corte no aparecieran tantos rostros conocidos, ninguna cabeza adornaba las puertas del castillo y muchos esperaban aún que la cuestión sucesoria se resolviera pacíficamente.

El Desconocido tenía otros planes, pues sin lugar a dudas fue su temida mano la que hizo que los dos príncipes coincidiesen en Bastión de Tormentas, cuando el dragón Arrax, adelantándose a la tempestad que se avecinaba, llevó a Lucerys Velaryon a la seguridad del patio del castillo, donde se encontró frente a frente con Aemond Targaryen.

La personalidad de Borros Baratheon era muy distinta de la de su padre. «Lord Boremund era como una roca: duro, fuerte e inamovible —nos cuenta Eustace—. Lord Borros era como el viento furioso y rugiente, que hoy sopla de un lado y mañana de otro.» Cuando emprendió el camino, el príncipe Aemond desconocía el recibimiento que le darían, pero Bastión de Tormentas lo acogió con festines, cacerías y justas.

Lord Borros se mostró más que dispuesto a entretener a su peticionario. «Tengo cuatro hijas —dijo al príncipe—. Escoged a la que queráis. Cass es la mayor, pero Floris es la más bella. Y si lo que buscáis es una esposa inteligente, tomad a Maris.» También le dijo que Rhaenyra llevaba demasiado tiempo dando por sentado el apoyo de la casa Baratheon. «Sí, la princesa Rhaenys es pariente mía y de los míos; una tía abuela a la que nunca conocí se casó con su padre, pero ya murieron los dos, y Rhaenyra... no es Rhaenys, ¿verdad?» No tenía nada contra las mujeres, añadió: adoraba a sus niñas, y una hija es un tesoro; pero un hijo... Ay, si los dioses le concedieran un hijo de su propia sangre, Bastión de Tormentas sería para él, no para sus hermanas. «¿Por qué habría de ser diferente el Trono de Hierro?» Y con un matrimonio real en el horizonte... La causa de Rhaenyra estaba abocada al fracaso; ya se daría cuenta cuando se enterase de que había perdido Bastión de Tormentas; se lo diría él mismo: «Arrodíllate ante tu hermano, será lo mejor». Sus hijas se peleaban de vez en cuando, como todas las niñas, pero siempre se aseguraba de que hicieran las paces después.

No nos consta qué hija acabó por escoger el príncipe Aemond

(aunque Champiñón nos dice que besó a las cuatro a fin de «catar el néctar de sus labios»); solo que no fue Maris. Munkun escribe que el príncipe y lord Borros regateaban sobre fechas y dotes la mañana en que apareció Lucerys Velaryon. Vhagar fue el primero en percibir su presencia. Los guardias que patrullaban las almenas de la sólida muralla del castillo asieron sus lanzas aterrorizados cuando se despertó, con un rugido que hizo que temblaran hasta los cimientos del Desafío de Durran. Se dice que incluso Arrax se estremeció al oírlo, y Luke tuvo que echar mano del látigo varias veces para obligarlo a aterrizar.

Si hemos de dar crédito a Champiñón, caían relámpagos por el este y llovía copiosamente cuando Lucerys saltó de su dragón, con la carta de su madre en la mano. Sin duda supo qué significaba la presencia de Vhagar, por lo que no se sorprendió cuando Aemond Targaryen se le enfrentó en la Sala Circular, ante la mirada de lord Borros, sus cuatro hijas, su septón, su maestre y cuarenta caballeros, guardias y sirvientes. (Entre los que presenciaron la reunión se encontraba ser Byron Swann, segundo hijo del señor de Yelmo de Piedra, en las Marcas de Dorne, que más tarde desempeñaría un pequeño papel en la Danza.) Por eso aquí, y por primera vez, no tenemos que depender únicamente del gran maestre Munkun, Champiñón y el septón Eustace. Ninguno de los tres se encontraba presente en Bastión de Tormentas, pero muchos otros sí, por lo que no faltan los testimonios directos.

—Contemplad a este ser lastimoso, mi señor —gritó el príncipe Aemond—. El pequeño Luke Strong, el bastardo. —Luego se dirigió hacia este—. Veo que estás empapado, bastardo. ¿Es por la lluvia, o es que te has meado encima del miedo?

—Lord Borros —dijo Lucerys Velaryon, mirando únicamente a lord Baratheon—, os traigo un mensaje de mi madre, la reina.

—La puta de Rocadragón, querrá decir. —El príncipe Daemon avanzó con intención de quitarle la carta a Lucerys, pero lord Borros bramó una orden y sus caballeros intervinieron para separar a los príncipes. Lucerys llevó la carta de Rhaenyra al estrado, donde se encontraba el señor, sentado en el trono de los antiguos reyes de la Tormenta.

Nadie puede saber con seguridad qué sentía Borros Baratheon en aquel momento. Los testimonios de los presentes difieren considerablemente: algunos aseguran que estaba avergonzado y ruborizado, como si su legítima esposa lo hubiese sorprendido encamado con otra mujer. Otros declaran que parecía disfrutar de la situación, pues su vanidad se veía complacida por tener tanto al rey como a la reina buscando su apoyo. Champiñón (que no estaba allí) dice que estaba borracho. El septón Eustace (que tampoco estaba allí) dice que estaba atemorizado.

Sin embargo, todos los testigos concuerdan en lo que hizo y dijo lord Borros. Como nunca había sido un hombre de letras, entregó la carta de la reina a su maestre, quien rompió el lacre y le susurró su contenido. Lord Borros frunció el ceño, se acarició la barba, miró con acritud a Lucerys Velaryon y dijo:

—Y si cumplo las órdenes de tu madre, ¿con cuál de mis hijas te casarás, muchacho? —Señaló a las cuatro—. Escoge a la que quieras.

—No soy libre de contraer matrimonio, mi señor —respondió el príncipe Lucerys, que no pudo sino sonrojarse—. Estoy comprometido con mi prima Rhaena.

—Lo suponía —observó lord Borros—. Vete a casa, cachorrito, y dile a la zorra de tu madre que el señor de Bastión de Tormentas no es un perro al que pueda azuzar contra sus enemigos cuando le plazca.

El príncipe Lucerys dio media vuelta, dispuesto a abandonar la Sala Circular, pero el príncipe Aemond desenfundó la espada y gritó:

—¡Quieto, Strong! Antes tienes que pagarme una deuda pendiente. —Se quitó el parche del ojo y lo tiró al suelo para mostrar el zafiro que ocultaba—. Tienes un cuchillo, igual que entonces.

Sácate un ojo y te dejaré marchar. Con uno me basta; no necesito cegarte.

—No pienso luchar contra ti —respondió el príncipe Lucerys, recordando la promesa que había hecho a su madre—. He venido como portavoz, no como caballero.

—Has venido como cobarde y traidor —replicó el príncipe Aemond—. Si no te quito el ojo, te quitaré la vida, Strong.

—Aquí no —gruñó lord Borros, incómodo—. Ha venido como portavoz y no toleraré ningún derramamiento de sangre bajo mi techo.

Así pues, sus guardias se interpusieron entre los príncipes y escoltaron a Lucerys Velaryon de la Sala Circular al patio del castillo, donde Arrax, encogido bajo la lluvia, esperaba su regreso.

Y ahí podría haber terminado la cosa de no haber sido por la joven Maris. La segunda hija de lord Borros, menos agraciada que sus hermanas, se había enfadado con Aemond por preferirlas a ellas.

—¿Os quitó un ojo o una de vuestras pelotas? —preguntó Maris al príncipe, en tono meloso—. Me alegro de que hayáis elegido a mi hermana; quiero un marido con sus partes intactas.

Aemond Targaryen contrajo el rostro en un rictus de ira y se giró de nuevo para pedir permiso a lord Borros para partir, a lo que este se encogió de hombros y respondió:

—No me corresponde deciros qué hacer si no os encontráis bajo mi techo. —Sus caballeros se apartaron a medida que el príncipe Aemond corría hacia las puertas.

Se había desencadenado una tormenta. Los truenos sacudían el castillo; llovía a cántaros, y de vez en cuando, enormes relámpagos de un blanco azulado iluminaban el mundo como si fuera de día. Era un mal clima para volar, hasta para un dragón, y Arrax luchaba por mantenerse en el aire cuando el príncipe Aemond montó en Vhagar y partió en su pos. De haber estado el cielo más calmado, el príncipe Lucerys podría haber huido de su perseguidor, pues Arrax era más joven y rápido, pero «aquel día era tan negro como el corazón del príncipe Aemond», dice Champiñón, por lo que los dragones convergieron en la bahía de los Naufragios. Los que observaban desde la muralla vieron ráfagas de fuego a lo lejos, y oyeron un grito por encima de los truenos. A continuación, las dos bestias se enzarzaron en el cielo hendido de relámpagos. Vhagar era cinco veces mayor que su rival, además de una veterana curtida en cien batallas; si hubo pelea, no debió de ser muy larga.

Arrax cayó destrozado y lo engulleron las aguas azotadas por la tormenta de la bahía. Su cabeza y cuello llegaron a la orilla, bajo los acantilados de Bastión de Tormentas, tres días después, convertidos en banquete para cangrejos y gaviotas. Champiñón asegura que el mar también arrastró el cadáver del príncipe Lucerys a la costa, y que el príncipe Aemond le arrancó los ojos y se los presentó a lady Maris sobre un lecho de algas, aunque parece demasiado excesivo para ser verdad. Hay quien dice que Vhagar arrancó a Lucerys del lomo de su dragón y se lo tragó de un bocado, y hasta hay otros que afirman que el príncipe sobrevivió a la caída y huyó a nado a un lugar seguro, pero perdió cualquier recuerdo de quién era y pasó el resto de sus días como un pescador corto de entendederas.

El *Relato verídico* concede a estas versiones el respeto que merecen: ninguno. Munkun insiste en que Lucerys Velaryon murió junto con su dragón, y sin lugar a dudas está en lo cierto. El príncipe tenía trece años; nunca encontraron su cadáver, y con su muerte terminó la guerra de cuervos, emisarios y pactos matrimoniales, lo que dio comienzo a la guerra de fuego y sangre propiamente dicha.

Aemond Targaryen, que desde entonces sería conocido por sus enemigos como Aemond el Matasangre, regresó a Desembarco del Rey, habiendo conseguido el apoyo de Bastión de Tormentas para su hermano Aegon y la enemistad eterna de la reina Rhaenyra.

Si esperaba recibir la bienvenida de un héroe, quedaría decepcionado. La reina Alicent palideció al enterarse y gritó: «¡Que la Madre se apiade de todos nosotros!». Ser Otto tampoco se sintió complacido. «¿Cómo pudiste estar tan ciego habiendo perdido un solo ojo?», se dice que preguntó.

El rey Aegon II, sin embargo, no compartía sus preocupaciones. Recibió al príncipe Aemond con un banquete, proclamó que pertenecía «a la legítima sangre del dragón» y anunció que había sido «un gran comienzo».

En Rocadragón, la reina Rhaenyra se desmayó al enterarse de la muerte de Luke. El hermano menor de este, Joffrey (Jace todavía se encontraba en su misión en el Norte), hizo un terrible juramento de venganza contra el príncipe Aemond y lord Borros. Solo la intervención de la Serpiente Marina y la princesa Rhaenys impidió que el chico montara en su dragón de inmediato (Champiñón asegura que él también tuvo algo que ver). Mientras el consejo negro debatía cómo responder, llegó un cuervo de Harrenhal. «Ojo por ojo, hijo por hijo. Lucerys será vengado», escribió el príncipe Daemon.

No olvidemos que, de joven, Daemon Targaryen era el Príncipe de la Ciudad; todos los rateros, putas y apostadores conocían su rostro y su risa. Seguía teniendo amigos en los bajos fondos de Desembarco del Rey y seguidores entre los capas doradas. También tenía aliados en la corte, incluso en el consejo verde, cosa que desconocían el rey Aegon, la Mano y la reina viuda. Contaba asimismo con una intermediaria, una gran amiga en la que confiaba ciegamente, tan conocedora de las tabernas y los reñideros de ratas que proliferaban a la sombra de la Fortaleza Roja como lo había sido el príncipe Daemon, y que se movía con soltura entre las penumbras de la ciudad. Por medios secretos, se puso en contacto con esta pálida desconocida para ejercer su terrible venganza.

La intermediaria del príncipe Daemon encontró a los hombres adecuados en los tenderetes de calderos del Lecho de Pulgas. Uno había sido sargento de la Guardia de la Ciudad; enorme y fiero, perdió la capa dorada tras matar a golpes a una prostituta mientras estaba borracho. El otro era un cazador de ratas de la Fortaleza Roja. Sus verdaderos nombres no han pasado a la historia; se los recuerda únicamente (aunque muchos preferirían no recordarlos) como Sangre y Queso.

«Queso se conocía la Fortaleza Roja mejor que su polla», asegura Champiñón. El cazador de ratas estaba tan familiarizado con las puertas ocultas y los túneles secretos construidos por Maegor el Cruel como las ratas que cazaba. Haciendo uso de un pasadizo secreto, llevó a Sangre hasta el centro del castillo sin que ningún guardia los atisbara. Algunos dicen que su objetivo era el mismísimo rey, pero la Guardia Real lo acompañaba siempre, y ni siquiera Queso sabía de ninguna manera de entrar y salir del Torreón de Maegor que no fuera el puente levadizo que salvaba el foso seco y sus temibles estacas de hierro.

La Torre de la Mano no era tan segura. Los dos hombres treparon por los muros, evitando a los guardias de las puertas. No tenían ningún interés en los aposentos de ser Otto, por lo que fueron directamente a los de su hija, un piso más abajo. La reina Alicent se había trasladado allí tras la muerte del rey Viserys, cuando su hijo Aegon estableció el Torreón de Maegor como residencia, junto con su esposa. Ya dentro, Queso ató y amordazó a la reina viuda mientras Sangre estrangulaba a su doncella. Después se sentaron a esperar, pues sabían que la reina Helaena tenía por costumbre llevar a sus hijos a ver a su abuela antes de dormir.

Ajena al peligro que corría, la reina apareció mientras la penumbra se adueñaba del castillo, acompañada por sus tres hijos. Jaehaerys y Jaehaera tenían seis años; Maelor, dos. Cuando entraron en los aposentos, Helaena llamó a su madre mientras sostenía la diminuta mano de su retoño. Sangre atrancó la puerta y mató al Guardia Real mientras Queso le arrebataba a Maelor.

—Gritad y moriréis todos —le dijo Sangre a su alteza.

Cuentan las crónicas que la reina Helaena conservó la calma.

—¿Quiénes sois? —exigió saber.

—Cobradores de deudas —respondió Queso—. Ojo por ojo, hijo por hijo. Solo queremos a uno, para igualar las cosas. Al resto no os tocaremos un pelo de vuestras cabecitas. ¿A cuál preferís perder, alteza?

Cuando comprendió aquellas palabras, la reina Helaena les rogó que la mataran a ella en su lugar.

—Una esposa no es un hijo —contestó Sangre—. Tiene que ser un muchacho.

Queso le advirtió que más le valía decidirse pronto, antes de que Sangre se aburriera y decidiera violar a su hijita.

—Escoged, o los matamos a todos —añadió.

De rodillas, llorando, Helaena dijo el nombre de su pequeño, Maelor. A lo mejor pensaba que no tenía edad para comprender, o quizá lo eligió porque el mayor, Jaehaerys, era el primogénito y heredero del rey Aegon, el siguiente en la línea sucesoria del Trono de Hierro.

—¿La has oído, pequeñín? —susurró Queso a Maelor—. Tu mamá quiere tu muerte.

A continuación dirigió una sonrisa a Sangre, y el corpulento espadachín arrancó la cabeza del príncipe Jaehaerys de un solo tajo. La reina se puso a gritar.

Por extraño que parezca, el cazador de ratas y el carnicero mantuvieron su palabra. No hirieron de ninguna otra manera a la reina Helaena ni a sus hijos restantes; simplemente se fugaron con la cabeza del príncipe. Se dio la voz de alarma, pero Queso conocía más pasadizos secretos que los guardias, y consiguieron escapar. A Sangre lo aprehendieron dos días después en la Puerta de los Dioses, cuando intentaba abandonar Desembarco del Rey con la cabeza del príncipe Jaehaerys en una alforja del caballo. Bajo tortura, confesó que pretendía llevarla a Harrenhal para cobrar la recompensa del príncipe Daemon. También facilitó una descripción de la prostituta que los había contratado: una mujer mayor, extranjera a juzgar por el acento; llevaba capa y capucha, y era muy pálida. Las otras fulanas la llamaban Miseria.

Tras trece días de tormento, permitieron morir a Sangre. La reina Alicent ordenó a Larys el Patizambo que averiguase su verdadero nombre, para así poder bañarse en la sangre de su mujer e hijos, pero nuestras fuentes no revelan si esto ocurrió. Ser Luthor Largent y sus capas doradas rastrearon la calle de la Seda de principio a fin, desvistiendo a todas las rameras de Desembarco del Rey, pero no encontraron ni rastro de Queso ni del Gusano Blanco. Dolorido e iracundo, el rey Aegon II decretó que se prendiera y ahorcara a todos los cazadores de ratas de la ciudad, y así se hizo. (Ser Otto Hightower llevó cien gatos a la Fortaleza Roja para remplazarlos.)

Aunque Sangre y Queso le perdonaron la vida, no puede decirse que la reina Helaena sobreviviera a aquel fatídico anochecer. No comía, no se bañaba, no abandonaba sus aposentos y no soportaba mirar a su hijo Maelor, a sabiendas que lo había condenado a morir. El rey no pudo hacer nada salvo apartar al niño de su lado y confiárselo a su propia madre, la reina viuda Alicent, para que lo criara como si fuera suyo. Desde entonces, Aegon y Helaena dormirían en habitaciones separadas; la reina se sumergía cada vez más en la locura y el rey se encolerizaba, bebía y se volvía a encolerizar.

La muerte de los dragones

El dragón rojo y el dorado

La Danza de los Dragones entró en una nueva etapa tras la muerte de Lucerys Velaryon en las Tierras de la Tormenta y el asesinato del príncipe Jaehaerys ante los ojos de su madre en la Fortaleza Roja. Negros y verdes clamaban venganza, sangre por sangre. En todo el reino, los señores convocaban a sus banderizos, y los ejércitos se congregaban y marchaban.

En las Tierras de los Ríos, jinetes del Árbol de los Cuervos que enarbolaban estandartes de Rhaenyra* se adentraron en el territorio de la casa Bracken e incendiaron las cosechas, espantaron el ganado, saquearon las aldeas y expoliaron cuantos septos encontraron a su paso, porque los Blackwood eran una de las últimas casas adoradoras de los antiguos dioses que quedaban al sur del Cuello.

Cuando los Bracken reunieron un fuerte contingente para res-

---

* Al principio, los dos aspirantes al Trono de Hierro usaban el dragón tricéfalo de la casa Targaryen, gules sobre sable, pero a finales del 129 d.C., tanto Aegon como Rhaenyra introdujeron variaciones para distinguir a los aliados de los enemigos. El rey cambió el color del dragón de sus estandartes de rojo a dorado, en homenaje a las relucientes escamas de Fuegosolar, su dragón, mientras que la reina cuarteó el escudo de los Targaryen para incluir los de las casas Arryn y Velaryon, como tributo a su madre y a su primer marido, respectivamente.

ponder al ataque, lord Samwell Blackwood los sorprendió en su avance y cayó sobre ellos en el momento en que acampaban junto a un molino a la orilla del río. En el combate que siguió prendieron fuego al molino, y la luz roja de las llamas bañó el escenario de lucha y muerte durante horas. Ser Amos Bracken, que encabezaba la hueste del Seto de Piedra, ensartó a lord Blackwood en combate singular, pero pereció cuando una flecha de madera de arciano le penetró la ranura del yelmo y se le clavó profundamente en el cráneo. Se dice que el proyectil lo disparó Alysanne, la hermana de lord Samwell, a la que luego se conocería como Aly la Negra, que por entonces contaba dieciséis años, aunque no hay modo de saber si es cierto o tan solo una leyenda familiar.

Ambos bandos sufrieron muchas otras pérdidas dolorosas en lo que pasó a conocerse como la batalla del Molino Ardiente. Al final, los Bracken se dispersaron y huyeron a sus tierras guiados por ser Raylon Ríos, el hermano bastardo de ser Amos; pero se encontraron con que el Seto de Piedra había caído. Una gran hueste formada por hombres de los Darry, los Roote, los Piper y los Frey, con el príncipe Daemon a la cabeza montado en Caraxes, se había apoderado del castillo aprovechando la ausencia de tan considerable parte de las fuerzas de la casa Bracken. Habían capturado a lord Humfrey Bracken junto con los hijos que le quedaban, su tercera esposa y su amante de baja cuna. Ser Raylon decidió rendirse para evitar que sufrieran daño. Con la casa Bracken quebrada y vencida, los últimos partidarios ribereños del rey Aegon perdieron las agallas y depusieron las espadas.

Pero no se debe pensar que el consejo verde estaba de brazos cruzados. Ser Otto Hightower había estado ocupado ganando apoyos entre los nobles, contratando mercenarios, reforzando las defensas de Desembarco del Rey y buscando afanosamente otras alianzas. Tras el rechazo de las propuestas de paz del gran maestre Orwyle, la Mano redobló los empeños y envió cuervos a Invernalia, el Nido de Águilas, Aguasdulces, Puerto Blanco, Puerto Gaviota, Puenteamargo, Isla Bella y otro medio centenar de fortalezas y castillos. Se despacharon jinetes nocturnos a los asentamientos cercanos para convocar a los señores y damas a la corte, a fin de que rindieran vasallaje al rey Aegon. Ser Otto también recurrió a Dorne, cuyo príncipe regente, Qoren Martell, había luchado contra el príncipe Daemon en los Peldaños de Piedra, pero Qoren desdeñó la oferta. «Dorne ya ha danzado con dragones, y antes preferiría dormir con escorpiones», dijo.

Sin embargo, ser Otto estaba perdiendo la confianza de su rey, quien confundía sus esfuerzos con inactividad y su cautela con cobardía. El septón Eustace menciona cierta ocasión en que Aegon entró en la Torre de la Mano y encontró a su abuelo ser Otto afanado en escribir otra carta; al verlo, le vertió el tintero en el regazo y le dijo: «Los tronos se ganan con espadas, no con plumas. A ver si derramas sangre en lugar de tinta».

La caída de Harrenhal ante el príncipe Daemon dejó conmocionado a su alteza, según Munkun; hasta aquel momento, Aegon II estaba convencido de que la causa de su hermana no tenía ninguna posibilidad, pero a raíz de la pérdida de la fortaleza comenzó a sentirse expuesto. Los golpes subsiguientes, a saber, las derrotas del Molino Ardiente y el Seto de Piedra, motivaron que el rey se diera cuenta de que su situación era más peligrosa de lo que creía. Su temor se agravó cuando volvieron los cuervos del Dominio, donde los verdes se creían más fuertes: Antigua y la casa Hightower apoyaban firmemente al rey Aegon, así como el Rejo, pero otros señores del Sur se declaraban a favor de Rhaenyra, entre ellos lord Costayne de las Tres Torres, lord Mullendore de Tierras Altas, lord Tarly de Colina Cuerno, lord Rowan de Sotodeoro y lord Grimm del Escudo Gris.

El más enconado de los traidores era ser Alan Beesbury, el heredero de lord Lyman, que exigía que sacaran a su abuelo, el antiguo consejero de la moneda, de la mazmorra en la que, según la creencia general, lo habían encerrado. En Altojardín, de la noche a la mañana, el castellano, el mayordomo y la madre del joven lord Tyrell, que le servían de regentes, retiraron su apoyo al rey Aegon ante la magnitud del clamor de sus banderizos, y decidieron que la casa Tyrell se abstendría de participar en el conflicto. Su alteza comenzó a ahogar los miedos en vino, nos cuenta el septón Eustace. Ser Otto envió un mensaje a su sobrino lord Ormund Hightower para rogarle que sofocara la erupción de rebeliones del Dominio.

Siguieron más decepciones: el Valle, Puerto Blanco, Invernalia. Los Blackwood y el resto de los señores de las Tierras de los Ríos acudieron en masa a Harrenhal para congregarse bajo los estandartes del príncipe Daemon. Las flotas de la Serpiente Marina cerraron la bahía del Aguasnegras, y al rey Aegon le tocó aguantar las quejas de los mercaderes una mañana tras otra. Su alteza no tenía más respuesta que otra copa de vino fuerte. «Haz algo», exigió a ser Otto.

La Mano le aseguró que ya estaba haciendo algo: había concebido un plan para romper el bloqueo de los Velaryon. Uno de los principales pilares que sustentaban las pretensiones de Rhaenyra era el príncipe Daemon, su consorte, pero también encarnaba una de sus principales debilidades: en el curso de sus aventuras se había ganado más enemigos que amigos. Ser Otto Hightower, que se contaba entre los primeros, había decidido recurrir a otro de los rivales del príncipe, en la otra orilla del mar Angosto: el Reino de las Tres Hijas.

La flota real no contaba con fuerzas para romper el cerco de la Serpiente Marina en el Gaznate, y el rey Aegon había fracasado hasta entonces en sus intentos de acercamiento a Dalton Greyjoy de Pyke para ganarse el apoyo de las Islas del Hierro. Sin embargo, las flotas combinadas de Tyrosh, Lys y Myr sí estarían en posición de enfrentarse a los Velaryon con ventaja. Ser Otto envió mensajes a los magísteres con promesas de exclusividad sobre el comercio de Desembarco del Rey a cambio de limpiar el Gaznate de los barcos de lord Corlys y volver a abrir las vías marítimas. Para aderezar la propuesta, también prometió ceder los Peldaños de Piedra a las Tres Hijas, si bien lo cierto era que el Trono de Hierro jamás había reclamado el dominio de esas islas.

Sin embargo, la Triarquía nunca actuaba apresuradamente. Como carecía de un auténtico rey, todas las decisiones importantes del «reino» de tres cabezas estaban en manos del Consejo Supremo, compuesto por once magísteres de cada ciudad que competían entre sí por demostrar su astucia, sagacidad e importancia, y por sacar el mayor provecho posible para sus respectivas ciudades. El gran maestre Greydon, que escribió la historia definitiva del Reino de las Tres Hijas cincuenta años después, lo describe como «treinta y tres caballos que tiraban cada uno en su propia dirección». Hasta los asuntos tan acuciantes como la guerra, la paz y las alianzas eran objeto de eterno debate, y para empeorar las cosas, ni siquiera estaban reunidos cuando llegaron los enviados de ser Otto.

El joven rey no se tomó bien el retraso; había llegado al colmo de su paciencia con las evasivas de su abuelo. A pesar de que su madre, la reina viuda Alicent, habló a favor de ser Otto, su alteza hizo oídos sordos a sus súplicas: lo convocó a la sala del trono, le arrancó del cuello la cadena que simbolizaba su cargo y se la lanzó a ser Criston Cole. «Mi nueva Mano es un puño de acero —se jactó—. Ya está bien de cartas.»

Ser Criston no tardó en demostrar su temple. «No es propio de vos rogar apoyo a los señores como un mendigo ruega limosnas —dijo a Aegon—. Sois el legítimo rey de Poniente, y cualquiera que lo niegue es un traidor. Ya va siendo hora de que conozcan el precio de la traición.»

Los primeros en averiguarlo fueron los nobles cautivos que se pudrían en las mazmorras de la Fortaleza Roja, aquellos que habían jurado defender los derechos de la princesa Rhaenyra y persistían obstinadamente en negarse a hincar la rodilla ante el rey Aegon. Los sacaron uno por uno al patio del castillo, donde los esperaba la Justicia del Rey con su hacha. A todos se les concedió una última oportunidad de jurar lealtad a su alteza, pero solo la aceptaron lord Butterwell, lord Stokeworth y lord Rosby; lord Hayford, lord Merryweather, lord Harte, lord Buckler, lord Caswell y lady Fell apreciaban su juramento más que su vida y murieron decapitados uno tras otro, junto con ocho caballeros hacendados y casi medio centenar de criados y siervos. Sus cabezas acabaron clavadas en picas sobre las puertas de la ciudad.

El rey Aegon también deseaba vengar el asesinato de su heredero a manos de Sangre y Queso: planeaba atacar Rocadragón, caer sobre la fortaleza isleña montado en su dragón y capturar o matar a su hermana paterna junto con sus «hijos bastardos». Hizo falta la intervención de todo el consejo verde para disuadirlo. Ser Criston Cole propuso una estrategia diferente: ya que la princesa aspirante al trono se había servido del sigilo y la traición para asesinar al príncipe Jaehaerys, ellos podían imitarla. «Le pagaremos con la misma moneda manchada de sangre», dijo al rey. El instrumento que eligió el lord comandante de la Guardia Real para la venganza del rey fue ser Arryn Cargyll, su hermano juramentado.

Ser Arryk se conocía al dedillo la antigua sede de la casa Targaryen, porque la había visitado en muchas ocasiones durante el reinado de Viserys. En la bahía del Aguasnegras seguían faenando muchos pescadores, puesto que Rocadragón dependía del mar para su sustento; llevar a Cargyll al pueblo pesquero que se encontraba al pie del castillo resultaría tarea fácil, y desde allí podría abrirse camino hasta la reina. Además, ser Arryk y su gemelo ser Erryk eran idénticos en todos los aspectos; ni siquiera sus compañeros de la Guardia Real eran capaces de distinguirlos, según aseguran Champiñón y el septón Eustace. Ser Criston creía que, con su armadura blanca, ser Arryk no tendría ningún problema para moverse libremente por Rocadragón, y cualquier guardia con quien se cruzara lo tomaría seguramente por su hermano.

Ser Arryk no aceptó la misión de buen grado: el septón Eustace dejó escrito que el atribulado caballero visitó el septo de la Fortaleza Roja la noche de su partida para suplicar el perdón de la Madre Divina. Pero era un caballero de la Guardia Real que había jurado obediencia a su rey y a su comandante, y no tenía otra alternativa honorable que ir a Rocadragón enfundado en el traje manchado de salitre de un simple pescador.

El verdadero propósito de la misión de ser Arryk sigue siendo objeto de controversia: el gran maestre Munkun afirma que las órdenes de Cargyll eran dar muerte a Rhaenyra y acabar con su rebelión de una estocada, pero Champiñón insiste en que las presas eran sus hijos, pues el deseo de Aegon II era lavar la sangre del asesinato de su hijo con la de «Jacaerys y Joffrey Strong, sus sobrinos bastardos».

Ser Arryk arribó a puerto sin impedimentos, se vistió con la armadura y la capa blanca y no tuvo dificultad para entrar en el castillo haciéndose pasar por su hermano gemelo, tal como había planeado Criston Cole. Sin embargo, en las entrañas de Rocadragón, camino de los aposentos reales, los dioses quisieron que se topara cara a cara con ser Erryk, quien al punto se dio cuenta de lo que significaba su presencia. Los bardos cantan que ser Erryk dijo: «Te quiero, hermano» mientras desenvainaba la espada, y que ser Arryk respondió: «Y yo a ti, hermano» al desenfundar la suya.

El gran maestre Munkun narra que la lucha entre los hermanos duró casi una hora; el choque de los aceros despertó a la mitad de la corte de la reina, pero los espectadores no pudieron sino presenciarla sumidos en la impotencia, puesto que era imposible saber quién era quién. Al final, ser Arryk y ser Erryk se hirieron mortalmente entre sí y murieron uno en los brazos del otro con las mejillas surcadas de lágrimas.

El relato de Champiñón es más breve, más jugoso y mucho más desabrido. Cuenta que la lucha duró tan solo unos instantes y no hubo declaración de amor fraternal alguna; que los Cargyll se abalanzaron el uno contra el otro, acusándose mutuamente de traición. Ser Erryk ocupaba una posición más elevada en la escalera de caracol y fue el primero en asestar un golpe mortal, un bárbaro tajo descendente que estuvo a punto de seccionarle el brazo a su hermano a la altura del hombro, pero mientras caía, ser Arryk aferró la capa blanca de su asesino y lo atrajo hacia sí lo suficiente para hundirle profundamente un puñal en las tripas. Ser Arryk pereció antes de que llegaran los primeros guardias, pero la herida que tenía ser Erryk en el vientre le provocó cuatro días de agonía durante los que no paró de aullar, preso de horribles dolores y sin dejar de maldecir al traidor de su hermano.

Por razones obvias, los bardos y los cuentacuentos muestran una clara preferencia por la narración de Munkun. Los maestres y demás estudiosos deben decidir por sí mismos cuál es la versión más probable. Todo lo que dice el septón Eustace es que los gemelos Cargyll se mataron entre sí, y ahí debemos dejarlo.

Volvamos a Desembarco del Rey. Larys Strong el Patizambo, consejero de los rumores del rey Aegon, había elaborado una lista de todos los señores que acudieron a Rocadragón para presenciar la coronación de la reina Rhaenyra y sentarse en el consejo negro. Las sedes de los Celtigar y los Velaryon eran insulares; puesto que Aegon II carecía de fuerza naval, quedaban fuera del alcance de su ira. No obstante, los señores «negros» cuyas tierras se encontraban en el continente no gozaban de esa protección.

Con un centenar de caballeros, quinientos soldados de la casa real y el apoyo del triple de mercenarios curtidos, ser Criston marchó hacia Rosby y Stokeworth, cuyos señores acababan de arrepentirse de apoyar a la reina, con el fin de ordenarles que unieran sus fuerzas a las de la Corona en prueba de lealtad. Con ese contingente incrementado, la hueste de Cole se dirigió a la localidad portuaria amurallada del Valle Oscuro, donde sorprendió a los defensores. Saquearon la ciudad, prendieron fuego a los barcos anclados en el muelle y decapitaron a lord Darklyn. A sus caballeros y su guarnición les permitieron elegir entre jurar sus espadas al rey Aegon o correr la misma suerte que su señor. Muchos optaron por lo primero.

El siguiente objetivo de ser Criston era Reposo del Grajo. Avisado de su llegada, lord Staunton cerró las puertas y desafió a los atacantes. Parapetado tras la muralla, no pudo sino contemplar sus campos, bosques y aldeas en llamas, y la aniquilación de sus ovejas, vacas y vasallos. Cuando comenzaron a escasear las provisiones del castillo, envió un cuervo a Rocadragón para suplicar socorro.

El ave llegó cuando Rhaenyra y sus negros estaban de duelo por ser Erryk y debatían cuál sería la mejor respuesta al último ataque de Aegon el Usurpador. A pesar de la conmoción que le había provocado la trama contra su persona (o la de sus hijos), la reina seguía reacia a atacar Desembarco del Rey. Munkun —y no olvidemos que escribió muchos años más tarde— asegura que se debía al espanto que le producía matar a la sangre de su sangre. Maegor el Cruel había asesinado a su sobrino Aegon y había quedado maldito por siempre jamás, hasta que se desangró en su trono robado. El septón Eustace afirma que Rhaenyra tenía «corazón de madre» y por eso se resistía a arriesgar la vida de los hijos que le quedaban. Sin embargo, el único que asistió a esas reuniones fue Champiñón, e insiste en que Rhaenyra seguía tan consumida de dolor por la muerte de su hijo Lucerys que se ausentó del consejo de guerra y dejó al mando a la Serpiente Marina y su mujer, la princesa Rhaenys.

En este caso, la versión de Champiñón parece la más probable, puesto que sabemos que nueve días después de que lord Staunton enviase su mensaje de auxilio se oyeron unas alas coriáceas que sobrevolaban el mar, y sobre Reposo del Grajo apareció la dragona Meleys. La llamaban la Reina Roja por las escamas escarlata que la cubrían; las membranas de sus alas eran rosa, y la cresta, los cuernos y las garras arrojaban un resplandor cobrizo en su lomo, con una armadura de cobre y acero que destellaba al sol, iba montada Rhaenys Targaryen, la mujer que pudo reinar.

Ser Criston Cole, la Mano de Aegon, no desfalleció, ya que lo estaba esperando; contaba con ello. Los tambores transmitieron una orden y los arqueros se apresuraron a tomar posiciones; arcos y ballestas llenaron el aire de flechas y saetas. Los escorpiones apuntaron y se prepararon para disparar sus dardos de hierro, similares a los que habían derribado a Meraxes en Dorne. Meleys recibió una veintena de impactos, pero las flechas solo consiguieron enfadarla y que escupiera fuego de izquierda a derecha, con un movimiento de barrido. Los caballeros se abrasaron en las sillas de montar mientras les ardían el pelo, la piel y los arreos de los caballos. Los soldados soltaron las lanzas y se dispersaron; algunos trataron de protegerse con el escudo, pero ni el roble ni el hierro podían aguantar el aliento de un dragón. Ser Criston gritaba: «Apuntad a la jinete» desde su caballo blanco, rodeado de llamas y humaradas. Meleys rugió y echó humo por la nariz; un semental envuelto en llamas coceaba en su boca.

Entonces se oyó un rugido de respuesta y aparecieron otras dos siluetas aladas: el rey, a lomos de Fuegosolar el Dorado, y su hermano Aemond, montado en Vhagar. Criston Cole había preparado la trampa, y Rhaenys había mordido el anzuelo; se había convertido en la presa.

La princesa Rhaenys no intentó huir: con un grito de alegría y un restallido del látigo, encaró a Meleys con el enemigo. Si se hubiera enfrentado únicamente a Vhagar, tal vez habría tenido alguna posibilidad; pero contra Vhagar y Fuegosolar al mismo tiempo estaba condenada a perder. Los dragones chocaron con gran violencia cuatrocientas varas por encima del campo de batalla, y las bolas de fuego florecieron y estallaron con tanto resplandor que más tarde hubo quien juró que el cielo estaba plagado de soles. Las fauces carmesí de Meleys llegaron a cerrarse en torno al cuello dorado de Fuegosolar, hasta que Vhagar cayó sobre ellos desde arriba y las tres bestias se precipitaron al suelo dando vueltas. El impacto fue tan fuerte que desprendió piedras de las almenas de Reposo del Grajo, a media legua de distancia.

Los que se hallaban más cerca de los dragones no vivieron para contarlo, y los que estaban lejos no lo vieron debido al fuego y el humo. Transcurrieron horas hasta que se extinguieron las llamas, y de las cenizas solo salió indemne Vhagar. Meleys había quedado destrozada por la caída, en pedazos dispersos por el suelo; Fuegosolar, la magnífica bestia dorada, tenía un ala medio arrancada, y su real jinete se había roto las costillas y la cadera y tenía medio cuerpo cubierto de quemaduras, pero lo peor era el brazo izquierdo: el intenso calor del fuegodragón le había fundido carne con armadura.

Más adelante encontraron un cadáver que podría pertenecer a Rhaenys Targaryen junto a los despojos de su dragona, pero estaba tan carbonizado que era imposible reconocerlo. Amada hija de lady Jocelyn Baratheon y el príncipe Aemon Targaryen, fiel esposa de lord Corlys Velaryon, madre y abuela, la mujer que pudo reinar vivió sin conocer el miedo y murió entre sangre y fuego. Tenía cincuenta y cinco años.

Ochocientos caballeros, escuderos y hombres corrientes perdieron la vida aquel día asimismo. Un centenar más pereció poco después, cuando el príncipe Aemond y ser Criston Cole tomaron Reposo del Grajo y aniquilaron a la guarnición. La cabeza de lord Staunton se envió a Desembarco del Rey y acabó clavada sobre la Puerta Vieja, pero fue otra cabeza la que dejó mudas de asombro a las multitudes humildes a su paso por la ciudad, transportada en una carreta: la de la dragona Meleys. El septón Eustace narra que miles de personas abandonaron la ciudad después de verla, hasta que la reina viuda Alicent ordenó cerrar y trabar las puertas.

El rey Aegon II no murió, aunque las quemaduras le provocaban tal dolor que algunos aseguran que rezaba suplicando la muerte. Llegó a Desembarco del Rey en un palanquín cerrado

para ocultar la gravedad de sus heridas, y estuvo encamado lo que quedaba de año. Los septones rezaban por él, y los maestres le suministraban pócimas y la leche de la amapola, pero pasaba dormido nueve horas de cada diez y solo despertaba para ingerir una exigua comida antes de volver a dormir. No se permitía que nadie perturbara su descanso, a excepción de su madre, la reina viuda, y su Mano, ser Criston Cole. Helaena, su esposa, no hizo ni un intento, tan sumida estaba en su propio dolor y su locura.

Fuegosolar, el dragón del rey, demasiado pesado para transportarlo e incapaz de volar con el ala herida, se quedó en los campos que rodeaban Reposo del Grajo, arrastrándose por la ceniza como un gigantesco gusano de fuego. Los primeros días se alimentó con los despojos carbonizados de la matanza, y cuando se terminaron, con terneros y ovejas que le llevaban los hombres que dejó ser Criston para cuidarlo.

«Ahora te corresponde gobernar el reino hasta que tu hermano tenga fuerzas para volver a ceñirse la corona», le dijo ser Criston Cole al príncipe Aemond. No necesitó repetírselo, asegura Eustace. Así fue como Aemond el Tuerto, el Matasangre, se hizo con la corona de hierro y rubíes de Aegon el Conquistador. «Me queda mejor que a él», proclamó; sin embargo, no se hizo llamar rey, sino que asumió el título de Protector del Reino y príncipe regente. Ser Criston Cole continuó siendo la Mano del Rey.

Entretanto, las semillas que había plantado Jacaerys Velaryon en su viaje al norte comenzaban a germinar, y se estaban reuniendo hombres en Puerto Blanco, Invernalia, Fuerte Túmulo, Villahermana, Puerto Gaviota y las Puertas de la Luna. Ser Criston advirtió al nuevo príncipe regente de que si llegaban a unir sus fuerzas con las de los señores de las Tierras de los Ríos que estaban agrupándose en Harrenhal en torno al príncipe Daemon, ni la sólida muralla de Desembarco del Rey podría resistírseles.

Del sur también llegaban noticias ominosas. Obediente a las súplicas de su tío, lord Ormund Hightower había salido de Anti-

gua con un millar de caballeros y otro de arqueros, tres mil soldados y e incontables millares más de seguidores, mercenarios, jinetes libres y chusma, pero tuvo un encontronazo con ser Alan
Beesbury y lord Alan Tarly. A pesar de contar con menos efectivos,
los dos Alans lo acosaron día y noche, atacaron sus campamentos,
mataron a sus exploradores y provocaron incendios que entorpe-
cían su avance. Más al sur, lord Costayne partió de las Tres Torres
con intención de caer sobre el séquito que transportaba los pertre-
chos de Hightower. Y lo peor, lord Ormund recibió informes de
que Thaddeus Rowan, señor de Sotodeoro, bajaba por el Mander
con una hueste tan numerosa como la suya. A la vista de la situación, decidió que no podía seguir adelante sin apoyo de Desembarco del Rey. «Necesitamos vuestros dragones», escribió.

Extremadamente seguro de sus habilidades guerreras y del poder de la dragona Vhagar, Aemond estaba deseando plantar cara
al enemigo. «La amenaza no es la puta de Rocadragón —afirmó—, ni tampoco Rowan, ni esos traidores del Dominio. El peligro es mi tío. Muerto Daemon, todos esos cretinos que portan los
estandartes de nuestra hermana volverán corriendo a sus castillos
y no nos molestarán más.»

En el lado oriental de la bahía del Aguasnegras, las cosas tampoco le iban bien a la reina Rhaenyra. La pérdida de su hijo Lucerys había sido un golpe demoledor para una mujer ya quebrada
a causa del embarazo y el alumbramiento malogrado. Cuando en
Rocadragón se supo de la caída de la princesa Rhaenys, se produjo un enconado cruce de palabras entre la reina y lord Valerion,
quien la acusó de la muerte de su esposa. «Tendrías que haber
sido tú —gritó la Serpiente Marina a su alteza—. Staunton apeló
a tu ayuda, pero dejaste que fuera mi mujer quien respondiera y
prohibiste a tus hijos unirse a ella.» En el castillo, todo el mundo
sabía que los príncipes Jace y Joff estaban deseando acompañar a
la princesa Rhaenys en su vuelo a Reposo del Grajo con sus dragones.

«Yo era el único capaz de aliviar el corazón de su alteza —asegura Champiñón en su *Testimonio*—. En aquella hora sombría me convertí en el consuelo de la reina; abandoné la máscara de bufón y el gorro puntiagudo, y le mostré toda mi sabiduría y compasión. Sin que nadie lo supiera, era el comediante quien gobernaba; un rey invisible enfundado en un traje de colores.»

Grandes pretensiones para un hombre tan pequeño, y sin más crónicas ni datos que las respalden. Su alteza no estaba sola en modo alguno: aún le quedaban cuatro hijos con vida. «Mi fuerza y mi consuelo», los llamaba. Aegon el Menor y Viserys, los hijos del príncipe Daemon, tenían nueve y siete años; el príncipe Joffrey contaba solo once; pero Jacaerys, príncipe de Rocadragón, estaba en el umbral de su decimoquinto día del nombre.

Fue Jace quien hizo la siguiente jugada, a finales del 129 d.C. Recordando lo que había prometido a la Doncella del Valle, ordenó al príncipe Joffrey volar a Puerto Gaviota con Tyraxes. Munkun da a entender que el deseo de alejar a su hermano de la lucha fue crucial a la hora de tomar esa decisión. Joffrey no la acató de buen grado, decidido como estaba a demostrar su valía en batalla, pero aceptó a regañadientes cuando le argumentaron que su misión era defender el Valle contra los dragones del rey Aegon. Se dispuso que lo acompañaran Rhaena, la hija de trece años habida por el príncipe Daemon y Laena Velaryon. Conocida como Rhaena de Pentos por la ciudad que la había visto nacer, aún no era jinete de dragón; su cría había muerto hacía unos años, pero al marcharse al Valle llevó tres huevos, y todas las noches rezaba para que eclosionaran.

Baela, la gemela de lady Rhaena, se quedó en Rocadragón. Llevaba mucho tiempo prometida al príncipe Jacaerys y se negó a abandonarlo; insistía en que lucharía a su lado montada en su dragona, aunque Bailarina Lunar era demasiado pequeña para cargar con su peso. También anunció su intención de celebrar los esponsales de inmediato, pero no llegó a celebrarse ninguna boda.

Según Munkun, el príncipe no quería desposarse hasta que acabara la guerra, si bien Champiñón lo atribuye a que ya estaba casado con Sara Nieve, la misteriosa bastarda de Invernalia.

El príncipe de Rocadragón también estaba preocupado por la seguridad de sus hermanos maternos, Aegon el Menor y Viserys, de nueve y siete años. El príncipe Daemon, padre de estos, había forjado muchas amistades en la ciudad libre de Pentos durante sus visitas, de modo que Jacaerys pidió ayuda al príncipe de esa ciudad de allende el mar Angosto, y este accedió a cuidar de los dos niños hasta que Rhaenyra estuviera establecida en el Trono de Hierro. En las postrimerías del 129 d. C., los jóvenes príncipes se embarcaron rumbo a Essos en la coca *Alegre Abandono*, Aegon acompañado de Tempestad y Viserys abrazado a su huevo de dragón. La Serpiente Marina envió una escolta de siete buques de guerra para asegurarse de que llegaran a Pentos sanos y salvos.

El príncipe Jacaerys no tardó en devolver al Señor de las Mareas al redil nombrándolo Mano de la Reina, y con su ayuda empezó a planear un asalto a Desembarco del Rey.

Con Fuegosolar en las inmediaciones de Reposo del Grajo, herido e incapaz de volar, y Tessarion en Antigua con el príncipe Daeron, no quedaban más que dos dragones adultos para defender la capital, aparte de que la reina Helaena, la jinete de Fuegoensueño, se pasaba los días sumida en el llanto y la oscuridad y no representaba ninguna amenaza. Eso dejaba solamente a Vhagar; ningún dragón vivo podía comparársele en tamaño ni en ferocidad, pero Jace razonó que, si cayeran sobre Desembarco del Rey con Vermax, Syrax y Caraxes, ni siquiera «esa vieja zorra» podría hacerles frente.

Champiñón no estaba tan convencido. «Tres son más que dos —cuenta que advirtió al príncipe de Rocadragón—, pero cuatro son más que tres y seis son más que cuatro; eso lo sabe hasta un bufón.» Cuando Jace señaló que Tempestad nunca había tenido jinete, Bailarina Lunar prácticamente acababa de salir del cascarón y Tyraxes estaba muy lejos, en el Valle con el príncipe Joffrey, y preguntó a Champiñón de dónde pretendía sacar más dragones, dice el enano que soltó una risotada y respondió: «De debajo de las sábanas y de las pilas de leña, de todos esos sitios por donde los Targaryen derramáis vuestra simiente plateada».

Los Targaryen eran los señores de Rocadragón desde hacía más de doscientos años, desde la llegada de lord Aenar Targaryen con sus dragones, procedentes de Valyria. Aunque en su costumbre imperaban las bodas entre hermanos y entre primos, la sangre juvenil es fogosa, y no era nada raro que los hombres buscaran placer con las hijas y hasta las esposas de sus súbditos, los vasallos que vivían al pie de Montedragón, en las aldeas: granjeros que labraban la tierra y pescadores que se afanaban en el mar. Es probable que, antes del reinado de Jaehaerys, el tradicional derecho de pernada se ejerciera más en Rocadragón que en ninguna otra parte de los Siete Reinos, aunque la Bondadosa Reina Alysanne se habría sentido consternada de haberlo sabido.

En otros lugares, el privilegio de la primera noche provocaba hondos rencores, tal como averiguó Alysanne en sus audiencias de mujeres, pero esos sentimientos quedaban mitigados en Rocadragón, donde la creencia general era que los Targaryen estaban más cerca de los dioses que del común de los mortales; se envidiaba a las recién casadas que recibían su bendición en la noche de bodas, y los hijos fruto de esas uniones gozaban de la mayor estima, porque los señores de la isla solían celebrar el nacimiento con fastuosos regalos de oro, sedas y tierras para la madre. Se decía que esos afortunados bastardos eran «semillas de dragón», y con el tiempo pasaron a ser simplemente «semillas». Incluso tras la prohibición del derecho de pernada, algunos Targaryen continuaron cortejando a las hijas de los posaderos y las esposas de los pescadores, de modo que Rocadragón estaba sembrado de semillas y descendientes de semillas.

A ellos se dirigió el príncipe Jacaerys, a instancias de su bufón, con el juramento de que cualquiera capaz de domar un dragón obtendría tierras, riquezas y el nombramiento de caballero; sus hijos serían nobles; sus hijas se casarían con señores, y ellos tendrían el honor de luchar junto al príncipe de Rocadragón contra el usurpador Aegon II Targaryen y sus traidores aliados.

No todos los que respondieron a la llamada del príncipe eran semillas; algunos no eran siquiera hijos ni nietos de semillas. Una veintena de caballeros del servicio de la reina se ofrecieron como jinetes de dragón, incluido ser Steffon Darklyn, el lord comandante de su Guardia Real, además de varios escuderos, ayudantes de cocina, marineros, soldados y titiriteros, y un par de doncellas. A los triunfos y tragedias que se siguieron, Munkun los llama «la Cosecha de las Semillas», y atribuye la idea al propio Jacaerys, no a Champiñón. Otros prefieren llamarlos «la Cosecha Roja».

El más inverosímil de esos aspirantes a jinetes de dragón fue el propio Champiñón, cuyo *Testimonio* narra con profusión su intento de montar a la veterana Ala de Plata, considerada la más dócil de los dragones sin amo. La anécdota, una de las más divertidas del enano, acaba con él a todo correr por el patio de Rocadragón con la culera de los calzones en llamas, y luego medio ahogado al saltar a un pozo para intentar sofocarlas. Improbable, sin duda, pero proporciona un alivio jocoso en un episodio por lo demás nefasto.

Los dragones no son caballos: no se prestan con facilidad a acarrear a alguien en el lomo y, si se sienten irritados o amenazados, atacan. El *Relato verídico* de Munkun nos cuenta que dieciséis hombres perdieron la vida durante la Cosecha, cifra que se triplica contando quienes sufrieron quemaduras o mutilaciones. Steffon Darklyn murió carbonizado mientras intentaba montar a Bruma, y lord Gormon Massey corrió la misma suerte al aproximarse a Vermithor. A un hombre llamado Denys Argenta, cuyo cabello y ojos otorgaban veracidad a su pretensión de descender de un bastardo de Maegor el Cruel, le arrancó un brazo el Ladrón de Ovejas, y cuando sus hijos trataban de restañar la herida cayó sobre ellos el Caníbal, que espantó al Ladrón de Ovejas y devoró a padre y progenie por igual.

Sin embargo, Bruma, Vermithor y Ala de Plata estaban acostumbrados a los humanos y toleraban su presencia. Al haber tenido ya jinetes, aceptaban otros con mayor facilidad. Vermithor, el dragón del Viejo Rey, agachó el pescuezo ante el bastardo de un herrero, un hombre descomunal al que llamaban Hugh el Martillo o Hugh el Duro, y un soldado llamado Ulf el Blanco (por su cabello) o Ulf el Piripi (por su afición a la bebida) consiguió montar a Ala de Plata, la querida dragona de la Bondadosa Reina Alysanne. Bruma, que había pertenecido a Laenor Velaryon, permitió que se subiera a su lomo un zagal de quince años llamado Addam de la Quilla, cuyos orígenes siguen sin estar claros para los historiadores.

Addam y su hermano Alyn, un año más joven, eran hijos de Marilda, la bonita hija de un armador de barcos. Era habitual verla por los astilleros de su padre, y se la conocía más por el nombre de Ratona porque era «pequeña y veloz, y siempre andaba atravesada entre los pies». Tenía solo dieciséis años cuando dio a luz a Addam, en el 114 d.C., y acababa de cumplir los dieciocho cuando tuvo a Alyn, en el 115. Menudos y rápidos como su madre, los dos bastardos de la Quilla tenían el cabello plateado y los ojos violeta, y pronto demostraron que también llevaban «salitre en las venas», puesto que crecieron en los astilleros de su abuelo y se enrolaron de grumetes antes de cumplir los ocho años. A la muerte de su abuelo, cuando Addam tenía diez años y Alyn nueve, su madre heredó los astilleros y los vendió, y con el dinero que obtuvo se hizo a la mar como patrona de una coca mercante a la que llamó *Ratón*. Sagaz mercader y osada capitana, en el 130 d.C., Marilda de la Quilla poseía ya siete barcos, y sus hijos bastardos siempre andaban enrolados en alguno.

Era imposible dudar que Addam y Alyn fueran semillas de dragón; bastaba con mirarlos, pero Marilda se negaba categóricamente a dar el nombre del padre. No fue hasta que el príncipe Jacaerys comenzó su búsqueda de nuevos jinetes de dragón que rompió su silencio y afirmó que los dos eran hijos naturales del difunto ser Laenor Velaryon.

Se parecían a él, ciertamente, y era sabido que ser Laenor visitaba en ocasiones el astillero de la Quilla. No obstante, muchos en Rocadragón y Marcaderiva acogieron el anuncio con escepticismo, porque recordaban bien el desinterés de Laenor Velaryon hacia las mujeres. Sin embargo, nadie osó llamarla mentirosa, ya que el propio lord Corlys, padre de Laenor, llevó a los jóvenes ante el príncipe Jacaerys para la Cosecha. La Serpiente Marina, que había sobrevivido a todos sus hijos y sufrido la traición de sus primos y sobrinos, parecía deseoso de aceptar a esos nietos recién descubiertos. Cuando Addam de la Quilla montó a Bruma, el dragón de ser Laenor, la pretensión de su madre cobró credibilidad.

En consecuencia, no debería sorprendernos que tanto el gran maestre Munkun como el septón Eustace acepten respetuosamente la paternidad de ser Laenor; pero Champiñón, como de costumbre, disiente: en su *Testimonio* da a entender que el padre de los «ratoncitos» no era el hijo de la Serpiente Marina, sino la propia Serpiente Marina, que no compartía las inclinaciones eróticas de ser Laenor. Señala además que los astilleros de la Quilla eran como un segundo hogar para él, mientras que su hijo los visitaba con menos frecuencia. La princesa Rhaenys, su esposa, tenía el temperamento fogoso tan común entre los Targaryen y no habría aceptado de buen grado que su señor marido anduviera engendrando bastardos con alguien a quien ella doblaba la edad, y para colmo hija de un constructor de barcos; por tanto, según Champiñón, Corlys Velaryon había puesto fin a sus «amoríos de astillero» con Ratona tras el nacimiento de Alyn, en aras de la prudencia, y había ordenado a la madre mantener a los niños apartados de la corte. Hasta la muerte de la princesa Rhaenys no se atrevió lord Corlys a presentar a sus bastardos, ya sin riesgo.

Hay que reconocer que en este caso resulta más verosímil la versión del bufón que las del septón y el maestre. Es probable que muchos compartieran la sospecha en la corte de la reina Rhaenyra, pero cerraron la boca. Poco después de que Addam de la Quilla demostrase su valía montando a Bruma, lord Corlys se atrevió a pedir a la reina que quitase a los dos hermanos el estigma de bastardos; cuando el príncipe Jacaerys secundó la petición, su alteza accedió, y Addam de la Quilla, semilla de dragón y bastardo, se convirtió en Addam Velaryon, heredero de Marcaderiva.

Sin embargo, ese no fue el fin de la Cosecha Roja. Daría otros y más amargos frutos, con consecuencias funestas para los Siete Reinos.

Los tres dragones salvajes de Rocadragón eran más difíciles de dominar que los que ya habían tenido jinete, pero no faltaron intentos. El Ladrón de Ovejas, un dragón llamativamente feo de color «pardo fangoso» que había salido del cascarón cuando el Viejo Rey aún era joven, era aficionado a la carne de cordero y tenía la costumbre de abalanzarse en picado sobre los rebaños que pastaban en las tierras comprendidas entre Marcaderiva y el Rodeo. Rara vez provocaba daño a los pastores, a no ser que trataran de interponerse en su camino, pero de vez en cuando devoraba un perro ovejero. Fantasma Ceniciento vivía en una alta fumarola de la cara oriental de Montedragón, prefería el pescado y se lo avistaba casi siempre en vuelo bajo sobre el mar Angosto, atrapando presas en el agua. Era una bestia de un gris blanquecino, el color de la bruma matutina, y particularmente tímida: evitaba durante años enteros a los humanos y los lugares que habían construido.

El más grande y viejo de los dragones salvajes era el Caníbal, llamado así porque se le había visto devorar los despojos de otros de su especie y saqueaba los criaderos de Rocadragón para comerse los huevos y las crías. Negro como el tizón, de ojos verdes maliciosos, el Caníbal ya había hecho su madriguera en Rocadragón antes de la llegada de los Targaryen, a decir de algunos aldeanos, aunque tanto el gran maestre Munkun como el septón Eustace lo consideraban muy improbable, igual que yo. Los aspirantes a jinetes de dragón habían intentado montarlo una docena de veces; su madriguera estaba alfombrada de huesos.

Ninguna semilla de dragón cometió la imbecilidad de molestar al Caníbal, porque nadie que lo intentara volvía para contarlo. Algunos anduvieron buscando a Fantasma Ceniciento pero fracasaron, ya que era una criatura escurridiza. El Ladrón de Ovejas resultó más fácil de atraer, pero era una bestia feroz e irritable, y mató más semillas de dragón que los tres «dragones del castillo» juntos. Uno de los que intentaron domarlo (tras haber tratado en vano de encontrar a Fantasma Ceniciento) fue Alyn de la Quilla, pero el dragón no lo aceptó. Cuando cayó de la madriguera con la capa incendiada, salvó la vida gracias a la rápida reacción de su

hermano; Bruma espantó al dragón salvaje mientras Addam apagaba las llamas con su capa. Alyn Velaryon llevaría en la espalda y las piernas las cicatrices del encuentro durante el resto de su vida, pero se consideraba afortunado por haber sobrevivido; muchos otros aspirantes y semillas que trataron de subirse al lomo del Ladrón de Ovejas acabaron en su estómago.

Al final, al dragón pardo lo domó una «chica menuda y parda» de dieciséis años a base de astucia y persistencia: le llevaba una oveja recién sacrificada cada mañana, hasta que aprendió a aceptarla y esperarla. Munkun dice que el nombre de esa inaudita jinete de dragón era Ortiga; Champiñón nos dice que era una bastarda de origen dudoso llamada Orthy, hija de una ramera portuaria. Se llamara como se llamara, tenía el pelo negro, los ojos marrones y la piel cetrina; era flaca, grosera e intrépida, y no conocía el miedo. Fue la primera y última jinete del dragón Ladrón de Ovejas.

El príncipe Jacaerys ya tenía lo que quería. Al precio de tanto dolor y tanta muerte, tantas viudas, tantos quemados que llevarían las cicatrices hasta el día de su muerte, había conseguido cuatro nuevos jinetes de dragón. En las postrimerías del 129 d. C. se preparó para atacar Desembarco del Rey desde el aire; la fecha elegida fue la primera luna llena del año nuevo.

Pero los planes de los hombres no son sino juguetes para los dioses y, mientras Jace trazaba los suyos, se cernía una nueva amenaza procedente del este. Las conspiraciones de Otto Hightower habían dado sus frutos, y el Consejo Supremo de la Triarquía, reunido en Tyrosh, había aceptado su oferta de alianza. Noventa buques de guerra con banderas de las Tres Hijas partieron de los Peldaños de Piedra rumbo al Gaznate, y la casualidad y los dioses quisieron que la *Alegre Abandono*, la coca pentoshí donde viajaban los dos príncipes Targaryen, cayera directamente en sus fauces.

Los barcos que escoltaban la coca acabaron hundidos o en manos del enemigo, y la *Alegre Abandono*, capturada. La noticia llegó a Rocadragón con el príncipe Aegon, quien apareció aferrado con desesperación al cuello de Tempestad, su dragón. Champiñón nos relata que estaba blanco de terror, temblaba violentamente y apestaba a orina. Tenía solo nueve años y nunca había montado en dragón... ni volvería a montar, ya que Tempestad había sufrido espantosas heridas al huir de la *Alegre Abandono*, y tenía incontables puntas de flecha clavadas en el vientre y una saeta de escorpión atravesada en el cuello. Murió al cabo de una hora, siseando, derramando sangre caliente y negra a borbotones, y echando humo por las heridas.

El príncipe Viserys, el hermano pequeño de Aegon, no contaba con medios para escapar de la coca. El espabilado muchacho había escondido su huevo de dragón y se había vestido de harapos manchados de salitre para hacerse pasar por un vulgar aprendiz, pero lo traicionó uno de los auténticos grumetes y acabó cautivo. El primero en darse cuenta de a quién tenían en su poder fue un capitán tyroshí, según narra Munkun, pero el almirante Sharako Lohar de Lys no tardó en arrebatarle el trofeo.

El almirante lyseno dividió la flota en formación de pinza para el ataque; una facción entraría en el Gaznate por el sur de Rocadragón, y la otra, por el norte. La batalla comenzó en las primeras horas de la mañana del quinto día del año 130 después de la Conquista de Aegon. Los buques de guerra de Sharako se acercaron con el sol naciente a popa, ocultos por el resplandor, y tomaron por sorpresa a muchas galeras de lord Velaryon; embistieron unas y abordaron otras con cabos y arpeos. El escuadrón sur pasó de largo Rocadragón y cayó sobre las costas de Marcaderiva; desembarcó hombres en Puertoespecia y envió barcos en llamas para incendiar las naves que les salían al encuentro. A media mañana, Puertoespecia estaba ardiendo, y las tropas myrienses y tyroshíes arremetían contra las puertas de Marea Alta.

Cuando el príncipe Jacaerys se precipitó sobre una línea de galeras lysenas a lomos de Vermax, lo recibieron con una lluvia de lanzas y flechas. Los marineros de la Triarquía ya se habían enfrentado a dragones en los Peldaños de Piedra, cuando lucharon contra el príncipe Daemon. Nadie puede decir que carecieran de coraje; estaban dispuestos a luchar contra el fuegodragón con las armas que tuvieran. «Matad al jinete y el dragón se irá», les habían dicho sus capitanes y comandantes. Se incendió una nave, y luego otra, pero los hombres de las Ciudades Libres continuaron luchando..., hasta que se oyó un grito, y al levantar la vista encontraron más siluetas aladas que rodeaban Montedragón y se dirigían hacia ellos.

Enfrentarse a un dragón es una cosa, y enfrentarse a cinco, otra. Cuando Ala de Plata, el Ladrón de Ovejas, Bruma y Vermithor se abalanzaron sobre ellos, los hombres de la Triarquía sintieron que el valor los abandonaba. La línea de buques de guerra se quebró; las galeras viraron y se alejaron una por una. Los dragones caían como relámpagos escupiendo bolas de fuego azul, naranja, rojo y dorado, cada una más luminosa que la anterior. Una tras otra, las naves estallaban o acababan consumidas por las llamas; los hombres saltaban al mar profiriendo gritos, envueltos en fuego; del agua se elevaban altas columnas de humo negro. Todo parecía perdido; todo estaba perdido...

Más tarde se relataron varias historias diferentes sobre el cómo y el porqué de la caída del dragón. Algunos aseguraban que un ballestero le había acertado en un ojo con una saeta de hierro, pero esa versión recuerda sospechosamente al final que encontró Meraxes en Dorne, largo tiempo atrás. Según otra narración, un marinero lanzó un arpeo desde la cofa de una galera myriense cuando Vermax se abalanzaba en picado contra la flota; un garfio se le clavó entre dos escamas y penetró profundamente a causa de la velocidad que llevaba el dragón. El marinero había enroscado el otro extremo de la cadena alrededor del mástil, y el peso del barco, unido a la potencia de las alas de Vermax, le abrió un largo tajo irregular en el vientre. El rugido de rabia del dragón se oyó hasta en Puertoespecia pese al estruendo de la batalla. Vermax se precipitó emitiendo humo y alaridos, arañando el agua, tras el brusco final de su vuelo. Los supervivientes contaron que había intentado remontarse, pero solo consiguió chocar de cabeza con una galera en llamas: la madera se astilló; el mástil se vino abajo, y el dragón, con sus sacudidas, quedó enredado en las jarcias. Cuando el barco escoró y se hundió, Vermax fue detrás.

Se dice que Jacaerys Velaryon se liberó y quedó agarrado brevemente a un pecio humeante, hasta que los ballesteros de la nave myriense más próxima descargaron sus saetas sobre él. El príncipe recibió un impacto y luego otro; más y más myrienses dispararon sus ballestas; al final, uno le acertó en el cuello, y se lo tragó el mar.

La batalla del Gaznate se propagó durante la noche al norte y sur de Rocadragón, y fue una de las más sangrientas de la historia naval. Sharako Lohar había llevado una flota combinada de noventa buques de guerra myrienses, lysenos y tyroshíes de los Peldaños de Piedra; veintiocho de ellos sobrevivieron y, salvo tres tripulados por lysenos, el resto consiguió regresar a duras penas. Tras el desastre, las viudas de Myr y Tyrosh acusaron al almirante de haber enviado sus flotas a la destrucción sin arriesgar la suya, y ese fue el comienzo de la disputa que acabaría con la Triarquía dos años después, cuando las tres ciudades se enfrentaron entre sí en la guerra de las Hijas. Pero ese relato es ajeno a esta historia.

Aunque los atacantes perdonaron Rocadragón, pensando sin duda que la vetusta fortaleza de los Targaryen resistiría el asalto, se cobraron un alto precio en Marcaderiva. Puertoespecia sufrió un saqueo brutal; la masacre se cebó con hombres, mujeres y niños, y sus cadáveres quedaron abandonados en las calles para ser pasto de las gaviotas, las ratas y los cuervos carroñeros; los edificios ardieron. La ciudad nunca se reconstruyó. Marea Alta también se incendió; el fuego consumió todos los tesoros del oriente que había llevado hasta allí la Serpiente Marina, y a sus criados los acuchillaron cuando trataban de escapar de las llamas. La flota de los Velaryon perdió casi un tercio de su poder. Murieron millares de personas, pero ninguna de esas pérdidas fue tan lamentada como la de Jacaerys Velaryon, príncipe de Rocadragón y heredero del Trono de Hierro.

El príncipe Viserys, el hijo menor de Rhaenyra, también parecía perdido; en la confusión de la batalla, ninguno de los supervivientes supo identificar con seguridad el barco que lo transportaba. Ambos bandos lo dieron por muerto, ahogado, quemado o descuartizado. Aegon el Menor, su hermano mayor, había escapado volando, pero la alegría lo había abandonado por completo: nunca se perdonaría el haberse montado en Tempestad y haber abandonado a su hermano pequeño en manos del enemigo. Está escrito que cuando felicitaron a la Serpiente Marina, este dijo: «Si esto es la victoria, rezo por no cosechar otra en la vida».

Champiñón nos cuenta que esa noche, en Rocadragón, dos hombres brindaron por la matanza en una taberna llena de humo que había bajo el castillo: los jinetes de dragón Hugh el Martillo y Ulf el Blanco, que habían participado en la batalla montados en Vermithor y Ala de Plata, y vivido para jactarse. «Ahora somos caballeros de verdad», declaró Hugh el Duro. Y Ulf se echó a reír y dijo: «A los siete infiernos con eso: señores deberíamos ser».

Ortiga no se unió a la celebración. Había volado con los demás, luchado con la misma bravura, y quemado y matado tanto como cualquiera, pero cuando regresó a Rocadragón, las lágrimas le surcaban el rostro ennegrecido de humo. Addam Velaryon, antes Addam de la Quilla, fue a ver a la Serpiente Marina después de la batalla, pero ni siquiera Champiñón nos cuenta de qué hablaron.

Una quincena más tarde, en el Dominio, Ormund Hightower se encontró atrapado entre dos ejércitos. Thaddeus Rowan, señor de Sotodeoro, y Tom Flores, el Bastardo de Puenteamargo, lo estaban presionando desde el noreste con un gran ejército de caballería, mientras que ser Alan Beesbury, lord Alan Tarly y lord Owen Costayne habían unido fuerzas para cortarle la retirada a Antigua. Cuando sus ejércitos lo acorralaron en las orillas del río

Vinomiel y lo atacaron a la vez por la vanguardia y la retaguardia, lord Hightower vio desmoronarse sus filas. La derrota parecía inminente; pero entonces, una sombra cruzó el campo de batalla, y un terrible rugido procedente del cielo se alzó sobre el choque de los aceros. Había llegado un dragón.

Era Tessarion, la Reina Azul, la dragona cobre y cobalto. Llevaba al lomo a Daeron Targaryen, de quince años, el menor de los tres hijos de la reina Alicent, escudero de lord Ormund, el niño amable y de voz suave que había sido hermano de leche del príncipe Jacaerys.

La llegada del príncipe Daeron y su dragón cambió las tornas de la batalla: los hombres de lord Ormund atacaron al enemigo profiriendo maldiciones, mientras que a los de la reina les llegó el turno de huir. Al final del día, lord Rowan se batía en retirada hacia el norte con lo que quedaba de su hueste, Tom Flores yacía carbonizado entre los juncos; los dos Alans habían caído prisioneros, y lord Costayne agonizaba a causa de una herida que le había infligido Jon Roxton el Osado con su hoja negra, la *Hacedora de Huérfanos*. Mientras los lobos y los cuervos devoraban los cadáveres de la matanza, Ormund Hightower agasajó al príncipe Daeron con carne de uro y vino fuerte; lo nombró caballero con la célebre espada larga de acero valyrio *Vigilancia* y le otorgó el sobrenombre de ser Daeron el Audaz. El príncipe respondió con modestia: «Sois muy amable, mi señor, pero la victoria pertenece a Tessarion».

En Rocadragón, el abatimiento y la derrota se cernieron sobre la corte negra cuando se supo del desastre del Vinomiel. Lord Bar Emmon llegó a insinuar que tal vez hubiera llegado el momento de postrernarse ante Aegon II. Sin embargo, la reina no quiso ni oírlo mencionar. Solo los dioses conocen el corazón de los hombres, y las mujeres son aún más enigmáticas; destrozada por la pérdida de un hijo, Rhaenyra Targaryen pareció cobrar nuevas fuerzas con la muerte del segundo. La caída de Jace la endureció, consumió sus miedos y solo le dejó el odio y la ira. Seguía teniendo más dragones que su hermano y estaba dispuesta a usarlos a cualquier precio. Anunció al consejo negro que iba a descargar una tormenta de fuego y muerte sobre Aegon y todos sus seguidores, y a arrancarlo del Trono de Hierro, o morir en el intento.

Al otro lado de la bahía, una determinación similar había hecho presa en el pecho de Aemond Targaryen, quien gobernaba en nombre de su hermano Aegon, postrado en cama. Aemond el Tuerto desdeñaba a su hermana Rhaenyra; para él, la amenaza era su tío, el príncipe Daemon, así como la gran hueste que había reunido en Harrenhal. Convocó a los banderizos y al consejo, y anunció su intención de presentar batalla a su tío y castigar a los señores rebeldes de los Ríos.

Propuso atacar las Tierras de los Ríos desde el este y el oeste, para obligar a los señores del Tridente a luchar en dos frentes. Jason Lannister había congregado un gran ejército en las colinas occidentales: un millar de caballeros de armadura y siete veces más arqueros y soldados; descendería del terreno elevado y cruzaría a hierro el Forca Roja mientras ser Criston Cole partía de Desembarco del Rey acompañado por el príncipe Aemond en persona, montado en Vhagar. Los dos ejércitos coincidirían en Harrenhal y pinzarían a los «traidores del Tridente». Si su tío abandonaba los muros del castillo para plantarles cara, como sin duda haría, Vhagar prevalecería sobre Caraxes y Aemond volvería a la ciudad con la cabeza de Daemon.

No todos los miembros del consejo estaban de acuerdo con la osada estrategia del príncipe. Aemond contaba con el apoyo de ser Criston Cole, la Mano, y el de ser Tyland Lannister, pero el gran maestre Orwyle le rogó que enviase un mensaje a Bastión de Tormentas para obtener el respaldo de la casa Baratheon con todo su poder antes de actuar, y lord Jasper Wylde, Vara de Hierro, declaró que era necesario convocar a lord Hightower y al príncipe Daeron para que acudiesen desde el sur, con el argumento de que «dos dragones son mejores que uno». La reina viuda también recomendó prudencia, y exhortó a su hijo a esperar al restablecimiento de su hermano el rey y su dragón Fuegosolar el Dorado, para que pudiesen unirse al ataque.

Al príncipe Aemond, no obstante, no le placía el retraso y declaró que no necesitaba a sus hermanos ni a los dragones de estos; Aegon estaba gravemente herido y Daeron era muy joven. Caraxes era una bestia temible, sí: fiero, astuto y curtido en batalla; pero Vagar era más vieja, más feroz y el doble de grande. El septón Eustace narra que el Matasangre estaba decidido a que aquella fuera su victoria; no deseaba compartir la gloria con sus hermanos ni con ningún otro.

No podían llevarle la contraria, pues hasta que Aegon II se levantara del lecho y volviese a esgrimir la espada, la regencia y el gobierno estaban en manos de Aemond. Fiel a su determinación, el príncipe salió por la Puerta de los Dioses al cabo de una quincena, a la cabeza de una hueste de cuatro mil efectivos. «Dieciséis días de marcha a Harrenhal —proclamó—. El decimoséptimo nos regalaremos un banquete en el salón de Harren el Negro, mientras la cabeza de mi tío nos mira desde mi lanza.» Al otro lado del reino, Jason Lannister, señor de Roca Casterly, acató sus órdenes y descendió de las colinas occidentales para descargar toda su fuerza sobre el Forca Roja y el corazón de las Tierras de los Ríos. Los señores del Tridente no tenían más remedio que ir a su encuentro.

Daemon Targaryen era un guerrero demasiado veterano y curtido para quedarse cruzado de brazos, recluido entre paredes, por mucho que fuera la gigantesca muralla de Harrenhal. Seguía teniendo amigos en Desembarco del Rey, y supo de los planes de su sobrino antes incluso de que partiera. Cuando se enteró de que Aemond y ser Criston Cole habían salido de Desembarco del Rey, se dice que soltó una risotada y dijo: «Ya era hora», porque llevaba mucho esperando ese momento. Una parvada de cuervos remontó el vuelo desde las retorcidas torres de Harrenhal.

En el Forca Roja, lord Jason Lannister se encontró frente al anciano Petyr Piper, señor de la Princesa Rosada, y Tristan Vance, señor de Descanso del Caminante. Aunque los occidentales superaban en número al enemigo, los señores de los Ríos conocían el terreno. Tres veces intentaron cruzar los Lannister, y tres veces los rechazaron; en el último intento, lord Jason recibió una herida mortal a manos de un escudero encanecido, Pate de Hojaluenga. Lord Piper en persona lo armó caballero y le dio el nombre de Hojaluenga el Mataleones. En el cuarto ataque, sin embargo, los Lannister consiguieron llegar a los vados; fue el turno de lord Vance de caer ante ser Adrian Tarbeck, que se había puesto al mando de la hueste occidental. Tarbeck y un centenar de caballeros selectos se quitaron las pesadas armaduras, remontaron el río a nado hasta dejar atrás la batalla y volvieron dando un rodeo para sorprender a los hombres de lord Vance por la retaguardia. Las filas de los señores de los Ríos se desmembraron, y los occidentales cruzaron el Forca Roja en tropel e irrumpieron a millares.

Mientras tanto, sin que el moribundo lord Jason ni sus banderizos llegaran a enterarse, flotas de barcoluengos de las Islas del Hierro cayeron sobre las costas de las tierras de los Lannister con Dalton Greyjoy de Pyke al frente. Cortejado por ambos aspirantes al Trono de Hierro, el Kraken Rojo ya había tomado una decisión. Sus hombres del hierro no serían capaces de entrar en Roca Casterly en el momento en que lady Johanna asegurara las puertas, pero se apoderaron de tres cuartas partes de los barcos que había en el puerto, hundieron el resto, cruzaron la muralla de Lannisport como un enjambre y saquearon la ciudad; se hicieron con incontables riquezas y se llevaron a más de seiscientas mujeres y niñas, incluidas la amante favorita de lord Jason y sus hijas naturales.

En otra parte del reino, lord Walys Mooton, al frente de un centenar de caballeros de Poza de la Doncella, se unió a los Crabb y los Brune, las casas medio salvajes de Punta Zarpa Rota, y a los

Celtigar de Isla Zarpa. Cruzaron bosques de pinos y colinas brumosas a toda prisa con destino a Reposo del Grajo, donde su repentina llegada tomó por sorpresa a la guarnición. Tras reconquistar el castillo, lord Mooton condujo a sus hombres más valientes al campo de cenizas que se extendía al oeste para acabar con el dragón Fuegosolar.

Los aspirantes a matadragones sortearon con facilidad el cordón de guardias que lo alimentaban, atendían y protegían, pero Fuegosolar resultó más duro de roer de lo que esperaban. Los dragones son criaturas torpes en tierra, y el desgarrón del ala impedía a la gran bestia dorada alzar el vuelo. Los atacantes confiaban en hallarlo moribundo; lo encontraron dormido, pero el choque de espadas y el estampido de caballos lo despertaron enseguida, y la primera lanza que lo atacó lo puso furioso. Resbaladizo de fango, retorciéndose entre los huesos de incontables ovejas, Fuegosolar se enroscó como una serpiente, al tiempo que asestaba latigazos con la cola y lanzaba ráfagas de fuego dorado a sus atacantes, sin dejar de intentar remontarse. Tres veces se elevó y tres veces volvió a caer a tierra. Los hombres de Mooton se arracimaron a su alrededor con espadas, lanzas y hachas, y le infligieron abundantes y dolorosas heridas, pero el único efecto parecía ser encolerizarlo más. Ya había más de medio centenar de muertos cuando el restó huyó.

Entre los caídos estaba Walys Mooton, señor de Poza de la Doncella. Cuando su hermano Manfyrd encontró su cadáver una quincena después, en la armadura fundida no quedaba sino carne carbonizada repleta de gusanos. Sin embargo, en aquel campo de cenizas alfombrado con huesos de valientes y los despojos quemados e hinchados de un centenar de caballos, lord Manfyrd no encontró ni rastro del dragón de Aegon. No había huellas, como cabría esperar si se hubiera marchado a rastras. Aparentemente, Fuegosolar el Dorado había vuelto a volar, si bien no quedaba con vida nadie que pudiera decir en qué dirección.

Entretanto, el príncipe Daemon Targaryen se dirigía al sur a toda prisa a lomos de Caraxes, su dragón. Sobrevoló la orilla occidental del Ojo de Dioses, bien apartado de la línea de avance de ser Criston; esquivó la hueste enemiga, cruzó el Aguasnegras, giró al este y siguió el curso del río hacia Desembarco del Rey. En Rocadragón, Rhaenyra Targaryen se puso una armadura de relucientes escamas negras, montó en Syrax y alzó el vuelo en medio de una tormenta que azotaba las aguas de la bahía del Aguasnegras. La reina y su príncipe consorte se reunieron muy por encima de la ciudad, trazando círculos sobre la Colina Alta de Aegon.

La visión desató el pánico en las calles, ya que el pueblo comprendió enseguida que había llegado el tan temido ataque. El príncipe Aemond y ser Criston habían despojado a Desembarco del Rey de sus defensas cuando partieron a reconquistar Harrenhal, y el Matasangre se había llevado a Vhagar, la temible bestia,

dejando solo a Fuegoensueño y un puñado de crías inmaduras para hacer frente a los dragones de la reina. Los dragones jóvenes nunca habían tenido jinete, y la de Fuegoensueño, la reina Helaena, era una mujer destrozada; podría decirse que la ciudad no contaba con dragones.

Millares de personas salieron como una riada por las puertas de la ciudad, con sus hijos y sus posesiones mundanas a la espalda, en busca de la seguridad de la campiña. Otros cavaron pozos y túneles bajo sus casuchas, agujeros lóbregos, fríos y húmedos donde confiaban guarecerse cuando ardiera la ciudad (el gran maestre Munkun nos informa de que muchos de los pasadizos y sótanos secretos del subsuelo de Desembarco del Rey datan de esa fecha). En el Lecho de Pulgas se desencadenaron disturbios. Cuando por el este se avistaron las velas de los barcos de la Serpiente Marina, que surcaban la bahía del Aguasnegras rumbo al río, sonaron las campanas de todos los septos de la ciudad y las muchedumbres tomaron las calles, entregadas al saqueo. Cuando los capas doradas lograron restablecer la paz, los muertos se contaban por decenas.

Con el lord Protector y la Mano del Rey ausentes, y el rey Aegon lleno de quemaduras, postrado en el lecho y perdido en sueños de amapola, le tocó a su madre, la reina viuda Alicent, organizar la defensa de la ciudad. La reina estuvo a la altura: cerró las puertas del castillo y la ciudad, envió a los capas doradas a la muralla y mandó jinetes en caballos veloces a buscar al príncipe Aemond para que regresara.

También ordenó al gran maestre Orwyle enviar cuervos a «todos los señores que nos son leales» para que acudieran a defender a su verdadero rey. Sin embargo, cuando el apresurado Orwyle llegó a sus aposentos, se encontró con cuatro capas doradas que lo esperaban. Uno ahogó sus gritos mientras los demás lo golpeaban y ataban; luego le cubrieron la cabeza con un saco y lo escoltaron a las celdas negras.

Los jinetes de la reina Alicent no pasaron de las puertas, donde los capturaron otros capas doradas. A espaldas de la reina, los siete capitanes que guardaban las puertas, elegidos por su lealtad al rey Aegon, habían caído prisioneros o muertos en el momento en que Caraxes apareció en el cielo sobrevolando la Fortaleza Roja, porque los miembros rasos de la Guardia de la Ciudad seguían teniendo en alta estima a Daemon Targaryen, el Príncipe de la Ciudad, su antiguo comandante.

Ser Gwayne Hightower, hermano de la reina Alicent y segundo al mando de los capas doradas, corrió a los establos a dar la alarma, pero lo capturaron, lo desarmaron y lo llevaron a rastras ante el comandante, Luthor Largent. Cuando Hightower lo acusó de cambiacapas, ser Luthor se rio. «Estas capas nos las dio Daemon —dijo—, y no cambian; son doradas por los dos lados.» Entonces atravesó el vientre de ser Gwayne con la espada y ordenó que abrieran las puertas de la ciudad para que entraran los hombres que desembarcaban de las naves de la Serpiente Marina.

A pesar de la tan proclamada fuerza de su muralla, Desembarco del Rey cayó en menos de un día. Se produjo una batalla corta y sangrienta en la Puerta del Río, donde trece caballeros de los Hightower y un centenar de soldados rechazaron a los capas doradas y resistieron casi ocho horas contra los ataques procedentes de dentro y fuera de la ciudad. Pero su heroicidad fue en vano, porque los soldados de Rhaenyra entraron en tropel por las otras seis puertas, sin impedimento alguno. La visión de los dragones de la reina surcando el cielo descorazonó a los defensores, y los leales al rey Aegon que quedaban se escondieron, huyeron o hincaron la rodilla.

Uno por uno, los dragones descendieron. El Ladrón de Ovejas aterrizó en la Colina de Visenya, y Ala de Plata y Vermithor, en la de Rhaenys, delante de Pozo Dragón. El príncipe Daemon trazó un círculo alrededor de las torres de la Fortaleza Roja antes de bajar con Caraxes al patio exterior, y esperó a tener la certeza de que los defensores no le infligirían daño alguno para indicar por señas a su esposa, la reina, que Syrax y ella podían bajar. Addam Vela-

ryon se quedó en el aire, volando con Bruma en torno a la muralla, para que el aleteo de las amplias alas coriáceas de su dragón sirviese de advertencia a los de abajo de que cualquier desafío se cortaría con fuego.

Al comprender que era inútil resistirse, la reina viuda Alicent salió del Torreón de Maegor con ser Otto Hightower, su padre, en compañía de ser Tyland Lannister y lord Jasper Wylde, Vara de Hierro. (Lord Larys Strong, el consejero de los rumores, no estaba con ellos; se las había ingeniado para desaparecer.) El septón Eustace, que presenció aquella escena, nos dice que la reina Alicent intentó llegar a un acuerdo con su hijastra. «Convoquemos un Gran Consejo, como hizo antaño el Viejo Rey, y planteemos la cuestión de la sucesión ante los señores del reino.» Pero la reina Rhaenyra se burló de la propuesta: «¿Me tomas por Champiñón? Las dos sabemos qué decidiría ese consejo». Entonces ofreció dos opciones a su madrastra: rendirse o morir quemada.

Con la cabeza gacha por la derrota, la reina Alicent entregó las llaves del castillo y ordenó a sus caballeros y soldados deponer las espadas. «La ciudad es vuestra, princesa —se cuenta que dijo—, pero no la conservaréis mucho tiempo. Cuando el gato no está, los ratones bailan, pero mi hijo Aemond volverá con fuego y sangre.»

Los hombres de Rhaenyra encontraron a la reina loca Helaena, la esposa de su rival, encerrada en su cámara, pero cuando derribaron las puertas de los aposentos del rey solo vieron «la cama vacía y la bacinilla llena». Aegon II había escapado, así como sus hijos menores, la princesa Jaehaera, de seis años, y el príncipe Maelor, de dos, junto con Willis Fell y Rickard Thorne, de la Guardia Real. Ni la reina viuda parecía saber adónde habían ido, y Luthor Largent juró que nadie había cruzado las puertas de la ciudad.

Pero no había manera de escamotear el Trono de Hierro, y Rhaenyra no pegaría ojo hasta haber reclamado el asiento de su padre, de modo que se encendieron las antorchas del salón del trono, y la reina subió los escalones de hierro para sentarse donde antes se había sentado el rey Viserys, y el Viejo Rey antes que él, y Maegor, Aenys y Aegon el Dragón en días pretéritos. Ocupó su lugar elevado con semblante adusto, vestida aún de armadura, y todos los hombres y mujeres de la Fortaleza Roja fueron llevados ante ella y obligados a arrodillarse, suplicar su perdón, jurarle sus espadas y sus vidas, y rendirle homenaje como soberana.

El septón Eustace narra que la ceremonia se prolongó toda la noche. Ya hacía tiempo que había amanecido cuando Rhaenyra Targaryen se levantó y bajó los escalones. «Cuando el príncipe Daemon, su esposo, la acompañó para salir de la estancia, pudo verse que su alteza tenía cortes en las piernas y en la palma de la mano izquierda —escribió Eustace—. Fue dejando un reguero de sangre a su paso, y las personas juiciosas cruzaron miradas, aunque nadie osó decir la verdad en voz alta: el Trono de Hierro la había rechazado y sus días en él serían breves.»

La muerte de los dragones

Rhaenyra triunfante

Mientras Desembarco del Rey caía ante Rhaenyra Targaryen y sus dragones, el príncipe Aemond y ser Criston Cole avanzaban sobre Harrenhal al tiempo que la hueste de los Lannister, comandada por Adrian Tarbeck, se desplazaba hacia oriente.

En Torreón Bellota, los ponientíes quedaron inmovilizados brevemente cuando lord Joseth Smallwood avanzó para unirse a lord Piper y al resto de su derrotada hueste; pero Piper murió en la batalla subsiguiente (le estalló el corazón ante la vista de la cabeza de su nieto favorito hincada en una pica, nos dice Champiñón), y Smallwood se replegó en su castillo. Una segunda batalla se siguió tres días después, cuando los ribereños se reagruparon bajo el mando de un caballero andante llamado ser Harry Penny. Tan inverosímil héroe falleció poco después mientras mataba a Adrian Tarbeck. Una vez más, los Lannister se impusieron al cortar la huida a los ribereños. Cuando las huestes occidentales prosiguieron su marcha sobre Harrenhal iban comandadas por el anciano lord Humfrey Lefford, que había padecido tantas heridas que daba las órdenes desde un palanquín.

Lejos estaba lord Lefford de sospechar que pronto padecería

una prueba si cabe más ardua, ya que un ejército de enemigos de refresco descendía sobre ellos desde septentrión: dos millares de norteños salvajes que enarbolaban el pendón acuartelado de la reina Rhaenyra. A su cabeza marchaba Roderick Dustin, señor de Fuerte Túmulo, un soldado tan cano y decrépito que los hombres lo motejaban Roddy el Ruinoso. Su ejército estaba compuesto por canosos barbudos con viejas cotas de malla y pieles harapientas, todos ellos guerreros sumamente experimentados, todos a caballo. Se hacían llamar los Lobos de Invierno. «Hemos venido a morir por la reina dragón», anunció lord Roderick en Los Gemelos, cuando lady Sabitha Frey salió a caballo a recibirlos.

Entretanto, las carreteras enlodadas y los aguaceros retrasaban el avance de Aemond, ya que su ejército estaba compuesto en su mayor parte por peones y una larga caravana de vituallas. La vanguardia de ser Criston libró y ganó una breve y enconada batalla contra ser Oswald Wode y los señores Darry y Roote a la orilla del lago, pero no halló más oposición. Tras diecinueve días de marcha, llegaron a Harrenhal... y se encontraron abiertas las puertas del castillo, ya que el príncipe Daemon y toda su gente se habían marchado.

El príncipe Aemond había llevado a Vhagar con la columna principal a lo largo de toda la andadura, ya que pensaba que su tío podía tratar de atacarlos a lomos de Caraxes. Alcanzó Harrenhal un día después que Cole, y aquella noche celebró una gran victoria. Daemon y su «escoria ribereña» habían huido en vez de plantar cara a su ira, según proclamó Aemond. Poco es de extrañar que, cuando le llegaron las nuevas de la caída de Desembarco del Rey, el príncipe se sintiera triplemente necio. Su furia fue terrible de presenciar.

El primero en sufrirla fue ser Simon Strong. El príncipe Aemond no sentía aprecio alguno por los suyos, y la prisa con que el viejo castellano había rendido Harrenhal a Daemon Targaryen lo convenció de que era un traidor. Ser Simon protestó clamando inocencia e insistió en que era un auténtico y leal servidor de la Corona. Su sobrino nieto, Larys Strong, era el señor de Harrenhal y había sido consejero de los rumores del rey Aegon, recordó al príncipe regente. Tales negativas no lograron sino inflamar las sospechas de Aemond, quien decidió que el Patizambo también era un traidor. ¿Cómo, si no, pudieron saber Daemon y Rhaenyra cuándo iba a resultar más fácil tomar Desembarco del Rey? Alguien del consejo privado los había avisado, y Larys el Patizambo era hermano del Quebrantahuesos y, por tanto, tío de los bastardos de Rhaenyra.

Aemond ordenó que se entregase una espada a ser Simon. «Que los dioses decidan si decís la verdad —dijo—. Si sois inocente, el Guerrero os infundirá fuerzas para derrotarme.» En el duelo subsiguiente no hubo sino un combatiente, en ello coinciden todas las relaciones. El príncipe hizo pedazos al anciano y luego entregó su cadáver a Vhagar para que lo devorase. Tampoco sobrevivieron mucho más los nietos de ser Simon. Uno por uno, todo hombre y mozo con sangre Strong en sus venas fue arrastrado y muerto, hasta que la pila de cabezas superó los dos codos de altura.

Y así fue como la flor y nata de la casa Strong, un antiguo linaje de nobles guerreros que se jactaban de descender de los primeros hombres, encontró su infausto final en el patio de armas de Harrenhal. No se perdonó a ningún Strong de pura cepa, ni a ningún bastardo, salvo, curiosamente, Alys Ríos. Aunque el ama de cría duplicaba su edad (o la triplicaba, si confiamos en Champiñón), el príncipe Aemond se la llevó al catre como trofeo de guerra poco después de la toma de Harrenhal, ya que, al parecer, la prefirió a las demás mujeres del alcázar, entre ellas, muchas guapas doncellas de su edad.

A occidente de Harrenhal, la lucha continuó en las Tierras de los Ríos a medida que el ejército de los Lannister iba abriéndose paso. A causa de la edad y la precaria salud, lord Lefford, su comandante, se arrastraba más que avanzar, pero al aproximarse a las costas occidentales del Ojo de Dioses se topó con un gran ejército.

Roddy el Ruinoso y sus Lobos de Invierno se habían unido a Forrest Frey, señor del Cruce, y a Robb Ríos el Rojo, conocido como el Arquero del Árbol de los Cuervos. Los norteños sumaban dos mil hombres; Frey comandaba doscientos caballeros y el triple de infantes; Ríos había llevado trescientos arqueros al combate. Apenas se había detenido lord Lefford para afrontar al adversario cuando aparecieron más enemigos por el sur, donde los lores Bigglestone, Chambers y Perryn se habían unido a Hojaluenga el Mataleones y una baqueteada banda de supervivientes de las primeras batallas.

Atrapado entre ambas fuerzas enemigas, Lefford dudaba sobre a cuál acometer, por miedo a que la otra los atacara por la retaguardia. Así, se puso de espaldas al lago, se atrincheró y envió cuervos al príncipe Aemond, que se encontraba en Harrenhal, para pedirle ayuda. Aunque una decena de aves alzó el vuelo, ni una sola llegó al príncipe: Robb Ríos el Rojo, considerado el mejor arquero de todo Poniente, las derribó una por una.

Más ribereños aparecieron al día siguiente, bajo el mando de ser Garibald Grey, lord Jon Charlton y el nuevo señor del Árbol de los Cuervos, Benjicot Blackwood, de once años. Con sus cifras incrementadas por la reciente leva, los hombres de la reina acordaron que ya era hora de acometer. «Más vale acabar con esos leones antes de que lleguen los dragones», dijo Roddy el Ruinoso.

La batalla en tierra más sangrienta de la Danza de los Dragones comenzó al día siguiente, nada más salir el sol. En los anales de la Ciudadela se conoce como la batalla de la Orilla del Lago, pero para los que vivieron para contarla fue siempre la Carnada para Peces.

Acometidos por tres lados, los occidentales se vieron empujados vara a vara hacia las aguas del Ojo de Dioses. Centenares murieron por la espada mientras bregaban en los cañizares; cientos más se ahogaron tratando de huir. Al caer la noche ya habían muerto dos mil hombres, entre ellos muchos notables como lord Frey, lord Lefford, lord Bigglestone, lord Charlton, lord Swyft, lord Reyne, ser Clarent Crakehall y ser Emory Colina, el Bastardo de Lannisport. Las huestes de los Lannister resultaron destrozadas y masacradas, pero a tal precio que el joven Ben Blackwood, señor del Árbol de los Cuervos, sollozó al ver las pilas de cadáveres. Las pérdidas más gravosas las sufrieron los norteños Lobos de Invierno, ya que habían suplicado el honor de encabezar la acometida y habían cargado cinco veces contra las filas de lanzas de los Lannister. Más de dos terceras partes de los hombres que habían bajado al sur con lord Dustin fueron muertos o heridos.

Los combates prosiguieron también por el resto del reino, si bien tales encuentros fueron de menor importancia que la gran batalla de la Ribera del Ojo de Dioses. En el Dominio, lord Hightower y su pupilo, el príncipe Daeron el Audaz, continuaron cosechando victorias y sometieron a los Rowan de Sotodeoro, los Oakheart de Roble Viejo y los señores de las Islas Escudo, ya que nadie osaba oponerse a Tessarion, la Reina Azul. Lord Borros Baratheon convocó a sus banderizos y agrupó cerca de seis mil hombres en Bastión de Tormentas, con el ánimo declarado de marchar sobre Desembarco del Rey; si bien luego acabó marchando hacia el sur sirviéndose del pretexto de las incursiones dornienses en las Tierras de la Tormenta, aunque muchos murmuraban que fueron los dragones de delante, y no los dornienses de detrás, los que lo hicieron cambiar de parecer. En el mar del Ocaso, los barcoluengos del Kraken Rojo cayeron sobre Isla Bella y la barrieron de cabo a rabo, mientras lord Farman se cobijaba intramuros e impetraba una ayuda que jamás llegó.

En Harrenhal, Aemond Targaryen y Criston Cole debatían cómo responder ante los ataques de la soberana. Aunque la sede de Harren el Negro era demasiado fuerte para tomarse al asalto, y los señores de los Ríos no se atrevían a sitiarla por miedo a Vhagar,

los hombres del rey se quedaban ya sin víveres, y perdían hombres y caballos a mansalva por la hambruna y las enfermedades. Tan solo campos renegridos y aldeas abrasadas se divisaban desde la enorme muralla del alcázar, y las partidas de forrajeros que se aventuraban a salir no regresaban jamás. Ser Criston solicitó una retirada hacia el sur, donde Aegon contaba con más apoyo, pero el príncipe se negó diciendo que «tan solo un cuervo huye de los traidores». La caída de Desembarco del Rey y la pérdida del Trono de Hierro lo habían enfurecido, y cuando la noticia de la Carnada para Peces llegó a Harrenhal, el lord Protector estuvo a punto de estrangular al escudero que se la comunicó; la intercesión de su compañera de lecho, Alys Ríos, salvó la vida del mozo. El príncipe Aemond abogaba por un ataque inmediato a Desembarco del Rey, insistiendo en que ningún dragón de la reina era comparable a Vhagar.

Ser Criston lo consideró una locura. «Uno contra seis es una lucha propia de necios, mi príncipe», declaró. Volvió a solicitar que marchasen al sur y unieran sus fuerzas a las de lord Hightower; el príncipe Aemond podía reunirse con su hermano Daeron y su dragón. El rey Aegon había escapado del control de Rhaenyra, eso lo sabía; seguramente podría reclamar a Fuegosolar y unirse a sus hermanos, y quizá sus amigos del interior de la ciudad hallasen un modo de liberar también a la reina Helaena para que pudiera entrar en batalla con Fuegoensueño. Cuatro dragones, tal vez, podrían prevalecer contra seis si uno de ellos era Vhagar.

El príncipe Aemond se negó a considerar tal «patochada». Como regente de su hermano, podría haber exigido obediencia a la Mano, pero se abstuvo. Munkun dice que fue por mor de su respeto por el anciano, mientras que Champiñón afirma que rivalizaban por el afecto del ama de cría Alys Ríos, que había usado pócimas y filtros amorosos para inflamar la pasión de ambos. El septón Eustace se hace en parte eco del enano, pero dice que era Aemon el único enamoriscado de la tal Ríos, hasta el punto de que no soportaba la idea de abandonarla.

Fuera cual fuera el motivo, ser Criston y el príncipe Aemond decidieron separarse. Cole comandaría su hueste y la dirigiría al sur para reunirse con Ormund Hightower y el príncipe Daeron, pero el príncipe regente no lo acompañaría, sino que libraría su propia guerra y haría llover fuego sobre los traidores. Más tarde o más temprano, «la reina puta» enviaría un dragón o dos para detenerlo, y Vhagar acabaría con ellos. «No osará enviar todos sus dragones —insistía Aemond—, ya que eso dejaría Desembarco del Rey desnuda y desprotegida. Tampoco arriesgará a Syrax ni a su querido hijo último, ya que las mujeres son de corazón débil y albergan miedos de madre.»

Y así fue como el Hacedor de Reyes y el Matasangre se separaron y arrostraron cada uno su destino, mientras en la Fortaleza Roja, la reina Rhaenyra Targaryen se disponía a recompensar a sus amigos e infligir despiadados castigos a quienes habían servido a su hermano. Ser Luthor Largent, comandante de los capas doradas, fue ennoblecido. A ser Lorent Marbrand lo nombró lord comandante de la Guardia Real y le encargó dar con seis caballeros dignos de servirla a su lado. El gran maestre Orwyle acabó en las mazmorras, y su alteza escribió a la Ciudadela para informar de que su «leal servidor» Gerardys sería, en adelante, «el único auténtico gran maestre». Liberados de esos calabozos que se tragaron a Orwyle, los señores y caballeros «negros» supervivientes recibieron haciendas, cargos y honores como retribución.

Se ofrecieron recompensas considerables por cualquier información que facilitase la captura del «usurpador que se hace llamar Aegon II»; su hija Jaehaera; su hijo Maelor, y los «falsos caballeros» Willis Fell, Rickard Thorne y Larys Strong, el Patizambo. Al ver que esto no producía el resultado esperado, su alteza continuó enviando partidas de «caballeros inquisidores» en busca de los «traidores y villanos» que se le habían escapado y para castigar a todo hombre de quien se descubriera que les había prestado ayuda.

A la reina Alicent le pusieron grilletes de oro en muñecas y tobillos, si bien su hijastra le perdonó la vida «en honor a nuestro padre, que te amó». Su padre tuvo menos suerte: ser Otto Hightower, que había servido a tres reyes como Mano, fue el primer traidor decapitado. Vara de Hierro lo siguió en el cadalso, sin dejar de insistir en que, por ley, el hijo de un rey debe preceder a su hija. Ser Tyland Lannister fue en cambio entregado al tormento, con la esperanza de recuperar parte del tesoro de la Corona.

Lord Rosby y lord Stokeworth, negros que se habían tornado verdes para escapar de los calabozos, intentaron volverse negros de nuevo, pero la reina declaró que los amigos sin fe eran peores que los enemigos y ordenó que les rebanaran la «mendaz lengua» antes de ejecutarlos. No obstante, sus muertes la sumieron en un irritante problema sucesorio. Cada uno de los «amigos sin fe» dejaba una hija. La de Rosby era una doncella de doce años; la de Stokeworth, una niña de seis. El príncipe Daemon propuso que se casara a la primera con Hugh el Duro, el hijo del herrero (que había dado en hacerse llamar Hugh Martillo), y a la segunda, con Ulf el Piripi (ya simplemente Ulf el Blanco), para que sus tierras siguiesen siendo «negras» y a la vez se recompensara de modo acorde a las «semillas» por su valor en la lid.

Pero la Mano del Rey arguyó en contra, ya que ambas jóvenes tenían hermanos menores. Que Rhaenyra reclamase el Trono de Hierro era un caso extraordinario, insistía la Serpiente Marina, ya que su padre la había nombrado heredera expresamente, mientras que ni lord Rosby ni lord Stokeworth habían hecho tal cosa, y desheredar a sus hijos en favor de sus hijas dejaría patas arriba centurias de leyes y precedentes, y pondría en duda los derechos de multitud de señores de todo Poniente, cuyas reivindicaciones podían considerarse inferiores a las de sus hermanas mayores.

Fue el miedo de perder el apoyo de tales señores, afirma Munkun en su *Relato verídico*, lo que condujo a la reina a dictaminar en favor de lord Corlys en vez del príncipe Daemon. Las heredades, los castillos y los caudales de las casas Rosby y

Stokeworth se otorgaron a los hijos de los dos señores ejecutados, mientras que se armó caballeros a Hugh Martillo y Ulf el Blanco y se les concedieron sendas fincas en la isla de Marcaderiva.

Champiñón nos narra que Martillo lo celebró matando de una paliza a un caballero de la casa de la reina en un burdel de la calle de la Seda, a raíz de una discusión sobre la doncellez de una joven, mientras que el Blanco cabalgaba beodo por las callejas del Lecho de Pulgas sin más indumentaria que sus espuelas de oro. Tales son las historias que a Champiñón le encanta narrar, y su veracidad no puede comprobarse; aunque, sin duda alguna, el pueblo de Desembarco del Rey llegó pronto a detestar a los nuevos caballeros de la soberana.

Menos amado si cabe era el hombre a quien su alteza escogió como lord tesorero y consejero de la moneda: su impertérrito partidario Bartimos Celtigar, señor de Isla Zarpa, que parecía bien dotado para el cargo. El acérrimo y firme defensor de la reina era implacable, incorruptible e ingenioso, en eso coincidían todos, y muy acaudalado por si fuera poco. Rhaenyra necesitaba grandemente un hombre así, ya que su situación monetaria era desesperada. Aunque la Corona había nadado en oro tras el fallecimiento del rey Viserys, Aegon II se había hecho con el tesoro al mismo tiempo que con la corona, y Tyland Lannister, su consejero de la moneda, había despachado tres cuartas partes de las riquezas del difunto rey «para su custodia». El rey Aegon había gastado hasta el último cobre de cuanto había quedado en Desembarco del Rey; su hermana no encontró sino cámaras vacías cuando tomó la ciudad. El resto del tesoro de Viserys se había confiado a los Hightower de Antigua, los Lannister de Roca Casterly y el Banco de Hierro de Braavos, por lo que no estaba al alcance de la reina.

Lord Celtigar se puso manos a la obra inmediatamente para atajar el problema. Para ello reinstauró los mismísimos impuestos que su antecesor lord Edwell había aplicado en tiempos de la regencia de Jaehaerys, el primero de su nombre, y añadió una buena cantidad de tasas nuevas. El gravamen por el vino y la cerveza se duplicó; los aranceles portuarios se triplicaron. Todo tendero de intramuros debía pagar una tarifa por el derecho de abrir sus puertas; las posadas tenían la obligación de pagar un venado de plata por cada cama; se recuperaron y triplicaron los portazgos que había implantado el Señor del Aire, y se decretó un impuesto sobre la propiedad. Desde los ricos mercaderes de las mansiones hasta los pordioseros de las chabolas, todos debían pagar, según cuánto terreno ocupasen. «Ni las putas están a salvo —se decían los plebeyos—. Pronto llegará el impuesto sobre el coño, y luego sobre el rabo. Las ratas deben pagar su parte.»

Lo cierto es que las exacciones de lord Celtigar cayeron más pesadamente sobre los mercaderes y los comerciantes. Cuando la flota de Velaryon cerró el Gaznate, muchos barcos se vieron atrapados en Desembarco del Rey; el nuevo consejero de la moneda de la monarca les exigía fuertes tasas por poder zarpar. Algunos capitanes protestaron alegando que ya habían pagado los impuestos, tasas y tarifas requeridos, e incluso mostraron documentos fehacientes, pero lord Celtigar desestimó sus quejas. «Haber pagado al usurpador no es prueba sino de traición —dijo—. No disminuye los deberes para con nuestra graciosa majestad.» Quienes se negaron a pagar o carecían de medios vieron incautados y vendidos en almoneda sus barcos y mercancías.

Hasta las ejecuciones se convirtieron en fuente de ingresos. En adelante, decretó Celtigar, los traidores, rebeldes y asesinos serían descabezados en Pozo Dragón, y sus cadáveres servirían de alimento a los dragones de la reina. Todos podían asistir al sino que aguarda a tan malvados hombres, pero deberían abonar tres cobres como entrada.

Así rellenó sus arcas la reina Rhaenyra, a un precio elevadísimo. Ni Aegon ni su hermano Aemond habían gozado de gran aceptación entre los pobladores de la urbe, y muchos habían recibido bien el regreso de la reina; pero el amor y el odio son distintas caras de la misma moneda, y cuando empezaron a aparecer cabezas clavadas en las picas de las puertas de la ciudad, acompañadas por exacciones adicionales, se volvieron las tornas. La joven a la que en tiempos habían aclamado como la Delicia del Reino se había convertido en una mujer ávida y vengativa, se decía, una reina tan cruel como cualquier rey anterior. Alguien motejó con sorna a Rhaenyra «Rey Maegor con Tetas», y durante los cien años posteriores, «por las tetas de Maegor» se convirtió en un exabrupto muy común entre los desembarqueños.

Con la urbe, el castillo y el trono en sus manos, defendida por no menos de seis dragones, Rhaenyra se sentía suficientemente segura para mandar a buscar a sus hijos. Una docena de navíos zarpó de Rocadragón llevando a bordo a las damas de la reina, a su «bienamado bufón» Champiñón y a su hijo Aegon el Menor. Rhaenyra nombró al mozo su copero para que nunca se apartase de su vera. Otra flota zarpó de Puerto Gaviota con el príncipe Joffrey, el último de los tres hijos tenidos por la reina con Laenor Velaryon, así como su dragón Tyraxes (Rhaena, la hija del príncipe Daemon, se quedó en el Valle como pupila de lady Arryn, mientras que su gemela, la jinete de dragón Baela, repartía sus días entre Marcaderiva y Rocadragón). Su alteza comenzó a planear una lujosa celebración para conmemorar el nombramiento oficial de Joffrey como príncipe de Rocadragón y heredero del Trono de Hierro.

Hasta el Gusano Blanco acudió a la corte; la ramera lysena Mysaria emergió de entre las sombras para establecer su residencia en la Fortaleza Roja. Aunque jamás se sentó oficialmente en el consejo privado de la reina, la mujer conocida como lady Miseria se convirtió de hecho en la consejera de los rumores, con ojos y oídos en cada burdel, cervecería y cacharrería de Desembarco del Rey, así como en los salones y cámaras de los poderosos. Aunque los años habían engrosado el cuerpo que tan ágil y flexible había sido, el príncipe Daemon seguía encandilado con ella y la convocaba todas

las noches, al parecer con la bendición de la reina Rhaenyra. «Que Daemon calme sus apetitos donde desee —dicen que dijo—, y nos haremos lo propio.» (El septón Eustace apunta, mordazmente, que los apetitos de su alteza se saciaban sobre todo con asados, bollos y empanadas de lamprea, ya que se puso más gruesa si cabe durante la temporada que pasó en Desembarco del Rey.)

En la cúspide de su victoria, Rhaenyra Targaryen no sospechaba cuán pocos días le restaban. Cada vez que se sentaba en el férreo trono, sus inmisericordes hojas le sacaban sangre fresca de manos, brazos y piernas, una señal que todos comprendían bien. El septón Eustace afirma que la caída de la soberana comenzó en una posada llamada La Cabeza de Cerdo, en Puenteamargo, en la orilla norte del Mander, al pie del viejo puente de piedra que daba nombre a la población.

Mientras Ormund Hightower asediaba Granmesa, a unas treinta leguas al suroeste, Puenteamargo estaba plagado de hombres y mujeres que huían ante el avance de sus huestes. La viuda lady Caswell, a cuyo señor esposo había descabezado Aegon II en Desembarco del Rey cuando se negó a renegar de la reina, había cerrado las puertas de su castillo y había rechazado a todos los caballeros y señores que habían acudido a ella en busca de refugio. Al sur del río, las fogatas de los refugiados se veían entre los árboles por las noches, mientras que el septo de la ciudad albergaba a centenares de heridos. Todas las fondas estaban llenas, incluso La Cabeza de Cerdo, una lúgubre pocilga que pasaba por hostería. Así pues, cuando apareció un norteño con un báculo en la mano y un niño a sus espaldas, el posadero no tenía hueco que ofrecerle; hasta que el viajero se sacó un venado de plata de la faltriquera. Entonces, el hostelero permitió que su hijo y él se acostasen en las cuadras, siempre y cuando las limpiase antes de estiércol. El peregrino accedió; dejó a un lado su zurrón y su capa y se fue a trabajar con la pala y el rastrillo en medio de los caballos.

La avaricia de posaderos, caseros y gente de esa ralea es bien conocida. El propietario de La Cabeza de Cerdo, un canalla llamado Ben Buttercakes, pensó que el viajero muy bien podía tener más venados de plata. Mientras el caminante se afanaba sudoroso, Buttercakes le ofreció aplacar la sed con una jarra de cerveza. El hombre aceptó, de modo que acompañó a su anfitrión al salón de La Cabeza de Cerdo sin sospechar que había dado instrucciones a un mozo de cuadra, a quien tan solo conocemos como Taimado, para que le registrase el petate en busca de plata. Taimado no halló monedas dentro, pero sí algo mucho más precioso: una tupida capa de fina lana blanca con reborde de satén nevado, que envolvía un huevo de dragón de color verde claro con vetas plateadas. Porque el «hijo» del peregrino era Maelor Targaryen, vástago menor del rey Aegon II, y el viajero era ser Rickard Thorne, de la Guardia Real, su escudo juramentado y protector.

Ben Buttercakes no llegó a gozar de su engaño. Cuando Taimado irrumpió en el salón con la capa y el huevo en las manos, proclamando lo que había descubierto, el viajero vertió las sobras de la jarra en el rostro del ventero, desenvainó la espada larga y lo abrió en canal, del gaznate a la entrepierna. Unos cuantos parroquianos tiraron a su vez de espada y puñal, pero ninguno era caballero, así que ser Rickard se abrió paso entre ellos a espadazos. Abandonando los tesoros robados, recogió a su «hijo», corrió a los establos, robó un caballo y salió a toda velocidad de la posada hacia el antiguo puente de piedra, para cruzar a la orilla sur del Mander. Había llegado hasta el puente, y sin duda sabía que estaría a salvo a tan solo treinta leguas, donde había acampado lord Hightower al pie de la muralla de Granmesa.

Treinta leguas que, ay, muy bien podrían haber sido treinta mil, porque la calzada que cruzaba el Mander estaba cortada y el Puenteamargo pertenecía a la reina Rhaenyra. Se siguió una algarabía. Varios hombres persiguieron a Rickard Thorne a caballo, al grito de «¡Asesino, traidor, asesino!».

Al oír el griterío, los guardias que se hallaban al pie del puente

dieron el alto a ser Rickard, pero este trató de arrollarlos. Cuando un hombre tomó su caballo por la brida, Thorne le segó el brazo por el hombro y continuó. Pero también había guardias en la orilla sur, y formaron un muro contra él. Desde ambos lados, los hombres se aproximaban con el rostro congestionado, chillando, blandiendo espadas y hachas, y acometiendo con largas lanzas, mientras Thorne se volvía a uno y otro lado, trazando círculos con su montura robada en busca de una salida entre las filas. El príncipe Maelor se aferraba a él, aterrado.

Fueron las ballestas las que al fin lo abatieron. Una saeta le dio en un brazo; la siguiente le atravesó el cuello. Ser Rickard cayó de la silla y murió en el puente, expulsando por la boca unos borbotones de sangre que ahogaron sus últimas palabras. Al final se agarró al niño a quien había jurado defender, hasta que una lavandera llamada Willow de las Piedras arrancó al lloroso príncipe de sus brazos.

Sin embargo, tras dar muerte al caballero y hacerse con el niño, la turba no supo qué hacer con su botín. La reina Rhaenyra había ofrecido una gran recompensa por su devolución, recordaban algunos, pero Desembarco del Rey quedaba a muchísimas leguas. El ejército de lord Hightower estaba mucho más cerca, y quizá él pagara más incluso. Cuando alguien preguntó si la recompensa era la misma tanto por el niño vivo como por su cadáver, Willow de las Piedras agarró más fuertemente a Maelor y dijo que nadie iba a hacer daño a su nuevo hijo. (Champiñón nos la describe como un monstruo de quince arrobas de peso, simplona y medio orate que se había ganado el sobrenombre aporreando la colada con piedras en el río.) Entonces, Taimado se abrió paso a través de la multitud, cubierto por la sangre de su amo, para declarar que el príncipe era suyo, ya que él había sido quien había hallado el huevo. Los ballesteros que habían matado a ser Rickard también reivindicaron sus derechos. Y así discutieron a gritos y empellones sobre el cadáver del caballero.

Con tanta gente presente en el puente, no es de extrañar que las diversas crónicas difieran sobre el destino de Maelor Targaryen. Champiñón nos dice que Willow de las Piedras abrazaba al niño tan fuertemente que le quebró la espalda y lo mató por aplastamiento. Sin embargo, el septón Eustace no la menciona tan siquiera. En su relato, el carnicero de la población cortó al príncipe en seis pedazos con la hachuela de su oficio para que todos los que pugnaban pudieran quedarse con un trozo. Según el *Relato verídico* del gran maestre Munkun, lo desmembró la turba, pero no da nombre alguno.

Lo único que sabemos con certeza es que cuando lady Caswell y sus caballeros aparecieron para espantar a la multitud, el príncipe ya había muerto. La señora palideció ante su vista, nos dice Champiñón. Por orden suya, al palafrenero Taimado y a Willow de las Piedras los colgaron de la clave del viejo puente, junto con el propietario del caballo que ser Rickard había robado en la hostería, del que se pensó (erróneamente) que había ayudado a Thorne a huir. Lady Caswell envió el cadáver de ser Rickard, envuelto en su capa blanca, a Desembarco del Rey, junto con la cabeza del príncipe Maelor. El huevo de dragón se lo envió a lord Hightower a Granmesa, con la esperanza de aplacar su ira.

Champiñón, que quería bien a la reina, nos dice que Rhaenyra lloró cuando pusieron ante ella la cabecita de Maelor mientras se hallaba sentada en el Trono de Hierro. Lo que nos dice el septón Eustace, que no la tenía en gran estima, es que sonrió y ordenó que incinerasen la cabeza, «porque era de la sangre del dragón». Aunque no se anunció el deceso del niño, la nueva se extendió de todos modos por la ciudad y pronto se narró otra historia, según la cual, la reina Rhaenyra envió la cabeza del príncipe metida en un orinal a su madre, la reina Helaena. Aunque fuera una burda calumnia, pronto circuló de boca en boca por Desembarco del Rey. Champiñón se la achaca al Patizambo: «Un hombre que recaba rumores puede muy bien propalarlos».

Extramuros, los combates continuaban a lo largo y ancho de los Siete Reinos. Torrelabella cayó ante Dalton Greyjoy, y con ella, la última resistencia de los hijos del hierro en Isla Bella. El Kraken Rojo reclamó a cuatro hijas de lord Farman como esposas de sal y entregó la quinta («la modestilla») a su hermano Veron. En Roca Casterly, Farman y sus hijos recibieron su peso en plata como recompensa. En el Dominio, lady Merryweather rindió Granmesa a lord Ormund Hightower, quien, fiel a su palabra, no les hizo daño alguno a ella ni a los suyos, aunque saqueó las riquezas y los víveres del castillo para dar de comer a sus millares de hombres con el grano de la señora, antes de levantar el campamento y marchar sobre Puenteamargo.

Cuando lady Caswell apareció en la muralla de su fortaleza para solicitar idénticas condiciones a las brindadas a lady Merryweather, Hightower dejó la respuesta en manos del príncipe Daeron: «Obtendréis las mismas condiciones que ofrecisteis a mi sobrino Maelor». La señora no pudo sino contemplar el saqueo de Puenteamargo. La Cabeza de Cerdo fue el primer edificio pasto de la antorcha. Posadas, casas gremiales, almacenes, hogares de míseros y poderosos: todos fueron consumidos por el fuegodragón. Aun el septo fue incendiado, con centenares de heridos dentro. Tan solo el puente quedó intacto, ya que era preciso para vadear el Mander. Se pasaba por la espada a los moradores que trataban de huir o se los arrojaba al río para que se ahogasen.

Lady Caswell observó desde su muralla y luego ordenó que se abrieran las puertas. «Ningún castillo puede resistir un dragón», dijo a su guarnición. Cuando llegó lord Hightower, se la encontró en lo alto de la torre de la puerta con una soga en torno al cuello. «Tened piedad de mis hijos, mi señor», suplicó antes de arrojarse al vacío para ahorcarse. Tal vez eso conmoviese a lord Ormund, ya que se perdonó tanto a la hija como a los hijos pequeños de lady Caswell; los cargaron de cadenas y los enviaron a Antigua.

Los hombres de la guarnición del castillo no recibieron más merced que la espada.

En las Tierras de los Ríos, ser Criston Cole abandonó Harrenhal para dirigirse al sur, bordeando la costa occidental del Ojo de Dioses con tres mil seiscientos hombres tras él (la muerte, la enfermedad y la deserción habían mermado las filas que habían partido de Desembarco del Rey). El príncipe Aemond ya había salido, a lomos de Vhagar.

El castillo no pasó más de tres días vacío, hasta que lady Sabitha Frey se apresuró a ocuparlo. Dentro halló tan solo a Alys Ríos, el ama de cría y presunta bruja que había calentado el lecho del príncipe Aemond durante su estancia en Harrenhal y afirmaba gestar su hijo. «Tengo en mi interior al bastardo del dragón —dijo desnuda en el bosque de dioses con una mano sobre el inflamado vientre—. Siento como sus fuegos me lamen la matriz.»

No era aquel retoño el único fuego prendido por Aemond Targaryen. Puesto que ya no se encontraba atado al castillo ni a su anfitriona, el tuerto príncipe era libre de volar adonde le pluguiera. Fue una guerra semejante a la que habían librado Aegon el Conquistador y sus hermanas, con fuegodragón, ya que Vhagar descendió una y otra vez del cielo otoñal para arrasar las tierras, las aldeas y los castillos de los señores de los Ríos. La casa Darry fue la primera en conocer la ira del príncipe. Los hombres que cosechaban ardieron o huyeron mientras ardían los cultivos, y el castillo de los Darry quedó consumido por una tormenta de fuego. Lady Darry y sus hijos menores sobrevivieron guareciéndose en las bóvedas del subsuelo de la fortaleza, pero su señor esposo y su heredero murieron en las almenas junto con dos veintenas de arqueros y espadas juramentadas. Tres días después fue Aldea de Lord Harroway la que quedó humeante. Molino del Señor, Hebillanegra, la Hebilla, Lagobarro, Vadopuerco, Bosquearaña... La furia de Vhagar cayó sobre ellos hasta que la mitad de las Tierras de los Ríos parecía abrasada.

Ser Criston Cole se enfrentó asimismo a incendios. Mientras conducía a su hueste hacia el sur a través de las Tierras de los Ríos, se alzaba el humo por delante y por detrás. Todas las aldeas con las que se topaba estaban quemadas y abandonadas. Su columna cruzó bosques de árboles muertos, frondosos tan solo unos días antes, ya que los señores de los Ríos fueron incendiándolo todo sobre la marcha. En cada arroyo, charca y pozo de aldea halló muerte: caballos muertos, vacas muertas, hombres muertos, hinchados y hediondos, que emponzoñaban las aguas. En otros lugares, sus exploradores se toparon con siniestros retablos de cadáveres de armadura sentados bajo los árboles con pútrida vestimenta, en una grotesca parodia de festín. Los convidados eran hombres que habían caído en la Carnada para Peces, calaveras sonrientes bajo yelmos oxidados, cuya carne verde y podrida se desprendía de los huesos.

A cuatro días de Harrenhal comenzaron los ataques. Los arqueros se ocultaban en la arboleda y derribaban a los hombres de vanguardia y a los rezagados con sus arcos largos. Algunos hombres murieron; otros se quedaron en la retaguardia y jamás volvieron a ser vistos; otros huyeron, abandonando escudos y lanzas para desaparecer en los bosques; otros se entregaron al enemigo. En las tierras comunales de Olmos Cruzados hallaron otro de los morbosos banquetes. Puesto que ya iban acostumbrándose, los hombres de la vanguardia de ser Criston torcieron el gesto y continuaron sin hacer mucho caso de los cadáveres putrescentes..., hasta que se incorporaron y cayeron sobre ellos. Una decena murió antes de comprender que era una treta, obra, como se supo más adelante, del mercenario myriense y antiguo titiritero Trombo el Negro, al servicio de lord Vance.

Todo esto no fue sino un preludio, ya que los señores del Tridente habían agrupado sus fuerzas. Cuando ser Criston dejó atrás el lago para marchar hacia el Aguasnegras, los encontró esperando entre las rocas de una cadena montañosa: trescientos caballeros con armadura, otros tantos hombres con arco largo, tres mil arqueros, tres mil ribereños andrajosos con lanzas, centenares de norteños que blandían hachas, mazos, manguales y antiguas espadas de hierro. Sobre ellos ondeaban los pendones de la reina Rhaenyra.

—¿Quiénes son? —preguntó un escudero al presentarse el adversario, ya que no portaban más blasones que los de la soberana.

—Nuestra muerte —respondió ser Criston Cole, pues el enemigo estaba descansado y bien alimentado, contaba con mejores monturas y armas y se encontraba en terreno más elevado, mientras que sus hombres ya daban traspiés, enfermos y descorazonados.

La Mano del rey Aegon pidió una bandera de tregua y se adelantó, a fin de parlamentar. Tres hombres descendieron de los riscos para reunirse con él. Los encabezaba ser Garibald Grey, con su peto abollado y su cota de malla. Se encontraban con él Pate de Hojaluenga el Mataleones, que había abatido a Jason Lannister, así como Roddy el Ruinoso, que portaba las cicatrices sufridas en la Carnada para Peces.

—Si rindo mis pendones, ¿nos prometéis nuestras vidas? —preguntó ser Criston a los tres.

—Hice una promesa a los muertos —replicó ser Garibald—. Les dije que les erigiría un septo con los huesos de los traidores. Aún no cuento con bastantes, de modo que...

—Si debe haber batalla aquí —respondió ser Criston—, muchos de los vuestros morirán asimismo.

El norteño Roderick Dustin se rio ante tales palabras, y luego repuso:

—A eso venimos. Ha llegado el invierno. Es hora de irnos. No hay mejor modo de morir que espada en mano.

—Como os plazca —dijo ser Criston, desenvainando la espada larga—. Podemos empezar aquí, los cuatro. Yo solo contra los tres. ¿Creéis ser bastantes para que haya combate?

—Quiero tres más —dijo Hojaluenga el Mataleones; y en las montañas, Robb Ríos el Rojo y dos de sus arqueros alzaron los arcos largos. Tres flechas volaron atravesando el campo y alcanzaron a Cole en el abdomen, el cuello y el pecho—. No oiré trovas sobre lo valeroso de vuestra muerte, Hacedor de Reyes. Contáis decenas de miles de muertos en vuestro haber. —Se dirigía a un cadáver.

La batalla subsiguiente fue de las más desequilibradas de la Danza. Lord Roderick se llevó un cuerno a los labios y tocó a carga, y los hombres de la reina descendieron gritando de los riscos, encabezados por los Lobos de Invierno, con sus melenudos caballos norteños, y los caballeros, con sus destreros acorazados. Al ver a ser Criston muerto en el suelo, los hombres que lo habían seguido desde Harrenhal perdieron la presencia de ánimo y huyeron, abandonado los escudos en su estampida. Sus adversarios les dieron caza y los masacraron por centenares. Después se oyó decir a ser Garibald: «Lo de hoy ha sido una carnicería, no una batalla». Champiñón, tras enterarse, denominó el combate «el Baile de los Carniceros», y así se conoce desde entonces.

Fue más o menos por entonces cuando tuvo lugar uno de los incidentes más curiosos de la Danza de los Dragones. Conforme a la leyenda, durante la Edad de los Héroes, Serwyn del Escudo Espejo mató al dragón Urrax apostándose tras un escudo tan pulido que la bestia no veía más que su reflejo. Con tal artimaña, el héroe logró acercarse lo suficiente para clavarle una lanza en un ojo, y así se ganó el sobrenombre por el que aún lo conocemos. Es indudable que ser Byron Swann, segundogénito del señor de Yelmo de Piedra, había oído tal historia. Armado con una lanza y un escudo de acero plateado, y acompañado tan solo por su escudero, se propuso matar un dragón tal como lo había hecho Serwyn.

Pero aquí surge la confusión, ya que Munkun afirma que era a Vhagar al que quería matar Swann, con el ánimo de poner fin a las incursiones del príncipe Aemond; pero es menester recordar que la versión de Munkun se basa principalmente en la del gran maestre Orwyle, que estaba encarcelado cuando todo esto aconteció. Champiñón, que se encontraba junto a la reina en la Fortaleza Roja, afirma que ser Byron iba a por Syrax, el dragón de Rhaenyra. El septón Eustace no da cuenta del altercado en su crónica, si bien años más tarde, en una carta, comentó que el matadragones esperaba acabar con Fuegosolar; aunque, desde luego, se trata de un error, ya que por aquel entonces se ignoraba su paradero. Las tres relaciones coinciden en que la trama que inmortalizó a Serwyn del Escudo Espejo no atrajo sino la muerte sobre ser Byron Swann, pues el dragón, fuera cual fuera, se revolvió al aproximarse el caballero y escupió su fuego, con el que fundió el escudo espejado y tostó al hombre acuclillado detrás. Ser Byron murió gritando.

El Día de la Doncella del año 130 d.C., la Ciudadela de Antigua envió trescientos cuervos blancos para anunciar la llegada del invierno, pero Champiñón y el septón Eustace coinciden en que, para la reina Rhaenyra Targaryen, estaban en pleno verano. Pese al desafecto de los desembarqueños, la ciudad y la Corona eran suyas. Al otro lado del mar Angosto, la Triarquía había empezado a hacerse pedazos por sí sola. Los mares estaban en poder de la casa Velaryon. Aunque la nieve había cegado los pasos de las Montañas de la Luna, la Doncella del Valle había cumplido su palabra y había enviado hombres por mar para incrementar las huestes de la soberana. Otras flotas llevaron soldados de Puerto Blanco, comandados por Medrick y Torrhen, hijos de lord Manderly. El poder acumulado por la reina Rhaenyra se acrecentaba, mientras que el del rey Aegon menguaba.

Sin embargo, ninguna guerra puede darse por ganada mientras queden enemigos por conquistar. Ser Criston Cole, el Hacedor de Reyes, había perecido, pero en otro lugar del reino, el rey que había creado seguía vivo y en libertad. Jaehaera, la hija de Aegon, también andaba suelta. Larys Strong el Patizambo, el más enigmático y astuto miembro del consejo verde, había desaparecido. Bastión de Tormentas estaba aún en manos de lord Borros Baratheon, nada amigo de la reina. Los Lannister debían contarse asimismo entre los adversarios de Rhaenyra, si bien, con lord Jason muerto, la mayor parte de los caballeros de occidente abatida o dispersada tras la Carnada para Peces, y el Kraken Rojo acosando Isla Bella y la costa oeste, Roca Casterly se encontraba sumida en un desbarajuste considerable.

El príncipe Aemond se había convertido en el terror del Tridente, ya que descendía de los cielos para hacer llover fuego y muerte sobre las Tierras de los Ríos y se desvanecía, para reaparecer al día siguiente a cincuenta leguas de distancia. Las llamaradas de Vhagar redujeron Sauce Viejo y Sauce Blanco a cenizas, y el Torreón de Hogg, a piedra ennegrecida. En Merrydown Dell, treinta hombres y trescientas ovejas murieron abrasados por el fuegodragón. El Matasangre regresó entonces inesperadamente a Harrenhal, donde quemó todas las construcciones de madera del castillo. Seis caballeros y una cuarentena de hombres de armas perecieron intentando matar el dragón, mientras que lady Sabitha Frey se salvó de las llamas ocultándose en una letrina. Poco después huyó precipitadamente a Los Gemelos, pero su preciada cautiva, la hechicera Alys Ríos, escapó con el príncipe Aemond. Al difundirse la noticia de tales ataques, otros señores miraron al cielo con temor y se preguntaron quién sería el siguiente. Lord Mooton de Poza de la Doncella, lady Darklyn del Valle Oscuro y lord Blackwood del Árbol de los Cuervos enviaron mensajes urgentes a la soberana para suplicarle que les enviase dragones, a fin de defender sus haciendas.

Sin embargo, la mayor amenaza para el reinado de Rhaenyra no era Aemond el Tuerto, sino su hermano menor, el príncipe Daeron el Audaz, y el gran ejército sureño comandado por lord Ormund Hightower.

Las huestes de Hightower habían cruzado el Mander y avanzaban lentamente hacia Desembarco del Rey, aplastando a los leales a la reina donde y cuando se topaban con ellos y obligando a sumar sus fuerzas a todo señor que hincase la rodilla. Volando con Tessarion por delante de la columna principal, el príncipe Daeron había demostrado ser un explorador sumamente valioso, ya que advertía a lord Ormund de todo movimiento enemigo. Era frecuente que los hombres de la reina se dieran por vencidos ante la simple visión de las alas de la Reina Azul. El gran maestre Munkun nos dice que, al remontar el río, la hueste sureña contaba con más de veinte mil hombres, casi una décima parte, caballeros.

Conocedor de tantos peligros, el viejo lord Corlys Velaryon, la Mano de la reina Rhaenyra, comunicó a su alteza que había llegado el momento de negociar y la apremió a ofrecer el indulto a lord Baratheon, lord Hightower y lord Lannister si se prosternaban ante ella, le juraban lealtad y ofrecían rehenes al Trono de Hierro. Propuso también que la Fe se encargase de la reina viuda Alicent y de la reina Helaena, para que pasaran el resto de su vida en oración y contemplación. Jaehaera, la hija de Helaena, podía ser su pupila y, llegado el momento, casarse con el príncipe Aegon el Menor, lo que volvería a unir las dos mitades de la casa Targaryen.

—¿Y qué pasa con mis hermanos? —preguntó Rhaenyra cuando la Serpiente Marina le expuso el plan—. ¿Qué hay del falso rey Aegon y de Aemond el Matasangre? ¿Tendría que indultarlos también después de que me hayan arrebatado el trono y hayan matado a mis hijos?

—Perdonadles la vida y enviadlos al Muro —respondió lord Corlys—. Que vistan el negro y vivan como hombres de la Guardia de la Noche, acatando sus sacros votos.

—¿Qué significa eso para unos perjuros? Sus votos no les impidieron hacerse con mi trono.

El príncipe Daemon se hizo eco de los recelos de la soberana. Otorgar el indulto a rebeldes y traidores tan solo abonaría el campo para nuevas revueltas, según insistía: «La guerra acabará cuando las cabezas de los traidores estén clavadas en picas sobre la Puerta del Rey, y no antes». Aegon II aparecería a su debido momento, «oculto bajo alguna roca», pero podían y debían atacar a Aemond y a Daeron. También era menester acabar con los Lannister y los Baratheon, para que sus heredades y castillos pasasen a hombres que habían demostrado ser más leales. Propuso entregar Bastión de Tormentas a Ulf el Blanco, y Roca Casterly, a Hugh Martillo, lo cual horrorizó a la Serpiente Marina.

—La mitad de los señores de Poniente se volverán contra nosotros si somos tan crueles como para destruir dos casas de tan rancio y noble abolengo —dijo lord Corlys.

Recayó en la reina la disyuntiva de escoger entre su consorte y su Mano, a lo que decidió tomar la calle de en medio. Enviaría legados a Bastión de Tormentas y a Roca Casterly, ofreciendo indultos y condiciones justas; pero no antes de poner fin a los hermanos del usurpador, que estaban en liza con ella.

—Cuando hayan muerto, el resto hincará la rodilla. Mataremos a sus dragones, y puede que cuelgue las cabezas en mi salón del trono para que los hombres las miren en los años venideros y conozcan el precio de la traición.

Desembarco del Rey no debe quedar desprotegida, claro está. La reina Rhaenyra se quedaría en la ciudad con Syrax y sus hijos Aegon y Joffrey para que no corrieran riesgo alguno. Joffrey, que aún no había cumplido los trece años, estaba impaciente por demostrar su valía guerrera, y cuando le dijeron que necesitaban a Tyraxes para ayudar a su madre a preservar la Fortaleza Roja en caso de acometida, juró solemnemente ocuparse de ello. Addam Velaryon, heredero de la Serpiente Marina, también se quedaría en la urbe con Bruma. Tres dragones bastarían para la defensa de Desembarco del Rey; el resto podría entrar en liza.

El propio príncipe Daemon llevaría a Caraxes al Tridente, junto con Ortiga y el Ladrón de Ovejas, para acabar con el príncipe Aemond y con Vhagar. Ulf el Blanco y Hugh Martillo volarían a

Ladera, sita a unas cincuenta leguas al suroeste de Desembarco del Rey, el último bastión leal entre lord Hightower y la urbe, para contribuir a la defensa de la ciudad y del castillo y aniquilar al príncipe Daeron y a Tessarion. Lord Corlys sugirió prender con vida al príncipe y hacerlo rehén, pero la reina Rhaenyra se mostró inflexible: «No será un niño eternamente. Si le dejamos alcanzar la hombría, más tarde o más temprano querrá vengarse de mis hijos».

Los planes no tardaron en llegar a oídos de la reina viuda Alicent y llenarla de terror. Temiendo por sus hijos, se postró ante el Trono de Hierro y suplicó la paz. Esta vez, la Reina Encadenada propuso dividir el reino: Rhaenyra conservaría Desembarco del Rey, las Tierras de la Corona, el Norte, el Valle de Arryn y las tierras regadas por el Tridente, así como las islas. Para Aegon II se-

rían las Tierras de la Tormenta, las Tierras de Occidente y el Dominio, con la capital en Antigua. Pero Rhaenyra desdeñó la propuesta de su madrastra.

—Tus hijos gozarían de posiciones honrosas en mi corte de haber conservado la fe —declaró—, pero quisieron privarme de mis derechos y se mancharon las manos con la sangre de mis queridos hijos.

—Sangre de bastardos, vertida en una guerra —replicó Alicent—. Los hijos del mío eran niños inocentes y los asesinaron cruelmente. ¿Cuántos más deben morir para apaciguar tu sed de venganza?

Las palabras de la reina viuda no hicieron sino avivar el fuego de la cólera de Rhaenyra.

—No pienso escuchar más mentiras —advirtió—. Habla de nuevo de bastardía y te arranco la lengua. —O así lo narra el septón Eustace. Munkun dice lo mismo en su *Relato verídico*.

Aquí vuelve a diferir Champiñón; quiere que creamos que Rhaenyra ordenó cortar la lengua a su madrastra de inmediato en vez de limitarse a amenazarla. No fue sino una palabra de lady Miseria, el Gusano Blanco, lo que detuvo su mano (en eso insiste el bufón), ya que propuso otra pena más atroz. La esposa y la madre del rey Aegon, cargadas de cadenas, fueron trasladadas a cierto lupanar, donde las venderían a cualquier hombre que deseara complacerse con ellas. El precio era elevado: un dragón de oro por la reina Alicent y tres por la reina Healena, más joven y hermosa. Sin embargo, dice Champiñón que hubo muchos en la ciudad que lo juzgaron barato por tener conocimiento carnal con una reina. «Que sigan allí hasta quedar preñadas —dijo al parecer lady Miseria—. Ya que hablan de bastardos con tanta ligereza, que tengan uno cada una.»

Aunque nunca pueden descartarse la lujuria de los hombres ni la crueldad de las mujeres, no concedemos crédito a Champiñón sobre este particular. De que tal historia se narraba en los bebederos y cacharrerías de Desembarco del Rey no cabe duda alguna, pero puede que su procedencia sea posterior, de cuando el rey Aegon II pretendía justificar la crueldad de sus propios actos. Conviene recordar que el enano redactó sus memorias muchos años después de los sucesos narrados, y cabe la posibilidad de que no los recordase bien. No hablemos más de las Reinas del Burdel, por tanto, y regresemos a los dragones que volaban para batallar. Caraxes y el Ladrón de Ovejas fueron al norte; Vermithor y Ala de Plata, al suroeste.

En las fuentes del caudaloso Mander se hallaba Ladera, una pujante población mercantil, sede de la casa Footly. El castillo que dominaba la ciudad era recio pero pequeño; contaba tan solo con una guarnición de una cuarentena de hombres, pero millares más habían remontado el río desde Puenteamargo, Granmesa y más al sur. La llegada de una nutrida fuerza de señores de los ríos incrementó aún más sus cifras y avivó su resolución. Recientemente victoriosos en el Baile de los Carniceros llegaban ser Garibald Grey y Hojaluenga el Mataleones con la cabeza de ser Criston Cole clavada en una lanza, así como Robb Ríos el Rojo y sus arqueros, los postreros Lobos de Invierno y una veintena de caballeros terratenientes y señores menores cuyas haciendas bordeaban las orillas del Aguasnegras, entre ellos algunos tan notables como Moslander de Yore, ser Garrick Hall de Middleton, ser Merrell el Osado y lord Owain Bourney.

En total, las fuerzas reunidas en Ladera bajo el estandarte de la soberana Rhaenyra sumaban casi nueve mil hombres, según el *Relato verídico*. Otros cronistas elevan la cifra a doce mil o la rebajan a seis mil, pero en todo caso, parece evidente que los hombres de la reina se encontraban en gran inferioridad numérica contra los de lord Hightower. No cabe duda de que el arribo de los dragones Vermithor y Ala de Plata con sus jinetes fue muy bien recibido por los defensores de Ladera. Poco se imaginaban los horrores que les esperaban.

El cómo, el cuándo y el porqué de lo que se ha dado en llamar las Traiciones de Ladera continúan siendo cuestiones de infinita disputa, y no es probable que llegue a saberse lo cierto de cuanto pasó. Sí que parece seguro que algunos de quienes atestaron la ciudad huyendo ante las huestes de lord Hightower formaban parte de ese ejército y fueron enviados como avanzadilla, a fin de infiltrarse en las filas de los defensores. Más allá de toda duda, lord Owain Bourney y ser Roger Corne, dos hombres del Aguasnegras que se habían unido a los señores de los Ríos en su marcha hacia el sur, apoyaban en secreto al rey Aegon II. Sin embargo, de poco habría servido su traición de no ser porque ser Ulf el Blanco y ser Hugh Martillo también escogieron ese preciso momento para cambiar de bando.

Casi todo lo que sabemos de esos hombres procede de Champiñón, nada reticente en su valoración del vil carácter de esos dos jinetes de dragones, ya que retrata al primero como a un borrachuzo y al segundo como a un energúmeno. Ambos eran unos cobardes, nos dice; solo con ver la hueste de lord Ormund, con sus puntas de lanza que brillaban al sol y su columna que se extendía varias leguas, decidieron unirse a él en lugar de oponérsele. Sin embargo, ninguno de ellos había dudado en arrostrar tormentas de lanzas y flechas en Marcaderiva. Quizá fuera la idea de atacar a Tessarion lo que les dio que pensar; en el Gaznate, todos los dragones estaban en su bando. Muy bien podría ser, si bien tanto Vermithor como Ala de Plata eran de mayor edad y tamaño que el dragón del príncipe Daeron y, por tanto, les habría resultado más fácil imponerse en cualquier batalla.

Otros afirman que fue la avaricia y no la cobardía lo que condujo al Blanco y a Martillo a la traición. El honor significaba poco o nada para ellos; eran riquezas y poder lo que ansiaban. Tras el Gaznate y la caída de Desembarco del Rey los habían armado caballeros, pero aspiraban a ser señores y se mofaban de las modestas heredades que les había otorgado la reina Rhaenyra. Cuando se ejecutó a lord Rosby y lord Stokeworth, se propuso que el Blanco y Martillo recibieran sus tierras y castillos matrimoniando con sus hijas, pero su alteza permitió que las heredasen los hijos varones de los muertos. Luego les fueron ofrecidos como incentivo Bastión de Tormentas y Roca Casterly, pero tales recompensas también se las había denegado la desagradecida reina.

No cabe duda de que esperaban que el rey Aegon II los premiase mejor si lo ayudaban a recuperar el Trono de Hierro. Cabe incluso que se les hiciesen promesas a tal respecto, quizá a través de lord Larys el Patizambo o alguno de sus agentes, aunque no está demostrado ni es demostrable. Puesto que ninguno de los dos sabía leer ni escribir, jamás sabremos qué llevó a los Dos Traidores (según los motejó la historiografía) a actuar de tal modo.

No obstante, de la batalla de Ladera tenemos muchos datos. Seis mil hombres de la reina formaron para encararse con lord Hightower en el campo de batalla, bajo el mando de ser Garibald Grey. Combatieron bravamente durante un tiempo, pero una copiosa lluvia de flechas de los arqueros de lord Ormund mermó sus filas y una fiera carga de su caballería acorazada las destrozó, por lo que los supervivientes recularon a toda prisa hacia la muralla de la ciudad, donde Robb Ríos el Rojo y sus arqueros cubrían la retirada con sus arcos largos.

Cuando la mayor parte de los supervivientes estuvo a salvo intramuros, Roddy el Ruinoso y sus Lobos de Invierno salieron por un portillo profiriendo sus aterradores gritos de guerra norteños, mientras rodeaban el flanco izquierdo de la hueste de asedio. En el caos subsiguiente, los norteños se abrieron paso a través de un enemigo que los decuplicaba hasta llegar adonde se encontraba lord Ormund Hightower a lomos de su caballo de guerra, al pie del dragón dorado del rey Aegon y los pendones de Antigua y de los Hightower.

Cantan los trovadores que lord Roderick estaba ensangrentado de pies a cabeza, con el escudo astillado y el yelmo partido —si bien tan ebrio de batalla que ni siquiera parecía sentir las heridas—, cuando ser Bryndon Hightower, primo de lord Ormund, se interpuso entre el norteño y su señor feudal y le rebanó el brazo del escudo por el hombro con un solo y terrible tajo de su alabarda; sin embargo, el indómito señor de Fuerte Túmulo se revolvió y mató tanto a ser Bryndon como a lord Ormund antes de fenecer. Cuando se arriaron los estandartes de lord Hightower, la plebe prorrumpió en vítores, creyendo que habían cambiado las tornas de la batalla. Ni la aparición de Tessarion los descorazonó, ya que sabían que contaban con dos dragones; pero cuando Vermithor y Ala de Plata alzaron el vuelo y lanzaron sus llamaradas sobre Ladera, los gritos de entusiasmo se convirtieron en chillidos.

Fue el Campo de Fuego en miniatura, como escribió el gran maestre Munkun.

Ladera era pasto de las llamas: boticas, casas, septos, gente..., todo. Caían hombres ardiendo de la torre de la puerta y de las almenas, o bien daban tumbos gritando por las calles como antorchas vivientes. Extramuros, el príncipe Daeron montó a Tessarion. Descabalgaron a Pate de Hojaluenga, que murió pisoteado; ser Garibald Grey recibió una saeta y luego lo envolvió una llamarada de fuegodragón. Los Dos Traidores flagelaron la ciudad con latigazos de fuego del uno al otro confín.

Ser Roger Corne y sus hombres escogieron aquel preciso momento para mostrar su auténtica lealtad: cortaron el paso a los defensores en las puertas de la ciudad y los lanzaron contra los atacantes. Lord Owain Bourney hizo lo propio dentro del castillo, al atravesar con una lanza la espalda de ser Merrell el Osado.

El saqueo que se produjo a continuación fue tan encarnizado como el que más en la historia de Poniente. La próspera ciudad comercial de Ladera quedó reducida a brasas y cenizas. Miles de personas ardieron y otras tantas murieron ahogadas al tratar de vadear el río a nado. Algunos dirían después que esos fueron los afortunados, ya que no se tuvo compasión con los supervivientes.

Los hombres de lord Footly arrojaron las espadas y se rindieron, tan solo para acabar atados y descabezados. Se violó repetidamente a las lugareñas que no habían ardido, incluso a niñas de ocho y diez años. Se pasó a viejos y mozos por la espada mientras los dragones devoraban los cadáveres retorcidos y humeantes de sus víctimas. Ladera no se recuperó jamás; aunque, más adelante, Footly trató de reconstruirla sobre sus ruinas, la «nueva ciudad» jamás alcanzaría ni una decena del tamaño de la antigua, ya que el populacho afirmaba que el mismísimo terreno estaba embrujado.

Ciento sesenta leguas al norte, otros dragones sobrevolaban el Tridente, donde el príncipe Daemon Targaryen y la diminuta y cetrina Ortiga trataban infructuosamente de dar caza a Aemond el Tuerto. Tenían su base establecida en Poza de la Doncella por in-

vitación de lord Manfryd Mooton, que vivía aterrado ante la idea de que Vhagar descendiese sobre su ciudad. En cambio, el príncipe Aemond atacó en Cabeza de Piedra, en las estribaciones de las Montañas de la Luna; en Sauce Dulce, en el Forca Verde, y en Danza de Sally, en el Forca Roja; redujo a brasas Puente del Flechazo, Barcoviejo y el Molino de la Vieja, y destruyó la casa madre de Bechester; siempre desaparecía en los cielos antes de que llegaran los cazadores. Vhagar nunca se entretenía, y los supervivientes no solían ponerse de acuerdo sobre la dirección en que había volado.

Todos los días, al amanecer, Caraxes y el Ladrón de Ovejas levantaban el vuelo en Poza de la Doncella y trazaban círculos cada vez más amplios sobre las Tierras de los Ríos con la esperanza de divisar a Vhagar más abajo, pero acababan regresando derrotados al ocaso. Según las *Crónicas de Poza de la Doncella*, lord Mooton tuvo la osadía de sugerir que los jinetes de dragones se dividieran en su búsqueda a fin de cubrir el doble de terreno, pero el príncipe Daemon se negó y le recordó que Vhagar era la última de los tres dragones llegados a Poniente con Aegon el Conquistador y sus hermanas; aunque era más lenta que un siglo atrás, había crecido tanto como el Terror Negro de antaño. Su fuego era tan abrasador que derretía la piedra, y ni Caraxes ni el Ladrón de Ovejas podían igualar su ferocidad; tan solo juntos tendrían ocasión de enfrentarse a ella. Por tanto, conservó a su lado a la joven Ortiga, día y noche, en el cielo y en el castillo.

No obstante, cabe preguntarse si el miedo a Vhagar era el único motivo por el que el príncipe Daemon no se separaba nunca de Ortiga. No era eso lo que opinaba Champiñón; según su relato, Daemon Targaryen se había enamorado de la diminuta y cetrina bastarda y se había encamado con ella.

¿Cuánto crédito podemos dar al testimonio del bufón? Ortiga no tenía más que diecisiete años; el príncipe Daemon, cuarenta y nueve, aunque bien conocido es el poder que ejercen las jóvenes doncellas sobre los hombres talludos. Daemon Targaryen no era un consorte fiel a la reina, eso lo sabemos. Aun nuestro habitualmente remiso septón Eustace escribe sobre sus visitas nocturnas a lady Mysaria, cuyo lecho compartía cuando estaba en la corte, al parecer con el beneplácito de la reina. Tampoco debe olvidarse que, cuando era joven, no había un alcahuete en Desembarco del Rey que no supiera que el Señor del Lecho de Pulgas era especialmente aficionado a las doncellas ni le reservara a las más jóvenes, guapas e inocentes de sus chicas nuevas para que las desflorase.

Ortiga era joven, eso es seguro (aunque quizá no tanto como las que el príncipe había deshonrado en otros tiempos), pero parece dudoso que fuera doncella. Dado que se había criado sin hogar, sin madre y sin un cobre en las calles de Puertoespecia y la Quilla, seguramente había rendido la inocencia poco después de su primera floración, si no antes, a cambio de una moneda o un mendrugo. En cuanto a la oveja que entregó al Ladrón de Ovejas para ganárselo, ¿de dónde pudo sacarla, sino levantándose la saya para algún pastor? Tampoco es que Ortiga pudiera considerarse guapa. «Una chica morena y flacucha sobre un dragón moreno y flacucho», escribe Munkun en su *Relato verídico* (si bien jamás la vio). El septón Eustace nos dice que tenía los dientes descolocados, y la nariz, con una cicatriz debida a un corte que le propinaron por ladrona. No era la querida que cabría esperar para un príncipe.

En contra tenemos *El testimonio de Champiñón* y, en este caso, las *Crónicas de Poza de la Doncella*, redactadas por Norren, el maestre de lord Mooton, quien escribe que «el príncipe y su chica bastarda» cenaban juntos todas las noches, desayunaban juntos todas las mañanas y dormían en cámaras adyacentes; que el príncipe «mimaba a la cetrina joven como un hombre podría mimar a su hija», la instruía en las «normas de cortesía» y sobre cómo vestirse, sentarse y cepillarse el pelo; que le hacía regalos como «un cepillo con mango de marfil, un espejo de plata, un capa de terciopelo marrón con ribete de raso, unas botas de montar de gamuza blanda como la mantequilla». El príncipe enseñó a la moza a lavarse, dice Norren, y las doncellas que le llevaban el agua para el baño decían que muchas veces compartía la tina con ella; «le enjabonaba la espalda o le quitaba la peste a dragón del pelo, ambos como en el día de su nombre».

Nada de esto demuestra que Daemon Targaryen tuviese coyunda con la bastarda, pero a la luz de los acontecimientos posteriores, seguramente debamos juzgar estas narraciones más veraces que la mayoría de las de Champiñón. Sin embargo, pasaran como pasaran las noches estos jinetes de dragones, tenemos por cierto que pasaban los días recorriendo los cielos en pos del príncipe Aemond y de Vhagar. Así pues, dejémoslos a un lado por el momento y fijémonos brevemente en la otra orilla de la bahía del Aguasnegras.

En torno a aquella época, un baqueteado navío mercante llamado *Nessaria* arribó a duras penas al puerto de Rocadragón, a fin de realizar reparaciones y reaprovisionarse. Regresaba de Pentos a la antigua Volantis cuando una galerna desvió su curso, según decía su tripulación; pero a tan común peligro en la mar, los volantinos añadieron un detalle extraño: cuando el *Nessaria* se dirigía a occidente, Montedragón se alzaba ante ellos, enorme contra el sol poniente, y los marineros vieron luchar a dos dragones, con rugidos que resonaban en los escarpados y negros acantilados de la ladera este de las montañas humeantes. En todas las tabernas, posadas y lupanares de la costa se narraba la historia y se volvía a narrar, adornada, hasta que no quedó en Rocadragón nadie que no la hubiera oído.

Los dragones eran una leyenda para los hombres de la antigua Volantis, y la visión de dos batallando era algo que los tripulantes del *Nessaria* jamás olvidarían. Los nacidos y criados en Rocadragón estaban acostumbrados a tales bestias; aun así, la anécdota de los marineros suscitó interés. A la mañana siguiente, unos pescadores lugareños rodearon Montedragón y, al regresar, dieron fe de que habían visto los restos abrasados y destrozados de un dragón al pie de la montaña. Por el color de sus alas y escamas, el cadáver pertenecía a Fantasma Ceniciento. Estaba partido en dos pedazos, descuartizado y parcialmente devorado.

Al oír la noticia, ser Robert Quince, el amigable y notablemente obeso caballero a quien la reina había nombrado castellano de Rocadragón tras su partida, pronto identificó al Caníbal como el asesino. La mayoría coincidió, ya que el Caníbal tenía por costumbre atacar a dragones más pequeños, si bien raramente de modo tan enconado. Algunos pescadores, temerosos de que fuese a por ellos después, exigieron a Quince que enviase caballeros a la guarida de la bestia para darle fin, pero el castellano se negó. «Si no lo importunamos, el Caníbal no nos importunará», declaró. Para procurarlo, prohibió la pesca en las aguas dominadas por la cara este de Montedragón, donde aún se pudría el dragón vencido.

Aquel decreto no satisfizo a su inquieta pupila Baela Targaryen, hija del príncipe Daemon y su primera esposa, Laena Velaryon. A sus catorce años, era una doncella asilvestrada y caprichosa, más hombruna que femenina y muy hija de su padre. Aunque delgada y corta de talla, no conocía el peligro y vivía para el baile, la cetrería y la monta. De más pequeña había recibido numerosos castigos por pelear con los escuderos en el patio de armas, pero últimamente le había dado más bien por jugar a los besos con ellos. Poco después de que la corte de la reina se trasladase a Desembarco del Rey (dejando a lady Baela en Rocadragón), habían pillado a Baela dejando que un pinche de cocina la tocase por debajo de las faldas. Ser Robert, enojadísimo, envió al chico al cadalso para que le rebanaran la mano ofensora; tan solo la llorosa intercesión de la joven lo salvó.

«Es en demasía aficionada a los mozos —escribió el castellano al padre de Baela, el príncipe Daemon, tras el incidente—. Y debería casarse pronto, no vaya a ser que rinda su virtud a alguien indigno de ella.» Aún más que los mozos, a lady Baela le encantaba volar. Desde la primera vez que subió a lomos de Bailarina Lunar, ni medio año antes, había volado a diario, libremente, a todas partes de Rocadragón, e incluso al otro lado del mar, hasta Marcaderiva.

Siempre sedienta de aventuras, se propuso averiguar por sí misma la verdad de lo sucedido al otro lado de la montaña. No le daba miedo el Caníbal, según dijo a ser Robert; Bailarina Lunar era más joven y veloz, de modo que podría dejar atrás al otro dragón. Pero el castellano le prohibió asumir tales riesgos, y la guarnición recibió instrucciones estrictas: lady Baela no debía abandonar el alcázar. Cuando la atraparon tratando de desobedecer su orden aquella misma noche, la airada damisela quedó confinada en su cámara.

Si bien era comprensible, en retrospectiva resultó un castigo infortunado, ya que si se hubiera permitido volar a lady Baela, quizá habría divisado el pesquero que entonces rodeaba la ínsula. Lo tripulaban un añejo pescador llamado Tom Tanglebeard; su hijo, Tom Lenguatrabada, y dos «primos» de Marcaderiva que se habían quedado sin casa a raíz de la destrucción de Puertoespecia. El Tom más joven, tan diestro con la jarra de cerveza como desmañado con la red, había pasado bastante tiempo invitando a beber a los marinos volantinos y escuchando sus historias sobre la batalla de dragones que habían presenciado. «Gris y dorado eran, brillantes al sol», dijo un hombre; y entonces, incumpliendo la prohibición de ser Robert, los dos Toms se empeñaron en llevar a sus «primos» al roquedal donde yacía el dragón muerto, quemado y desventrado, en busca de su matador.

Entretanto, en la costa oeste de la bahía del Aguasnegras, las nuevas de la batalla y la traición de Ladera habían llegado a Desembarco del Rey. Se dijo que la reina viuda Alicent se echó a reír al oírlas. «Ahora han de cosechar lo que sembraron», prometió. En el Trono de Hierro, la reina Rhaenyra palideció y ordenó que se cerrasen y atrancasen las puertas de la ciudad; nadie entraría en Desembarco del Rey ni saldría. «No permitiré que los cambiacapas se cuelen en mi ciudad para abrir mis puertas a los rebeldes», proclamó. El ejército de lord Ormund podía llegar a sus muros por la mañana o a lo largo del día siguiente; los traidores, a lomos de dragón, podían arribar antes incluso.

Tal perspectiva entusiasmó al príncipe Joffrey. «Que vengan —pregonó enrojecido, con la arrogancia de la juventud y deseoso de vengar a sus hermanos caídos—. Los recibiré a lomos de Tyraxes.» Tales palabras alarmaron a su madre: «Nada de eso harás —declaró—. Eres demasiado pequeño para batallar». Aun así, permitió quedarse al joven cuando el consejo negro debatía el mejor modo de lidiar con el adversario que se aproximaba.

Seis dragones quedaban en Desembarco del Rey, aunque tan solo uno intramuros de la Fortaleza Roja: Syrax, la hembra de la mismísima reina. Se había vaciado de caballos un establo del patio exterior a fin de albergarla, y fuertes cadenas la anclaban al suelo. Aunque eran bastante largas para que pudiera trasladarse del establo al patio, le impedían volar sin jinete. Ya se había habituado a estar encadenada; la alimentaban sumamente bien y no la montaban desde hacía años.

Los otros dragones se encontraban en Pozo Dragón. Bajo su inmensa cúpula se había excavado en las entrañas de la Colina de Rhaenys un anillo compuesto por cuarenta grandísimas cámaras abovedadas. Gruesas puertas de hierro cerraban estas cuevas artificiales por los extremos: las interiores daban al pozo enarenado, y las exteriores, a la ladera de la colina. Caraxes, Vermithor, Ala de Plata y el Ladrón de Ovejas habían anidado ahí antes de salir volando a la batalla. Quedaban cinco dragones: Tyraxes, del príncipe Joffrey; el gris claro Bruma, de Addam Velaryon; los jóvenes Morghul y Shrykos, ligados a la princesa Jaehaera (huida) y a su mellizo el príncipe Jaehaerys (muerto)... y Fuegoensueño, la bienamada de la reina Helaena. Era una arraigada costumbre que al menos un jinete de dragones residiera en Pozo Dragón, para poder despegar en defensa de la ciudad llegado el caso. Puesto que Rhaenyra prefería estar al lado de sus hijos, tal deber recayó sobre Addam Velaryon.

Pero entonces, ciertas voces del consejo negro pusieron en duda la lealtad de ser Addam. Dos semillas de dragón, Ulf el Blanco y Hugh Martillo, se habían pasado al enemigo, pero ¿eran los únicos traidores que había en su seno? ¿Y Addam de la Quilla y la joven Ortiga? Habían nacido bastardos asimismo; ¿eran de fiar?

Lord Bartimos Celtigar no lo creía. «Los bastardos son traicioneros de por sí. Lo llevan en la sangre. La traición es inherente al bastardo, así como la lealtad al biennacido.» Pidió a su alteza que hiciera prender de inmediato a los dos jinetes de extracción humilde, antes de que también se pasaran al enemigo con sus dragones. Otros se hicieron eco de su punto de vista; entre ellos, ser Luthor Largent, comandante de la Guardia de la Ciudad de Rhaenyra, y ser Lorent Marbrand, lord comandante de la Guardia Real. Hasta los dos hombres de Puerto Blanco, el temible caballero ser Medrick Manderly y su agudo y corpulento hermano ser Torrhen, apremiaron a la reina a desconfiar. «Es mejor no arriesgarse —dijo ser Torrhen—. Si el enemigo se hace con dos dragones más, estamos perdidos.»

Tan solo lord Corlys y el gran maestre Gerardys hablaron en favor de las semillas de dragón. El gran maestre dijo que no se habían observado indicios de deslealtad por parte de Ortiga y ser Addam; lo más prudente era recabar pruebas antes de formular acusación alguna. Lord Corlys fue mucho más allá al declarar que ser Addam y su hermano Alyn eran «auténticos Velaryon» y dignos herederos de Marcaderiva. En cuanto a la chica, si bien era sucia y desfavorecida, había luchado valientemente en la batalla del Gaznate. «Del mismo modo que los dos traidores», replicó lord Celtigar.

Las apasionadas protestas de la Mano y la fría precaución del gran maestre resultaron vanas; ya se habían despertado las sospechas de la reina. «Su alteza había sufrido tantas traiciones, por parte de tantos, que estaba bien presta a creer lo peor sobre cualquiera —escribe el septón Eustace—. La traición ya no podía sorprenderla; había llegado a esperarla, aun de quienes más amaba.»

Así podría ser. Sin embargo, la reina Rhaenyra no actuó enseguida, sino que convocó a Mysaria, la puta y bailarina que en la práctica desempeñaba el puesto de consejera de los rumores. Con su piel pálida como la leche, lady Miseria compareció ante el consejo con una túnica de terciopelo negro con capucha, ribeteada de seda roja como la sangre, y se mantuvo con la cabeza humillada mientras su alteza le preguntaba si pensaba que ser Addam y Ortiga podían tramar traicionarlos. Entonces, el Gusano Blanco alzó los ojos y dijo en voz baja: «La moza ya os ha traicionado, mi reina. Comparte el lecho de vuestro esposo, y pronto llevará su bastardo en el vientre».

Entonces, la reina Rhaenyra se airó más si cabe, escribe el septón Eustace. Con una voz fría como el hielo, ordenó a ser Luthor Largent que tomara veinte capas doradas y fuera a Pozo Dragón a prender a ser Addam Velaryon. «Interrogadlo a fondo y averiguaremos sin duda alguna si es leal o falsario.» En cuanto a la joven Ortiga, «es una criatura del común con tufo a hechicería —declaró la reina—. Mi príncipe jamás se encamaría con tan vil ser. No hay más que verla para saber que no tiene ni una gota de la sangre del dragón; si logró quedar ligada a la bestia, fue con sus conjuros, y lo mismo ha hecho con mi señor esposo». Mientras estuviera embrujado por la joven, el príncipe Daemon no era de fiar, continuó su alteza; por tanto, ordenó que se enviara un comando inmediatamente a Poza de la Doncella, pero que el secreto se confiara tan solo a lord Mooton. «Que la lleve a la mesa o al lecho y la descabece. Tan solo así quedará liberado mi príncipe.»

Y así fue como la traición engendró más traición, para la perdición de la reina. Mientras ser Luthor Largent y sus capas doradas se encaramaban a la Colina de Rhaenys a cumplir las órdenes de la soberana, las puertas de Pozo Dragón se abrieron de golpe ante ellos, y Bruma extendió sus alas gris claro y emprendió el vuelo, exhalando fuego por el hocico; habían avisado a ser Addam Velaryon a tiempo para que huyera. Ser Luthor regresó furioso a la Fortaleza Roja, donde irrumpió en la Torre de la Mano, prendió al anciano lord Corlys y lo acusó de traición. El viejo tampoco lo negó. Atado y traqueteado, pero aún silente, lo condujeron a las mazmorras y lo arrojaron a una celda negra para aguardar el juicio y la ejecución.

Las sospechas de la monarca recayeron asimismo sobre el gran maestre Gerardys, ya que, como la Serpiente Marina, había defendido a las semillas de dragón. Gerardys negó haber participado en la traición de lord Corlys. Consciente de su largo y leal servicio para con ella, Rhaenyra no lo encerró en los calabozos; prefirió expulsarlo de su consejo y enviarlo a Rocadragón de inmediato. «No creo que me mintierais a la cara —dijo a Gerardys—, pero no puedo tener alrededor a hombres en los que no confíe sin reservas, y cuando os miro ahora, no recuerdo más que el modo en que me hablasteis de la joven Ortiga.»

Entretanto, las anécdotas sobre la matanza de Ladera se propagaban por toda la ciudad, y con ellas, el terror. Desembarco del Rey sería la próxima, se decía la gente. Los dragones lucharían entre sí, y seguro que en aquella ocasión ardía la ciudad. Temerosos del enemigo que se aproximaba, centenares de desembarqueños trataron de huir, pero se vieron rechazados en las puertas por los capas doradas. Atrapados intramuros, algunos buscaron refugio en las bodegas, a fin de guarecerse de la tormenta de fuego que temían inminente, mientras que otros recurrieron a la oración, la bebida y los placeres que se hallan entre los muslos de una mujer. Al caer la noche, las tabernas, los burdeles y los septos de la ciudad estaban a rebosar de hombres y mujeres que buscaban solaz y evasión e intercambiaban historias de terror.

A tan negra hora apareció en la plaza de los Zapateros cierto hermano itinerante, un espantapájaros descalzo más que hombre, con cilicio y bastos bombachos, sucio, desaliñado y hediente a cuadra, con un cuenco de mendicante colgado al cuello mediante una correa de cuero. Había sido ladrón, ya que en vez de mano derecha lucía un muñón cubierto de cuero raído. El gran maestre Munkun dice que se debía de tratar de un clérigo humilde; pese a que la orden estaba proscrita hacía tiempo, los Estrellas errantes recorrían aún las sendas de los Siete Reinos. Su procedencia no podemos conocerla; ni siquiera su nombre consta para la historia. Quienes lo oyeron predicar, igual que quienes más adelante darían fe de su infamia, lo conocían tan solo como el Pastor. Champiñón lo denomina «el Pastor Muerto», ya que afirma que estaba tan pálido y apestaba tanto como un cadáver resurgido de la tumba.

Quienquiera o lo que quiera que fuese, el manco Pastor se alzó como un espíritu maligno y proclamó maldición y destrucción sobre la reina Rhaenyra ante quienes acudieron a escucharlo. Tan incansable como carente de temor, predicó toda la noche y continuó hasta bien entrado el día. Su voz resonaba por toda la plaza de los Zapateros.

Los dragones eran criaturas antinaturales, declaraba el Pastor, demonios convocados de los pozos de los siete infiernos por las fenecidas hechicerías de Valyria, «esa vil cloaca donde hermanos yacían con hermanas y madres con hijos, donde los hombres montaban demonios y entraban en batalla mientras sus mujeres se abrían de piernas para los perros». Los Targaryen habían escapado a la Maldición y habían atravesado el mar hasta Rocadragón, pero «no se puede burlar a los dioses», y se avecinaba una segunda maldición. «El falso rey y la reina puta caerán con toda su obra, y sus bestias demoníacas perecerán en toda la tierra», clamó como el trueno. Quienes los apoyasen morirían asimismo; tan solo con la purificación de Desembarco del Rey, tras deshacerse de los dragones y sus amos, podía esperar Poniente escapar al sino de Valyria.

Hora tras hora, la multitud crecía. Una decena de asistentes se convirtió en una veintena y luego en una centena; al rayar el alba, millares de personas se arremolinaban en la plaza, empujando y bregando por acercarse a escuchar. Muchos portaban antorchas, y al caer la noche, el Pastor estaba plantado en el centro de un anillo de fuego. La multitud linchó a quienes trataron de acallarlo; incluso, expulsaron a los capas doradas cuando una cuarentena de ellos intentó evacuar la plaza a punta de lanza.

Un caos diferente reinaba en Ladera, sesenta leguas al suroeste. Mientras Desembarco del Rey se encontraba sumida en el terror, los enemigos a los que temía aún debían avanzar a pie hacia la ciudad, ya que los leales al rey Aegon se encontraban descabezados, asolados por la división, el conflicto y la duda. Ormund Hightower había muerto, así como su primo ser Bryndon, el principal caballero de Antigua. Sus hijos seguían en Torrealta, a un millar de leguas, y había muchos mozos aún muy verdes. Aunque lord Ormund había otorgado a Daeron Targaryen el apodo de «Daeron el Audaz» y alababa su coraje en el campo de batalla, aún era tan solo un crío; hijo menor de la reina Alicent, se había criado a la sombra de sus hermanos mayores y estaba más acostumbrado a obedecer órdenes que a darlas. El Hightower más veterano que quedaba con la hueste era ser Hobert, otro primo de lord Ormund, cuya única misión hasta el momento había sido la de ocuparse de la caravana de provisiones. Hobert Hightower, «tan retaco como lento», había vivido sesenta años sin distinguirse, si bien de pronto aspiraba a hacerse con el mando del ejército por el derecho que le confería su parentesco con la reina Alicent.

Lord Unwin Peake, ser Jon Roxton el Osado y lord Owain Bourney se postularon asimismo. Lord Peake podía jactarse de descender de un rancio abolengo de famosos guerreros, y contaba con un centenar de caballeros y novecientos peones bajo sus estandartes. Jon Roxton era tan temido por su negro temperamento como por su negra arma, la espada de acero valyrio *Hacedora de Huérfanos*. Lord Owain el Traidor estaba empeñado en que su astucia les había valido Ladera y que tan solo él podía tomar Desembarco del Rey. Ninguno de los aspirantes era bastante poderoso ni respetado para apaciguar la sed de sangre y la codicia de la soldadesca; mientras discutían sobre el orden de la preferencia y el botín, sus hombres se entregaron con alegría a una orgía de pillaje, violaciones y destrucción.

Los horrores de aquellos días son innegables. Raramente ha sido objeto un pueblo o ciudad de la historia de los Siete Reinos de un saqueo tan largo, cruel y enconado como el de Ladera tras las Traiciones. Sin un señor pujante que los refrene, hasta los hombres buenos pueden transformarse en bestias; así ocurrió allí. Bandas de soldados vagaban borrachos por las calles, robando en todas las casas y tiendas y asesinando a cualquier hombre que tratase de impedírselo. Toda mujer era presa válida de su lujuria, aun las viejas y las niñas. A los ricos los torturaron hasta la muerte para que revelaran el escondrijo de su oro y sus gemas. Se arrancaron niños del pecho de sus madres y se los empaló en lanzas. Sagradas septas corrían desnudas, perseguidas por las calles, y no las violaba un hombre, sino ciento. Deshonraban a las Hermanas Silenciosas. No respetaban ni los cadáveres; en lugar de darles un entierro digno, los dejaban pudriéndose para servir de alimento a las aves carroñeras y los perros salvajes.

El septón Eustace y el gran maestre Munkun afirman ambos que el príncipe Daeron se sintió enfermar ante lo que vio, y ordenó a ser Hobert Hightower que le pusiese coto, pero sus esfuerzos resultaron tan ineficaces como el propio hombre. Está en la naturaleza del populacho seguir a sus señores adonde los lleve, y los aspirantes a sucesores de lord Ormund habían caído víctimas de la avaricia, la sed de sangre y el orgullo. Jon Roxton el Osado se prendó de la hermosa lady Sharis Footly, la esposa del señor de Ladera, y la reclamó como «botín de guerra». Cuando protestó su señor esposo, ser Jon lo partió por la mitad con *Hacedora de Huérfanos* y dijo: «Puede hacer viudas también» mientras desgarraba el vestido de la llorosa lady Sharis. Tan solo dos días después, lord Peake y lord Bourney discutieron acremente en un consejo de guerra, hasta que Peake desenvainó el puñal, se lo clavó a Bourney en un ojo y declaró: «Quien cambiacapas nace, cambiacapas muere», mientras el príncipe Daeron y ser Hobert observaban horrorizados.

Sin embargo, los peores crímenes fueron los perpetrados por los Dos Traidores, los jinetes de dragones de baja extracción Hugh Martillo y Ulf el Blanco. Ser Ulf se entregó totalmente a la ebriedad, «ahogándose en vino y carne». Dice Champiñón que violaba a tres doncellas cada noche. Quienes no lo complacían eran pasto de su dragón. No le bastaba la condición de caballero que la reina Rhaenyra le había otorgado; tampoco quedó satisfecho cuando el príncipe Daeron lo nombró señor de Puenteamargo. El Blanco tenía puestas las miras en una recompensa mayor: deseaba una sede equiparable como mínimo a Altojardín, ya que afirmaba que los Tyrell no habían desempeñado papel alguno en la Danza y, por tanto, debía considerárselos traidores.

Las ambiciones de ser Ulf resultaban modestas en comparación con las del otro cambiacapas, Hugh Martillo; hijo de un herrero del montón, era un hombre grandullón con unas manos tan fuertes que podían retorcer barras de acero. Aunque carecía de formación en el arte de la guerra, su talla y su fuerza hacían de él un adversario terrible. Su arma preferida era el martillo de guerra, con el que asestaba golpes asesinos y aplastantes. En batalla montaba sobre Vermithor, otrora el dragón del mismísimo Viejo Rey; en todo Poniente, tan solo Vhagar tenía más edad y talla.

Por todos esos motivos, lord Martillo (como se hacía llamar por aquellos tiempos) comenzó a soñar con coronas. «¿Por qué conformarse con ser señor pudiendo ser rey?», decía a los hombres que empezaban a rodearlo. En el campamento se lo oyó referirse a una profecía de antaño que decía: «Cuando el martillo caiga sobre el dragón, se alzará un nuevo rey y nadie se interpondrá ante él». La procedencia de esas palabras sigue siendo un misterio (no salieron del propio Martillo, ya que no sabía leer ni escribir), pero al cabo de unos días, todos los hombres de Ladera las habían oído.

Ninguno de los Dos Traidores parecía dispuesto a ayudar al príncipe Daeron a acelerar el ataque a Desembarco del Rey. Tenían una hueste magnífica y tres dragones; sin embargo, la reina contaba con otros tres, que ellos supieran, y serían cinco en cuanto el príncipe Daemon regresara con Ortiga. Lord Peake prefería retrasar cualquier avance hasta que lord Baratheon pudiera aportar sus fuerzas desde Bastión de Tormentas, mientras que ser Hobert deseaba replegarse al Domino a fin de reabastecerse, ya que sus vituallas menguaban rápidamente. Ninguno parecía preocupado por que su ejército decreciese a cada día que pasaba, evaporándose como el rocío matutino, ya que cada vez desertaban más hombres, cargados con todo el botín que pudieran transportar.

Muchas leguas hacia septentrión, en un alcázar que dominaba la bahía de los Cangrejos, otro señor se encontraba también en el filo de la espada. De Desembarco del Rey había arribado un cuervo con una misiva de la reina para Manfryd Mooton, señor de Poza de la Doncella. Debía entregarle la cabeza de la bastarda Ortiga, a quien habían declarado culpable de alta traición. «Ningún daño debe hacérsele a mi señor esposo, el príncipe Daemon de la casa Targaryen —ordenaba su alteza—. Enviádmelo en cuanto se cumpla la misión, ya que lo necesitamos urgentemente.»

El maestre Norren, redactor de las *Crónicas de Poza de la Doncella*, dice que cuando lord Mooton leyó la carta de la reina, se quedó tan descompuesto que perdió la voz, y no la recobró hasta haberse bebido tres copas de vino. Después hizo llamar al capitán de su guardia, a su hermano y a su adalid, ser Florian Greysteel, y pidió a su maestre que se quedase también. Cuando estuvieron todos reunidos, les leyó la misiva y les pidió consejo.

—Es muy fácil —dijo el capitán de su guardia—. El príncipe duerme junto a ella, pero ya está viejo; tres hombres bastarían para domeñarlo si tratara de interferir, pero harán falta seis por si acaso. ¿Mi señor desea que se haga esta misma noche?

—Sean seis hombres o sesenta, no deja de ser Daemon Targaryen —objetó el hermano de lord Mooton—. Una droga narcótica en su vino vespertino sería lo aconsejable. Que se despierte y la encuentre muerta.

—No es sino una niña, por muy nefandas que sean sus traiciones —dijo ser Florian, un viejo caballero cano y adusto—. El Viejo Rey jamás habría solicitado nada semejante a un hombre honorable.

—Corren tiempos hediondos —dijo lord Mooton—, y es un dilema hediondo el que me plantea la reina. La joven es una huésped que vive bajo mi techo. Si obedezco, Poza de la Doncella quedará maldita para siempre; si rehúso, quedaremos mancillados y destruidos.

—Muy bien pudiera ser que nos destruyeran hagamos lo que hagamos —respondió su hermano—. El príncipe es más que aficionado a esa chica castaña, y tiene el dragón al alcance de la mano. Un señor sabio los mataría a ambos, no fuera que el príncipe, llevado por la ira, quemase Poza de la Doncella.

—La reina ha prohibido que se le inflija daño alguno —les recordó lord Mooton—, y asesinar a dos invitados en el lecho es el doble de grave que matar a uno solo. Quedaría doblemente maldito. —Suspiró—. Ojalá no hubiera leído la carta.

—Tal vez no la hayáis leído —intervino el maestre Norren.

Lo que se dijo a continuación no nos lo narran las *Crónicas de Poza de la Doncella*; tan solo sabemos que el maestre, un joven de veintidós años, halló al príncipe Daemon y a Ortiga cenando esa noche y les mostró la misiva de la reina. «Cuando entré, fatigados tras una larga jornada de infructuoso vuelo, compartían una frugal comida consistente en carne de vacuno hervida con remolacha. Hablaban quedamente; de qué, no sabría decirlo. El príncipe me saludó con cortesía, pero cuando leyó la carta vi que la dicha se desvanecía de sus ojos y la tristeza caía sobre él como un peso demasiado arduo de soportar. Cuando la joven preguntó qué decía la nota, respondió: "Palabras de una reina, obra de una puta". Luego desenvainó la espada y preguntó si los hombres de lord Mooton aguardaban fuera para hacerlo cautivo. "He venido solo", le contesté, y luego me envilecí declarando falsamente que ni su señoría ni ningún otro hombre de Poza de la Doncella conocía el contenido del pergamino. "Perdonadme, mi príncipe —dije—, porque he conculcado mis votos de maestre." El príncipe Daemon envainó la espada y dijo: "Sois un mal maestre, pero un buen hombre", tras lo cual me pidió que los abandonase y me ordenó que no dijese ni una palabra a nadie hasta el día siguiente.»

De cómo pasaron su última noche el príncipe y su moza bastarda bajo el techo de lord Mooton, no queda constancia, pero al rayar el alba aparecieron juntos en el patio, y el príncipe Daemon ayudó a Ortiga a ensillar al Ladrón de Ovejas por vez última. Era costumbre de la joven darle de comer a diario antes de volar; los dragones se pliegan más fácilmente a la voluntad del jinete cuando tienen el estómago lleno. Esa mañana le dio un carnero negro, el mayor de toda Poza de la Doncella, tras degollarlo ella misma. Tenía teñida de sangre la ropa de montar cuando se subió al dragón, cuenta el maestre Norren, y «las mejillas surcadas de lágrimas». Ni una palabra de despedida intercambiaron el hombre y la doncella, pero cuando el Ladrón de Ovejas sacudió las pardas alas coriáceas y ascendió a los cielos del alba, Caraxes alzó la cabeza y emitió un grito que estremeció todas las ventanas de la Torre de Jonquil. Muy arriba, sobre la ciudad, Ortiga hizo girar el dragón hacia la bahía de los Cangrejos y desapareció en la bruma matutina para no volver a ser vista ni en la corte ni en castillo alguno.

Daemon Targaryen regresó al castillo el tiempo justo para desayunar con lord Mooton. «Será la última vez que me veáis —le dijo—. Os agradezco tanta hospitalidad. Que se sepa por toda vuestra hacienda que vuelo a Harrenhal. Si mi sobrino Aemond se atreve a encarárseme, allí me encontrará, solo.»

Así fue como el príncipe Daemon partió de Poza de la Doncella por vez postrera. Cuando se marchó, el maestre Norren acudió a su señor para decirle: «Quitadme la cadena del cuello y atadme las manos con ella; debéis entregarme a la reina. Al prevenir a una traidora y permitirle escapar, me he convertido en traidor a mi vez». Lord Mooton se negó. «Conservad vuestra cadena —dijo—. Todos somos traidores aquí.» Aquella noche, los estandartes acuartelados de la reina Rhaenyra se arriaron de donde ondeaban, sobre las puertas de Poza de la Doncella, y se izaron los dragones de oro del rey Aegon II en su lugar.

Ningún pendón flameaba sobre las torres renegridas y los bastiones en ruinas de Harrenhal cuando el príncipe Daemon descendió de los cielos para apoderarse del castillo. Unos cuantos pordioseros habían hallado refugio en las bóvedas y sótanos del alcázar, pero el sonido de las alas de Caraxes los ahuyentó. Cuando se fue el último, Daemon Targaryen recorrió los inmensos salones vacíos de la sede de Harren sin más compañía que su dragón. Todos los días, al anochecer, hacía una muesca en el árbol corazón del bosque de dioses para señalar el paso de otra jornada. Trece marcas se pueden ver todavía en el arciano, viejas heridas, profundas y oscuras, si bien los señores que han gobernado Harrenhal desde los tiempos de Daemon dicen que sangran de nuevo cada primavera.

Al cuarto día de la vigilia del príncipe, una sombra pasó sobre el castillo, más negra que ninguna nube de paso. Todas las aves del bosque de dioses alzaron el vuelo atemorizadas, y un viento cálido flageló las hojas caídas del patio. Vhagar había acudido al fin, y sobre su lomo cabalgaba el príncipe tuerto Aemond Targaryen ataviado con una armadura negra como la noche, con incrustaciones de oro.

No había ido solo. Alys Ríos lo acompañaba, con sus luengos cabellos revoloteando tras ella, con el vientre inflamado y portador de un vástago. El príncipe Aemond circundó dos veces las torres de Harrenhal y luego hizo aterrizar a Vhagar en el patio exterior, con Caraxes a tan solo doscientas varas de distancia. Los dragones cruzaron torvas miradas de furia, y Caraxes extendió las alas y silbó; las llamas danzaban entre sus colmillos.

El príncipe ayudó a su mujer a desmontar de Vhagar y volvió el rostro hacia Daemon.

—Tío mío, tengo entendido que nos buscabas.

—Solo a ti —replicó el príncipe—. ¿Quién te ha revelado mi paradero?

—Mi señora. Te vio en una nube de tormenta, en una laguna montañosa en la oscuridad, en el fuego en que nos hicimos la cena. Ve muchísimas cosas, mi Alys. Has sido un necio por venir solo.

—De no haber venido solo, no habrías acudido.

—Y, sin embargo, aquí estás y aquí estoy yo. Has vivido demasiado, tío mío.

—En eso coincidimos —replicó el viejo príncipe.

Entonces hizo que Caraxes humillara la cerviz y trepó con rigidez a su lomo mientras el joven príncipe besaba a su mujer, montaba con agilidad sobre Vhagar y se cuidaba de abrochar las cuatro cadenas cortas que unían su cinto a la silla. Daemon dejó colgando sus cadenas. Caraxes silbó de nuevo y llenó el aire de llamaradas, y Vhagar respondió con un rugido. Ambos ascendieron como un solo dragón.

El príncipe Daemon conducía a Caraxes ágilmente, fustigándolo con un látigo de punta de acero, hasta que desaparecieron entre unas nubes. Vhagar, más vieja y mucho más grande, también era más lenta; le pesaba su enorme tamaño, así que ascendió más gradualmente, trazando círculos cada vez más amplios, que hicieron que dragona y jinete sobrevolasen las aguas del Ojo de Dioses. La hora era tardía, el sol estaba a punto de ponerse y el lago estaba calmo, con la superficie lisa como el cobre bruñido. Más y más se remontó en busca de Caraxes, mientras Alys Ríos observaba desde lo alto de la torre de la Pira Real de Harrenhal.

El ataque fue repentino como un rayo. Caraxes cayó en picado sobre Vhagar con un grito agudo que se oyó a una decena de leguas, envuelto en la luz del sol poniente, por el punto ciego del príncipe Aemond. El Guiverno Sanguíneo golpeó al dragón mayor con terrible fuerza. Los rugidos resonaron por todo el Ojo de Dioses mientras ambos se daban tarascadas y se destrozaban, con las siluetas negras recortadas contra el cielo rojo como la sangre. Tan intensas eran las llamaradas que los pescadores de abajo temían que las mismísimas nubes se incendiasen. Entrelazados, los dragones se desplomaron sobre el lago. Las mandíbulas del Guiverno Sanguíneo se cerraron alrededor del cuello de Vhagar, y sus negros dientes se le hincaron en la carne. Aun mientras las garras de Vhagar le abrían el abdomen en canal y sus dientes le desgarraban un ala, Caraxes mordió más hondamente mientras se acercaban al lago a terrible velocidad.

Y fue entonces, nos narran las leyendas, cuando el príncipe Daemon Targaryen desmontó y saltó de un dragón a otro. Empuñaba a *Hermana Oscura*, la espada de la reina Visenya. Mientras Aemond el Tuerto miraba aterrado, sacudiendo las cadenas que lo ataban a la silla, Daemon arrancó el yelmo a su sobrino y le introdujo la hoja por el ojo ciego, tan fuertemente que la punta salió por la garganta del joven príncipe. Un instante después, los dragones cayeron al lago, levantando una ola que, se decía, llegó a la altura de la torre de la Pira Real.

Ningún hombre ni dragón podría haber sobrevivido a tal impacto, dijeron los pescadores que lo presenciaron. Y así fue. Caraxes vivió lo justo para arrastrarse hasta la orilla. Destripado, con un ala mutilada y las aguas del lago humeando a su alrededor, el Guiverno Sanguíneo halló aún fuerzas para expirar al pie de la muralla de Harrenhal. El cadáver de Vhagar se hundió hasta el lecho del lago e hizo hervir el agua de su último lugar de reposo con la sangre que le brotaba de la herida del cuello. Cuando la encontraron años después, tras el fin de la Danza de los Dragones, los huesos aún con armadura del príncipe Aemond seguían encadenados a la silla, con *Hermana Oscura* bien hundida en la órbita ocular.

Es indudable que el príncipe Daemon también perdió la vida. Jamás se hallaron sus restos, pero en ese lago había corrientes caprichosas y peces hambrientos. Dicen los trovadores que el viejo príncipe sobrevivió a la caída y regresó con su Ortiga para pasar el resto de sus días a su vera. Tales leyendas son material de preciosas trovas, así como de pésima historia. Ni siquiera Champiñón da crédito al relato, ni nosotros.

Fue el vigesimosegundo día de la quinta luna del año 130 d. C. cuando los dragones danzaron y murieron sobre el Ojo de Dioses.

Daemon Targaryen tenía cuarenta y nueve años; el príncipe Aemond tan solo había cumplido los veinte. Vhagar, el mayor dragón de los Targaryen desde el fallecimiento de Balerion, el Terror Negro, había vivido ciento ochenta y un años en esta tierra. Así murió la última criatura de los tiempos de la Conquista de Aegon, tal como el ocaso y la oscuridad engulleron la sede maldita de Harren el Negro. Sin embargo, cerca hubo tan pocos testigos que pasaría algún tiempo hasta que se difundiese la noticia de la batalla final del príncipe Daemon.

La muerte de los dragones

Rhaenyra destronada

En Desembarco del Rey, la reina Rhaenyra se encontraba más aislada con cada traición. El presunto cambiacapas Addam Velaryon había huido antes de que tuvieran ocasión de interrogarlo, lo que dejaba demostrada su culpabilidad según el Gusano Blanco. Lord Celtigar coincidía, así que propuso un nuevo y sangrante impuesto sobre cualquier niño nacido fuera del matrimonio. Tal tasa no solo reabastecería las arcas de la Corona, sino que también limpiaría el reino de bastardos.

Sin embargo, su alteza tenía inquietudes más apremiantes que el tesoro. Al ordenar el prendimiento de Addam Velaryon, no solo había perdido un dragón y un jinete, sino también a la Mano de la Reina..., y más de la mitad del ejército que había zarpado de Rocadragón a fin de hacerse con el Trono de Hierro estaba compuesto por hombres juramentados de la casa Velaryon. Cuando se supo que lord Corlys languidecía en un calabozo bajo la Fortaleza Roja, comenzaron a abandonar su causa por centenares. Algunos se dirigieron a la plaza de los Zapateros a engrosar las multitudes reunidas en torno al Pastor, mientras que otros se zafaron por los portillos o saltaron la muralla con intención de regresar a Marcaderiva. Ni siquiera los que se quedaron eran de fiar; eso quedó demostrado cuando dos espadas juramentadas de la Serpiente Marina, ser Denys Woodwright y ser Thoron True, se abrieron paso hacia las mazmorras a mandoblazo limpio para liberar a su señor. Reveló aquellos planes a lady Miseria, una meretriz a quien se beneficiaba ser Thoron, de modo que detuvieron y ahorcaron a los chasqueados rescatadores.

Los dos caballeros murieron al amanecer, pateando y retorciéndose contra la muralla de la Fortaleza Roja cuando las sogas se les ciñeron en torno al cuello. Aquel mismo día, no mucho después del ocaso, otro horror visitó la corte de la reina: Helaena Targaryen, hermana, esposa y soberana del rey Aegon, el segundo de su nombre, así como madre de sus hijos, se lanzó desde su ventana del Torreón de Maegor para morir atravesada por las picas de hierro que erizaban el foso seco. Tan solo contaba veintiún años.

Al cabo de medio año de cautiverio, ¿por qué elegiría la reina de Aegon aquella precisa noche para quitarse la vida? Champiñón afirma que había quedado encinta tras pasar tantos días y noches vendida como una puta corriente, pero la verosimilitud de tal explicación es tan escasa como la de su narración sobre las Reinas del Burdel. El gran maestre Munkun cree que el horror de ver morir a ser Thoron y a ser Denys la impelió a cometer tal acto, pero si la joven había conocido a ambos hombres, tan solo pudo ser como carceleros, y no hay prueba alguna de que presenciara su ahorcamiento. Según el septón Eustace, lady Mysaria, el Gusano Blanco, eligió esa misma noche para narrar a Helaena la muerte de su hijo Maelor y las macabras circunstancias del deceso, si bien cuesta concebir el motivo que pudiera haber tenido, más allá de la simple malicia.

Los maestres discutirán la certeza de tales asertos, pero aquella fatídica noche se contaba una historia más siniestra en las calles y callejas de Desembarco del Rey, en posadas, burdeles y cacharrerías, aun en los sacros septos. La reina Helaena había sido asesinada, a decir de las hablillas, igual que sus hijos antes que ella. El príncipe Daeron y sus dragones pronto estarían a las puertas, y con ellos, el fin del reinado de Rhaenyra. La vieja reina estaba decidida a que su joven hermana no sobreviviese para regodearse de su caída, de modo que envió a ser Luthor Largent con la misión de aferrar a Helaena con sus enormes y fuertes manos y defenestrarla para que feneciese atravesada por las picas.

Cabría preguntarse de dónde salió tan ponzoñosa calumnia (porque, sin duda alguna, se trataba de una calumnia). El gran maestre Munkun cree que tiene su origen en el Pastor, ya que millares de personas lo habían oído clamar pronunciando las palabras «crimen» y «reina». Pero ¿concibió él la mentira, o solo se hacía eco de lo oído de otros labios? Champiñón quiere hacernos creer que fue lo segundo; una difamación tan vil no podía ser obra sino de Larys Strong, afirma el enano, ya que el Patizambo jamás había abandonado Desembarco del Rey (como muy pronto se revelaría); tan solo se había ocultado entre las sombras, desde las cuales siguió tramando y difundiendo rumores.

¿Es posible que muriese asesinada? Sí, pero parece improbable que la reina Rhaenyra fuera la artífice. Helaena Targaryen era una criatura destrozada que no suponía peligro alguno para su alteza. Tampoco mencionan nuestras fuentes una especial enemistad entre ambas. Si Rhaenyra hubiera deseado matar a alguien, ¿no habría sido la reina viuda Alicent quien habría aterrizado en las estacas? Es más, contamos con abundantes pruebas de que, en el momento de la muerte de la reina Helaena, ser Luthor Largent, el presunto asesino, estaba cenando con tres centenares de sus capas doradas en los barracones vecinos a la Puerta de los Dioses.

De todos modos, el rumor sobre el «asesinato» de la soberana Helaena pronto estuvo en labios de medio Desembarco del Rey. Que se creyese tan rápidamente demuestra hasta qué punto se había vuelto la ciudad en contra de la, en otros tiempos, bienamada soberana. Odiaban a Rhaenyra y apreciaban a Helaena. Tampoco el pueblo llano de la urbe había olvidado el cruel asesinato del príncipe Jaehaerys a manos de Sangre y Queso, ni el triste destino del príncipe Maelor en Puenteamargo. El fin de Helaena había sido misericordiosamente rápido; una pica se le hundió en el cuello y murió sin emitir un solo sonido. En el momento de su defunción, al otro lado de la ciudad, en la Colina de Rhaenys, su dragona, Fuegoensueño, se alzó de repente con un rugido que sacudió Pozo Dragón y quebró dos de las cadenas que la retenían. Cuando la reina viuda Alicent recibió la noticia del deceso de su hija, se rasgó las vestiduras y lanzó una funesta maldición sobre su rival.

Aquella noche, Desembarco del Rey se alzó en una sangrienta revuelta.

Los disturbios empezaron en los callejones y recovecos del Lecho de Pulgas, donde tanto hombres como mujeres furiosos, ebrios y atemorizados surgieron por centenares de las tabernuchas, los reñideros de ratas y las cacharrerías. Desde allí, los amotinados se extendieron por toda la ciudad, clamando justicia para los príncipes muertos y su madre asesinada. Se volcaron carros y carretas; se saquearon tiendas; se desvalijaron e incendiaron viviendas. Los capas doradas que intentaron poner coto a los disturbios fueron rodeados y linchados con saña. No se libró nadie, ni de alta ni de baja cuna. Lanzaban desperdicios a los señores y desmontaban a los caballeros. Lady Darla Deddings vio como apuñalaban a su hermano en un ojo por tratar de defenderla de tres palafreneros beodos empeñados en violarla. Los marinos, incapaces de regresar a sus navíos, atacaron la Puerta del Río y libraron una enconada batalla contra la Guardia de la Ciudad. Fueron precisos ser Luthor Largent y cuatrocientas lanzas para dispersarlos. Para entonces, la puerta estaba casi hecha pedazos, y un centenar de hombres, capas doradas en una cuarta parte, habían muerto o agonizaban.

Tales rescatadores no auxiliaron a lord Bartimos Celtigar, cuya mansión murada estaba defendida tan solo por seis guardias y unos cuantos criados armados apresuradamente. Cuando los revoltosos treparon en manada por la muralla, los dubitativos defensores depusieron las armas y huyeron, o engrosaron las filas de los atacantes. Arthor Celtigar, un mozo de quince años, se defendió brevemente en una puerta, espada en mano, y contuvo a la turba vociferante mientras pudo, hasta que una criada traicionera dejó entrar a los amotinados por una puerta trasera. El valiente joven murió al atravesarle la espalda una lanza. El propio lord Bartimos se abrió paso a espadazos hasta los establos, donde vio que los caballos que no habían robado estaban muertos. Tras prender al despreciado consejero de la moneda de la reina, lo ataron a un poste y lo torturaron hasta que reveló el escondrijo de sus riquezas. Luego, un curtidor llamado Wat anunció que no había satisfecho su «impuesto sobre la verga» y debía entregar su hombría a la Corona como multa.

El clamor de la revuelta procedente de la plaza de los Zapateros se oía desde todos los barrios. El Pastor se nutrió aún más de la ofuscación reinante e invocó la ira divina para que cayese sobre «esta reina antinatura que se sienta sangrante en el Trono de Hierro, con los labios de ramera relucientes y rojos por la sangre de su dulce hermana». Cuando una septa de la turba le suplicó a gritos que salvara la ciudad, el Pastor dijo: «Tan solo la merced de la Madre puede salvaros, pero la expulsasteis de esta urbe con vuestro orgullo, lujuria y avaricia. Ahora es el Desconocido quien viene. Llega montado en un caballo oscuro de ojos ardientes, con un flagelo de fuego en la mano para purificar esta sentina de pecado, liberándola de los demonios y de quienes se prosternan ante ellos. ¡Escuchad! ¿Oís ya el sonido de los cascos abrasadores? ¡Llega! ¡¡¡Llega!!!».

La multitud hizo suyo el grito y coreó: «¡Llega!, ¡¡¡llega!!!» mientras un millar de antorchas inundaba la plaza de humeante luz amarilla. Pronto se apagó el griterío, y a través de la noche creció el sonido de cascos herrados contra los adoquines. «No un

Desconocido, sino quinientos», dice Champiñón en su *Testimonio*.

La Guardia de la Ciudad irrumpía con brío: quinientos hombres dotados de cota de malla negra, casco de acero y larga capa dorada, armados con espadas cortas, lanzas y garrotes erizados de púas, formaron en el lado sur de la plaza tras un muro de escudos y lanzas. A su cabeza montaba ser Luthor Largent en un caballo acorazado, espada larga en mano. Su simple visión bastó para que centenares de desembarqueños saliesen corriendo por costanillas, pasajes y callejones. Cientos más huyeron cuando ser Luthor dio la orden de avanzar a sus capas doradas.

Diez mil se quedaron, no obstante. Era tal la aglomeración, que muchos que con sumo gusto habrían escapado se hallaban incapaces de moverse y sufrían empujones, apreturas y empellones. Otros se abalanzaron con las armas prestas y se pusieron a gritar y maldecir, mientras las lanzas avanzaban al lento toque de un tambor. «Apartad, malditos necios —rugía ser Luthor a los corderos del Pastor—. Marchaos. No se os hará ningún daño. Marchaos. Tan solo queremos al Pastor.»

Hay quien dice que el primer muerto fue un panadero, que gruñó de sorpresa cuando una punta de lanza le atravesó las carnes y se vio el mandil teñido de rojo. Otros afirman que fue una niñita arrollada por el caballo de guerra de ser Luthor. Una piedra partió volando de la turba y alcanzó a un lancero en una ceja. Se oyeron chillidos e imprecaciones; llovieron palos, piedras y bacines desde los tejados; un arquero, en el otro extremo de la plaza, empezó a lanzar flechas. Arrojaron una antorcha a un guardia, y su capa dorada tardó poco en arder.

Al otro lado de la plaza de los Zapateros, el Pastor estaba rodeado de acólitos. «Detenedlo —gritó ser Luthor—. ¡Prendedlo! ¡Detenedlo!» Espoleó a su montura y se abrió paso a través de la muchedumbre, y sus capas doradas lo siguieron dejando a un lado las lanzas para desenvainar espadas y porras. Los seguidores

del Pastor gritaban, caían y corrían. Otros blandían armas propias: dagas, puñales, mazos, garrotes, lanzas rotas y espadas oxidadas.

Los capas doradas eran un cuerpo de hombres grandes, jóvenes, fuertes y disciplinados, con buenas armas y armaduras. Durante cincuenta varas o más, su muro de escudos contuvo a la turba y abrió un sangriento camino por la multitud, dejando muertos y moribundos alrededor. Pero no eran sino quinientos, y diez mil almas se habían congregado para escuchar al Pastor. Cayó un guardia; luego, otro. De pronto, el populacho se colaba por los huecos de su línea. Maldiciendo a gritos, los corderos del Pastor atacaron con cuchillos, piedras e incluso dientes; rodearon a la Guardia de la Ciudad por todos los flancos; la atacaron por la retaguardia y le lanzaron tejas desde tejados y balcones.

La batalla convertida en motín se convirtió en matanza. Rodeados por todas partes, los capas doradas se vieron asediados y barridos, sin espacio para maniobrar con las armas. Muchos perdieron la vida por su propia espada. Otros murieron desgarrados, pateados, pisoteados y descuartizados con azadones y hachetas de carnicero. Ni el temible ser Luthor logró escapar de la masacre; le arrancaron la espada, lo desarzonaron, lo apuñalaron en el abdomen y lo mataron a golpes de adoquín. Tenía el yelmo y la cabeza tan aplastados que tan solo lo reconocieron por la talla de su cuerpo cuando, al día siguiente, llegaron los carros para recoger los cadáveres.

Durante la larga noche, nos cuenta el septón Eustace, el Pastor dominó media ciudad, mientras que extraños señores y reyes de la revuelta tomaron el resto. Centenares de hombres se reunieron en torno a Wat el Curtidor, que recorría las calles a lomos de un caballo blanco enarbolando la cabeza segada y los ensangrentados genitales de lord Celtigar, al tiempo que declaraba el final de todos los impuestos. En un burdel de la calle de la Seda, las meretrices coronaron a su propio rey, un niño muy rubio de cuatro años llamado Gaemon, al parecer bastardo del desaparecido rey Aegon, el segundo de su nombre. Para no ser menos, un caballero andante llamado ser Perkin la Pulga coronó a su escudero, Trystane, un mozo de dieciséis años, y lo declaró hijo natural del difunto rey Viserys. Todo caballero puede armar caballeros, y cuando ser Perkin se puso a nombrar a todos los mercenarios, ladrones y aprendices de carnicero que se congregaran bajo la andrajosa bandera de Trystane, hombres y mozos aparecieron por centenares a fin de consagrarse a su causa.

Al alba ardían fuegos por toda la ciudad; la plaza de los Zapateros estaba alfombrada de cadáveres, y bandas de forajidos inundaban el Lecho de Pulgas allanando casas y tiendas, y poniendo sus rudas manos sobre toda persona honrada que se topasen. Los capas doradas supervivientes se habían retirado a su cuartel, mientras los Caballeros del Arroyo, los reyes titiriteros y los profetas locos gobernaban las calles. Como las cucarachas a las que se asemejaban, los peores huyeron con las primeras luces y se retiraron a escondrijos y bodegas para dormir la mona, gozar de su botín y lavarse la sangre de las manos. Los capas doradas de la Puerta Vieja y la Puerta del Dragón realizaron una incursión por orden de sus capitanes, ser Balon Byrch y ser Garth el Leporino, y a mediodía habían logrado restablecer cierta apariencia de orden en las calles del norte y el este de la Colina de Rhaenys. Ser Medrick Manderly, al mando de un centenar de hombres de Puerto Blanco, hizo lo propio en la zona noreste de la Colina Alta de Aegon hasta la Puerta de Hierro.

El resto de Desembarco del Rey estaba sumido en el caos. Cuando ser Torrhen Manderly condujo a sus norteños por el Garfio, encontraron la plaza del Pescado y el callejón del Río plagados de los Caballeros del Arroyo de ser Perkin. En la Puerta del Río, la maltratada bandera del «rey» Trystane ondeaba sobre las almenas, mientras los cadáveres del capitán y tres de sus sargentos colgaban de la torre. El resto del destacamento de «pisamierdas» se había pasado al bando de ser Perkin. Ser Torrhen perdió a la cuarta parte de sus hombres tratando de regresar a la Fortaleza Roja por las bravas, pero salió con bien comparado con ser Lorent Marbrand, que se adentró con un centenar de caballeros y soldados en el Lecho de Pulgas. Regresaron dieciséis. Ser Lorent, lord comandante de la Guardia Real, no se contaba entre ellos.

Para el ocaso, Rhaenyra Targaryen se encontraba asediada por todos los flancos, con su reino en ruinas. «La reina sollozó cuando la informaron de la muerte de ser Lorent —atestigua Champiñón—, pero se enrabietó cuando supo que Poza de la Doncella se había pasado al enemigo, que la joven Ortiga había escapado y que su bienamado consorte la había traicionado, y tembló cuando lady Mysaria la advirtió de la inminente oscuridad, ya que esa noche podía ser peor que la anterior si cabía. Al amanecer, un centenar de hombres la atendían en el salón del trono, pero uno por uno se habían escabullido o licenciado, hasta que tan solo sus hijos y yo quedamos con ella. "Mi fiel Champiñón —me dijo su alteza—, ojalá todos esos hombres fueran tan fieles como tú. Debería nombrarte mi Mano." Cuando repliqué que prefería ser su consorte, se rio. Ningún sonido fue jamás tan dulce. Me alegró oírla reír.»

Nada dice el *Relato verídico* de Munkun de la risa de la reina; tan solo que pasaba de la ira a la desesperación y viceversa, y se aferraba tan fuertemente al Trono de Hierro que cuando se puso el sol le sangraban ambas manos. Entregó el mando de los capas doradas a ser Balon Byrch, capitán de la Puerta de Hierro; envió cuervos a Invernalia y al Nido de Águilas impetrando más ayuda; ordenó que se redactase un decreto de muerte, proscripción y confiscación contra los Mooton de Poza de la Doncella, y nombró al joven ser Glendon Goode lord comandante de la Guardia Real. (Aunque tan solo contaba veinte años y era miembro de los espadas blancas desde hacía menos de un giro de luna, Goode se había distinguido durante la refriega del Lecho de Pulgas ese mismo día. Fue quien recuperó el cadáver de ser Lorent para evitar que lo profanasen los amotinados.)

Aunque el bufón Champiñón no figura en la crónica del septón Eustace del Último Día, ni en el *Relato verídico* de Munkun, sí que hablan uno y otro de los hijos de la reina. Aegon el Menor siempre estaba a la vera de su madre, si bien raramente decía una palabra. El príncipe Joffrey, de trece años, se revistió con la armadura de escudero y le suplicó que le permitiese ir a Pozo Dragón y montar a Tyraxes. «Quiero luchar por ti, madre, tal como hicieron mis hermanos. Déjame demostrar que soy tan valiente como ellos.» No obstante, sus palabras no hicieron sino incrementar la resolución de Rhaenyra. «Valientes eran y muertos están ambos. Mis queridos vástagos.» Una vez más, su alteza prohibió al príncipe abandonar el castillo.

Al ponerse el sol, lo peor de Desembarco del Rey emergió de nuevo de cloacas, madrigueras y cuevas hasta alcanzar cifras si cabe mayores que la noche anterior.

En la Colina de Visenya, una hueste de putas regalaba sus favores a cualquier hombre dispuesto a jurar su espada a Gaemon Peloclaro (vulgo, «el Rey Conejito»). En la Puerta del Río, ser Perkin agasajaba a sus Caballeros del Arroyo con comida robada y los conducía por la orilla del río saqueando muelles, almacenes y cualquier nave que no hubiera podido hacerse a la mar, mientras que Wat el Curtidor dirigía a su turba de rufianes aullantes contra la Puerta de los Dioses. Aunque Desembarco del Rey contaba con fortísimas murallas y recias torres, estaban ideadas para repeler ataques procedentes del exterior, no de intramuros. La guarnición de la Puerta de los Dioses era especialmente débil, ya que su capitán y un tercio de sus hombres habían muerto con ser Luthor Largent en la plaza de los Zapateros. Los que quedaban, muchos heridos, resultaron vencidos fácilmente. Los partidarios de Wat salieron en tromba al campo y tomaron el camino Real tras la cabeza putrescente de lord Celtigar, aunque ni siquiera Wat parecía saber a ciencia cierta adónde se dirigían.

Antes de que transcurriese una hora, la Puerta del Rey y la Puerta del León también estaban abiertas de par en par. Los capas doradas de la primera habían huido, mientras que los «leones» de la segunda se habían sumado a los revoltosos. Tres de las siete puertas de Desembarco del Rey quedaban abiertas para los adversarios de Rhaenyra.

Sin embargo, la más grave amenaza para el gobierno de la soberana resultó estar dentro la ciudad. Al caer la noche, el Pastor había vuelto a presentarse para continuar con su prédica en la plaza de los Zapateros. Los cadáveres del combate de la noche anterior ya los habían despejado durante el día, nos dicen, pero no antes de que les saquearan la ropa, los dineros y otros objetos de valor, y en algún caso, hasta la cabeza. Mientras el profeta manco gritaba sus maldiciones contra «la vil reina», en la Fortaleza Roja, un centenar de cabezas cortadas lo miraban desde las puntas de altas lanzas y estacas afiladas. La turba, dice el septón Eustace, era el doble de numerosa y el triple de temible que la noche previa. Como la reina a la que tanto despreciaban, los «corderos» del Pastor miraban al cielo con terror, temiendo que los dragones del rey Aegon llegaran antes de que cayera la noche con un ejército a sus espaldas. No creyendo ya que la reina pudiera protegerlos, recurrían a su Pastor en busca de salvación.

Pero el profeta respondió: «Cuando lleguen los dragones, vuestras carnes arderán, se abrasarán y se transformarán en cenizas. Vuestras esposas bailarán con vestidos de fuego, gritando mientras arden, lúbricas y en cueros bajo las llamas. Y veréis llorar a vuestros hijos, hasta que los ojos se les fundan como gelatina y les chorreen por el rostro, hasta que su carne rosada se despegue de los huesos. El Desconocido viene, ya llega, ya llega, para purgar nuestras transgresiones. La oración no puede detener tal ira; no más que las lágrimas pueden sofocar las llamaradas de los dragones.

Tan solo puede la sangre. Vuestra sangre, mi sangre, aun la de los dragones». Luego elevó el brazo derecho y señaló con el muñón de la mano perdida la Colina de Rhaenys, que le quedaba detrás, la negra silueta de Pozo Dragón recortada contra las estrellas. «Allí moran los demonios, allá arriba. Fuego y sangre, sangre y fuego. Esta es su ciudad. Si queréis hacerla vuestra, primero debéis destruirlo. Si queréis purificaros de vuestros pecados, primero debéis bañaros con sangre de dragón. Porque tan solo la sangre puede domeñar los fuegos del averno.»

De diez millares de gargantas surgió un grito: «¡Matadlos! ¡Matadlos!». Y como una gran bestia de diez mil pares de patas, los corderos empezaron a avanzar empujándose, sacudiendo las antorchas, blandiendo espadas, puñales y otras armas más toscas, caminando y corriendo por calles y callejones hacia Pozo Dragón. Algunos se lo pensaron mejor y se refugiaron en su casa, pero por cada hombre que se quedaba, aparecían tres más para unirse a los matadragones. Cuando llegaron a la Colina de Rhaenys, su cifra se había duplicado.

En la cima de la Colina Alta de Aegon, al otro lado de la urbe, Champiñón contemplaba el despliegue del ataque desde lo alto del Torreón de Maegor con la reina, sus hijos y unos cuantos cortesanos. La noche era negra y nublada; las antorchas, tan numerosas que «era como si las estrellas se hubieran desplomado del cielo para concentrarse en Pozo Dragón», dice el bufón.

En cuanto se supo que el salvaje rebaño del Pastor emprendía la marcha, Rhaenyra envió jinetes a ser Balon, de la Puerta Vieja, y ser Garth, de la Puerta del Dragón, para ordenarles que dispersaran a los corderos, prendiesen al Pastor y defendiesen los dragones regios; pero con tal caos en la ciudad, distaba mucho de ser seguro que los jinetes hubieran logrado llegar, y aunque así hubiera sido, los capas doradas leales que quedaban eran demasiado escasos para tener garantías de éxito. «Su alteza lo mismo podría haber ordenado detener el flujo del Aguasnegras», dice Champiñón. Cuando el príncipe Joffrey suplicó a su madre que le permitiera salir con sus caballeros y los de Puerto Blanco, la soberana rehusó:

—Si toman esa colina, esta será la siguiente —dijo—. Necesitaremos hasta la última espada para defender el castillo.

—¡Pero van a matar a los dragones! —dijo el príncipe Joffrey, angustiado.

—O los dragones los matarán a ellos —respondió su madre sin conmoverse—. Que ardan. El reino no los echará de menos.

—Madre, ¿y si matan hasta a Tyraxes? —dijo Joffrey; pero la reina no lo creía.

—Son sabandijas. Borrachos, necios y ratas de cloaca. En cuanto prueben el fuegodragón, huirán.

A todo esto, el bufón Champiñón tomó la palabra:

—Serán borrachos, pero un borracho no conoce el miedo. Necios, sí, pero un necio puede matar a un rey. Ratas, también, pero un millar de ratas puede acabar con un oso. Lo vi una vez, allá en el Lecho de Pulgas. —Esta vez, la reina Rhaenyra no rio.

Tras ordenar a su bufón que contuviese la lengua so pena de perderla, su alteza se volvió hacia los parapetos. Tan solo Champiñón vio al príncipe Joffrey, que farfullaba enfurruñado (si su *Testimonio* es digno de crédito)..., y a Champiñón le habían ordenado contener la lengua.

Hasta que los vigilantes de la azotea oyeron rugir a Syrax, no se reparó en la ausencia del príncipe. Ya era tarde.

—No —se oyó decir a la reina—. Lo prohíbo, lo prohíbo expresamente. —Pero mientras lo decía, su dragona despegaba del patio de armas, se posaba un breve instante en las almenas del castillo y se lanzaba hacia la noche con su hijo, espada en ristre, al lomo—. ¡Tras él! —gritó Rhaenyra—. Todos, hasta el último hombre y mozo, a caballo, a caballo ya, id tras él. Traédmelo, traédmelo, no sabe lo que se hace. Mi hijo, mi querido hijo...

Siete hombres descendieron a caballo de la Fortaleza Roja

aquella noche y se adentraron en la delirante ciudad. Munkun nos dice que eran hombres honorables que habían jurado obedecer las órdenes de su reina; el septón Eustace prefiere hacernos creer que su corazón se encontraba conmovido por el amor de una madre hacia su hijo. Champiñón los tacha de bobalicones, viles cobardes ávidos de alguna generosa recompensa y «demasiado atontolinados para comprender que podían morir». Por una vez, puede que nuestros tres cronistas estén en lo cierto, al menos en parte.

Nuestro septón, nuestro maestre y nuestro bufón coinciden en los nombres: los Siete que Cabalgaron eran ser Medrick Manderly, heredero de Puerto Blanco; ser Loreth Lansdale y ser Harrold Darke, caballeros de la Guardia Real; ser Harmon del Cañaveral, llamado el Herrero; ser Gyles Yronwood, un caballero exiliado de Dorne; ser Willam Royce, armado con la afamada espada valyria *Lamento*, y ser Glendon Goode, lord comandante de la Guardia Real. Seis escuderos, ocho capas doradas y veinte hombres de armas acompañaron asimismo a los siete adalides, aunque sus nombres, ay, no han llegado a nuestros días.

Muchos juglares han trovado sobre la Cabalgada de los Siete, y muchas historias se han narrado sobre los peligros que arrostraron al abrirse camino a brazo partido por Desembarco del Rey mientras ardía en derredor y discurrían ríos de sangre por los callejones del Lecho de Pulgas. Ciertas trovas contienen alguna verdad, pero dar cuenta de ellas sobrepasa nuestro propósito. Se canta también el último vuelo del príncipe Joffrey. Hay trovadores que hallan gloria aun en una letrina, nos dice Champiñón, pero hace falta un bufón para decir la verdad. Aunque no cabe duda del coraje del príncipe, su acto fue una locura.

No vamos a preciarnos de conocer el vínculo que une a un dragón con su jinete, puesto que mentes más preclaras han reflexionado sobre este misterio durante centurias. Sí sabemos, no obstante, que los dragones no son caballos a los que pueda montar cualquiera que se encarame a su lomo. Syrax era la dragona de la reina y no había tenido otro jinete. Aunque el príncipe Joffrey le resultaba conocido por la vista y el olor, y era una presencia que no le causaba alarma alguna cuando hurgaba entre sus cadenas, la gran dragona amarilla no deseaba que la montase. En su ansia por marcharse antes de que lo pudieran detener, el príncipe había montado a Syrax sin silla ni fusta. Su intención, debemos suponer, era entrar en liza a lomos de Syrax, o más probablemente, cruzar la ciudad hasta Pozo Dragón y llegar a Tyraxes. Tal vez pretendiese también liberar a los demás dragones.

Joffrey jamás llegó a la Colina de Rhaenys. En cuanto remontó el vuelo, Syrax se retorció debajo de él y luchó por desembarazarse de su desusado jinete; desde abajo, piedras, lanzas y flechas volaban hacia él de manos de los sanguinarios corderos del Pastor, lo cual enfurecía más si cabe a la dragona. A un centenar de varas sobre el Lecho de Pulgas, el príncipe Joffrey resbaló de su lomo y cayó a tierra.

Junto a un cruce donde se unían cinco callejas, la caída del príncipe alcanzó su sangriento fin. Se estrelló primero contra un tejado muy empinado y luego rodó por él, hasta desmoronarse otras treinta varas con un aluvión de tejas rotas. Nos dicen que se fracturó la espalda, que lajas de teja llovieron sobre él como cuchillos, que se le escapó la espada de la mano y le atravesó el vientre. En el Lecho de Pulgas, los hombres hablan aún de la hija de un cerero, llamada Robin, que acunó al maltrecho príncipe entre los brazos y lo consoló mientras moría, pero hay más de leyenda que de historia en tal narración. «Madre, perdóname», dijo, al parecer, Joffrey con su último aliento; aunque aún se debate si se refería a su madre, la soberana, o rezaba a la Madre Divina.

Así pereció Joffrey Velaryon, príncipe de Rocadragón y heredero del Trono de Hierro, el último hijo de la reina Rhaenyra y Laenor Velaryon... o el último bastardo de ser Harwin Strong, según qué verdad decida creer cada uno.

La turba no tardó en caer sobre su cadáver. A Robin, la hija del cerero, si es que existió, la espantaron. Los saqueadores arrancaron las botas de los pies del príncipe y la espada de su tripa, y lo despojaron de sus finas y ensangrentadas ropas. Otros, si cabe más salvajes, empezaron a desmembrarlo. La escoria callejera le cortó ambas manos para hacerse con las sortijas. Le rebanaron el pie derecho por el tobillo, y un aprendiz de carnicero estaba cortándole el cuello para quedarse con la cabeza cuando los Siete que Cabalgaron llegaron en tropel. Allí, entre los hedores del Lecho de Pulgas, se libró una batalla sobre el fango y la sangre por la posesión del cadáver del príncipe Joffrey.

Los caballeros de la reina, al final, lograron hacerse con los restos, excepción hecha del pie perdido, si bien tres de los siete cayeron en el combate: el dorniense ser Gyles Yronwood fue descabalgado y muerto a porrazos, mientras que a ser Willam Royce lo derribó un hombre que saltó de un tejado para caerle sobre la espalda (su afamada arma, *Lamento*, se la arrancaron de la mano y se la llevaron; no se ha vuelto a saber de ella). Más gravoso fue el sino de ser Glendon Goode, atacado por la espalda por un hombre que portaba una antorcha y prendió su larga y alba capa. Cuando las llamas le lamieron la espada, su caballo retrocedió aterrado y lo derribó, así que la multitud se arremolinó sobre él y lo despedazó. A sus tan solo veinte años, ser Glendon había sido lord comandante de la Guardia Real durante menos de un día.

Mientras la sangre corría por los callejones del Lecho de Pulgas, otra batalla se desarrollaba en torno a Pozo Dragón, en la Colina de Rhaenys.

Champiñón no andaba errado: un enjambre de ratas hambrientas puede acabar con toros, osos y leones, siempre que haya bastantes. Por muchas que logre matar el toro o el oso, siempre hay más que muerden las grandes patas de la bestia, le trepan al vientre, le corretean por el lomo. Así fue aquella noche. Las ratas del Pastor iban armadas con lanzas, hachas largas, porras con púas y medio centenar de armas de todo tipo, entre ellas, arcos largos y ballestas.

Los capas doradas de la Puerta del Dragón, obedeciendo la orden de la soberana, salieron de su cuartel para defender la colina, si bien se vieron incapaces de atravesar la turba y recularon, mientras que el mensajero enviado a la Puerta Vieja ni logró llegar. Pozo Dragón contaba con su propio contingente, los Guardianes de los Dragones, pero esos bizarros guerreros sumaban tan solo setenta y siete, y menos de cincuenta estaban de guardia esa noche. Aunque sus espadas bebieron gran cantidad de sangre de sus agresores, las cifras obraban en su contra. Cuando los corderos del Pastor echaron abajo las puertas (los imponentes portones principales, recubiertos de bronce y hierro, eran demasiado fuertes para asaltarlos, pero el edificio tenía bastantes portillos) y entraron por los ventanales, los Guardianes de los Dragones se vieron sobrepasados y pronto acabaron masacrados.

Tal vez confiaran los atacantes en acabar con los dragones mientras aún dormían, pero el alboroto del asalto lo imposibilitó. Quienes vivieron para contarlo hablan de gritos y berridos, del olor de la sangre en el aire, de puertas de roble y hierro astilladas por rudimentarios arietes y los golpes de incontables hachas. «Pocas veces tantos hombres han puesto tanto ahínco en meterse por su propio pie en la pira funeraria —escribió el gran maestre Munkun—, pero la locura se había apoderado de ellos.» Había cuatro dragones alojados en Pozo Dragón. Cuando los primeros asaltantes llegaron a la arena, los cuatro estaban despiertos, en pie y furiosos.

Las crónicas no coinciden sobre la cantidad de hombres y mujeres muertos aquella noche bajo la gran cúpula de Pozo Dragón; pudieron ser doscientos o pudieron ser dos mil. Por cada uno que perecía, diez sufrían quemaduras y, sin embargo, sobrevivían. Atrapados en el pozo, rodeados de muros y una bóveda y atados por gruesas cadenas, los dragones no podían salir volando ni usar las alas para repeler los ataques o acometer a sus enemigos, por lo que lucharon con cuernos, garras y colmillos, volviéndose hacia uno y otro lado como toros en un reñidero de ratas del Lecho de Pulgas; pero estos toros exhalaban fuego. «Pozo Dragón se vio transformado en un encarnizado infierno, donde hombres en llamas daban tumbos gritando en el humo, mientras la carne se desprendía de sus huesos ennegrecidos —escribe el septón Eustace—, pero por cada hombre que caía, aparecían diez más gritando que los dragones debían morir. Y uno por uno, murieron.»

Shrykos fue el primer dragón en sucumbir, a manos de un leñador conocido como Hobb el Talador, que trepó a su cuello y le hincó el hacha en el cráneo mientras la bestia rugía y se retorcía tratando de derribarlo. Siete golpes asestó Hobb con las piernas enroscadas en torno al cuello del dragón, y cada vez que caía el hacha, rugía el nombre de uno de los Siete. Fue el séptimo golpe, el del Desconocido, el que mató al dragón al atravesar escamas y huesos hasta penetrar los sesos..., si es que hemos de creer a Eustace.

A Morghul, está escrito, le dio muerte el Caballero Ardiente, un energúmeno de recia armadura que se lanzó de cabeza a la llamarada del dragón, lanza en mano, y le clavó la punta en un ojo repetidas veces, aun mientras las llamas le derretían la armadura de acero y devoraban la carne de su interior.

Tyraxes, el dragón del príncipe Joffrey, se retiró a su guarida, nos narran, abrasando a tantos aspirantes a matadragones mientras lo acometían, que su entrada quedó pronto taponada por los cadáveres. Pero debe recordarse que todas las cuevas artificiales tenían dos entradas, una frente a las arenas del pozo y la otra abierta a la ladera. Fue el mismísimo Pastor quien ordenó a sus partidarios entrar por la «puerta trasera», y allá fueron cientos, aullando y rodeados de humo, con espadas, lanzas y hachas. Al volverse Tyraxes, las cadenas lo retuvieron y lo envolvieron en una red de acero que limitaba fatalmente sus movimientos. Media docena de hombres (y una mujer) afirmarían después haberle asestado el golpe de gracia. (Como su amo, Tyraxes sufrió aún más indignidades tras morir, ya que los seguidores del Pastor le rajaron las membranas de las alas y desgarraron tiras para hacerse capas de piel de dragón.)

La última de los cuatro dragones del pozo no murió tan fácilmente. Cuenta la leyenda que Fuegoensueño se había liberado de dos de sus cadenas a la muerte de la reina Helaena y, cuando la acometió la turba, rompió las que le quedaban al arrancar los soportes de los muros; luego se lanzó contra el gentío con uñas y dientes, destrozando hombres y desmembrándolos a cada exhalación de sus terribles llamaradas. Mientras otros la cercaban, alzó el vuelo, circundó el cavernoso interior de Pozo Dragón y se lanzó al ataque de los hombres que tenía debajo. Tyraxes, Shrykos y

Morghul mataron a decenas, de eso cabe poca duda, pero Fuegoensueño acabó con más que los otros tres juntos.

Centenares de atacantes huyeron aterrorizados de sus llamas; pero más centenares, ebrios o locos, o poseídos por el valor del mismísimo Guerrero, prosiguieron. Incluso en la clave de la bóveda, el dragón quedaba aún al alcance de los arqueros y ballesteros, de modo que dardos y flechas de punta cuadrada volaban hacia Fuegoensueño doquiera que fuese, desde tan cerca que algunos le atravesaban las escamas. Cuando aterrizaba, los hombres acudían en masa, la acometían y la hacían volver a despegar. Por dos veces voló la dragona a las grandes puertas broncíneas de Pozo Dragón, pero las hallaba cerradas, atrancadas y defendidas por filas enteras de lanzas.

Incapaz de huir, Fuegoensueño retomó el ataque y se cebó en sus atormentadores hasta que las arenas del pozo quedaron sembradas de cadáveres calcinados y el aire estaba denso por el humo y el olor a carne quemada; pero aun así volaban las lanzas y las flechas. El final llegó cuando una saeta le penetró un ojo. Medio ciega y enloquecida por una decena de heridas menos graves, desplegó las alas y voló hacia la gran cúpula en un último y desesperado intento de irrumpir a cielo abierto. Ya debilitada por las llamaradas, la bóveda se rajó por el impacto; a continuación, la mitad se desplomó y aplastó tanto a la dragona como a los matadragones bajo montañas de piedra y escombros.

El Asalto a Pozo Dragón se había consumado. Cuatro dragones de los Targaryen habían muerto, aunque a un precio inmenso. Sin embargo, el Pastor no cantaba aún victoria, ya que la dragona de la reina seguía viva y libre; y cuando los supervivientes quemados y ensangrentados de la carnicería salieron dando traspiés de las ruinas humeantes, Syrax descendió de los cielos sobre ellos.

Champiñón se encontraba entre quienes observaban con la reina Rhaenyra desde lo alto del Torreón de Maegor. «Un millar de gritos y aullidos resonó por toda la urbe, mezclados con el rugido

del dragón —nos narra—. En la cima de la Colina de Rhaenys, Pozo Dragón lucía una corona de fuego amarillo, ardiendo con tal fulgor que parecía que se alzaba el sol. Hasta la reina temblaba al contemplarlo, con las lágrimas corriéndole por las mejillas. Jamás he presenciado una visión más terrible, más gloriosa.»

Muchos de cuantos acompañaban a la reina en la azotea huyeron, según nos cuenta el enano, temiendo que los fuegos envolvieran pronto toda la ciudad, incluso la Fortaleza Roja, situada en la cima de la Colina Alta de Aegon. Otros acudieron al septo del castillo para impetrar su salvación. La propia Rhaenyra abrazó a su último hijo vivo, Aegon el Menor, y lo apretó fieramente contra su seno. No aflojaría el abrazo... hasta el aciago momento en que cayó Syrax.

Desencadenada y sin jinete, Syrax muy bien podría haber huido volando de la locura. El cielo era suyo. Podría haber abandonado la ciudad y regresado a la Fortaleza Roja; podría haber volado a Rocadragón. ¿Fueron el ruido y el fuego lo que la atrajeron a la Colina de Rhaenys?, ¿los rugidos y gritos de los dragones moribundos?, ¿el olor de la carne quemada? No podemos saberlo, como no podemos saber por qué decidió descender sobre la turba del Pastor y atacarla con uñas y dientes, devorando a docenas cuando también podría haber exhalado fuego desde el aire, ya que, en el cielo, ningún hombre podría haberle hecho daño. Tan solo podemos dar fe de lo ocurrido, tal como nos lo contaron Champiñón, el septón Eustace y el gran maestre Munkun.

Se narran muchas historias contradictorias sobre la muerte de la dragona de la reina. Munkun se la atribuye a Hobb el Talador y a su hacha, si bien esto, casi con seguridad, es erróneo. ¿De verdad pudo el mismo hombre matar a dos dragones en una sola noche y de la misma manera? Hay quienes hablan de un lancero anónimo, «un gigante sanguinolento» que saltó de la cúpula quebrada al lomo del dragón. Otros relatan que un caballero llamado ser Warrick Wheaton segó un ala a Syrax con una espada de acero valyrio (*Lamento*, seguramente). Un ballestero llamado Habichuela se adjudicaría la muerte más adelante y alardearía de ello en muchos bebederos y tabernas, hasta que un lealista de la reina se hartó de tan suelta lengua y se la rebanó.

Es posible que todos estos meritorios hombres (salvo Hobb) desempeñaran un papel u otro en la caída del dragón; pero el relato más frecuente en Desembarco del Rey nos presenta al propio Pastor como el matadragones. Mientras los demás huían, narra la historia, el profeta manco resistió sin miedo y solo contra la bestia enfurecida e invocó el socorro de los Siete, hasta que el Guerrero, nada menos, cobró una forma de veinte varas de altura. En la mano portaba una espada negra de humo que se tornó acero al blandirla y separó la cabeza de Syrax de su cuerpo. Así se relató; incluso se hace eco el septón Eustace en su relación de tan aciagos días, y así lo cantan los trovadores muchos años después.

La pérdida de su dragón y su hijo dejaron a Rhaenyra Targaryen descompuesta e inconsolable, nos cuenta Champiñón. Asistida tan solo por el bufón, se retiró a su cámara mientras sus consejeros conferenciaban. Desembarco del Rey estaba perdida, en ello todos coincidían; debían abandonar la ciudad. Con reticencia, su alteza se dejó persuadir para partir al alba. Dado que la Puerta del Lodazal estaba en manos del enemigo y que todas las naves de la orilla estaba quemadas o zozobradas, Rhaenyra y un pequeño grupo de seguidores salieron a hurtadillas por la Puerta del Dragón con intención de remontar la costa hasta el Valle Oscuro. Con ella marchaban los hermanos Manderly, cuatro supervivientes de la Guardia Real, ser Balon Byrch con veinte capas doradas, cuatro damas de compañía de la soberana y su último hijo superviviente, Aegon el Menor.

Champiñón se quedó, así como otros cortesanos; entre ellos, lady Miseria y el septón Eustace. Ser Garth el Leporino, capitán de los capas doradas de la Puerta del Dragón, recibió el encargo de defender el alcázar, una tarea para la cual demostró tener poco apetito. Su alteza no llevaba fuera ni medio día cuando ser Perkin la Pulga y sus Caballeros del Arroyo aparecieron frente a las puertas y exigieron la rendición del castillo. Aunque se encontraba en una inferioridad numérica de diez a uno, la guarnición de la reina podría haber resistido, pero ser Garth decidió que resultaba más conveniente arriar los pendones de Rhaenyra, abrir las puertas y confiar en la misericordia del enemigo.

La Pulga no demostró la esperada misericordia. Garth el Leporino fue arrastrado ante él y decapitado, así como otros veinte caballeros aún leales a la reina, como ser Harmon del Cañaveral, apodado el Herrero, uno de los Siete que Cabalgaron. Ni siquiera se libró la consejera de los rumores, lady Mysaria de Lys, en atención a su sexo. La atraparon cuando intentaba huir y la flagelaron desnuda por toda la ciudad, desde la Fortaleza Roja hasta la Puerta de los Dioses. Si aún vivía cuando alcanzaran la puerta, prometió ser Perkin, se la perdonaría y podría marcharse. Tan solo recorrió la mitad de la distancia; cuando murió sobre los adoquines, apenas conservaba un palmo de su blanca y fina piel en la espalda.

El septón Eustace temía por su vida. «Tan solo la clemencia de la Madre me salvó», escribe, si bien parece más probable que ser Perkin no desease enemistarse con la Fe. La Pulga también liberó a todos los presos hallados en las mazmorras de los sótanos del castillo; entre ellos, el gran maestre Orwyle y a lord Corlys Velaryon, la Serpiente Marina. Ambos andaban cerca al día siguiente y fueron testigos de como Trystane, el larguirucho escudero de ser Perkin, ascendía al Trono de Hierro. También estaba la reina viuda Alicent de la casa Hightower. En las celdas negras, los hombres de ser Perkin encontraron a ser Tyland Lannister, el antiguo consejero de la moneda del rey Aegon, aún con vida; si bien los sayones de Rhaenyra lo habían cegado, le habían arrancado las uñas de manos y pies, le habían segado las orejas y lo habían librado del peso de su hombría.

A Larys Strong el Patizambo, señor de Harrenhal y consejero de los rumores del rey Aegon, le fue mucho mejor. Reapareció ileso de dondequiera que estuviese oculto; a semejanza de un hombre que se levanta de la tumba, llegó recorriendo a grandes zancadas los salones de la Fortaleza Roja, como si nunca la hubiera abandonado, para recibir el afectuoso saludo de ser Perkin la Pulga y asumir un lugar de honor al lado del nuevo «rey».

La huida de la soberana no aportó paz a Desembarco del Rey. «Tres reyes hubo en la ciudad, cada uno en su propia colina, aunque para sus infortunados súbditos no hubo ley, justicia ni protección —dice el *Relato verídico*—. Ningún hogar estaba a salvo, ni la virtud de doncella alguna.» Tal caos se prolongó durante más de un giro de luna.

Los maestres y otros eruditos que escriben sobre estos tiempos suelen fijarse en Munkun y hablar de la Luna de los Tres Reyes (otros estudiosos prefieren llamarla la Luna de la Demencia), pero es una denominación engañosa, ya que el Pastor jamás llegó a reivindicar la condición de rey y se hacía pasar por un simple hijo de los Siete. Sin embargo, es innegable que regía sobre decenas de millares de personas desde las ruinas de Pozo Dragón.

Las cabezas de los cinco dragones que sus seguidores habían abatido se habían clavado en postes, y todas las noches, el Pastor aparecía entre ellas para predicar. Muertos los dragones y alejada de momento la amenaza de la inmolación, el profeta volvió su ira contra los nobles y los pudientes. Tan solo los pobres y los humildes alcanzarían a ver los salones de los dioses, declaraba; señores, caballeros y ricos caerían en los pozos del averno por su soberbia y avaricia. «Despojaos de sedas y satenes y cubrid vuestra desnudez con bastas túnicas —decía a sus partidarios—. Deshaceos de vuestro calzado y caminad descalzos por el mundo, tal como os creó el Padre.» Millares de hombres obedecieron, pero otros millares lo rechazaron; noche tras noche menguaban las multitudes que acudían a escuchar al profeta.

En el otro extremo de la calle de las Hermanas, en la cima de la Colina de Visenya, florecía el estrambótico reinado de Gaemon Peloclaro. La corte del bastardo real de cuatro años estaba compuesta por putas, titiriteros y ladrones, mientras bandas de rufianes, mercenarios y borrachos defendían su «reino». Un decreto tras otro dimanaba de la Casa de los Besos, donde el niño rey tenía su sede, cada uno más ultrajante que el anterior. Gaemon dictó que, a partir de entonces, las hijas serían iguales que los hijos en cuestiones de herencias; que los pobres recibirían pan y cerveza en tiempos de hambruna; que los hombres que hubieran perdido miembros en la guerra debían en lo sucesivo ser alimentados y albergados por el señor por el que lucharan al producirse la mutilación. Gaemon legisló también que los maridos que pegasen a sus mujeres debían recibir una paliza asimismo, independientemente de lo que hubieran hecho sus esposas para ser acreedoras del castigo. Tales edictos, casi con total certeza, eran obra de una ramera dorniense llamada Sylvenna Arena, al parecer célebre por ser la querindonga de Essie, la madre del pequeño rey, si es que debemos dar crédito a Champiñón.

También se dictaban regios decretos en la cima de la Colina Alta de Aegon, donde Trystane, el títere de Perkin, se sentaba en el férreo trono, si bien estos eran de una naturaleza muy diversa. El caballero rey empezó por revocar los impolíticos impuestos de la reina Rhaenyra y repartir el tesoro real entre sus seguidores. Continuó con una cancelación general de la deuda, ennobleció a una sesentena de sus Caballeros del Arroyo y cumplió la promesa del «rey» Gaemon de proporcionar pan y cerveza a los hambrientos y conceder a los pobres el derecho de cazar en el bosque Real conejos, liebres y ciervos (si bien no alces ni jabalíes). Entretanto, ser Perkin la Pulga reclutaba veintenas de capas doradas supervivientes para las filas de Trystane. Mediante sus espadas se hizo con el control de la Puerta del Dragón, la Real y la del León, domeñando así cuatro de las siete puertas de la ciudad y más de la mitad de las torres que jalonaban sus murallas.

En los primeros días siguientes a la huida de la monarca, el Pastor era, con mucho, el más poderoso de los tres «reyes», pero al ir pasando las noches, el número de sus partidarios continuaba menguando. «La plebe de la urbe despertó como de una pesadilla —escribió el septón Eustace— y, como pecadores que despiertan sobrios tras una noche de bacanal alcohólica, se alejaron avergonzados, ocultándose el rostro mutuamente con la esperanza de olvidar.» Aunque los dragones habían muerto y la reina había escapado, tal era el poderío del Trono de Hierro que el común aún miraba a la Fortaleza Roja cuando tenía hambre o miedo. Así que mientras el poder del Pastor se desvanecía en la Colina de Rhaenys, el del rey Trystane Fuegoeterno (como había dado en llamarse) se acrecentaba en la cima de la Colina Alta de Aegon.

Muchos acontecimientos tenían lugar también en Ladera, y es allí adonde debemos volver la mirada a continuación. Cuando llegó noticia de las revueltas de Desembarco del Rey a las huestes del príncipe Daeron, muchos jóvenes señores se impacientaron por avanzar sobre la ciudad de inmediato. Los más destacados eran ser Jon Roxton, ser Roger Corne y lord Unwin Peake; pero ser Hobert Hightower aconsejó cautela, y los Dos Traidores se negaron a participar en una acometida a no ser que se satisficieran sus exigencias. Ulf el Blanco, como se recordará, deseaba que le otorgasen el gran castillo de Altojardín con todas sus heredades y rentas, mientras que Hugh Martillo pretendía nada más y nada menos que una corona para sí.

Tales conflictos alcanzaron el punto de ebullición cuando se supo tardíamente en Ladera de la muerte de Aemond Targaryen en Harrenhal. El rey Aegon II no había dado señales de vida desde que su hermana Rhaenyra heredara Desembarco del Rey, y había muchos que temían que la reina lo hubiera ejecutado en secreto y hubiera ocultado el cadáver para evitar que la condenasen por matasangre. Dado que su hermano Aemond había muerto, asesinado asimismo, los verdes se encontraron sin rey ni cabeza visible.

El príncipe Daeron era el siguiente en la línea de sucesión. Lord Peake declaró que debía proclamarse príncipe de Rocadragón inmediatamente; otros, creyendo muerto a Aegon II, deseaban entronizarlo.

Los Dos Traidores sentían también la necesidad de contar con un rey..., pero Daeron Targaryen no era el soberano que deseaban. «Necesitamos un hombre fuerte que nos guíe, no un rapaz —declaró Hugh Martillo—. El trono debe ser mío.» Cuando Jon Roxton el Osado exigió saber con qué derecho se postulaba como aspirante al trono, lord Martillo respondió: «Con el mismo derecho que el Conquistador: un dragón». Y, verdaderamente, con Vhagar muerta al fin, el más grande y añoso dragón de todo Poniente era Vermithor, en otros tiempos montura del Viejo Rey y ahora del bastardo Hugh el Duro. Vermithor triplicaba el tamaño de la dragona Tessarion del príncipe Daeron; ningún hombre que las hubiera visto juntas había podido dejar de reparar en que Vermithor era, con mucho, una bestia más temible.

Aunque la ambición de Martillo parecía inusitada en un hombre de tan modesta cuna, el bastardo poseía, indudablemente, algo de sangre Targaryen, y había demostrado ser fiero en batalla y desprendido para con sus partisanos, ya que hacía gala de esa clase de largueza que atrae a los hombres hacia los cabecillas como un cadáver atrae las moscas. Eran escoria, no cabe duda: mercenarios, caballeros rapiñadores y gentuza, hombres de sangre impura e incierto nacimiento que amaban la batalla como tal y vivían para el saqueo y el pillaje. Muchos habían oído la profecía según la cual el martillo aplastaría el dragón, y pensaron que significaba que el triunfo de Hugh el Duro estaba predestinado.

No obstante, los señores y caballeros de Antigua y del Dominio se ofendieron ante la arrogancia de la pretensión del Traidor, y ninguno más que el príncipe Daeron Targaryen, que se airó tantísimo que lanzó una copa de vino al rostro de Hugh el Duro.

Mientras el Blanco se lamentaba del desperdicio de un gran caldo, Martillo dijo: «Los niños deben observar mejores modales cuando hablan los hombres. Creo que vuestro padre no os dio bastantes palizas; procurad que no compense yo tal carencia». Los Dos Traidores pidieron venia para marcharse juntos y emprendieron los planes para la coronación de Martillo. Cuando apareció al día siguiente, Hugh el Duro lucía una corona de hierro negro, para gran furia del príncipe Daeron y de sus legítimos señores y caballeros.

Uno de ellos, ser Roger Corne, tuvo la osadía de derribar la diadema de las sienes de Martillo. «La corona no hace al rey —dijo—. Deberíais llevar más bien una herradura en la cabeza, herrero.» Resultó ser una temeridad; a lord Hugh no le hizo la menor gracia y, por orden suya, sus hombres derribaron a ser Roger y el bastardo del herrero le clavó no una, sino tres herraduras en el cráneo. Cuando los amigos de Corne trataron de intervenir, salieron a relucir los puñales y se desenvainaron las espadas; quedó un saldo de tres muertos y una decena de heridos.

Eso ya era más de lo que estaban dispuestos a soportar los señores leales al príncipe Daeron. Lord Unwin Peake y Hobert Hightower, si bien este último a regañadientes, convocaron a otros once señores y caballeros terratenientes en un concilio secreto, celebrado en la bodega de una posada de Ladera, a fin de debatir qué hacer para poner coto a la arrogancia de los plebeyos jinetes de dragones. Los conjurados coincidieron en que resultaría más sencillo deshacerse del Blanco, ya que era más habitual encontrarlo beodo que sobrio y jamás había demostrado estar muy ducho en el empleo de las armas. Hugh Martillo oponía un peligro mayor, ya que, desde tiempos recientes, iba rodeado día y noche de lameculos, vivanderas y mercenarios ansiosos por ganarse sus favores. «De poco nos serviría matar al Blanco y dejar vivo a Martillo», señaló lord Peake. Hugh el Duro debía morir antes. Larga y reñida fue la polémica en la hospedería que lucía el rótulo de Los

Abrojos Sangrientos, donde los señores buscaban el modo de mejor cumplir su misión.

—Se puede matar a cualquier hombre —declaró ser Hobert Hightower—, pero ¿qué pasa con los dragones?

—Dados los tumultos de Desembarco del Rey —dijo ser Tyler Norcross—, solo con Tessarion nos bastaría para retomar el Trono de Hierro.

Lord Peake replicó que la victoria sería mucho más segura con Vermithor y Ala de Plata; Marq Ambrose sugirió que empezaran por tomar la ciudad y se ocuparan del Blanco y de Martillo tras asegurarse la victoria, pero Richard Rodden insistió en que tal proceder sería deshonroso:

—No podemos pedir a esos hombres que viertan su sangre con nosotros y luego matarlos.

—Matamos a los bastardos ya mismo —dijo Jon Roxton el Osado, y así zanjó la disputa—. Después, que los más valientes de los nuestros reclamen sus dragones y vuelen con ellos para entrar en liza. —Ni un solo hombre de aquella cueva dudaba de que Roxton no se refería sino a sí mismo.

Aunque el príncipe Daeron no se encontraba presente en el consejo, los Abrojos (como se acabaría conociendo a los conspiradores) eran remisos a actuar sin su consentimiento ni bendición. Owen Fossoway, señor de La Sidra, recibió el encargo de partir al abrigo de la oscuridad a despertar al príncipe y llevarlo a la bodega para que los juramentados lo informasen de sus planes. El en tiempos amable príncipe no dudó ni un momento cuando lord Unwin Peake le presentó las órdenes de ejecución de Hugh Martillo y Ulf el Blanco; más bien las lacró con impaciencia.

Los hombres pueden tramar, planear y conspirar, pero más les valdría orar también, ya que ningún plan trazado por el hombre ha resistido jamás los caprichos de los dioses del cielo. Dos días después, la misma noche en que los Abrojos pensaban actuar, Ladera despertó en la negrura de la noche con gritos y alaridos. Extramuros, los campamentos ardían. Ríos de caballeros acorazados fluían desde el norte y el oeste provocando una masacre; de las nubes llovían flechas, y un fiero y terrible dragón se cernía sobre ellos.

Así comenzó la segunda batalla de Ladera.

El dragón era Bruma; su jinete, ser Addam Velaryon, decidido a demostrar que no todos los bastardos tenían por qué ser cambiacapas, y ¿qué mejor modo que recuperar Ladera de las manos de los Dos Traidores, cuyo delito lo había deshonrado? Los trovadores dicen que ser Addam había volado desde Desembarco del Rey hasta el Ojo de Dioses, donde aterrizó en la sacra Isla de los Rostros y recibió el consejo de los hombres verdes. Los eruditos deben ceñirse a datos sabidos, y lo que sabemos es que ser Addam voló lejos y deprisa, y descendió en castillos grandes y pequeños, cuyos señores eran leales a la reina, a fin de levar una hueste.

Ya se habían librado muchas batallas y escaramuzas en las tierras regadas por el Tridente, y no había prácticamente ninguna aldea ni fortaleza que no hubiera pagado su justiprecio en sangre; pero Addam Velaryon era incansable y de verbo ágil, y los señores de los Ríos conocían muy bien los horrores que habían caído sobre Ladera. Cuando ser Addam estuvo listo para descender sobre la ciudad, ya lo seguían cerca de cuatro mil hombres.

Benjicot Blackwood, el señor de doce años del Árbol de los Cuervos, había colaborado, así como la viuda Sabitha Frey, señora de Los Gemelos, con su padre y sus hermanos de la casa Vypren. Los señores Stanton Piper, Joseth Smallwood, Derrick Darry y Lyonel Deddings habían reclutado a hombres de barba cana y jóvenes muy verdes, si bien todos habían sufrido gravosas pérdidas en las batallas otoñales. Hugo Vance, el joven señor de Descanso del Caminante, había acudido con trescientos de sus hombres, más los mercenarios myrienses de Trombo el Negro.

Y lo más notable de todo: la casa Tully se había unido a la guerra. El descenso de Bruma sobre Aguasdulces había persuadido, al fin, al reticente guerrero ser Elmo Tully para que convocase a sus banderizos y lucharan por la reina, contraviniendo así los deseos de lord Grover, su enfermo y encamado abuelo. «Un dragón en un patio hace maravillas para resolver las dudas», parece ser que dijo ser Elmo.

La gran hueste que acampaba junto a la muralla de Ladera superaba en número a la de los atacantes, pero llevaba demasiado tiempo detenida. Su disciplina se había vuelto laxa (la ebriedad era endémica en el campamento, nos dice el gran maestre Munkun, y la enfermedad había arraigado asimismo); la muerte de lord Ormund Hightower los había dejado sin comandante, y los señores que deseaban asumir el mando en su lugar se encontraban enfrentados entre sí. Tan inmersos estaban en sus rencillas y rivalidades que se habían olvidado de sus auténticos adversarios. El ataque nocturno de ser Addam les llegó por sorpresa. Antes de que los hombres del príncipe Daeron se enterasen siquiera de que habían entrado en liza, el enemigo ya estaba entre ellos y los masacraba mientras salían de las tiendas, mientras ensillaban los caballos, mientras bregaban por ponerse la armadura y ceñirse el cinto de la espada.

Los mayores estragos los provocó el dragón. Bruma descendió una, otra y otra vez escupiendo fuego; pronto ardía un centenar de tiendas, incluso los espléndidos pabellones de seda de ser Hobart Hightower, lord Unwin Peake y el mismísimo príncipe Daeron. Tampoco salió bien parada la ciudad de Ladera: las tiendas, viviendas y septos que se habían salvado la primera vez quedaron engullidos por el fuegodragón.

Daeron Targaryen estaba durmiendo en su tienda cuando empezó el ataque. Ulf el Blanco se había quedado en Ladera a dormir la mona de una noche de juerga, en una posada llamada El Tejón Putañero de la que se había apropiado. Hugh Martillo estaba intramuros también, encamado con la viuda de un caballero muerto durante la primera batalla. Los tres dragones estaban fuera de la ciudad, en los prados de más allá del campamento.

Si bien se intentó despertar a Ulf el Blanco de su sueño etílico, resultó imposible; el muy infame se metió bajo una mesa y se pasó toda la batalla roncando. Hugh Martillo fue más rápido en reaccionar. A medio vestir, corrió escaleras abajo hacia el patio pidiendo a gritos su martillo, su armadura y un caballo para ir a montar sobre Vermithor. Sus hombres se apresuraron a obedecerlo mientras Bruma incendiaba los establos. Pero lord Jon Roxton, que había reclamado los aposentos de lord Footly junto con la esposa de lord Footly, ya estaba en el patio.

Al ver a Hugh el Duro, Roxton identificó la ocasión, y dijo:

—Lord Martillo, mi más sentido pésame.

Martillo se volvió echando chispas por los ojos.

—¿Por qué? —preguntó.

—Por vuestra muerte en batalla —replicó Jon el Osado mientras desenvainaba la *Hacedora de Huérfanos* y la hincaba en la barriga del bastardo, antes de abrirlo en canal de la entrepierna al gaznate.

Una decena de hombres de Hugh el Duro acudieron apresuradamente, si bien solo llegaron a tiempo para verlo morir. Ni siquiera una hoja de acero valyrio como la *Hacedora de Huérfanos* sirve de mucho a un hombre que se ve solo ante diez contrincantes. Jon Roxton el Osado acabó con tres antes de caer. Se dice que murió al resbalar con las entrañas de Hugh Martillo, pero quizá este detalle sea demasiado irónico para ser cierto.

Existen tres narraciones contradictorias sobre la muerte del príncipe Daeron Targaryen. La más conocida afirma que salió dando tumbos de su pabellón con el camisón incendiado y lo interceptó el mercenario myriense Trombo el Negro, que le machacó el rostro con un golpe de mangual. Esta versión era la favorita de Trombo el Negro, que la narraba por doquier. La segunda versión es más o menos igual, salvo en que el príncipe murió por una espada, no un mangual, empuñada no por Trombo el Negro, sino por un soldado anónimo que ni siquiera se dio cuenta de a quién había matado. En la tercera alternativa, el valeroso joven conocido como Daeron el Audaz ni siquiera logró salir; murió al desplomarse sobre él su pabellón incendiado. Esta es la versión preferida por el *Relato verídico* de Munkun, y por nosotros.*

Desde el cielo, Addam Velaryon veía como la batalla se convertía en victoria. Dos de los tres jinetes de dragones enemigos habían muerto, pero él no tenía modo de saberlo, aunque sin duda podía ver a los dragones más allá de la muralla de la ciudad, desencadenados y libres para volar y cazar. Ala de Plata y Vermithor solían enroscarse juntos en los campos del sur de Ladera, mientras que Tessarion dormía y comía en el campamento del príncipe Daeron, al oeste de la ciudad, ni a cien varas de su pabellón.

Los dragones son criaturas de fuego y sangre, y los tres se alzaron al rugir la batalla a su alrededor. Un ballestero lanzó una saeta a Ala de Plata, nos narran, y dos veintenas de caballeros cercaron a Vermithor con espadas, lanzas y hachas, con la esperanza de despacharlo mientras aún se encontrase soñoliento y en el suelo; pagaron tal locura con la vida. En otro lugar del campo, Tessarion se elevó por los aires emitiendo gritos y escupiendo fuego, y Addam Velaryon giró con Bruma para enfrentarse a ella.

Las escamas de dragón son sumamente (aunque no completamente) ignífugas; protegen la carne y la musculatura que cubren. A medida que un dragón envejece, sus escamas engrosan y se endurecen, lo cual le brinda aún más protección, al tiempo que sus llamaradas son cada vez más abrasadoras (mientras que el fuegodragón de una cría apenas puede prender la paja, el de Balerion o el de Vhagar, en el cénit de su poder, podían derretir acero y piedra). Cuando dos dragones se enzarzan en combate mortal, por tanto, suelen emplear otras armas aparte de las llamas: las uñas

---

* Fuera cual fuese la forma de su muerte, no cabe disputa sobre que Daeron Targaryen, el hijo menor del rey Viserys I y la reina Alicent, murió en la segunda batalla de Ladera. Se ha demostrado fehacientemente que los falsos príncipes aparecidos durante el reinado de Aegon III usando su nombre eran todos impostores.

negras como el hierro, largas como espadas y afiladas como navajas de barbero; unas mandíbulas tan potentes que pueden aplastar hasta el peto de acero de un caballero; una cola como un látigo, cuyos golpes han llegado a hacer astillas un carro, quebrar el lomo de fuertes caballos de guerra y lanzar a hombres por los aires a casi veinte varas de altura.

La batalla entre Tessarion y Bruma fue diferente.

La historia denomina Danza de los Dragones a la lucha entre el rey Aegon II y su hermana paterna Rhaenyra, pero tan solo en Ladera danzaron verdaderamente los dragones. Tessarion y Bruma eran jóvenes, más ágiles en el aire que sus congéneres de mayor edad. Una y otra vez se acometieron, tan solo para apartarse en el último instante. Remontándose como águilas, precipitándose como halcones, trazaron círculos lanzando tarascadas y rugiendo, exhalando fuego, pero sin acercarse jamás. En una ocasión, la Reina Azul se desvaneció en un banco de nubes y reapareció un instante después para lanzarse sobre Bruma por detrás y abrasarle la cola con una llamarada cobalto. Entretanto, Bruma giraba, se ladeaba y volaba en bucles. Tan pronto estaba bajo su enemiga como, de repente, se retorcía en el cielo y aparecía por detrás. Más y más arriba volaron ambos dragones mientras centenares de personas observaban desde los tejados de Ladera. Alguien dijo que el vuelo de Tessarion y Bruma parecía más una danza nupcial que un combate. Tal vez lo fuera.

La danza acabó cuando Vermithor, rugiente, subió a los cielos.

Con sus casi cien años y tan grande como los dos dragones jóvenes juntos, el dragón broncíneo de grandes alas pardas estaba airado al alzar el vuelo, y le brotaba sangre humeante de una decena de llagas. Sin jinete, no distinguía amigo de enemigo, de modo que lanzó su ira contra todos; escupió fuego a diestro y siniestro y atacó enconadamente a cualquier hombre que osara apuntar una lanza en su dirección. Un caballero intentó huir, pero Vermithor lo atrapó con las fauces mientras su caballo seguía galopando. Los señores Piper y Deddings, sentados juntos en una pequeña elevación del terreno, ardieron con sus escuderos, sirvientes y espadas juramentadas cuando la Furia de Bronce reparó en ellos por casualidad.

Al instante, Bruma cayó sobre él.

De los cuatro dragones que había en el campo aquella jornada, el único con jinete era Bruma. Ser Addam Velaryon había acudido a fin de acabar con los Dos Traidores y sus dragones para así demostrar su lealtad, y ahí tenía uno debajo, atacando a los hombres que se le habían unido para la batalla. Debió de sentir el deber de protegerlos, aunque sin duda sabía en su fuero interno que su Bruma no era rival para el dragón más viejo.

No era una danza, sino una lucha a muerte. Vermithor no volaba a más de diez varas por encima de la batalla cuando Bruma lo golpeó desde arriba y lo lanzó gritando al fango. Hombres y mozos huyeron aterrorizados o quedaron aplastados cuando rodaron ambos dragones, despedazándose mutuamente. Las colas chasquearon y las alas batieron en el aire, pero las bestias estaban tan entrelazadas que ninguna podía liberarse. Benjicot Blackwood observaba la lucha desde su caballo, a cincuenta varas de distancia. La talla y el peso de Vermithor eran excesivos para que pudiera vencer Bruma, dijo lord Blackwood al gran maestre Munkun muchos años después, y seguramente habría reducido a pedazos al dragón gris plateado..., si Tessarion no hubiera caído del cielo en aquel momento para unirse a la lucha.

¿Quién puede conocer el corazón de un dragón? ¿Fue la simple sed de sangre lo que impelió a la Reina Azul a acometer? ¿Acudía en auxilio de uno de los combatientes? De ser así, ¿de cuál? Hay quienes afirman que el vínculo entre un dragón y su jinete es tan profundo que la bestia comparte los amores y los odios de su amo. Pero ¿quién era el aliado y quién el enemigo? ¿Un dragón sin jinete puede distinguirlos?

Jamás conoceremos la respuesta a tales preguntas; todo cuanto nos narra la historia es que los tres dragones lucharon entre el fango, la sangre y el humo de la segunda batalla de Ladera. Bruma fue el primero en morir, cuando Vermithor le clavó los dientes en el cuello y lo decapitó. A continuación, el dragón de bronce trató de emprender el vuelo con su botín aún en las fauces, pero las alas hechas jirones no lograron levantar su peso. Poco después, se desplomó y murió. Tessarion, la Reina Azul, resistió hasta el ocaso. Tres veces trató de volver a ascender a los cielos y tres veces fracasó. Hacia el final de la tarde parecía sufrir, de modo que lord Blackwood mandó llamar a su mejor arquero, un hombre conocido como Billy Burley, que tomó posición a cien varas, más allá del alcance de las llamaradas de la dragona moribunda, y le clavó tres flechas en un ojo mientras yacía inerme en el suelo.

Para el ocaso ya había concluido el combate. Aunque los señores de los Ríos perdieron menos de cien hombres, mientras que habían matado a un millar de soldados de Antigua y del Dominio, la segunda batalla de Ladera no pudo considerarse una victoria completa para los atacantes, ya que no lograron tomar la ciudad. La muralla de Ladera seguía intacta, y cuando los hombres del rey se replegaron en su interior y cerraron las puertas, las fuerzas de la reina no hallaron modo alguno de abrir una brecha, ya que carecían de material de asedio y de dragones. Aun así, habían provocado una gran carnicería entre sus confundidos y desorganizados enemigos; les incendiaron las tiendas; quemaron o capturaron la mayor parte de sus carromatos, alimentos y provisiones; se hicieron con tres cuartas partes de sus caballos de guerra y dieron muerte a su príncipe y a dos dragones del rey.

Cuando se levantó la luna, los señores de las Tierras de los Ríos abandonaron el campo a los carroñeros y se perdieron en los cerros. Uno de ellos, el joven Ben Blackwood, transportaba el cadáver destrozado de ser Addam Velaryon, hallado muerto junto a su dragón. Su osamenta descansaría en el Árbol de los Cuer-

vos durante ocho años, pero en el 138 d. C., su hermano Alyn se lo llevó a Marcaderiva y lo inhumó en la Quilla, su ciudad natal. En su tumba se ve grabada una sola palabra: «LEAL», con ornamentadas letras apoyadas en las tallas de un hipocampo y un ratón.

A la mañana siguiente a la batalla, los conquistadores de la Ladera se asomaron a la muralla y vieron que sus enemigos se habían marchado. Había muertos desperdigados alrededor de toda la ciudad, y entre ellos se encontraban los cadáveres de tres dragones. Quedaba uno: Ala de Plata, la antigua montura de la Bondadosa Reina Alysanne, había ascendido al cielo nada más comenzar la carnicería, había circundado el campo de batalla durante horas y había remontado las corrientes cálidas que ascendían desde los fuegos del suelo. No descendió hasta que reinó la oscuridad, para aterrizar junto a sus primos muertos. Más adelante, los trovadores cantarían la historia de cómo por tres veces levantó el ala de Vermithor con el morro, como si quisiera que volviese a volar, pero lo más probable es que se trate de una fábula. El sol naciente la encontró aleteando sin energías por el campo, comiendo los restos quemados de caballos, hombres y bueyes.

Ocho de los trece Abrojos habían muerto; entre otros, lord Owen Fossoway, Marq Ambrose y Jon Roxton el Osado. Richard Rodden había recibido un flechazo en el cuello y moriría al día siguiente. Entre los cuatro conjurados que quedaban estaban ser Hobert Hightower y lord Unwin Peake. Y aunque Hugh Martillo había muerto, y con él sus sueños de realeza, el segundo Traidor seguía vivo. Al despertar de su borrachera, Ulf el Blanco descubrió que era el último jinete y poseedor de un dragón.

«Martillo ha muerto y vuestro joven también —se refiere que dijo a lord Peake—. Tan solo os quedo yo.» Cuando lord Peake le preguntó por sus intenciones, el Blanco replicó: «Marchamos, tal como deseabais. Tomad la ciudad, que yo tomaré el maldito trono, ¿qué os parece?».

A la mañana siguiente, ser Hobert Hightower lo convocó para esbozar los detalles de su ataque a Desembarco del Rey. Llevaba dos barriles de vino como obsequio, uno de tinto dorniense y otro de dorado vino del Rejo. Aunque Ulf el Piripi jamás había catado un vino que no le gustara, era sabido que era más aficionado a los vinos añejos y dulces. No cabe duda de que ser Hobert esperaba tomar el recio tinto, mientras que lord Ulf empinaría el codo con el vino dorado. Pero hubo algo en los modos de Hightower (sudaba, farfullaba y estaba excesivamente cordial, declaró más adelante el escudero que los sirvió) que suscitó las sospechas del Blanco. Preocupado, ordenó que se reservase el tinto dorniense para después e insistió en que ser Robert compartiera con él el vino dorado del Rejo.

No tiene la historia muchas cosas buenas que decir de ser Hobert Hightower, pero nadie puede poner en duda la entereza con que murió. Por no traicionar a los otros Abrojos, permitió que el escudero le llenase la copa, bebió copiosamente y pidió más. En cuanto vio beber a Hightower, Ulf el Piripi hizo honor a su sobrenombre y se metió tres copas entre pecho y espalda antes de empezar a bostezar. El veneno del vino era indulgente; cuando lord Ulf se durmió y ya jamás despertó, ser Hobert se incorporó y trató de vomitar, pero era tarde. Se le detuvo el corazón menos de una hora después. «Ningún hombre temió jamás la espada de ser Hobert —dice de él Champiñón—, pero su copa de vino fue más mortífera que el acero valyrio.»

A continuación, lord Unwin Peake ofreció mil dragones de oro a cualquier caballero de noble cuna que fuese capaz de reclamar a Ala de Plata. Tres hombres salieron a la palestra. Cuando el primero perdió un brazo y el segundo murió abrasado, el tercero se lo pensó mejor. Para entonces, la hueste de Peake, los restos del gran ejército que habían conducido el príncipe Daeron y lord Ormund Hightower desde Antigua, se hacía pedazos, ya que los desertores huían de Ladera por decenas con todo el botín que podían transportar. Rindiéndose a la derrota, lord Unwin convocó a sus señores y sargentos y ordenó la retirada.

Addam Velaryon, nacido Addam de la Quilla, había sido acusado de traición, pero había salvado Desembarco del Rey de los adversarios de la soberana, pagando con su propia vida. Sin embargo, la reina nada sabía de su valor. La huida de Rhaenyra de Desembarco del Rey había estado plagada de dificultades. Al aproximarse a Rosby halló atrancadas las puertas del castillo por orden de la joven cuyos derechos había arrumbado en favor de un hermano menor. El castellano del joven lord Stokeworth le brindó hospitalidad, pero tan solo por una jornada. «Vendrán tras vos —advirtió a la reina—, y no cuento con fuerzas para resistir.» La mitad de sus capas doradas desertaron por el camino y, una noche, su campamento recibió el ataque de unos malhechores. Aunque sus caballeros repelieron a los agresores, ser Balon Byrch cayó de un flechazo, y ser Lyonel Bentley, un joven caballero de la Guardia Real, sufrió en la cabeza un golpe que le quebró el yelmo; pereció delirando al día siguiente. La reina se apresuró a continuar, camino del Valle Oscuro.

La casa Darklyn se había contado entre los más firmes defensores de Rhaenyra, pero tal lealtad había resultado gravosa. Lord Gunthor había perdido la vida al servicio de la reina, así como su tío Steffon, y el propio Valle Oscuro había sufrido el saqueo de ser Criston Cole. Poco es de extrañar que la viuda de lord Gunthor se mostrase menos que alborozada cuando su alteza se presentó ante sus puertas. Tan solo la intercesión de ser Harrold Darke convenció a lady Meredyth para que permitiese a la reina traspasar su muralla (los Darke eran familia lejana de los Darklyn y ser Harrold había servido en otros tiempos como escudero del difunto ser Steffon), y con la condición de que no se quedaría mucho tiempo.

Ya a salvo tras la muralla del Fuerte Pardo, que domina el puerto, Rhaenyra ordenó al maestre de lady Darklyn que escribiese al gran maestre Gerardys de Rocadragón y le pidiera que enviase de inmediato un barco para conducirla a su hogar. Tres cuervos volaron, aseguran las crónicas de la ciudad; pero pasaron los días y ningún barco aparecía. Tampoco se recibía respuesta alguna de Gerardys, lo cual enfurecía a la soberana. Una vez más, empezó a cuestionarse la lealtad del gran maestre.

La reina tuvo mejor suerte en otros lugares. Desde Invernalia, Cregan Stark escribió para decir que aportaría un ejército en cuanto le fuera posible, pero dejó claro que requeriría cierto tiempo reunir sus hombres, «ya que mis dominios son vastos, y con el invierno ya encima, debemos almacenar nuestra última cosecha para no pasar hambre cuando lleguen las nevadas». El norteño prometió a la reina diez mil hombres, «más jóvenes y fieros que mis Lobos de Invierno». La Doncella del Valle le prometió asistencia asimismo, cuando le contestó desde las Puertas de la Luna, sus cuarteles de invierno; pero con los puertos de montaña cegados por la nieve, sus caballeros deberían arribar por mar. Si la casa Velaryon enviase sus naves a Puerto Gaviota, escribió lady Jeyne, ella mandaría un ejército al Valle Oscuro inmediatamente. Si no, debía contratar barcos de Braavos y Pentos, y para ello precisaba dinero.

La reina Rhaenyra no tenía oro ni barcos. Cuando mandó a lord Corlys a las mazmorras perdió su flota, y había abandonado Desembarco del Rey temiendo por su vida sin llevarse ni una sola moneda. Desesperada y temerosa, vagaba por las almenas del castillo del Valle Oscuro sollozando, cada vez más hundida y ojerosa. No podía dormir y no deseaba comer, ni quería sufrir la separación del príncipe Aegon, su último hijo vivo; día y noche, el niño iba a su lado «como una pequeña y pálida sombra».

Cuando lady Meredith le dejó bien claro que ya había abusado bastante de su hospitalidad, Rhaenyra se vio obligada a vender la corona para recabar el pago de los pasajes en un mercante braavosí, el *Violande*. Ser Harrold Darke la apremió a buscar refugio con lady Arryn en el Valle, mientras que ser Medrick Manderly trató de persuadirla para que los acompañara a él y a su hermano ser Torrhen a Puerto Blanco, pero su alteza se negó a todo ello; estaba empeñada en regresar a Rocadragón. Allí hallaría huevos de dragón, dijo a sus leales. Debía contar con otro dragón, o todo estaría perdido.

Pujantes vientos impulsaron el *Violande* más cerca de las orillas de Marcaderiva de lo que la reina habría deseado, y tres veces pasó a escasa distancia de los navíos de guerra de la Serpiente Marina, pero tuvo buen cuidado de no ser vista. Al final, al anochecer, los braavosíes la dejaron en el puerto que hay al pie de Rocadragón. La reina había enviado un cuervo desde el Valle Oscuro para avisar de su llegada, y halló una escolta que la aguardaba al desembarcar con su hijo Aegon, sus damas de compañía y tres caballeros de la Guardia Real (ya que los capas dorados que habían huido de Desembarco del Rey con ella se habían quedado en el Valle Oscuro, mientras que los Manderly se quedaron a bordo del *Violande* para continuar la travesía hasta Puerto Blanco).

Llovía cuando la reina y los suyos llegaron a la orilla, y apenas se veía ya a nadie en el puerto. Hasta los lupanares parecían oscuros y desiertos, pero su alteza no se fijó en nada de eso. Enferma de cuerpo y espíritu, destrozada por la traición, Rhaenyra Targaryen no deseaba más que regresar a su sede, donde imaginaba que su hijo y ella estarían a salvo. Poco sospechaba que estaba a punto de sufrir su última y más grave traición.

Su escolta, compuesta por cuarenta espadas, estaba comandada por ser Alfred Broome, uno de los hombres que se habían quedado en Rocadragón cuando Rhaenyra lanzó su ataque sobre Desembarco del Rey. Broome era el más veterano de los caballeros de Rocadragón, ya que había entrado en la guarnición durante el reinado del Viejo Rey. Como tal, esperaba recibir el nombramiento de castellano cuando Rhaenyra partió en pos del Trono de Hierro; pero su disposición taciturna y sus modales acres no inspiraban ni afecto ni confianza, nos dice Champiñón, de modo que la reina no quiso saber nada de él y favoreció al más afable ser Robert Quince. Cuando Rhaenyra preguntó por qué no había acudido ser Robert a recibirla, ser Alfred replicó que la reina se reuniría con «nuestro orondo amigo» en el alcázar.

Y así fue, si bien el cadáver de Quince estaba tan achicharrado que resultó irreconocible cuando llegaron a él. Tan solo por su tamaño lograron distinguirlo, ya que estaba enormemente grueso. Lo hallaron colgado de las almenas de la atalaya junto al mayordomo de Rocadragón, el capitán de la guardia, el maestro armero... y la cabeza y el torso del gran maestre Gerardys. Todo cuanto hubo bajo sus costillas había desaparecido, y las entrañas colgaban del vientre rajado como negras serpientes abrasadas.

La sangre se retiró de las mejillas de la soberana ante la visión de los cadáveres, pero el joven príncipe Aegon fue el primero en comprender su significado. «Madre, huye», gritó, aunque ya era tarde.

Los hombres de ser Alfred cayeron sobre los protectores de la reina. Un hacha segó la cabeza de ser Harrold Darke antes de que pudiera desenvainar la espada, y ser Adrian Redfort recibió un lanzazo por la espalda. Tan solo ser Loreth Lansdale fue suficientemente rápido para asestar algún golpe en defensa de la reina, ya que hirió a los dos primeros hombres que lo acometieron antes de caer muerto. Con él fenecía la Guardia Real. Cuando el príncipe Aegon se hizo con la espada de ser Harrold, ser Alfred le arrancó la hoja con sumo desdén.

El mozo, la reina y dos damas atravesaron a punta de lanza las puertas de Rocadragón hasta el patio de armas (tal como Champiñón lo expuso tan memorablemente muchos años después) y se hallaron cara a cara con «un hombre muerto y un dragón moribundo».

Las escamas de Fuegosolar aún brillaban como el oro bruñido a la luz del sol, pero al verlo sobre el negro empedrado valyrio del patio, se hizo bien evidente que el más magnífico dragón que hubiera surcado los cielos de Poniente estaba destrozado. Meleys le había dejado un ala casi desprendida del cuerpo, con el que formaba un extraño ángulo, mientras que las llagas recientes del lomo aún humeaban y sangraban con cada movimiento. Estaba encadenado a una bola cuando la reina y su comitiva lo contemplaron por vez primera; cuando alzó la cabeza se le vieron tremendas lesiones en el cuello, de donde algún dragón le había arrancado varios pedazos de carne. En el vientre había lugares en que las costras sustituían las escamas, y donde estuvo el ojo derecho ya no había más que una oquedad cuajada de sangre renegrida.

Cabe preguntarse, como seguramente se preguntó Rhaenyra, cómo había llegado a acontecer aquello.

Ahora sabemos muchas cosas que la reina ignoraba entonces. Debemos agradecérselo al gran maestre Munkun, ya que fue su *Relato verídico*, basado en gran parte en la crónica del gran maestre Orwyle, el que reveló cómo llegó Aegon II a Rocadragón.

Fue lord Larys Strong el Patizambo quien evacuó al rey y a sus hijos de la ciudad cuando aparecieron por vez primera los dragones de la reina en los cielos de Desembarco del Rey. A fin de no tener que atravesar ninguna puerta, donde podían verlos y acordarse de ellos, lord Larys los sacó por algún pasadizo secreto de Maegor el Cruel, del cual tan solo él tenía conocimiento.

Decidió lord Larys que los fugitivos debían separarse también, de tal modo que si prendían a alguno, los otros pudieran alcanzar la libertad. Ser Rickard Thorne recibió la orden de entregar al príncipe Maelor, de dos años a la sazón, a lord Hightower. La princesa Jaehaera, una encantadora y sencilla niña de seis años, se quedaría al cuidado de ser Willis Fell, que juró ponerla a salvo en Bastión de Tormentas. Ninguno sabía adónde se dirigirían los demás para que nadie pudiera traicionar a nadie si lo capturaban.

Tan solo el propio Larys sabía que el rey, privado de sus ricos ropajes y envuelto en un manto de pescador cuajado de sal, se había ocultado con un cargamento de bacalao en un esquife pesquero, al cuidado de un caballero bastardo con familia en Rocadragón. Cuando supo que el rey se había marchado, el Patizambo razonó que, con toda seguridad, Rhaenyra enviaría hombres en su pos; pero un barco no deja rastro en el oleaje, y a pocos cazadores se les ocurriría jamás buscar a Aegon en la isla de su hermana, a la mismísima sombra de su fortaleza. Todo esto lo oyó el gran maestre Orwyle de labios de lord Strong, nos dice Munkun.

Y allí debería haberse quedado Aegon, oculto pero indemne, apaciguando su dolor con vino y disimulando sus quemaduras bajo una tupida capa, de no haber acudido Fuegosolar a Rocadragón. Podemos preguntarnos, como tantos otros, qué lo atrajo allí. ¿Se vio impulsado el dragón herido, con un ala medio sanada, por algún instinto que lo compelía a regresar a su lugar de nacimiento, la humeante montaña donde había emergido de un huevo? ¿O detectó como fuera la presencia del rey Aegon en la isla, a largas leguas y a través de tormentosos mares, y voló allí para reunirse con su jinete? El septón Eustace llega al punto de afirmar que Fuegosolar percibía la desesperación de Aegon. Pero ¿quién puede presumir de conocer el corazón de un dragón?

Después de que el malhadado ataque de lord Walys Mooton lo hiciera huir del campo de cenizas y huesos de Reposo del Grajo, la historia pierde de vista a Fuegosolar durante más de medio año (ciertas anécdotas narradas en los salones de los Crabb y los Brune indican que el dragón pudo buscar refugio en los oscuros pinares y cavernas de Punta Zarpa Rota durante parte del tiempo). Aunque el ala quebrada se le había curado lo bastante para permitirle volar, había sanado en un ángulo muy feo y estaba débil. Fuegosolar ya no podía subir demasiado ni pasar mucho tiempo en el aire, y le costaba volar incluso a corta distancia. El bufón Champiñón dice con crueldad que, mientras que la mayoría de los dragones evolucionan por el cielo como águilas, Fuegosolar se había convertido en poco más que «un gran pollo dorado que exhala fuego, da saltitos y revolotea de colina en colina».

Sin embargo, aquel «pollo dorado que exhala fuego» había cruzado las aguas de la bahía del Aguasnegras; porque fue a Fuegosolar a quien los marinos del *Nessaria* habían visto atacar a Fantasma Ceniciento. Ser Robert Quince había culpado al Caníbal, pero Tom Lenguatrabada, un tartamudo que sabía más de lo que contaba, había sobornado a los volantinos con cerveza y había tomado debida nota de todas las veces que mencionaban las escamas doradas del atacante. El Caníbal, como él bien sabía, era negro como el tizón.

Así, los dos Toms y sus «primos» (una verdad a medias, puesto que tan solo ser Marston compartía su sangre, ya que era el hijo bastardo de la hermana de Tom Tanglebeard y el caballero que le había arrebatado la doncellez) zarparon en su barquichuela en busca del matador de Fantasma Ceniciento.

El rey quemado y el dragón mutilado hallaron un nuevo propósito el uno en el otro. Desde una guarida oculta en la desolada ladera de Montedragón, Aegon se aventuraba diariamente al alba y volvió a surcar los cielos por primera vez desde lo acontecido en Reposo del Grajo, mientras los dos Toms y su primo Marston Mares regresaban al otro lado de la isla en busca de hombres dispuestos a ayudarlos a tomar el castillo. Incluso en Rocadragón, sede y bastión desde siempre de la reina Rhaenyra, hallaron a muchos a quienes disgustaba la reina, tanto por buenos como por malos motivos. Algunos se quejaban de la muerte de sus hermanos, hijos y padres durante la Cosecha Roja o en la batalla del Gaznate; otros esperaban un botín o un anticipo, y otros creían que un hijo debe anteceder a una hija, por lo que Aegon era el candidato idóneo.

La reina se había llevado a sus mejores hombres a Desembarco del Rey. En su isla, protegido por los navíos de la Serpiente Marina y su alta muralla valyria, Rocadragón parecía inexpugnable, de modo que el destacamento que había dejado la reina para defenderla era más bien escaso y estaba compuesto mayoritariamente por hombres que se consideraban de nula utilidad para otra cosa, soldados de barba cana, jóvenes muy verdes, tullidos, torpes y mutilados; hombres que se recuperaban de heridas, otros de dudosa lealtad y unos cuantos sospechosos de cobardía. Al frente situó Rhaenyra a ser Robert Quince, un hombre diestro aunque grueso y envejecido.

Quince era acérrimo partidario de la reina, en ello coinciden todos, pero algunos de sus subordinados eran menos leales y albergaban ciertos resentimientos e inquina por antiguos entuertos, ya reales, ya imaginarios. El más destacado era ser Alfred Broome; había dejado claro que estaba más que dispuesto a traicionar a su reina a cambio de una promesa de señorío, haciendas y oro si Aegon II recuperaba el trono. Su largo servicio con la guarnición le permitía asesorar a los hombres del rey sobre las debilidades y los puntos fuertes de Rocadragón, qué guardias eran fáciles de sobornar o domeñar y a cuáles habría que matar o aprisionar.

A la hora de la verdad, la caída de Rocadragón se resolvió en menos de una hora. Los hombres denigrados por Broome abrieron un portillo a la hora de los espectros para permitir que ser Marston Mares, Tom Lenguatrabada y sus secuaces se colasen en el castillo. Mientras una banda se apoderaba de la armería y otra prendía a los guardias leales de Rocadragón y al maestro armero, ser Marston sorprendió al gran maestre Gerardys en la sala de los cuervos, para evitar que las aves transmitieran una sola palabra del ataque. El mismo ser Alfred capitaneó a los hombres que irrumpieron en los aposentos de ser Robert Quince, el castellano. Cuando este bregaba para levantarse del lecho, Broome le clavó una lanza en la grandiosa y pálida barriga. Champiñón, que los conocía bien a ambos, nos dice que a ser Alfred no le caía nada bien ser Robert y sentía un gran resentimiento. Muy bien podría creerse, ya que la lanzada fue tan briosa que le sobresalió por la espalda, atravesó el colchón de plumas y paja y se hincó en el suelo.

El plan tan solo salió mal en un aspecto: cuando Tom Lenguatrabada y sus rufianes echaron abajo la puerta de la cámara de lady Baela para cautivarla, la joven escapó por el ventanal, corrió por los tejados y descendió por los muros hasta llegar al patio de armas. Los hombres del rey se habían ocupado de enviar guardias para hacerse con el establo donde se encontraban los dragones del castillo, pero Baela se había criado en Rocadragón y conocía más entradas y salidas que ellos. Cuando la alcanzaron sus perseguidores, ya había liberado de sus cadenas a Bailarina Lunar y la había ensillado.

Así fue como el rey Aegon, el segundo de su nombre, sobrevoló con Fuegosolar la cima humeante de Montedragón y bajó, esperándose una entrada triunfal en un castillo controlado por sus hombres y con los leales a la reina usurpadora muertos o capturados, pero lo recibió Baela Targaryen, hija del príncipe Daemon y lady Laena, tan intrépida como su padre.

Bailarina Lunar era una hembra joven, verde claro, con cuernos, cresta y alas del color de las perlas. Al margen de las grandes alas, no era mucho mayor que un caballo de guerra, y pesaba menos; no obstante, era muy rápida, y Fuegosolar, si bien mucho más grande, aún padecía el lastre del ala deformada y había sufrido heridas recientes causadas por Fantasma Ceniciento.

En la oscuridad que precede al alba se encontraron cual sombras en el cielo e iluminaron la noche con sus fuegos. Bailarina Lunar eludió las llamas de Fuegosolar, así como sus quijadas; rehuyó sus ávidas garras y después dio media vuelta; atacó al dragón mayor desde arriba, le abrió una herida larga y humeante en el lomo y le rasgó el ala dañada. Los testigos del suelo decían que Fuegosolar daba tumbos como ebrio, bregando por mantenerse en el aire, mientras Bailarina Lunar se volvía y lo acometía escupiendo fuego. Fuegosolar respondió con una llamarada dorada, tan intensa que iluminó el patio de armas como un segundo sol; una ráfaga que dio a Bailarina Lunar de lleno en los ojos. Con toda probabilidad, la joven dragona quedó cegada en aquel instante, si bien continuó volando y acometiendo a Fuegosolar en un amasijo de alas y zarpas. Al caer, Bailarina Lunar lanzó repetidas dentelladas al cuello de Fuegosolar y le arrancó varios pedazos de carne mientras el dragón mayor le hundía las fauces en el vientre. Envuelta en fuego, cegada y ensangrentada, Bailarina Lunar batió las alas desesperadamente para tratar de zafarse, pero sus esfuerzos no hicieron más que demorar la caída.

Los observadores del patio corrieron para ponerse a salvo cuando los dos dragones se estrellaron contra la dura piedra, aún combatiendo. En el suelo, la rapidez de Bailarina Lunar resultó ser de poca utilidad contra el tamaño y el peso de Fuegosolar. El dragón verde pronto quedó inmóvil, y el dorado rugió victorioso y trató de volver a alzarse, si bien acabó derrumbándose en el suelo mientras le brotaba sangre humeante a borbotones de las heridas.

El rey Aegon, que había saltado de la silla cuando los dragones aún se encontraban a diez varas del suelo, se rompió ambas piernas al caer; lady Baela acompañó al suelo a Bailarina Lunar. Quemada y baqueteada, la joven aún halló fuerzas para desencadenarse de la silla y apartarse a rastras de su dragón, que se enroscaba en sus últimos estertores. Cuando Alfred Broome desenvainó la espada para matarla, Marston Mares se la arrebató de la mano, y Tom Lenguatrabada se la llevó al maestre.

Así fue como el rey Aegon, el segundo de su nombre, se hizo con la sede ancestral de la casa Targaryen, si bien el precio fue muy caro. Fuegosolar jamás volvería a volar. Se quedó en el patio donde había caído y se alimentó del cadáver de Bailarina Lunar y, más tarde, de las ovejas que le mataba la guarnición. En cuanto a Aegon II, vivió el resto de sus días con gran dolor; aunque debemos atribuirle el mérito de haber rechazado la leche de la amapola que le ofreció el gran maestre Gerardys. «No volveré a tropezar con la misma piedra; no soy tan necio como para tomar cualquier pócima que vos me preparéis. Sois obra de mi hermana.»

Por orden del soberano, la cadena que la princesa Rhaenyra

había arrebatado del cuello al gran maestre Orwyle para entregársela a Gerardys se utilizó para ahorcarlo. No se le brindó el rápido final de una caída brusca y un cuello fracturado; se lo sometió a un lento estrangulamiento durante el que pateó tratando de respirar. Tres veces, cuando ya estaba casi muerto, auparon a Gerardys para que tomase aliento y después volvieron a soltarlo. Tras la tercera vez, lo evisceraron y se lo ofrecieron a Fuegosolar para que se diese un banquete con sus piernas y entrañas, pero el rey ordenó que se guardase un pedazo suficientemente grande «para que reciba a mi querida hermana a su regreso».

No mucho después, cuando el rey se encontraba en el gran salón del Tambor de Piedra con las piernas rotas vendadas y entablilladas, el primero de los cuervos de la reina Rhaenyra llegó del Valle Oscuro. Cuando Aegon supo que su hermana viajaba a bordo del *Violande*, ordenó a ser Alfred Broome que preparase «un recibimiento acorde» para su regreso al hogar.

Todo esto lo sabemos hoy; nada sabía la reina cuando desembarcó y cayó en la trampa de su hermano.

El septón Eustace, que tenía en poquísima estima a la reina, nos cuenta que Rhaenyra rio al contemplar la ruina de Fuegosolar el Dorado. «¿Quién ha sido? —dice que dijo—. Debemos agradecérselo.» Champiñón, que tenía en altísima estima a la reina, narra una versión diferente, en la que Rhaenyra dice: «¿Cómo ha llegado a acontecer esto?». Ambos coinciden en que las siguientes palabras las pronunció el rey.

—Hermana —gritó desde un balcón.

Incapaz de caminar, e incluso de ponerse en pie, lo habían transportado en una silla. La cadera destrozada en Reposo del Grajo lo había dejado deforme y contrahecho; sus facciones otrora agraciadas se habían ablandado por la leche de la amapola, y las quemaduras le cubrían la mitad del cuerpo. Sin embargo, Rhaenyra lo reconoció enseguida y dijo:

—Querido hermano, esperaba que estuvieras ya muerto.

—Tú primero —contestó Aegon—. Eres la mayor.

—Me complace saber que lo recuerdas —respondió Rhaenyra—. Parece que somos tus prisioneros, pero no te creas que nos retendrás mucho tiempo. Mis señores leales darán conmigo.

—Si te buscan en los siete infiernos, tal vez —respondió el monarca mientras sus hombres arrancaban a Rhaenyra de los brazos de su hijo.

Hay quienes dicen que fue ser Alfred Broome quien la agarró; otros, que fueron los dos Toms, Tanglebeard, el padre, y Lenguatrabada, el hijo. Ser Marston Mares fue testigo asimismo, revestido con su blanca capa, pues el rey Aegon lo había nombrado guardia real en atención a su valor.

Pero ni Mares ni ninguno de los caballeros presentes en el patio de armas protestó cuando el rey Aegon II entregó a su hermana al dragón. Se dice que, al principio, Fuegosolar no pareció interesarse en demasía por la ofrenda, hasta que Broome hizo un corte con el puñal en el pecho de la reina. El aroma de la sangre revivió al dragón, que olisqueó a su alteza y luego la bañó en una descarga de llamaradas tan repentina, que a ser Alfred se le incendió la capa mientras se apartaba. Rhaenyra Targaryen tuvo tan solo tiempo para alzar la cabeza al cielo y proferir a gritos una última maldición contra su hermano, antes de que las fauces de Fuegosolar la acometieran y le arrancasen un hombro con brazo incluido.

Dice el septón Eustace que el dragón dorado devoró a la reina de seis bocados; tan solo dejó parte de la pierna izquierda «para el Desconocido». Elinda Massey, la más joven y gentil de las damas de compañía de Rhaenyra, al parecer, se arrancó los ojos ante la truculenta visión, mientras que el hijo de la reina, Aegon el Menor, observaba horrorizado, incapaz de moverse. Rhaenyra Targaryen, la Delicia del Reino y la Reina del Medio Año, abandonó este valle de lágrimas el vigesimosegundo día de la décima luna del año 130 después de la Conquista de Aegon. Contaba treinta y tres años.

Ser Alfred Broome abogaba por matar también al príncipe Aegon, pero el rey Aegon lo impidió; con tan solo diez años, aún podía tener cierta utilidad como rehén, declaró. Aunque su hermana hubiera muerto, seguía teniendo partidarios con quienes convenía lidiar antes de que su alteza pudiese ocupar de nuevo el Trono de Hierro. De modo que pusieron al príncipe Aegon grilletes en cuello, muñecas y tobillos, y lo condujeron a las mazmorras del subsuelo de Rocadragón. A las damas de compañía de la reina difunta, por ser de alta cuna, las confinaron en sendas celdas de la Torre del Dragón Marino, de donde serían liberadas al pago de su rescate.

«Ya basta de ocultarse —declaró el rey Aegon, el segundo de su nombre—. Que vuelen los cuervos, para que todo el reino sepa que la usurpadora ha muerto y que su legítimo rey vuelve a casa, a reclamar el trono de su padre.»

La muerte de los dragones

El breve y triste reinado de Aegon II

«Ya basta de ocultarse —declaró el rey Aegon II en Rocadragón, después de que Fuegosolar se sustentase con su hermana—. Que vuelen los cuervos, para que todo el reino sepa que la usurpadora ha muerto y que su legítimo rey vuelve a casa, a reclamar el trono de su padre.»

Pero hay cosas que, incluso para los reyes legítimos, resultan más fáciles de proclamar que de hacer. La luna crecería, desaparecería y volvería a crecer antes de que Aegon II abandonase Rocadragón.

Entre Desembarco del Rey y su persona se interponían la isla de Marcaderiva y toda la bahía del Aguasnegras, así como los numerosos buques de guerra de los Velaryon que rondaban por el camino. Puesto que la Serpiente Marina estaba en Desembarco en calidad de «huésped» de Trystane Fuegoeterno, y ser Addam había caído en Ladera, el mando de las flotas de los Velaryon había recaído en Alyn, hermano de Addam e hijo menor de Ratona, la hija del armador. Era un zagal de quince años, pero ¿sería aliado o enemigo? Su hermano había muerto luchando por la reina, pero esa misma reina, fallecida a su vez, había apresado a su señor. Se enviaron cuervos a Marcaderiva para ofrecer a la casa Velaryon el indulto por todas las afrentas pretéritas, siempre y cuando Alyn de la Quilla acudiera a Rocadragón para jurar lealtad; pero si no se recibía respuesta, o hasta entonces, sumamente imprudente sería Aegon II si intentara cruzar en barco la bahía y se arriesgase a ser capturado.

Además, su alteza no deseaba trasladarse por mar a Desembarco del Rey. En los días siguientes a la muerte de su hermana paterna continuó aferrado a la esperanza de que Fuegosolar recuperase las fuerzas suficientes para alzar de nuevo el vuelo; pero solo parecía debilitarse más aún, y pronto empezaron a heder las heridas que tenía en el cuello. Hasta el humo que exhalaba tenía un olor purulento, y hacia el final dejó de comer.

El noveno día de la duodécima luna del 130 d. C., el magnífico dragón dorado que fue el orgullo del rey Aegon moría en el patio exterior de Rocadragón, donde había caído. Su alteza lo lloró, y ordenó sacar de los calabozos a su prima lady Baela y darle muerte. No se echó atrás hasta ver su cabeza en el tocón, cuando el maestre le recordó que era hija de una Velaryon, descendiente a su vez de la mismísima Serpiente Marina. Otro cuervo voló hacia Marcaderiva, esta vez con una amenaza: si Alyn de la Quilla no se presentaba en una quincena para rendir tributo a su señor por derecho, su prima lady Baela perdería la cabeza.

Mientras tanto, en la orilla occidental de la bahía del Aguasnegras, la Luna de los Tres Reyes terminó abruptamente con la llegada de un ejército a la muralla de Desembarco del Rey. Durante más de medio año, la ciudad había vivido con miedo al avance de la hueste de Ormund Hightower; pero cuando llegó el ataque no fue desde Antigua, pasando por Puenteamargo y Ladera, sino desde Bastión de Tormentas, por el camino Real. Borros Baratheon, al saber de la muerte de la reina, dejó a sus cuatro hijas y a su recién encinta esposa para lanzarse al norte a través del bosque Real, con seiscientos caballeros y cuatro mil soldados de infantería.

Cuando se divisó la vanguardia de los Baratheon al otro lado del Aguasnegras, el Pastor ordenó a sus seguidores que corrieran al río para impedir que lord Borros lo cruzara; pero ya eran solo unos pocos centenares los que escuchaban a aquel mendigo que había predicado ante cientos de miles, y pocos obedecieron. En las almenas de la cima de la Colina Alta de Aegon, el escudero que por entonces se hacía llamar rey Trystane Fuegoeterno, junto a Larys Strong y ser Perkin la Pulga, observaba las crecientes filas de tormenteños. «No tenemos fuerzas para enfrentarnos a semejante hueste, mi señor —dijo lord Larys al muchacho—, pero quizá las palabras triunfen donde por fuerza fracasarán las espadas. Enviadme a parlamentar con ellos.» Así, el Patizambo cruzó el río bajo bandera de tregua, acompañado por el gran maestre Orwyle y la reina viuda Alicent.

Los recibió el señor de Bastión de Tormentas en un pabellón erigido en la linde del bosque Real, mientras sus hombres talaban árboles para construir balsas con que cruzar el río. La reina Alicent derramó lágrimas de dicha al recibir la buena nueva de que Willis Fell, de la Guardia Real, había depositado sana y salva en Bastión de Tormentas a su nieta Jaehaera, único vástago superviviente de sus hijos Aegon y Helaena.

Se sucedieron traiciones y alianzas hasta que lord Borros, lord Larys y la reina Alicent alcanzaron un acuerdo, del que fue testigo el gran maestre Orwyle. El Patizambo prometió que ser Perkin y sus Caballeros del Arroyo se unirían a los tormenteños para reinstaurar al rey Aegon II en el Trono de Hierro, a condición de que se indultara a todos ellos, salvo al aspirante Trystane, por cualquier ofensa, incluidas las de alta traición, rebelión, robo, asesinato y violación. La reina Alicent convino en que su hijo, el rey Aegon, convirtiera en su reina a lady Cassandra, hija mayor de lord Borros. Lady Floris, otra de sus hijas, sería la prometida de Larys Strong.

El problema que planteaba la flota de los Velaryon se debatió largo y tendido.

—Tenemos que involucrar a la Serpiente Marina —cuentan que dijo lord Baratheon—. Puede que el viejo quiera una esposa joven; aún tengo dos hijas por apalabrar.

—Es un traidor y tres veces traidor —repuso la reina Alicent—. De no ser por él, Rhaenyra jamás habría logrado tomar Desembarco del Rey. Mi hijo no lo habrá olvidado; quiero su cabeza.

—Tardará poco en morir, en cualquier caso —respondió lord Larys Strong—. Vamos a hacer las paces con él y emplearlo en lo que podamos. Cuando todo esté atado y bien atado, si la casa Velaryon ya no nos resulta de utilidad, siempre podemos echar una mano al Desconocido.

Así se convino, muy vergonzantemente. Los heraldos volvieron a Desembarco del Rey, y los tormenteños tardaron poco en seguirlos y cruzar el Aguasnegras sin percances. Lord Boros encontró la muralla de la ciudad sin vigías; las puertas, sin defensores; las calles y plazas, solo pobladas por cadáveres. Cuando subió a la Colina Alta de Aegon con su portaestandartes y los escudos de su casa, vio como bajaban de las almenas de la torre de entrada los pendones rasgados del escudero Trystane, para izar en su lugar el dragón dorado del rey Aegon II. La reina Alicent en persona salió de la Fortaleza Roja a recibirlo, acompañada de ser Perkin la Pulga. «¿Dónde está el aspirante?», preguntó lord Borros mientras desmontaba del palenque. «Apresado y encadenado», respondió ser Perkin.

Curtido en innumerables altercados fronterizos con los dornienses, y en sus recientes campañas victoriosas contra un nuevo Rey Buitre, lord Borros Baratheon no perdió tiempo en restablecer el orden en Desembarco del Rey; tras una noche de celebración circunspecta en la Fortaleza Roja, al día siguiente montó para cargar por la Colina de Visenya contra Gaemon Peloclaro, el Rey Conejito. Columnas de caballeros de armadura escalaron la colina por tres direcciones, barriendo sin obstáculo a los pordioseros, mercenarios y beodos que se apelotonaban en torno al reyezuelo, que tan solo dos días atrás había celebrado su quinto día del nombre. Volvieron a la Fortaleza Roja con el infante a caballo, tendido de través en la silla, envuelto en cadenas y lágrimas. Su madre caminaba detrás, aferrada a la mano de la dorniense Sylvenna Arena, al frente de una larga fila de putas, brujas, mangantes, descuideros y enajenados, únicos supervivientes de la «corte» de Peloclaro.

A la noche siguiente llegó el turno del Pastor. Prevenido por el destino de las putas y su pequeño rey, había convocado a su Ejército Descalzo alrededor de Pozo Dragón, a fin de defender la Colina de Rhaenys «a sangre y hierro». Pero su buena estrella se había apagado; poco menos de trescientas personas respondieron a su llamada, y de ellas, muchas huyeron en cuanto empezó el asalto. Lord Borros condujo a sus caballeros colina arriba desde el oeste, mientras ser Perkin y sus Caballeros del Arroyo escalaban la abrupta ladera sur desde el Lecho de Pulgas. Cuando se abrieron paso a través de las débiles filas defensoras y llegaron a las ruinas de Pozo Dragón, se encontraron al profeta entre las cabezas de los dragones (ya en avanzado estado de putrefacción), rodeado de un anillo de antorchas, aún predicando sobre la condena y la aniquilación. Cuando atisbó a lord Borros, a lomos de su caballo de batalla, lo señaló con el muñón y lo maldijo: «Nos veremos en el infierno antes de que concluya este año», proclamó el hermano mendicante. Igual que a Gaemon Peloclaro, lo prendieron con vida y lo transportaron a la Fortaleza Roja cargado de cadenas.

Así regresó la paz, en cierto modo, a Desembarco del Rey. En nombre de su hijo, «nuestro legítimo rey Aegon, el segundo de su nombre», la reina Alicent declaró el toque de queda; no se podían transitar las calles tras el crepúsculo. Se cuidaba de su cumplimiento la Guardia de la Ciudad, rehecha bajo el mando de ser Perkin la Pulga, mientras que lord Borros y los tormenteños custodiaban puertas y almenas. Bajados a rastras de sus tres colinas, los tres «reyes» pasaban penurias en los calabozos en espera del regreso del rey verdadero; regreso que, no obstante, pendía del hilo de los Velaryon de Marcaderiva. Al otro lado de la muralla de la Fortaleza Roja, la reina viuda Alicent y lord Larys Strong habían ofrecido la libertad a la Serpiente Marina, junto con el indulto de sus traiciones y un puesto en el consejo privado, a condición de que hincara la rodilla ante Aegon II como su rey y le entregara las espadas y velas de Marcaderiva; pero el anciano lord Corlys resultó ser un hueso duro de roer: «Tengo las rodillas viejas y anquilosadas; no se hincan fácilmente», respondió antes de establecer sus propias condiciones. No satisfecho con su propio indulto, quería la amnistía de todos los hombres que habían luchado por la reina Rhaenyra, y que se concediera a Aegon el Menor la mano de la princesa Jaehaera, para que se proclamara a los dos indivisiblemente herederos del rey Aegon. «El reino está desmembrado —dijo—; tenemos la misión de reconstruirlo.» No le interesaban las hijas de lord Baratheon, pero exigía la libertad inmediata de lady Baela.

La reina Alicent se declaró indignada por la «arrogancia» de lord Velaryon, nos relata Munkun, en especial en lo tocante al nombramiento del Aegon de la reina Rhaenyra como heredero del suyo. Había sufrido la pérdida de dos de sus tres hijos y su única hija durante la Danza, y le resultaba intolerable que perviviese ningún hijo de su rival. Airada, recordó a lord Corlys que en dos ocasiones había presentado condiciones de paz a Rhaenyra y en dos ocasiones se habían recibido con cajas destempladas. Correspondió a lord Larys el Patizambo serenar las aguas turbulentas, aplacar a la reina con una comedida alusión a cuanto habían debatido en la tienda de lord Baratheon y persuadirla de acceder a las propuestas de la Serpiente Marina.

Al día siguiente, lord Corlys Velaryon, la Serpiente Marina, se prosternó ante la reina Alicent, sentada en los peldaños inferiores del Trono de Hierro en representación de su hijo, para jurar al rey su lealtad y la de su casa. Ante los ojos de los dioses y los hombres, la reina viuda les concedió a él y a los suyos el real indulto, además de devolverle su antiguo puesto de lord almirante y consejero naval en el consejo privado. Despacharon cuervos a Marcaderiva y Rocadragón para anunciar el acuerdo, y justo a tiempo, pues encontraron al joven Alyn Velaryon reuniendo sus naves para atacar Rocadragón, y al rey Aegon II, disponiéndose de nuevo a decapitar a su prima Baela.

En los postreros días del 130 d.C., el rey Aegon II volvió al fin a Desembarco del Rey, acompañado de ser Marston Mares, ser Alfred Broome, los dos Toms y lady Baela Targaryen (aún encadenada, por miedo a que atacara al rey si la liberaban). Escoltados por doce galeras de combate de los Velaryon, alzaron velas a bordo de una baqueteada coca mercante llamada *Ratón*, cuya propietaria y capitana era Marilda de la Quilla. Si hemos de dar crédito a Champiñón, la embarcación se escogió deliberadamente: «Lord Alyn podría haber enviado al rey a casa a bordo del *Gloria de Lord Aethan*, el *Marea Matutina* o incluso el *Moza de Puertoespecia*, pero quería que lo vieran arribar a la ciudad a lomos de un ratón. Lord Alyn era un joven insolente y no apreciaba a su soberano».

El regreso del rey distó mucho de ser triunfante. Aún incapaz de caminar, cruzó la Puerta del Río en un palanquín cerrado, en el que lo transportaron, Colina Alta de Aegon arriba, hasta la Fortaleza Roja, a través de una ciudad silenciosa de calles desiertas, hogares abandonados y comercios saqueados. Los estrechos y empinados escalones del Trono de Hierro le resultaron asimismo infranqueables; por ello tuvo el rey repuesto que conceder audiencias desde un asiento acolchado de madera tallada, en la base del verdadero trono, con una manta sobre las piernas deformes y deshechas.

Aunque preso de fuertes dolores, el rey no se retiró a sus aposentos; no se concedió el vino del sueño ni la leche de la amapola, sino que se apresuró a pronunciar sentencia contra los tres «reyes efímeros» que habían gobernado Desembarco del Rey durante la Luna de la Demencia. El escudero Trystane, el primero en enfrentarse a su destino, fue condenado a muerte por alta traición. Era un joven bizarro que al principio se mostró desafiante cuando lo arrastraban hacia el Trono de Hierro, hasta que vio a ser Perkin la Pulga junto al rey. Eso lo dejó descorazonado, relata Champiñón, pero ni siquiera entonces intentó afirmar su inocencia ni impetrar misericordia; tan solo pidió que lo armasen caballero antes de morir. El rey Aegon le concedió el deseo, a lo que ser Marston Mares otorgó al zagal, su combastardo, el nombre de ser Trystane Fuego, ya que Fuegoeterno, apellido elegido por su portador, se le antojaba presuntuoso. A continuación, ser Alfred Broome le rebanó la cabeza con *Fuegoscuro*, la espada de Aegon el Conquistador.

El destino de Gaemon Peloclaro, el Rey Conejito, fue menos funesto. Se le perdonó la vida a cuenta de su corta edad, ya que acababa de cumplir los cinco años, y recibió el nombramiento de guardián de la Corona. Essie, su madre, que se había hecho llamar lady Esselyn durante el breve reinado de su retoño, confesó bajo tortura que el padre de Gaemon no era el rey, como afirmaba previamente, sino un remero de pelo plateado de una galera mercante de Lys. Por ser de baja cuna e inmerecedoras de la espada, a Essie y a la puta dorniense Sylvenna Arena las colgaron de las almenas de la Fortaleza Roja, junto con otros veintisiete miembros de la corte del «rey» Gaemon, una malhadada congregación de ladrones, borrachuzos, titiriteros, pedigüeños, putas y proxenetas.

En último lugar, el rey Aegon II se ocupó del Pastor. Cuando lo presentaron para el juicio ante el Trono de Hierro, el profeta, lejos de mostrar arrepentimiento o reconocer la traición, apuntó al rey con la mano ausente y le dijo: «Nos veremos en el infierno antes de que concluya este año». Eran las mismas palabras que había proferido a Borros Baratheon cuando lo capturó; por tamaña insolencia, Aegon ordenó que le arrancaran la lengua con unas tenazas al rojo, y después los condenó a él y a sus «traicioneros seguidores» a morir en la hoguera.

El día en que concluía el año, embrearon y encadenaron a postes a doscientos cuarenta y un «corderos descalzos», los más fervientes y devotos acólitos del Pastor, a lo largo de la anchurosa vía adoquinada que transcurría hacia el este desde la plaza de los Zapateros hasta Pozo Dragón. Mientras en los septos de la ciudad repicaban las campanas para anunciar el final de un año y el principio de otro, el rey Aegon recorría la avenida (conocida desde entonces como la vía del Pastor; anteriormente había sido la vía de la Colina) en su palanquín, flanqueado por caballeros que, antorcha en mano, le alumbraban el camino prendiendo las piras de los corderos cautivos. De este modo ascendió su alteza la colina hasta llegar a la cima, donde aguardaba amarrado el Pastor con las cinco cabezas de dragón en torno. Con ayuda de dos miembros de su Guardia Real, Aegon II se levantó de los cojines, avanzó a duras penas hasta el poste al que estaba encadenado el profeta y le prendió fuego con su propia mano.

«La aspirante Rhaenyra había muerto, igual que sus dragones; todos los reyes titiriteros habían caído, pero el reino seguía sin conocer la paz», escribió poco después el septón Eustace. Con su hermana muerta y su único hijo superviviente cautivo en su propia corte, el rey Aegon II tenía motivos para esperar que se disgregaran los restos de la oposición a su gobierno. Y quizá hubiera sido así de haber seguido su alteza los consejos de lord Velaryon de amnistiar a los señores y caballeros adscritos a la causa de la reina.

El monarca, por desgracia, no era de talante proclive al perdón. A instancias de su madre, la reina viuda Alicent, estaba decidido a vengarse de quienes lo habían traicionado y desposeído. Empezó por las Tierras de la Corona, enviando a sus propios hombres y a los tormenteños de Borros Baratheon contra Rosby,

Stokeworth, el Valle Oscuro, y los pueblos y aldeas circundantes. Aunque los señores que recibieron estas visitas se apresuraron a ordenar a sus mayordomos y castellanos que arriasen los estandartes acuartelados de Rhaenyra e izasen el dragón dorado de Aegon en su lugar, los encadenaron a todos y los transportaron a Desembarco del Rey para que jurasen pleitesía a su alteza. No los liberaron hasta que aceptaron pagar un rescate considerable y proporcionar rehenes adecuados a la Corona.

Esta campaña resultó ser un funesto error, pues solo sirvió para cerrar al rey el corazón de los hombres de la difunta reina. Tardaron poco en llegar a la capital informes de guerreros que se congregaban en gran número en Invernalia, Fuerte Túmulo y Puerto Blanco. En las Tierras de los Ríos, el anciano y encamado lord Grover Tully había acabado por fallecer (de la apoplejía que le provocó que su casa combatiera al rey legítimo en la segunda batalla de Ladera, a decir de Champiñón), y su nieto Elmo, por fin señor de Aguasdulces, había llamado a la guerra una vez más a los señores del Tridente, poco inclinados a sufrir el destino de lord Rosby, lord Stokeworth y lord Darklyn. Se le unieron Benjicot Blackwood del Árbol de los Cuervos, quien con trece años ya era un curtido guerrero; su joven y fiera tía Aly la Negra, con trescientos arqueros; lady Sabitha Frey, la despiadada y ambiciosa señora de Los Gemelos; lord Hugo Vance de Descanso del Caminante; lord Jorah Mallister de Varamar; lord Roland Darry de Darry, e incluso Humfrey Bracken, señor de Seto de Piedra, cuya casa había apoyado hasta entonces al rey Aegon.

Más preocupantes aún fueron las nuevas procedentes del Valle, donde lady Jeyne Arryn había reunido a mil quinientos caballeros y ocho mil soldados, además de enviar legados a los braavosíes para contratar las naves que los transportarían a Desembarco del Rey. Llegarían con un dragón: lady Rhaena de la casa Targaryen, gemela de la valerosa Baela, había ido al Valle con un huevo de dragón, que resultó ser fértil y del que eclosionó una cría de color rosa claro con cuernos y cresta negros. Rhaena le puso Aurora.

Aunque tendrían que pasar años antes de que Aurora alcanzara el tamaño suficiente para ir a la guerra con un jinete en el lomo, la noticia de su nacimiento despertó una gran preocupación en el consejo verde; si los rebeldes contaban con un dragón del que carecían los leales, señaló la reina Alicent, el vulgo podría otorgar mayor legitimidad a sus enemigos. «Necesito un dragón», dijo Aegon II al enterarse.

Al margen de la cría de lady Rhaena, en todo Poniente quedaban tan solo tres dragones vivos. El Ladrón de Ovejas se había desvanecido con la joven Ortiga; se pensaba que andarían por algún lugar de Punta Zarpa Rota o las Montañas de la Luna. El Caníbal seguía asolando las laderas orientales de Montedragón. Según los últimos informes, Ala de Plata había abandonado la desolación de Ladera y se había dirigido al Dominio, donde al parecer había establecido su guarida en un islote rocoso del lago Rojo.

La dragona argéntea de la reina Alysanne había aceptado un segundo jinete, señaló Borros Baratheon. «¿Por qué no un tercero? Haceos con el animal y tendréis la corona asegurada.» Pero Aegon II no podía aún caminar ni ponerse en pie; mucho menos, montar un dragón. Tampoco tenía fuerzas para emprender el largo viaje al lago Rojo, al otro lado del reino, a través de regiones plagadas de traidores, rebeldes y hombres quebrados.

Tal respuesta, simplemente, no tenía nada de respuesta. «Ala de Plata, no —declaró su alteza—. Tendré un nuevo Fuegosolar, más impresionante y fiero que el último.» Así pues, se enviaron cuervos a Rocadragón, donde se custodiaban en cámaras acorazadas subterráneas los huevos de dragón de los Targaryen, algunos tan antiguos que se habían convertido en piedra. El maestre escogió los siete (en honor de los dioses) que consideró más prometedores y los mandó a Desembarco del Rey. Aegon II los guardó en sus propios aposentos, pero de ninguno surgió un dragón.

Nos cuenta Champiñón que su alteza se pasó un día y una noche sentado sobre «un gran huevo violeta y dorado» con la esperanza de incubarlo, «pero para lo que sirvió, bien podría haber sido un zurullo violeta y dorado».

El gran maestre Orwyle, libre de la mazmorra y de nuevo portador de la cadena de su cargo, nos proporciona una vista detallada del consejo verde restaurado en estos tiempos turbulentos, cuando hasta por la Fortaleza Roja campaban el miedo y las sospechas. Justo cuando más falta hacía la unidad, los señores que rodeaban al rey Aegon II estaban profundamente divididos, incapaces de alcanzar un acuerdo sobre la mejor forma de capear la tormenta que se aproximaba.

La Serpiente Marina era partidario de la reconciliación, el indulto y la paz.

Borros Baratheon tachaba tales métodos de debilidad; él derrotaría a esos traidores en el campo de batalla, declaró al rey y al consejo. Lo único que necesitaba eran hombres; se debía imponer una leva inmediata en Roca Casterly y Antigua.

Ser Tyland Lannister, el ciego consejero de la moneda, propuso navegar a Lys o a Tyrosh y contratar una o varias compañías de mercenarios. (Aegon II no andaba escaso de fondos, ya que ser Tyland había puesto a salvo tres cuartas partes de las riquezas de la Corona en Roca Casterly, Antigua y el Banco de Hierro de Braavos antes de que la reina Rhaenyra se apropiase de la ciudad y del tesoro.)

Lord Velaryon consideraba fútiles tales esfuerzos. «No tenemos tiempo. Los asientos del poder de Antigua y Roca Casterly sostienen nalgas infantiles; ahí no encontraremos más ayuda. Las mejores compañías libres están vinculadas por contrato a Lys, Myr o Tyrosh, e incluso aunque ser Tyland lograra rescindir dichos acuerdos, cuando vinieran ya sería tarde. Mis barcos pueden impedir que los Arryn alcancen nuestras puertas, pero ¿quién detendrá a los norteños y a los señores del Tridente, que ya se encuentran en marcha? Tenemos que elaborar unas condiciones. Su alteza debería absolverlos de todos sus crímenes y traiciones, proclamar heredero al Aegon de Rhaenyra y casarlo de inmediato con la princesa Jaehaera. No existe otra solución.»

Las palabras del anciano, sin embargo, cayeron en oídos sordos. La reina Alicent había accedido a regañadientes a conceder al hijo de Rhaenyra la mano de su nieta, aunque sin el consentimiento del soberano, que tenía otros planes: deseaba desposarse cuanto antes con Cassandra Baratheon, ya que «me dará hijos fuertes, dignos del Trono de Hierro». Tampoco estaba dispuesto a permitir que el príncipe Aegon se casara con su hija y, quizá, engendrara vástagos que pudieran empañar la línea sucesoria. «Que vista el negro y pase el resto de sus días en el Muro —decretó su alteza—, o de lo contrario, que renuncie a su hombría y me sirva como eunuco. Él decide, pero en ningún caso tendrá descendencia que perpetúe la estirpe de mi hermana.»

Incluso esa medida resultaba por demás clemente en opinión de ser Tyland Lannister, quien abogaba por la ejecución inmediata del príncipe Aegon el Menor. «El chico será una amenaza mientras le quede un soplo de aliento —declaró—. Decapitadlo y esos traidores quedarán sin rey, reina ni príncipe. Cuanto antes muera, antes terminará esta rebelión.» Sus palabras, así como las del rey, horrorizaron al viejo lord Velaryon, la Serpiente Marina, quien, «con cólera tempestuosa», acusó al rey y al consejo de «necios, mentirosos y perjuros» antes de abandonar la cámara como una exhalación.

Borros Baratheon se ofreció entonces a presentar al rey la cabeza del anciano, y a punto estaba Aegon II de darle venia cuando tomó la palabra lord Larys Strong y le recordó que el joven Alyn Velaryon, heredero de la Serpiente Marina, estaba en Marcaderiva, fuera de su alcance.

«Matad a la vieja serpiente y perderemos a la nueva —dijo el Patizambo—, junto con sus excelentes y veloces navíos.» Lo que debían hacer, afirmó, era congraciarse cuanto antes con lord Corlys, para conservar la casa Velaryon de su lado. «Concededle ese compromiso, alteza —instó al rey—; un compromiso no es una boda. Nombrad heredero al joven Aegon; un príncipe no es un rey. Recapitulad y pensad en cuántos herederos, a lo largo de la historia, no vivieron para sentarse en el trono. Ocupaos de Marcaderiva a su debido tiempo, cuando hayáis eliminado a vuestros enemigos y vuestra buena estrella alcance el cénit. Ese día no ha llegado aún; debemos tratarlo con deferencia en espera del momento oportuno.»

Esas son, al menos, las palabras que nos han llegado, transmitidas por Orwyle y consignadas por Munkun. Ni el septón Eustace ni el bufón Champiñón estuvieron presentes en el consejo, aunque eso no impide a Champiñón hablar de él: «¿Habrá existido alguna vez un hombre más taimado que el Patizambo? Oh, cuán buen bufón habría sido. Las palabras caían de sus labios como la miel de un panal, y ningún veneno tuvo jamás sabor tan dulce».

El enigma que constituye Larys Strong, el Patizambo, ha dejado perplejas a varias generaciones de historiadores y no podemos aspirar a desentrañarlo en estas páginas. ¿Cuáles eran sus verdaderas lealtades? ¿Cuál era su intención? Había sorteado diestramente la Danza de los Dragones, ora en un bando, ora en el otro; se desvanecía y reaparecía, y siempre se las arreglaba para sobrevivir. ¿Cuánto de lo que decía era una artimaña y en cuánto había sinceridad? ¿Era, simplemente, un hombre que se arrimaba al sol que más calienta, o seguía un plan trazado minuciosamente? Podemos plantear muchas preguntas, pero nadie responderá. El último Strong guarda sus secretos.

Sabemos que era intrigante y reservado, pero también franco y amable cuando le era menester. Sus palabras viraron el rumbo del rey y el consejo. Cuando la reina Alicent objetó, preguntándose en voz alta cómo podrían recuperar el favor de lord Corlys tras todo lo dicho aquel día, lord Strong repuso: «Dejad esa tarea en mis manos, alteza. Me atrevo a afirmar que a mí me escuchará».

Y así fue. Aunque nadie se enteró en su momento, el Patizambo acudió a la Serpiente Marina nada más cerrarse la sesión del consejo y le reveló la intención del rey de concederle cuanto había solicitado para darle muerte más adelante, cuando acabase la guerra. Después, visto que el anciano estaba pronto a salir, espada en mano, para ejercer una sangrienta venganza, lord Larys lo apaciguó con palabras consideradas y sonrisas. «Hay una forma mejor», le dijo para aconsejarle paciencia, y así tejió sus redes de engaños y traición para enfrentarlos mutuamente.

Mientras conjuras y contubernios se tejían a su alrededor y los enemigos se aproximaban por los cuatro costados, Aegon II seguía ajeno a todo, centrado en sus problemas de salud. Las quemaduras que había sufrido en Reposo del Grajo le habían dejado medio cuerpo cubierto de cicatrices; Champiñón afirma que lo dejaron impotente asimismo. Tampoco podía caminar. En Rocadragón, al saltar de Fuegosolar se había fracturado doblemente la pierna derecha y se había pulverizado los huesos de la izquierda. La primera había curado bien, según los registros del gran maestre Orwyle; no así la otra. Los músculos se habían atrofiado y la rodilla había perdido la movilidad, por lo que la carne fue menguando hasta quedar la pierna convertida en un palo, tan contrahecho que, en opinión de Orwyle, a su alteza le convendría más una amputación. El rey, no obstante, no quería ni oír hablar de ello, de modo que lo transportaban a todas partes en su palanquín. No fue sino hacia el final que recuperó la fuerza suficiente para caminar apoyado en unas muletas, arrastrando tras sí la pierna inútil.

Aegon, aquejado de dolores constantes durante el medio año postrero de su existencia, tan solo parecía hallar solaz en la contemplación de su inminente matrimonio. Ni las chanzas de sus bufones le provocaban ya la menor hilaridad, nos dice Champiñón, el principal de sus histriones; si bien añade: «Mis bufas arrancaban alguna que otra sonrisa a su alteza, quien gustaba de tenerme cerca para que aliviara su melancolía y lo ayudara a vestirse». Aunque, según el bufón, ya no podía realizar el acto sexual a causa de sus quemaduras, Aegon sentía aún apetitos carnales y muchas veces observaba tras una cortina mientras uno de sus favoritos se refocilaba con una criada o una dama de la corte. Quien con más frecuencia realizaba esta tarea era Tom Lenguatrabada, según nos cuentan; otras veces correspondió tal deshonor a determinados caballeros de la casa, y en tres ocasiones fue el propio Champiñón quien tuvo que realizar el servicio. Tras aquellas sesiones, dice el bufón, el rey lloraba de vergüenza y convocaba al septón Eustace para que le otorgase la absolución. (Eustace no relata nada semejante en su crónica de los últimos días de Aegon.)

Durante este tiempo, el rey Aegon II ordenó también la restauración y reconstrucción de Pozo Dragón, encargó dos ciclópeas estatuas de sus hermanos Aemond y Daeron (decretó que fueran mayores que el Titán de Braavos y se recubrieran de pan de oro) y organizó una quema pública de todos los decretos y proclamas emitidos por los reyes efímeros Trystane Fuegoeterno y Gaemon Peloclaro.

Mientras tanto, sus enemigos avanzaban. Por el Cuello llegó Cregan Stark, señor de Invernalia, seguido de una numerosa hueste (el septón Eustace habla de «veinte mil salvajes aullantes enfundados en pieles andrajosas», aunque Munkun reduce la cifra a ocho mil en su *Relato verídico*), al tiempo que la Doncella del Valle enviaba a su propio ejército desde Puerto Gaviota: diez mil hombres bajo el mando de lord Leowyn Corbray y su hermano ser Corwyn, que blandía la famosa espada valyria conocida como *Dama Desesperada*.

Sin embargo, la amenaza más acuciante era la que planteaban los hombres del Tridente. Casi seis mil se habían congregado en Aguasdulces cuando Elmo Tully llamó a sus banderizos. Por desgracia, el propio lord Elmo había muerto por el camino tras beber agua en mal estado, después de tan solo cuarenta y nueve días como señor de Aguasdulces, pero el cargo había pasado a ser Kermit Tully, su hijo mayor, un joven indómito y obstinado deseoso de probar su valía como guerrero. Estaban a seis días de marcha de Desembarco del Rey y avanzaban por el camino Real cuando lord Borros Baratheon envió a su encuentro a los tormenteños, reforzados con levas de Stokeworth, Rosby, Hayford y el Valle Oscuro, junto con dos mil hombres y muchachos de las cloacas del Lecho de Pulgas, equipados apresuradamente con lanzas y yelmos de hierro.

Los dos ejércitos chocaron a dos días de la ciudad, en un paraje en el que el camino Real discurría entre un bosque y una colina baja. Había llovido fuertemente durante días; la hierba estaba húmeda, y la tierra, blanda y embarrada. Lord Borros confiaba en resultar victorioso, ya que sus exploradores le habían dicho que al frente de los ribereños marchaban mancebos y mujeres. Faltaba poco para el ocaso cuando atisbó al enemigo, pero ordenó un ataque inmediato, aunque frente a ellos, la carretera era un muro inexpugnable de escudos, y a su derecha, la colina bullía de arqueros. Lord Borros encabezó el ataque personalmente; dispuso a sus caballeros en formación de cuña y se precipitó hacia el corazón del enemigo, donde la trucha plateada de Aguasdulces flotaba en su estandarte de azur y plata junto al blasón acuartelado de la reina difunta. Tras los caballeros de Borros marchaba la infantería, bajo el dragón dorado del rey Aegon.

La Ciudadela ha dado en denominar al enfrentamiento subsiguiente «batalla del Camino Real», aunque los hombres que la libraron la conocían como «la Masacre Embarrada». Llámese como se llame, la última batalla de la Danza de los Dragones resultó ser unilateral. Los arcos largos de la colina acabaron con los caballos sobre los que marchaban los caballeros de lord Borros; desmontaron a tantos que menos de la mitad alcanzó el muro de escudos, con las filas rotas, la cuña desmantelada y los caballos resbalando en el barro reciente. Los tormenteños causaron estragos con sus lanzas, espadas y alabardas, pero los ribereños se mantuvieron firmes, sustituyendo con premura a los caídos. Cuando la infantería de lord Baratheon arribó a la trifulca, el muro de escudos osciló y retrocedió levemente; parecía ir a romperse..., hasta que el bosque de la izquierda cobró vida con gritos de guerra y cientos de ribereños surgieron de entre los árboles, encabezados por el loco de Benjicot Blackwood; aquel día se ganó el sobrenombre de Ben el Sanguinario, por el que fue conocido a partir de entonces durante el resto de su larga vida.

Lord Borros seguía montado en medio de la matanza. Cuando vio que llevaba las de perder, ordenó a su escudero que hiciera sonar el cuerno para indicar que avanzaran las tropas de reserva; no obstante, al oír el toque, los hombres de Rosby, Stokeworth y Hayford soltaron los dragones dorados del rey y se quedaron donde estaban; la chusma de Desembarco del Rey emprendió la desbandada, y los caballeros del Valle Oscuro se pasaron al enemigo, atacando a los tormenteños por la retaguardia. La batalla se encarnizó en cuestión de instantes, y el último ejército del rey Aegon quedó desmantelado.

Borros Baratheon pereció en el combate. Descabalgado cuando las flechas de Aly la Negra y sus arqueros alcanzaron su destrero, prosiguió batallando a pie y abatió a numerosos soldados, a una docena de caballeros y a los señores Mallister y Darry, pero cuando Kermit Tully llegó a él lo encontró más muerto que vivo, con la cabeza descubierta pues se había arrancado el yelmo abollado, sangrando por una miríada de heridas y casi incapaz de tenerse en pie. «Rendíos, mi señor —dijo el señor de Aguasdulces al de Bastión de Tormentas—. La victoria es nuestra ya.» A modo de respuesta, lord Baratheon profirió una maldición y dijo: «Prefiero bailar en el infierno a portar vuestras cadenas». Entonces cargó... directamente contra la bola del mangual de lord Kermit, cuyas púas lo alcanzaron en plena cara y lanzaron una lluvia de sangre, huesos y sesos. El señor de Bastión de Tormentas murió en el barro del camino Real, aún con la espada en la mano.[*]

Cuando los cuervos llegaron a la Fortaleza Roja con nuevas sobre la batalla, el consejo verde se reunió a toda prisa. Todas las advertencias de la Serpiente Marina habían resultado fundadas. Roca Casterly, Altojardín y Antigua habían tardado en reaccionar a la petición de ejércitos por parte del soberano, y cuando respondieron fue con excusas y demoras en vez de promesas; los Lannister estaban embarcados en su guerra contra el Kraken Rojo; los Hightower habían perdido demasiados hombres y no tenían co-

---

[*] Quisieron los dioses que siete días después, en Bastión de Tormentas, su señora esposa diera a luz al hijo y heredero tan largamente deseado por lord Borros. Había dejado instrucciones de que le pusieran Aegon si era varón, en honor del rey, pero al saber de la muerte de su señor en la batalla, lady Baratheon prefirió homenajear a su propio padre y llamó Olyver al niño.

mandantes diestros; la madre del pequeño lord Tyrell escribió para decir que tenía motivos para dudar de la lealtad de los abanderados de su hijo, y «siendo tan solo una mujer, no soy quién para conducir una hueste a la guerra». Ser Tyland Lannister, ser Marston Mares y ser Julian Wormwood habían cruzado el mar Angosto para buscar mercenarios en Pentos, Tyrosh y Myr, pero ninguno de ellos había regresado aún.

El rey Aegon II tardaría poco en verse desvalido ante sus adversarios; lo sabían todos sus hombres. Ben Blackwood el Sanguinario, Kermit Tully, Sabitha Frey y sus compañeros de victoria se disponían a reanudar el avance hacia la ciudad, y lord Cregan Stark y sus norteños les pisaban los talones, rezagados apenas unos días de marcha. La flota braavosí que transportaba a la hueste de los Arryn había partido de Puerto Gaviota y navegaba hacia el Gaznate, donde tan solo el joven Alyn Velaryon se interponía en su camino, y no se podía confiar en la lealtad de Marcaderiva.

—Alteza —dijo la Serpiente Marina cuando estuvieron congregados los despojos del otrora eminente consejo verde—, debéis capitular. La ciudad no puede resistir otro ataque. Salvad a los vuestros y salvaos vos. Si abdicáis a favor del príncipe Aegon, os permitirá vestir el negro y pasar el resto de vuestros días honorablemente, en el Muro.

—Ah, ¿sí? —repuso el rey Aegon, esperanzado según Munkun.

Pero la reina viuda no albergaba tales perspectivas.

—Entregaste a su madre a tu dragón como sustento —le recordó—. El niño lo vio todo.

—¿Qué crees que debería hacer? —preguntó el rey, volviéndose hacia ella, desmoralizado.

—Tienes rehenes —replicó Alicent—. Córtale una oreja al chico, mándasela a lord Tully y adviértelo de que le cortarás otra parte del cuerpo por cada dos mil pasos que avance.

—Sí —dijo Aegon II—. Bien. Que así se haga.

Hizo llamar a ser Alfred Broome, que tan buen servicio le había prestado en Rocadragón, y le ordenó que se encargara de ello. Cuando se marchó el caballero, el rey se volvió hacia Corlys Velaryon y le dijo:

—Dad instrucciones a vuestro bastardo de luchar con valentía. Si me falla, si alguno de esos braavosíes pasa el Gaznate, vuestra preciosa lady Baela también perderá algún trozo.

La Serpiente Marina, por supuesto, no rogó, maldijo ni amenazó. Asintió escuetamente, se puso en pie y se marchó. Champiñón dice que por el camino cruzó una mirada con el Patizambo, pero Champiñón no estaba presente, y parece improbable que un hombre tan curtido como Corlys Velaryon actuara con semejante torpeza en un momento como aquel.

Pues Aegon estaba acabado, aunque aún no lo hubiera entendido. Los cambiacapas de su séquito habían puesto en marcha sus maquinaciones nada más enterarse de la derrota de lord Baratheon en el camino Real.

Cuando ser Alfred Broome cruzó el puente levadizo hacia el Torreón de Maegor, donde se custodiaba al príncipe Aegon, se encontró a ser Perkin la Pulga y a seis de sus Caballeros del Arroyo cortándole el camino.

—Apartad, en nombre del rey —exigió.

—Ahora tenemos un nuevo rey —respondió ser Perkin. Puso una mano en el hombro de ser Alfred... y empujó tan fuertemente que lo tiró del puente levadizo al foso erizado de púas de hierro, donde pasó dos días contorsionándose antes de morir.

En aquel mismo momento, agentes de lord Larys el Patizambo se llevaban a lady Baela Targaryen para ponerla a salvo. A Tom Lenguatrabada lo descubrieron en el patio del alcázar, mientras abandonaba los establos, y lo decapitaron directamente. «Murió como había vivido: tartamudeando», escribió Champiñón. Su padre, Tom Tanglebeard, estaba ausente del castillo, pero lo encontraron en una taberna del callejón de la Anguila. Cuando alegó que era «un simple pescador que viene a tomarse una cerveza», sus captores lo ahogaron en un barril de dicho líquido.

Todo esto se hizo tan pulcra, rápida y silenciosamente, que las gentes de Desembarco del Rey supieron poco o nada de cuanto acontecía tras la muralla de la Fortaleza Roja; ni siquiera saltó ninguna alarma en el propio castillo. Los condenados a muerte fueron ajusticiados mientras el resto de la corte, ajeno al lance, seguía a lo suyo sin obstáculo alguno. El septón Eustace nos dice que murieron veinticuatro hombres, mientras que el *Relato verídico* de Munkun afirma que fueron veintiuno. Champiñón sostiene haber presenciado la ejecución del catador real, un hombre obscenamente obeso llamado Ummet, y que para no sufrir el mismo destino se vio obligado a ocultarse en un tonel, del que emergió a la noche siguiente «enharinado de pies a cabeza, tan blanco que la primera criada que me vio me tomó por el fantasma de Champiñón». (Esto huele a fabulación; ¿qué interés podrían tener los conjurados en deshacerse de un bufón?)

Apresaron a la reina Alicent en la escalera de caracol mientras se dirigía a sus aposentos; los hombres que la prendieron llevaban en el jubón el hipocampo de la casa Velaryon, y aunque dieron muerte a los dos escoltas de la reina viuda, no les hicieron mal alguno ni a ella ni a sus damas de compañía. Condujeron a la Reina Encadenada, una vez más cubierta de cadenas, a los calabozos, donde aguardaría el veredicto del nuevo rey. Por aquel entonces ya había perdido al último de sus hijos.

Tras la reunión del consejo, dos fuertes escuderos habían trasladado al rey Aegon II al patio, donde, como de costumbre, esperaba su palanquín; la pierna debilitada hacía que le resultara difícil caminar incluso con muletas. Ser Gyles Belgrave, el caballero de la Guardia Real que comandaba a sus acompañantes, declaró posteriormente que su alteza parecía inusitadamente fatigado cuando lo ayudaron a encaramarse al palanquín, «tambaleante, con el rostro cerúleo y ceniciento», pero en vez de pedir que lo llevaran a sus aposentos, expresó a ser Gyles su deseo de ir al septo del castillo. «Quizá presintiera la cercanía de su fin —escribió el septón Eustace— y deseara rezar por el perdón de sus pecados.»

Soplaba un viento frío. Cuando levantaron el palanquín, el rey corrió las cortinas para resguardarse. Dentro, como siempre, había una frasca de tinto dulce del Rejo, su favorito. Mientras la litera cruzaba el patio, Aegon se sirvió una copa.

Ni ser Gyles ni los porteadores sospecharon que nada marchara mal hasta que llegaron al septo y no se abrieron las cortinas. «Ya estamos aquí, alteza», dijo el caballero, pero no obtuvo más respuesta que el silencio. Como la segunda advertencia y la tercera produjeron el mismo resultado, ser Gyles Belgrave descorrió las cortinas y se encontró al rey muerto entre sus cojines. «Tenía sangre en los labios —declaró el caballero—. De lo contrario, podría haberse dicho que dormía.»

Tanto los maestres como el pueblo llano siguen debatiendo qué veneno se empleó y quién lo puso en el vino del rey. (Hay quien afirma que solo podría haber estado al alcance del propio ser Gyles, pero resulta inconcebible que un caballero de la Guardia Real se cobrara la vida del soberano al que había jurado proteger; es más probable que fuera Ummet, el catador real cuya muerte afirma haber presenciado Champiñón.) Pero aunque nunca se sabrá qué mano emponzoñó el tinto del Rejo, no nos cabe duda alguna de que obraba a instancias de Larys Strong.

Así falleció Aegon de la casa Targaryen, el segundo de su nombre, primogénito del rey Viserys I Targaryen y la reina Alicent de la casa Hightower, cuyo reinado resultó tan breve como amargo. Había vivido veinticuatro años y reinado durante dos.

Cuando, dos días después, la vanguardia del ejército de lord Tully apareció a las puertas de Desembarco del Rey, Corlys Velaryon se acercó a caballo a recibirla, con un sombrío príncipe Aegon a su lado.

—El rey ha muerto —anunció la Serpiente Marina, circunspecto—. Viva el rey.

Al otro lado de la bahía del Aguasnegras, en el Gaznate, lord Leowyn Corbray, desde la proa de una coca braavosí, observaba como una hilera de buques de guerra de los Velaryon arriaban el dragón dorado del segundo Aegon e izaban en su lugar el dragón rojo del primero, el estandarte que habían hecho ondear todos los reyes Targaryen hasta el estallido de la Danza de los Dragones.

La guerra había terminado, aunque la paz que se sucedió tardó poco en revelar cuánto distaba de ser pacífica.

El séptimo día de la séptima luna del centésimo trigésimo primer año después de la Conquista de Aegon, una fecha que se considera consagrada a los dioses, el Septón Supremo de Antigua pronunció los votos matrimoniales cuando el príncipe Aegon el Menor, hijo mayor de la princesa Rhaenyra y su tío, el príncipe

Daemon, se desposó con la princesa Jaehaera, hija de la reina Helaena y su hermano, el rey Aegon II, con lo que volvieron a unirse las dos ramas rivales de la casa Targaryen y se puso fin a dos años de traiciones y masacres.

La Danza de los Dragones había concluido; empezaba el melancólico reinado del rey Aegon III Targaryen.

Postrimerías

La hora del lobo

El pueblo llano de los Siete Reinos se refiere al rey Aegon III Targaryen, cuando se molesta en acordarse de él, como Aegon el Desafortunado, Aegon el Infeliz o, lo más frecuente, el Veneno de Dragón. Todos ellos eran nombres apropiados. El gran maestre Munkun, que estuvo a su servicio durante buena parte de su reinado, lo llamaba el Rey Quebrado, lo que le ajusta aún mejor. De todos los hombres que se sentaron alguna vez en el Trono de Hierro sigue siendo, quizá, el más enigmático: un monarca sombrío, que hablaba poco y hacía aún menos, y que vivió una vida inmersa en la pesadumbre y la melancolía.

Aegon, cuarto hijo de Rhaenyra Targaryen y mayor de los tenidos por esta con el príncipe Daemon Targaryen, su tío y segundo esposo, subió al Trono de Hierro en el 131 d.C. y reinó durante veintiséis años, hasta su muerte por tisis en el 157 d.C. Tuvo dos esposas y fue padre de cinco vástagos (dos varones y tres hijas), pero ni el matrimonio ni la paternidad parecieron darle muchas alegrías. De hecho, era notoriamente taciturno. No cazaba ni practicaba la cetrería; solo cabalgaba si tenía que viajar; no bebía vino, y le interesaban tan poco los placeres de la mesa que en oca-

siones debían recordarle que tenía que comer. Aunque permitía que se celebrasen torneos, jamás participaba en ellos, ni compitiendo ni como espectador. De adulto vestía de forma austera, a menudo de negro, y se sabía que llevaba una camisa de fieltro bajo el terciopelo y la seda exigidos a un rey.

Pero todo ello fue muchos años más tarde, después de que Aegon III alcanzase la mayoría de edad y tomase en sus manos el gobierno de los Siete Reinos. En el 131 d.C., al comenzar su reinado, era un muchacho de diez años; alto para su edad y del que se decía que tenía «un pelo plateado tan claro que era casi blanco, y unos ojos de un violeta tan oscuro que eran casi negros». Incluso de adolescente, Aegon sonreía rara vez y reía aún menos, según cuenta Champiñón, y aunque podía mostrarse elegante y cortés cuando era necesario, en su interior albergaba una oscuridad que nunca desapareció.

Las circunstancias en las que empezó el reinado del joven rey no fueron precisamente de buen agüero. Los señores de los Ríos que habían destrozado el último ejército de Aegon II en la batalla del Camino Real se dirigían hacia Desembarco del Rey, dispuestos a combatir. En esa tesitura, lord Corlys Velaryon y el príncipe Aegon salieron a su encuentro enarbolando bandera de tregua. «El rey ha muerto, ¡viva el rey!», les dijo lord Corlys, y rindió la ciudad a su merced.

En aquel entonces, al igual que ahora, los señores de los Ríos formaban un grupo dividido y pendenciero. Eran vasallos de Kermit Tully, señor de Aguasdulces, quien en teoría comandaba la horda; pero cabe recordar que apenas contaba diecinueve años y estaba «verde como la hierba del verano», como decían los norteños. Su hermano Oscar, que había matado a tres hombres en la Masacre Embarrada, tras lo cual lo habían armado caballero en el campo de batalla, estaba aún más verde, y maldijo con el orgullo puntilloso tan habitual en los segundones.

La casa Tully constituía un caso único entre las grandes casas de Poniente. Aegon el Conquistador los había nombrado señores supremos del Tridente, pero en muchos aspectos, gran parte de sus abanderados les seguían haciendo sombra. Los Bracken, los Blackwood y los Vance gobernaban territorios más amplios y podían reunir ejércitos mucho mayores, al igual que los advenedizos Frey de Los Gemelos. Los Mallister de Varamar eran de más rancio abolengo; los Mooton de Poza de la Doncella eran mucho más ricos, y Harrenhal, incluso maldito, fundido y en ruinas, seguía siendo un castillo más inexpugnable que Aguasdulces, y además diez veces más grande. La mediocre historia de la casa Tully no había hecho más que agravarse a causa del carácter de sus dos últimos señores. Pero ahora, los dioses habían puesto en vanguardia a otra generación de Tully, dos ufanos jóvenes decididos a demostrar su valía: lord Kermit como gobernante y ser Oscar como guerrero.

Desde las orillas del Tridente hasta las puertas de Desembarco del Rey cabalgaba junto a ellos un hombre más joven todavía: Benjicot Blackwood, señor del Árbol de los Cuervos. Ben el Sanguinario, como habían empezado a llamarlo sus hombres, solo tenía trece años, una edad a la que la mayoría de los muchachos de noble cuna son aún escuderos y se dedican a atender a los caballos de su señor y limpiarle la herrumbre de la cota de malla. El señorío le había caído encima temprano, cuando ser Amos Bracken mató a su padre, lord Samwell Blackwood, en la batalla de Molino Ardiente. A pesar de su juventud, el muchacho se había negado a delegar la autoridad en hombres de más experiencia. En la Carnada para Peces había llorado al contemplar tantos muertos, pero aquello no lo había hecho flaquear más tarde ante el combate; al contrario, lo buscaba. Sus hombres habían ayudado a expulsar de Harrenhal a Criston Cole al cazar a sus forrajeros, había comandado el centro en la segunda batalla de Ladera y en la Masacre Embarrada había encabezado el ataque lateral desde los bosques, gracias a lo cual habían dispersado a los tormenteños de lord Baratheon y conseguido la victoria. Se decía que, ataviado para la corte, lord Benjicot era claramente un muchacho, alto para su edad pero de complexión delgada, con rasgos delicados y de modales tímidos y recatados; pero con cota de malla y coraza, Ben el Sanguinario era un hombre completamente diferente, que a sus trece años había visto más cosas en el campo de batalla que muchos otros en toda la vida.

Ciertamente había otros señores y caballeros famosos en la hueste a la que se encaró Corlys Velaryon frente a la Puerta de los Dioses aquel día del año 131 d.C., todos ellos de más edad y algunos más sabios que Ben Blackwood el Sanguinario y los hermanos Tully; pero de algún modo, los tres jóvenes habían salido de la Masacre Embarrada como los cabecillas indiscutidos. Los tres, ligados por la batalla, se habían hecho tan inseparables que sus hombres empezaban a referirse a ellos en conjunto como «los Muchachos».

Entre quienes los apoyaban había dos mujeres extraordinarias: Alysanne Blackwood, apodada Aly la Negra, hermana del fallecido lord Samwell Blackwood y por tanto tía de Ben el Sanguinario, y Sabitha Frey, señora de Los Gemelos, viuda de lord Forrest Frey y madre de su heredero, una «bruja de rasgos y lengua afilados de la casa Vypren, que prefería cabalgar a bailar y vestir cota de malla en vez de seda, y que gustaba de matar hombres y besar mujeres», según Champiñón.

Los Muchachos solo conocían de oídas a lord Corlys Velaryon, pero lo precedía una reputación temible. Habían llegado a Desembarco del Rey temiendo tener que asediar la ciudad o tomarla por asalto, por lo que quedaron encantados, aunque sorprendidos, al ver que se la ofrecían en bandeja de plata... y al saber que Aegon II había muerto (aunque Benjicot Blackwood y su tía quedaron desazonados por las circunstancias de la muerte, pues consideraban el veneno un arma de cobardes y carente de honor). Por todo el terreno corrieron gritos de contento según se extendía la noticia de la muerte del rey, y uno por uno, el señor del Tridente y sus aliados salieron al frente, se prosternaron ante el príncipe Aegon y le rindieron pleitesía como su rey.

Mientras los señores de los Ríos atravesaban la ciudad a caballo, la gente los vitoreaba desde tejados y terrazas, y muchachas hermosas se acercaban corriendo y cubrían de besos a sus salvadores (como titiriteros en una pantomima, decía Champiñón, dando a entender que todo estaba orquestado por Larys Strong). Los capas doradas, alineados a lo largo de las calles, bajaban las lanzas al paso de los Muchachos. Dentro de la Fortaleza Roja, estos se encontraron con el cadáver del rey en un féretro dispuesto al pie del Trono de Hierro; a su lado lloraba la reina madre Alicent. En la estancia se había reunido lo que quedaba de la corte de Aegon, incluidos lord Larys Strong el Patizambo, el gran maestre Orwyle, ser Perkin la Pulga, Champiñón, el septón Eustace, ser Gyles Belgrave con otros cuatro guardias reales, y varios señores y caballeros de menor categoría. Orwyle habló por todos y saludó a los señores de los Ríos como libertadores.

Por todas las Tierras de la Corona y la costa del mar Angosto, el resto de los leales al rey muerto se rendía también. Los braavosíes, con lord Leowyn Corbray y la mitad de las fuerzas que había enviado lady Arryn desde el Valle, desembarcaron en el Valle Oscuro; la otra mitad desembarcó en Poza de la Doncella bajo el mando de ser Corwyn Corbray, hermano del primero. Las dos ciudades recibieron a las huestes de Arryn con flores y fiestas. Stokeworth y Rosby cayeron sin derramamiento de sangre, y arriaron el dragón dorado de Aegon II para izar en su lugar el dragón rojo de Aegon III. La guarnición de Rocadragón resultó ser más testaruda: bloqueó las puertas y juró rebeldía. Resistieron durante tres días y dos noches. A la tercera, los palafreneros, cocineros y criados del castillo empuñaron armas y se alzaron contra los hombres del rey; mataron a muchos mientras dormían y entregaron a los demás, cargados de cadenas, al joven Alyn Velaryon.

El septón Eustace cuenta que una «extraña euforia» se adueñó de Desembarco del Rey; Champiñón dice simplemente que «media ciudad estaba borracha». El cadáver del rey Aegon II se entregó a las llamas con la esperanza de que todos los males y odios de su reinado ardieran junto con sus restos. Miles de personas subieron a la Colina Alta de Aegon para oír como el príncipe Aegon declaraba la paz. Se programó una coronación por todo lo alto para el muchacho, a la que deberían seguir sus nupcias con la princesa Jaehaera. De la Fortaleza Roja se elevó una nube de cuervos para convocar a los leales que quedaran al rey envenenado para que desde Antigua, el Dominio, Roca Casterly y Bastión de Tormentas acudieran a Desembarco del Rey para rendir homenaje al nuevo monarca. Se entregaron salvoconductos; se prometieron amnistías. Los nuevos gobernantes del reino tenían opiniones divididas sobre qué hacer con la reina viuda Alicent, pero por lo demás parecían de acuerdo en todo, y reinó la camaradería... durante casi toda una quincena.

En su *Relato verídico*, el gran maestre Munkun lo llama «el Falso Amanecer». Fue un período emocionante, sin duda, pero breve, pues cuando lord Cregan Stark llegó con sus norteños a Desembarco del Rey, se acabó el jolgorio y los planes felices se hicieron pedazos. El señor de Invernalia tenía veintitrés años, pocos más que los señores del Árbol de los Cuervos y Aguasdulces, pero Stark era un hombre y ellos eran niños, como parecieron pensar todos los que los vieron juntos. Los Muchachos se encogían en su presencia, afirmaba Champiñón. «Cada vez que el lobo del Norte entraba en una sala, Ben el Sanguinario parecía recordar que solo tenía trece años, mientras que lord Tully y su hermano fanfarroneaban, tartamudeaban y se ponían tan rojos como su cabellera.»

Desembarco del Rey había recibido a los señores de los Ríos y a sus ejércitos con fiestas, flores y honores. No fue el caso de los norteños. Para empezar, eran más: un ejército dos veces mayor que el que habían encabezado los Muchachos, y con una fama temible. Ataviados con cota de malla y grandes capas de piel, con los rasgos ocultos tras espesas barbas, recorrían la ciudad con arrogancia como una multitud de osos armados, a decir de Champiñón. Casi todo lo que se sabía de los norteños en Desembarco del Rey procedía de ser Medric Manderly y de su hermano ser Torrhen; los dos eran cortesanos bien hablados, elegantes en el vestir, bien disciplinados y piadosos. Los hombres de Invernalia no honraban siquiera a los dioses verdaderos, señaló con horror el septón Eustace. Desdeñaban a los Siete, hacían caso omiso de los días festivos, se burlaban de los libros sagrados, no mostraban respeto a septas ni a septones y adoraban a los árboles.

Dos años antes, Cregan Stark había hecho una promesa al príncipe Jacaerys y acudía a cumplirla, a pesar de que Jace y su madre, la reina, habían muerto. «El Norte recuerda», declaró lord Stark cuando el príncipe Aegon, lord Corlys y los Muchachos le dieron la bienvenida. «Llegáis tarde, mi señor —le dijo la Serpiente Marina—. La guerra ha acabado y el rey está muerto.» El septón Eustace, presente como testigo de la reunión, relata que el señor de Invernalia «miró al Señor de las Mareas con ojos tan grises y fríos como una tormenta de invierno y dijo: "¿A manos de quién y por orden de quién habrá sido?". Pues los salvajes habían acudido en busca de sangre y batalla, como todos descubriríamos muy pronto para nuestro pesar».

El buen septón no se equivocaba. Otros habían empezado esta guerra, se oyó decir a lord Cregan, pero él tenía intención de terminarla, de seguir hacia el sur y destruir todo cuanto quedase de los verdes que habían colocado a Aegon II en el Trono de Hierro y habían luchado por mantenerlo allí. Primero tomaría Bastión de Tormentas, y después cruzaría el Dominio para conquistar Antigua. Cuando hubiera caído Torrealta, llevaría a sus lobos al Norte a lo largo de la costa del mar del Ocaso para hacer una visita a Roca Casterly.

«Un plan audaz», dijo con cautela el gran maestre Orwyle

cuando lo oyó. Champiñón prefiere tacharlo de locura, pero añade: «También llamaron loco a Aegon el Dragón cuando habló de conquistar todo Poniente». Cuando Kermit Tully señaló que Bastión de Tormentas, Antigua y Roca Casterly eran tan fuertes como la propia Invernalia de Stark, si no más, y no caerían con facilidad, si acaso caían, y cuando el joven Ben Blackwood le hizo coro y añadió: «La mitad de vuestros hombres morirá, lord Stark», el lobo de ojos grises de Invernalia replicó: «Murieron el día en que emprendimos la marcha, chico».

Al igual que los Lobos de Invierno antes que ellos, la mayoría de los hombres que habían marchado al sur con lord Cregan Stark no esperaba volver a ver su hogar. La nieve ya era profunda más allá del Cuello; arreciaban los vientos fríos; por todo el Norte, en fortalezas, castillos y poblados humildes, grandes y pequeños rogaban a sus dioses árbol de madera tallada que aquel invierno fuera breve. A aquellos que tenían menos bocas que alimentar les iba mejor en los días oscuros, por lo que, desde hacía mucho, era costumbre en el Norte que los ancianos, los niños, los solteros, los que no tenían hijos, los vagabundos y los desesperados abandonasen el hogar con la caída de las primeras nieves, a fin de que su familia pudiera vivir para ver otra primavera. Para los hombres de aquellos ejércitos del invierno, la victoria era algo secundario; marchaban en busca de gloria, aventura, botín y, sobre todo, un final digno.

De nuevo correspondió a Corlys Velaryon, Señor de las Mareas, abogar por la paz, el perdón y la reconciliación.

—La matanza ha durado demasiado —dijo el anciano—. Rhaenyra y Aegon han muerto. Que su disputa muera con ellos. Habláis de tomar Bastión de Tormentas, Antigua y Roca Casterly, mi señor, pero los hombres que ocupaban esos tronos han caído todos en la batalla. En su lugar se sientan ahora niños pequeños, algunos de teta, y no son una amenaza para nosotros. Si se les ofrecen condiciones honorables, hincarán la rodilla.

Pero lord Stark no era más propenso a escuchar palabras como aquellas de lo que habían sido Aegon II y la reina Alicent.

—Con el tiempo, los niños pequeños se hacen hombres grandes —replicó—, y los rorros maman de su madre el odio a la vez que la leche. Hay que acabar ahora con estos enemigos, o los que no estemos en la tumba dentro de veinte años lamentaremos nuestra estupidez cuando esos niños se aten al cinto la espada de su padre y acudan en busca de venganza.

—El rey Aegon dijo lo mismo —respondió lord Velaryon, sin dejarse impresionar— y murió por ello. Si hubiera seguido nuestro consejo y hubiera ofrecido la paz y el indulto a sus enemigos, hoy podría estar sentado con nosotros.

—¿Por eso lo envenenaste? —preguntó el señor de Invernalia. Aunque Cregan Stark no había tenido trato previo con la Serpiente Marina, para bien o para mal sabía que lord Corlys había servido a Rhaenyra como Mano de la Reina, que esta lo había encarcelado por sospechas de traición, que Aegon II lo había liberado y le había concedido un asiento en su consejo..., al parecer únicamente para provocar su propia muerte por envenenamiento—. No me extraña que te llamen Serpiente Marina —prosiguió—; te puedes escurrir aquí y allá, pero, oh, tus colmillos son ponzoñosos. Aegon era un perjuro, un matasangre y un usurpador, pero seguía siendo rey. Como no acató tus consejos de cobarde, te lo quitaste de en medio como haría un cobarde: con deshonor, con veneno... Y ahora responderás por ello.

En aquel momento, los hombres de Stark entraron en la sala del consejo, desarmaron a los guardias de la puerta, levantaron al anciano Serpiente Marina del asiento y lo llevaron a rastras a las mazmorras. Pronto se le unirían Larys Strong el Patizambo, el gran maestre Orwyle, ser Perkin la Pulga y el septón Eustace, junto con otro medio centenar de hombres de alta y de baja cuna de los que Stark encontró motivos para desconfiar. «Me sentí tentado de volver a mi barril de harina —cuenta Champiñón—, pero por fortuna resulté ser demasiado pequeño para que el lobo se fijase en mí.»

Ni siquiera los Muchachos se libraron de la ira de lord Cregan, aunque eran claramente sus aliados. «¿Acaso estáis aún envueltos en pañales para que os arrullen con flores, fiestas y palabras suaves? —increpó Stark—. ¿Quién os ha dicho que haya terminado la guerra? ¿El Patizambo? ¿La Serpiente? ¿Por qué? ¿Porque querían que así fuera? ¿Porque conseguisteis vuestra pequeña victoria en el barro? Las guerras se acaban cuando el vencido hinca la rodilla, no antes. ¿Antigua se ha rendido? ¿Roca Casterly ha devuelto el oro de la Corona? Decís que tenéis la intención de casar al príncipe con la hija del rey, pero ella sigue en Bastión de Tormentas, fuera de vuestro alcance. Y mientras siga allí, libre y soltera, ¿qué impide a la viuda de Baratheon coronarla como reina y heredera de Aegon?»

Cuando lord Tully protestó y dijo que los tormenteños habían quedado derrotados y no tenían fuerzas para reunir otro ejército, lord Cregan les recordó que Aegon II había enviado tres emisarios al otro lado del mar Angosto, «y cualquiera de ellos puede regresar mañana con miles de mercenarios». La reina Rhaenyra creyó haber logrado la victoria tras conquistar Desembarco del Rey, dijo el norteño, y Aegon II pensaba que había acabado la guerra al echar a su hermana a las fauces de un dragón. Pero los hombres de la reina habían seguido ahí incluso después de que la propia reina hubiera muerto, y «Aegon no es más que huesos y cenizas».

Los Muchachos se vieron superados. Se encogieron y cedieron, y acordaron unir sus fuerzas a las de lord Stark cuando este marchase contra Bastión de Tormentas. Munkun dice que lo decidieron ellos mismos, convencidos de que el lobo tenía razón. «Enaltecidos por la victoria, querían más —escribe en el *Relato verídico*—. Ansiaban más gloria, la fama que sueñan los jóvenes que solo se puede conseguir en el campo de batalla.» Champiñón adopta un punto de vista más negativo y apunta a que, simplemente, los jóvenes señores tenían un miedo atroz a Cregan Stark.

El resultado fue el mismo. «La ciudad estaba enteramente a su merced —dice el septón Eustace—. Los norteños la habían tomado sin desenvainar una espada ni disparar una flecha. Fueran hombres del rey o de la reina, tormenteños o marinos, señores de los Ríos o Caballeros del Arroyo, de alta o de baja cuna, todos los soldados se le sometían como si hubieran nacido a su servicio.»

Durante seis días, Desembarco del Rey tembló en el filo de una espada. En los tenderetes de calderos y las tabernas del Lecho de Pulgas se cruzaban apuestas sobre el tiempo que el Patizambo, la Serpiente Marina, la Pulga y la reina viuda conservarían la cabeza. Los rumores barrían la ciudad, uno tras otro. Algunos afirmaban que lord Stark planeaba llevarse al príncipe Aegon de vuelta a Invernalia y casarlo con una de sus hijas (un embuste evidente, pues en aquella época, Cregan Stark aún no tenía hijas legítimas); otros, que pretendía matar al muchacho para poder casarse con la princesa Jaehaera y reclamar para sí el Trono de Hierro. Los norteños iban a incendiar los septos de la ciudad y a obligar a Desembarco del Rey a volver a adorar a los antiguos dioses, declaraban los septones. Otros murmuraban que el señor de Invernalia tenía una esposa salvaje, que arrojaba a sus enemigos a un pozo lleno de lobos para ver cómo los devoraban.

El ambiente de euforia se había desvanecido; el miedo volvía a gobernar las calles de la ciudad. Un hombre que afirmaba ser el Pastor redivivo se alzó desde las cloacas e instó a destruir a los impíos norteños. Aunque no se parecía en nada al primer Pastor (para empezar, tenía dos manos), acudieron por centenares a escucharlo. Un burdel de la calle de la Seda fue pasto de las llamas, cuando una pelea por una puta entre un hombre de lord Tully y otro de lord Stark desencadenó una sangrienta batalla campal entre sus amigos y hermanos de armas. Ni siquiera los nobles estaban a salvo en las zonas más desabridas de la ciudad. El hijo menor de lord Hornwood, un abanderado de lord Stark, desapareció junto con dos acompañantes mientras andaban de juerga en el

Lecho de Pulgas. Nunca los encontraron, y de creer a Champiñón, quizá acabaran en un cuenco de estofado.

No tardó en llegar a la ciudad la noticia de que Leowyn Corbray había salido de Poza de la Doncella y se dirigía a Desembarco del Rey acompañado de lord Mooton, lord Brune y ser Rennifer Crabb. Ser Corwyn Corbray partió a la vez del Valle Oscuro para unirse a su hermano por el camino. Con él cabalgaban Clement Celtigar, hijo y heredero del anciano lord Bartimos, y lady Staunton, la viuda de Reposo del Grajo. En Rocadragón, el joven Alyn Velaryon exigía la liberación de lord Corlys (aquello era cierto) y amenazaba con caer sobre Desembarco del Rey con sus naves si el anciano sufría daño (cierto a medias). Otros rumores afirmaban que los Lannister se habían puesto en marcha, que los Hightower también, que ser Marston Mares había desembarcado con diez mil mercenarios de Lys y la antigua Volantis (todo falso). Y que la Doncella del Valle había soltado amarras en Puerto Gaviota, acompañada de lady Rhaena Targaryen y su dragón (cierto).

Mientras marchaban los ejércitos y se afilaban las espadas, lord Cregan Stark seguía en la Fortaleza Roja, dirigiendo su investigación sobre el asesinato del rey Aegon II incluso mientras planeaba la campaña contra los partidarios restantes del rey muerto. Entretanto, el príncipe Aegon se vio confinado por lord Cregan en el Torreón de Maegor sin más compañía que el niño Gaemon Peloclaro. Cuando el príncipe exigió saber por qué no era libre de ir y venir a voluntad, Stark respondió que era por su seguridad. «La ciudad es un nido de víboras —le dijo—. En esta corte hay mentirosos, renegados y envenenadores que te matarían tan deprisa como a tu tío para asegurarse el poder.» Cuando Aegon protestó afirmando que lord Corlys, lord Larys y ser Perkin eran amigos, el señor de Invernalia replicó que para un rey, los falsos amigos eran más peligrosos que ningún enemigo; que la Serpiente, el Patizambo y la Pulga lo habían salvado únicamente para utilizarlo y poder gobernar Poniente en su nombre.

Con la infalibilidad que otorga la perspectiva, podemos observarlo ahora, siglos después, y afirmar que la Danza había terminado; pero esto era más incierto para aquellos que vivieron aquellas postrimerías oscuras y azarosas. Con el septón Eustace y el gran maestre Orwyle languideciendo en la mazmorra (donde Orwyle había empezado a escribir sus confesiones, el texto que proporcionaría a Munkun la base sobre la que construyó su monumental *Relato verídico*), solo queda Champiñón para llevarnos más allá de las crónicas de la corte y los edictos reales. «Los grandes señores nos habrían dado otros dos años de guerra —declara el bufón en su *Testimonio*—; fueron las mujeres quienes forjaron la paz. Aly la Negra, la Doncella del Valle, las Tres Viudas, las Gemelas Dragón... Fueron ellas las que acabaron con el baño de sangre, y no con espadas ni veneno, sino con cuervos, palabras y besos.»

Las semillas lanzadas al viento por lord Corlys Velaryon durante el Falso Amanecer habían arraigado y dado frutos dulces. Los cuervos volvieron uno por uno con respuestas a los ofrecimientos de paz del anciano.

Roca Casterly fue la primera en responder. Lord Jason Lannister había dejado seis vástagos tras su muerte en batalla: cinco hijas y el pequeño Loreon, de cuatro años. Por tanto, el gobierno del oeste había pasado a su viuda, lady Johanna, y al padre de esta, Roland Westerling, señor del Risco. Con los barcoluengos del Kraken Rojo aún amenazando sus costas, los Lannister estaban más preocupados por defender Kayce y recuperar Isla Bella que por volver a la lucha por el Trono de Hierro. Lady Johanna aceptó todas las condiciones de la Serpiente Marina y prometió acudir en persona a Desembarco del Rey a rendir pleitesía al nuevo rey en la coronación, así como llevar a dos de sus hijas a la Fortaleza Roja como acompañantes de la nueva reina (y como rehenes que garantizasen la lealtad en el futuro). También aceptó devolver la parte del tesoro real que había enviado Tyland Lannister en custodia al oeste, a condición de que se indultase a ser Tyland. A cambio, lo único que pedía era que el Trono de Hierro «ordene a lord Greyjoy que se retire a sus islas, devuelva Isla Bella a sus legítimos señores y libere a todas las mujeres a las que ha secuestrado, o al menos a las de noble cuna».

Muchos de los hombres que habían sobrevivido a la batalla del Camino Real habían regresado después a Bastión de Tormentas. Hambrientos, cansados y heridos, habían ido llegando a casa solos o en grupos pequeños, y lady Elenda, la viuda de lord Borros Baratheon, no había tenido más que mirarlos para darse cuenta de que habían perdido el interés por combatir. Tampoco deseaba poner en peligro a Olyver, su hijo recién nacido, pues el pequeño señor que tenía al pecho era el futuro de la casa Baratheon. Aunque se dice que su hija mayor, lady Cassandra, derramó amargas lágrimas cuando supo que no sería reina, lady Elenda también aceptó rápidamente las condiciones. Aún débil tras el parto, no podía acudir en persona a la coronación, escribió, pero en su lugar enviaría a su propio padre para rendir pleitesía en su nombre, y a tres de sus hijas para que quedasen como rehenes. Los acompañaría ser Willis Fell con un «cargamento precioso»: la princesa Jaehaera, de ocho años, última descendiente viva del rey Aegon II y prometida del nuevo rey.

La última en responder fue Antigua. Al ser la más rica de las grandes casas que se habían puesto de parte del rey Aegon II, los Hightower seguían siendo en cierto modo los más peligrosos, pues eran capaces de reunir con rapidez un nuevo ejército en las calles de Antigua, y con sus buques de guerra y los de sus parientes cercanos, los Redwyne del Rejo, también podían armar una flota nada desdeñable. Además, la cuarta parte del oro de la Corona seguía en las profundas criptas de debajo del faro de Torrealta, y ese oro podría usarse con facilidad para comprar nuevas alianzas y contratar compañías de mercenarios. Antigua tenía el poder para renovar la guerra; lo único que le faltaba era la voluntad.

Lord Ormund acababa de contraer nupcias por segunda vez cuando empezó la Danza; su primera esposa había muerto de parto unos años antes. Cuando Ormund murió en Ladera, sus tierras y su título pasaron a su hijo mayor, Lyonel, un joven de quince años en la cúspide de la virilidad. El segundogénito, Martyn, era escudero de lord Redwyne en el Rejo. El tercero estaba acogido en Altojardín como acompañante de lord Tyrell y copero de la madre de este. Los tres eran hijos del primer matrimonio de lord Ormund. Cuando presentaron al joven Lyonel Hightower las condiciones de lord Velaryon, se dice que arrancó el pergamino de las manos de su maestre, lo rompió en pedazos y juró que escribiría su respuesta con la sangre de la Serpiente Marina.

Sin embargo, lady Samantha, viuda del padre de Lyonel, tenía otras ideas. Era la hija de lord Donald Tarly de Colina Cuerno y lady Jeyne Rowan de Sotodeoro; las dos casas se habían alzado en armas a favor de la reina durante la Danza. Fiera, ardiente y hermosa, aquella joven de voluntad férrea no tenía intención de ceder su lugar como señora de Antigua y gobernante de los Hightower. Lyonel era apenas dos años más joven, y (según dice Champiñón) había estado obsesionado con ella desde que llegó a Antigua para casarse con su padre. Aunque lady Sam (como se la conocería durante muchos años) había cortado hasta entonces los avances irresolutos del muchacho, entonces cedió a ellos y se dejó seducir; después le prometió que se casaría con él..., pero solo si aceptaba la paz, «pues sin duda moriré de pena si pierdo otro esposo».

Enfrentado a la elección «entre un padre muerto, frío y enterrado, y una mujer viva, cálida y dispuesta en sus brazos, el muchacho mostró una sensatez sorprendente para alguien de tan alta cuna y eligió el amor sobre el honor», cuenta Champiñón. Lyonel Hightower se rindió, aceptó todas las condiciones de lord Corlys, incluida la devolución del oro de la Corona (para indignación de su primo ser Myles Hightower, que había robado una buena parte de aquel oro, aunque esa historia no nos incumbe). Cuando el joven señor anunció su intención de casarse con la viuda de su padre, provocó un gran escándalo, y el Septón Supremo acabó prohibiendo el matrimonio por considerarlo en cierta forma incestuoso, pero ni aquello pudo mantener apartados a los jóvenes amantes. El señor de Torrealta y defensor de Antigua renunció a casarse y mantuvo a su lado a lady Sam durante los trece años siguientes; tuvo seis hijos con ella y al fin la tomó como esposa cuando se eligió a un nuevo Septón Supremo en el Septo Estrellado que revocó la sentencia de su predecesor.*

* Esta es la historia según la cuenta Champiñón, al menos. Sin embargo, el *Relato verídico* de Munkun atribuye a un motivo diferente el cambio de idea de lord Lyonel. Cabe recordar que los Hightower, por ricos y poderosos que fueran, eran vasallos juramentados de la casa Tyrell de Altojardín, donde Garmund, hermano de Lyonel, estaba de paje. Los Tyrell no habían intervenido en la Danza,

Pero dejemos por ahora a los Hightower y volvamos a Desembarco del Rey, donde lord Cregan Stark descubrió que las Tres Viudas habían desbaratado todos sus planes de guerra. «Otras voces se hacían oír asimismo; voces más amables que resonaban quedamente por las salas de la Fortaleza Roja», cuenta Champiñón. La Doncella del Valle había llegado desde Puerto Gaviota acompañada de su pupila, lady Rhaena Targaryen, que llevaba un dragón en el hombro. El populacho de Desembarco del Rey, que apenas un año antes había matado a todos los dragones de la ciudad, se quedó extasiado al ver uno. Lady Rhaena y su gemela Baela se convirtieron de la noche a la mañana en las favoritas del lugar. Lord Stark no pudo confinarlas al castillo, como había hecho con el príncipe Aegon, y pronto descubrió que tampoco podía controlarlas. Cuando le exigieron que les permitiera ver a «nuestro querido hermano», lady Arryn las apoyó, y el Lobo de Invernalia tuvo que ceder («a regañadientes», dice Champiñón).*

El Falso Amanecer había llegado y se había ido, y la Hora del Lobo (como la llama el gran maestre Munkun) estaba también llegando a su fin. A Cregan Stark se le estaban escapando de las manos la situación y la ciudad. Cuando lord Leowyn Corbray y su hermano llegaron a Desembarco del Rey, y se unieron al consejo de gobierno y sumaron sus voces a las de lady Arryn y los Muchachos, el Lobo de Invernalia se encontró a menudo en desacuerdo con todos ellos. Por todo el reino aparecían aquí y allá lealistas tes-

---

gobernados como estaban por un pequeño señor en pañales, pero al menos se desperezaron al final y prohibieron a lord Lyonel que levase un ejército o fuera a la guerra sin su permiso. Si desobedecía, su hermano pagaría la insubordinación con la vida, pues como dijo en cierta ocasión un sabio, todo acogido es a la vez un rehén. O eso afirma el gran maestre Munkun.

* Sin embargo, la reunión no fue tan bien como esperaban las gemelas. El príncipe palideció al ver a Aurora, la dragona de lady Rhaena, y ordenó a los norteños que la vigilaban que se llevaran «esa espantosa criatura fuera de mi vista».

tarudos que izaban el dragón dorado de Aegon II, pero su relevancia era escasa. La Danza había terminado, acordaron todos los demás; era hora de hacer las paces y enderezar el reino.

Sin embargo, había un detalle en el que lord Cregan no daba su brazo a torcer: los asesinos del rey no podían quedar sin castigo. Por indigno que hubiera sido el rey Aegon II, su asesinato era alta traición, y los responsables debían responder por ello. Su actitud era tan fiera, tan inflexible, que los demás cedieron. «Que caiga sobre tu cabeza, Stark —dijo Kermit Tully—. No quiero tener que ver con esto, pero no dejaré que se diga que Aguasdulces se atravesó en el camino de la justicia.»

Ningún señor tenía derecho a ordenar la muerte de otro señor, por lo que antes era necesario que el príncipe Aegon nombrase Mano del Rey a lord Stark, con plena autoridad para actuar en su nombre. Así se hizo. Lord Cregan se encargó del resto, mientras que los demás se quitaron de en medio. El señor de Invernalia no se sentó en el Trono de Hierro, sino al pie, en un sencillo banco de madera. Uno por uno, llevaron ante él a los sospechosos de haber intervenido en el envenenamiento del rey Aegon II.

El septón Eustace fue el primero en aparecer y el primero al que se liberó; no había pruebas contra él. El gran maestre Orwyle no tuvo tanta suerte, pues había confesado bajo tortura haber proporcionado el veneno al Patizambo.

—No sabía para qué era, mi señor —protestó Orwyle.

—Tampoco lo preguntaste —replicó lord Stark—. No querías saberlo.

Se juzgó que el gran maestre había sido cómplice y se lo condenó a muerte.

La misma condena recibió ser Gyles Belgrave; aunque no había puesto el veneno en el vino del rey personalmente, había permitido que ocurriese, ya fuera por negligencia o por ceguera voluntaria. «Ningún caballero de la Guardia Real debe sobrevivir a su rey cuando este muere de forma violenta», declaró Stark. Tres hermanos juramentados de Belgrave habían estado presentes en la muerte del rey Aegon y fueron condenados igualmente, aunque no se pudo demostrar su complicidad en la trama (a los tres miembros de la Guardia Real que estaban fuera de la ciudad se los declaró inocentes).

Se dictaminó que otras veintidós personas de menor importancia habían desempeñado algún papel en el asesinato del rey Aegon. Entre ellos estaban los porteadores y el heraldo de su alteza, el custodio de la bodega real y el camarero cuya tarea era asegurarse de que la jarra del rey siempre estuviera llena. Todos ellos fueron al verdugo, al igual que los dos hombres que habían matado a Ummet, el catador real (el propio Champiñón declaró contra ellos), así como los que dieron muerte a Tom Lenguatrabada y ahogaron en cerveza a su padre. Eran en su mayoría caballeros de baja estofa, mercenarios, soldados sin señor y escoria de las calles a la que ser Perkin la Pulga había conferido cuestionables títulos de caballero durante la confusión. Todos ellos insistieron en que se habían limitado a cumplir las órdenes de ser Perkin.

En cuanto a la Pulga, no cabía duda de su culpabilidad. «Un cambiacapas no deja de serlo nunca —dijo lord Cregan—. Te rebelaste contra tu reina legítima y ayudaste a expulsarla de esta ciudad y enviarla a la muerte; pusiste a tu propio escudero en su lugar y después lo abandonaste para salvar tu despreciable pellejo. El reino será un lugar mejor cuando no estés.» Cuando ser Perkin adujo que lo habían indultado por aquellos crímenes, lord Stark replicó: «No fui yo».

Los hombres que habían prendido a la reina viuda en la escalera de caracol lucían la insignia del hipocampo de la casa Velaryon, mientras que los que habían liberado de su prisión a lady Baela Targaryen estaban al servicio de lord Larys Strong. Los captores de la reina Alicent habían matado a sus escoltas, por lo que fueron condenados a muerte, pero la emotiva súplica de lady Baela libró a sus rescatadores de sufrir el mismo destino, aunque también tuvieran la espada manchada de la sangre de los hombres del rey que guardaban la puerta. «Ni siquiera las lágrimas de un dragón podían fundir el gélido corazón de Cregan Stark, se afirma con certeza —dice Champiñón—, pero cuando lady Baela empuñó una espada y declaró que cortaría la mano de cualquiera que intentase hacer daño a los hombres que la habían salvado, el Lobo de Invernalia sonrió a la vista de todos y dijo que, si la dama tenía tanto cariño a aquellos perros, le permitiría conservarlos.»

Los últimos que se enfrentaron al Juicio del Lobo (como llama Munkun al proceso en el *Relato verídico*) fueron los dos grandes señores que estaban en el centro de la conspiración: Larys Strong el Patizambo, señor de Harrenhal, y Corlys Velaryon, la Serpiente Marina, amo de Marcaderiva y Señor de las Mareas.

Lord Velaryon no intentó negar su culpa. «Lo que hice, lo hice por el bien del reino —dijo el anciano—. Volvería a hacerlo. La locura tenía que acabar.» Lord Strong no colaboró de tan buen grado. El gran maestre Orwyle había declarado que él mismo le dio el veneno, y ser Perkin la Pulga juró que había actuado siguiendo en todo momento las órdenes del Patizambo, pero este no confirmó ni negó las acusaciones. Cuando lord Stark le preguntó si tenía algo que alegar en su defensa, se limitó a decir: «¿Desde cuándo a un lobo lo han conmovido las palabras?». De este modo, lord Cregan Stark, Mano del Rey aún incoronado, declaró a lord Velaryon y lord Strong culpables de asesinato, regicidio y alta traición, y sentenció que pagaran sus crímenes con la muerte.

Larys Strong siempre había procurado por sí mismo; se guardaba su opinión y cambiaba de alianza como otros cambian de capa. Una vez condenado, se quedó sin amigos; no se alzó voz alguna en su defensa. Sin embargo, el caso de Corlys Velaryon fue bastante distinto. La vieja Serpiente Marina tenía muchos amigos y admiradores; incluso hombres que habían luchado contra él durante la Danza hablaron en su favor: algunos por cariño al anciano, sin duda; otros, preocupados por lo que podría hacer Alyn, su joven heredero, si se ejecutaba a su querido abuelo (o padre). Cuando lord Stark se mostró inflexible, algunos intentaron esquivarlo y apelar directamente al futuro rey, el príncipe Aegon. Entre ellos destacaban sus hermanastras Baela y Rhaena, que le recordaron que habría perdido una oreja y quizá algo más si lord Corlys hubiera actuado de otra forma. «Las palabras se las lleva el viento —dice *El testimonio de Champiñón*—, pero un viento fuerte puede hacer caer fuertes robles, y la brisa de unas jóvenes hermosas puede cambiar el destino de reinos enteros.» Aegon no solo accedió a perdonar la vida a la Serpiente Marina, sino que llegó más lejos y le restituyó sus cargos y honores, incluido el puesto en el consejo privado.

Sin embargo, el príncipe no tenía sino diez años, y aún no era rey. Los decretos de su alteza, todavía sin coronar ni ungir como monarca, no tenían peso legal. Incluso después de la coronación seguiría estando sujeto a un regente o a un consejo de regencia hasta cumplir los dieciséis años. Por ello, lord Stark habría estado en su derecho de hacer caso omiso de la orden del príncipe y seguir adelante con la ejecución de Corlys Velaryon, aunque optó por obedecer, decisión que desde entonces ha intrigado a los eruditos. El septón Eustace escribe: «la Madre le insufló compasión aquella noche», aunque lord Cregan no veneraba a los Siete. También plantea la posibilidad de que el norteño fuera reacio a provocar a Alyn Velaryon, temeroso de su poder en el mar, pero esto no parece encajar con lo que sabemos del carácter de Stark. Una nueva guerra no lo habría angustiado; de hecho, a veces parecía buscarla.

Es Champiñón quien ofrece la explicación más lúcida de aquella clemencia sorprendente por parte del Lobo de Invernalia. No fue el príncipe quien lo hizo cambiar de opinión, afirma el bufón, ni la amenaza inminente de la flota de Velaryon, ni siquiera las súplicas de las gemelas, sino un trato con lady Alysanne de la casa Blackwood.

«Esta moza era una criatura alta y esbelta —dice el enano—, delgada como un junco y con el pecho plano como un muchacho, pero de piernas largas y brazos fuertes, con una melena de espesos rizos negros que le caían por debajo de la cintura cuando se los soltaba.» Cazadora, domadora de caballos y arquera sin igual, Aly la Negra tenía muy poco de la delicadeza de una mujer. Muchos creían que era de la misma calaña que Sabitha Frey, pues a menudo estaban juntas, y se sabía que durante la marcha habían compartido tienda. Pero en Desembarco del Rey, mientras acompañaba a su joven sobrino Benjicot en la corte y en el consejo, había conocido al adusto norteño Cregan Stark y había sentido cierta atracción por él.

Lord Cregan, viudo desde hacía tres años, respondió en consecuencia. Aunque ningún hombre consideraría a Aly la Negra una reina del amor y la belleza, su audacia, su fuerza pertinaz y su lengua descarada tocaron una fibra sensible en el señor de Invernalia, que pronto empezó a buscar la compañía de la joven en salas y patios. «Huele a humo de leña, no a flores», comentó Stark a lord Cerwyn, de quien se decía que era su mejor amigo.

De este modo, cuando lady Alysanne acudió a pedirle que respetase el edicto del príncipe, lord Stark escuchó.

—¿Por qué debería hacerlo? —se supone que preguntó cuando la joven hizo la petición.

—Por el reino —contestó ella.

—Lo mejor para el reino es que mueran los traidores.

—Por el honor de nuestro príncipe.

—El príncipe es un niño. No debería haberse metido en esto. Velaryon lo ha cargado de deshonra, pues hasta el fin de los tiempos dirán que subió al trono gracias a un asesinato.

—Por el bien de la paz —dijo lady Alysanne—. Por todos los que sin duda morirán si Alyn Velaryon busca venganza.

—Hay peores formas de morir. Ha llegado el invierno, mi señora.

—Por mí, entonces —dijo Aly la Negra—. Concédeme esto y nunca te pediré nada más. Hazlo y sabré que eres tan sabio como fuerte, tan amable como feroz. Concédeme esto y te daré cualquier cosa que me pidas. —Champiñón dice que lord Cregan frunció el ceño al escucharlo.

—¿Y si te pido la virginidad?

—No puedo darte lo que no poseo, mi señor; la perdí a los trece años en la silla de montar.

—Algunos dirían que desperdiciaste en un caballo un don que por derecho debería pertenecer a tu futuro esposo.

—Algunos son idiotas —respondió Aly la Negra—. Y era un buen caballo, mejor que la mayoría de los maridos que he visto.

Aquella respuesta agradó a lord Cregan, que se echó a reír a carcajadas y dijo:

—Intentaré recordarlo, mi señora. Está bien, te concederé tu petición.

—¿Y a cambio?

—Todo lo que quiero es a ti, toda tú, para siempre —dijo solemnemente el señor de Invernalia—. Quiero tu mano en matrimonio.

—Una mano por una cabeza —dijo Aly la Negra, sonriendo..., pues nos dice Champiñón que era su intención desde el principio—. De acuerdo.

Y aquel fue el trato.

El día de las ejecuciones amaneció gris y húmedo. Transportaron a todos los condenados a muerte, cargados de cadenas, de las mazmorras al pabellón exterior de la Fortaleza Roja, donde los obligaron a arrodillarse a la vista del príncipe Aegon y la corte.

Mientras el septón Eustace dirigía las oraciones de los reos y rogaba a la Madre que tuviera piedad de sus almas, empezó a llover. «Llovió con tanta fuerza, y Eustace divagó tanto tiempo, que empezamos a temer que los prisioneros se ahogarían antes de que pudieran cortarles la cabeza», dice Champiñón. Por fin terminaron los rezos y lord Cregan Stark desenvainó a *Hielo*, el mandoble valyrio que era el orgullo de su casa, pues la costumbre del salvaje

Norte imponía que el hombre que dictaba la sentencia empuñara también la espada, de modo que la sangre de los condenados quedase únicamente en sus manos.

Ya sea un gran noble o un verdugo vulgar, rara vez ha habido un hombre que afrontase tantas ejecuciones como Cregan Stark aquella mañana bajo la lluvia, y aun así acabó en un santiamén. Los condenados había echado a suertes quién sería el primero en morir, y la fortuna habían deparado que lo fuese ser Perkin la Pulga. Cuando lord Cregan preguntó al astuto canalla si quería pronunciar unas últimas palabras, ser Perkin declaró que deseaba vestir el negro. Un señor del sur podría no haber honrado aquella petición, pero los Stark son del Norte, donde las necesidades de la Guardia de la Noche se toman muy en serio.

Cuando lord Cregan indicó a sus hombres que pusieran en pie a la Pulga, los demás prisioneros vieron el camino a la salvación y plantearon la misma solicitud. «Todos empezaron a gritar a la vez

—dice Champiñón—, como un coro de borrachos que vociferan la letra de una canción que recuerdan a medias.» Caballeros del Arroyo, soldados, porteadores, camareros, heraldos, el custodio de la bodega, tres espadas blancas de la Guardia Real... De repente, todos ellos sentían un profundo deseo de defender el Muro. Incluso el gran maestre Orwyle se unió al desesperado coro. También a él lo indultaron, pues la Guardia de la Noche necesita hombres de pluma tanto como hombres de espada.

Solo dos murieron aquel día. Uno fue ser Gyles Belgrave, de la Guardia Real. A diferencia de sus hermanos juramentados, rechazó la oportunidad de cambiar la capa blanca por la negra. «No os equivocáis, lord Stark —dijo cuando le llegó el turno—. Un caballero de la Guardia Real no debe sobrevivir a su rey.» Lord Cregan le cortó la cabeza con un rápido giro de *Hielo*, de un solo tajo.

El siguiente, y el último en morir, fue lord Larys Strong. Cuando le preguntaron si deseaba vestir el negro, respondió: «No, mi señor. Iré a un infierno más cálido, si os place. Pero tengo una última petición: cuando muera, cortadme el pie contrahecho con esa gran espada vuestra. Lo he arrastrado toda la vida; permitid que al menos me deshaga de él en la muerte». Lord Stark se lo concedió.

Así murió el último Strong, y una casa antigua y altiva llegó a su fin. Entregaron los restos de lord Larys a las Hermanas Silenciosas; años más tarde, sus huesos (con la excepción del pie lisiado) encontraron un lugar de descanso definitivo en Harrenhal. Lord Stark había decretado que lo enterrasen por separado en alguna fosa común, pero antes de que se cumpliera la orden, el pie desapareció. Dice Champiñón que lo robaron y se lo vendieron a algún hechicero, que lo usó para sus conjuros. (Se dice lo mismo del pie arrancado de la pierna del príncipe Joffrey en el Lecho de Pulgas, lo que pone en entredicho la veracidad de ambas historias, a menos que atribuyamos poderes malignos a todos los pies.)

Las cabezas de lord Larys Strong y ser Gyles Belgrave se clavaron en picas, a los lados de las puertas de la Fortaleza Roja. Los demás condenados regresaron a sus celdas, donde languidecerían hasta que se pudiera organizar su marcha al Muro. Se había escrito la última línea de la historia del lamentable reinado de Aegon II Targaryen.

El breve servicio de Cregan Stark como Mano del Rey sin corona concluyó al día siguiente, cuando devolvió la cadena del cargo al príncipe Aegon. No le habría costado seguir siendo la Mano del Rey durante años, o incluso reclamar la regencia hasta que el joven Aegon fuese mayor de edad, pero el sur no le interesaba en absoluto. «Las nieves están cayendo en el Norte —anunció—, y mi lugar está en Invernalia.»

La regencia

La Mano Encapuchada

Cregan Stark se había retirado como Mano del Rey y había anunciado su intención de regresar a Invernalia, pero antes de poder abandonar el sur tuvo que enfrentarse a un espinoso problema.

Lord Stark había viajado al sur con un gran ejército formado en su mayoría por hombres que no eran necesarios ni deseados en el Norte, y cuyo regreso podría causar penurias y quizá incluso la muerte de los seres queridos que habían dejado atrás. Cuenta la leyenda (y Champiñón) que fue lady Alysanne quien propuso una solución. A lo largo del Tridente, las tierras estaban llenas de viudas, recordó a lord Stark; mujeres, muchas de ellas con hijos a su cargo, que habían enviado a sus maridos a luchar con este o aquel señor y solo habían recibido nuevas de su muerte en combate. Con el invierno casi encima, una espalda fuerte y unas manos voluntariosas serían bienvenidas en más de un hogar.

Al final, más de mil norteños acompañaron a Aly la Negra y a su sobrino, lord Benjicot, cuando regresaron a las Tierras de los Ríos después de la boda real. «Un lobo para cada viuda —bromeó Champiñón—. Le calentará la cama en invierno y roerá sus huesos cuando llegue la primavera.» Aun así, se celebraron cientos de bodas en las denominadas Ferias de Viudas que tuvieron lugar en el Árbol de los Cuervos, Aguasdulces, Septo de Piedra, Los Gemelos y Buenabasto. Los norteños que no quisieron casarse pusieron su espada al servicio de señores de mayor o menor importancia como guardias y soldados. Unos cuantos, triste es decirlo, se pasaron al bandidaje y tuvieron finales lamentables, pero en general, la propuesta casamentera de lady Alysanne fue un gran éxito. Los norteños reasentados no solo reforzaron a los señores de los Ríos que los acogieron, sobre todo a las casas Tully y Blackwood, sino que contribuyeron a reavivar y extender el culto a los antiguos dioses al sur del Cuello.

Otros norteños prefirieron buscar nueva vida y fortuna al otro lado del mar Angosto. Pocos días después de que lord Stark se retirase como Mano del Rey, ser Marston Mares regresó a solas de Lys, adonde lo habían enviado a buscar mercenarios. Aceptó gustosamente el indulto por sus crímenes pretéritos e informó de que la Triarquía se había desmoronado. Con la guerra en ciernes, las Tres Hijas habían estado contratando compañías libres tan deprisa como se formaban, a un precio que él no podía ni soñar con igualar. Muchos norteños de lord Cregan vieron en ello una oportunidad. ¿Por qué regresar a una tierra en las garras del invierno para helarse o morir de hambre, cuando había oro al alcance de la mano al otro lado del mar Angosto? En consecuencia, no se formó una compañía libre, sino dos. La Manada de Lobos, al mando de Hallis Hornwood, apodado Hal el Loco, y Timotty Nieve, el bastardo de Dedo de Pedernal, estaba formada exclusivamente por norteños, mientras que entre los Rompetormentas, costeados y dirigidos por ser Oscar Tully, había hombres de todos los lugares de Poniente.

Mientras aquellos aventureros se disponían a partir de Desembarco del Rey, otros acudían desde los cuatro puntos cardinales para asistir a la coronación del príncipe Aegon y a la boda real. Del oeste llegaron lady Johanna Lannister y su padre, Roland

Westerling, señor del Risco; del sur, desde Antigua, dos veintenas de Hightower encabezados por lord Lyonel y la viuda de su padre, la imponente lady Samantha. Aunque tenían prohibido casarse, su pasión mutua era ya ampliamente conocida, y tan escandalosa que el Septón Supremo se negó a viajar con ellos y llegó tres días más tarde, en compañía de lord Redwyne, lord Costayne y lord Beesbury.

Lady Elenda, la viuda de lord Borros, se quedó en Bastión de Tormentas con su hijo pequeño, pero envió a sus hijas Cassandra, Ellyn y Floris como representantes de la casa Baratheon. (Maris, la cuarta hija, se había unido a las Hermanas Silenciosas, nos explica el septón Eustace. En el relato de Champiñón, esto ocurrió después de que su madre ordenase que le arrancasen la lengua, pero podemos desestimar con seguridad tan macabro detalle. La creencia pertinaz de que las Hermanas Silenciosas no tienen lengua no es sino un mito; guardan silencio a causa de su devoción, no de unas tenazas al rojo.) Royce Caron, el padre de lady Baratheon, señor de Canto Nocturno y mariscal de las Marcas, acompañó a las jóvenes a la ciudad y se quedó con ellas en calidad de guardián.

Alyn Velaryon desembarcó también, y los hermanos Manderly regresaron una vez más de Puerto Blanco, acompañados por cien caballeros de capa verdeazul. Acudieron incluso visitantes del otro lado del mar Angosto, de Braavos, Pentos, las Tres Hijas, la antigua Volantis... De las Islas del Verano llegaron tres altas princesas negras de capa emplumada, y su esplendor era una maravilla digna de verse. No tardaron en abarrotarse hasta la última posada y el último establo de Desembarco del Rey, y extramuros se levantó una ciudad de tiendas y pabellones para los que no pudieron encontrar alojamiento. Se bebió y se fornicó sobremanera, afirma Champiñón; se rezó, se ayunó y se realizaron buenas obras en abundancia, relata el septón Eustace. Los taberneros de la ciudad lucieron gordos y contentos durante un tiempo, al igual que las putas del Lecho de Pulgas y sus hermanas de las casas de lujo de la calle de la Seda, aunque el común se quejaba del ruido y el hedor.

Una atmósfera frágil y desesperada de camaradería forzosa cubrió Desembarco del Rey en los días previos a la boda, pues muchos de los que andaban codo con codo en las cacharrerías y tabernas de la ciudad habían estado en lados opuestos del campo de batalla un año antes. «Si la sangre solo se puede lavar con sangre, Desembarco del Rey estaba lleno de gente desaseada», dice Champiñón. Pero hubo menos peleas de lo que esperaba la mayoría, y solo asesinaron a tres hombres. Quizá los señores del reino se hubieran cansado por fin de la guerra.

Pozo Dragón seguía en ruinas en su mayor parte, por lo que la boda del príncipe Aegon y la princesa Jaehaera se celebró al aire libre, en lo alto de la Colina de Visenya, donde se construyeron unas gradas gigantescas para que la nobleza se pudiera sentar cómodamente y disfrutar de una vista sin obstáculos. El día era frío pero soleado, anota el septón Eustace. Corría el séptimo día de la séptima luna del año 131 después de la Conquista de Aegon, una fecha de muy buen presagio. El Septón Supremo de Antigua ofició los ritos personalmente, y el populacho lanzó un rugido atronador cuando su altísima santidad declaró que el príncipe y la princesa eran uno. Decenas de miles de personas atestaron las calles y vitorearon a Aegon y a Jaehaera mientras los llevaban en una litera descubierta hacia la Fortaleza Roja, donde el príncipe fue coronado con una diadema de oro amarillo, sencilla y sin ornamentos, y proclamado Aegon de la casa Targaryen, el tercero de su nombre, rey de los ándalos, los rhoynar y los primeros hombres, y señor de los Siete Reinos. El propio Aegon colocó la corona en la cabeza de su niña esposa.

Aunque era un muchacho serio, el nuevo rey era indiscutiblemente apuesto: delgado de rostro y figura, con el pelo de plata casi blanco y ojos violeta, mientras que la reina era una niña preciosa.

La boda fue el espectáculo más fastuoso que habían presenciado los Siete Reinos desde la coronación de Aegon II en Pozo Dragón. Solo faltaron los dragones. Para este rey no habría vuelo triunfal alrededor de la muralla de la ciudad; no habría descenso majestuoso en el patio del castillo. Los más observadores se percataron de otra ausencia: no se veía a la reina viuda Alicent Hightower por ninguna parte, aunque como abuela de Jaehaera, debería haber estado presente.

Ya que solo tenía diez años, el primer acto del nuevo rey fue nombrar a los hombres que lo protegerían, lo defenderían y gobernarían por él hasta su mayoría de edad. A ser Willis Fell, el único superviviente de la Guardia Real de la época del rey Viserys, lo nombró lord comandante de los espadas blancas, y ser Marston Mares sería su lugarteniente. Ya que se consideraba que los dos pertenecían a los verdes, los demás puestos de la Guardia Real se asignaron a partidarios de los negros. A ser Tyland Lannister, que poco antes había regresado de Myr, lo nombró Mano del Rey, mientras que lord Leowyn Corbray ocupó el cargo de Protector del Reino. El primero había sido verde; el segundo, negro. Por encima de ellos habría un consejo de regencia formado por lady Jeyne Arryn del Valle, lord Corlys Velaryon de Marcaderiva, lord Roland Westerling del Risco, lord Royce Caron de Canto Nocturno, lord Manfryd Mooton de Poza de la Doncella, ser Torrhen Manderly de Puerto Blanco y el gran maestre Munkun, recién elegido por la Ciudadela para tomar la cadena del cargo del gran maestre Orwyle.

(Se sabe de buena tinta que a lord Cregan Stark se le ofreció también un puesto entre los regentes, pero lo rechazó. Las omisiones destacadas en el consejo incluyen a Kermit Tully, Unwin Peake, Sabitha Frey, Thaddeus Rowan, Lyonel Hightower, Johanna Lannister y Benjicot Blackwood, pero el septón Eustace insiste en que solo lord Peake se enfureció de verdad por haber quedado excluido.)

El septón Eustace aprobó con entusiasmo aquel consejo, «seis hombres fuertes y una mujer sabia; siete para gobernarnos aquí en la tierra como los Siete en lo Alto gobiernan a todos los hombres desde el cielo». Champiñón estaba mucho menos impresionado. «Siete regentes son seis de más —dijo—. Lo siento por nuestro pobre rey.» A pesar de los recelos del bufón, la mayoría de los observadores parecía tener la sensación de que el reinado de Aegon III había empezado con buen pie.

El resto del año 131 d.C. fue un período de partidas; los grandes señores de Poniente se fueron marchando uno a uno de Desembarco del Rey para regresar cada uno a su sede. Entre los primeros en marcharse estuvieron las Tres Viudas, después de despedirse con llantos de las hijas, el hijo, los hermanos y los primos que se quedarían para servir de acompañantes y rehenes a la nueva pareja real. Una quincena después de la coronación, Cregan Stark encabezó la marcha al Norte de su ya muy reducido ejército, por el camino Real; tres días más tarde, lord Blackwood y lady Alysanne partieron hacia el Árbol de los Cuervos, escoltados por mil norteños de los Stark. Lord Lyonel y su amante, lady Sam, cabalgaron hacia el sur, rumbo a Antigua, con sus Hightower, mientras que los señores Rowan, Beesbury, Costayne, Tarly y Redwyne se unieron al grupo que escoltaba a su altísima santidad hacia el mismo destino. Lord Kermit Tully regresó a Aguasdulces con sus caballeros, y ser Oscar, su hermano, zarpó con sus Rompetormentas hacia Tyrosh y las Tierras de la Discordia.

Sin embargo, hubo alguien que no partió según había planeado. Ser Medrick Manderly había aceptado llevar a los hombres comprometidos con el Muro hasta Puerto Blanco en su galera, la *Estrella del Norte*. Desde allí seguirían por tierra hasta el Castillo Negro. Pero la mañana en que debía zarpar la *Estrella del Norte*, el recuento de los condenados indicó que faltaba un hombre. Al parecer, el gran maestre Orwyle había cambiado de idea en cuanto a lo de vestir el negro. Tras sobornar a un guardia para que le aflojase los grilletes, se había vestido con los harapos de un limosnero y había desaparecido en los barrios bajos de la ciudad. Ser Medrick, nada dispuesto a retrasar más el viaje, condenó al guardia que había liberado a Orwyle a ocupar su puesto, y la *Estrella del Norte* se hizo a la mar.

Al final del 131 d.C., cuenta el septón Eustace, una «calma gris» se había asentado en Desembarco del Rey y las Tierras de la Corona. Aegon III se sentaba en el Trono de Hierro cuando se requería, pero aparte de eso se dejaba ver poco. La tarea de defender el reino cayó en el lord Protector, Leowyn Corbray, y el tedioso gobierno cotidiano, en la Mano, el ciego Tyland Lannister. En tiempos tan alto, rubio y apuesto como su gemelo, el fallecido lord Jason, ser Tyland había quedado tan desfigurado a manos de los torturadores de la reina que se decía que las damas recién llegadas a la corte se desmayaban al verlo. Para ahorrarles el disgusto, la Mano adoptó la costumbre de cubrirse la cabeza con una capucha de seda en las ocasiones formales. Puede que fuera un error de cálculo, pues le confería un aspecto siniestro, y el populacho de Desembarco del Rey no tardó en cuchichear sobre el maligno hechicero enmascarado de la Fortaleza Roja.

A pesar de todo, el ingenio de ser Tyland seguía siendo agudo. Se podría haber esperado que después de los tormentos padecidos se convirtiera en un hombre amargado con deseos de venganza, pero nada más lejos de la realidad. Al contrario, la Mano alegaba una curiosa amnesia e insistía en que no podía recordar quién había sido negro y quién verde, a la vez que demostraba una lealtad perruna hacia el hijo de la reina que lo había enviado a los torturadores. Ser Tyland no tardó en alcanzar una posición dominante implícita sobre Leowyn Corbray, de quien Champiñón dice: «Lo que le sobraba de cuello le faltaba de ingenio, pero nunca he conocido a un hombre que se tirara pedos más sonoros». Según la ley, tanto la Mano como el lord Protector estaban sujetos a la autoridad del consejo de regencia, pero conforme pasaban los días y la luna daba vueltas y más vueltas, los regentes se reunían cada vez menos, mientras que el incansable, ciego y encapuchado Tyland Lannister acumulaba más y más poder.

Se enfrentaba a unos obstáculos abrumadores, pues el invierno había caído sobre Poniente y duraría cuatro largos años; un invierno tan frío e inhóspito como el que más en la historia de los Siete Reinos. Además, durante la Danza, el comercio se había desmoronado; se habían dañado o destruido incontables aldeas, ciudades y castillos, y bandas de forajidos y hombres arruinados asolaban carreteras y bosques.

La reina viuda representaba un problema más acuciante, pues se negaba a reconciliarse con el nuevo rey. El asesinato del último hijo que le quedaba había convertido en piedra el corazón de Alicent. Ninguno de los regentes deseaba ordenar su muerte; unos, por compasión; otros, por miedo a que la ejecución reavivase los rescoldos de la guerra. Pero no se le podía permitir que tomara parte en la vida de la corte como antes; era demasiado capaz de lanzar maldiciones al rey o de escamotear un puñal a algún guardia distraído. Ni siquiera se podía confiar en Alicent para dejarla en compañía de la pequeña reina; la última ocasión en que se le había permitido comer con su alteza Jaehaera, le pidió que rebanara el cuello a su esposo mientras dormía, lo que hizo que la chiquilla se pusiera a gritar. Ser Tyland no tuvo más remedio que confinar a la reina viuda en sus aposentos del Torreón de Maegor; era un encarcelamiento sutil, pero encarcelamiento al fin y al cabo.

Resuelto aquello, la Mano se centró en restablecer el comercio en el reino y empezar el proceso de reconstrucción. La abolición de los impuestos decretados por la reina Rhaenyra y lord Celtigar complació por igual a los grandes señores y al pueblo llano. Una vez asegurado de nuevo el oro de la Corona, ser Tyland dispuso un millón de dragones de oro como préstamo a los señores cuyas posesiones habían resultado destruidas durante la Danza. (Aunque muchos aprovecharon estos dineros, los préstamos crearon una desavenencia entre el Trono de Hierro y el Banco de Hierro de Braavos.) También ordenó construir tres enormes graneros fortificados, en Desembarco del Rey, Lannisport y Puerto Gaviota, y comprar grano suficiente para llenarlos. (Este último decreto hizo que los precios subieran enormemente, lo que complació a las ciudades y a los señores con trigo, maíz y cebada para vender, pero enfureció a los dueños de posadas y tenderetes de calderos, y a los pobres y hambrientos en general.)

Aunque ordenó la interrupción de las obras en las colosales estatuas de los príncipes Aemond y Daeron encomendadas por Aegon II (no antes de que se hubieran tallado las dos cabezas), la Mano puso a trabajar en la reparación y la restauración de Pozo Dragón a centenares de albañiles, carpinteros y constructores. Por orden suya se reforzaron las puertas de Desembarco del Rey, para aumentar su capacidad de resistir ataques procedentes tanto de intramuros como del exterior. Anunció también que la Corona financiaría la construcción de cincuenta galeras de guerra. Cuando los regentes cuestionaron esta decisión, les dijo que la finalidad era dar trabajo a los astilleros y defender la ciudad de la flota de la Triarquía, pero muchos sospecharon que el auténtico propósito de ser Tyland era hacer que la Corona dependiera menos de la casa Velaryon de Marcaderiva.

Es posible que, cuando puso a trabajar a los armadores, la Mano también tuviera en mente continuar la guerra en el oeste. Aunque el ascenso de Aegon III marcó el final de la peor parte de la matanza de la Danza de los Dragones, no es correcto del todo afirmar que la coronación del joven rey conllevó la paz a los Siete Reinos. Durante los tres primeros años del reinado del muchacho, los combates prosiguieron en el oeste, pues lady Johanna de Roca Casterly, en nombre de su hijo, el joven lord Loreon, siguió resistiendo los ataques de los hijos del hierro de Dalton Greyjoy. Los detalles de aquella guerra quedan fuera del propósito de esta obra (para aquellos que deseen saber más, serán especialmente útiles los capítulos relacionados de *Demonios marinos: Historia de los hijos del Dios Ahogado de las Islas*, del archimaestre Mancaster). Baste decir que aunque el Kraken Rojo había demostrado ser un valioso aliado de los negros durante la Danza, la llegada de la paz demostró que los hombres del hierro no los tenían en más estima que a los verdes.

Aunque no había llegado al extremo de declararse abiertamente rey de las Islas del Hierro, Dalton Greyjoy prestó muy poca atención a los edictos que promulgó el Trono de Hierro durante aquellos años, quizá porque el rey era un muchacho y su Mano era un Lannister. Cuando se le ordenó poner coto a los saqueos, Greyjoy siguió como siempre; cuando le dijeron que devolviera a las mujeres que habían raptado sus hombres del hierro, respondió: «Solo el Dios Ahogado puede cortar el lazo que une a un hombre con sus esposas de sal». A la orden de devolver Isla Bella a sus anteriores señores, su respuesta fue: «Si regresan del fondo del mar, de buen grado les entregaré lo que fue suyo».

Cuando Johanna Lannister intentó armar una nueva flota de guerra para llevar la batalla hasta los hombres del hierro, el Kraken Rojo cayó sobre los astilleros y les prendió fuego, y de paso aprovechó para llevarse otro centenar de mujeres. La Mano envió una amonestación airada, a la cual lord Dalton respondió: «Las mujeres del oeste parecen preferir a los hombres del hierro antes que a los leones cobardes, pues se arrojaron al mar y nos rogaron que las llevásemos».

Al otro lado de Poniente soplaban vientos de guerra asimismo. El asesinato de Sharako Lohar de Lys, el almirante que había presidido el desastre de la Triarquía en el Gaznate, resultó ser la chispa que envolvió en llamas a las Tres Hijas y aventó la brasa de la rivalidad entre Tyrosh, Lys y Myr hasta convertirla en una guerra abierta. En la actualidad se acepta que la muerte del arrogante Sharako fue un asunto personal; murió a manos de uno de sus rivales por los favores de una cortesana conocida como el Cisne

Negro. Sin embargo, en aquella época se tomó por un asesinato político, y las sospechas recayeron sobre los myrienses. Cuando Lys y Myr entraron en guerra, Tyrosh aprovechó para afianzar su dominio sobre los Peldaños de Piedra.

Para reforzar la pretensión, el arconte de Tyrosh llamó a Racallio Ryndoon, el extravagante capitán general que en el pasado había comandado las fuerzas de la Triarquía contra Daemon Targaryen. Racallio se apresuró a invadir las islas y dio muerte al rey del mar Angosto... solo para, acto seguido, reclamar para sí la corona, traicionando al arconte y a su ciudad natal. A ello siguió una confusa guerra a cuatro bandos, que tuvo el efecto de cerrar al comercio el extremo sur del mar Angosto y cortar las rutas de comercio oriental de Desembarco del Rey, el Valle Oscuro, Poza de la Doncella y Puerto Gaviota. Pentos, Braavos y Lorath se vieron afectadas igualmente, y enviaron emisarios a Desembarco del Rey con la esperanza de que el Trono de Hierro se sumara a una gran alianza contra Racallio y las pendencieras Hijas. Ser Tyland agasajó espléndidamente a los emisarios, pero rechazó la oferta. «Sería un gran error para Poniente verse envuelto en las interminables trifulcas de las Ciudades Libres», dijo al consejo de regencia.

Aquel fatídico año 131 d. C. llegó a su fin con los mares en llamas tanto al este como al oeste de los Siete Reinos, mientras las ventiscas azotaban Invernalia y el Norte. En Desembarco del Rey tampoco reinaba la felicidad; la gente había empezado a desencantarse con el niño rey y la pequeña reina, a quienes no se había vuelto a ver desde la boda, y empezaban a propagarse rumores sobre la «Mano Encapuchada». Aunque los capas doradas se habían llevado al Pastor renacido y lo habían aligerado del peso de la lengua, otros habían ocupado su lugar y proclamaban que la Mano del Rey practicaba las artes prohibidas, bebía sangre de neonato y era además «un monstruo que oculta a dioses y a hombres su rostro deforme».

Dentro de la Fortaleza Roja también se hablaba en susurros de los reyes. El matrimonio real tuvo problemas desde el principio. Tanto el novio como la novia eran niños: Aegon III tenía once años, y Jaehaera, solo ocho. Tras casarse tenían poco contacto entre sí, excepto en las ocasiones formales, e incluso esos casos eran raros, pues la reina odiaba abandonar sus aposentos. «Los dos están destrozados», declaró el gran maestre Munkun en una carta remitida al Cónclave. La reina había presenciado el asesinato de su mellizo a manos de Sangre y Queso; el rey había perdido a sus cuatro hermanos, y después había visto como su propio tío arrojaba a su madre a las fauces de un dragón. «No son niños normales —escribió Munkun—. Carecen de alegría; ni ríen ni juegan. La niña moja la cama y llora inconsolablemente cuando la corrigen. Sus propias damas dicen que tiene ocho años y va para cuatro. Estoy seguro de que si no le hubiera aderezado la leche con sueñodulce antes de la boda, se habría desmoronado durante la ceremonia.»

En cuanto al rey, el nuevo gran maestre añadía: «Aegon no muestra apenas interés por su esposa, ni por ninguna otra muchacha. No cabalga, caza ni participa en justas, pero tampoco disfruta con actividades sedentarias como la lectura, la danza o el canto. Aunque su inteligencia parece adecuada, nunca empieza una conversación, y cuando le dicen algo, sus respuestas son tan lacónicas que cualquiera diría que el acto de hablar le causa dolor. No tiene amigos, excepto el bastardo Gaemon Peloclaro, y es raro que duerma toda la noche. Muchas veces, a la hora del lobo, se lo puede ver en la ventana contemplando las estrellas, pero cuando le ofrecí *Reinos del Cielo* del archimaestre Lyman no mostró ningún interés. Aegon sonríe rara vez y no ríe nunca, pero tampoco muestra señales visibles de ira o miedo, salvo en lo que respecta a los dragones, cuya mera mención despierta en él una furia inusitada. Orwyle calificó a su alteza de tranquilo y sereno; yo digo que está muerto por dentro. Camina como un fantasma por los pasillos de la Fortaleza Roja. Hermanos, debo ser sincero: temo por nuestro rey y por el reino».

Ciertamente, sus temores demostraron estar bien fundados. Por funesto que hubiera sido el 131 d. C., los dos años siguientes fueron mucho peores.

Empezaron con una nota ominosa cuando Orwyle, el antiguo gran maestre, apareció en un burdel llamado Madre, cerca del extremo inferior de la calle de la Seda. Desprovisto de pelo, barba y la cadena del oficio, atendía por Viejo Wyl y se ganaba el pan barriendo, fregando, inspeccionando a los clientes en busca de indicios de viruela y preparando té de la luna o pócimas de tanaceto y poleo para que las «hijas» de Madre se librasen de embarazos indeseados. Nadie prestó la menor atención al Viejo Wyl hasta que decidió enseñar a leer a algunas de las muchachas más jóvenes de Madre. Una de sus alumnas demostró su nueva habilidad a un sargento de los capas doradas, que lo encontró sospechoso y se llevó al anciano para interrogarlo. La verdad no tardó en emerger.

El castigo por desertar de la Guardia de la Noche es la muerte. Aunque Orwyle aún no había jurado los votos, muchos consideraban que había roto su promesa. Ni se planteó permitirle embarcar hacia el Muro. Los regentes estuvieron de acuerdo en que debía cumplirse la sentencia de muerte original que había dictado lord Stark. Ser Tyland no lo negó, aunque señaló que aún había que asignar el cargo de Justicia del Rey, y que él, por ser ciego, no era el idóneo para empuñar la espada. Con aquel pretexto, la Mano confinó a Orwyle en una celda de la torre (grande, ventilada y demasiado cómoda, según algunos) «hasta el momento en que se disponga de un verdugo aceptable». Aquello no engañó ni al septón Eustace ni a Champiñón; Orwyle había servido con ser Tyland en el consejo verde de Aegon II, y la vieja amistad y el recuerdo de lo que habían soportado juntos tuvieron algo que ver con la decisión de la Mano. Incluso se proporcionó pluma, tinta y pergamino al antiguo gran maestre, para que pudiera seguir escribiendo sus confesiones. Y eso hizo durante la mayor parte de los dos años siguientes; así fue como plasmó la extensa historia de los reinados de Viserys I y Aegon II, que más tarde sería una valiosísima fuente para el *Relato verídico* de su sucesor.

Menos de quince días después llegó a Desembarco del Rey la noticia de que bandas de salvajes de las Montañas de la Luna habían caído en gran número sobre el Valle de Arryn en una incursión de saqueo, y lady Jeyne Arryn abandonó la corte y zarpó hacia Puerto Gaviota para dirigir la defensa de sus tierras y sus gentes. También había preocupantes agitaciones a lo largo de las Marcas de Dorne, pues Dorne tenía una nueva gobernante, Aliandra Martell, una osada joven de diecisiete años que se consideraba «la nueva Nymeria» y detrás de cuyo afecto andaban todos los jóvenes señores del sur de las Montañas Rojas. Para hacer frente a aquellas incursiones, lord Caron partió también de Desembarco del Rey y se dirigió a toda prisa hacia Canto Nocturno, en las Marcas de Dorne. De este modo, los siete regentes se quedaron en cinco. El más influyente era, a las claras, la Serpiente Marina, cuya riqueza, experiencia y alianzas lo convertían en el primero entre iguales. Y algo más significativo: parecía ser el único hombre en el que el joven rey estaba dispuesto a confiar.

Por todos aquellos motivos, el reino sufrió un golpe terrible en el sexto día de la tercera luna del 132 d. C., cuando Corlys Velaryon, Señor de las Mareas, se desplomó mientras subía la escalera serpentina de la Fortaleza Roja de Desembarco del Rey. Cuando el gran maestre Munkun llegó en su ayuda, lo halló muerto. Tenía setenta y nueve años; había servido a cuatro reyes y a una reina; había navegado hasta los confines del mundo; había alzado a la casa Velaryon a un nivel sin precedentes de riqueza y poder; se había casado con una princesa que podría haber sido reina; había engendrado a jinetes de dragón, construido ciudades y flotas, demostrado su valor en tiempo de guerra y su sabiduría en tiempo de paz. Los Siete Reinos no volverían a ver a a nadie como él. Con su muerte se produjo un gran desgarrón en el deteriorado tejido de los Siete Reinos.

El cadáver de lord Corlys estuvo expuesto al pie del Trono de Hierro durante siete días. Después, sus restos se trasladaron a Marcaderiva a bordo del *Beso de la Sirena*, capitaneado por Marilda de la Quilla y su hijo Alyn. Allí sacaron a flote una vez más el baqueteado casco del *Serpiente Marina* y lo remolcaron hasta las aguas profundas del este de Rocadragón, donde Corlys Velaryon fue incinerado en el mar, a bordo del barco que le había dado el nombre. Se dice que después de que se hundiera el casco, el Caníbal planeó en lo alto, con sus grandes alas negras extendidas en un último saludo. (Un detalle conmovedor, pero muy probablemente un adorno tardío. Según todo lo que sabemos sobre el Caníbal, habría sido más propenso a devorar el cadáver que a rendirle homenaje.)

La Serpiente Marina había nombrado heredero al nacido Alyn de la Quilla, por aquel entonces Alyn Velaryon, pero la sucesión no fue incuestionada. Se sacó a colación que en la época del rey Viserys, ser Vaemond Velaryon, sobrino de lord Corlys, se había presentado como auténtico heredero de Marcaderiva. Aquella rebelión le costó la cabeza, pero había dejado tras de sí esposa e hijos. Ser Vaemond era hijo del mayor de los hermanos de la Serpiente Marina. También tenían pretensiones otros cinco sobrinos, hijos de otro hermano. Cuando presentaron su caso ante Viserys, ya enfermo y debilitado, cometieron el terrible error de poner en duda la legitimidad de los vástagos de su hija, insolencia por la cual Viserys les arrancó la lengua, aunque les permitió conservar la cabeza. Tres de los «cinco silenciosos» habían muerto durante la Danza, luchando por Aegon II contra Rhaenyra; pero dos habían sobrevivido, así como los hijos de ser Vaemond, y todos se presentaron insistiendo en que tenían más derecho sobre Marcaderiva que «ese bastardo de la Quilla cuya madre era una ratona».

Daemion y Daeron, hijos de ser Vaemond, presentaron su demanda ante el consejo en Desembarco del Rey. Cuando la Mano y los regentes fallaron en su contra, decidieron sabiamente aceptar la decisión y reconciliarse con lord Alyn, que los recompensó con tierras en Marcaderiva a condición de que aportaran barcos a la flota. Sus silenciosos primos optaron por una táctica diferente. «Al no tener lengua para presentar su alegato, prefirieron discutir con las espadas», dice Champiñón. Sin embargo, el plan de asesinar a su joven señor se torció cuando los guardias del castillo de Marcaderiva demostraron ser leales a la memoria de la Serpiente Marina y al heredero elegido. A ser Malentine lo mataron durante la intentona, y capturaron a su hermano ser Rhogar; lo condenaron a muerte, pero salvó la cabeza vistiendo el negro.

Alyn Velaryon, el hijo bastardo de Ratona, quedó al fin instituido formalmente como Señor de las Mareas y amo de Marcaderiva, tras lo cual se dirigió a Desembarco del Rey para reclamar el puesto de la Serpiente Marina entre los regentes. (Ni cuando aún era niño le faltó jamás audacia a lord Alyn.) La Mano le dio las gracias y lo envió de vuelta a casa; comprensiblemente, pues Alyn Velaryon solo tenía dieciséis años en el 132 d.C. El puesto de lord Corlys en el consejo de regencia ya se lo habían ofrecido a un hombre mayor y más curtido: Unwin Peake, señor de Picoestrella, de Dunstonbury y de Sotoalbar.

Ser Tyland tenía una preocupación mucho más apremiante en el 132 d.C.: el asunto de la sucesión. Aunque lord Corlys estaba viejo y frágil, su muerte repentina había servido como un sombrío recordatorio de que cualquier hombre podía morir en cualquier momento, incluso los jóvenes reyes aparentemente sanos como Aegon III. Guerra, enfermedades, accidentes... Había muchas maneras de morir, y si fallecía el rey, ¿quién sería el siguiente?

«Si muere sin heredero volveremos a danzar, por mucho que nos desagrade la música», advirtió lord Manfryd Mooton a los otros regentes. El derecho de la reina Jaehaera era tan sólido como el del rey, e incluso más según algunos, pero la idea de colocar en el Trono de Hierro a aquella niña dulce, sencilla y asustada era una locura; en eso estaban todos de acuerdo. El propio rey Aegon, cuando le preguntaron, propuso a su copero, Gaemon Peloclaro, y recordó a los regentes que el muchacho «ya fue rey antes». Aquello también era imposible.

Lo cierto era que solo había dos aspirantes que pudiera aceptar el reino: las gemelas hermanastras del rey, Baela y Rhaena Targaryen, hijas de lady Laena Velaryon, la primera esposa del príncipe Daemon. Las muchachas contaban dieciséis años por aquel entonces; eran altas, delgadas y de pelo como la plata, y la ciudad las adoraba. El rey Aegon, después de la coronación, rara vez ponía el pie fuera de la Fortaleza Roja, y su pequeña reina nunca abandonaba sus aposentos, así que durante la mayor parte del año anterior habían sido Rhaena y Baela las que salían a cazar o a practicar la cetrería, daban limosnas a los pobres, recibían a los emisarios y señores visitantes junto a la Mano del Rey y hacían de anfitrionas en las fiestas (no demasiado abundantes), mascaradas y bailes (de los que aún no se había celebrado ninguno). Eran las únicas Targaryen que la gente veía alguna vez.

Pero incluso en este aspecto hubo dificultades y divisiones en el consejo. Cuando Leowyn Corbray dijo: «Lady Rhaena sería una reina espléndida», ser Tyland señaló que Baela había sido la primera en salir del vientre de su madre. «Baela es demasiado indómita —replicó ser Torrhen Manderly—. ¿Cómo puede gobernar el reino si no es capaz de gobernarse a sí misma?» Ser Willis Fell estuvo de acuerdo. «Debe ser Rhaena; ella tiene un dragón, y su hermana no». Cuando lord Corbray respondió: «Baela voló en un dragón; Rhaena solo tiene una cría», Roland Westerling replicó: «El dragón de Baela hizo caer al rey difunto. En el reino hay muchos que no lo han olvidado; si la coronamos, todas las viejas heridas se volverán a abrir».

Fue el gran maestre Munkun quien puso punto final al debate, al decir: «Mis señores, todo eso no importa. Las dos son mujeres. ¿Tan poco hemos aprendido de la matanza? Debemos atenernos a la primogenitura, como dictó el Gran Consejo en el 101. La aspiración masculina va por delante de la femenina». Pero cuando ser Tyland dijo: «¿Y quién es el aspirante masculino, mi señor? Parece que los hemos matado a todos», Munkun no pudo responder sino que tendría que investigarlo. De modo que el asunto crucial de la sucesión quedó sin resolver.

Aquella incertidumbre no hizo mucho por liberar a las gemelas de la atención lisonjera de todos los pretendientes, confidentes, acompañantes y demás aduladores ansiosos por entablar amistad con las presuntas sucesoras del rey, aunque ellas reaccionaron ante los lameculos de formas enormemente distintas. Mientras que Rhaena estaba encantada de ser el centro de la vida cortesana, Baela se erizaba ante los halagos, y disfrutaba burlando y atormentando a los pretendientes que aleteaban a su alrededor como polillas.

De pequeñas, las gemelas eran inseparables y resultaba imposible distinguirlas, pero con la distancia, la experiencia las había modelado de forma muy diferente. En el Valle, Rhaena había disfrutado de una vida de comodidad y privilegio como pupila de lady Jeyne. Tenía doncellas que le cepillaban el pelo y la bañaban, mientras que los juglares componían odas a su belleza y los caballeros justaban por su favor. La situación era igual en Desembarco del Rey, donde decenas de galantes jóvenes señores competían por sus sonrisas, los artistas le rogaban permiso para dibujarla o pintarla y los mejores modistos aspiraban al honor de coserle los vestidos. A cualquier lugar al que fuese Rhaena la acompañaba Aurora, su joven dragona, a menudo enroscada en sus hombros como si fuera una estola.

La estancia de Baela en Rocadragón había sido más problemática y había terminado con fuego y sangre. Cuando llegó a la corte, pocas jóvenes tan salvajes y obstinadas habría en el reino. Rhaena era esbelta y elegante; Baela, fibrosa y rápida. A Rhaena le encantaba bailar; Baela vivía para cabalgar... y para volar, aunque aquello le había sido arrebatado cuando murió su dragón.

Llevaba el pelo plateado tan corto como un muchacho, para que no se le atravesase en la cara cuando cabalgaba. Se escapaba una y otra vez de sus damas de compañía para buscar aventuras en las calles. Participaba en delirantes carreras a caballo a lo largo de la calle de las Hermanas; cruzaba a nado a la luz de la luna el río Aguasnegras (cuya intensa corriente había ahogado a más de un nadador experto); bebía con los capas doradas en los barracones; apostaba dinero y a veces ropa en los reñideros de ratas del Lecho de Pulgas. En cierta ocasión desapareció durante tres días y al volver se negó a decir dónde había estado.

Y había algo peor: la afición de Baela por las compañías poco recomendables. Como si de perros callejeros se tratase, se los llevaba a la Fortaleza Roja e insistía en que les dieran puestos en el castillo o en que formasen parte de su propio séquito. Aquellas mascotas suyas incluían un juglar joven y atractivo, un aprendiz de herrero cuyos músculos admiraba, un mendigo sin piernas que le dio lástima, un prestidigitador que hacía trucos baratos al que tomó por un auténtico mago, el modesto escudero de un caballero marginal e incluso un par de gemelas «como nosotras, Rhae», que encontró en un burdel. Una vez apareció con toda una compañía de titiriteros. La septa Amarys, a quien habían encargado que se ocupara de la instrucción religiosa y moral de Bae, estaba desesperada, y ni siquiera el septón Eustace parecía capaz de domeñar su comportamiento. «La muchacha debe casarse, y pronto —le dijo a la Mano del Rey—; de lo contrario, temo que traiga la deshonra a la casa Targaryen y avergüence a su alteza, su hermano.»

Ser Tyland sabía que el consejo del septón era sensato; pero también peligroso. A Baela no le faltaban pretendientes. Era joven, hermosa, sana, rica y de la más alta cuna; cualquier señor de los Siete Reinos consideraría un honor tomarla como esposa. Pero una elección incorrecta podría tener graves consecuencias, pues su marido estaría muy cerca del trono. Una pareja sin escrúpulos, venal o abiertamente ambiciosa podría causar duelos y quebrantos sin fin. Los regentes consideraron una veintena de candidatos para lady Baela. Valoraron a lord Tully, a lord Blackwood, a lord Hightower (aún soltero, aunque había tomado como amante a la viuda de su padre) y a una serie de alternativas menos probables, incluidos Dalton Greyjoy, el Kraken Rojo (se jactaba de tener un centenar de esposas de sal, pero nunca había tomado una esposa de roca), un hermano pequeño de la princesa de Dorne e incluso el rebelde Racallio Ryndoon. A todos los descartaron por un motivo u otro.

Por último, la Mano y el consejo de regencia decidieron comprometer a Baela con Thaddeus Rowan, señor de Sotodeoro. Rowan era una elección prudente, sin duda. Su segunda esposa había muerto el año anterior, y se sabía que buscaba una doncella adecuada para que ocupase su lugar. No cabía duda sobre su virilidad: con su primera mujer había engendrado dos hijos, y con la segunda, cinco. Como no tenía hijas, Baela sería la señora indiscutida del castillo. Los cuatro hijos menores aún vivían allí y necesitaban una mano femenina. Que toda la descendencia de lord Rowan estuviera compuesta por varones jugaba enormemente a su favor; si tenía un hijo con lady Baela, Aegon III tendría un sucesor inequívoco.

Lord Thaddeus era un hombre franco, afable y bienhumorado, querido y respetado, marido afectuoso y buen padre para sus hijos. Durante la Danza había luchado con habilidad y valor en el bando de la reina Rhaenyra. Era orgulloso sin ser altanero; justo pero no rencoroso; leal a sus amigos; fiel cumplidor en materia religiosa sin ser excesivamente beato, y libre de ambiciones vanas. Si el trono pasaba a manos de lady Baela, lord Rowan sería el consorte perfecto: la apoyaría con todas sus fuerzas e inteligencia sin intentar dominarla ni usurparle el puesto de gobernante. El septón Eustace nos cuenta que los regentes quedaron muy satisfechos con el resultado de las deliberaciones.

Cuando comunicaron el emparejamiento a Baela Targaryen,

esta no compartió tal satisfacción. «Lord Rowan me saca cuarenta años; es calvo como una piedra y su barriga pesa más que yo —se dice que replicó a la Mano del Rey. Y añadió—: Me he acostado con dos de sus hijos. El mayor y el tercero, creo. No con los dos a la vez, claro; habría sido indecoroso.» No podemos asegurar que esto sea cierto; se sabía que, en ocasiones, a lady Baela le gustaba provocar. Si esa era su intención en aquel momento, lo consiguió. La Mano la envió de vuelta a sus aposentos y puso guardias en la puerta para asegurarse de que siguiera en ellos hasta que los regentes se pudieran reunir.

Pero al día siguiente descubrió con consternación que Baela había huido subrepticiamente del castillo (se supo más tarde que se había descolgado por una ventana, había intercambiado la ropa con una lavandera y había salido andando por la puerta principal). Cuando se calmó el revuelo ya había cruzado media bahía del Aguasnegras con un pescador al que pagó para que la llevara a Marcaderiva. Allí buscó a su primo, el Señor de las Mareas, y le relató sus cuitas. Quince días después, Alyn Velaryon y Baela Targaryen contraían matrimonio en el septo de Rocadragón. La novia tenía dieciséis años; el novio, casi diecisiete.

Indignados, varios regentes exigieron a ser Tyland que solicitara al Septón Supremo la anulación del matrimonio, pero la respuesta de la Mano fue de resignación divertida. Prudentemente, hizo correr la voz de que el rey y la corte habían organizado la boda, pues creía que la rebeldía de lady Baela resultaba más escandalosa que su elección de marido. «El chico es de sangre noble —aseguró a los regentes—, y no dudo que demostrará ser tan leal como su hermano.» Aplacaron el orgullo herido de Thaddeus Rowan comprometiéndolo con Floris Baratheon, una doncella de catorce años a la que muchos consideraban la más hermosa de las Cuatro Tormentas, como se conocía a las cuatro hijas de lord Borros. En el caso de Floris, el apodo era totalmente inadecuado; era una muchacha apacible, si bien un tanto frívola, que moriría de parto dos años después. El matrimonio tormentoso sería el que se celebró en Rocadragón, como demostraría el paso de los años.

La huida a medianoche de Baela Targaryen a través de la bahía del Aguasnegras confirmó todas las dudas que albergaban sobre ella la Mano y el consejo de regentes. «La chica es salvaje, obstinada y desobediente, como nos temíamos —declaró lastimeramente ser Willis Fell—, y ahora se ha atado al advenedizo bastardo de lord Corlys. Tiene una serpiente como padre y una ratona como madre... ¿Ese va a ser nuestro príncipe consorte?» Los regentes se mostraron de acuerdo: Baela Targaryen no podía ser la heredera del rey Aegon. «Tendrá que ser lady Rhaena —declaró Mooton—, siempre y cuando se case.»

En aquella ocasión, a instancias de ser Tyland, la muchacha asistió al debate. Lady Rhaena resultó ser tan dócil como intratable había sido su hermana. Por supuesto que se casaría con quien desearan el rey y el consejo, concedió, aunque «me complacería que no fuera tan anciano como para no poder darme hijos, ni tan gordo como para aplastarme en el lecho. Mientras sea considerado, amable y noble, sé que podré amarlo». Cuando la Mano le preguntó si tenía algún favorito entre los señores y caballeros que la habían cortejado, confesó que le «agradaba especialmente» ser Corwyn Corbray, a quien había conocido en el Valle cuando era pupila de lady Arryn.

Ser Corwyn distaba de ser una elección ideal; era un segundón y tenía dos hijas de un matrimonio anterior. Con treinta y dos años, era un hombre, no un muchacho inexperto. Pero la casa Corbray era antigua y honorable, y ser Corwyn, un caballero de tanta reputación que su difunto padre le había entregado a *Dama Desesperada*, la espada de acero valyrio de los Corbray. Su hermano Leowyn era el Protector del Reino; solo por aquel detalle, ya habría sido difícil que los regentes pudieran objetar. Así pues, el emparejamiento quedó decidido: un compromiso rápido, seguido de una boda apresurada quince días después. (La Mano habría preferido un noviazgo más largo, pero los regentes consideraron que sería más prudente que Rhaena se casara cuanto antes, ante la posibilidad de que su hermana ya estuviera encinta.)

Las gemelas no fueron las únicas damas del reino que se casaron en el 132 d. C. Aquel mismo año, un poco más tarde, Benjicot Blackwood, señor del Árbol de los Cuervos, encabezó una comitiva por el camino Real hacia Invernalia para asistir a la boda de su tía Alysanne con lord Cregan Stark. El Norte ya estaba en las garras del invierno, por lo que el viaje duró el triple de lo previsto. La mitad de los jinetes perdieron el caballo mientras la columna luchaba contra las ventiscas aullantes, y los carruajes de lord Blackwood sufrieron en tres ocasiones el ataque de bandas de forajidos, que se llevaron la mayor parte de las provisiones y todos los regalos de boda. Sin embargo, se dice que la ceremonia en sí fue espléndida; Aly la Negra y su lobo proclamaron sus votos ante el árbol corazón, en los bosques helados de Invernalia. En el banquete subsiguiente, Rickon, el hijo de cuatro años de lord Cregan, fruto de su primer matrimonio, entonó una canción dedicada a su nueva madrastra.

Lady Elenda Baratheon, la viuda de Bastión de Tormentas, también se hizo con un nuevo marido aquel año. Con lord Borros muerto y siendo Olyvar un niño, las incursiones de los dornienses en las Tierras de la Tormenta se hicieron cada vez más numerosas, y los forajidos del bosque Real eran muy problemáticos. La viuda sintió la necesidad de la mano fuerte de un hombre para mantener la paz y eligió a ser Steffon Connington, segundogénito del señor de Nido del Grifo. Aunque era veinte años menor que lady Elenda, Connington había demostrado su valor en la campaña de lord Borros contra el Rey Buitre, y se decía que era tan valeroso como atractivo.

En otros lugares estaban más ocupados con la guerra que con los matrimonios. El Kraken Rojo y sus hombres del hierro seguían asaltando y saqueando por todo el mar del Ocaso. Tyrosh, Myr,

Lys y la alianza a tres bandas de Braavos, Pentos y Lorath se enfrentaban en los Peldaños de Piedra y las Tierras de la Discordia, mientras que el reino rebelde de Racallio Ryndoon seguía bloqueando el extremo inferior del mar Angosto. El comercio se marchitaba en Desembarco del Rey, el Valle Oscuro, Poza de la Doncella y Puerto Gaviota. Los mercaderes y comerciantes clamaban al rey, que, o bien se negaba a recibirlos, o bien no se lo permitían, según a qué crónica demos crédito. En el Norte, el espectro del hambre empezaba a acechar; Cregan Stark y sus vasallos veían disminuir sus reservas de provisiones, y la Guardia de la Noche tenía que rechazar cada vez más incursiones de los salvajes del otro lado del Muro.

Más tarde, aquel mismo año, una enfermedad terrible empezó a extenderse por las Tres Hermanas. Las fiebres de invierno, como se llamaban, mataron a la mitad de la población de Villahermana. La mitad superviviente, convencida de que la peste había llegado a sus costas en un ballenero de Puerto Ibben, se alzó y masacró a todos los marineros ibbeneses que cayeron en sus manos, y prendió fuego a los barcos. Dio igual; cuando la enfermedad cruzó el Mordisco y llegó a Puerto Blanco, las oraciones de los septones y las pócimas de los maestres resultaron ser igualmente ineficaces. Hubo miles de muertos, entre ellos lord Desmond Manderly. Su espléndido hijo, ser Medrick, el mejor caballero del Norte, lo sobrevivió solo cuatro días, antes de caer víctima del mismo mal. Como ser Medrick no tenía hijos, su fallecimiento tuvo otra consecuencia desastrosa: el señorío pasó a manos de su hermano, ser Torrhen, que se vio obligado a renunciar a su puesto en el consejo de regencia para asumir el gobierno de Puerto Blanco. Aquello dejó cuatro regentes donde habían sido siete.

Habían muerto tantos señores, grandes y menores, durante la Danza de los Dragones, que la Ciudadela denomina acertadamente a este período «el Invierno de las Viudas». Nunca en toda la historia de los Siete Reinos, ni antes ni después, hubo tantas mujeres a cargo de tanto poder y gobernando en el lugar de sus esposos, hermanos y padres fallecidos, pues sus hijos aún estaban en pañales o mamando. Muchas de sus historias se recogieron en la monumental obra del archimaestre Abelon *Cuando gobernaron las mujeres: Las damas de las postrimerías*. Aunque Abelon escribe sobre cientos de viudas, debemos restringirnos a unas pocas. Cuatro de aquellas mujeres, para bien o para mal, desempeñaron un papel crítico en la historia del reino a finales del 132 y principios del 133 d. C.

La más destacada de ellas fue lady Johanna, la viuda de Roca Casterly, que gobernó los dominios de la casa Lannister en nombre de su joven hijo, lord Loreon. Una y otra vez había pedido ayuda contra los salteadores a la Mano de Aegon III, el gemelo de su difunto marido, pero tal ayuda no había llegado. Por último, desesperada por proteger a su gente, lady Johanna se enfundó la cota de malla para guiar a los hombres de Lannisport y Roca Casterly contra sus enemigos. Los cantares relatan como mató a una docena de hombres del hierro bajo la muralla de Kayce, pero podemos descartarlos tranquilamente como obra de juglares borrachos (Johanna portaba un estandarte en la batalla, no una espada). Sin embargo, su valor inspiró a los occidentales que se encontraban bajo su mando, pues no tardaron en rechazar a los asaltantes, y Kayce se salvó. Entre los que murieron estaba el tío predilecto del Kraken Rojo.

Lady Sharis Footly, la viuda de Ladera, alcanzó una fama de una clase distinta por su trabajo en la restauración de aquella ciudad destrozada. Gobernando en nombre de su hijo (medio año después de la segunda batalla de Ladera había dado a luz a un robusto chiquillo de pelo oscuro, al que declaró heredero legítimo de su difunto marido, aunque era bastante más probable que lo hubiera engendrado Jon Roxton el Osado), lady Sharis derribó los armazones calcinados de casas y tiendas, reconstruyó la muralla de la ciudad, enterró a los muertos, plantó trigo, cebada y nabos en las tierras donde habían estado los campamentos, e incluso hizo limpiar, disecar y exponer en la plaza de la ciudad las cabezas de los dragones Bruma y Vermithor, lo que le procuró buenos ingresos de los viajeros dispuestos a pagar por verlas (un penique por mirar, una estrella por tocar).

En Antigua, la relación entre el Septón Supremo y lady Sam, viuda de lord Ormund, siguió deteriorándose cuando esta hizo caso omiso de la orden de su altísima santidad de abandonar el lecho de su hijastro y unirse a las Hermanas Silenciosas como penitencia por sus pecados. Henchido de santa indignación, el Septón Supremo condenó a la señora viuda de Antigua como una fornicadora indecente y le prohibió poner un pie en el Septo Estrellado hasta que se hubiera arrepentido e impetrara el perdón. Lo que hizo lady Samantha fue montar en un caballo de guerra e irrumpir en el septo mientras su altísima santidad dirigía los rezos. Cuando el septón exigió conocer sus intenciones, lady Sam respondió que aunque le hubiera prohibido poner un pie en el septo, no había dicho nada de cascos de caballo. A continuación ordenó a sus caballeros que bloqueasen las puertas; si el septo estaba cerrado para ella, lo estaría para todo el mundo. Aunque el Septón Supremo se enrabió, vociferó y arrojó maldiciones a «esta ramera a caballo», al final no tuvo más remedio que ceder.

La cuarta (y la última para nuestros fines) de aquellas mujeres notables salió de las torres retorcidas y los baluartes destrozados de Harrenhal, la enorme ruina de las orillas de Ojo de Dioses. Marginado y olvidado desde que Daemon Targaryen y su sobrino Aemond se enfrentaron allí en su último vuelo, el trono maldito de Harren el Negro se había convertido en guarida de forajidos, caballeros ladrones y hombres arruinados que salían de su muralla para cebarse en viajeros, pescadores y granjeros. Un año atrás eran pocos, pero su número fue creciendo más tarde, y se decía que los gobernaba una hechicera, una reina bruja de terrible poder. Cuando aquellas narraciones llegaron a Desembarco del Rey, ser Tyland decidió que ya era hora de reclamar el castillo y confió la tarea a un caballero de la Guardia Real, ser Regis Groves, que partió con medio centenar de guerreros veteranos. En Castillo Darry se le unió ser Damon Darry con un contingente similar. Ser Regis cometió la imprudencia de suponer que tal fuerza sería más que suficiente para despachar a un puñado de intrusos.

Sin embargo, cuando llegó ante la muralla de Harrenhal se encontró con las puertas cerradas y cientos de hombres armados en los parapetos. Dentro había como mínimo seiscientas almas, un tercio de las cuales eran hombres en edad de combatir. Cuando ser Regis exigió hablar con su señor, salió a parlamentar una mujer con un niño al lado. La «reina bruja» de Harrenhal resultó no ser otra que Alys Ríos, el ama de cría de baja extracción que primero había sido prisionera del príncipe Aemond Targaryen y después su amante, y que ahora afirmaba ser su viuda. El niño era de Aemond, dijo al caballero. «¿Bastardo?», preguntó ser Regis. «Hijo legítimo y heredero —espetó Alys Ríos como respuesta—, y el rey por derecho de Poniente.» Ordenó al caballero: «Arrodíllate ante tu rey» y lo impelió a comprometer su espada a su servicio. Ser Regis se echó a reír y contestó: «No me arrodillo ante bastardos, y mucho menos ante el cachorro ilegítimo de un matasangre y una vaca lechera».

Lo que ocurrió a continuación sigue siendo objeto de debate. Algunos afirman que Alys Ríos se limitó a alzar una mano y ser Regis se puso a gritar y agarrarse la cabeza, hasta que le estalló el cráneo y esparció una lluvia de sangre y sesos. Otros insisten en que el gesto de la viuda fue una seña, a la cual un ballestero disparó desde las almenas una flecha que atravesó el ojo de ser Regis. Champiñón (que estaba a cientos de leguas) conjetura que quizá uno de los hombres de la muralla fuera experto en el uso de la honda; es sabido que las bolas de plomo, si se arrojan con fuerza suficiente, pueden provocar la clase de efecto explosivo que presenciaron los hombres de Groves y atribuyeron a la brujería.

Fuera cual fuera el caso, ser Regis Groves murió al instante. Justo después se abrieron las puertas de Harrenhal y de ellas surgió aullando un enjambre de jinetes que se lanzó a la carga. Se siguió una lucha encarnizada que arrasó a los hombres del rey. Ser Damon Darry, al tener un buen caballo, una buena armadura y un buen entrenamiento, fue uno de los pocos que consiguieron escapar. Los esbirros de la reina bruja dieron caza toda la noche a los desbandados antes de abandonar la persecución. De los cien hombres que habían partido de Castillo Darry, regresaron treinta y dos.

Al día siguiente apareció el trigésimo tercer superviviente. Lo habían capturado junto a varias decenas más, y lo habían obligado a presenciar la muerte de sus compañeros, torturados uno por uno, antes de liberarlo para que transmitiese una advertencia. «Debo contaros lo que he visto —jadeó—, pero no podéis reír. La viuda me ha echado una maldición. Si cualquiera de vosotros se ríe, moriré.» Cuando ser Damon le aseguró que nadie iba a reírse, el mensajero prosiguió: «Dice que no volváis a menos que sea con la intención de hincar la rodilla. Cualquiera que se acerque a la muralla morirá. Esas piedras tienen poder, y la viuda lo ha despertado. Los Siete nos protejan, tiene un dragón. Lo he visto».

No ha llegado hasta nosotros el nombre del mensajero, como tampoco el del hombre que se rio. Pero alguien, uno de los hombres de lord Darry, soltó una carcajada. El mensajero lo miró aterrado y, a continuación, se llevó las manos a la garganta y empezó a resollar. Incapaz de tomar aire, murió al cabo de un momento. Se dice que en la piel se veían las huellas de unos dedos de mujer, como si esta hubiera estado en la sala y lo hubiera estrangulado.

La muerte de un caballero de la Guardia Real preocupó enormemente a ser Tyland, aunque Unwin Peake descartó la historia de ser Damon Darry sobre brujería y dragones y achacó a los forajidos la muerte de Regis Groves y sus hombres. Los otros regentes estuvieron de acuerdo. Haría falta una fuerza más poderosa para expulsarlos de Harrenhal, concluyeron mientras el «pacífico» año de 132 d.C. tocaba a su fin. Pero antes de que ser Tyland pudiera organizar el asalto, o incluso considerar siquiera quién podría ocupar el lugar de ser Regis entre los Siete de Aegon, cayó sobre la ciudad una amenaza mucho más grave que cualquier «reina bruja»: el tercer día del 133 d.C., las fiebres de invierno llegaron a Desembarco del Rey.

Hubiera surgido o no en los bosques oscuros de Ib y llegado o no a Poniente en un ballenero, como creían los hermaneños, era indudable que viajaba de puerto en puerto. Había alcanzado, uno tras otro, Puerto Blanco, Puerto Gaviota, Poza de la Doncella y el Valle Oscuro, y llegaban informes de que también asolaba Braavos. El primer indicio de la enfermedad era un rubor intenso en la cara, fácil de confundir con el enrojecimiento de las mejillas que mostraban muchos hombres tras exponerse al aire gélido de los días de invierno. Pero tras ello venía una fiebre que, aunque ligera al principio, aumentaba y no dejaba de aumentar. Las sangrías no servían de nada, ni el ajo ni ninguno de los diversos emplastos, pócimas y tinturas que se probaron. Meter a los enfermos en bañeras de nieve y agua helada parecía reducir el ritmo de la fiebre pero no detenerla, como no tardaron en descubrir los maestres que contrajeron la enfermedad. Al segundo día, la víctima se ponía a temblar con violencia y quejarse de frío, aunque se sentía arder al contacto. El tercer día llegaban el delirio y el sudor sangriento. El cuarto día había muerto el enfermo, o estaba en vías de recuperación si la fiebre remitía. Solo un hombre de cada cuatro sobrevivía a las fiebres de invierno. No se había visto una peste igual en los Siete Reinos desde que los escalofríos asolaron Poniente durante el reinado de Jaehaerys I.

En Desembarco del Rey, los primeros indicios del mortífero rubor aparecieron a lo largo de la orilla, entre los marineros, los barqueros, los pescaderos, los trabajadores del puerto, los estibadores y las putas de los muelles que ejercían su oficio junto al río

Aguasnegras. Antes de darse cuenta de que estaban enfermos, muchos habían propagado el contagio por toda la ciudad, entre pobres y ricos indistintamente. Cuando llegó la noticia a la corte, el gran maestre Munkun acudió en persona a examinar a algunos enfermos para asegurarse de que se trataba realmente de las fiebres de invierno y no de alguna otra dolencia más leve. Preocupado ante lo que encontró, Munkun no regresó al castillo por temor a haberse contagiado después de estar en contacto con docenas de putas y estibadores febriles, y mandó a su aprendiz con una carta urgente para la Mano del Rey. Ser Tyland actuó sin dilación y ordenó a los capas dorados que cerrasen la ciudad y se aseguraran de que nadie entraba ni salía hasta que las fiebres hubieran completado su proceso. También ordenó que se bloquearan las grandes puertas de la Fortaleza Roja, para mantener la enfermedad alejada del rey y de la corte.

Pero las fiebres de invierno no guardaron el menor respeto por las puertas, los guardias ni la muralla del alcázar. Aunque la fiebre, de algún modo, parecía haber perdido cierta virulencia en su viaje hacia el sur, en los días que siguieron hubo decenas de miles de enfermos, de los que murieron tres cuartas partes. El gran maestre Munkun resultó ser uno de los afortunados y se recuperó, pero ser Willis Fell, lord comandante de la Guardia Real, cayó junto a dos de sus hermanos juramentados. El lord Protector, Leowyn Corbray, se retiró a sus aposentos al contraer la enfermedad e intentó curarse con vino caliente especiado. Murió, al igual que su esposa y varios criados. Dos doncellas de la reina Jaehaera tuvieron las fiebres y fallecieron, aunque la pequeña reina siguió sana y vigorosa. También murió el comandante de la Guardia de la Ciudad; nueve días después, su sucesor lo siguió a la tumba. Los regentes tampoco se libraron: lord Westerling y lord Mooton cayeron enfermos. Este último superó las fiebres y sobrevivió, aunque quedó muy debilitado. Roland Westerling, un anciano, falleció.

Puede que una de las muertes resultara piadosa. La reina viuda

Alicent de la casa Hightower, segunda esposa del rey Viserys I y madre de sus hijos Aegon, Aemond y Daeron, y de su hija Helaena, murió la misma noche que lord Westerling, después de confesar sus pecados a su septa. Había sobrevivido a todos sus hijos y pasado el último año de su vida confinada en sus aposentos, sin más compañía que la septa, las criadas que le llevaban la comida y los guardias del otro lado de la puerta. Le proporcionaron libros y agujas e hilo, pero los guardias decían que pasaba más tiempo llorando que leyendo o cosiendo. Un día hizo trizas todos sus vestidos. Al final del año había empezado a hablar sola, y había desarrollado una intensa aversión al color verde.

En sus últimos días, la reina viuda pareció recuperar la lucidez. «Quiero volver a ver a mis hijos —le dijo a la septa— y a Helaena, mi querida chiquilla, oh... Y al rey Jaehaerys. Le leeré como cuando era pequeña. Me decía que tenía una voz encantadora.» (Curiosamente, la reina Alicent habló mucho en sus horas finales sobre el Viejo Rey, pero no mencionó a su esposo, el rey Viserys.) El Desconocido acudió a buscarla una noche lluviosa, a la hora del lobo.

El septón Eustace tomó nota con fidelidad de todas aquellas muertes, y se aseguró de trasladarnos las inspiradoras últimas palabras de todos los grandes señores y damas nobles. Champiñón también anotó los nombres de los fallecidos, pero dedicó más tiempo a las estupideces de los vivos, como el relato del escudero feo que convenció a una hermosa doncella de que le entregara su virtud diciéndole que tenía las fiebres y «en cuatro días habré muerto, y no quiero dejar este mundo sin conocer el amor». El truco le salió tan bien que lo repitió con otras seis muchachas, pero cuando pasó el tiempo y no se moría, empezaron a hablar y se destapó el montaje. Champiñón atribuye su propia supervivencia a la bebida. «Si bebía suficiente vino, razoné, no me daría cuenta de que caía enfermo, y cualquier idiota sabe que lo que no se conoce no puede hacer daño.»

Dos héroes improbables despuntaron brevemente en aquellos días sombríos. Uno fue Orwyle, cuyos carceleros lo dejaron salir de su celda después de que las fiebres quebrantasen a muchos otros maestres. La edad, el miedo y el largo encierro lo habían convertido en una sombra del hombre que fue, y sus curas y pócimas no fueron más eficaces que las del resto de los maestres, pero trabajó incansablemente para salvar a los que pudo y aliviar las últimas horas de los demás.

El otro héroe, para sorpresa de todos, fue el joven rey. Para horror de la Guardia Real, Aegon dedicaba los días a visitar a los enfermos, y muchas veces pasaba horas sentado junto a ellos, a veces cogiéndolos de la mano y refrescándoles la frente con paños húmedos. Aunque rara vez hablaba, compartía el silencio con ellos y los escuchaba mientras le contaban anécdotas de su vida, le rogaban perdón o se jactaban de sus conquistas, sus actos bondadosos y sus hijos. Muchos de los que visitó murieron, pero los que superaron la enfermedad atribuyeron su supervivencia al toque de las «manos sanadoras» del rey.

Pero si existía alguna magia en el toque del rey, como creían muchos en el pueblo llano, fracasó cuando más se la necesitaba. La última cabecera que visitó Aegon III fue la de ser Tyland Lannister. A lo largo de los días más sombríos de la ciudad, ser Tyland había luchado día y noche contra el Desconocido en la Torre de la Mano. Aunque ciego y mutilado, no sufrió más que agotamiento casi hasta el final... Sin embargo el destino fue cruel, y cuando lo peor ya había pasado y los nuevos casos de fiebres de invierno se habían reducido hasta casi desaparecer, una mañana, ser Tyland ordenó a su criado que cerrara la ventana. «Hace mucho frío aquí», dijo, pese al fuego de la chimenea y a que la ventana ya estaba cerrada.

Tras aquello, la Mano decayó rápidamente. Las fiebres se llevaron su vida dos días después, en vez de los cuatro habituales. El septón Eustace estaba junto a él cuando murió, al igual que el joven rey al que había servido. Aegon le sostuvo la mano mientras exhalaba el último aliento.

Ser Tyland Lannister no había sido nunca un hombre querido. Tras la muerte de la reina Rhaenyra había instado a Aegon II a matar también a Aegon, el hijo de aquella, y algunos negros lo odiaban por eso. Aun así, tras la muerte de Aegon II se había quedado a servir a Aegon III, y algunos verdes lo odiaban por eso. Había salido el segundo del vientre de su madre, inmediatamente después de su gemelo Jason, lo que le había negado la gloria del señorío y el oro de Roca Casterly, y lo había obligado a hacerse su propio lugar en el mundo. Ser Tyland nunca se casó ni engendró hijos, así que hubo pocos en duelo en el cortejo fúnebre. El velo que llevaba para ocultar su rostro desfigurado dio pie al rumor de que era monstruoso y maligno. Algunos lo consideraban un cobarde por mantener Poniente al margen durante la guerra de las Hijas y hacer tan poco por doblegar a los Greyjoy en el oeste. Al

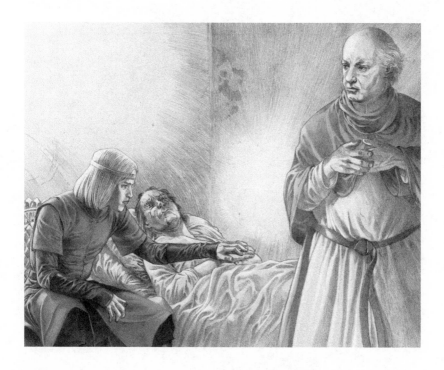

sacar de Desembarco del Rey tres cuartas partes del oro de la Corona, en su calidad de consejero de la moneda, Tyland Lannister había abonado el terreno para la caída de la reina Rhaenyra; un golpe de ingenio que en última instancia le costaría a él los ojos, las orejas y la salud, y a la reina, el trono y hasta la vida. Pero es obligado decir que, como Mano, sirvió bien y con fidelidad al hijo de Rhaenyra.

La regencia

Guerra, paz y ferias de ganado

El rey Aegon III era todavía un niño, muy lejos aún de su decimotercer día del nombre, pero durante los días que siguieron a la muerte de ser Tyland Lannister mostró una madurez asombrosa para su edad. Sin tener en cuenta a ser Marston Mares, el segundo al mando de su Guardia Real, su alteza concedió capas blancas a ser Robin Massey y ser Robert Darklyn, y nombró lord comandante a Massey. Con el gran maestre Munkun aún en la ciudad atendiendo a las víctimas de las fiebres de invierno, el rey recurrió a su predecesor y ordenó al antiguo gran maestre Orwyle que convocase a lord Thaddeus Rowan a la capital. «Voy a nombrar Mano a lord Rowan. Ser Tyland lo tenía en suficiente estima para ofrecerle a mi hermana en matrimonio, de modo que sé que se puede confiar en él.» También quería que Baela regresase a la corte, y añadió: «Lord Alyn será mi almirante, como lo fue su abuelo». Orwyle, quizá con la esperanza de obtener el indulto real, se apresuró a enviar cuervos con los mensajes solicitados.

Sin embargo, el rey Aegon había actuado sin consultar a su consejo de regentes. Solo tres de ellos seguían en Desembarco del Rey: lord Peake, lord Mooton y el gran maestre Munkun, que regresó a toda prisa a la Fortaleza Roja en cuanto ser Robert Darklyn ordenó que volvieran a abrir las puertas. Manfryd Mooton seguía en cama, recuperando las fuerzas tras su batalla contra las fiebres, y pidió que se pospusiera cualquier decisión hasta que se pudiera avisar a lady Jeyne Arryn y lord Royce Caron para que volvieran del Valle y de las Marcas dornienses y tomasen parte en las deliberaciones. Pero sus compañeros no quisieron ni oír hablar de ello: lord Peake insistió en que los regentes previos habían renunciado a sus puestos en el consejo al abandonar Desembarco del Rey. Con el apoyo del gran maestre Munkun (que lamentaría más adelante haber dado su consentimiento), Unwin Peake anuló todas las citas del rey y los acuerdos a los que había llegado, argumentando que un niño de doce años no poseía el seso necesario para tomar por sí solo decisiones de tanta importancia.

Confirmaron a Marston Mares como lord comandante de la Guardia Real, y ordenaron a Darklyn y Massey que entregasen sus capas blancas para que ser Marston pudiera otorgarlas a caballeros de su elección. El gran maestre Orwyle regresó a la celda, en espera de su ejecución. Para no ofender a lord Rowan, los regentes le ofrecieron un lugar en su consejo, así como los cargos de Justicia Mayor y consejero de los edictos. No hubo ningún gesto parecido con Alyn Velaryon; por supuesto, no se plantearon que un joven de tan corta edad y tan incierto linaje fuera adecuado para el puesto de lord almirante. Los cargos de Mano del Rey y Protector del Reino, que hasta entonces eran independientes, se combinaron y cedieron al mismísimo Unwin Peake.

Champiñón dice que el rey Aegon III respondió con un silencio hosco al conocer las decisiones de sus regentes, y que solo habló una vez para protestar por la destitución de Massey y Darklyn. «El servicio de la Guardia Real es de por vida», dijo el niño, a lo cual lord Peake respondió: «Solo cuando el nombramiento se realiza por los cauces adecuados, alteza». Por lo demás, según consigna el septón Eustace, el rey reaccionó a los decretos «con cortesía» y agradeció a lord Peake su sabiduría, puesto que «todavía soy un niño, como sabéis, y necesito guía en estos asuntos». Si sentía algo distinto, prefirió no decirlo en voz alta, y se retiró de nuevo en el silencio y la pasividad.

Durante el resto de su minoría de edad, el rey Aegon III participó muy poco en el gobierno de su reino, salvo para firmar y lacrar los papeles que le presentaba lord Peake. En ciertas ocasiones formales sacaban a su alteza a la luz para sentarlo en el Trono de Hierro o para que diera la bienvenida a un embajador, pero el resto del tiempo se lo veía poco en la Fortaleza Roja, y jamás extramuros.

Es necesario hacer una pausa para posar la mirada en Unwin Peake, que gobernó los Siete Reinos en la práctica durante cerca de tres años como lord regente, Protector del Reino y Mano del Rey.

Su casa estaba entre las más antiguas del Dominio, y hundía sus raíces profundamente en la Edad de los Héroes y los primeros hombres. Entre sus numerosos ancestros ilustres contaba leyendas como ser Urrathon Destrozaescudos, lord Meryn el Escriba, lady Yrma del Cuenco Dorado, ser Barquen el Asediador, lord Eddison el Viejo, lord Eddison el Joven y lord Emerick el Vengador. Muchos Peake fueron consejeros en Altojardín cuando el Dominio era el reino más rico y poderoso de Poniente. Cuando el orgullo y el poder de la casa Manderly se convirtieron en arrogancia, fue Lorimar Peake quien los humilló y los envió al exilio en el Norte, por lo cual el rey Perceon III el Jardinero le concedió el antiguo bastión de los Manderly en Dustonbury y sus tierras adyacentes. Gwayne, el hijo del rey Perceon, tomó además a la hija de lord Lorimar por esposa, convirtiéndola en la séptima Peake en sentarse, junto a la Mano Verde, como reina del Dominio. A lo largo de los siglos, otras hijas de la casa Peake se casaron con hombres de las casas Redwyne, Rowan, Costayne, Oakheart, Osgrey, Florent e incluso Hightower.

Esto terminó con la llegada de los dragones. Lord Armen Peake y sus hijos murieron en el Campo de Fuego junto al rey Mern y los suyos. Tras la extinción de la casa Gardener, Aegon el Conquistador otorgó Altojardín y el gobierno del Dominio a la casa Tyrell, hasta entonces mayordomos reales. Los Tyrell no tenían lazos de sangre con los Peake, ni motivo alguno para favorecerlos. De ese modo comenzó la lenta caída de la altiva casa Peake. Un siglo después, los Peake todavía poseían tres castillos y unas tierras amplias y bien pobladas, aunque no especialmente ricas; pero ya no ocupaban el lugar de honor entre los banderizos de Altojardín.

Unwin Peake estaba decidido a cambiar esa circunstancia y devolver a la casa Peake su anterior grandeza. Igual que su padre, que se había aliado con la mayoría del Gran Consejo del 101, no consideraba que fuera el lugar de una mujer gobernar sobre los hombres. Durante la Danza de los Dragones, lord Unwin había estado entre los verdes más violentos al encabezar a un millar de espadas y lanzas para mantener a Aegon II en el Trono de Hierro. Cuando Ormund Hightower cayó en Ladera, lord Unwin creyó que el mando del ejército pasaría a sus manos, pero le fue negado por las confabulaciones de sus rivales, cosa que no perdonó jamás: apuñaló al cambiacapas Owain Bourney y organizó el asesinato de los jinetes de dragón Hugh Martillo y Ulf el Blanco. Cabecilla de los Abrojos (aunque este dato no era muy conocido), y uno de los tres que quedaban con vida, lord Unwin había demostrado en Ladera que no era un hombre a quien conviniera importunar. Lo demostraría de nuevo en Desembarco del Rey.

Pese a que había elevado a ser Marston Mares al mando de la Guardia Real, lord Peake se le impuso para conceder la capa blanca a dos miembros de su familia: su sobrino ser Amaury Peake de Picoestrella y su hermano bastardo, ser Mervyn Flores. Puso la Guardia de la Ciudad bajo el mando de ser Lucas Leygood, hijo de uno de los Abrojos que habían muerto en Ladera. Para reemplazar a las víctimas de las fiebres de invierno y la Luna de la Demencia, confirió capas doradas a quinientos de sus hombres.

Lord Peake no era de naturaleza confiada, y lo que había visto (y de lo que había formado parte) en Ladera lo había convencido de que sus enemigos acabarían con él si les daba media oportunidad. Siempre pendiente de su seguridad, se rodeó de una guardia personal formada por diez mercenarios leales solo a él (y al oro que les entregaba generosamente), que con el tiempo se convirtieron en sus «Dedos». Su capitán, un aventurero volantino llamado Tessario, tenía rayas de tigre tatuadas en el rostro, las marcas de un soldado esclavo. Los hombres lo llamaban Tessario el Tigre a la cara, cosa que le satisfacía; a sus espaldas lo llamaban Tessario el Pulgar, el apodo burlón que le había otorgado Champiñón.

Una vez asegurada su persona, la nueva Mano empezó a llevar a la corte a sus seguidores, familiares y amigos para sustituir a los hombres y mujeres de cuya lealtad estaba menos seguro. Colocó a su tía viuda, Clarice Osgrey, al frente del servicio de la reina Jaehaera para supervisar a sus doncellas y criados. Ser Gareth Long, maestro de armas de Picoestrella, obtuvo el mismo título en la Fortaleza Roja y se le encargó el entrenamiento del rey Aegon para que se ganara el título de caballero. George Graceford, señor de Holyhall, y ser Victor Risley, caballero de Claro Risley, únicos Abrojo supervivientes aparte del mismo lord Peake, fueron nombrados lord confesor y Justicia del Rey respectivamente.

La Mano llegó incluso a desestimar al septón Eustace, y convocó a un hombre más joven, el septón Bernard, para atender las necesidades espirituales de la corte y supervisar la educación moral y religiosa de su alteza. También Bernard era de su linaje, descendiente de una hermana menor de su bisabuelo. Eximido de sus responsabilidades, el septón Eustace partió de Desembarco del Rey en dirección a Septo de Piedra, su lugar de origen, donde se consagró en cuerpo y alma a la escritura de su gran (aunque algo pomposa) obra, *El reinado del rey Viserys, el primero de su nombre, y la Danza de los Dragones que se siguió*. Por desgracia, el septón Bernard prefería componer música sacra a recopilar rumores de la corte, y sus escritos revisten, por tanto, escaso interés para historiadores y eruditos (y, lamentablemente, debemos decir que menos aún para quienes disfrutan de la música sacra).

Ninguno de estos cambios gustó al joven rey. En especial, su alteza no estaba nada conforme con su Guardia Real. Ni le caían bien los dos nuevos miembros ni confiaba en ellos, y no había olvidado la contribución de ser Marston Mares a la muerte de su madre. El rey Aegon detestaba a los «Dedos» de la Mano más si cabe, sobre todo a su descarado y malhablado comandante, Tessario el Pulgar. Esta aversión se convirtió en odio cuando el volantino asesinó a ser Robin Massey, uno de los jóvenes caballeros que Aegon deseaba que formasen parte de su Guardia Real, en una disputa por un caballo que ambos querían comprar.

Pronto, el rey desarrolló también una fuerte aversión por su nuevo maestro de armas. Ser Gareth Long era un espadachín habilidoso pero un maestro severo, famoso en Picoestrella por la dureza con que trataba a sus pupilos. Los que no consideraba a la altura se veían obligados a pasar días sin dormir; los sumergía en tinas de agua congelada, les rapaba la cabeza y los azotaba frecuentemente, aunque no podía recurrir a estos castigos en su nuevo cargo. Por mucho que Aegon fuera un alumno hosco que mostraba escaso interés por el manejo de la espada o las artes de la guerra, como rey su persona era inviolable. Cada vez que ser Gareth le hablaba en voz demasiado alta o con demasiada dureza, se limitaba a tirar la espada y el escudo al suelo y marcharse.

Aegon solo parecía tener un compañero que le importase de verdad. Gaemon Peloclaro, su copero y catador de seis años de edad, no solo compartía con él todas las comidas, sino que también lo acompañaba al patio, algo que ser Gareth no pasaba por alto. Al ser hijo bastardo de una prostituta, Gaemon apenas contaba en la corte; de modo que, cuando ser Gareth pidió a lord Peake que convirtiera al niño en chivo expiatorio del rey, la Mano accedió con gran satisfacción. A partir de ese momento, cualquier asomo de mal comportamiento, pereza o agresividad conllevaba un castigo para su amigo. La sangre y las lágrimas de Gaemon afectaban al rey mucho más que ninguna palabra de Gareth Long, y la mejora en la actitud de su alteza despertó comentarios en todos los hombres que observaban sus movimientos en el patio del castillo, pero la antipatía de Aemon hacia su maestro solo se incrementó.

Tyland Lannister, ciego y lisiado, siempre había tratado al rey con deferencia; le hablaba con amabilidad y lo guiaba en vez de darle órdenes. Unwin Peake era una Mano mucho más severa; brusco y duro, tenía poca paciencia con el joven monarca y lo trataba «más como a un niño malhumorado que como a un rey», en palabras de Champiñón, y no hacía nada por implicar a su alteza en el gobierno cotidiano de su reino. Cuando Aegon III volvió a sumergirse en el silencio, la soledad y una pasividad melancólica, su Mano lo ninguneó con sumo gusto, salvo en ciertas ocasiones formales en que se requería su presencia.

Con razón o sin ella, la opinión general era que ser Tyland Lannister había sido una Mano débil e ineficaz, pero en cierto modo también siniestra, taimada e incluso monstruosa. Lord Unwin Peake accedió al cargo decidido a demostrar su fuerza y rectitud. «Esta Mano no es ciega, solapada ni lisiada —anunció ante el rey y la corte—. Esta Mano todavía puede empuñar una espada.» Tras decir esas palabras, desenvainó la espada y la alzó para que todos pudieran verla. Los susurros llenaron el salón. La hoja que sostenía no era normal, sino forjada en acero valyrio: *Hacedora de Huérfanos*, la espada vista por última vez en las manos de Jon Roxton el Osado mientras atacaba a los hombres de Hugh Martillo en Ladera.

Según nos enseñan los septones, la festividad de Nuestro Padre Divino es un día propicio para celebrar juicios. En el año 133 d.C., la nueva Mano decretó que debería ser el día en el que aquellos a los que se hubiera juzgado previamente recibieran por fin el casti-

go por sus crímenes. Las celdas de la ciudad estaban llenas a reventar, e incluso las mazmorras de debajo de la Fortaleza Roja estaban prácticamente llenas. Lord Unwin las vació. Condujeron o arrastraron a los prisioneros hasta la plaza que se abría frente a las puertas de la Fortaleza Roja, donde miles de desembarqueños se agolpaban para ver cómo recibían su merecido. Mientras el sombrío joven rey y su rígida Mano observaban desde lo alto de la muralla, la Justicia del Rey se puso a trabajar. Como la tarea era excesiva para una sola espada, se encomendó a Tessario el Pulgar y sus Dedos que lo ayudasen.

«Habrían ido más deprisa si la Mano hubiera enviado a alguien a la calle de las Moscas en busca de carniceros —observa Champiñón—, puesto que era el trabajo de un carnicero lo que hacían, macheteando y amputando». Cortaron la mano a cuarenta ladrones; castraron a ocho violadores, para después conducirlos desnudos a la orilla del río con los genitales colgados del cuello y embarcarlos en dirección al Muro. A un hombre sospechoso de pertenecer a los Clérigos Humildes, que había predicado que los Siete enviaron las fiebres de invierno para castigar a la casa Targaryen por practicar el incesto, le cortaron la lengua. Dos prostitutas afectadas por las viruelas fueron mutiladas de formas inenarrables por contagiar la enfermedad a docenas de hombres. A seis siervos condenados por robar a sus amos les cortaron la nariz; un séptimo, que había abierto un agujero en una pared para observar a las hijas de su amo desnudas, se quedó sin el ojo ofensor.

Después llegó el turno de los asesinos. Eran siete, uno de ellos, un posadero que llevaba matando a algunos de sus huéspedes (aquellos que no creía que nadie echara de menos) y apropiándose de sus pertenencias desde los tiempos del Viejo Rey. Mientras que a los demás asesinos los ahorcaron directamente, a él le amputaron las manos para quemarlas delante de él, antes de colgarlo de la soga y destriparlo mientras se asfixiaba.

Por último llevaron a los tres prisioneros más destacados, los que la muchedumbre había estado esperando: otro «Pastor Renacido»; el capitán de un mercante pentoshí acusado y condenado por llevar las fiebres de invierno de Villahermana a Desembarco del Rey, y Orwyle, el anterior gran maestre, condenado por traición y desertor de la Guardia de la Noche. La Justicia del Rey, ser Victor Risley, se encargó personalmente de cada uno de ellos. Cercenó las cabezas del pentoshí y del falso Pastor con el hacha, pero al gran maestre Orwyle se le concedió el honor de morir por la espada a la vista de su edad, su alta cuna y sus largos años de servicio.

«Cuando hubo concluido la festividad de nuestro Padre y se dispersó la muchedumbre congregada frente a las puertas, la Mano del Rey se mostró satisfecho —escribió el septón Eustace, que partiría hacia Septo de Piedra al día siguiente—. Desearía poder decir que el común regresó a sus hogares y chozas para ayunar, rezar y suplicar el perdón por sus pecados, pero con ello faltaría a la verdad. Ebrios de sangre, lo que hicieron fue buscar antros de pecado, y las tabernas, bodegas y burdeles se llenaron hasta los topes, pues tal es la perversidad del hombre.» Champiñón dice lo mismo, aunque a su modo: «Cada vez que veo como ejecutan a un hombre me gusta hacerme después con una jarra y una mujer, para recordar que aún estoy vivo».

El rey Aegon III permaneció en las almenas que coronaban las puertas durante toda la festividad de Nuestro Padre Divino, y no dijo una palabra ni apartó la mirada de la carnicería que se desarrollaba a sus pies. «El rey podría haber sido una estatua de cera», observó el septón Eustace. Las palabras del gran maestre Munkun corean las suyas: «Su alteza estaba presente, como era su deber, pero en cierto modo también parecía estar muy lejos. Algunos de los condenados se giraron hacia las almenas para impetrar clemencia a gritos, pero el rey no parecía verlos ni oír sus palabras desesperadas. Que nadie se equivoque: este festín nos lo sirvió la Mano y fue él quien se atiborró».

A mediados de aquel año, el castillo, la ciudad y el rey estaban ya firmemente sujetos por la nueva Mano. El pueblo llano estaba tranquilo; las fiebres de invierno se habían desvanecido; la reina Jaehaera seguía recluida en sus habitaciones; el rey Aegon practicaba en el patio por las mañanas y miraba las estrellas por las noches. Más allá de la muralla de Desembarco del Rey, sin embargo, las calamidades que habían afectado al reino los dos últimos años no habían hecho más que empeorar. El comercio se había reducido a la nada; la guerra continuaba en el oeste; las fiebres y la hambruna campaban por gran parte del norte, y en el sur, los dornienses eran cada vez más osados y causaban más problemas. Lord Peake decidió que ya era hora de que el Trono de Hierro demostrase su poder.

Ya se habían terminado de armar ocho de los diez grandes buques de guerra encomendados por ser Tyland, de modo que decidió comenzar por reabrir al comercio el mar Angosto. Como comandante de la flota real eligió a otro de sus tíos, ser Gedmund

Peake, un luchador experto conocido como Gedmund Hachamagna por su arma preferida. Pese a que el renombre debido a su destreza como guerrero era bien merecido, ser Gedmund no sabía gran cosa de barcos, de modo que la Mano también convocó al famoso navegante mercenario Ned Alubia (llamado Alubia Negra por el color de su poblada barba) para que sirviera como segundo al mando de Hachamagna y lo asesorase en todos los asuntos náuticos.

Cuando ser Gedmund y la Alubia Negra se hicieron a la mar, la situación en los Peldaños de Piedra era caótica, por decirlo de forma suave. Habían barrido de la mar la mayor parte los barcos de Racallio Ryndoon, pero todavía gobernaba Piedra Sangrienta, la mayor de las ínsulas, y un puñado de islotes rocosos. Los tyroshíes habían estado a punto de derrotarlo cuando Lys y Myr firmaron la paz y emprendieron un ataque conjunto contra Tyrosh, lo que obligó al arconte a reunir sus barcos y espadas. La alianza a tres bandas de Braavos, Pentos y Lorath había perdido una cabeza con la retirada de los lorathíes, pero los mercenarios pentoshíes tenían en su poder todos los Peldaños de Piedra que no estaban en manos de los hombres de Racallio, y los barcos de guerra braavosíes dominaban las aguas que los separaban.

Lord Unwin sabía que Poniente no podía imponerse a Braavos en una guerra marítima. Su propósito, según declaró, era poner fin al pirata Racallio Ryndoon y a su reino ilegítimo, y establecer un destacamento en Piedra Sangrienta para asegurarse de que nadie volviera jamás a bloquear el mar Angosto. La flota real, formada por los ocho nuevos barcos de guerra y unas veinte cocas y galeras antiguas, no era ni de lejos suficientemente poderosa para conseguir este objetivo, de modo que la Mano envió una misiva a Marcaderiva para solicitar al Señor de las Mareas que convocase a «las flotas de vuestro señor abuelo y las pongáis bajo el mando de nuestro buen tío Gedmund, de modo que pueda reabrir los caminos de la mar».

Esto era, de hecho, lo que Alyn Velarion llevaba mucho tiempo deseando, como había deseado la Serpiente Marina antes que él, pese a lo cual, cuando leyó el mensaje se encrespó y declaró: «Ahora son mis flotas, y el mono de Baela está mucho más capacitado para comandarlas que el tío Gedmund». Aun así, cumplió las órdenes y reunió sesenta galeras de guerra, treinta barcoluengos y más de un centenar de cocas grandes y pequeñas para unirlas a la armada real a su partida de Desembarco del Rey. Cuando la flota de guerra pasó por el Gaznate, ser Gedmund envió a la Alubia Negra al *Reina Rhaenys*, el buque insignia de lord Alyn, con una carta que lo autorizaba a tomar el mando de los escuadrones de los Velaryon «a fin de que puedan beneficiarse de sus muchos años de experiencia». Lord Alyn lo obligó a dar media vuelta. «Lo habría ahorcado —escribió a ser Gedmund—, pero soy contrario a desperdiciar buena cuerda de cáñamo en una alubia.»

En invierno, los fuertes vientos del norte se enseñorean frecuentemente del mar Angosto, de modo que la flota realizó en un tiempo magnífico la travesía hacia el sur. Desde Tarth, otra docena de barcoluengos remaron a su encuentro para incrementar aún más sus filas, comandadas por lord Bryndenmere, el Lucero de la Tarde; sin embargo, las nuevas que portaba el señor no fueron tan bien recibidas: el Señor del Mar de Braavos, el arconte de Tyrosh y Racallio Ryndoon habían hecho causa común: gobernarían juntos los Peldaños de Piedra, y únicamente se permitiría el paso a los barcos que tuvieran permiso de Braavos o Tyross para comerciar. «¿Y qué hay de Pentos?», quiso saber lord Alyn. «Descartada —informó el Lucero de la Tarde—. Si una tarta se corta en tres pedazos, estos serán más grandes que si se corta en cuatro.»

Gedmund Hachamagna (que había pasado el viaje tan mareado que los marinos lo habían apodado Gedmund Caraverde) decidió que debía informar a la Mano del Rey de esta nueva alianza entre las ciudades en guerra. El Lucero de la Tarde ya había enviado un cuervo a Desembarco del Rey, por lo que Peake decretó que la flota se quedase en Tarth hasta que recibieran respuesta. «Eso hará que perdamos cualquier esperanza de tomar a Racallio por sorpresa», protestó Alyn Velaryon, pero ser Gedmund se mostró inflexible. Los dos comandantes se separaron, enojados.

Al día siguiente, a la salida del sol, la Alubia Negra despertó a ser Gedmund para comunicarle que el Señor de las Mareas se había marchado; toda la flota de los Velaryon se había escabullido durante la noche. Gedmund Hachamagna resopló. «Han corrido a Marcaderiva, imagino.» Ned Alubia se mostró de acuerdo y tachó a lord Alyn de «niño asustado».

No podían estar más equivocados. Lord Alyn había conducido sus barcos hacia el sur, no hacia el norte. Tres días después, mientras Gedmund Hachamagna y su flota real remoloneaban en las costas de Tarth en espera de un cuervo, estalló una batalla entre las rocas, los pilones y los canales entrecruzados de los Peldaños de Piedra. El ataque cogió a los braavosíes desprevenidos, mientras su almirante y dos veintenas de sus capitanes celebraban un banquete en Piedra Sangrienta con Racallio Ryndoon y los enviados de Tyrosh. La mitad de los barcos braavosíes fueron capturados, incendiados o hundidos cuando todavía estaban anclados o amarrados al embarcadero; otros, cuando desplegaban las velas y trataban de zarpar.

La lucha no estuvo exenta de derramamiento de sangre. El *Gran Desafío*, un gigantesco dromon de cuatrocientos remos, se abrió paso entre media docena de los barcos de guerra de Velaryon, más pequeños, hasta llegar a mar abierto... y se encontró al mismísimo lord Alyn echándosele encima. Demasiado tarde: los braavosíes trataron de girar para enfrentarse a sus atacantes, pero el inmenso dromon era pesado y lento en sus maniobras, y el *Reina Rhaenys*, batiendo el agua con todos los remos, lo golpeó lateralmente.

La proa del *Reina* se estrelló en el costado del enorme barco braavosí «como un gigantesco puño de roble», describió más tar-

de un observador; le partió los remos, le destrozó las planchas y el casco, derribó los mástiles y prácticamente cortó por la mitad el grandioso dromon. Cuando lord Alyn gritó a sus remeros que retrocedieran, el mar llenó la enorme herida abierta por el *Reina*, y el *Gran Desafío* se hundió en cuestión de momentos, «y con él, el hinchado orgullo del Señor del Mar».

La victoria de Alyn Velaryon fue completa. Perdió tres barcos en los Peldaños de Piedra (uno de ellos, por desgracia, fue el *Corazón Verdadero*, capitaneado por su primo Daeron, que pereció en el naufragio), y logró hundir más de treinta barcos enemigos y capturar seis galeras, once cocas, ochenta y nueve rehenes, grandes cantidades de comida, bebida, armas y dineros, así como un elefante destinado a formar parte del bestiario del Señor del Mar. Todo eso transportó el Señor de las Mareas a Poniente, junto con el apodo que llevaría el resto de su vida: Puño de Roble. Cuando lord Alyn condujo al *Reina Rhaenys* por el río Aguasnegras y cruzó la Puerta del Río a lomos del elefante del Señor del Mar, decenas de miles de hombres abarrotaban las calles de la ciudad gritando su nombre y clamando por un vistazo a su nuevo héroe. A las puertas de la Fortaleza Roja, el mismísimo rey Aegon III apareció para darle la bienvenida.

Al cruzar la muralla, sin embargo, la historia fue muy distinta. Cuando Alyn Puño de Roble llegó al salón del trono, el joven rey se había esfumado. En su lugar, lord Unwin Peake lo miró con el ceño fruncido desde el Trono de Hierro y dijo: «Imbécil. Maldito imbécil. Si pudiera, ordenaría que os cortasen la puta cabeza».

La Mano tenía motivos para estar tan encolerizado. Por mucho que la multitud aclamase a Puño de Roble, el temerario ataque del valeroso y joven héroe había dejado al reino en una posición insostenible. Lord Velaryon podía haber capturado un gran número de barcos braavosíes y un elefante, pero no había tomado Piedra Sangrienta ni ninguno de los Peldaños de Piedra; los caballeros y soldados que habría necesitado para emprender una conquista semejante se habían quedado a bordo de los barcos más grandes de la flota real, que había abandonado en las costas de Tarth. El objetivo de lord Peake era la destrucción del reino pirata de Racallio Ryndoon, pero parecía haberle dado más fuerza que nunca. Lo último que deseaba la Mano era una guerra contra Braavos, la más rica y poderosa de las nueve Ciudades Libres.

—Pero eso es lo que nos habéis conseguido —rugió Peake—. Nos habéis entregado una guerra.

—Y un elefante —respondió lord Alyn con insolencia—. Os ruego que no olvidéis el elefante, mi señor.

El comentario provocó risitas nerviosas incluso entre los hombres de confianza de lord Peake, nos cuenta Champiñón, pero a la

Mano no le hizo gracia. «No era alguien que gustase de reír —escribió el enano—, y aún menos le gustaba que se rieran de él.»

Aunque otros hombres pudieran temer provocar la enemistad de lord Unwin, Alyn Puño de Roble estaba seguro de su fuerza. Aunque apenas era adulto, y bastardo de nacimiento para más señas, estaba casado con la hermanastra del rey; controlaba el poder y las riquezas de la casa Velaryon, y acababa de convertirse en el favorito de la plebe. Lord regente o no, Unwin Peake no estaba tan loco como para soñar con tocar un pelo al héroe de los Peldaños de Piedra y no sufrir las consecuencias.

«Todos los jóvenes se sospechan inmortales —escribe el gran maestre Munkun en el *Relato verídico*—, y cada vez que un joven guerrero saborea el embriagador vino de la victoria, la sospecha se convierte en certeza. Pero la confianza de los jóvenes pesa poco en comparación con la astucia de la edad. Puede que lord Alyn sonriera ante la reprimenda de la Mano, pero pronto tendría buenos motivos para temer sus recompensas.»

Munkun sabía lo que escribía. Siete días después del regreso triunfante de lord Alyn a Desembarco del Rey, lo honraron con una fastuosa ceremonia en la Fortaleza Roja, con el rey Aegon III sentado en el Trono de Hierro y ante los ojos de la corte y media ciudad. Ser Marston Mares, lord comandante de la Guardia Real, lo armó caballero. Unwin Peake, lord regente y Mano del Rey, le puso al cuello la cadena de oro del almirantazgo y lo obsequió con una réplica en plata del *Reina Rhaenys* como recuerdo de su victoria. El propio rey le preguntó si consentiría en servir en su consejo privado, como consejero naval. Lord Alyn accedió con humildad.

«Entonces, los dedos de la Mano se le cerraron alrededor del cuello —dice Champiñón—. La voz era la de Aegon, pero las palabras eran de Unwin.» El rey declaró que sus leales súbditos del oeste llevaban mucho tiempo acosados por asaltantes de las Islas del Hierro, y ¿quién mejor para devolver la paz al mar del Ocaso que su nuevo almirante? Alyn Puño de Roble, aquel joven orgulloso y testarudo, comprendió que no tenía más remedio que acceder a zarpar con sus flotas y rodear el cabo más meridional de Poniente para recuperar Isla Bella y poner fin a la amenaza de lord Dalton Greyjoy y sus hombres del hierro.

La trampa se había preparado cuidadosamente. El viaje era arriesgado, y era más que posible que se cobrase un precio elevado en las flotas de Velaryon. Los Peldaños de Piedra estaban abarrotados de enemigos, que no se dejarían tomar por sorpresa una segunda vez. Más allá se hallaban las costas estériles de Dorne, donde no era probable que lord Alyn encontrase un puerto seguro. Y si lograba llegar al mar del Ocaso, encontraría al Kraken Rojo aguardándolo con sus barcoluengos. Si vencían los hombres del hierro, el poder de la casa Velaryon se quebraría para siempre, y lord Peake no tendría que volver a soportar la insolencia del niño al que llamaban Puño de Roble. Si lord Alyn salía triunfante, Isla Bella regresaría a manos de sus auténticos señores; las Tierras del Oeste se librarían de sufrir más atrocidades, y los señores de los Siete Reinos descubrirían el precio de contrariar al rey Aegon III y a su nueva Mano.

El Señor de las Mareas regaló su elefante a Aegon III cuando partió de Desembarco del Rey. Volvió a la Quilla para reunir a su flota y hacer acopio de provisiones para el largo viaje, y se despidió de su esposa, lady Baela, quien le dijo adiós con un beso y la noticia de que se encontraba encinta. «Ponle el nombre de Corlys, como mi abuelo —le pidió lord Alyn—. Es posible que algún día se siente en el Trono de Hierro.» Baela rio al oír aquello. «La llamaré Laena, como mi madre. Es posible que algún día sea jinete de dragón.»

Lord Corlys Velaryon había realizado nueve célebres viajes en su *Serpiente Marina*, como se recordará. Lord Alyn Puño de Roble haría seis, en seis barcos diferentes a los que llamaría «mis damas». En su viaje alrededor de Dorne hacia Lannisport navegó en una galera de guerra braavosí de doscientos remos, capturada en los

Peldaños de Piedra y rebautizada como *Lady Baela* en honor a su joven esposa.

Quizá algunos encuentren extraño que lord Peake alejase a la mayor flota de los Siete Reinos en plena amenaza de guerra contra Braavos. Ser Gedmund Peake y la armada real habían acudido desde Tarth hasta el Gaznate para proteger la entrada de la bahía del Aguasnegras por si los braavosíes pretendían vengarse de Desembarco del Rey, pero otros puertos y ciudades a lo largo de la costa del mar Angosto seguían desprotegidos; así, la Mano del Rey envió a Braavos a su compañero de regencia lord Manfryd Mooton para dialogar con el Señor del Mar y devolverle su elefante. Otros seis nobles señores lo acompañaron, junto con tres veintenas de caballeros, guardias, sirvientes, escribas y septones, seis cantantes... y Champiñón, que se dice que se escondió en un tonel de vino para escapar del ambiente sombrío de la Fortaleza Roja y «hallar un lugar donde los hombres aún recordasen cómo reír».

Por aquel entonces, igual que en la actualidad, los braavosíes eran un pueblo pragmático, puesto que la suya es una ciudad de esclavos huidos, donde se adora a un millar de dioses falsos pero solo el oro recibe auténtica veneración. Entre los habitantes de las cien islas, el beneficio tiene mucha más importancia que el orgullo. A su llegada, lord Mooton y sus acompañantes se maravillaron ante la vista del Titán, y los condujeron al célebre Arsenal para presenciar la construcción de un barco de guerra en un solo día. «Ya hemos reemplazado hasta la última de las naves que robó o hundió el niño de vuestro almirante», se jactó el Señor del Mar ante lord Mooton.

Sin embargo, tras demostrar de esta forma el poder de Braavos, estaba más que dispuesto a dejarse apaciguar. Mientras regateaba con lord Mooton las condiciones de la paz, lord Follard y lord Cressey repartieron generosos sobornos entre los guardianes de las llaves, magísteres, sacerdotes y príncipes mercantes de la ciudad. Al final, a cambio de una cuantiosa indemnización, Braavos perdonó la «transgresión injustificada» de lord Velaryon, accedió a disolver su alianza con Tyrosh y cortar todo lazo con Racallio Ryndoon, y cedió los Peldaños de Piedra al Trono de Hierro. (Dado que las islas estaban en esos momentos en poder de Ryndoon y los pentoshíes, a todos los efectos el Señor del Mar había vendido algo que no le pertenecía, pero eso no era inusitado en Braavos.)

La visita a Braavos fue memorable también en otros aspectos. Lord Follard se enamoró de una cortesana braavosí y decidió quedarse cerca de ella en lugar de volver a Poniente; ser Herman Rollingford murió en un duelo con un asesino que se ofendió por el color de su jubón, y ser Denys Harte, según asegura Champiñón, contrató los servicios de un misterioso hombre sin rostro para matar a un rival en Desembarco del Rey. El propio bufón divirtió tanto al Señor del Mar que recibió una generosa oferta para quedarse en Braavos. «Confieso que estuve tentado. En Poniente desaprovechan mi ingenio al obligarme a bailotear delante de un rey que nunca sonríe, pero en Braavos me adorarían... demasiado, me temo. Todas las cortesanas me desearían, y más tarde o más temprano, algún bravucón se resentiría al ver el tamaño de mi miembro y me pincharía con su diminuto ensartaenanos puntiagudo. Así pues, me apresuré a volver a la Fortaleza Roja, tonto de mí.»

De este modo sucedió que lord Mooton regresó a Desembarco del Rey con la paz en la mano, pero a un elevado precio. La inmensa indemnización exigida por el Señor del Mar vació las arcas reales de tal modo que lord Peake se vio pronto en la necesidad de pedir un préstamo al Banco de Hierro de Braavos solo para que la Corona pudiera pagar sus deudas, lo que a su tiempo lo obligó a restituir algunos de los impuestos de lord Celtigar que ser Tyland Lannister había abolido; esto enfureció a nobles y comerciantes por igual y debilitó el apoyo de la gente común.

La segunda mitad del año también fue desastrosa en otros frentes. La corte se regocijó cuando lady Rhaena anunció que esperaba un hijo de lord Corbray, pero la alegría se transformó en pesar una luna después, cuando se malogró el embarazo. Llegaron noticias de una hambruna extendida por gran parte del Norte, y las fiebres de invierno cayeron sobre Fuerte Túmulo; era la primera vez que viajaban tan lejos de las costas. Un saqueador llamado Sylas el Sombrío encabezó a tres mil salvajes en un ataque contra el Muro y derrotó a los hermanos negros en Puerta de la Reina; los salvajes se esparcieron por el Agasajo hasta que lord Cregan Stark partió de Invernalia, junto con los Glover de Bosquespeso, los Flint y los Norrey de las Colinas y un centenar de exploradores de la Guardia de la Noche, para darles caza y acabar con ellos. Mil leguas al sur, ser Steffon Connington también cazaba, en persecución de una pequeña banda de asaltantes dornienses a través de las Marcas barridas por el viento. Pero cabalgó muy lejos y muy deprisa, ignorante de lo que le esperaba, hasta que el manco Wyland Wyl cayó sobre él y lady Elenda se encontró con que había enviudado una vez más.

En el oeste, lady Johanna Lannister esperaba reafirmar su victoria en Kayce descargando otro golpe contra el Kraken Rojo. Tras formar una flota heterogénea de barcos pesqueros y cocas bajo la muralla de Las Hogueras, subió a bordo a cien caballeros y tres mil soldados y los envió a la mar, al abrigo de la oscuridad, para reconquistar Isla Bella, en posesión de los hombres del hierro. El plan era desembarcar a escondidas en el extremo sur de la isla, pero alguien los había traicionado y los barcoluengos estaban esperándolos. Lord Prester, lord Tarbeck y ser Erwin Lannister capitanearon la travesía condenada. Dalton Greyjoy envió más tarde sus cabezas a Roca Casterly «en pago por la vida de mi tío, aunque lo cierto es que era un glotón y un borracho, y las islas están mejor sin él».

Pero todo aquello quedó en nada comparado con la tragedia que descendió sobre la corte y sobre el rey. El vigesimosegundo día de la novena luna del año 133 d. C., Jaehaera de la casa Targaryen, soberana de los Siete Reinos y última hija superviviente del rey Aegon II, murió a los diez años de edad. La joven monarca pereció como había perecido su madre, la reina Helaena: lanzándose desde una ventana del Torreón de Maegor a las estacas de hierro del foso seco. Atravesada por el pecho y el vientre, se sacudió agónicamente durante media hora hasta que lograron levantarla, momento en el cual abandonó el mundo de los vivos.

Desembarco del Rey se lamentó como solo sabe Desembarco del Rey. Jaehaera había sido una niña asustadiza y, desde el día en que se puso la corona, se había escondido en el interior de la Fortaleza Roja, pero la ciudad recordaba su boda, y lo valiente y hermosa que parecía la niñita; la gente lloró, gimió, se rasgó las vestiduras, y se agolpó en septos, tabernas y burdeles en busca del escaso consuelo que pudiera encontrar. Allí muy pronto empezaron a correr los rumores, exactamente como habían corrido cuando la reina Helaena murió de forma tan parecida. ¿De verdad se había quitado la vida la reinecita? Incluso intramuros de la Fortaleza Roja, las conjeturas se propagaban descontroladas. Jaehaera era una niña solitaria, propensa al llanto y, en cierto modo, un poco simplona, pero parecía feliz en sus aposentos en compañía de sus damas y criadas, sus gatitos y sus muñecos. ¿Qué podría haberla enloquecido o entristecido hasta el punto de hacerla saltar por la ventana, al encuentro de las atroces estacas? Algunos comentaban que el aborto de lady Rhaena podría haberla afectado hasta el punto de arrebatarle las ganas de vivir. Otros, con una inclinación algo más negativa, argumentaban que podían haber sido los celos hacia el niño que crecía en el vientre de lady Baela lo que la empujó a cometer semejante acto. «Ha sido el rey —murmuraban otros—. Lo amaba con todo su corazón, pero él no le prestaba atención; no mostraba el menor afecto por ella y ni siquiera compartía con ella sus estancias.»

Por supuesto, hubo muchos que se negaron a creer que Jaehaera se hubiera quitado la vida. «La asesinaron —cuchicheaban—, igual que a su madre.» Pero, de ser así, ¿quién habría sido su asesino?

No faltaban sospechosos. Por tradición, siempre había un caballero de la Guardia Real apostado a la puerta de la reina. Le habría resultado fácil entrar y lanzar a la niña por la ventana. Si ese era el caso, lo más seguro era que el rey hubiera dado la orden; se había cansado de sus llantos y quejidos y quería una nueva esposa, decían algunos, o quizá deseara vengarse en la hija del rey que había dado muerte a su madre. El niño era arisco y sombrío, y nadie conocía su auténtica naturaleza; se reavivaron las anécdotas sobre Maegor el Cruel.

Otros culparon a una de las damas de compañía de la reina, Baratheon. La mayor de las «Cuatro Tormentas», había estado comprometida brevemente con el rey Aegon II, en el último año de vida de este (y quizá anteriormente con su hermano Aemond el Tuerto). La decepción la había amargado, comentaban sus detractores; antaño heredera de su padre en Bastión de Tormentas, se encontraba con que ahora era casi irrelevante en Desembarco del Rey, y estaba resentida por verse obligada a cuidar de la reina llorosa y necia, a la que culpaba por todos sus infortunios.

Otra de las acompañantes de la reina también cayó bajo sospecha cuando se descubrió que había robado dos muñecas de Jaehaera y un collar de perlas. Un niño copero, que había derramado sopa sobre la reina el año anterior y al que habían golpeado por ello, también fue acusado. A ambos los interrogó el lord confesor, y por último los declararon inocentes (aunque el niño murió durante el interrogatorio y la niña perdió una mano por el robo). Ni siquiera los sagrados siervos de los Siete quedaron fuera de toda sospecha. Había cierta septa en la ciudad a la que en una ocasión se había oído decir que la reina no debería tener hijos, puesto que las mujeres de intelecto débil producían hijos de intelecto débil. Los capas doradas también la detuvieron, y desapareció en una mazmorra.

La pena enloquece a los hombres. En retrospectiva podemos asegurar casi con certeza que ninguno de estos sospechosos desempeñó ningún papel en la triste muerte de la reina. Si realmente habían matado a Jaehaera Targaryen (y no hay ni asomo de prueba de tal cosa), con toda seguridad fue por mandato del único culpable concebible: Unwin Peake, lord regente, señor de Picoestrella, de Dunstonbury y de Sotoblanco, Protector del Reino y Mano del Rey.

Era de sobra conocido que lord Peake compartía la preocupación de su predecesor por la sucesión. Aegon III no tenía hijos, ni hermanos vivos (que se supiera), y cualquiera que tuviera ojos podía ver que era poco probable que el rey consiguiera un heredero de su reina. En tal caso, las hermanastras del rey seguían siendo sus parientes más cercanas, pero lord Peake no estaba dispuesto a permitir que una mujer ascendiera al Trono de Hierro después de haber luchado y sangrado tan recientemente para impedir precisamente eso. Si cualquiera de las gemelas tenía un hijo, se convertiría al instante en el primero en la línea de sucesión; pero el embarazo de lady Rhaena no había llegado a término, conque solo quedaba el niño que gestaba lady Baela en Marcaderiva. La idea de que la Corona pudiera pasar al «cachorro de un lascivo bastardo» era más de lo que lord Unwin Peake estaba dispuesto a soportar.

Si el rey tenía un heredero carnal, se podría evitar ese desastre; pero para que fuera posible era necesario quitar de en medio a Jaehaera y que Aegon pudiera volver a casarse. Lord Peake podía no haber empujado a la niña por la ventana con sus propias manos, desde luego, puesto que estaba en la ciudad en el momento de su muerte; pero el guardia real apostado aquella noche en la puerta de la reina era Mervyn Flores, su hermano bastardo.

¿Sería él el agente de la Mano? Es más que posible, sobre todo a la luz de los sucesos posteriores, que veremos a su debido tiempo. Nacido ilegítimo, ser Mervyn se consideraba un miembro diligente de la Guardia Real, si bien no especialmente memorable;

ni campeón, ni héroe, pero sí un soldado experimentado y bastante diestro con la espada larga, un hombre leal que hacía cuanto le ordenaban. Sin embargo, no todos los hombres son lo que parecen, y menos en Desembarco del Rey. Los que mejor conocían a Flores veían otros de sus aspectos. Cuando no estaba de servicio le gustaba el vino, según asegura Champiñón, de quien se sabe que en ocasiones bebía con él. Pese a su juramento de castidad, pocas veces dormía solo en su celda de la torre de los espadas blancas; a pesar de ser feo, poseía un encanto áspero que atraía a las lavanderas y criadas, y cuando se azumbraba, alardeaba incluso de haberse acostado con ciertas damas de alta cuna. Como muchos bastardos, era de sangre caliente y se airaba con rapidez, pues veía menosprecios donde no había ni atisbo.

Pero nada de aquello indicaba que Flores fuera un monstruo capaz de sacar de su cama a una niña dormida y lanzarla a una muerte espeluznante. Ni siquiera Champiñón, siempre dispuesto a pensar lo peor de todo el mundo, se atreve a afirmarlo. Si ser Mervyn hubiera matado a la reina, habría usado una almohada, insiste el bufón..., antes de plantear una posibilidad mucho más siniestra y probable. Flores nunca habría empujado a la reina por esa ventana, asegura el enano, pero muy bien podría haberse apartado para permitir que otro entrase en la habitación, si ese otro fuera alguien conocido; alguien, quizá, como Tessario el Pulgar, o uno de los Dedos. Y Flores no les habría preguntado qué querían de la reina si afirmaban acudir por orden de la Mano.

Eso dice el bufón, pero no cabe duda de que todo es inventiva. La auténtica historia de cómo Jaehaera Targaryen se enfrentó a su final, no la conoceremos nunca. Quizá se quitó la vida en un arranque de desesperación infantil. Si la causa de su fallecimiento fue, de hecho, el asesinato, por todas las razones enumeradas, el hombre que lo tramó no pudo ser sino lord Unwin Peake. Pero al no haber pruebas, nada de eso podía condenarlo..., si no fuera por lo que hizo más adelante.

Siete días después de que el cadáver de la niña reina se entregara a las llamas, lord Unwin visitó al doliente rey, acompañado por el gran maestre Munkun, el septón Bernard y Marston Mares, de la Guardia Real. Acudieron a informar a su alteza de que debía abandonar el negro del luto y volver a casarse «por el bien del reino». Además, le dijeron que ya habían elegido a su nueva reina.

Unwin Peake se había casado tres veces y había engendrado siete hijos; solo una seguía viva. Su primogénito había muerto en la cuna, como dos de las hijas que tuvo de su segunda esposa. Su hija mayor había vivido lo suficiente para casarse, pero murió de parto a la edad de doce años. Su segundo hijo había sido pupilo en el Rejo, donde sirvió a lord Redwyne como paje y escudero, pero a los doce años se ahogó en un accidente de navegación. Ser Titus, heredero de Picoestrella, fue el único de los hijos varones de lord Unwin que alcanzó la edad adulta. Armado caballero por su valor tras la batalla del Vinomiel, de la mano de Jon Roxton el Osado, murió tan solo seis días después en una escaramuza sin sentido con una banda de forajidos con la que tropezó mientras reconocía el terreno. El único vástago superviviente de la Mano era una hija, Myrielle.

Myrielle Peake iba a ser la nueva reina de Aegon III. Era la elección ideal, declaró la Mano: de la misma edad que el rey, «una niña encantadora y cortés», nacida en una de las casas más nobles del reino, instruida por las septas en la lectura, la escritura y las sumas. Su señora madre había sido abundantemente fértil, de modo que no había motivo alguno para pensar que Myrielle no daría asimismo a su alteza hijos saludables.

—¿Y si no me gusta? —preguntó el rey Aegon.

—No es necesario que os guste —respondió lord Peake—; solo tenéis que casaros con ella, encamaros con ella y engendrar un hijo en ella. —Entonces añadió una frase que se haría famosa—: A vuestra alteza no le gustan los nabos, pero cuando el cocinero los prepara, os los coméis, ¿verdad? —El rey asintió, hosco... Pero la historia se filtró, como ocurre siempre con ese tipo de anécdotas, y la desgraciada lady Myrielle adquirió muy pronto el apodo de lady Nabos en los Siete Reinos.

No llegaría a ser la reina Nabos.

Unwin Peake se había extralimitado. Thaddeus Rowan y Manfryd Mooton se enfurecieron por que no hubiera considerado adecuado consultarlos; los asuntos de tanta importancia atañían por derecho al consejo de regencia. Lady Arryn envió una nota airada desde el Valle. Kermit Tully declaró «presuntuoso» el compromiso. Ben Blackwood cuestionó la celeridad: deberían haber concedido a Aegon al menos medio año para llorar a su reina. Llegó una misiva tajante remitida por Cregan Stark desde Invernalia, en la que afirmaba que el Norte no miraría con buenos ojos semejante enlace. Incluso el gran maestre Munkun empezó a vacilar. «Lady Myrielle es una niña deliciosa y no me cabe duda de que sería una reina magnífica —dijo a la Mano—, pero debemos tener en cuenta las apariencias, mi señor. Los que tenemos el honor de servir junto a vos sabemos que amáis a su alteza como si fuera vuestro propio hijo, y que todo lo que hacéis es por él y por el reino, pero otros pueden insinuar que habéis elegido a vuestra hija por motivos menos nobles... Por poder, o por la gloria de la casa Peake.»

Champiñón, nuestro sabio bufón, señala que hay ciertas puertas que es mejor no abrir porque «nunca se sabe qué puede pasar por ellas». Peake había abierto una puerta de reina a su hija, pero otros señores también tenían hijas (y hermanas, sobrinas, primas e incluso alguna que otra madre viuda o tía soltera), y antes de que pudiera cerrarse la puerta, todas ellas entraron a empujones, insistiendo en que su sangre las convertía en mejores consortes reales que lady Nabos.

Un recuento de todos los nombres que se pusieron sobre la mesa llevaría más páginas de las que tenemos, pero merece la pena mencionar algunos de ellos. En Roca Casterly, lady Johanna Lannister dejó a un lado su guerra contra los hombres del hierro el tiempo suficiente para escribir una carta a la Mano y señalar que sus hijas Cerelle y Tyshara eran doncellas de noble cuna y en edad casadera. La dos veces viuda señora de Bastión de Tormentas, Elenda Baratheon, ofreció a sus hijas Cassandra y Ellyn. Cassandra había sido la prometida de Aegon II y estaba «bien preparada para servir como reina», escribió. De Puerto Blanco llegó un cuervo de lord Torrhen, que hablaba de antiguos pactos matrimoniales entre el dragón y el tritón «rotos por una aciaga casualidad» y señalaba que el rey Aegon podría ponerle remedio tomando a una Manderly por esposa. Sharis Footly, viuda de Ladera, tuvo el atrevimiento de presentarse ella misma como candidata.

Quizá la carta más audaz llegó de la incontrolable lady Samantha de Antigua, que declaró que su hermana Sansara de la casa Tarly «es vivaz y fuerte, y ha leído más libros que la mitad de los maestres de la Ciudadela», mientras que su cuñada Bethany de la casa Hightower «es muy hermosa, de piel suave, cabello lustroso y modales extremadamente delicados» pero también «perezosa y un poco simple, a decir verdad, aunque parece que a algunos hombres les gusta eso en una esposa». Concluyó sugiriendo que el rey Aegon se casara con ambas, «una para gobernar a su lado, como la reina Alysanne gobernó junto al rey Jaehaerys, y la otra para la cama y la crianza». Y por si ambas resultasen «insuficientes por cualquier motivo oculto», consignó amablemente los nombres de treinta y una doncellas casaderas de las casas Hightower, Redwyne, Tarly, Ambrose, Florent, Cobb, Costayne, Beesbury, Varner y Grimm, que también serían reinas adecuadas. (Champiñón añade que la dama concluía con una descarada posdata: «También conozco a varios muchachos agradables, si tal es la inclinación de su alteza, pero me temo que no podrían darle herederos», pero ninguna de las otras crónicas menciona tal afrenta, y la carta de la dama se perdió.)

A la vista de semejante tumulto, lord Unwin se vio obligado a replantearse su estrategia. Aunque seguía decidido a casar con el rey a su hija Myrielle, tenía que hacerlo de forma que no provocase a los señores cuyo apoyo necesitaba. Rindiéndose a lo inevitable, se sentó en el Trono de Hierro y dijo: «Por el bien de su pueblo, su alteza debe tomar otra esposa, aunque ninguna mujer puede reemplazar a nuestra bienamada Jaehaera en su corazón. Muchas se han ofrecido para este honor, las flores más hermosas del reino. Sea cual sea la joven que se case con el rey Aegon, tendrá que ser como Alysanne para Jaehaerys, como Jonquil para Florian. Dormirá a su lado, dará a luz a sus hijos, compartirá sus tareas, le acariciará la frente cuando esté enfermo, envejecerá con él. Por ello, es adecuado que permitamos al rey elegir personalmente. El Día de la Doncella celebraremos un baile nunca visto en Desembarco del Rey desde los días de Viserys. Que acudan doncellas de todos los rincones de los Siete Reinos y se presenten ante su alteza, y escogerá a la más adecuada para compartir su vida y su amor».

Así se corrió la voz; un gran entusiasmo se adueñó de la corte y la ciudad, y se propaló por todo el reino. Desde las Marcas dornienses hasta el Muro, padres cariñosos y madres orgullosas miraron a sus hijas casaderas y se preguntaron si la suya podría ser la elegida, y todas las doncellas nobles de Poniente empezaron a acicalarse, coser y rizarse el pelo, pensando: «¿Por qué no yo? Yo podría ser la reina».

Pero antes de subir al Trono de Hierro, lord Unwin había enviado un cuervo a Picoestrella para convocar a su hija a la ciudad. Aunque aún faltaban tres lunas para el Día de la Doncella, quería que Myrielle estuviera en la corte, con la esperanza de que pudiera hacerse amiga del rey y cautivarlo, y ser así la elegida la noche del baile.

Esto es de conocimiento público; lo que sigue son rumores. Porque se decía que mientras aguardaba la llegada de su hija, Unwin Peake también puso en marcha varias tramas secretas y conspiraciones ideadas para desautorizar, difamar, distraer y mancillar a las damiselas que consideraba las rivales más probables de su hija. La insinuación de que Cassandra Baratheon había empujado a la reina a las picas volvió a oírse, y las fechorías reales o imaginarias de otras jóvenes doncellas se convirtieron en la comidilla de la corte. Corrió el rumor de que Ysabel Staunton sentía debilidad por el vino; la anécdota de la pérdida de la virginidad de Elinor Massey se relataba una y otra vez; se dijo que Rosamund Darry escondía seis pezones bajo el vestido (supuestamente porque su madre se había acostado con un perro); acusaron a Lyra Hayford de haber asfixiado a un hermano neonato en un arranque de celos, y se comentó que a las «tres Jeynes» (Jeyne Smallwood, Jeyne Mooton y Jeyne Merryweather) les gustaba vestirse con el atuendo de un escudero y visitar los burdeles de la calle de la Seda para besar y acariciar a las mujeres como si fueran muchachos.

Todas estas calumnias alcanzaron los oídos del rey, algunas de ellas de labios del propio Champiñón, quien confiesa haber recibido sumas «muy generosas» por difamar a tal o cual damisela. El enano acompañaba frecuentemente a su alteza en los tiempos que siguieron a la muerte de la reina Jaehaera. Aunque sus gracias no pudieran disipar la pesadumbre del rey, encantaban a Gaemon Peloclaro, por lo que Aemon lo convocaba por el niño. En su *Testimonio*, Champiñón asegura que Tessario el Pulgar le dio a elegir entre «plata y acero» y, «para mi bochorno, le pedí que envainase el puñal y echara mano de esa bonita y abultada bolsa».

No solo con palabras intentó lord Unwin ganar esta guerra secreta por el corazón del rey, si podemos dar crédito a los rumores. Hallaron a un mozo en la cama con Tyshara Lannister no mucho después del anuncio del baile; pese a que lady Tyshara aseguró que el muchacho había trepado a su ventana sin ser invitado, el examen del gran maestre Munkun reveló que su doncellez estaba rota. Unos proscritos atacaron a Lucinda Penrose mientras cazaba en la bahía del Aguasnegras, a menos de medio día de distancia del castillo; le mataron al halcón y le robaron el caballo, y un hombre la sujetó mientras otro le cortaba la nariz. La hermosa Falena Stokeworth, una vivaz niña de ocho años que en alguna ocasión había jugado a las muñecas con la reina, cayó por la escalera de caracol y se rompió una pierna, y lady Buckler y sus dos hijas se ahogaron cuando la barca con que atravesaban el Aguasnegras se desfondó y se fue a pique. Algunos empezaron a hablar de la «maldición del Día de la Doncella», mientras que otros, más avispados en las maniobras de poder, vieron la obra de manos invisibles y cerraron la boca.

¿Fueron la Mano y sus secuaces los responsables de estas tragedias e infortunios, o fue pura casualidad? Al final, no importaría. Desde el reinado de Viserys no había habido ningún baile en Desembarco del Rey, y aquel no tendría parangón. En los torneos, las doncellas hermosas y las damas de alto linaje rivalizaban por conseguir el honor de que las nombraran Reina del Amor y la Belleza, pero esos reinados solo duraban una noche. Fuera cual fuese la doncella que eligiera el rey Aegon, reinaría sobre Poniente durante toda su vida. Las nobles descendieron sobre Desembarco del Rey desde fortalezas y castillos situados en todos los lugares de los Siete Reinos. En un intento de limitar su número, lord Peake decretó que podían presentarse únicamente doncellas de sangre noble menores de treinta años, pero aun así, más de un millar de muchachas casaderas se agolparon en la Fortaleza Roja el día señalado, una marea demasiado crecida para que la Mano pudiera controlarla. Incluso llegaron desde la otra orilla del mar: el príncipe de Pentos envió a una hija; el arconte de Tyrosh, a una hermana, y muchas hijas de casas de abolengo zarparon desde Myr e incluso desde la antigua Volantis (aunque, ay, ninguna de las muchachas volantinas alcanzó Desembarco del Rey, puesto que por el camino las secuestraron los corsarios de las Islas Basilisco).

«Cada doncella parecía más hermosa que la anterior —dice Champiñón en su *Testimonio*—; relucientes y etéreas, cubiertas de sedas y joyas, componían una visión deslumbrante mientras se adentraban en el salón del trono. Sería difícil imaginar algo más bello, excepto quizá que todas hubieran llegado desnudas.» (Eso hizo una de ellas, a todos los efectos: Myrmadora Haen, hija de un magíster de Lys, apareció con un vestido de seda translúcida verde azulada, que hacía juego con sus ojos; debajo llevaba solo un cinturón enjoyado. Su aparición envió ondas de asombro por todo el patio, pero la Guardia Real le impidió la entrada al salón hasta que accedió a cambiar su atuendo por otro menos revelador.)

Sin duda, todas esas doncellas albergaban dulces sueños en los que bailaban con el rey, lo encandilaban con su ingenio y cruzaban miradas coquetas con él por encima de una copa de vino. Pero no tuvieron baile, vino ni oportunidad alguna de mantener con él una conversación, ingeniosa o aburrida. La reunión no fue, en realidad, lo que entendemos por baile. El rey Aegon III se sentó en el Trono de Hierro, ataviado de negro con un aro de oro alrededor de la cabeza y una cadena del mismo metal al cuello, mientras las doncellas desfilaban a sus pies una por una. Cuando el heraldo del rey anunciaba el nombre y el linaje de cada candidata, la muchacha hacía una reverencia; el rey asentía en respuesta y llegaba el turno de la siguiente. «Cuando presentaron a la décima, el rey ya había olvidado a las cinco primeras, sin duda —comenta Champiñón—. Sus padres muy bien podrían haberlas vuelto a poner a la cola para una segunda ronda, y así hicieron los más avispados.»

Unas pocas damiselas fueron suficientemente atrevidas para dirigirse al rey, en un intento de hacerse más memorables. Ellyn Baratheon preguntó a su alteza si le gustaba su vestido (más tarde, su hermana hizo correr la voz de que la pregunta había sido «¿Os gustan mis pechos?», pero no era cierto). Alyssa Royce le dijo que había recorrido todo el camino desde Piedra de las Runas solo para estar con él aquel día. Patricia Redwyne la superó al declarar que su comitiva había viajado desde el Rejo y se había visto obligada en tres ocasiones a rechazar ataques de bandidos. «Acerté a uno con una flecha —declaró con orgullo—. En el trasero.» Lady Anya Weatherwax, de siete años de edad, informó a su alteza de que su caballo se llamaba Pezuña Radiante y lo quería muchísimo, y le preguntó si él también poseía un buen caballo. («Su alteza posee un centenar de caballos», respondió lord Unwin con impaciencia.) Otras aventuraron cumplidos hacia su ciudad, su castillo o su ropa. Una muchacha norteña llamada Barba Bolton, hija de Fuerte Terror, dijo: «Si me enviáis a casa, alteza, enviadme con comida, porque la nieve es profunda y vuestro pueblo se muere de hambre».

La lengua más valerosa fue la de una mujer dorniense, Moriah Qorgyle de Asperón, quien se irguió sonriente después de su reverencia y dijo: «Alteza, ¿por qué no bajáis de ahí y me besáis?». Aegon no respondió. No respondió a ninguna de ellas. Ofreció un breve movimiento de cabeza a cada doncella, para indicar que la había oído, y ser Marston de la Guardia Real las acompañó a la salida.

La música flotó por el salón durante toda la noche, pero apenas era audible entre el ruido de los pasos arrastrados, el estruendo de la conversación y, de vez en cuando, el débil sonido del llanto contenido. El salón del trono de la Fortaleza Roja es una estancia cavernosa, más grande que ningún salón de Poniente excepto el de Harren el Negro, pero con más de un millar de doncellas, cada una de ellas con su cohorte de padres, hermanos, guardias y siervos, pronto estuvo demasiado abarrotado para moverse y el calor se hizo sofocante, por mucho que al otro lado de las ventanas rugiera el viento del invierno. El heraldo encargado de anunciar el nombre y linaje de cada una de las hermosas doncellas perdió la voz y hubo que reemplazarlo. Cuatro de las pretendientes se desmayaron, además de una docena de madres, varios padres y un septón. Un noble corpulento murió de un colapso.

«La Feria de Ganado del Día de la Doncella», llamaría Champiñón al baile con posterioridad. Ni siquiera los bardos que tanto bombo le dieron por adelantado hallaron gran cosa que cantar mientras se desarrollaba la velada, y el rey se veía más y más inquieto conforme pasaban las horas y continuaba el desfile de doncellas. «Todo esto —dice Champiñón— era exactamente lo que deseaba la Mano. Cada vez que su alteza fruncía el ceño, se sacudía en su asiento o dirigía un asentimiento aburrido, la probabilidad de que escogiese a lady Nabos aumentaba, o así le parecía.»

Myrielle Peake había llegado a Desembarco del Rey casi una luna antes del baile, y su padre se había asegurado de que cada día pasase un rato en compañía del rey. De cabello y ojos marrones, con un rostro ancho y pecoso y dientes disparejos que la hacían sonreír con parquedad, lady Nabos tenía catorce años, uno más que Aegon. «No era una gran belleza —dice Champiñón—, pero era simpática, bonita y agradable, y su alteza no parecía sentir aversión por ella.» Durante la quincena previa al Día de la Doncella, según cuenta el enano, lord Unwin había organizado las cosas para que Myrielle compartiera media docena de cenas con el rey. Convocado para ofrecer entretenimiento durante esas prolongadas e incómodas colaciones, Champiñón cuenta que el rey Aegon hablaba poco, pero «parecía más cómodo con lady Nabos de lo que había estado jamás con la reina Jaehaera. Es decir, nada cómodo, pero no daba la impresión de que le desagradase su presencia. Tres días antes del baile le regaló una muñeca de la reina. "Tomad —dijo mientras se la entregaba—, podéis quedaros con esto." Quizá no fueran las palabras que sueña con oír una joven doncella inocente, pero recibió el regalo como una muestra de afecto, y su padre se mostró muy complacido.»

Lady Myrielle llevaba la muñeca cuando hizo su aparición en el baile, acunándola como si fuera un bebé. No fue la primera a la que presentaron (ese honor recayó en la hija del príncipe de Pentos) ni la última (lo fue Henrietta Woodhull, hija de un caballero hacendado de Los Senos). Su padre se había asegurado de que se presentase ante el rey hacia el final de la primera hora, suficientemente alejada de los primeros puestos para que nadie pudiera acusarlo de favorecerla, pero bastante cerca para que el rey Aegon todavía estuviera razonablemente despejado. Cuando su alteza saludó a lady Myrielle por su nombre y dijo no solo «Os agradezco que hayáis venido, mi señora», sino también «Me complace ver que os gusta la muñeca», su padre se entusiasmó al creer que todas sus estrategias cuidadosamente trazadas habían dado sus frutos.

Pero todo se torcería en un instante por la mano de las hermanastras del rey, las gemelas cuya sucesión Unwin Peake se había esforzado tanto en impedir. Quedaba menos de una docena de doncellas, y la multitud había decrecido de forma considerable, cuando un repentino toque de trompeta anunció la llegada de Baela Velaryon y Rhaena Corbray. Las puertas del salón del trono se abrieron de golpe, y entraron las hijas del príncipe Daemon, acompañadas de una ráfaga de viento invernal. Lady Baela estaba hinchada por el embarazo; lady Rhaena, demacrada y esquelética por el aborto sufrido, pero pocas veces habían parecido tanto ser la misma mujer. Ambas vestían de suave terciopelo negro, con gargantilla de rubíes y el dragón de tres cabezas de la casa Targaryen bordado en la capa.

A lomos de un par de caballos de guerra negros como boca de lobo, las gemelas recorrieron el largo del salón. Cuando ser Marston Mares, de la Guardia Real, les bloqueó el paso y les exigió que desmontasen, lady Baela lo golpeó en la mejilla con la fusta. «Su alteza, mi hermano, puede darme órdenes; vos, no.» A los pies del Trono de Hierro tiraron de las riendas. Lord Unwin se lanzó hacia delante, exigiendo saber qué significaba todo aquello. Las gemelas no le prestaron más atención de la que habrían prestado a un siervo. «Hermano —dijo lady Rhaena a Aegon—, tenemos el placer de traeros a vuestra nueva reina.»

Su señor esposo, ser Corwyn Corbray, condujo a la niña hacia delante. Una exclamación de sorpresa colectiva se elevó en el salón. «Lady Daenaera de la casa Velaryon —tronó el heraldo, un poco ronco—, hija del fallecido y llorado Daeron de esa misma casa y su señora esposa, Hazel de la casa Harte, también fallecida. Pupila de lady

Baela de la casa Targaryen y de Alyn Puño de Roble de la casa Velaryon, lord almirante, amo de Marcaderiva y Señor de las Mareas.»

Daenaera Velaryon era huérfana. A su madre se la habían llevado las fiebres de invierno; su padre había muerto en los Peldaños de Piedra cuando su *Corazón Verdadero* se fue a pique. Al padre de su padre lo había decapitado ser Vaemond por orden de la reina Rhaenyra, pero Daeron se había reconciliado con lord Alyn y había muerto luchando por él. De pie ante el rey aquel Día de la Doncella, ataviada de seda blanca, encaje de Myr y perlas, con el largo cabello brillante a la luz de las antorchas y las mejillas sonrosadas por la emoción, Daenaera apenas tenía seis años pero era tan hermosa que cortaba el aliento. La sangre de la antigua Valyria corría con fuerza por sus venas, como ocurre con frecuencia en los hijos e hijas del hipocampo; tenía el cabello de plata engarzada en oro, los ojos tan azules como el mar en verano, la piel tan tersa y pálida como la nieve invernal. «Resplandecía —dice Champiñón—, y cuando sonrió, los bardos alineados en la galería se entusiasmaron, porque supieron que allí, por fin, había una doncella digna de una canción.» Todos coincidieron en que la sonrisa de Daenaera le transformaba el rostro; era dulce, atrevido y travieso al mismo tiempo. Aquellos que la vieron no pudieron evitar pensar: «He aquí una niña inteligente, alegre y feliz, el antídoto perfecto para el desánimo del rey».

Cuando Aegon III le devolvió la sonrisa y dijo: «Gracias por venir, mi señora; sois muy hermosa», lord Unwin Peake no tuvo más remedio que reconocer que había perdido la partida. Obligaron a las últimas doncellas a avanzar a toda prisa para su turno, pero el deseo del rey de poner fin al desfile era tan palpable que la pobre Henrietta Woodhull sollozaba mientras hacía su reverencia. Mientras la alejaban, el rey Aegon convocó a su joven copero, Gaemon Peloclaro; a él le correspondió el honor de realizar el anuncio. «¡Su alteza contraerá matrimonio con lady Daenaera de la casa Velaryon!», gritó Gaemon alegremente.

Atrapado en la argucia que él mismo había tramado, lord Unwin Peake no pudo sino aceptar la decisión del rey con tanta elegancia como fue capaz de reunir. Fue en el consejo, al día siguiente, cuando liberó toda su rabia. Al escoger como esposa a una niña de seis años, «ese niño adusto» había frustrado el objetivo del matrimonio. Pasarían años antes de que la niña tuviera edad suficiente para el encamamiento, y más aún hasta que pudiera tener un heredero. Hasta ese momento, la sucesión seguiría siendo inestable. En última instancia, la misión de una regencia era proteger al rey de las estupideces de la juventud, declaró, «estupideces como por ejemplo esta». Por el bien del reino, debían desacatar la decisión del rey para que pudiera casarse con «una doncella adecuada, en edad de procrear».

«¿Como vuestra hija? —inquirió lord Rowan—. No creo.» Tampoco los demás regentes hicieron causa común con él. Por una vez, el consejo contravino de forma implacable los deseos de la Mano; el matrimonio se celebraría. El compromiso se anunció al día siguiente, mientras veintenas de doncellas decepcionadas se derramaban por las puertas de la ciudad en dirección a sus hogares.

El rey Aegon III Targaryen se casó con lady Daenaera el último día del año 133 d.C. de Aegon. La muchedumbre que flanqueaba las calles para vitorear a la pareja real era considerablemente menor que la que había salido por Aegon y Jaehaera, ya que las fiebres de invierno se habían llevado a cerca de una quinta parte de la población de Desembarco del Rey, pero aquellos que soportaron los vientos cortantes y las rachas de nieve expresaron su alborozo ante su nueva reina, hechizados por sus saludos alegres, sus mejillas ruborizadas y sus sonrisas dulces y tímidas. A lady Baela y lady Rhaena, que avanzaban a caballo justo detrás del palanquín real, también las vitorearon con entusiasmo. Solo unos pocos se fijaron en la Mano del Rey, que avanzaba muy por detrás, «con el rostro lúgubre como la muerte».

La regencia

El viaje de Alyn Puño de Roble

Dejemos de momento Desembarco del Rey y retrocedamos en el tiempo para dedicar nuestra atención a lord Alyn Puño de Roble, el esposo de lady Baela, y a su épico viaje al mar del Ocaso.

Los triunfos y sinsabores de la flota de los Velaryon en su recorrido alrededor del «culo de Poniente» (como a lord Alyn le gustaba llamarlo) podrían llenar un grueso volumen por sí solos. Para los interesados en los detalles del periplo, la obra del maestre Bendamure *Seis travesías por mar: Relato de los grandes viajes de Alyn Puño de Roble* sigue siendo la fuente más completa y autorizada, si bien los relatos vulgares de la vida de lord Alyn titulados *Duro como el roble* y *Nacido bastardo* resultan coloridos e interesantes a su manera, aunque poco fiables. El primero salió de la pluma de ser Russell Stillman, escudero de lord Alyn en su juventud, que obtuvo el nombramiento de caballero por gracia de su señor antes de perder una pierna en el quinto de sus viajes; el segundo, de una mujer de la que solo sabemos que se llamaba Rue, quien pudo haber sido una septa, o tal vez no, y también amante del protagonista, o puede que tampoco. No incluiremos aquí sus narraciones salvo a grandes rasgos.

En su regreso a los Peldaños de Piedra, Puño de Roble se mostró considerablemente más prudente que en su visita anterior. Receloso del vaivén de alianzas y las premeditadas traiciones de las Ciudades Libres, envió una avanzada de exploradores disfrazados de mercaderes en barcos de pesca, con el cometido de averiguar qué iba a encontrarse. El informe concluyó que la lucha se había serenado mucho en las islas; Racallio Ryndoon había resurgido y tenía el control de Piedra Sangrienta y todas las islas del sur, y los islotes del norte y el este estaban en manos de mercenarios al servicio del arconte de Tyrosh. Muchos de los canales que discurrían entre las islas estaban cerrados con barreras o bloqueados con cascos de barcos naufragados durante el ataque de lord Alyn. Las vías marítimas que seguían abiertas eran dominio de Ryndoon y su canalla, de modo que lord Alyn debía tomar una sencilla decisión: presentar batalla para atravesar el territorio de «Racallio la Reinona» (como lo llamaba el arconte) o llegar a un acuerdo con él.

Poco se ha escrito en la lengua común sobre el estrafalario y extraordinario aventurero que fue Racallio Ryndoon, pero en las Ciudades Libres, su vida ha sido tema de dos estudios eruditos y un sinnúmero de canciones, poemas y romances vulgares. En Tyrosh, su ciudad natal, su nombre es anatema para hombres y mujeres de sangre noble aun en nuestros días, mientras que ladrones, piratas, putas, borrachos y demás gente de esa calaña lo pronuncian con reverencia.

Es sorprendente lo poco que se conoce de su juventud, y gran parte de lo que creemos saber es falso o contradictorio. Se supone que casi alcanzaba las dos varas y media y tenía un hombro más alto que el otro, por lo que siempre estaba encorvado y se bamboleaba al caminar. Hablaba una docena de dialectos del valyrio, rasgo propio de la alta cuna, pero también tenía una lengua infamemente sucia, rasgo propio de la baja estofa. Igual que muchos tyroshíes, acostumbraba teñirse el pelo y la barba; su color favorito era el morado (¿señal de lazos con Braavos?), y casi todos los testimonios mencionan su larga melena de rizos morados, a menudo con vetas naranja. Le gustaban los aromas y se bañaba en lavanda o agua de rosas.

Lo que está claro es que era un hombre de enorme ambición y enormes apetitos; un glotón y un beodo en sus momentos de solaz, un demonio en la batalla. Podía esgrimir la espada con cualquier mano, y a veces luchaba empuñando dos a la vez. Honraba a los dioses, a todos, allá donde fuera; cuando se avecinaba la lucha, tiraba las tabas para decidir a qué deidad aplacar con un sacrificio. Aunque Tyrosh era una ciudad esclavista, odiaba la esclavitud, lo que quizá dé una pista de que alguna vez la sufrió en sus carnes. Cuando la riqueza le sonreía (ganó y perdió varias fortunas), se dedicaba a comprar a cualquier muchacha esclava que le cayera en gracia; a continuación la besaba y la liberaba. Con sus hombres era dadivoso, y no reclamaba una parte del botín mayor que la del menos favorecido. En Tyrosh tenía fama de echar monedas a los mendigos. Si alguien elogiaba alguna posesión suya, ya fueran unas botas, un anillo de esmeraldas o una esposa, Racallio se la regalaba.

Tenía una docena de desposadas y nunca les pegaba, aunque a veces les pedía que le pegaran a él. Le encantaban los gatitos y odiaba a los gatos. Adoraba a las mujeres encintas, pero no soportaba a los niños. De vez en cuando se vestía con ropa de mujer y jugaba a ser una puta, si bien la espalda encorvada y la barba morada le daban un aspecto más grotesco que femenino. A veces rompía a reír en lo más fragoroso de la batalla; otras veces le daba por cantar canciones obscenas.

Racallio Ryndoon estaba loco, pero sus hombres lo veneraban; luchaban por él y morían por él. Incluso lo hicieron rey durante unos pocos años.

En el 133 d. C., Racallio la Reinona estaba en el cénit de su poderío en los Peldaños de Piedra. Tal vez Alyn Velaryon hubiese podido acabar con él, pero temía que fuera a costa de perder la mitad de sus fuerzas, y sabía que necesitaría hasta el último hombre si quería tener alguna esperanza de derrotar al Kraken Rojo, de modo que prefirió dialogar a batallar. Se desvió del rumbo de la flota con su *Lady Baela* y la condujo a Piedra Sangrienta bajo bandera de parlamento, con intención de tratar de convencer a Ryndoon de que les franqueara el paso a través de sus aguas.

Acabó por conseguirlo, aunque Racallio lo retuvo más de una quincena en la enorme y desgarbada fortaleza de madera que tenía en la isla. ¿Cautivo o invitado? Ni siquiera Puño de Roble lo tenía claro, ya que su anfitrión era voluble como el viento. Un día lo saludaba como a un amigo y compañero de armas y lo instaba a unirse a él para atacar Tyrosh; al siguiente tiraba las tabas para decidir si lo mataba. Insistió en que luchara contra él en un pozo de barro que había detrás de la fortaleza, con cientos de piratas mirando y burlándose. Cuando decapitó a uno de sus hombres, acusado de espiar para los tyroshíes, le regaló la cabeza en prueba de amistad; pero al día siguiente lo acusó de ser él quien estaba al servicio del arconte, y lord Alyn se vio obligado a matar a tres prisioneros tyroshíes para demostrar su inocencia. Consumado esto, la Reinona quedó tan encantado que por la noche envió a dos de sus esposas a su habitación. «Hazles hijos —ordenó—. Quiero hijos tan fuertes y valientes como tú.» Nuestras fuentes no se ponen de acuerdo en si lord Alyn cumplió la petición.

Al fin, Ryndoon permitió el paso de la flota de los Velaryon, pero a cambio de un precio: quería tres barcos, una alianza escrita en pergamino y firmada con sangre, y un beso. Puño de Roble le concedió los tres barcos menos marineros de su flota, una alianza escrita en piel de oveja y firmada con tinta de maestre, y la promesa de un beso de lady Baela si los visitaba en Marcaderiva. Con eso bastó, y la flota pudo atravesar los Peldaños de Piedra.

Pero no acababan ahí las dificultades: era el turno de Dorne. La repentina aparición de la enorme flota de los Velaryon en las aguas de Lanza del Sol provocó entre los dornienses una comprensible alarma. Sin embargo, dado que carecían de fuerza naval, optaron por considerar a lord Alyn un visitante, no un atacante. Aliandra Martell, la princesa de Dorne, le salió al encuentro en compañía de una docena de sus pretendientes y favoritos de por entonces. La «nueva Nymeria» acababa de celebrar su decimoctavo día del nombre, y al parecer quedó muy impresionada con el joven, atractivo y galante «héroe de los Peldaños de Piedra», el valeroso almirante que había bajado los humos a los braavosíes. Lord Alyn pidió agua dulce y provisiones para sus barcos, mientras que la princesa Aliandra solicitó servicios de más íntima naturaleza. En *Nacido bastardo* se dice que él accedió; en *Duro como el roble*, que no. Lo que sí sabemos es que el coqueteo y las atenciones que le dedicó la princesa dorniense no gustaron nada a los señores de esta, y enfurecieron a Qyle y Coryanne, sus hermanos. De cualquier modo, lord Puño de Roble consiguió sus barriles de agua dulce, comida suficiente para llegar a Antigua y el Rejo, y cartas de navegación que señalaban los mortales remolinos que acechaban a lo largo de la costa meridional de Dorne.

Pese a todo, fue en aguas dornienses donde lord Velaryon sufrió las primeras pérdidas. Cuando la flota pasaba junto a los secarrales que se extendían al oeste de Costa Salada, se desató una tormenta repentina que dispersó los barcos, dos de los cuales naufragaron. Más al oeste, cerca de la desembocadura del Azufre, una galera dañada se acercó a tierra para hacer reparaciones y renovar las reservas de agua, pero sufrió el ataque de unos bandidos que mataron a la tripulación y robaron los suministros al amparo de la oscuridad.

Cuando lord Puño de Roble llegó a Antigua, sin embargo, las pérdidas se vieron de sobra compensadas. El gran faro que coronaba Torrealta guio el *Lady Baela* y el resto de la flota por el Canal de los Susurros, hasta arribar a puerto, donde Lyonel Hightower en persona salió a recibirlos y darles la bienvenida a su ciudad. El trato cortés que lord Alyn dispensó a lady Sam le ganó de inmediato el aprecio de lord Lyonel, y la amistad que surgió rápidamente entre los dos jóvenes contribuyó en gran medida a superar las viejas rencillas entre los negros y los verdes. Hightower prometió que Antigua le proporcionaría veinte buques de guerra, y que su buen amigo lord Redwyne del Rejo añadiría otros treinta. De improviso, la flota de lord Puño de Roble había alcanzado un número mucho más temible.

Largo fue el tiempo que los barcos de los Velaryon quedaron anclados en el Canal de los Susurros mientras esperaban a lord Redwyne y las embarcaciones prometidas. Alyn Puño de Roble disfrutó de la hospitalidad de Torrealta, exploró los recovecos y callejuelas de Antigua y visitó la Ciudadela, donde pasó días con la nariz hundida en antiguas cartas de navegación y estudiando polvorientos tratados valyrios sobre diseño de buques de guerra y tácticas de batalla naval. En el Septo Estrellado recibió la bendición del Septón Supremo, quien le trazó en la frente la estrella de

siete puntas con óleos sagrados y le encomendó que descargara la ira del Guerrero sobre los hombres del hierro y su Dios Ahogado. Lord Velaryon seguía en Antigua cuando llegó la nueva de la muerte de la reina Jaehaera, seguida en cuestión de días por el anuncio del compromiso del rey con Myrielle Peake. Para entonces se había ganado también el afecto de lady Sam, aunque solo nos cabe conjeturar si participó o no en la redacción de su infame misiva. Sin embargo, sí se sabe que mientras estuvo en Torrealta envió cartas a Marcaderiva para su esposa, pero no conocemos el contenido.

Puño de Roble era todavía joven en aquel 133 d.C., y los jóvenes no destacan por su paciencia. Al fin decidió dejar de esperar a lord Redwyne y dio la orden de zarpar. Antigua aclamó a los barcos de los Velaryon cuando izaron las velas, bajaron los remos y, uno por uno, surcaron el Canal de los Susurros corriente abajo. Los seguían veinte galeras de guerra de la casa Hightower con ser Leo Costayne al mando, un marinero encanecido al que llamaban el León Marino.

Frente a los cantarines acantilados de Corona Negra, donde torres retorcidas y rocas talladas por el viento silbaban por encima de las olas, la flota viró al norte para entrar en el mar del Ocaso y avanzó sin que nadie se percatara de su paso por la costa occidental hasta dejar atrás Bandallon. Cuando atravesaron la desembocadura del Mander, los hombres de las islas Escudo se les unieron con sus galeras: tres barcos del Escudo Gris y otros tantos del Escudo del Sur, cuatro del Escudo Verde y seis del Escudo de Roble. Sin embargo, antes de que pudiesen avanzar mucho rumbo al norte los atrapó otra tormenta. Naufragó un barco, y otros tres sufrieron graves daños y no pudieron continuar. Lord Velaryon reagrupó la flota en la costa de Refugio Quebrado, donde la señora del castillo les salió al encuentro en una barca de remos. Fue entonces cuando supieron del gran baile que iba a celebrarse el Día de la Doncella.

La noticia llegó también a Isla Bella, y tenemos constancia de que lord Dalton Greyjoy llegó a acariciar la idea de enviar a alguna de sus hermanas a rivalizar por la corona de la reina. «Una doncella del hierro en el Trono de Hierro —dijo—. No se me ocurre nada más apropiado.» No obstante, el Kraken Rojo tenía preocupaciones más acuciantes. Avisado con mucha antelación de la llegada de Alyn Puño de Roble, reunió sus fuerzas para recibirlo; centenares de barcoluengos se agrupaban al sur de la isla, y más frente a las costas de Las Hogueras, Kayce y Lannisport. Después de enviar a «ese niñato» a los salones del Dios Ahogado, conduciría a su propia flota por el camino por donde había llegado la otra, plantaría su estandarte en las Escudo, saquearía Antigua y Lanza del Sol y se apropiaría de Marcaderiva; así lo proclamó el señor de las Islas del Hierro. (Nótese que apenas contaba tres años más que su enemigo, por más que siempre se refiriera a él como «ese niñato».) Quizá incluso tomara a lady Baela como esposa de sal, dijo entre risas a sus capitanes. «Ya sé que tengo veintidós esposas de sal, pero me falta una de cabello plateado.»

Las crónicas se detienen largamente en las hazañas de los reyes y las reinas, los grandes señores, los caballeros nobles, los santos septones y los sabios maestres; tanto que resulta fácil olvidar a la gente sencilla que vivió los mismos tiempos que los poderosos y magníficos. Sin embargo, de tanto en tanto surgen hombres y mujeres corrientes, carentes de las bendiciones de la cuna, la riqueza, el ingenio, la sabiduría y la destreza con las armas, que son capaces de imponerse y cambiar el destino de los reinos mediante un sencillo acto o una palabra susurrada. Así sucedió en Isla Bella en aquel trascendental año centésimo trigésimo tercer después de la Conquista.

Lord Dalton Greyjoy no exageraba al decir que tenía veintidós esposas de sal. Cuatro estaban en Pyke; dos de ellas le habían dado hijos. Las demás eran mujeres de las Tierras del Oeste, raptadas durante sus conquistas, y entre ellas estaban dos hijas del finado lord Farman, la viuda del Caballero de Kayce y hasta una Lannister (de los Lannister de Lannisport, no de los de Roca Casterly). El resto eran muchachas de origen más humilde, hijas de simples pescadores, mercaderes o soldados que le habían llamado la atención por el motivo que fuera, casi siempre después de haber matado a sus padres, maridos o demás varones que las protegían. Había una que se llamaba Tess, y eso es todo lo que sabemos de ella. ¿Tenía trece años o treinta? ¿Era bonita o del montón? ¿Una viuda o una virgen? ¿Dónde la había encontrado lord Greyjoy?, y ¿durante cuánto tiempo la había tenido como esposa de sal? ¿Lo odiaba por sus rapiñas y violaciones, o lo amaba con tanta desesperación que los celos la hicieron enloquecer?

No lo sabemos. Los relatos son tan contradictorios que Tess seguirá siendo un misterio en los anales de la historia para siempre jamás. Lo único que se sabe con certeza es que una noche lluviosa y azotada por el viento, en Torrelabella, mientras los barcos se agrupaban en derredor, lord Dalton sació sus ansias de placer con ella y se quedó dormido. Tess le cogió el puñal y le rajó el cuello de oreja a oreja, y a continuación se arrojó desnuda y cubierta de sangre al hambriento mar que se extendía a sus pies.

Así pereció el Kraken Rojo de Pyke en la víspera de su mayor batalla: no por la espada del enemigo, sino a manos de una de sus esposas y por su propio puñal.

Poco lo sobrevivieron sus conquistas. Cuando corrió la noticia de su muerte, capitán tras capitán se fueron escabullendo para volver a sus hogares, y la flota que había congregado para salir al paso a Puño de Roble se disolvió. Dalton Greyjoy no había tomado nunca una esposa de roca, de modo que sus únicos herederos eran dos hijos que le habían dado las esposas de sal que tenía en Pyke, y tres hermanas y varios primos, cada uno más ambicioso que el anterior. Por ley, el Trono de Piedramar debía pasar al mayor de sus hijos de sal, pero Toron no había cumplido los seis años y su madre, una esposa de sal, no tenía derecho a ejercer de regente como si fuera una esposa de roca. La lucha por el poder era inevitable, como muy bien sabían los capitanes del hierro cuando emprendieron a toda prisa el regreso a sus islas.

Mientras tanto, en Isla Bella, el pueblo llano y los pocos caballeros que quedaban se levantaron en sangrienta rebelión. A los hombres del hierro que se habían quedado cuando huyeron los demás los arrancaron del lecho y los despedazaron, o los masacraron en los muelles mientras la muchedumbre asaltaba sus barcos y les prendía fuego. En cuestión de tres días, centenares de piratas encontraron un final tan despiadado, sangriento y repentino como el que solían infligir a sus víctimas, hasta que solo Torrelabella quedó en manos de los hijos del hierro. La guarnición, gran parte de cuyos integrantes eran amigos cercanos o hermanos de batalla del Kraken Rojo, resistió con tenacidad hasta que el vociferante gigantón Gunthor Goodbrother, uno de los capitanes, mató al taimado Alester Wynch, el otro capitán, por una disputa relacionada con Lysa, una de sus esposas de sal, hija de lord Farman.

Y así fue que, cuando por fin llegó Alyn Velaryon a rescatar las Tierras del Oeste del azote de los hombres de las Islas del Hierro, se encontró con que no quedaban enemigos. Isla Bella era libre, los barcoluengos se habían retirado y la lucha había terminado. Cuando el *Lady Baela* pasó bajo la muralla de Lannisport, las campanas repicaron en señal de bienvenida. Millares de personas se arracimaron en la orilla, a las puertas de la ciudad, para recibirlo con ovaciones. La mismísima lady Johanna salió de Roca Casterly para regalar a Puño de Roble un caballito de mar forjado en oro y otros presentes que simbolizaban la estima de los Lannister.

Siguieron días de celebración. Lord Alyn estaba impaciente por repostar y emprender el largo viaje de retorno, pero los occidentales se resistían a dejarlo partir, pues su flota estaba destruida y se hallaban indefensos ante un posible regreso de los hombres del hierro organizado por quienquiera que sucediese al Kraken Rojo. Lady Johanna llegó a proponerle un ataque a las Islas del

Hierro: ella proporcionaría las espadas y lanzas que hicieran falta; él solo tendría que transportarlas a las islas. «Deberíamos pasarlos a todos por la espada —declaró— y vender a sus mujeres y a sus hijos a los esclavistas orientales. Que los cangrejos y las gaviotas se queden con esas míseras rocas.»

Puño de Roble no accedió, pero para complacer a su anfitriona permitió que Leo Costayne, el León Marino, se quedara en Lannisport con un tercio de la flota hasta que los Lannister, los Farman y los demás señores del oeste hubieran reconstruido suficientes buques de guerra para defenderse del regreso de los hombres del hierro. Tras esto izó las velas y se adentró en la mar con el resto de sus naves para volver por donde había llegado.

Poco necesitamos decir del viaje de regreso. Cerca de la desembocadura del Mander avistaron por fin la flota de los Redwyne, que se dirigía al norte a toda vela, pero dio la vuelta tras compartir sus oficiales el pan con lord Velaryon a bordo del *Lady Baela*. Puño de Roble hizo una breve visita al Rejo como invitado de lord Redwyne, y otra más larga a Antigua, donde continuó su amistad con lord Lyonel Hightower y lady Sam, se reunió con los escribas y maestres de la Ciudadela para contarles los pormenores de su viaje, disfrutó del agasajo de los maestres de los siete gremios y recibió otra bendición del Septón Supremo. Después volvió a surcar las aguas junto a la árida y reseca costa de Dorne, esta vez rumbo al este. Su regreso a Lanza del Sol complació a la princesa Aliandra, quien se empeñó en oír hasta el último detalle de su periplo, para irritación de sus hermanos y sus celosos pretendientes.

Fue ella quien le transmitió la nueva de que Dorne se había unido a la guerra de las Hijas aliándose con Tyrosh y Lys contra Racallio Ryndoon, y fue en la corte de Lanza del Sol, durante la fiesta del Día de la Doncella (precisamente el día en que una miríada de doncellas desfilaban ante Aegon III en Desembarco del Rey), donde se le acercó un tal Drazenko Rogare, uno de los enviados de Lys a la corte de Aliandra, y le rogó que tuvieran unas palabras en privado. Picado por la curiosidad, lord Alyn accedió y salió con él al patio, donde Drazenko se le acercó tanto que «temí que fuera a besarme», según sus palabras. Pero lo que hizo fue susurrarle algo al oído, un secreto que cambió el curso de la historia de Poniente. Al día siguiente, lord Velaryon regresó al *Lady Baela* y dio orden de zarpar... rumbo a Lys.

Sus motivos y lo que le esperaba en la ciudad libre se revelarán a su debido tiempo, pero por ahora volvamos la mirada hacia Desembarco del Rey. La esperanza y la ilusión saludaron la llegada del nuevo año en la Fortaleza Roja. Aunque más joven que su predecesora, la reina Daenaera era una niña más alegre, y su talante jovial ahuyentó no poco de la melancolía del rey, al menos durante un tiempo. Aegon III se mostraba en la corte con más frecuencia de lo acostumbrado, y en tres ocasiones hasta salió del castillo para enseñar a su reciente esposa las vistas de la ciudad (aunque se negó a llevarla a Pozo Dragón, donde tenía su guarida Aurora, la joven dragona de lady Rhaena). Su alteza pareció recobrar el interés por los estudios, y empezó a requerir con frecuencia la presencia de Champiñón para que los entretuviera durante la cena. («El sonido de la risa de la reina era música para mis oídos de bufón, tan dulce que hasta podía arrancarle una sonrisa al rey.») Incluso Gareth Long, el odiado maestro de armas de la Fortaleza Roja, percibió el cambio. «Ya no tenemos que azotar al pequeño bastardo tanto como antes —informó a la Mano—. Aegon nunca anduvo corto de fuerza ni de rapidez, y ahora por fin empieza a dar mínimas muestras de destreza.»

El renovado interés del joven rey por el mundo se extendió incluso al gobierno de su reino; Aegon III comenzó a asistir al consejo. Si bien apenas intervenía, su comparecencia infundió ánimo al gran maestre Munkun, y pareció agradar a lord Mooton y a lord Rowan, aunque dejó desconcertado a ser Marston Mares, de la Guardia Real, y lord Peake se lo tomó como un agravio.

Munkun relata que siempre que Aegon reunía valor para plantear una pregunta, la Mano se encrespaba y lo acusaba de estar haciendo perder el tiempo al consejo, o lo informaba de que esas cuestiones tan serias escapaban a la comprensión de un niño. No es de extrañar, pues, que poco después su alteza dejase de honrar con su presencia las reuniones, igual que antes.

Amargado y receloso por naturaleza, y con un orgullo rayano en la altanería, Unwin Peake era un hombre sumamente infeliz allá por el 134 d.C. El Baile del Día de la Doncella le había infligido una tremenda humillación, y que el rey rechazara a su hija Myrielle a favor de Daenaera le había parecido una afrenta personal. Nunca había tenido estima a lady Baela, y ahora tenía motivos para sentir también antipatía hacia su hermana Rhaena; estaba convencido de que las dos conspiraban contra él, probablemente bajo los auspicios del insolente y rebelde Puño de Roble, esposo de Baela. Con premeditación y alevosía, las gemelas le habían desbaratado los planes para asegurar la sucesión; así se lo dijo a sus adláteres. Y al conseguir que el rey se desposara con una cría de seis años se habían asegurado de que el vástago que esperaba Baela fuera el siguiente heredero del Trono de Hierro.

«Si es un niño, su alteza jamás vivirá lo bastante para engendrar un heredero de su semilla», aseguró Peake en cierta ocasión a Marston Mares, en presencia de Champiñón. Poco después, Baela Velaryon se puso de parto y alumbró a una niña saludable a la que puso Laena, en honor a su madre. Pero ni eso consiguió apaciguar a la Mano del Rey por mucho tiempo, ya que antes de que transcurriera una semana regresó la avanzadilla de la flota de los Velaryon con un mensaje críptico: Puño de Roble los había enviado por delante mientras él se dirigía a Lys para hacerse con «un tesoro sin precio».

Esas palabras despertaron los recelos de lord Peake. ¿De qué tesoro hablaba? ¿Cómo pretendía hacerse con él? ¿A punta de espada? ¿No iría a desatar una guerra con Lys, como ya había hecho

con Braavos? Al enviar al joven y temerario almirante a dar la vuelta a Poniente, la intención de la Mano era librar a la corte de su influencia, pero resulta que ya se disponía a presentarse allí una vez más «empapado de ovaciones que no se merece», y puede que también de inmensas riquezas. (El oro había sido siempre un asunto delicado para Unwin Peake, cuya casa era pobre en tierras, si bien rica en piedras, barro y orgullo, y aquejada de una falta de fondos crónica.) Bien sabía que el pueblo llano veía a Puño de Roble como un héroe, el hombre que había humillado al soberbio Señor del Mar de Braavos y al Kraken Rojo de Pyke, mientras que él era objeto de injurias y resentimiento. Hasta en la Fortaleza Roja, muchos deseaban que los regentes lo desposeyeran del cargo de Mano del Rey para otorgárselo a Alyn Velaryon.

Sin embargo, la emoción ante el regreso de Puño de Roble era palpable, y la Mano tuvo que tragarse la rabia. Cuando divisaron las velas del *Lady Baela* en la bahía del Aguasnegras, surgiendo de la bruma matutina por delante del resto de la flota de los Velaryon, hasta la última campana de Desembarco del Rey se puso a repicar. Millares de personas se apretujaron en la muralla de la ciudad para vitorear al héroe, igual que en Lannisport medio año atrás, y miles más salieron por la Puerta del Río para esperarlo en la orilla. Pero cuando el rey expresó el deseo de personarse en el muelle «para dar las gracias a mi cuñado por su servicio», la Mano se lo prohibió con el argumento de que no sería apropiado que su alteza acudiera a lord Velaryon; que correspondía al almirante presentarse en la Fortaleza Roja para prosternarse ante el Trono de Hierro.

Una vez más, como en la cuestión del compromiso de Aegon con Myrielle Peake, lord Unwin fue incapaz de prevalecer sobre los demás regentes. A pesar de sus enérgicas objeciones, el rey Aegon y la reina Daenaera salieron del castillo en su palanquín, seguidos de lady Baela y su hija recién nacida, su hermana lady Rhaena con su esposo Corwyn Corbray, el gran maestre Munkun, el septón

Bernard, los regentes Manfryd Mooton y Thaddeus Rowan, los caballeros de la Guardia Real y muchos otros notables impacientes por dar la bienvenida al *Lady Baela* en los muelles.

Era una mañana fría y luminosa, nos dicen las crónicas. Ante los ojos de decenas de miles de testigos, lord Alyn Puño de Roble vio a su hija Laena por vez primera. Después de besar a su esposa, alzó a la niña para mostrársela a la multitud, y las ovaciones resonaron como un trueno. Hasta haberla puesto de nuevo en brazos de su madre no se arrodilló ante los reyes. La reina Daenaera, sonrojándose de una manera encantadora y tartamudeando solo un poquito, le puso al cuello una pesada cadena de oro con zafiros engastados, «a-azules como el mar donde mi señor cosechó sus victorias». Después, el rey Aegon III lo invitó a incorporarse con las palabras: «Nos alegramos de que hayas vuelto sano y salvo, hermano».

Champiñón dice que reía al ponerse en pie. «Mi señor —respondió—, me habéis concedido el honor de la mano de vuestra hermana y me llena de orgullo estar unido a vos por lazos fraternales mediante el matrimonio, pero nunca podré ser vuestro hermano de sangre. Aunque hay otro que sí.» Entonces, con un gesto ostentoso, lord Alyn indicó que presentaran el tesoro que había conseguido en Lys. Del *Lady Baela* desembarcó una joven bellísima de tez pálida, del brazo de un muchacho con ricos atavíos más o menos de la misma edad que el rey, que ocultaba sus facciones bajo la capucha de una capa bordada.

Lord Unwin Peake fue incapaz de seguir conteniéndose y se abrió paso para ponerse al frente. «¿Y este quién es? —exigió saber—. ¿Quién eres tú?» El joven se quitó la capucha. Cuando el sol se reflejó en el cabello de hebras plateadas y doradas que ocultaba, el rey Aegon III sollozó y se arrojó a sus brazos para envolverlo en un intenso abrazo. El «tesoro» de Puño de Roble era Viserys Targaryen, el hermano perdido del rey, hijo menor de la reina Rhaenyra y el príncipe Daemon, a quien nadie había visto durante los cinco últimos años y todos creían muerto desde la batalla del Gaznate.

Recordemos que, en el 129 d.C., Rhaenyra Targaryen había enviado a Pentos a sus dos hijos pequeños para apartarlos del peligro, con tan mala fortuna que el barco en el que cruzaban el mar Angosto fue a caer en las fauces de una flota de guerra de la Triarquía. El príncipe Aegon había conseguido escapar en Tempestad, su dragón, pero al príncipe Viserys lo habían capturado. Al poco estalló la batalla del Gaznate, y como no se supo de la suerte del príncipe cuando todo acabó, lo dieron por muerto. Ni siquiera había nadie capaz de señalar a ciencia cierta el barco en que viajaba.

Millares y millares fueron los caídos en el Gaznate, pero Viserys Targaryen no estaba entre ellos. El barco que transportaba al joven príncipe había sobrevivido a la batalla y se las había arreglado a duras penas para volver a su Lys de origen, donde Viserys se encontró cautivo de Sharako Lohar, el gran almirante de la Triarquía. Pero la derrota había desacreditado a Sharako, y no tardó en verse rodeado de enemigos, antiguos y recientes, ansiosos de su perdición. Desesperado por conseguir dineros y aliados, vendió al muchacho a cierto magíster de la ciudad, llamado Bambarro Bazanne, a cambio de su peso en oro y una promesa de apoyo. El subsiguiente asesinato del almirante caído en desgracia hizo aflorar las tensiones y rivalidades de las Tres Hijas, y los resentimientos largo tiempo acunados estallaron en violencia, con una serie de crímenes que pronto desembocaron en una guerra abierta. En medio del caos que siguió, el magíster Bambarro juzgó prudente ocultar su tesoro por el momento, no se lo fuera a arrebatar cualquiera de sus compatriotas o algún rival de otra ciudad.

Viserys recibió un buen trato durante su cautiverio. Aunque le prohibían abandonar los terrenos de la mansión de Bambarro, tenía sus propios aposentos, comía con el magíster y su familia, contaba con instructores que se encargaban de versarlo en lengua, literatura, matemáticas, historia y música, y hasta tenía un maestro de armas que le enseñaba esgrima, arte en el que pronto descolló. La creencia general, pese a que no existe ninguna prueba, es que Bambarro pretendía esperar al fin de la Danza de los Dragones, bien para devolvérselo a su madre a cambio de un rescate (si Rhaenyra se alzaba con la victoria), bien para venderle su cabeza a su tío (si el victorioso era Aegon II).

Sin embargo, los planes se fueron a pique con la sucesión de demoledoras derrotas de Lys en la guerra de las Hijas. Bambarro Bazanne murió en las Tierras de la Discordia en el 132 d. C. a manos de la compañía de mercenarios con la que se disponía a atacar Tyrosh, a causa de una disputa por unos pagos atrasados. Su pérdida llevó al descubrimiento de que estaba ahogado en deudas, y los acreedores se incautaron de su mansión. A su esposa y a sus hijos los vendieron como esclavos, y sus muebles, ropa, libros y demás objetos de valor, incluido el príncipe cautivo, fueron a parar a manos de otro noble, Lysandro Rogare.

Lysandro era el patriarca de una rica y poderosa dinastía de banqueros y comerciantes, cuya ascendencia se remontaba a la Valyria de antes de la Maldición. Entre sus muchas posesiones figuraba una famosa casa de placer, el Jardín Perfumado. Viserys Targaryen era tan deslumbrante que se dice que Lysandro Rogare se planteó ponerlo a trabajar de cortesano..., hasta que el muchacho se identificó. Al saber que tenía un príncipe en su poder, el magíster cambió de plan en el acto: en lugar de vender sus favores le otorgó la mano de su hija, lady Larra Rogare, que pasaría a la historia de Poniente como Larra de Lys.

El encuentro fortuito de Alyn Velaryon y Drazenko Rogare en Lanza del Sol brindó la ocasión perfecta para devolver al príncipe Viserys a su hermano; pero regalar lo que se puede vender es contrario a la naturaleza de cualquier lyseno, así que Puño de Roble debía acudir primero a Lys para negociar las condiciones con Lysandro Rogare. «Más le habría valido al reino que se hubiera sentado a negociar la madre de lord Alyn en su lugar», comenta Champiñón acertadamente; Puño de Roble no sabía nada de regateos. Para hacerse con el príncipe, comprometió al Trono de Hierro a pagar un rescate de cien mil dragones de oro, no levantarse en armas contra la casa Rogare ni sus intereses durante un centenar de años, transferir al Banco Rogare de Lys los fondos depositados en el Banco de Hierro de Braavos, otorgar títulos a tres de los hijos menores de Lysandro y, ante todo, jurar por su honor que el matrimonio entre Viserys Targaryen y Larra Rogare no se disolvería por causa alguna. Lord Alyn Velaryon aceptó todas las condiciones, y dio fe con su firma y sello.

El príncipe Viserys tenía siete años cuando lo raptaron de la *Alegre Abandono*, y doce cuando volvió en el 134 d.C. Su esposa, la hermosa joven que desembarcó del *Lady Baela* cogida de su brazo, tenía diecinueve; siete más que él. Pese a ser dos años menor que su hermano el rey, Viserys era más maduro en algunos aspectos. Aegon III nunca había mostrado apetito carnal por ninguna de sus reinas (comprensible en el caso de Daenaera, que no era más que una niña), pero Viserys ya había consumado el matrimonio, como confió con orgullo al gran maestre Munkun durante el banquete que se celebró para darle la bienvenida a casa.

Munkun nos cuenta que el regreso de su hermano de entre los muertos obró maravillas en Aegon III. Nunca se había perdonado por haber abandonado a Viserys a su suerte cuando escapó de la *Alegre Abandono* a lomos de su dragón antes de la batalla del Gaznate. Aunque solo tenía nueve años, Aegon descendía de una larga estirpe de héroes y guerreros, y había crecido escuchando los relatos de sus valientes hazañas y osadas proezas, ninguna de las cuales incluía huir de una batalla dejando atrás a un hermano pequeño en las garras de la muerte. En lo profundo de su ser, el Rey Quebrado se sentía indigno de ocupar el Trono de Hierro. Si había sido incapaz de salvar a su hermano, a su madre y a su pequeña reina de una muerte horrible, ¿cómo iba a salvar a un reino?

El regreso de Viserys también contribuyó largamente a aliviar la soledad del rey. De niño, Aegon adoraba a sus tres hermanos maternos, los mayores, pero era con Viserys con quien compartía habitación, lecciones y juegos. «Una parte del rey había muerto en el Gaznate junto con su hermano —escribe Munkun—. Es evidente que el afecto que profesaba a Gaemon Peloclaro había nacido de su deseo de reemplazar al hermano pequeño perdido, pero hasta que recuperó a Viserys no recobró la vida y la entereza.» El príncipe Viserys y el rey Aegon volvieron a ser inseparables, igual que de niños, cuando vivían en Rocadragón, y Gaemon Peloclaro quedó relegado y olvidado; hasta la reina Daenaera cayó en el abandono.

Otra cosa que solventó la llegada del príncipe perdido fue el problema de la sucesión: como hermano del rey, Viserys era su heredero indiscutible, por delante de cualquier hijo de Baela Velaryon, de Rhaena Corbray y hasta de las gemelas. Ya no importaba que el rey Aegon hubiera decidido casarse con una niña de seis años en sus segundas nupcias: el príncipe Viserys era un muchacho alegre, lleno de encanto y rebosante de vitalidad. Aunque no tan alto, tan fuerte ni tan atractivo como su hermano, era claramente más listo y curioso; y su esposa no era ninguna niña, sino una hermosa joven en plena flor de la fertilidad. Que Aegon se quedara con su esposa impúber; Larra de Lys daría hijos a Viserys, más bien antes que después, y así quedaría asegurada la dinastía.

Por todos estos motivos, el rey y la corte recibieron al príncipe con regocijo, y lord Alyn Velaryon gozó de más estima que nunca por haberlo rescatado de su cautiverio lyseno. Claro que esa alegría no salpicó a la Mano del Rey: por más que se declarara encantado con el regreso del hermano del monarca, estaba furioso por el precio que Puño de Roble había accedido a pagar por él. Insistía en que el joven almirante carecía de autoridad para consentir esas «condiciones ruinosas»; únicamente la Mano y los regentes tenían poder para representar al Trono de Hierro, no cualquier «bobo con una flota».

La ley y la tradición estaban de parte de lord Unwin, y así lo reconoció el gran maestre Munkun cuando presentó sus quejas ante el consejo; pero no pensaban así el rey ni el pueblo llano, y conculcar el pacto de lord Alyn habría sido un disparate sin igual, en opinión de los demás regentes. Votaron conceder nuevos honores a Puño de Roble, confirmaron la legitimidad del matrimonio del príncipe Viserys y lady Larra, accedieron a pagar el rescate a su padre en diez plazos anuales y transfirieron una gran cantidad de oro de Braavos a Lys.

Lord Unwin Peake se lo tomó como un nuevo y humillante desaire. Estando tan recientes la Feria de Ganado del Día de la Doncella y el repudio del rey a su hija Myrielle a favor de Daenaera, una niña, fue más de lo que pudo soportar su orgullo. Tal vez creyera que la amenaza de renunciar al cargo de Mano del Rey serviría para someter a los demás regentes a su voluntad, pero resultó que aceptaron su dimisión con entusiasmo y nombraron en su lugar al campechano, honrado y apreciado lord Thaddeus Rowan.

Unwin Peake se retiró a su castillo de Picoestrella para rumiar las ofensas de las que se sentía víctima, pero no lo acompañaron su tía lady Clarice, su tío Gedmund Peake Hachamagna, Gareth Long, Victor Risley, Lucas Leygood, George Graceford, el septón Bernard ni el resto de su nutrido grupo de protegidos, sino que siguieron desempeñando los cargos que les había otorgado, al igual que su hermano bastardo, ser Mervyn Flores, y su sobrino, ser Amaury Peake, ya que los hermanos juramentados de la Guardia Real sirven de por vida. Lord Unwin incluso puso a Tessario y sus Dedos a disposición de su sucesor; el rey tenía sus guardias, declaró, y la Mano no debía ser menos.

La Primavera Lysena y el fin de la regencia

La paz reinó en Desembarco del Rey durante lo que quedaba de año, enturbiada solo por la muerte de Manfryd Mooton, señor de Poza de la Doncella y último de los regentes originales de Aegon. Lord Mooton llevaba tiempo en declive; no había conseguido reponerse por completo de las fiebres de invierno, de modo que su pérdida no suscitó muchos comentarios. Lord Rowan recurrió a ser Corwyn Corbray, el marido de lady Rhaena, para que ocupara su lugar en el consejo. Entretanto, lady Baela, la hermana de Rhaena, regresó a Marcaderiva con lord Alyn y su hija. Al poco tiempo, Viserys alegró a la corte con el anuncio de que lady Larra estaba encinta, y toda la ciudad se regocijó.

Fuera de la capital, sin embargo, el 134 d. C. no sería un año de los que se recuerdan con añoranza. Al norte del Cuello, el invierno seguía envolviendo la tierra en su puño de hielo. En Fuerte Túmulo, lord Dustin cerró las puertas porque tras su muralla se estaban aglutinando centenares de aldeanos famélicos. La situación de Puerto Blanco era mejor, pues los barcos llevaban comida desde el sur, pero los precios subieron tanto que hubo hombres bondadosos que llegaron a someterse a las cadenas de los esclavistas del otro lado del mar para que sus familias pudieran comer, mientras que otros no tan bondadosos vendieron a sus esposas e hijos. Hasta en Las Inviernas, al pie de la muralla de Invernalia, los norteños empezaban a comerse a los perros y los caballos. El frío y la hambruna se llevaron a la tercera parte de la Guardia de la Noche, y cuando millares de salvajes atravesaron a pie el mar helado del este del Muro, cientos de hermanos negros perecieron en batalla.

En las Islas del Hierro, la muerte del Kraken Rojo desató una fiera lucha por el poder. Sus tres hermanas y los hombres que habían tomado por esposos capturaron a Toron Greyjoy, el niño que ocupaba el Trono de Piedramar, y dieron muerte a su madre, mientras que los primos de Toron se unieron a los señores de Harlaw y Marea Negra para encumbrar a Rodrik, hermano paterno de Toron, y los hombres de Gran Wyk tomaron partido por un aspirante llamado Sam Sal, que decía descender de la estirpe negra.

Llevaban medio año inmersos en esa sangrienta batalla a tres bandas cuando ser Leo Costayne cayó sobre ellos con su flota, de la que desembarcaron miles de espadachines y lanceros de los Lannister en Pyke, Gran Wyk y Harlaw. Si bien lord Puño de Roble se había negado a participar en la venganza de Roca Casterly contra los hombres del hierro, el viejo León Marino se mostró más receptivo a las propuestas de lady Johanna; animado, quizá, por su promesa de casarse con él si le entregaba las Islas del Hierro para que las gobernase su hijo. Sin embargo, resultó estar más allá de sus posibilidades: ser Leo Costayne murió en las rocosas colinas de Gran Wyk a manos de Arthur Goodbrother, y tres cuartas partes de sus barcos acabaron capturados o hundidos en los fríos mares grises.

Pese a que el anhelo de lady Johanna de pasar por la espada a todos los hombres del hierro se vio frustrado, cuando terminó la lucha no le cupo duda a nadie de que los Lannister habían pagado su deuda. Habían ardido cientos de barcoluengos y naves pesqueras, y otros tantos pueblos y hogares. A las esposas y los vástagos de los hijos del hierro que habían causado tantos estragos en las Tierras del Oeste los aniquilaron sistemáticamente. Entre las víctimas se encontraban nueve primos del Kraken Rojo, dos de sus tres hermanas con sus maridos, lord Drumm de Viejo Wyk y lord Goodbrother de Gran Wyk, así como lord Volmark y lord Harlaw de Harlaw, lord Botley de Puerto Noble y lord Stonehouse de Viejo Wyk. Millares más perecieron de hambre antes de que acabara el año, porque los Lannister también se llevaron toneladas de grano y pescado en salazón que tenían almacenados, y destruyeron lo que no se pudieron llevar. Aunque Toron Greyjoy conservó el Trono de Piedramar gracias a que sus defensores rechazaron el asalto de los Lannister contra la muralla de Pyke, a su hermano paterno Rodrik lo capturaron y lo condujeron a Roca Casterly, donde lady Johanna lo castró y lo convirtió en el bufón de su hijo.

En la costa opuesta de Poniente también estalló una lucha por la sucesión a finales de aquel 134 d.C., cuando lady Jeyne Arryn, la Doncella del Valle, murió en Puerto Gaviota de un resfriado que le agarró en el pecho. Tenía cuarenta años y pereció en brazos de Jessamyn Redfort, su «querido compañero», en la casa madre de Maris, situada en una isla rocosa del puerto. En su lecho de muerte, lady Jeyne dictó su testamento, donde nombraba heredero a su primo ser Joffrey Arryn, quien la había servido lealmente durante los diez años precedentes como Caballero de la Puerta de la Sangre, defendiendo el Valle contra los salvajes de las colinas.

Sin embargo, ser Joffrey solo era su primo en cuarto grado. Ser Arnold Arryn, primo carnal de lady Jeyne, que le había propuesto matrimonio en dos ocasiones, estaba mucho más próximo en la línea sucesoria. Encarcelado tras su segunda rebelión fallida, ser Arnold había perdido la razón, debido a los largos años pasados en las celdas del cielo del Nido de Águilas y las mazmorras de los sótanos de las Puertas de la Luna; pero su hijo, ser Eldric Arryn, tenía cordura, astucia y ambición, y salió en defensa de los derechos de su padre. Muchos señores del Valle se congregaron bajo sus estandartes, pues juzgaban que las leyes ancestrales de sucesión debían prevalecer sobre «el capricho de una mujer moribunda».

Surgió un tercer aspirante en la persona de Isembard Arryn, patriarca de los Arryn de Puerto Gaviota, una rama aún más distante de la gran casa que se había escindido del tronco noble durante el reinado del rey Jaehaerys para dedicarse al comercio y había hecho fortuna. Corría la chanza de que el halcón del escudo de Isembard era de oro, y pronto empezó a llamárselo «el Halcón Dorado». Se sirvió de su riqueza para sustentar sus pretensiones y contratar mercenarios al otro lado del mar Angosto.

Lord Rowan hizo lo que pudo para paliar esas calamidades: ordenó a los Lannister que se retiraran de las Islas del Hierro, envió alimentos al Norte y convocó a los Arryn rivales a Desembarco del Rey para que expusieran sus causas ante los regentes, pero sus esfuerzos surtieron poco efecto. Los Lannister y los Arryn desoyeron sus mandatos por igual, y la comida que llegó a Puerto Blanco estaba lejos de bastar para aliviar la hambruna. Si bien gozaban de estima, ni Thaddeus Rowan ni el niño al que servía inspiraban temor. Cuando el año se aproximaba a su fin, en Desembarco del Rey despertó el rumor de que el reino no estaba en manos de los gobernantes, sino de los cambistas de Lys.

Pese a que la corte y la ciudad seguían adorando al hermano del rey, el inteligente y amable Viserys, no podía decirse lo mismo de su esposa lysena. Larra Rogare se había instalado en la Fortaleza Roja con su marido, pero su corazón seguía siendo el de una dama de Lys. Aunque hablaba con soltura el alto valyrio y los dialectos de Myr, Tyrosh y la antigua Volantis, además de su lyseno materno, lady Larra no hacía ningún esfuerzo por aprender la lengua común, y prefería recurrir a intérpretes para transmitir sus deseos. Todas sus damas eran lysenas, al igual que sus criados. Todas sus prendas procedían de Lys, hasta la ropa interior; los barcos de su padre le llevaban la última moda lysena tres veces al año. Hasta tenía protectores particulares: espadachines lysenos la guardaban día y noche, a las órdenes de su hermano Moredo y un mudo descomunal de las arenas de combate de Meereen, llamado Sandoq la Sombra.

Puede que, con el tiempo, tanto la corte como el reino hubiesen llegado a aceptar todo lo anterior si lady Larra no se hubiera empeñado en conservar también sus dioses. No participaba en el culto a los Siete ni a los viejos dioses de los norteños; su adoración la reservaba para ciertas deidades del nutrido panteón lyseno: Pantera, la diosa gata de seis pechos; Yndros el Crepuscular, de sexo masculino durante el día y femenino por la noche; Bakkalon de la Espada, el niño pálido, y Saagael el sin rostro, el que reparte dolor.

Las damas, los criados y los guardias de lady Larra se unían a ella en el culto a esas extrañas y antiguas divinidades. De sus aposentos entraban y salían tantos gatos que la gente empezó a decir que eran sus espías, que le transmitían todo lo que ocurría en la Fortaleza Roja en ronroneos quedos al oído. Incluso llegó a afirmarse que la propia Larra podía convertirse en gato y merodear por los tejados y los bajos fondos de la ciudad. Los rumores pronto adquirieron tintes más oscuros: supuestamente, los acólitos de Yndros podían cambiar de sexo mediante el acto amoroso, y se murmuraba que lady Larra ejercía a menudo esa habilidad en orgías celebradas al crepúsculo para poder visitar los burdeles de la calle de la Seda en forma de hombre. Además, siempre que desaparecía un niño, los ignorantes cruzaban miradas y hablaban de Saagael y su insaciable sed de sangre.

Aún de menor estima gozaban los hermanos de Larra de Lys que la habían acompañado a Desembarco del Rey. Moredo era el comandante de su guardia, y Lotho había establecido una sucursal del Banco Rogare en la Colina de Visenya. Roggerio, el más joven, abrió en la Puerta del Río una opulenta casa de placer de estilo lyseno llamada La Sirena, y la llenó de loros de las Islas del

Verano, monos de Sothoryos y un centenar de chicas y chicos exóticos de todos los rincones del mundo. A pesar de que sus favores costaban diez veces más de lo que se atrevía a cobrar cualquier otro burdel, Roggerio nunca anduvo escaso de clientes. Grandes señores y simples mercaderes por igual hablaban de las bellezas y maravillas que se encontraban tras las puertas talladas y pintadas de La Sirena... incluida, a decir de algunos, una sirena de verdad. Casi todo lo que sabemos de las mil maravillas de La Sirena procede de Champiñón, el único de entre nuestros cronistas dispuesto a confesar haber visitado el lupanar en muchas ocasiones y participado en sus cuantiosos placeres, en habitaciones suntuosamente decoradas.

En la otra orilla del mar, la guerra de las Hijas llegaba por fin a término. Racallio Ryndoon huyó al sur, a las Islas Basilisco, con los partidarios que le quedaban; Lys, Tyrosh y Myr se dividieron las Tierras de la Discordia, y los dornienses se hicieron con el dominio de la mayor parte de los Peldaños de Piedra. Los más perjudicados con el nuevo reparto fueron los myrienses, mientras que el arconte de Tyrosh y la princesa de Dorne salieron muy favorecidos. En Lys desaparecieron algunas casas venerables, y muchos magísteres de alta cuna cayeron en desgracia y se arruinaron, al tiempo que otros se hacían con las riendas del poder. Los más destacados entre los últimos fueron Lysandro Rogare y su hermano Drazenko, el artífice de la alianza dorniense. Los vínculos de Drazenko con Lanza del Sol y los de Lysandro con el Trono de Hierro convirtieron a los Rogare en príncipes de Lys a efectos prácticos.

A finales del 134 d. C. había quienes temían que el dominio de los Rogare se extendiera también a Poniente. Su pompa, soberbia y poder se convirtieron en la comidilla de Desembarco del Rey. Sus artimañas corrían de boca en boca: Lotho compraba a la gente con oro, Roggerio la seducía con carne perfumada y Moredo la sometía mediante el temor al acero. Sin embargo, los hermanos no eran sino títeres en manos de lady Larra: ella y sus extraños dioses lysenos manejaban las cuerdas. El rey, la pequeña reina y el joven príncipe eran tan solo niños, ciegos a lo que ocurría a su alrededor, mientras que la Guardia Real, los capas doradas y hasta la Mano del Rey estaban vendidos.

O eso se decía. Como todas las historias semejantes, tenía su pizca de verdad mezclada con miedo y falsedades. No cabe duda de que los lysenos eran altaneros, ambiciosos y avariciosos; es evidente que Lotho se servía de su banco y Roggerio de su burdel para ganar adeptos a su causa. Sin embargo, en realidad poco se distinguían del resto de los señores y damas de la corte de Aegon III, pues cada cual buscaba el poder y la riqueza a su manera. Aunque con más éxito que sus rivales (al menos durante algún tiempo), los lysenos no eran sino una de las facciones que competían por la influencia. Si lady Larra y sus hermanos hubieran sido ponientíes, tal vez habrían gozado de estima y admiración, pero su origen extranjero, sus costumbres extranjeras y sus dioses extranjeros los convertían en objeto de sospecha y desconfianza.

Munkun se refiere a este período como el Señorío Rogare, pero ese nombre solo se utilizó en Antigua, entre los maestres y archimaestres de la Ciudadela. Quienes lo vivieron lo llamaron la Primavera Lysena, puesto que en efecto también estuvo marcado por esa estación. A principios del 135 d. C., el Cónclave de Antigua envió sus cuervos blancos para anunciar el fin de uno de los inviernos más largos y cruentos que habían conocido los Siete Reinos.

La primavera es siempre una estación de esperanza, renacimiento y renovación, y la del 135 d. C. no fue diferente. Terminó la guerra de las Islas del Hierro, y en Invernalia, lord Cregan Stark obtuvo un sustancioso préstamo del Banco de Hierro de Braavos para comprar comida y semillas a sus famélicos vasallos. Tan solo en el Valle continuó la lucha. Furioso por la negativa de los Arryn aspirantes al poder a presentarse en Desembarco del Rey y someter su disputa al juicio de los regentes, lord Thaddeus Rowan envió un millar de hombres a Puerto Gaviota, con el también regente ser Corwyn Corbray al mando, para restaurar la Paz del Rey y dirimir el problema de la sucesión.

Entretanto, Desembarco del Rey atravesaba una época de prosperidad como no se había visto en muchos años, gracias en gran parte a la casa Rogare de Lys. El Banco Rogare pagaba cuantiosos intereses por los fondos depositados, lo que animaba a más nobles a entregar su oro a los lysenos. El comercio también florecía: los muelles del Aguasnegras estaban atestados de barcos de Tyrosh, Myr, Pentos, Braavos y, sobre todo, Lys, que descargaban seda, especias, encaje myriense, jade de Qarth, marfil de Sothoryos y muchos otros artículos extraños y maravillosos de los confines del mundo, incluidos lujos apenas contemplados hasta entonces en los Siete Reinos.

La abundancia se propagaba a otras ciudades portuarias: el Valle Oscuro, Poza de la Doncella, Puerto Gaviota y Puerto Blanco también vieron crecer su comercio, igual que Antigua, en el sur, y hasta Lannisport, en el mar del Ocaso. En Marcaderiva, la localidad de la Quilla experimentó un renacimiento; se construyeron y botaron decenas de barcos, y la madre de lord Puño de Roble amplió generosamente sus flotas mercantes y comenzó a construirse una mansión palaciega con vistas al puerto que Champiñón dio en llamar la Ratonera.

Al otro lado del mar Angosto, Lys prosperaba bajo la «tiranía de terciopelo» de Lysandro Rogare, quien había adoptado el título de «Primer Magíster Vitalicio». Y cuando su hermano Drazenko se casó con la princesa Aliandra Martell de Dorne, quien lo nombró príncipe consorte y señor de los Peldaños de Piedra, la casta de los Rogare alcanzó su cúspide. La gente empezó a hablar de Lysandro el Magnífico.

Durante el primer cuarto del año 135 d. C. se produjeron dos acontecimientos cruciales que trajeron gran alegría a los Siete Reinos de Poniente. Al despertar del tercer día de la tercera luna del año, los habitantes de Desembarco del Rey presenciaron un fenómeno que no se había visto desde los oscuros días de la Danza: un dragón sobrevolando la ciudad. Lady Rhaena, que había cumplido los diecinueve, estaba montando a Aurora por primera vez. En aquel vuelo inaugural dio una vuelta alrededor de la ciudad antes de volver a Pozo Dragón, pero con el paso de los días fue cobrando valor y alejándose más.

Sin embargo, solo en una ocasión aterrizó Rhaena con Aurora dentro de la Fortaleza Roja, porque ni los mayores empeños del príncipe Viserys lograron persuadir a su hermano, el rey, de que fuese a ver volar a su hermana; la reina Daenaera, por el contrario, quedó tan cautivada que se la oyó decir que ella también quería un dragón. Poco después, Aurora llevó a Rhaena a través de la bahía del Aguasnegras hasta Rocadragón, donde, según afirmó, «los dragones y sus jinetes son mejor recibidos».

Menos de una quincena después, Larra de Lys dio a luz a un niño, el primer hijo del príncipe Viserys. La madre tenía veinte años, y el padre, solo trece. Viserys lo llamó Aegon como su hermano, el rey, y le puso un huevo de dragón en la cuna como ya era costumbre con todos los vástagos legítimos nacidos de la casa Targaryen. El septón Bernard ungió a Aegon con los siete óleos en el septo real, y las campanas de la ciudad repicaron para celebrar el nacimiento. Llegaron regalos de todos los rincones del reino, aunque ninguno tan fastuoso como los que enviaron los tíos lysenos del recién nacido. En Lys, Lysandro el Magnífico decretó un día de fiesta en honor de su nieto.

Sin embargo, incluso en medio de la alegría comenzaba a insinuarse el descontento. El nuevo hijo de la casa Targaryen había sido ungido en la Fe, pero en la ciudad se decía que su madre pretendía otorgarle también la bendición de sus dioses, y por las calles de Desembarco del Rey circularon rumores de ceremonias obscenas en La Sirena y sacrificios de sangre en el Torreón de Maegor. Los problemas podrían no haber pasado de las habladurías, pero poco después se cernió una serie de desastres sobre el reino y la familia real, pisándose los talones uno a otro, hasta que incluso quienes se burlaban de los dioses, como Champiñón, empezaron a preguntarse si la casa Targaryen y el reino de Poniente no habrían despertado la ira de los Siete.

El primer presagio de la oscuridad que se avecinaba se presenció en Marcaderiva, cuando eclosionó el huevo de dragón que habían regalado a Laena Velaryon por su nacimiento. El orgullo y el regocijo de sus padres pronto se tornaron ceniza: la criatura que salió retorciéndose del cascarón era una monstruosidad, un gusano de fuego sin alas, blanco como una larva y ciego. Instantes después de nacer, se lanzó contra el bebé con quien compartía cuna y le arrancó un pedazo de brazo. Al oír el grito de Laena, lord Puño de Roble le arrancó el «dragón», lo tiró al suelo y lo despedazó.

La noticia del engendro monstruoso y el sangriento incidente perturbó enormemente al rey Aegon, y pronto fue motivo de agrias palabras entre su hermano y él. El príncipe Viserys seguía teniendo su huevo de dragón; aunque no eclosionaba, lo había conservado durante todos sus años de exilio y cautiverio porque era muy importante para él. Cuando Aegon prohibió que nadie tuviera huevos de dragón en su castillo, Viserys se puso furioso; sin embargo, prevaleció la voluntad del rey, como debe ser, y enviaron el huevo a Rocadragón. El príncipe se negó a dirigir la palabra a su hermano durante toda una luna.

Su alteza estaba muy disgustado por la pelea con su hermano, según dejó escrito Champiñón, pero fue un acontecimiento posterior lo que lo sumió en la desesperación. Se encontraba disfrutando de una cena tranquila en sus aposentos con Daenaera, su pequeña reina, en compañía de su amigo Gaemon Peloclaro, mientras el enano los entretenía con una cancioncilla absurda sobre un oso aficionado por demás a la bebida, cuando el muchacho bastardo empezó a quejarse de calambres en las tripas. «Corre a buscar al gran maestre Munkun», ordenó el rey a Champiñón. Cuando regresó el bufón con el gran maestre, Gaemon se había desmayado, y la reina Daenaera gemía y se quejaba: «A mí también me duele la tripa».

Gaemon era desde hacía tiempo el catador y copero del rey Aegon, y Munkun no tardó en declarar que tanto él como la reina eran víctimas de un envenenamiento. El gran maestre administró a Daenaera un fuerte purgante, y probablemente fuera eso lo que le salvó la vida. Fue presa de incontrolables vómitos durante toda la noche; lloró y se retorció de dolor, y al día siguiente se encontraba demasiado débil y exhausta para levantarse de la cama, pero eliminó el veneno. Sin embargo, Munkun no llegó a tiempo para salvar a Gaemon Peloclaro, que murió al cabo de una hora. Nacido bastardo en un burdel, el Rey Conejito había reinado brevemente en su dominio de la colina durante la Luna de la Demencia, visto morir a su madre ajusticiada y servido a Aegon III como copero, niño de los azotes y amigo. Se cree que no tenía más de nueve años cuando murió.

Más tarde, el gran maestre Munkun echó de comer los restos de la cena a unas ratas enjauladas y determinó que el veneno se había añadido al hojaldre de las tartaletas de manzana. Por suerte, el rey nunca había sido muy aficionado al dulce (ni a ninguna otra comida, en honor a la verdad). Los caballeros de la Guardia Real irrumpieron de inmediato en las cocinas de la Fortaleza Roja, detuvieron a una docena de cocineros, pasteleros, pinches y criadas y se los entregaron a George Gracefold, el lord confesor. Bajo tortura, siete reconocieron haber intentado envenenar al rey; pero no hubo dos relatos iguales; no se ponían de acuerdo en de dónde habían sacado el veneno, y ningún cautivo supo señalar correctamente el plato emponzoñado, de modo que lord Rowan desestimó las confesiones a regañadientes, diciendo que «no me valen ni para limpiarme el culo». La Mano ya estaba de un humor sombrío antes del envenenamiento, porque hacía poco que había sufrido una tragedia personal: lady Floris, su joven esposa, había muerto de parto.

A pesar de que el rey pasaba menos tiempo con su copero desde el regreso de su hermano a Poniente, la muerte de Gaemon Peloclaro lo dejó inconsolable. Aunque tuvo su parte buena, porque ayudó a cerrar la brecha que se había abierto entre Aegon y Viserys, quien rompió su obstinado silencio para consolar a su doliente alteza y estuvo a su lado junto al lecho de la reina. Sin embargo, no sirvió de mucho, porque a partir de entonces fue Aegon quien se sumió en el silencio, pues recobró su antigua melancolía y pareció perder todo interés por la corte y el reino.

El siguiente revés cayó lejos de Desembarco del Rey, en el Valle de Arryn, cuando ser Corwyn Corbray dictaminó que debía prevalecer la voluntad de lady Jeyne y declaró a ser Joffrey Arryn señor legítimo del Nido de Águilas. Los demás aspirantes se mostraron intransigentes y se negaron a aceptar el mandato, de modo que ser Corwyn encarceló al Halcón Dorado junto con sus hijos y ejecutó a Eldric Arryn. Pero ser Arnold, el perturbado padre de ser Eldric, se las ingenió para huir a Piedra de las Runas, donde de joven había servido de escudero. Gunthor Royce, conocido en el Valle como el Gigante de Bronce, era un anciano, pero tan testarudo como intrépido; cuando llegó ser Corwyn para sacar a ser Arnold de su refugio, lord Gunthor se puso su antigua armadura de bronce y montó en su caballo para enfrentarse a él. Una discusión acalorada dio paso a las maldiciones, y luego, a las amenazas. Corbray desenvainó a *Dama Desesperada*, nunca sabremos si para atacar a Royce o solo como amenaza, y entonces un ballestero apostado en las almenas de Piedra de las Runas disparó una saeta que le atravesó el pecho.

Matar a un regente de su alteza era un acto de traición equivalente a atentar contra el propio rey. Por si fuera poco, ser Corwyn era tío de Quenton Corbray, el poderoso y marcial señor del Hogar, además de esposo bienamado de lady Rhaena, la jinete de dragón; cuñado por consiguiente de lady Baela, su gemela, y por tanto emparentado por matrimonio con Alyn Puño de Roble. Con su muerte, las llamas de la guerra volvieron a propagarse por el Valle de Arryn. Los Corbray, los Hunter, los Crayne y los Redfort se declararon partidarios de ser Joffrey Arryn, el heredero designado por lady Jeyne, mientras que los Royce de Piedra de las Runas y ser Arnold, «el Heredero Perturbado», recibieron el apoyo de los Templeton, los Tollett, los Coldwater y los Dutton, así como los señores de los Dedos y las Tres Hermanas. Puerto Gaviota y la casa Grafton continuaron secundando al Halcón Dorado, pese a hallarse cautivo.

La respuesta de Desembarco del Rey no se hizo esperar. Lord Rowan envió al Valle una última parvada de cuervos con órdenes de que todos los caballeros partidarios del Heredero Perturbado y el Halcón Dorado depusieran de inmediato las armas si no querían granjearse «la desaprobación del Trono de Hierro». Ante la ausencia de respuesta, la Mano se reunió con lord Puño de Roble a fin de trazar un plan para reprimir la rebelión.

Con la llegada de la primavera, se esperaba que el camino alto que atravesaba las Montañas de la Luna volviera a ser transitable. Cinco mil hombres emprendieron la marcha por el camino Real bajo las órdenes de ser Robert Rowan, el hijo mayor de lord Thaddeus. Reclutas de Poza de la Doncella, Darry y Hayford se unieron a sus filas durante el avance, y al cruzar el Tridente se incorporaron también seiscientos hombres de los Frey y un millar de los Blackwood con el propio lord Benjicot al frente, con lo que al entrar en las montañas eran ya nueve mil.

Se organizó un segundo ataque por mar. Antes que recurrir a la flota real, cuyo comandante era ser Gedmund Peake Hachamagna, tío de su predecesor, la Mano acudió a la casa Velaryon para conseguir los barcos que necesitaba. Puño de Roble en persona se pondría al mando de la flota, mientras que lady Baela, su esposa, iría a Rocadragón a consolar a su gemela enviudada (y, de paso, a asegurarse de que lady Rhaena no intentara vengar la muerte de su esposo por su cuenta con ayuda de Aurora).

Lord Rowan anunció que el comandante del ejército que viajaría al Valle con lord Alyn sería Moredo Rogare, el hermano de lady Larra. Nadie podía poner en duda que lord Moredo era un guerrero temible: alto y solemne, de cabello rubio casi blanco y centelleantes ojos azules, se decía que parecía la viva imagen de un guerrero de la antigua Valyria, y de acero valyrio era la espada larga que portaba, a la que llamaba *Verdad*.

Pero, a pesar de la bravura del lyseno, el pueblo no acogió bien el nombramiento. Mientras que sus hermanos Roggerio y Lotho hablaban con fluidez la lengua común, Moredo apenas entendía un poco, y muchos se cuestionaron si era acertado poner a un lyseno al frente de un ejército de caballeros de Poniente. Los enemigos de lord Rowan en la corte, entre los cuales se contaban muchos que habían obtenido sus cargos por obra de Unwin Peake, se apresuraron a señalarlo como la prueba de lo que se rumoreaba desde hacía medio año: que Thaddeus Rowan se había vendido a Puño de Roble y a los Rogare.

Esas murmuraciones habrían carecido de importancia si los asaltos al Valle hubieran tenido éxito, pero no fue así. Aunque Puño de Roble barrió con facilidad los barcos mercenarios del Halcón Dorado y tomó los muelles de Puerto Gaviota, los atacantes perdieron centenares de hombres en el asalto a la muralla, y el triple durante la lucha que se siguió casa por casa. Después de que su intérprete pereciera en la batalla callejera, Moredo Rogare tuvo gran dificultad para comunicarse con sus tropas; los hombres no entendían las órdenes, y él no entendía los informes. Se desató el caos.

En el otro extremo del Valle, mientras tanto, la carretera que atravesaba la cordillera resultó mucho menos transitable de lo que se esperaba. La hueste de ser Robert Rowan se encontró luchando por abrirse camino entre los profundos ventisqueros de los desfiladeros; avanzaba a paso de tortuga, y su caravana de suministros sufría una y otra vez los ataques de los salvajes nativos de esas montañas, descendientes de los primeros hombres expulsados del Valle por los ándalos miles de años atrás. «Eran esqueletos vestidos con pieles, armados con hachas de piedra y garrotes de madera —diría más adelante Ben Blackwood—, pero estaban tan famélicos y desesperados que no se desalentaban por muchos que matáramos.» Pronto, el frío, la nieve y los ataques nocturnos empezaron a cobrarse su precio.

Allá en las alturas, una noche que lord Robert y sus hombres estaban apiñados en torno a sus hogueras, ocurrió lo inconcebible: avistaron la boca de una cueva en las laderas que dominaban el camino, y una docena de hombres treparon hasta ella para comprobar si podía servirles de refugio para resguardarse del viento. Deberían haberse parado a reflexionar a la vista de los huesos esparcidos a la entrada, pero continuaron... y despertaron a un dragón.

Dieciséis hombres perecieron en la lucha que siguió, y más de medio centenar sufrió quemaduras antes de que la furiosa bestia parda remontara el vuelo y se adentrara en las montañas con «una mujer cubierta de harapos montada en el lomo». Ese es el último avistamiento confirmado y registrado en los anales de Poniente del Ladrón de Ovejas y Ortiga, su jinete, aunque los salvajes de las montañas siguen contando historias de una «bruja de fuego» que una vez moró en un valle oculto, apartado de cualquier camino o aldea. Los narradores afirman que uno de los clanes más salvajes de las montañas le rendía culto: los jóvenes demostraban su coraje llevándole tributos, y no podían considerarse hombres hasta que volvieran con quemaduras que atestiguaran que se habían enfrentado a la mujer dragón en su madriguera.

El encuentro con el dragón no fue el último peligro que afrontó la hueste: cuando llegaron a la Puerta de la Sangre ya había perecido un tercio de hambre y de frío. Entre los caídos se encontraba ser Robert Rowan, que había muerto aplastado por un peñasco cuando los hombres de los clanes derribaron media ladera de una montaña sobre la columna. Asumió el mando Ben Blackwood el

Sanguinario, quien ya contaba con la experiencia bélica de un hombre cuatro veces más veterano, pese a faltarle medio año para la mayoría de edad. En la Puerta de la Sangre, la entrada del Valle, los supervivientes encontraron comida, calor y cobijo; pero ser Joffrey Arryn, Caballero de la Puerta de la Sangre y sucesor designado por lady Jeyne Arryn, comprendió de inmediato que el paso por las montañas había dejado a los hombres de los Blackwood incapacitados para la batalla; más que una ayuda, iban a ser una carga en la guerra que estaba por librar.

Mientras proseguía la lucha en el Valle de Arryn, la promesa de la Primavera Lysena sufrió otro duro golpe cientos de leguas al sur, con las muertes casi simultáneas de Lysandro el Magnífico en Lys y su hermano Drazenko en Lanza del Sol. Pese a estar separados por el mar Angosto, los dos Rogare fallecieron con un día de diferencia, ambos en circunstancias sospechosas. Drazenko fue el primero, al asfixiarse con un pedazo de panceta; Lysandro se ahogó en el naufragio de su opulenta gabarra durante la travesía de regreso a su palacio desde el Jardín Perfumado. A pesar de que algunos insisten en que fue una desafortunada coincidencia, son muchos más los que creen que la forma y el momento de las muertes constituyen pruebas de que existía una conspiración para acabar con la casa Rogare. La mayoría atribuyó los sucesos a los Hombres sin Rostro de Braavos, los asesinos más sutiles que deambulaban por el ancho mundo.

Pero, si en verdad fueron los Hombres sin Rostro, ¿por encargo de quién actuaron? Se sospechaba del Banco de Hierro de Braavos, así como de Racallio Ryndoon, arconte de Tyrosh, y de varios príncipes mercaderes y magísteres de Lys cuyo descontento con la «tiranía de terciopelo» de Lysandro el Magnífico era notorio. Hubo quien llegó a insinuar que fueron los propios hijos del Primer Magíster Vitalicio quienes lo quitaron de en medio: había engendrado seis varones y tres hembras legítimos, tres hijas y dieciséis bastardos. En cualquier caso, los hermanos habrían actuado con suma cautela, puesto que ni siquiera hubo forma de demostrar que se tratara de un asesinato.

Ninguno de los cargos mediante los que Lysandro ejercía su dominio sobre Lys era hereditario. Apenas recuperaron del mar su cadáver medio devorado por los cangrejos, se desató la lucha por la sucesión entre sus viejos enemigos, sus falsos amigos y sus antiguos aliados.

Se dice, y es cierto, que las luchas entre lysenos no se libran con ejércitos, sino con conspiraciones y venenos. Durante el resto de aquel sangriento año, los magísteres y príncipes mercaderes de Lys bailaron una danza mortal en la que se alzaban y caían en cuestión de un par de semanas, y las caídas solían ser fatales. Torreo Haen murió envenenado junto con su esposa, su amante, sus hijas (entre ellas, la que había causado semejante escándalo en el Baile del Día de la Doncella con su vestido apenas insinuado), sus hermanos y sus partidarios, durante la fiesta de celebración de su ascenso a primer magíster. A Silvario Pendaerys lo apuñalaron en un ojo cuando salía del Templo del Comercio, y a su hermano Pereno lo acogotaron en una casa de placer mientras una esclava lo satisfacía con la boca. El confaloniero Moreo Dagareon pereció a manos de su propia guardia de élite, y a Matteno Orthys, un ferviente devoto de la diosa Pantera, lo atacó y casi devoró su apreciado gatosombra, cuya jaula había quedado inexplicablemente abierta una noche.

Pese a que los descendientes de Lysandro no podían heredar sus cargos, su palacio fue para su hija Lysara; sus barcos, para su hijo Drako; su casa de las almohadas, para su hijo Fredo, y su biblioteca, para su hija Marra. A todos sus vástagos les correspondió una parte de la riqueza que representaba el Banco Rogare; hasta los bastardos recibieron participaciones, aunque inferiores a las que se asignaron a los hijos legítimos. El control efectivo del banco fue a parar a Lysaro, hijo mayor de Lysandro, de quien se ha dicho sin faltar a la verdad que tenía «el doble de ambición que su padre y la mitad de su habilidad».

Lysaro Rogare aspiraba a gobernar Lys, pero carecía de la astucia y la paciencia de su padre para pasarse decenios acumulando riqueza y poder lentamente. Dado que sus rivales iban cayendo en las garras de la muerte, la primera medida de Lysaro fue garantizar su seguridad personal comprando un millar de Inmaculados a los esclavistas de Astapor; esos eunucos guerreros tenían fama de ser los mejores soldados de infantería del mundo, y además estaban entrenados en la obediencia ciega, de forma que sus amos jamás debían temer un desafío o una traición.

Ya rodeado de esos protectores, Lysaro se aseguró el nombramiento de confaloniero: se ganó al pueblo llano con suntuosos entretenimientos y a los magísteres con sobornos sin precedentes. Cuando esos gastos consumieron su fortuna personal, empezó a desviar oro del banco. Más adelante confesó que su intención era provocar una guerra corta y victoriosa contra Tyrosh o Myr y alzarse con el mérito de la conquista gracias a su rango militar, lo cual le allanaría el ascenso a primer magíster. El saqueo de una de esas ciudades le proporcionaría el oro suficiente para restituir los fondos que había sacado del banco y convertirse en el hombre más rico de Lys.

El plan era una necedad y pronto se vino abajo. La leyenda dice que los primeros rumores de la insolvencia del Banco Rogare los extendieron agentes a sueldo del Banco de Hierro de Braavos, pero, independientemente de su procedencia, enseguida habían alcanzado todo Lys. Los magísteres y príncipes mercaderes de la ciudad comenzaron a exigir la devolución de sus depósitos: al principio, unos pocos; luego, más y más, hasta que de las cámaras de Lysaro fluyó un río de oro cuya fuente no tardó en agotarse. Cuando eso sucedió, Lysaro ya no estaba; enfrentado a la ruina, huyó de Lys en plena noche con tres esclavas de cama, seis criados y un centenar de Inmaculados, abandonando a su esposa, sus hijas y su palacio. Comprensiblemente alarmados, los magísteres de la ciudad procedieron de inmediato a la intervención del Banco

Rogare, pero se encontraron con que no quedaba sino una cáscara vacía.

La caída de la casa Rogare fue rápida y despiadada. Los hermanos de Lysaro aseguraron que no habían tenido nada que ver con el expolio del banco, pero muchos dudaron de su autoproclamada inocencia. Drako Rogare huyó a Volantis en una de sus galeras, y Marra se disfrazó de hombre y consiguió llegar al templo de Yndros para acogerse a sagrado, pero a los demás hermanos los capturaron y juzgaron, incluso a los bastardos. Cuando Lysara Rogare protestó alegando que «no lo sabía», el magíster Tigaro Moraqos le respondió: «Pues deberías», y la multitud rugió en señal de aprobación. Media ciudad había quedado en la ruina.

Los daños no se limitaron a Lys: cuando Poniente tuvo noticia de la caída de la casa Rogare, señores y mercaderes por igual no tardaron en comprender que podían dar por perdido el dinero que habían depositado en su banco. En Puerto Gaviota, Moredo Rogare actuó rápidamente: delegó el mando en Alyn Puño de Roble y se embarcó rumbo a Braavos. A Lotho Rogare lo prendieron ser Lucas Leygood y sus capas doradas cuando intentaba abandonar Desembarco del Rey; se incautaron de todas sus cartas y de los libros de contabilidad, junto con cualquier ápice de oro o plata que quedara en las cámaras de la Colina de Visenya. Mientras tanto, ser Marston Mares, de la Guardia Real, irrumpió en La Sirena con dos de sus hermanos juramentados y cincuenta guardias; sacaron bruscamente a la calle a los clientes, muchos aún desnudos (Champiñón entre ellos, según reconoce), y a lord Roggerio lo condujeron a punta de lanza a través de una multitud que se deshacía en abucheos. El dueño del burdel y el banquero acabaron confinados en la Torre de la Mano de la Fortaleza Roja; su parentesco con la esposa del príncipe Viserys los salvó por el momento de los horrores de las celdas negras.

Al principio se dio por hecho que la orden de detención procedía de la Mano; tras la muerte de ser Corwyn en el Valle, no quedaban más regentes que lord Rowan y el gran maestre Munkun. El error se reparó al cabo de pocas horas, porque lord Rowan se unió a su cautiverio aquella misma tarde. Ni siquiera los Dedos, sus supuestos guardianes, hicieron ademán de defenderlo. Cuando ser Mervyn Flores entró en la cámara del consejo para poner bajo custodia al dignatario, Tessario el Tigre ordenó a sus hombres mantenerse al margen. La única resistencia provino del escudero de lord Rovan, a quien no tardaron en reducir. «Perdonad al chaval», rogó lord Thaddeus, y le hicieron caso, pero antes le cortaron una oreja «para enseñarlo a no andar esgrimiendo aceros contra la Guardia Real».

La lista de los sospechosos de traición a los que había que detener y someter a juicio no acababa ahí: apresaron a tres primos y un sobrino de lord Rowan, junto con cuatro decenas de mozos, criados y caballeros que tenía a su servicio. A todos los cogieron por sorpresa, y se rindieron sin oponer resistencia. Pero cuando ser Amaury Peake se dirigió al Torreón de Maegor con una docena de soldados, se encontró con Viserys Targaryen en el puente levadizo, hacha de guerra en mano. «Era un hacha pesada para un príncipe más bien delgaducho de trece años —relata Champiñón, el bufón—. Resultaba dudoso que fuera capaz de levantarla, y mucho menos de esgrimirla.»

—Si habéis venido a por mi esposa, ser Peake, volved sobre vuestros pasos —dijo el joven príncipe—, porque no llegaréis a ella mientras yo siga en pie.

—A vuestra esposa se la requiere para interrogarla sobre la traición de sus hermanos —repuso ser Amaury, a quien aquella muestra de desafío resultaba más divertida que amenazadora.

—¿Y quién es el que la requiere? —exigió saber el príncipe.

—La Mano del Rey —respondió ser Amaury.

—¿Lord Rowan?

—A lord Rowan se lo ha destituido de su cargo; la nueva Mano del Rey es ser Marston Flores.

En aquel momento, Aegon III salió del torreón y se situó junto a su hermano.

—El rey soy yo —les recordó—, y no he nombrado Mano a ser Marston.

La intervención de Aegon cogió por sorpresa a ser Amaury, según narra Champiñón, pero tras un momento de duda volvió a tomar la palabra.

—Todavía sois un niño, alteza. Hasta que seáis mayor de edad, esas decisiones deben tomarlas vuestros leales señores en vuestro nombre. El nombramiento de ser Marston procede de los regentes.

—Lord Rowan es mi regente —insistió el rey.

—Ya no —contradijo ser Amaury—. Lord Rowan ha traicionado vuestra confianza; su regencia ha terminado.

—¿Con qué autoridad? —exigió saber Aegon.

—Con la de la Mano del Rey.

Al oírlo, Viserys profirió una risotada; Aegon no, porque nunca reía, para consternación de Champiñón.

—La Mano nombra al regente y el regente nombra a la Mano —dijo el príncipe—, y venga a dar vueltas y marear la perdiz... Pero no pasaréis, ser Amaury, ni pondréis un dedo encima a mi esposa. Marchaos, u os prometo que no quedará uno con vida.

A ser Amaury Peake se le agotó la paciencia. No podía permitir que se le resistieran un muchacho de trece años y otro de quince, y el segundo, desarmado.

—Ya está bien —dijo, y ordenó a sus hombres que los apartaran—. Tened cuidado con ellos; no les provoquéis ningún daño.

—La responsabilidad recae sobre vos, ser Amaury —advirtió el príncipe Viserys. Clavó el hacha en la madera del puente levadizo y retrocedió—. Si pasáis de donde está el hacha, moriréis. —El rey lo agarró por el hombro y lo condujo al interior del torreón para ponerlo a salvo, y una silueta se interpuso en el puente.

Sandoq la Sombra había llegado de Lys con lady Larra; era un regalo de su padre, el magíster Lysandro. De piel y cabello negros, medía más de dos varas y media. Su rostro, que solía ocultar tras un velo de seda negra, era un amasijo de finas cicatrices blancas, y le habían cortado los labios y la lengua, dejándolo mudo e insoportable de contemplar. Se decía que había salido victorioso de un centenar de combates en los mortales reñideros de Meereen; que en cierta ocasión, tras romperse su espada, le había arrancado la garganta a un enemigo con los dientes; que bebía la sangre de quienes mataba, y que en las arenas de combate había acabado con leones, osos, lobos y guivernos sin más armas que las piedras que había por el suelo.

Sin duda, semejantes historias se inflan al repetirlas y no se sabe a cuánto dar crédito, si es que hay algo de verdad. Aunque Sandoq no sabía leer ni escribir, Champiñón asegura que le encantaba la música, y a menudo hacía compañía a lady Larra en la penumbra de sus aposentos, tocando notas dulces y melancólicas en un extraño instrumento de cuerda casi tan alto como él, de ébano y aurocorazón. «Yo conseguía arrancarle risas de vez en cuando, pese a que apenas conocía unas pocas palabras de nuestra lengua —relata el bufón—, pero los rasgueos de la Sombra siempre la hacían llorar y, por extraño que parezca, eso le gustaba más.»

El son que entonó Sandoq la Sombra a las puertas del Torreón de Maegor, cuando los guardias de ser Amaury se abalanzaron sobre él con espadas y lanzas, fue distinto. Esa noche, sus instrumentos fueron un alto escudo negro de madera del ocaso, cuero endurecido y hierro, y una gran espada curva con empuñadura de huesodragón, cuya oscura hoja brillaba a la luz de las antorchas con las características ondulaciones del acero valyrio. Sus enemigos se abalanzaron sobre él entre gritos, aullidos e imprecaciones, pero la Sombra no emitió otro sonido que el del acero; se abrió paso entre ellos silencioso como un gato, con la espada silbando de derecha a izquierda y de arriba abajo, haciendo brotar sangre con cada tajo, mordiendo la cota de malla como si de pergamino se tratara. Champiñón, que afirma haber presenciado la batalla desde el tejado, declara que «no parecía un combate a espada; más bien un granjero cosechando cereal. Segaba los tallos con un movimiento tras otro, pero aquellos tallos eran personas vivas, que gritaban y maldecían al caer». Los hombres de ser Amaury no carecían de coraje, y algunos vivieron lo suficiente para asestar sus propios golpes, pero la Sombra, siempre sin detenerse, los bloqueaba con el escudo y los empujaba del puente hacia las hambrientas picas de hierro que había debajo.

A Amaury Peake debe reconocérsele que su muerte no deshonró a la Guardia Real: tres de sus hombres yacían muertos en el puente levadizo, y otros dos se retorcían en las picas de debajo, cuando desenvainó su espada del talabarte. «Bajo la capa blanca llevaba una armadura de escamas blancas —narra Champiñón—, pero el yelmo le dejaba la cara al descubierto, e iba sin escudo; Sandoq le cobró un alto precio por esas carencias.» Cuenta el bufón que la Sombra lo convirtió en un baile: cada vez que causaba una herida a ser Amaury, mataba a uno de sus subalternos antes de volver a dedicarle su atención. Sin embargo, Peake continuó luchando con valor y obstinación, y cerca del final, durante un instante, los dioses le concedieron una oportunidad cuando el último guardia se las ingenió para aferrar la espada de Sandoq y arrancársela de la mano antes de precipitarse desde el puente. Ser Amaury, que estaba caído de rodillas, se incorporó y cargó contra su enemigo desarmado.

Sandoq arrancó el hacha de Viserys de la madera donde estaba clavada y partió por la mitad el casco y la cabeza de ser Amaury, de la cimera al gorjal. Dejó que el cuerpo se derrumbara sobre las picas, y se tomó su tiempo para arrojar al foso a los muertos y moribundos antes de volver a entrar en el Torreón de Maegor, donde el rey ordenó levar el puente, bajar el rastrillo y atrancar las puertas. El alcázar de dentro del alcázar estaba protegido.

Y así continuaría durante dieciocho días.

El resto de la Fortaleza Roja estaba en manos de ser Marston Mares y su Guardia Real, y al otro lado de su muralla, ser Lucas

Leygood y sus capas doradas custodiaban la ciudad con mano de hierro. Ambos se presentaron ante el torreón a la mañana siguiente para exigir al rey que abandonara el refugio.

—Vuestra alteza se equivoca al pensar que queremos hacerle daño —dijo ser Marston mientras sacaban del foso los cadáveres de los caídos ante Sandoq—. Solo pretendíamos defenderos de los traidores y los falsos amigos. Ser Amaury había jurado protegeros, dar su vida por la vuestra si fuera menester. Os era leal, igual que yo. No merecía morir así, a manos de semejante bestia.

—Sandoq no es ninguna bestia —contestó el rey Aegon sin mostrarse conmovido—. No puede hablar, pero oye y obedece. Ordené marcharse a ser Amaury y se negó. Mi hermano lo advirtió de lo que sucedería si traspasaba el lugar que marcaba el hacha. Creía que los votos de la Guardia Real incluían la obediencia.

—Es verdad, mi señor: juramos obedecer al rey —repuso ser Marston—, y cuando seáis un hombre adulto, mis hermanos y yo estaremos dispuestos a arrojarnos sobre nuestras espadas si así lo ordenáis. Pero, mientras seáis un niño, nuestro juramento nos exige obedecer a la Mano del Rey, puesto que habla con la voz del monarca.

—Mi Mano es lord Thaddeus —le recordó Aegon.

—Lord Thaddeus vendió a Lys vuestro reino y debe responder por ello. Yo seré vuestra Mano hasta que se demuestre su culpabilidad o su inocencia. —Ser Marston desenvainó el acero e hincó la rodilla—. Ante los dioses y los hombres, juro por mi espada que nadie os hará mal alguno mientras yo esté a vuestro lado.

Si el lord comandante creía que esas palabras persuadirían al rey, no podía estar más equivocado.

—Estabais a mi lado cuando el dragón devoró a mi madre —respondió Aegon—, y os limitasteis a presenciarlo. No consentiré que os quedéis mirando mientras matan a la esposa de mi hermano. —Entonces dejó las almenas, y nada que dijera Marston Mares pudo hacerlo regresar aquel día, ni al siguiente, ni al otro.

Al cuarto día, ser Marston apareció en compañía del gran maestre Munkun, que le dijo: «Mi señor, os suplico que desistáis de este disparate infantil y salgáis para que podamos ponernos a vuestro servicio». El rey Aegon le clavó la mirada sin decir nada, pero su hermano fue menos reticente: ordenó al gran maestre que enviase «un millar de cuervos» para advertir al reino de que su rey estaba cautivo en su propio castillo. El gran maestre no respondió, ni los cuervos volaron.

En los días siguientes, Munkun compareció varias veces más para asegurar a Aegon y a Viserys que habían actuado con legitimidad en todo momento; ser Marston pasó de los ruegos a las amenazas y luego al regateo, y el septón Bernard rezó a gritos a la Vieja para que iluminase el camino del rey hacia la sabiduría, aunque sin ningún resultado. Aquellos esfuerzos obtuvieron poca o ninguna respuesta del niño rey, aparte de un pertinaz silencio. Su alteza solo se dejó llevar por la ira una vez, cuando llegó el turno de ser Gareth Long, su maestro de armas, de intentar persuadirlo de que se rindiera. «¿Y a quién castigaréis si no claudico, ser Gareth? —le gritó—. Podéis azotar los huesos del pobre Gaemon, pero ya no le arrancaréis más sangre.»

Muchos se preguntan el porqué de la aparente contención de la nueva Mano y sus aliados en aquel callejón sin salida. Ser Marston contaba con varios centenares de hombres dentro de la Fortaleza Roja, y los capas doradas de ser Lucas Leygood sumaban más de dos mil. El Torreón de Maegor era un reducto formidable, sin duda, pero la defensa era pobre. De los lysenos que habían llegado a Poniente con lady Larra, solo Sandoq la Sombra y seis más seguían a su lado, puesto que el resto había partido al Valle con su hermano Moredo. Unos pocos leales a lord Rowan habían conseguido entrar en el torreón antes de que cerraran las puertas, pero entre ellos no había ningún caballero, escudero ni soldado, como tampoco entre los que atendían al rey. Sí había un caballero de la Guardia Real, pero ser Raynard Ruskyn era un prisionero; los lysenos lo habían herido y reducido nada más comenzar la rebelión del rey. Champiñón relata que las damas de la reina Daenaera se vistieron con cota de malla y empuñaron lanzas para dar la impresión de que el rey Aegon contaba con más defensores de los que tenía en realidad, pero sin duda esa treta no habría engañado mucho tiempo a ser Marston y sus hombres, si es que llegaron a creérsela en algún momento.

Por lo tanto, cabe preguntarse por qué Marston Mares no se limitó a asaltar el torreón. Hombres le sobraban. Por mucho que algunos hubieran caído ante Sandoq y los demás lysenos, ni siquiera la Sombra podría haber resistido hasta el final. Sin embargo, la Mano se contuvo y prosiguió con sus intentos de poner fin mediante palabras al «asedio secreto», como pasaría a conocerse más adelante aquella confrontación, cuando lo más probable es que las espadas lo hubieran concluido de un plumazo.

Hay quien asevera que la reticencia de ser Marston era simple cobardía, que temía enfrentarse a la espada de Sandoq, el gigante lyseno, pero parece improbable. Algunas lenguas dicen que los defensores del Torreón de Maegor (el rey en persona según algunos; su hermano según otros) habían amenazado con ahorcar al miembro de la Guardia Real que tenían cautivo al primer indicio de ataque, pero Champiñón lo tacha de «mentira podrida».

La explicación más probable es la más sencilla. Marston Mares no era un gran caballero ni un buen hombre, en eso coincide la mayoría de los estudiosos. Pese a ser bastardo, había obtenido el título caballeresco y alcanzado una modesta posición en la mesnada del rey Aegon II, pero probablemente ahí habría concluido su ascenso de no ser porque su parentesco con ciertos pescadores de Rocadragón llevó a Larys Strong a preferirlo a otros cien caballeros de mayor valía para que ocultara al rey durante el auge de Rhaenyra. No cabía duda de que en los años transcurridos desde entonces había logrado un considerable ascenso, hasta convertirse en lord comandante de la Guardia Real, pasando por delante de hombres de más alta cuna y mucha mejor reputación. Como

Mano del Rey sería el hombre más poderoso del reino hasta que Aegon III fuera mayor de edad, pero en el momento decisivo, bajo el peso de sus votos y su propio honor de bastardo, dudó. No deseoso de deshonrar la capa blanca que lucía ordenando un ataque contra el rey al que había jurado proteger, ser Marston descartó las escalas, los arpeos y el asalto, y continuó confiando en la razón de las palabras (y puede que en el hambre, porque las provisiones del torreón no podían durar mucho).

A la mañana del duodécimo día del asedio secreto, llevaron a Thaddeus Rowan cargado de cadenas para que confesara sus delitos.

El septón Bernard detalla las supuestas afrentas: había aceptado sobornos consistentes en oro y muchachas (criaturas exóticas de La Sirena, dice Champiñón, cuanto más jóvenes, mejor); había enviado a Moredo Rogare al Valle para despojar a ser Arnold Arryn de su herencia legítima; había conspirado con Puño de Roble para derrocar a Unwin Peake como Mano del Rey; había ayudado a expoliar el Banco Rogare de Lys, defraudando y empobreciendo así a «muchos buenos y leales ponientíes de alta cuna y digna posición»; había elegido a su hijo para un puesto de mando «del que era a todas luces indigno», lo que acarreó miles de muertes en las Montañas de la Luna.

Y lo más repudiable de todo: se lo acusaba de haber conspirado con los tres Rogare para envenenar al rey Aegon y su consorte, con intención de sentar al príncipe Viserys en el Trono de Hierro, con Larra de Lys como su reina. «El veneno que emplearon se llama "lágrimas de Lys" —declaró Bernard, y el gran maestre Munkun lo confirmó—. Aunque los Siete os salvaron, alteza, la vil conspiración de lord Rowan se cobró la vida de vuestro joven amigo Gaemon», concluyó.

Cuando el Septón terminó de recitar, ser Marston Mares dijo: «Lord Rowan ha confesado todos esos crímenes», e hizo una seña a George Graceford, el lord confesor, para que hiciese avanzar al pri-

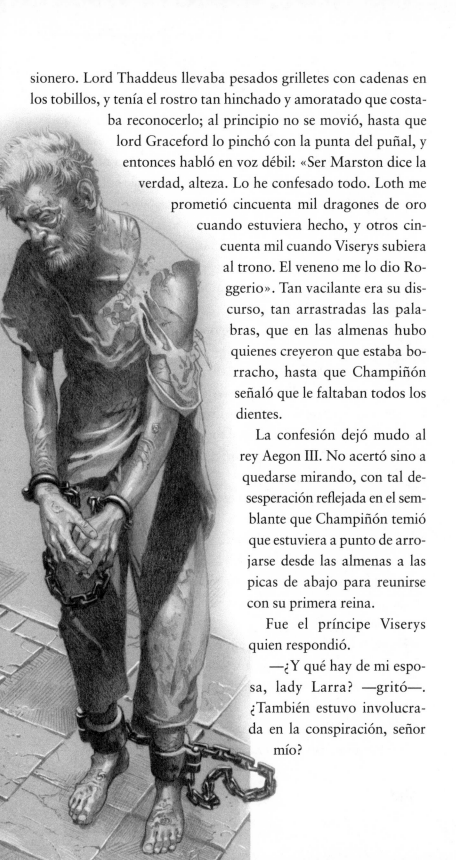

sionero. Lord Thaddeus llevaba pesados grilletes con cadenas en los tobillos, y tenía el rostro tan hinchado y amoratado que costaba reconocerlo; al principio no se movió, hasta que lord Graceford lo pinchó con la punta del puñal, y entonces habló en voz débil: «Ser Marston dice la verdad, alteza. Lo he confesado todo. Loth me prometió cincuenta mil dragones de oro cuando estuviera hecho, y otros cincuenta mil cuando Viserys subiera al trono. El veneno me lo dio Roggerio». Tan vacilante era su discurso, tan arrastradas las palabras, que en las almenas hubo quienes creyeron que estaba borracho, hasta que Champiñón señaló que le faltaban todos los dientes.

La confesión dejó mudo al rey Aegon III. No acertó sino a quedarse mirando, con tal desesperación reflejada en el semblante que Champiñón temió que estuviera a punto de arrojarse desde las almenas a las picas de abajo para reunirse con su primera reina.

Fue el príncipe Viserys quien respondió.

—¿Y qué hay de mi esposa, lady Larra? —gritó—. ¿También estuvo involucrada en la conspiración, señor mío?

—Sí —respondió lord Rowan con un decidido asentimiento.

—¿Y yo? —preguntó el príncipe.

—Sí, vos también —declaró lord Rowan con voz apática.

La respuesta pareció sorprender a Marston Mares, mientras que lord George Graceford se mostró claramente contrariado.

—¿Y Gaemon Peloclaro? Me imagino que fue él quien envenenó la tartaleta —continuó Viserys con sarcasmo.

—Si mi príncipe lo dice, así es —musitó Thaddeus Rowan.

—Gaemon era tan culpable como cualquiera de nosotros: de nada —dijo el príncipe dirigiéndose a su hermano, el rey.

—Lord Rowan, ¿fuisteis vos quien envenenó al rey Viserys? —intervino Champiñón.

—Sí, fui yo. Lo confieso —respondió la antigua Mano con un asentimiento.

El semblante del rey se endureció.

—Ser Marston —dijo el monarca—, este hombre es mi Mano y es inocente de traición. Aquí los traidores son quienes lo torturaron para obtener falsas confesiones. Detened al lord confesor si amáis a vuestro rey; de lo contrario, sabré que sois tan falso como él. —Sus palabras resonaron en el patio interior, y en aquel momento, Aegon III, el muchacho quebrado, pareció todo un rey.

A día de hoy, aún hay quienes afirman que ser Marston Mares no era sino un pelele, un caballero sencillo y honrado víctima del engaño, instrumento de hombres más hábiles, mientras que otros sostienen que estuvo involucrado en la conspiración desde el principio, pero se volvió contra sus cómplices cuando sintió que cambiaban las tornas.

Fuera como fuera, ser Marston obedeció la orden del rey. La Guardia Real apresó a lord Graceford y lo arrastró a la mazmorra que había sido su señorío aquella misma mañana. A lord Rowan le quitaron las cadenas, y a sus caballeros y criados los sacaron de las celdas y los devolvieron a la luz del día.

No fue necesario someter a tortura al lord confesor: bastó la visión de los instrumentos para que proporcionara los nombres de los demás conspiradores. Nombró, entre otros, al difunto ser Amaury Peake, a ser Mervyn Flores de la Guardia Real, a Tessario el Tigre, al septón Bernard, a ser Gareth Long, a ser Victor Risley, a ser Lucas Leygood de los capas doradas, junto con seis de los siete capitanes de las puertas de la ciudad, y hasta a tres damas de la reina.

No todos se rindieron con mansedumbre. Cuando fueron a por Lucas Leygood, en la Puerta de los Dioses se desató una breve pero encarnizada batalla que acabó con nueve muertos, el propio Leygood entre ellos. Tres de los capitanes acusados huyeron antes de que pudieran apresarlos, con una docena de sus hombres. Tessario el Tigre también trató de escapar, pero lo capturaron en una taberna portuaria, cerca de la Puerta del Río, mientras negociaba el precio del pasaje a Puerto de Ibben con el capitán de un ballenero ibbenés.

Ser Marston decidió encargarse personalmente de Mervyn Flores. «Ambos somos bastardos, además de hermanos juramentados», se oyó decir a ser Raynard Ruskyn. Cuando informó a ser Mervyn de la acusación de Graceford, este dijo: «Supongo que debo entregaros mi acero», tras lo cual desenvainó la espada larga y se la ofreció a Marston Mares por la empuñadura. Sin embargo, cuando ser Marston la cogió, ser Mervyn le aferró la muñeca, sacó un puñal con la otra mano y se lo hundió en el vientre. Flores no consiguió pasar de los establos, donde un soldado borracho y dos jóvenes palafreneros lo sorprendieron ensillando su corcel. Los mató a todos, pero el ruido atrajo a otros que se apresuraron a reducir al caballero bastardo y le dieron muerte a golpes. Aún llevaba la capa blanca que había deshonrado.

Su lord comandante, ser Marston Mares, no lo sobrevivió mucho tiempo. Lo encontraron en la Torre de la Espada Blanca, en un charco de su propia sangre, y se lo llevaron al gran maestre Munkun, quien lo examinó y concluyó que la herida era mortal. Pese a que lo cosió lo mejor que pudo y le administró la leche de la amapola, Mares pereció aquella misma noche.

Lord Graceford había incluido a ser Marston entre los conspiradores que nombró, insistiendo en que «ese cabrón cambiacapas» había estado de su lado desde el principio, pero Mares no tuvo ocasión de refutar la acusación. Al resto de los conspiradores los encerraron en las celdas negras, a la espera del juicio. Algunos afirmaron que eran inocentes, mientras que otros declararon, como había hecho Mares, que habían actuado con la sincera creencia de que los traidores eran Thaddeus Rowan y los lysenos. Sin embargo, unos pocos se mostraron más comunicativos. El más locuaz fue ser Gareth Long, quien manifestó en voz bien alta que Aegon III era un debilucho incapaz de sostener una espada, y mucho menos de sentarse en el Trono de Hierro. El septón Bernard se escudó en la Fe: en los Siete Reinos no había lugar para los lysenos y sus extraños dioses foráneos. Afirmó que lo que pretendían era que lady Larra pereciera junto con sus hermanos, para que Viserys fuera libre de tomar una esposa decente nacida en Poniente.

El más sincero de los conspiradores fue Tessario el Pulgar, que reconoció que lo había hecho para conseguir oro, mujeres y venganza. Roggerio Rogare lo había echado de La Sirena por agredir a una puta, así que él había exigido el burdel y la virilidad de Roggerio como pago, y le habían prometido ambas cosas. Pero cuando los inquisidores le preguntaron quién había hecho esa promesa, Tessario respondió con una sonrisa... que se convirtió en un rictus, seguido de un grito, cuando volvieron a preguntárselo bajo tortura. El primero al que acusó fue Marston Mares, pero continuaron torturándolo y nombró a George Graceford, y luego a Mervyn Flores. Champiñón nos dice que estaba a punto de señalar a un cuarto culpable, tal vez el auténtico, cuando expiró.

Hubo un nombre que jamás se pronunció, pese a que pendía como un nubarrón sobre la Fortaleza Roja. En *El testimonio de Champiñón*, el bufón menciona abiertamente lo que pocos se atrevieron a decir por entonces: que sin duda existía otro conspirador, amo y señor de los demás, que manejaba los hilos a distancia y se servía de los demás como marionetas. «El titiritero oculto en la sombra», lo llama. «Graceford era cruel, pero no inteligente; Long tenía coraje, pero no astucia; Risley era un beodo; Bernard, un necio devoto; el Pulgar, un puto volantino, peor que los lysenos; las mujeres eran mujeres; la Guardia Real estaba para recibir órdenes, no para darlas; a Lucas Leygood le encantaba pavonearse de su capa dorada, y era capaz de beber, luchar y follar como el mejor, pero no tenía madera de conspirador. Y todos ellos estaban vinculados a un hombre: Unwin Peake, señor de Picoestrella, señor de Dunstonbury, señor de Sotoblanco, antaño Mano del Rey.»

Sin duda no fue el único que albergó esa sospecha cuando salió a la luz la conjura para matar al rey. Varios traidores tenían lazos de sangre con la antigua Mano, y otros le debían su posición. Además, la conspiración no era nada nuevo para Peake, quien en su día había planeado el asesinato de dos jinetes de dragón bajo el letrero de Los Abrojos Sangrientos. Pero Peake estaba en Picoestrella durante el asedio secreto, y ninguno de sus supuestos títeres llegó a mencionar su nombre, de modo que su implicación no pudo demostrarse nunca, ni entonces ni ahora.

Tan espeso era el miasma de la desconfianza en la Fortaleza Roja que Aegon III no salió del Torreón de Maegor hasta seis días después de que su hermano Viserys desenmascarara la falsa confesión de lord Rowan. No permitió que bajaran el puente hasta que vio al gran maestre Munkun enviar una nube de cuervos para convocar a cuatro decenas de señores leales a Desembarco del Rey. Les quedaban tan pocas provisiones que la reina Daenaera lloraba todas las noches hasta que la vencía el sueño, y dos de sus damas estaban tan debilitadas por el hambre que tuvieron que ayudarlas a cruzar el foso.

Cuando el rey abandonó su refugio, lord Graceford ya había dado los nombres; habían capturado a muchos de los traidores; otros habían huido, y Marston Mares, Mervyn Flores y Lucas

Leygood estaban muertos. Poco después, Thaddeus Rowan volvió a instalarse en la Torre de la Mano, pero resultaba patente que no estaba en condición de volver a asumir sus deberes como Mano del Rey: los sufrimientos que le habían infligido en las mazmorras lo habían quebrantado. Había momentos en que parecía el de siempre, entero y feliz, pero al poco se echaba a sollozar de manera incontrolable. Champiñón, que podía ser tan cruel como inteligente, se burlaba del anciano acusándolo de crímenes absurdos para sonsacarle revelaciones aún más estrafalarias. «En cierta ocasión le hice confesar la Maldición de Valyria —narra en su *Testimonio*—. La corte estalló en risas, pero cuando lo recuerdo me sonrojo de vergüenza.»

Al cabo de una luna sin que lord Rowan diese muestras palpables de mejora, el gran maestre Munkun convenció al rey de que lo relevase de su cargo. Se marchó a su castillo de Sotodeoro con la promesa de regresar a Desembarco del Rey en cuanto recobrase la salud, pero falleció por el camino, en presencia de dos de sus hijos que lo acompañaban. El gran maestre ejerció tanto de Mano como de regente durante lo que quedaba de año, puesto que el reino necesitaba gobierno y Aegon aún no había alcanzado la mayoría de edad. Sin embargo, por su condición de maestre, atado por la cadena que simbolizaba su juramento de servir, Munkun no se consideraba apto para juzgar a grandes señores y caballeros ungidos, de manera que los acusados de traición quedaron marchitándose en las mazmorras a la espera de una nueva Mano.

Cuando el año llegó a su fin y dio paso a uno nuevo, un desfile de señores pasó por Desembarco del Rey obedeciendo la llamada del monarca. Los cuervos habían hecho su trabajo. Pese a no haberse convocado formalmente como Gran Consejo, aquella asamblea de nobles del año 136 d. C. fue la mayor de los Siete Reinos desde la ocasión en que el Viejo Rey reunió a los notables en Harrenhal, en el 101 d. C. La ciudad pronto se llenó hasta rebosar, para deleite de los posaderos, las putas y los mercaderes.

La mayoría de los asistentes procedían de las Tierras de la Corona, las Tierras de la Tormenta... y el Valle, donde lord Puño de Roble y Ben Blackwood el Sanguinario habían logrado por fin forzar al Halcón Dorado, al Heredero Perturbado, al Gigante de Bronce y a sus partidarios a hincar la rodilla y rendir vasallaje a Joffrey Arryn. Gunthor Royce, Quenton Corbray e Isembard Arryn se encontraban entre los que acompañaron a lord Alyn a la reunión, junto con el propio lord Arryn. Johanna Lannister envió a un primo suyo y a tres banderizos en representación del Oeste; Torrhen Manderly navegó desde Puerto Blanco con casi medio centenar de caballeros y primos, y Lyonel Hightower y lady Sam llegaron cabalgando desde Antigua con seiscientos adláteres. Pero el séquito más numeroso fue el de lord Unwin Peake, compuesto de un millar de sus hombres y quinientos mercenarios. «¿De qué tendrá miedo?», se burló Champiñón.

A la sombra del Trono de Hierro vacío, puesto que el rey Aegon no se dignó comparecer en la corte, los señores intentaron nombrar nuevos regentes que gobernasen hasta la mayoría de edad del monarca. Las reuniones se prolongaron más de quince días sin que lograran avanzar ni un solo paso hacia el acuerdo. A falta de un rey de mano firme que los guiara, algunos dieron rienda suelta a las viejas querellas, y las heridas a medio sanar de la Danza comenzaron a sangrar de nuevo. Los poderosos tenían demasiados enemigos, mientras que a los señores menores se los despreciaba por ser pobres o débiles. Por último, perdida la esperanza de llegar a un acuerdo, el gran maestre Munkun propuso que se eligieran tres regentes por sorteo. Cuando el príncipe Viserys sumó su voz a la de Munkun, la propuesta se llevó a cabo. Los afortunados fueron Willam Stackspear, Marq Merryweather y Lorent Grandison, de quienes puede decirse sin faltar a la verdad que fueron tan inofensivos como mediocres.

La selección de la Mano del Rey era una cuestión más importante, y los señores allí reunidos no estaban dispuestos a delegarla en los nuevos regentes. Algunos, sobre todo los procedentes del Dominio, presionaron para que el cargo se otorgara a Unwin Peake una vez más, pero enmudecieron de inmediato cuando el príncipe Viserys declaró que su hermano preferiría a alguien de menor edad «y menos propenso a llenarle la corte de traidores». Salió a relucir el nombre de Alyn Velaryon, pero lo descartaron por ser demasiado joven, lo mismo que a Kermit Tully y Benjicot Blackwood. Al cabo, los nobles propusieron a un norteño: Torrhen Manderly, señor de Puerto Blanco; desconocido para muchos de ellos, pero precisamente por eso carente de enemigos al sur del Cuello (con la posible excepción de Unwin Peake, cuya memoria era larga).

«Está bien, lo haré —dijo lord Torrhen—, pero si tengo que tratar con esos ladrones lysenos y su maldito banco, necesitaré un ayudante al que se le den bien las cuentas.» Puño de Roble se puso en pie para proponer a Isembard Arryn, el Halcón Dorado del Valle. Para apaciguar a lord Peake y sus partidarios se nombró lord almirante y consejero naval a Gedmund Peake Hachamagna; se dice que Puño de Roble lo encontró más cómico que irritante y declaró que era una buena elección, puesto que «a ser Gedmund le encanta pagar barcos, y a mí me encanta navegarlos». Ser Raynard Ruskyn se convirtió en lord comandante de la Guardia Real, y ser Adrian Thorne obtuvo el mando de los capas doradas. Este último, antiguo capitán de la Puerta del León, había sido el único de los siete de Lucas Leygood al que no acusaron de estar involucrado en la conspiración.

Así se dispuso. Solo faltaba que Aegon III pusiera su sello, lo cual hizo a la mañana siguiente sin objeción alguna, antes de volver a retirarse al solitario esplendor de sus aposentos.

La nueva Mano se volcó de inmediato en los asuntos del reino. Su primera tarea fue abrumadora: presidir los juicios de los acusados de envenenar a Gaemon Peloclaro y urdir una conspiración para traicionar al rey. Había nada menos que cuarenta y dos inculpados, puesto que aquellos a quienes había nombrado lord Graceford señalaron a su vez a otros durante los severos interrogatorios. Dieciséis habían huido y ocho habían muerto, lo que dejaba dieciocho reos. Trece ya habían confesado su implicación en mayor o menor medida, gracias a las dotes persuasivas de los inquisidores del rey. Cinco continuaban insistiendo en su inocencia; declaraban haber estado verdaderamente convencidos de que el traidor era lord Rowan, y haberse unido a la conspiración para salvar a su alteza de las intenciones asesinas de los lysenos.

Los juicios se prolongaron treinta y tres días. El príncipe Viserys estuvo presente en todas las ocasiones, a menudo acompañado de lady Larra, su esposa, que lucía un abultado vientre a causa de su segundo embarazo, y de su hijo Aegon y el ama de cría. El rey Aegon solo compareció tres veces, los días que se dictó sentencia contra Gareth Long, George Graceford y el septón Bernard; no mostró ningún interés por el resto, y ni siquiera quiso saber los veredictos. La reina Daenaera no hizo acto de presencia en ningún momento.

A ser Gareth y lord Graceford los condenaron a muerte, pero ambos prefirieron vestir el negro. Lord Manderly ordenó que embarcaran en el primer barco que zarpase rumbo a Puerto Blanco, desde donde podrían conducirlos al Muro. El Septón Supremo había enviado una carta para rogar clemencia por el septón Bernard «a fin de que pueda expiar sus pecados mediante la oración, la contemplación y las buenas obras», de modo que Manderly no lo entregó al hacha del verdugo, sino que lo castró y lo condenó a caminar descalzo de Desembarco del Rey a Antigua con su virilidad colgada del cuello. «Si sobrevive, su altísima santidad puede hacer con él lo que le plazca», decretó. Bernard sobrevivió y pasó el resto de sus días como escriba con voto de silencio, copiando libros sagrados en el Septo Estrellado.

Los capas doradas acusados y capturados (algunos habían huido) decidieron emular a ser Gareth y lord Graceford, y vestir el negro antes que perder la cabeza. Esa misma elección hicieron los Dedos supervivientes. Pero ser Victor Risley, antigua Justicia del Rey, reclamó su derecho a un juicio por combate como caballero ungido «para demostrar mi inocencia a riesgo de mi cuerpo, ante los ojos de los dioses y los hombres». Llevaron a la corte a ser Gareth Long, el primero y más destacado de quienes habían implicado a Risley en la trama, para que fuera su contrincante. «Siempre has sido un puto necio, Victor —dijo ser Gareth cuando le pusieron la espada larga en la mano. El antiguo maestro de armas despachó rápidamente al antiguo verdugo y, a continuación, esbozando una sonrisa, se encaró con los condenados que esperaban al fondo del salón del trono y les preguntó—: «¿Alguien más?»

Los casos más acongojantes fueron los de las tres mujeres acusadas, todas ellas de alta cuna y doncellas de la reina. Lucinda Penrose, la que había sufrido un ataque durante la jornada de cetrería anterior al Baile del Día de la Doncella, reconoció que deseaba la muerte de Daenaera, con estas palabras: «Si no me hubieran rajado la nariz, ella sería mi sierva en vez de yo la suya. Ahora, por su culpa, ningún hombre se fijará en mí». Cassandra Baratheon confesó haber compartido lecho con ser Mervyn Flores en numerosas ocasiones, y a veces con Tessario el Tigre a instancias del primero, «pero solo cuando me lo pedía». Cuando Willam Stackspear aventuró que quizá la muchacha formase parte de la recompensa que habían prometido al volantino, lady Cassandra se deshizo en lágrimas. Pero hasta su confesión palideció en comparación con la de lady Priscella Hogg, una zagala melancólica y algo simplona de catorce años, rechoncha, de baja estatura y rostro anodino, que de alguna manera había llegado a imaginar que el príncipe Viserys se casaría con ella si muriese Larra de Lys. «Me sonríe siempre que me ve —declaró ante el tribunal—, y una vez, cuando pasó a mi lado por las escaleras, me rozó el pecho con el hombro.»

Lord Manderly, el gran maestre Munkun y los regentes se involucraron estrechamente en los interrogatorios de las tres mujeres, quizá, como asevera Champiñón, con intención de que mencionaran a una cuarta cuyo nombre no había salido a relucir: lady Clarice Osgrey, tía viuda de lord Unwin Peake. Lady Clarice supervisaba a todas las doncellas, acompañantes y asistentes de la reina, como había hecho antes con las damas de la reina Jaehaera, y estaba estrechamente relacionada con muchos de los conspiradores confesos. Champiñón afirma que era la amante de George Graceford, e insinúa que se excitaba con la tortura, hasta el punto de que a veces acompañaba al lord confesor a las mazmorras para ayudarlo en su trabajo. Si hubiera estado involucrada, sería probable que Unwin Peake lo estuviese también, pero todos los intentos de demostrarlo fueron vanos, y cuando lord Torrhen les preguntó a bocajarro si lady Clarice había sido su cómplice, las tres condenadas hicieron gestos de negación.

Pese a que indudablemente habían participado en la conspiración, las tres mujeres habían desempeñado papeles relativamente menores. Por ese motivo, y en consideración de su sexo, lord Manderly y los regentes decidieron mostrarse misericordiosos. A Lucinda Penrose y Priscella Hogg las condenaron a sufrir la amputación de la nariz, con la posibilidad de conmutar la pena si se entregaban a la Fe y se mantenían fieles a sus votos.

La alta cuna de Cassandra Baratheon la salvó de ese castigo; a fin de cuentas, era la hija mayor del difunto lord Borros y hermana del por entonces señor de Bastión de Tormentas, y había estado prometida con el rey Aegon II. Aunque lady Elendra, su madre, no se encontraba en condiciones de asistir a los juicios, había enviado a tres banderizos de sus hijos para hablar en nombre de su casa. A través de ellos y de lord Grandison, cuyas tierras y fortaleza se encontraban asimismo en las Tierras de la Tormenta, se concertó el matrimonio de lady Cassandra con un caballero menor llamado ser Walter Brownhill, quien gobernaba unas fanegas de tierra del cabo de la Ira desde un castillo que generalmente se describía como «hecho de barro y raíces de árbol». Tres veces viudo, ser

Walter había engendrado dieciséis hijos con sus anteriores esposas, trece de los cuales aún vivían. Lady Elendra consideró que encargarse del cuidado de esos niños y de los hijos que ella misma diera a ser Walter impediría a lady Cassandra inmiscuirse en más traiciones y conspiraciones. Y tenía razón.

Así concluyó el último juicio, pero las mazmorras de la Fortaleza Roja aún no estaban vacías. Faltaba por decidir el destino de Lotho y Roggerio, los hermanos de lady Larra. Si bien eran inocentes de alta traición, asesinato y conspiración, seguían estando acusados de fraude y robo; la quiebra del Banco Rogare había dejado en la ruina a millares de personas tanto en Poniente como en Lys. A pesar de su vínculo con la casa Targaryen por vía del matrimonio, los hermanos no eran reyes ni príncipes, y sus títulos no eran sino cortesías vacuas. Lord Manderly y el gran maestre Munkun eran de la misma opinión: tenían que someterse a juicio y recibir castigo.

En ese asunto, los Siete Reinos iban muy a la zaga de la ciudad libre de Lys, donde el derrumbamiento del Banco Rogare había causado de forma inexorable la ruina absoluta de la casa que erigió Lysandro el Magnífico. Se incautaron del palacio que había otorgado a su hija Lysara, así como de las mansiones del resto de sus hijos y todo lo que contenían. Unas cuantas galeras mercantes de Drako Rogare tuvieron noticia de la caída en desgracia de la familia con tiempo suficiente para virar rumbo a Volantis, pero por cada barco salvado se perdieron nueve, junto con sus cargamentos y los muelles y almacenes de los Rogare. Lady Lysara perdió su oro, sus gemas y sus vestidos; lady Marra, sus libros. Los magísteres arrebataron el Jardín Perfumado a Fredo Rogare antes de que pudiera traspasarlo. Vendieron a sus esclavos y a los de sus hermanos, legítimos y bastardos. Como no bastó para pagar más que la décima parte de las deudas del banco en quiebra, los propios Rogare acabaron vendidos como esclavos junto con sus hijos. Las hijas de Fredo y Lysaro pronto volvieron al Jardín Perfumado donde habían jugado de niñas, pero no como propietarias, sino como esclavas de cama.

Lysaro Rogare, el artífice de la perdición de su familia, tampoco escapó indemne. Lo capturaron junto a sus guardias eunucos en la ciudad de Volon Therys, a orillas del Rhoyne, mientras esperaban la barca que los llevaría al otro lado del río. Leales hasta el final, los Inmaculados murieron uno por uno tratando de protegerlo, pero no eran más que veinte (Lysaro se había llevado un centenar cuando escapó de Lys, pero se había visto obligado a vender a la mayoría por el camino), y pronto se vieron rodeados y acorralados en la confusa y sangrienta batalla de los muelles. Una vez capturado, a Lysaro lo enviaron río abajo, a Volantis, donde los triarcas ofrecieron entregárselo a su hermano Drako a cambio de un precio. Drako lo rechazó y propuso a los volantinos que lo vendiesen a Lys, y así regresó Lysaro Rogare a su ciudad, encadenado a un remo en el vientre de una galera esclavista volantina.

Durante el juicio, cuando le preguntaron qué había hecho con todo el dinero robado, Lysaro soltó una risotada; empezó a señalar a ciertos magísteres de la asamblea y a decir: «Lo usé para comprar a este, y a ese, y a aquel, y a ese otro». Tuvo tiempo de señalar a una docena antes de que lograran silenciarlo. Aquello no lo salvó: los hombres a los que había sobornado votaron su condena igual que los demás, aunque se quedaron con los dineros, porque como es bien sabido, los magísteres de Lys anteponen la avaricia al honor.

Dictaron que a Lysaro se lo encadenara desnudo a una columna delante del Templo del Comercio, donde todos aquellos a quienes había despojado tendrían la oportunidad de azotarlo; el número de azotes sería proporcional a las pérdidas de cada uno. Y la sentencia se ejecutó. Está escrito que su hermana Lysara y su hermano Fredo estuvieron entre los que esgrimieron el látigo, y otros lysenos se dedicaron a cruzar apuestas sobre la hora a la que moriría. Lysaro expiró a la séptima hora del primer día de su castigo. Sus huesos quedaron encadenados a la columna durante tres años, hasta que su hermano Moredo se los llevó y los sepultó en la cripta familiar.

En aquel caso, por lo menos, la justicia lysena demostró ser considerablemente más severa que la de los Siete Reinos. Muchos eran en Poniente los que estaban deseosos de ver a Lotho y Roggerio Rogare compartir la funesta suerte de Lysaro, puesto que la quiebra del Banco Rogare había empobrecido tanto a grandes señores como a humildes mercaderes, pero ni los más enconados pudieron presentar la menor prueba de que hubieran estado al tanto del expolio que llevaba a cabo su hermano en Lys, ni de que hubieran obtenido algún beneficio.

Al final, al banquero Lotho lo juzgaron culpable de robo por la sustracción de oro, plata y gemas que no le pertenecían, y por no poder devolverlos cuando se los reclamaron. Lord Manderly le dio a elegir entre vestir el negro y perder la mano derecha como si fuera un ladrón vulgar. «Entonces, loado sea Yndros, zurdo seré», dijo Lotho, y optó por la mutilación. No pudieron esgrimir ninguna prueba contra su hermano Roggerio, pero lord Manderly lo sentenció a siete latigazos de todos modos. «¿Por qué?», preguntó Roggerio, pasmado. Por ser un tres veces condenado lyseno, respondió Torrhen Manderly.

Después de que se ejecutaran las sentencias, los dos hermanos abandonaron Desembarco del Rey. Roggerio cerró su burdel y vendió el edificio, las alfombras, las cortinas, las camas y el resto de los enseres, loros y monos incluidos, y con lo ganado se compró un barco, una gran coca que llamó *Hija de la Sirena*. Así renació su casa de placer, esta vez a toda vela. En los años que siguieron, Roggerio navegó a lo largo y ancho del mar Angosto vendiendo vino especiado, viandas exóticas y goces carnales a los residentes de grandes puertos y humildes pueblos pesqueros por igual. Su hermano Lotho, manco, se convirtió en protegido de lady Samantha, la amante de lord Lyonel Hightower, y viajó con ella a Antigua. Los Hightower no habían depositado ni un cobre en el banco lyseno, de modo que seguían siendo una de las casas más ricas de Poniente, quizá solo superados por los Lannister de Roca Casterly, y lady Sam quería aprender a invertir bien ese oro. Así nació el Banco de Antigua, que aumentó la ya sustanciosa fortuna de la casa Hightower.

Moredo Rogare, el mayor de los tres hermanos que habían acompañado a lady Larra a Desembarco del Rey, estaba en Braavos cuando se celebraron los juicios, inmerso en negociaciones con los custodios del Banco de Hierro. Antes de que acabara el año zarpó rumbo a Tyrosh con los bolsillos repletos de oro braavosí y la intención de contratar barcos y espadas con que atacar Lys. Pero esa es historia para otra ocasión, pues escapa a lo que aquí nos atañe.

El rey Aegon III no se sentó en el Trono de Hierro ni una vez durante los juicios de los hermanos, pero el príncipe Viserys estuvo al lado de su esposa todos los días. Lo que pensaba lady Larra de la justicia de la Mano no nos lo cuentan ni Champiñón ni las crónicas de la corte, excepto para mencionar que lloró cuando lord Torrhen emitió su veredicto.

Poco después, los señores empezaron a despedirse para volver a sus respectivas sedes y la vida recobró la normalidad en Desembarco del Rey bajo el gobierno de los nuevos regentes y la Mano del Rey; sobre todo de este último. «Los dioses escogieron a nuestros nuevos regentes —observó Champiñón—, y se diría que son tan zoquetes como los señores.» No se equivocaba. Lord Stackspear adoraba la cetrería; lord Merryweather, los banquetes, y lord Grandison, dormir; cada uno opinaba que los otros dos eran unos necios, pero en última instancia daba igual, porque Torrhen Manderly demostró ser una Mano honrada y capaz; se decía que era brusco y glotón, pero justo. El rey Aegon nunca lo honró con su estima, es cierto, pero su alteza no era de naturaleza confiada, y los acontecimientos del año anterior habían agudizado su suspicacia. Tampoco es que lord Torrhen tuviese en mucho aprecio al monarca, a quien se refería como «ese crío desabrido» en las cartas que enviaba a Puerto Blanco para su hija. Sin embargo, Manderly sí cobró afecto al príncipe Viserys, y adoraba a la reina Daenaera.

Si bien la regencia del norteño fue breve en comparación con la de sus predecesores, no por eso anduvo falta de acontecimientos. Con la valiosa ayuda de Isembard Arryn, el Halcón Dorado, Manderly introdujo una reforma fiscal a gran escala que logró aumentar los ingresos de la Corona y proporcionar cierto alivio a quienes pudieron demostrar que habían sufrido pérdidas con el expolio del Banco Rogare. En consulta con el lord comandante, volvió a dotar de siete miembros a la Guardia Real: concedió la capa blanca a ser Edmund Warrick, ser Dennis Whitfield y ser Agramore Cobb para cubrir el vacío que habían dejado Marston Mares, Mervyn Flores y Amaury Peake. Rescindió formalmente el pacto que había firmado Alyn Puño de Roble para obtener la liberación del príncipe Viserys, sirviéndose de la alegación de que no se había suscrito con la ciudad libre de Lys, sino con la casa Rogare, que podía considerarse extinta.

Con ser Gareth Long en el Muro, la Fortaleza Roja necesitaba un nuevo maestro de armas. Lord Manderly eligió a un joven y diestro espadachín llamado ser Lucas Lothston. Nieto de un caballero andante, ser Lucas era un instructor paciente que pronto se convirtió en el favorito del príncipe Viserys, y hasta se granjeó cierto respeto reticente del rey Aegon. Para el cargo de lord confesor, Manderly eligió al maestre Rowley, un joven de semblante fresco recién llegado de Antigua, donde había estudiado con el archimaestre Sandeman, que tenía fama de ser el sanador más sabio de la historia de Poniente. Fue el gran maestre Munkun quien recomendó a Rowley: «Quien sabe aliviar el dolor también sabe provocarlo —dijo a la Mano—; además, es importante que nuestro lord confesor vea su trabajo como una obligación, no como un placer.»

La víspera del Día del Herrero, Larra de Lys dio un segundo hijo al príncipe Viserys, un niño grande y saludable al que su esposo puso el nombre de Aemon. Se organizó un banquete de celebración y cundió la alegría por el nacimiento del nuevo príncipe, aunque puede que su hermano Aegon, que tenía un año y medio, no la compartiera, porque lo sorprendieron golpeando al bebé con el huevo de dragón que le habían metido en la cuna. No llegó a hacerle daño gracias a que los berridos de Aemon atrajeron a lady Larra a la carrera, y llegó a tiempo para desarmar y castigar a su hijo mayor.

Poco después, la comezón empezó a apoderarse de lord Alyn Puño de Roble, y se puso a planear el segundo de sus seis grandes viajes. Los Velaryon habían confiado gran parte de su oro a Lotho Rogare y habían perdido más de la mitad de su fortuna. A fin de recuperarla, lord Alyn reunió una gran flota de mercaderes, a la que sumó una docena de sus buques de guerra para protegerla, con intención de navegar a la antigua Volantis pasando por Pentos, Tyrosh y Lys, y visitar Dorne en el viaje de regreso.

Se dice que discutió con su mujer antes de partir, porque lady Baela era de la sangre del dragón y pronta de ira, y había oído a su marido hablar de la princesa Aliandra de Dorne con demasiada frecuencia. Sin embargo, acabaron por reconciliarse, como siempre. La flota zarpó a mediados de año con Puño de Roble al frente, en una galera que llamó *Valerosa Marilda* en homenaje a su madre. Lady Baela se quedó en Marcaderiva, encinta del segundo hijo de lord Alyn.

Se acercaba el decimosexto día del nombre del soberano. Con el reino en paz y la primavera en plena flor, lord Torrhen Manderly decidió que el rey Aegon y la reina Daenaera debían emprender un viaje real para celebrar la mayoría de edad. Razonó que al muchacho le convendría ver las tierras que gobernaba y mostrarse ante su pueblo. Aegon era alto y atractivo, y su dulce y joven reina compensaría con su encanto el que le faltaba a él. La gente sencilla quedaría prendada de ella, sin duda, y eso redundaría en beneficio del solemne joven monarca.

Los regentes estuvieron de acuerdo. Planearon un gran viaje que durase un año entero y llevase a su alteza a lugares del reino donde jamás se había visto a un monarca. Partirían desde Desembarco del Rey hacia el Valle Oscuro y Poza de la Doncella, y allí embarcarían rumbo a Puerto Gaviota. Tras visitar el Nido de Águilas, volverían a Puerto Gaviota y tomarían otro barco hacia el Norte, con una parada en las Tres Hermanas.

Lord Manderly prometió que Puerto Blanco depararía a los reyes una bienvenida como nunca habían visto; después podrían proseguir el viaje hacia Invernalia, quizá incluso visitar el Muro, antes de regresar al sur por el camino Real en dirección al Cuello. Sabitha Frey los acogería en Los Gemelos; irían a ver a lord Benjicot al Árbol de los Cuervos, y por supuesto, si visitaban a los Blackwood, tendrían que pasar el mismo tiempo con los Bracken. Tras pasar unas cuantas noches en Aguasdulces, cruzarían las colinas en dirección al oeste para saludar a lady Johanna en Roca Casterly.

Desde allí continuarían por el camino del Mar hacia el Dominio: Altojardín, Sotodeoro, Roble Viejo... En el lago Rojo había un dragón, lo cual no sería del agrado de Aegon, pero podían pasarlo de largo fácilmente. Una visita a cualquiera de las sedes de Unwin Peake contribuiría a aplacar a la antigua Mano. En Antigua, el Septón Supremo accedería sin duda a dar su bendición a los reyes, y lord Lyonel y lady Sam celebrarían la oportunidad de mostrar al soberano que el esplendor de su ciudad hacía palidecer al de Desembarco del Rey.

—Será un viaje real como el reino no ha presenciado en más de un siglo —dijo el gran maestre Munkun a su alteza—. La primavera es época de nuevos comienzos, mi señor, y marcará la verdadera inauguración de vuestro reinado. Desde las Marcas de Dorne hasta el Muro, todos verán que sois su rey, y Daenaera, su reina.

Torrhen Manderly estuvo de acuerdo.

—Al chaval le vendrá bien salir de este condenado castillo —declaró en presencia de Champiñón—. Podrá cazar, disfrutar de la cetrería, escalar una montaña o dos, pescar salmones en el Cuchillo Blanco, ver el Muro y celebrar banquetes todas las noches. No le sentaría mal ganar algo de carne para esos huesos. Que pruebe una buena cerveza norteña, tan espesa que se puede cortar con una espada.

Los preparativos de las celebraciones del día del nombre del rey y el posterior viaje real acapararon toda la atención de la Mano y los tres regentes en los días que siguieron. Se elaboraron listas de todos los señores y caballeros que deseaban acompañar al monarca, se rompieron y se redactaron de nuevo. Se herraron caballos, se pulieron armaduras, se repararon y repintaron carros y casas rodantes, se cosieron estandartes... Centenares de cuervos cruzaron los Siete Reinos, pues todos los señores y caballeros hacendados de Poniente suplicaban el honor de recibir la visita real. A lady Rhaena le negaron con delicadeza su deseo de acompañarlos en su dragón, pero su hermana Baela declaró que iría con ellos, les gustara o no. Hasta la ropa que llevarían el rey y la reina fue objeto de atentas consideraciones: se decidió que los días que Daenaera vistiera de verde, Aegon iría de negro, como era su costumbre; pero cuando la pequeña reina luciera el rojo y negro de la casa Targaryen, el rey llevaría una capa verde, para que los dos colores se vieran dondequiera que fuesen.

Cuando por fin amaneció el día del nombre del rey Aegon, aún quedaban algunas cuestiones por resolver. Esa noche se celebraría un gran banquete en el salón del trono, y el venerable Gremio de Alquimistas había prometido las mayores exhibiciones pirománticas que hubiera contemplado el reino.

Todavía era por la mañana, no obstante, cuando el rey Aegon

entró en la sala del consejo donde lord Torrhen y los regentes debatían si incluir Ladera en el recorrido.

El joven rey iba acompañado de cuatro caballeros de la Guardia Real y de Sandoq la Sombra, silencioso y cubierto con el velo, quien portaba su gran espada. Su ominosa presencia nubló la estancia. Durante un momento, hasta Torrhen Manderly quedó mudo.

—Lord Manderly —la voz del rey Aegon quebró el repentino silencio—, decidme, por favor: ¿cuántos años tengo, si sois tan amable?

—Hoy cumplís dieciséis, alteza —repuso lord Manderly—. Ya sois un hombre. Es hora de que asumáis el gobierno de los Siete Reinos.

—Lo haré —dijo Aegon—. Estáis sentado en mi sitio.

Años después, el gran maestre Munkun escribiría que la gelidez de su tono sorprendió a todos los presentes en la sala. Desconcertado y sobresaltado, Torrhen Manderly levantó su considerable masa de la silla que presidía la mesa del consejo mientras lanzaba una mirada intranquila a Sandoq la Sombra.

—Alteza, estábamos hablando del viaje... —dijo mientras ofrecía el asiento al rey.

—No va a haber ningún viaje —declaró el rey mientras se sentaba—. No tengo intención de pasarme un año montando a caballo, durmiendo en camas ajenas e intercambiando cortesías inanes con señores borrachos, la mitad de los cuales se alegrarían de verme muerto si les reportara un cobre de beneficio. Cualquiera que desee hablar conmigo me encontrará en el Trono de Hierro.

—Mi señor —insistió Torrhen Manderly —, este viaje os será de gran ayuda para ganaros el favor de vuestro pueblo.

—Al pueblo pretendo darle paz, comida y justicia. Si eso no basta para ganar su favor, mandemos de viaje a Champiñón. O quizá a un oso bailarín; una vez me dijeron que nada gusta tanto a la gente sencilla como los osos bailarines. También podéis cancelar el banquete de esta noche: enviad a los señores de vuelta a

sus castillos y repartid la comida entre los hambrientos. Esa será mi política: estómagos llenos y osos bailarines. —Después se dirigió a los tres regentes—. Lord Stackspear, lord Grandison, lord Merryweather, os doy las gracias por vuestros servicios. Tenéis mi venia para marchar; ya no necesitaré ningún regente.

—¿Y una Mano? ¿Su alteza necesitará una Mano? —preguntó lord Manderly.

—La Mano del Rey debería ser quien el rey eligiese —dijo Aegon III al tiempo que se ponía en pie—. Sin duda me habéis servido bien, igual que servisteis a mi madre antes que a mí, pero fueron mis señores quienes os nombraron. Podéis regresar a Puerto Blanco.

—De buen grado, mi señor —dijo Manderly en un tono que el gran maestre Munkun calificaría más adelante de rugido—. No he probado una cerveza decente desde que llegué a este pozo negro de castillo. —Dicho lo cual, se quitó la cadena que simbolizaba su cargo y la dejó en la mesa del consejo.

En menos de quince días, lord Manderly embarcó rumbo a Puerto Blanco con un pequeño séquito de espadas juramentas y criados, entre los que se encontraba Champiñón. Por lo visto, el bufón se había encariñado con el corpulento norteño y había aceptado con alegría su oferta de un puesto en Puerto Blanco, pues la prefería a quedarse al lado de un rey que casi nunca sonreía y jamás reía. «Era un tonto bufón, pero no tan tonto como para quedarme con el tonto aquel», aseguró.

El enano sobreviviría al joven rey al que abandonó. Los últimos tomos de su *Testimonio*, cargados de coloridos relatos de su vida en Puerto Blanco, su estancia en la corte del Señor del Mar de Braavos, su viaje a Puerto de Ibben y los años que pasó con los titiriteros de la *Dama Ceceante* son valiosos por mérito propio, pero mucho menos útiles para nuestro propósito presente, así que, con tristeza, decimos adiós al hombrecillo de la lengua sucia en nuestra historia. Pese a no haber sido el cronista más fiable, el enano decía verdades que nadie más se atrevía a insinuar, y a menudo las decía con gracia.

Champiñón relata que la coca en la que navegaron lord Manderly y sus acompañantes se llamaba *La Sal de la Vida*, pero el ánimo que reinaba a bordo mientras surcaban el mar con rumbo norte, en dirección a Puerto Blanco, distaba mucho de ser saleroso. A Torrhen Manderly nunca le había caído bien «ese crío desabrido», como quedaba bien claro en las cartas que escribía a su hija, y tampoco lo perdonaría por la brusquedad con que lo despidió, ni por la forma en que «aniquiló» el viaje real, cuyo abrupto desenlace se tomó como una afrenta personal profundamente humillante. Inmediatamente después de asumir el gobierno de los Siete Reinos, el rey Aegon III había convertido en enemigo a un hombre que había estado entre sus más leales y devotos servidores.

Y así llegó el incómodo final de la regencia, para dar paso al pesaroso reinado del Rey Quebrado.

Linajes y árbol genealógico

La sucesión de los Targaryen

Datada en años a partir del Desembarco de Aegon

1–37	Aegon I	el Conquistador, el Dragón
37–42	Aenys I	hijo de Aegon I y Rhaenys
42–48	Maegor I	el Cruel, hijo de Aegon I y Visenya
48–103	Jaehaerys I	el Viejo Rey, el Conciliador, hijo de Aenys
103–129	Viserys I	nieto de Jaehaerys
129–131	Aegon II	hijo mayor de Viserys [Rhaenyra, la hermana de Aegon II por línea paterna, diez años mayor, le disputaba el trono. Ambos perecieron en la guerra desatada entre ellos, a la que los bardos llaman la Danza de los Dragones.]
131–157	Aegon III	el Veneno de Dragón, hijo de Rhaenyra [Los últimos dragones de la casa Targaryen murieron durante el reinado de Aegon III.]
157–161	Daeron I	el Joven Dragón, el Niño Rey, hijo mayor de Aegon III [Daeron conquistó Dorne pero fue incapaz de conservarlo, y pereció joven.]
161–171	Baelor I	el Bienamado, el Santo, septón y rey, segundo hijo de Aegon III

171–172	Viserys II	*hermano menor de Aegon III*
172–184	Aegon IV	*el Indigno, hijo mayor de Viserys [Su hermano menor, el príncipe Aemon el Caballero Dragón, fue el adalid de la reina Naerys y, a decir de algunos, su amante.]*
184–209	Daeron II	*el Bueno, hijo de la reina Naerys y de Aegon o Aemon [Daeron incorporó Dorne al reino mediante su matrimonio con la princesa dorniense Myriah.]*
209–221	Aerys I	*segundo hijo de Daeron II (murió sin descendencia)*
221–233	Maekar I	*cuarto hijo de Daeron II*
233–259	Aegon V	*el Improbable, cuarto hijo de Maekar*
259–262	Jaehaerys II	*segundo hijo de Aegon el Improbable*
262–283	Aerys II	*el Rey Loco, hijo único de Jaehaerys II*

Ahí concluye la estirpe de los reyes dragón, con Aerys II destronado y muerto al igual que su heredero, el príncipe Rhaegar Targaryen, quien pereció a manos de Robert Baratheon en el Tridente.

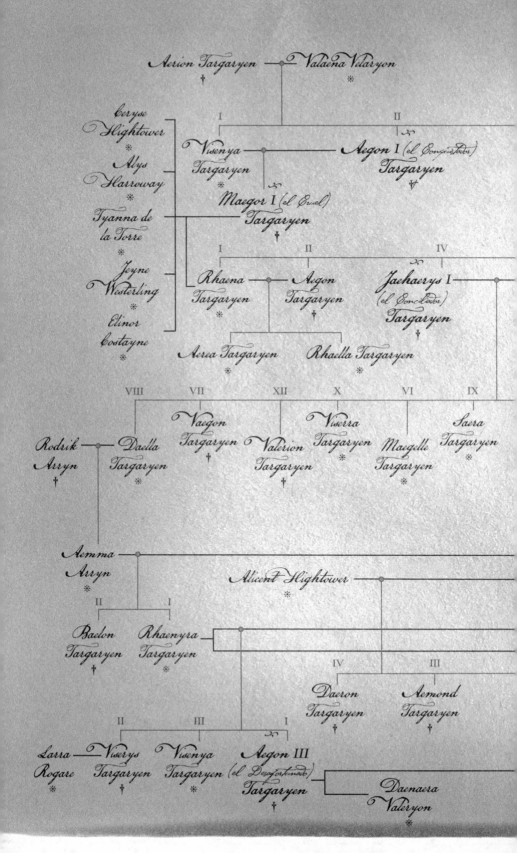

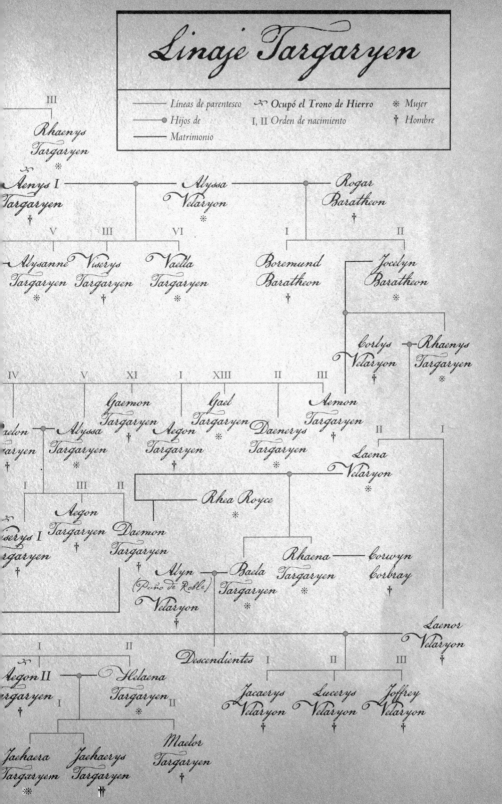

Linaje Targaryen

Líneas de parentesco — Ocupó el Trono de Hierro — ✳ Mujer
Hijos de — I, II Orden de nacimiento — † Hombre
Matrimonio